Oct 2019

MILLE PETITS RIENS

DU MÊME AUTEUR

LE PACTE : UNE HISTOIRE D'AMOUR, Presses de la Cité, 1999 ; J'ai lu nº 5936.

LA PURE VÉRITÉ, Presses de la Cité, 2001 ; J'ai lu nº 6639.

LE CERCLE DE SALEM, Presses de la Cité, 2002 ; J'ai lu nº 7697.

POUR QUE JUSTICE SOIT FAITE, Presses de la Cité, 2005 ; J'ai lu nº 8170.

MA VIE POUR LA TIENNE, Presses de la Cité, 2007 ; J'ai lu nº 8588.

LA COULEUR DE LA NEIGE, Presses de la Cité, 2008 ; J'ai lu nº 8846.

LE RIDEAU DÉCHIRÉ, Presses de la Cité, 2009 ; J'ai lu nº 9148.

PARDONNE-LUI, Michel Lafon, 2013.

LOUP SOLITAIRE, Michel Lafon, 2015.

À L'INTÉRIEUR, Michel Lafon, 2016 ; Michel Lafon Poche, 2018 (sous le titre *À FLEUR DE PEAU*).

LA TRISTESSE DES ÉLÉPHANTS, Actes Sud, 2017 ; Babel nº 1576.

MILLE PETITS RIENS, Actes Sud, 2018 ; Babel nº 1638.

UNE ÉTINCELLE DE VIE, Actes Sud, 2019.

Titre original :
Small Great Things
Éditeur original :
Ballantine Books / Penguin Random House LLC, New York

ISBN 978-2-330-12429-8

JODI PICOULT

MILLE PETITS RIENS

roman traduit de l'anglais (États-Unis)
par Marie Chabin

À Kevin Ferreira,
dont les actions et les idées contribuent à rendre le monde meilleur et qui m'a appris que nous sommes tous un éternel chantier en cours.
Bienvenue dans la famille.

PHASE UN

Le pré-travail

La justice ne pourra être équitablement rendue tant que ceux qui ne sont pas concernés ne s'indignent pas avec ceux qui le sont.

Benjamin Franklin

RUTH

Le miracle s'est produit dans la maison de la soixante-quatorzième rue où travaillait maman. C'était une grande demeure en grès rouge entourée d'une clôture en fer forgé. De chaque côté de la porte d'entrée ouvragée, des gargouilles sculptées dans la pierre surveillaient les allées et venues, et leurs figures grimaçantes hantaient mes cauchemars. Elles me terrifiaient tant que cela ne me dérangeait nullement d'entrer par la porte de service, moins intimidante. Attachées à un ruban, les clés ne quittaient jamais le sac à main de maman.

Elle travaillait pour Sam Hallowell et sa famille bien avant de nous mettre au monde, ma sœur et moi. À l'époque, ce nom n'évoquait pas grand-chose, et pourtant il suffisait qu'il dise "bonjour" pour que les gens sachent qui il était. Au milieu des années 1960, Sam Hallowell était la voix inimitable claironnant avant chaque émission : *Le programme suivant vous est proposé en couleurs sur NBC !* En 1976, l'année du fameux miracle, Sam Hallowell occupait le poste de directeur de la programmation de cette même chaîne. Le carillon de la porte d'entrée installé sous les gargouilles égrenait les trois notes mélodieuses associées à la chaîne NBC et, quand je venais avec ma mère, il m'arrivait de sortir en douce et d'enfoncer le bouton pour fredonner l'air bien connu.

C'est parce qu'il avait neigé que nous avions accompagné maman ce jour-là. L'école était fermée et nous étions trop petites pour rester seules à l'appartement – parce que rien n'aurait empêché maman de se rendre au travail : ni la neige, ni le grésil, ni les tremblements de terre si la menace avait existé dans la région, ni même l'Armageddon. Elle nous avait enveloppées dans nos anoraks et nous avait aidées à chausser nos bottes en marmonnant qu'il lui importait peu de devoir affronter une tempête s'il s'agissait d'éviter à Mme Mina de se préparer elle-même ses tartines de beurre de cacahouète. Pour autant que je m'en souvienne, maman n'a pris des congés qu'une seule fois et c'était vingt-cinq ans plus tard, lorsqu'elle a dû se faire poser des prothèses de hanche, intervention généreusement financée par les Hallowell. Après l'opération, elle est restée une semaine à la maison puis a insisté pour reprendre le travail alors même que la cicatrisation n'était pas encore tout à fait terminée et Mina lui a confié des tâches qu'elle pouvait accomplir assise. Mais quand j'étais enfant, que ce soit pendant les vacances scolaires, les épisodes fébriles et les jours de neige comme celui-ci, nous montions toutes les trois dans le train B pour nous rendre dans le centre-ville.

Cette semaine-là, M. Hallowell était en Californie. C'était assez fréquent et cela signifiait que Mme Mina et Christina avaient encore plus besoin de maman que d'habitude. Nous avions également besoin d'elle, Rachel et moi, mais il faut croire qu'on savait mieux se débrouiller toutes seules que Mme Mina.

Lorsque, enfin, nous avons émergé dans la 72e Rue, le monde était devenu blanc. Ce que je veux dire, c'est que ce n'était pas seulement Central Park qui paraissait coincé dans une boule à neige. Les visages des hommes et des femmes qui se rendaient au travail en frissonnant dans la tempête ne ressemblaient en rien au mien ni à ceux de mes voisins ou de mes cousins.

À Manhattan, je n'avais jamais mis les pieds dans une autre demeure que celle des Hallowell et je ne savais donc pas à quel point il était extraordinaire qu'une seule famille vive dans une bâtisse aussi immense. En revanche, j'avais trouvé ridicule qu'on soit obligées de ranger nos anoraks et nos bottes dans la penderie exiguë de la cuisine alors qu'il y avait plein de place et de patères libres dans l'entrée principale, là où étaient suspendus les manteaux de Mme Mina et de Christina. Maman a également retiré son manteau et son écharpe fétiche, la toute douce imprégnée de son odeur ; Rachel et moi nous chamaillions souvent pour pouvoir la porter à la maison parce qu'on avait l'impression de caresser un lapin ou un cochon d'Inde. Puis j'ai attendu que maman, telle la Fée Clochette, s'aventure dans les pièces sombres, appuyant là sur un interrupteur, abaissant une poignée de porte, en tournant une autre ici, jusqu'à ce que la maison, semblable à une bête endormie, revienne lentement à la vie.

— Soyez sages, toutes les deux, nous a ordonné maman, et je vous préparerai le même chocolat chaud que Mme Mina tout à l'heure.

Importé de Paris, il avait un goût divin. Tandis que maman nouait son tablier blanc, je suis allée chercher une feuille de papier dans un tiroir de la cuisine, j'ai sorti la pochette de crayons de couleur que j'avais emportée et je me suis mise à dessiner en silence. J'ai tracé les contours d'une maison aussi grande que celle-là. Ensuite, j'ai installé une famille à l'intérieur : moi, maman et Rachel. J'ai essayé de dessiner de la neige mais je n'y suis pas parvenue. Les flocons que j'ai ajoutés avec le crayon blanc ne se voyaient pas sur la feuille. Pour les apercevoir, il fallait incliner le papier en direction du lustre et, à ce moment-là seulement, je distinguais les traces brillantes laissées par le crayon.

— On peut jouer avec Christina ? a demandé Rachel.

Christina avait six ans, un an de moins que ma sœur et un an de plus que moi. Elle possédait la plus grande chambre que j'avais jamais vue et plus de jouets que tous les enfants de ma connaissance. Quand elle était chez elle et qu'on accompagnait notre mère au travail, on jouait à la maîtresse avec elle et ses ours en peluche, on buvait de l'eau dans de minuscules tasses en porcelaine véritable et on tressait les cheveux blonds comme les blés de ses poupées. Sauf quand elle était avec une amie, auquel cas nous restions dans la cuisine où nous faisions des dessins.

Avant que maman ait eu le temps de répondre, un cri a retenti – un hurlement perçant et déchirant qui me transperça le cœur. Maman a ressenti la même chose, c'est sûr, parce qu'elle a bien failli lâcher le broc d'eau qu'elle était en train de porter jusqu'à l'évier. "Restez ici", a-t-elle ordonné et les mots ont flotté derrière elle tandis qu'elle se précipitait vers l'escalier.

Rachel a été la première à se lever ; elle n'était pas du genre à obéir. Je lui ai emboîté le pas, tel un ballon de baudruche accroché à son poignet. Ma main a survolé la rampe de l'escalier incurvé sans jamais la toucher.

La porte de la chambre de Mme Mina était grande ouverte. Elle se tortillait dans son lit au milieu d'un monceau de draps de satin froissés. Son ventre rond se soulevait, semblable à une lune, et le blanc étincelant de ses yeux me faisait penser à ceux des chevaux de bois pétrifiés dans leur course.

— C'est trop tôt, Lou, a-t-elle murmuré dans un souffle.

— Allez dire ça au bébé, a répliqué maman qui tenait d'une main le combiné du téléphone tandis que Mme Mina serrait l'autre comme dans un étau. Arrêtez de pousser, d'accord, l'ambulance va arriver d'un instant à l'autre.

Une question m'a traversé l'esprit : combien de temps pouvait bien mettre une ambulance pour venir jusqu'ici avec toute cette neige ?

— Maman ?

C'était la voix de Christina que l'agitation avait réveillée. Elle se tenait entre Rachel et moi.

— Filez dans la chambre de Mlle Christina, toutes les trois, a ordonné maman d'un ton ferme. *Maintenant.*

Mais nous n'avons pas bougé d'un pouce, comme statufiées, et maman a vite oublié notre présence pour concentrer toute son attention sur Mme Mina, s'efforçant de lui servir de guide dans ce monde d'angoisse et de douleur qui l'avait absorbée. J'ai vu les cordes vocales saillir sur son cou tandis qu'elle émettait des grognements ; j'ai vu maman s'agenouiller sur le lit, entre les jambes de Mme Mina, je l'ai vue retrousser la chemise de nuit au-dessus de ses genoux. Entre les jambes de Mme Mina, j'ai vu des lèvres roses se contracter, enfler puis s'écarter. Il y a eu la forme ronde d'une tête, le dessin noueux d'une épaule, une giclée de liquide et de sang mêlés, et soudain un bébé a atterri dans les paumes de maman.

— Regardez-moi ça, a-t-elle murmuré, le visage illuminé d'amour. Tu ne serais pas un petit peu trop pressé de découvrir le monde, dis-moi ?

Au même instant, deux choses se sont produites simultanément : le carillon de l'entrée a tinté et Christina a fondu en larmes. "Oh, ma chérie", a susurré Mme Mina qui, bien qu'encore rouge et luisante de sueur, semblait avoir recouvré son calme. Elle a tendu la main mais Christina, trop terrifiée par ce qu'elle venait de voir, a préféré se blottir contre moi. Rachel, toujours très terre à terre, est allée ouvrir la porte. Elle est revenue escortée de deux médecins qui se sont engouffrés dans la pièce pour prendre le relais, et bien vite ce que maman avait accompli pour Mme Mina a fini par ressembler à tout ce qu'elle avait déjà fait pour les Hallowell : quelque chose d'invisible et d'imperceptible.

Les Hallowell ont baptisé le bébé Louis en l'honneur de maman. Il se portait comme un charme bien qu'il soit né avec un mois d'avance, victime de la chute brutale de la pression atmosphérique causée par la tempête de neige, ce qui provoque souvent une rupture prématurée des membranes. Bien sûr, j'ignorais cela à l'époque. Tout ce que je savais, c'est que, par un jour de neige à Manhattan, j'avais vu un être humain venir au monde. J'avais été avec ce bébé avant que quiconque ou quoi que ce soit sur cette terre puisse le décevoir.

Assister à la naissance de Louis nous a toutes affectées, chacune à notre manière. Christina a accouché par césarienne. Rachel a eu cinq enfants. Et moi, je suis devenue sage-femme.

Quand je raconte cette histoire, tout le monde pense que la naissance du bébé est le miracle auquel je fais allusion en cette lointaine journée de blizzard. C'était époustouflant, certes. Mais j'ai assisté ce jour-là à une chose encore plus merveilleuse. Pendant que Christina me tenait la main et que Mme Mina serrait celle de maman, il y a eu un moment – un souffle, un battement de cœur – où toutes les différences d'éducation, de niveau social et de couleur de peau se sont évaporées, tels des mirages dans le désert. Un moment où nous étions tous égaux et où il n'y avait plus qu'une femme qui en aidait une autre.

Ce miracle-là, cela fait trente-neuf ans que j'attends qu'il se reproduise.

PHASE UN

Le travail actif

On ne peut pas changer tout ce que l'on affronte. Mais rien ne peut changer tant qu'on ne l'affronte pas.

JAMES BALDWIN

RUTH

Le plus beau bébé qu'il m'ait été donné de voir est né sans visage.

Du cou jusqu'aux pieds, il était parfait : dix doigts, dix orteils, un ventre dodu. Mais à la place de l'oreille se trouvait un semblant de bouche orné d'une dent solitaire. En guise de visage, un bourrelet de peau sans traits. Sa mère, ma patiente, était une primipare de trente ans qui avait été suivie tout au long de sa grossesse. Lors de l'échographie de contrôle, le bébé était positionné de telle façon que la difformité faciale n'avait pu être détectée. La colonne vertébrale, le cœur, les organes, tout paraissait normal, de sorte que personne ne s'attendait à une telle surprise. Peut-être est-ce pour cela qu'elle avait choisi d'accoucher dans notre petit hôpital de Mercy-West Haven au lieu d'aller à Yale-New Haven, mieux équipé en cas d'urgence. Elle avait mené sa grossesse à terme et accouché après un travail de seize heures. Lorsque le gynécologue a soulevé le bébé, un silence de plomb s'est abattu dans la salle. Un silence assourdissant.

— Tout va bien ? a demandé la mère, gagnée par la panique. Pourquoi est-ce qu'il ne pleure pas ?

L'élève infirmière qui m'assistait ce jour-là a poussé un hurlement.

— Sors d'ici, ai-je ordonné d'un ton bref en la poussant vers la porte.

J'ai pris le nouveau-né des mains du gynécologue et l'ai posé sur la table à langer pour nettoyer le vernix qui recouvrait son corps.

Après avoir procédé à un rapide examen, le gynéco a croisé mon regard sans mot dire puis s'est tourné vers les parents qui savaient à présent que quelque chose n'allait pas. Avec des mots choisis, il leur a annoncé que leur enfant était né avec de graves anomalies qui l'empêcheraient de vivre.

La mort s'invite plus fréquemment que ce que l'on croit dans une Maternité. En cas d'anencéphalie et de mort fœtale, les parents doivent malgré tout créer un lien avec leur bébé pour pouvoir faire le deuil. Bien que condamné à mourir rapidement, ce nourrisson était en vie et il était l'enfant de ce couple.

Je lui ai donc fait sa toilette puis je l'ai langé, comme n'importe quel autre bébé. Derrière moi, la conversation entre les parents et le gynécologue s'amorçait puis s'enrayait à la manière d'un moteur de voiture toussotant dans le froid hivernal. Pourquoi ? Comment ? Et si vous… ? Combien de temps avant que… ? Des questions que personne n'avait envie de poser au cours de son existence et auxquelles personne n'avait envie de répondre. La mère pleurait toujours quand j'ai déposé le bébé dans le creux de son bras. Les petites mains ont battu l'air. Elle l'a regardé en souriant, le cœur à la place des yeux.

— Ian, a-t-elle murmuré. Ian Michael Barnes.

Elle arborait une expression que je n'avais vue que dans des tableaux de maîtres, au musée – un mélange d'amour et de souffrance si intenses qu'une nouvelle émotion, brute, se peignait sur ses traits.

Je me suis tournée vers le père.

— Voulez-vous prendre votre fils dans vos bras ?

Il semblait au bord de la nausée.

— Je ne peux pas, a-t-il marmonné avant de quitter rapidement la pièce.

Je lui ai emboîté le pas mais j'ai été interceptée par l'élève infirmière.

— Je suis désolée, a-t-elle dit d'un ton contrit, visiblement bouleversée. C'est juste que… C'est un monstre.

— C'est un bébé, ai-je rectifié en la bousculant pour passer.

J'ai rattrapé le père dans la salle des parents.

— Votre femme et votre fils ont besoin de vous.

— Ce n'est pas mon fils. Cette… chose…

— … ne vivra pas longtemps. Je vous conseille donc de lui donner sans tarder tout l'amour que vous avez emmagasiné pour lui.

J'ai attendu de croiser son regard avant de partir. Sans même me retourner, j'ai su qu'il me suivait.

Lorsque nous sommes entrés dans la salle, sa femme cajolait le nourrisson, les lèvres pressées contre le doux duvet de son front. J'ai pris le bébé emmailloté et je l'ai tendu à son mari. Retenant son souffle, il a écarté la couverture pour découvrir ce qui aurait dû être le visage du nouveau-né. J'avais bien réfléchi à mes actes. Avais-je raison d'obliger ce père à se confronter à son enfant mourant ? N'outrepassais-je pas là mon rôle d'infirmière ? Si ma chef m'avait posé ces questions à l'époque, j'aurais répondu que j'avais été formée pour aider les parents à faire le deuil de leur enfant mort. Si cet homme refusait d'admettre qu'il s'était passé quelque chose de terrible – ou, pire, s'il feignait de croire toute sa vie qu'il ne s'était *rien* passé –, un trou s'ouvrirait en lui. Minuscule au début, cette faille continuerait de grandir, encore et encore, jusqu'au jour où, sans crier gare, il prendrait conscience du vide qui l'habitait.

Lorsque le père s'est mis à pleurer, de violents sanglots ont secoué son corps, comme un ouragan plierait un arbre. Il s'est laissé choir près de sa femme, sur le lit d'hôpital. Elle a posé une main dans le dos de son mari et l'autre sur le petit crâne du bébé. Ils ont bercé leur fils à tour de rôle, dix heures d'affilée. Cette mère-là a même tenté d'allaiter son enfant. Je n'ai pas pu m'empêcher de regarder, non pas parce que c'était horrible ou incongru, mais parce que c'était la chose la plus extraordinaire qu'il m'ait été donné de voir. J'avais l'impression de regarder le soleil en face : lorsque je me détournais, tout était sombre autour de moi. À un moment, j'ai ramené cette idiote d'élève infirmière sous prétexte de vérifier la tension de la mère. En réalité, je voulais qu'elle voie de ses propres yeux que l'amour ne dépend absolument pas de ce qu'on regarde, mais entièrement de la personne qui regarde.

L'enfant est mort paisiblement. Nous avons réalisé des empreintes de sa main et de son pied pour les parents. J'ai entendu dire que le même couple était revenu deux ans plus tard. Je n'étais pas de service ce jour-là, mais la mère a donné naissance à une petite fille en parfaite santé.

Tous les bébés naissent beaux, voilà la morale de l'histoire.

C'est ce qu'on projette sur eux qui les rend laids.

Tout de suite après avoir accouché d'Edison il y a dix-sept ans dans ce même hôpital, ce n'était pas la santé de mon fils qui m'inquiétait, je ne me demandais pas comment j'allais me débrouiller pour m'en occuper seule pendant que mon mari était à l'étranger et je ne craignais pas non plus de voir ma vie bouleversée maintenant que j'étais devenue mère.

La seule chose qui me préoccupait, c'étaient mes cheveux.

L'apparence… on s'en fiche totalement quand on est en train d'accoucher, mais si vous êtes comme moi c'est la première chose qui vous vient à l'esprit une fois que votre bébé est là. La sueur qui plaque les cheveux sur le front des patientes blanches produit sur moi l'effet inverse : en frisottant, mes racines se décollent de mon cuir chevelu. Brosser mes cheveux tous les soirs, les enrouler autour de ma tête à la manière d'une glace italienne et les envelopper dans un foulard… Ce rituel était la seule solution si je voulais qu'ils restent lisses le lendemain matin. Mais quelle infirmière blanche aurait pu deviner que le petit flacon de shampooing gracieusement offert par l'hôpital n'aurait fait qu'accentuer la frisure de mes cheveux ? J'imaginais déjà la mine éberluée de mes collègues gentiment venues voir Edison lorsqu'elles découvriraient le bazar au-dessus de ma tête.

Finalement, j'ai enroulé mes cheveux dans une serviette et raconté à tout le monde que je sortais de la douche.

Plusieurs infirmières de bloc opératoire m'ont raconté que, après une intervention, des hommes insistent pour remettre leur perruque en salle de réveil, avant que leurs épouses ne les rejoignent. Et je ne vous parle même pas du nombre de fois où une patiente, après avoir passé la nuit à grogner, hurler et pousser pour mettre son bébé au monde, chasse son mari tout de suite après l'accouchement afin que je puisse l'aider à enfiler une jolie chemise de nuit et un peignoir.

Je comprends ce besoin qu'ont certaines personnes de faire bonne figure en toutes circonstances. C'est la raison pour laquelle, en prenant mon service à 6 h 40, je ne passe pas tout de suite par la salle du personnel où l'infirmière en chef nous briefera sous peu sur la nuit écoulée, mais longe plutôt le couloir pour aller voir la patiente dont je me suis occupée la veille, avant la fin de mon service. Prénommée Jessie, ce petit bout de femme ressemblait davantage à une première dame en pleine campagne électorale qu'à une femme sur le point d'accoucher quand elle a débarqué à la Maternité : ses cheveux étaient impeccablement coiffés, son visage soigneusement maquillé et même ses vêtements de grossesse étaient élégants et parfaitement ajustés. C'est un signe qui ne trompe pas quand on sait qu'à quarante semaines de grossesse la plupart des futures mères seraient ravies de pouvoir s'habiller avec un sac à patates. J'ai jeté un coup d'œil à son dossier en arrivant – G1, désormais P1 –, et j'ai souri. Avant de la confier aux soins d'une collègue la veille au soir, j'avais dit à Jessie que, la prochaine fois que je la verrais, elle aurait un bébé, et moi, sans l'ombre d'un doute, j'aurais un nouveau patient. Pendant mon sommeil, Jessie a accouché d'une petite fille de 3,345 kg, en pleine santé.

J'ouvre la porte de la chambre. Jessie s'est assoupie. À côté du lit, le bébé emmailloté dort dans un berceau tandis que le mari de Jessie ronfle, affalé dans un fauteuil. Jessie s'agite quand j'entre dans la pièce et je pose immédiatement un doigt sur ma bouche. *Chut.*

Je sors de mon sac à main un miroir de poche et un rouge à lèvres écarlate.

En salle d'accouchement, la conversation fait partie du travail : c'est une distraction qui atténue la douleur et un ciment qui lie la sage-femme à sa patiente. Existe-t-il une autre situation où un professionnel de santé passerait jusqu'à douze heures d'affilée auprès d'un même patient ? En conséquence de quoi, la relation que nous construisons avec ces femmes est rapide et intense. En l'espace de quelques heures seulement, j'apprends des choses sur elles que même leurs meilleures amies ignorent : comment unetelle a rencontré son compagnon dans un bar, un soir où elle avait trop bu ; comment le père d'une autre n'aura pas vécu assez longtemps pour voir ce petit enfant-là ; comment une autre encore doute de ses capacités à être une bonne mère parce qu'elle détestait faire du baby-sitting quand elle était adolescente. Hier soir, dans les moments les plus éprouvants de l'accouchement, alors que Jessie, épuisée et en pleurs, ne cessait de s'en prendre à son mari, j'ai suggéré à ce dernier d'aller boire quelque chose à la cafétéria de l'hôpital. Dès l'instant où il a quitté la pièce, l'air est devenu plus respirable et Jessie est retombée contre les affreux oreillers en plastique de la salle des naissances. "Et si ce bébé change tout ?", a-t-elle lâché entre deux sanglots. Elle m'a confié qu'elle ne sortait jamais sans être maquillée et que son mari ne l'avait même jamais vue sans mascara. Et voilà qu'il était en train de regarder son corps se contorsionner dans tous les sens… Comment réussirait-il à la voir comme avant après ça ?

— Écoutez, lui ai-je dit. Laissez-moi m'occuper de ça.

J'aimerais croire qu'en lui retirant cette épine du pied c'est moi qui lui ai donné la force de passer en phase de transition, la dernière avant la naissance.

C'est drôle. Quand je dis aux gens que j'exerce le métier de sage-femme depuis plus de vingt ans, ils sont impressionnés parce que j'assiste à des césariennes, je suis capable de poser une perfusion les yeux fermés et je sais reconnaître la différence entre une décélération normale du rythme cardiaque fœtal et une décélération nécessitant une intervention. Mais, pour moi, être sage-femme consiste avant tout à bien connaître sa patiente et à savoir anticiper ses désirs. Un massage du dos. Une péridurale. Une touche de maquillage.

Jessie jette un coup d'œil à son mari, toujours dans les bras de Morphée. Puis elle prend le tube de rouge à lèvres que je lui présente. "Merci", chuchote-t-elle tandis que nos regards se soudent. Je tiens le miroir pendant qu'elle se réinvente encore une fois.

Le jeudi, je prends mon service à sept heures du matin et je le termine à dix-neuf heures. Dans la journée, en général, deux sages-femmes travaillent au pavillon des naissances de l'hôpital Mercy-West Haven – trois quand nous croulons sous le personnel. En traversant le pavillon, je note distraitement le nombre de salles d'accouchement occupées : trois pour le moment, ce qui est un bon début, vu l'heure. Marie, l'infirmière en chef, se trouve déjà dans la salle où se tiennent les transmissions du matin, mais Corinne, la deuxième sage-femme, n'est pas encore arrivée.

— Alors, qu'est-ce que ça va être, aujourd'hui ? lance Marie en feuilletant le journal.

— Un pneu crevé, répliqué-je du tac au tac.

C'est notre jeu des devinettes préféré : *quelle excuse Corinne invoquera-t-elle pour justifier son retard aujourd'hui ?* Par cette belle journée du mois d'octobre, elle ne pourra pas incriminer le mauvais temps.

— Ça, c'était la semaine dernière. Personnellement, j'opte pour la grippe.

— À propos, comment va Ella ?

La fille de Marie, huit ans, n'a pas échappé à l'épidémie de gastroentérite qui circule en ce moment.

— Elle est retournée à l'école aujourd'hui, Dieu merci, répond Marie. Maintenant, c'est Dave qui est malade. Je me laisse vingt-quatre heures avant d'être KO à mon tour.

Elle lève les yeux de la rubrique locale du journal.

— J'ai encore vu le nom d'Edison là-dedans, ajoute-t-elle.

Mon fils a raflé la première place de tous les classements semestriels depuis son entrée au lycée. Mais, comme je me plais à lui répéter, ce n'est pas une raison pour se vanter.

— Il y a beaucoup de gamins brillants dans cette ville, dis-je avec modestie.

— Peut-être, mais avoir de si bons résultats, pour un garçon comme Edison… ce que je veux dire, c'est que tu devrais être fière. J'espère seulement qu'Ella sera aussi bonne élève que lui.

Un garçon comme Edison. Je sais ce qu'elle veut dire, même si elle prend soin de ne pas le formuler clairement. Il n'y a pas beaucoup d'élèves noirs au lycée et, à ma connaissance, Edison est le seul à figurer en tête du palmarès de l'établissement. Ce genre de commentaires me fait l'effet d'un coup de lame de rasoir, mais comme je travaille avec Marie depuis plus de dix ans maintenant je m'efforce d'ignorer la morsure. Je sais qu'elle ne pense pas à mal en disant ça. C'est une amie, après tout : l'an dernier, je l'ai invitée à manger chez moi à Pâques avec sa famille, on sort de temps en temps prendre un verre ensemble ou on va au cinéma et on est même parties en week-end thalasso entre filles. Malgré ça, Marie n'a pas la moindre idée du nombre de fois où je suis obligée d'inspirer profondément avant de passer à autre chose. Les Blancs ne pensent pas la moitié des propos insultants qui s'échappent de leur bouche, alors j'essaie de ne pas me vexer.

— Pour le moment, tu ferais mieux d'espérer qu'Ella survive à sa journée d'école sans atterrir de nouveau chez l'infirmière.

— Tu as raison, admet Marie en riant. Chaque chose en son temps.

Au même instant, Corinne fait irruption dans la pièce.

— Désolée du retard ! lance-t-elle tandis que Marie et moi échangeons un regard.

De quinze ans ma cadette, Corinne est la spécialiste des tuiles en tous genres – un carburateur HS, une dispute avec son petit copain, un accident sur l'autoroute. Elle est une de ces personnes pour qui la vie se résume à une succession de crises ponctuées de brèves accalmies. Elle retire son manteau, réussissant au passage à renverser une plante en pot morte depuis plusieurs mois que personne n'a pris le temps de remplacer. "Merde", marmonne-t-elle en ramassant le pot et en remettant la terre à l'intérieur. Puis elle s'essuie les mains sur sa blouse, s'assied et croise ses doigts.

— Je suis vraiment désolée, Marie. Cette saleté de pneu que j'ai remplacé la semaine dernière doit avoir une fuite, un truc dans le genre ; j'ai été obligée de rouler à cinquante à l'heure pendant tout le trajet.

Plongeant une main dans sa poche, Marie sort un dollar qu'elle jette par-dessus la table dans ma direction. Je rigole.

— Très bien, dit-elle. Compte rendu du service. Dans la chambre deux la patiente a demandé à rester en peau à peau avec son bébé jusqu'à leur sortie. Jessica Myers est primigeste et primipare, arrivée à quarante semaines et deux jours de grossesse. Elle a accouché par voie basse à trois heures du matin, sans complication, sans péridurale. Le bébé est une petite fille qui prend bien le sein, a fait pipi mais n'a pas encore eu de selles.

— Je prends !

Corinne et moi avons parlé à l'unisson – c'est tellement plus facile de s'occuper des patientes qui ont déjà accouché.

— J'étais avec elle pendant la phase active du travail, fais-je remarquer.

— C'est vrai, dit Marie. Elle est à toi, Ruth, ajoute-t-elle en remontant ses lunettes sur son nez. Dans la chambre trois se trouve Théa McVaughn, primigeste, nullipare, enceinte de quarante et une semaines et trois jours, en phase active, dilatée à quatre centimètres, membranes intactes. Le monitoring du rythme cardiaque fœtal est normal, le bébé est actif. Elle a demandé une péridurale et son bolus est en train d'être perfusé en IV.

— L'anesthésiste a été bipé ? demande Corinne.

— Oui.

— Je m'en occupe.

Dans la mesure du possible, on ne prend qu'une seule patiente en phase active, ce qui signifie que la troisième patiente, la dernière de la matinée, sera pour moi. La patiente de la chambre cinq se repose. Brittany Bauer est une primigeste primipare, arrivée à trente-neuf semaines plus un jour de grossesse. Elle a accouché par voie basse, sous péridurale, à cinq heures et demie du matin. Le bébé est un garçon. Ils veulent une circoncision. La maman souffrait d'un diabète gestationnel de type 1 ; le taux de glycémie du bébé sera contrôlé toutes les trois heures pendant vingt-quatre heures. La mère tient vraiment à allaiter. Ils sont encore en peau à peau.

Le post-partum n'est pas non plus de tout repos ; un rapport intime entre la patiente et l'infirmière en obstétrique se crée à ce moment-là. Le travail est terminé, certes, mais il reste encore pas mal de choses à régler. Il faut aussi examiner le nouveau-né et remplir une tonne de paperasse.

— J'y vais, dis-je en m'écartant de la table pour aller voir Lucille, l'infirmière de nuit qui a aidé Brittany à accoucher.

C'est elle qui me rejoint la première alors que je suis en train de me laver les mains dans la salle de repos du personnel.

— À toi de jouer ! lance-t-elle en me tendant le dossier de Brittany Bauer. Primigeste et maintenant primipare de vingt-six ans, accouchement par voie basse à cinq heures et demie du matin sans épisio. Groupe sanguin O positif, immunisée à la rubéole, hépatite B et VIH négatifs, SGB négatif. Diabète gestationnel contrôlé par un régime alimentaire ck, pas d'autres complications. Elle a encore une intraveineuse dans le bras gauche. J'ai stoppé la péridurale mais elle ne s'est pas encore levée. Demande-lui si elle veut aller faire pipi. Les saignements sont normaux, le fond de l'utérus est ferme, au niveau du nombril.

J'ouvre le dossier et je parcours les notes pour mieux mémoriser les détails.

— Davis, dis-je. C'est le prénom du bébé ?

— Oui. Ses signes vitaux sont normaux mais son taux de glycémie une heure après la naissance était à quarante, alors on a essayé de le mettre au sein. Il a pris un peu à chaque sein mais il a régurgité, il a l'air fatigué et il n'a pas beaucoup bu.

— Tu lui as mis le collyre dans les yeux et tu t'es occupée de l'injection de vitamine K ?

— Oui. Il a fait pipi mais pas caca. Je ne lui ai pas donné de bain et je n'ai pas fait l'examen physique.

— Pas de problème. C'est tout ?

— Le père s'appelle Turk, répond Lucille, l'air soudain hésitant. Il y a un truc… qui me gêne chez lui.

— Comme Papa l'Obsédé ?

L'an dernier, nous avons eu un père qui draguait ouvertement l'élève infirmière alors que sa femme était en train d'accoucher. Quand il a fallu réaliser une césarienne, le père, au lieu de rester auprès de sa femme derrière le champ opératoire, a rejoint l'étudiante à l'autre bout du bloc et lui a murmuré : "Il fait chaud là-dedans ou c'est vous qui êtes chaude ?"

— Pas dans ce sens-là, non, répond Lucille. Il se comporte très bien avec la maman. Il a juste l'air… bizarre. Je n'arrive pas à dire pourquoi.

J'ai toujours pensé que, si je n'avais pas été sage-femme, j'aurais fait une excellente voyante de pacotille. Nous sommes fortes pour deviner les pensées de nos patientes, de sorte que nous anticipons leurs besoins avant même qu'elles en prennent conscience. Et nous sommes également très douées quand il s'agit de ressentir les vibrations étranges. Le mois dernier, par exemple, mon radar s'est déclenché automatiquement lorsqu'une patiente souffrant d'un handicap mental s'est présentée avec une Ukrainienne plus âgée qu'elle avait rencontrée dans la supérette où elle travaillait. Il y avait quelque chose de louche dans la dynamique de leur relation, alors j'ai suivi mon instinct et j'ai appelé la police. Il s'est avéré que l'Ukrainienne avait fait de la prison dans le Kentucky après avoir volé le bébé d'une femme trisomique.

Pour toutes ces raisons, je ne suis pas inquiète lorsque je pénètre pour la première fois dans la chambre de Brittany Bauer. *Je gère*, me dis-je simplement.

Je frappe doucement avant d'ouvrir la porte.

— Je m'appelle Ruth, dis-je en entrant. Je serai votre infirmière aujourd'hui.

Je me dirige aussitôt vers Brittany et souris en baissant les yeux sur le bébé qu'elle tient dans ses bras.

— Il est adorable ! Comment s'appelle-t-il ?

Je connais déjà la réponse mais c'est une manière d'entamer la conversation, de lier connaissance avec la patiente.

Brittany ne répond pas. Elle regarde son mari, un type baraqué assis au bord du fauteuil. Il a les cheveux coupés très court à la militaire et le talon d'une de ses Doc Martens tapote nerveusement le sol comme s'il avait du mal à rester en place. Je comprends mieux ce que Lucille a voulu dire. Turk Bauer me fait penser à un câble électrique frappé par la foudre qui, gisant au sol, attendrait que quelque chose l'effleure pour projeter des étincelles.

Peu importe que l'on soit pudique ou timide – on ne reste pas silencieuse très longtemps quand on vient d'avoir un bébé. Toutes les jeunes mamans ont envie de partager ce moment qui change définitivement le cours de leur existence. Elles ont besoin de revivre leur accouchement, depuis le début du travail jusqu'à la naissance, de s'extasier devant la beauté de leur bébé. Mais Brittany, elle, semble attendre la permission de son mari pour parler. Je pense aussitôt : *Violence conjugale ?*

— Davis, articule-t-elle. Il s'appelle Davis.

— Bonjour à toi, Davis, dis-je dans un murmure en m'approchant du lit. Est-ce que cela vous embête si j'écoute son cœur et ses poumons avant de vérifier sa température ?

Les bras de Brittany se resserrent autour du bébé pour mieux le coller contre elle.

— Je peux faire ça ici. Vous n'êtes pas obligée de me le donner.

Il faut faire preuve de compréhension à l'égard d'une jeune mère, surtout quand on lui a annoncé que le taux de glycémie de son bébé est trop bas. Je glisse donc le thermomètre sous l'aisselle de Davis. Tout est normal de ce côté-là. J'observe l'implantation de ses cheveux – une touffe de cheveux blancs peut indiquer des troubles de l'audition ; une implantation irrégulière, une maladie métabolique. Je pose le stéthoscope sur le dos du bébé pour écouter ses poumons puis glisse ma main entre sa mère et lui pour entendre son cœur.

Woush.

C'est si léger que je pense d'abord à une erreur.

J'écoute encore pour m'en assurer mais il y a bien un chuintement à peine perceptible derrière les battements de son pouls.

Turk se lève. Me dominant de toute sa hauteur, il croise les bras sur son torse.

L'angoisse se manifeste différemment chez les pères. Ils deviennent parfois belliqueux. Comme s'ils pouvaient terrasser ce qui ne va pas.

— J'entends un très léger souffle au cœur, dis-je avec tact. Mais il se peut que ce ne soit rien. À ce stade, certaines parties du cœur sont encore en train de se former et, même s'il s'agit effectivement d'un souffle, il pourrait tout à fait disparaître dans quelques jours. Je vais tout de même le noter dans le dossier pour qu'un pédiatre vienne examiner Davis.

Tout en parlant aussi calmement que possible, je vérifie de nouveau son taux de glycémie. J'utilise un test instantané et, cette fois, le taux de sucre dans le sang s'élève à cinquante-deux.

— Voilà une excellente nouvelle, dis-je, désireuse de remonter le moral des Bauer. Sa glycémie est beaucoup mieux.

Je me dirige vers le lavabo, fais couler de l'eau chaude et remplis une bassine en plastique que je pose sur le matelas à langer.

— Davis est en train de reprendre des forces et il va bientôt réclamer à manger, vous verrez. Je pourrais peut-être lui faire sa toilette et le réchauffer un peu pour le remettre au sein après, qu'en pensez-vous ?

Je me penche en avant pour soulever le bébé puis, tournant le dos aux parents, je place Davis sur le matelas à langer et commence mon examen. J'entends Turk et Brittany converser à voix basse mais avec animation pendant que je palpe le crâne du bébé pour vérifier les fontanelles, repérant les contours pour m'assurer que les os ne se chevauchent pas. Les parents sont inquiets, c'est normal. Nombreux sont les patients qui refusent d'entendre l'avis de l'infirmière sur un problème médical. Ils ne croient que ce que dit le médecin, même si les infirmières puéricultrices sont souvent les premières à détecter une anomalie ou un symptôme. Leur pédiatre est le Dr Atkins ; je la biperai dès que j'aurai terminé d'examiner le bébé et lui demanderai de venir écouter son cœur.

Mais, pour le moment, je concentre toute mon attention sur Davis. Je recherche d'éventuelles ecchymoses ou hématomes faciaux, de possibles déformations crâniennes. J'examine les plis palmaires de ses mains minuscules, la position de ses oreilles par rapport à ses yeux. Je mesure son périmètre crânien et la longueur de son corps qui se tortille sur le matelas à langer. J'inspecte l'intérieur de sa bouche et de ses oreilles pour m'assurer qu'il n'y a pas de fissures. Je palpe ses clavicules et glisse mon petit doigt entre ses lèvres pour vérifier le réflexe de succion. J'observe les petits soufflets de sa cage thoracique qui montent et qui descendent au rythme de sa respiration facile et régulière. J'appuie légèrement sur son ventre pour m'assurer qu'il est souple, j'examine ses doigts et ses orteils, je recherche la présence éventuelle de boutons, de lésions et de taches de naissance. Je vérifie que ses testicules sont descendus, qu'il ne souffre pas d'hypospadias et que l'urètre se trouve bien à sa place. Puis je le retourne délicatement pour examiner la base de sa colonne vertébrale, traquant la présence de fossettes, de touffes de poils ou de tout autre signe indiquant une anomalie du tube neural.

Je m'aperçois soudain que, dans mon dos, les chuchotements se sont tus. Mais, au lieu d'être rassurant, le silence pèse comme une menace. *Ont-ils peur que je fasse une bêtise ?*

Lorsque je le rallonge sur le dos, les paupières de Davis commencent à se refermer. En général, les bébés s'endorment quelques heures après l'accouchement, raison pour laquelle je décide de lui donner un bain maintenant. Ça le tiendra éveillé assez longtemps pour qu'il puisse téter de nouveau. Il y a une pile de gants de toilette sur la table à langer. Avec des gestes experts et assurés, j'en plonge un dans l'eau chaude et je lave le bébé de la tête aux pieds. Puis je lui mets une couche, l'enveloppe adroitement dans une couverture comme un burrito et je rince ses cheveux sous le robinet avec un peu de shampooing pour bébé de la marque Johnson. Je termine en attachant autour de son poignet un bracelet d'identité semblable à celui de ses parents puis fixe autour de sa cheville un minuscule bracelet électronique qui émettra un signal sonore si le bébé s'approche trop de n'importe quelle issue de l'hôpital.

Je sens les yeux des parents qui me brûlent le dos et fais volte-face, un sourire plaqué sur le visage.

— Et voilà, dis-je en rendant le bébé à Brittany. Propre comme un sou neuf. Maintenant, nous allons essayer de le faire téter.

Lorsque je me penche vers Brittany pour l'aider à positionner le bébé, elle tressaille.

— Éloignez-vous d'elle, ordonne Turk Bauer. Je veux parler à votre chef.

Ce sont les premiers mots qu'il prononce depuis mon arrivée dans la chambre, vingt minutes plus tôt, et ils sont empreints d'un mécontentement palpable. De toute évidence, ce n'est pas pour vanter mes compétences professionnelles qu'il désire voir Marie. Je quitte la pièce sur un bref hochement de tête puis repasse chacune de mes paroles et chacun de mes gestes depuis que je me suis présentée à Brittany Bauer. Dans le bureau des infirmières, je trouve Marie occupée à remplir un dossier.

— On a un problème en chambre cinq, dis-je en m'efforçant de parler d'un ton neutre. Le père veut te voir.

— Qu'est-ce qui s'est passé ?

— Absolument rien.

C'est la vérité : je suis une bonne infirmière. Parfois même très bonne. Je me suis occupée de ce nouveau-né comme je l'aurais fait avec n'importe quel autre nourrisson de cette Maternité.

— Je leur ai dit que j'avais l'impression d'entendre un léger souffle au cœur et que j'allais en informer le pédiatre. Ensuite, j'ai examiné le bébé et je l'ai lavé.

Mes efforts pour dissimuler mes sentiments ne doivent pas être très efficaces, à en juger par le regard compatissant que me lance Marie.

— Ils sont peut-être inquiets au sujet de ce souffle au cœur, dit-elle.

Je suis juste derrière elle quand nous entrons dans la pièce, de sorte que je vois clairement le soulagement se peindre sur les visages des parents dès qu'ils aperçoivent Marie.

— On m'a dit que vous désiriez me parler, monsieur Bauer ?

— Cette infirmière, répond Turk. Je ne veux plus qu'elle touche mon fils.

Une sensation de chaleur se répand du col de ma blouse jusqu'à mon cuir chevelu. Personne n'aime être réprimandé devant son supérieur hiérarchique.

Marie se redresse, sa colonne vertébrale se raidit.

— Je peux vous assurer que Ruth fait partie de nos meilleures infirmières, monsieur Bauer. Si vous souhaitez déposer une plainte officielle…

— Je ne veux pas qu'elle ou que quelqu'un d'autre comme elle pose les mains sur mon fils, coupe le père en croisant les bras sur son torse.

Il a remonté ses manches pendant mon absence. Un tatouage recouvre son avant-bras, du poignet jusqu'au coude : le drapeau confédéré.

Marie reste silencieuse.

L'espace de quelques instants, je ne comprends sincèrement pas. Puis la réalité me percute aussi violemment qu'un coup de poing : ce n'est pas ce que j'ai fait qui les dérange.

C'est ce que je suis.

TURK

Le premier nègre que j'ai rencontré avait tué mon frère aîné. J'étais assis entre mes parents dans une salle de tribunal du Vermont, engoncé dans une chemise à col amidonné, pendant que des types en costume s'engueulaient en comparant des schémas de voitures et de traces de pneus. J'avais onze ans et Tanner seize. Il avait passé son permis de conduire deux mois plus tôt. Pour fêter ça, ma mère lui avait préparé un gâteau décoré d'une route en bonbons gélifiés sur laquelle elle avait posé une de mes anciennes petites voitures. Le type qui l'avait tué venait du Massachusetts et était plus vieux que mon père. Sa peau était plus sombre que le bois du box des acccusés où il est resté pendant toute la durée du procès et ses dents, par contraste, étaient d'un blanc presque aveuglant. Je ne pouvais pas m'empêcher de le fixer.

Les jurés n'ont pas réussi à se mettre d'accord sur le verdict – il paraît que ça s'appelle un "jury bloqué" – et le type est ressorti libre du tribunal. Ma mère a pété un câble, elle s'est mise à hurler, braillant des trucs sur son bébé, sur la justice. Après avoir serré la main de son avocat, le meurtrier s'est approché de nous et s'est immobilisé juste devant la rambarde. "Madame Bauer, il a fait, je compatis sincèrement à votre chagrin."

Comme s'il n'y était pour rien.

Ma mère s'est arrêtée de pleurer. Elle a pincé les lèvres et a craché.

Brit et moi, ça fait un bail qu'on attend ce moment. Je conduis le pick-up en tenant le volant d'une main. L'autre est posée sur la banquette et Brit l'agrippe à chaque contraction. Je vois bien qu'elle morfle un maximum mais elle plisse les yeux en serrant les dents. C'est pas surprenant – je veux dire, j'ai déjà vu cette nana mettre une raclée à un chicano qui avait éraflé sa bagnole avec un chariot électrique au Stop & Shop – mais elle ne m'a jamais paru aussi belle qu'aujourd'hui, silencieuse et forte.

Au feu rouge, je jette un coup d'œil à son profil. Ça fait deux ans qu'on est mariés et j'arrive toujours pas à croire qu'elle est à moi. Pour commencer, c'est la plus jolie fille que j'aie jamais vue, et dans le Mouvement, c'est carrément une reine. Ses cheveux noirs dégringolent en torsades dans son dos. Elle a les joues toutes roses et respire en soufflant vite, comme si elle courait un marathon. Soudain elle se tourne vers moi et me fixe de ses yeux brillants et bleus, pareils au cœur d'une flamme. "Personne m'a prévenue que ça ferait aussi mal", murmure-t-elle.

Je lui serre la main, ce qui n'est pas évident parce qu'elle presse la mienne comme si elle voulait l'écrabouiller. "Ce petit guerrier sera aussi fort que sa mère", je lui dis.

Depuis des années, on me répète que Dieu a besoin de soldats. Qu'on est les anges de cette guerre des races et que, sans nous, le monde redeviendrait comme Sodome et Gomorrhe. Francis – le père de Brit, figure légendaire du Mouvement – faisait de grands sermons aux nouvelles recrues, leur expliquant qu'on avait besoin de renforcer nos effectifs pour préparer la riposte. Mais là, tout de suite, alors que, Brit et moi, on s'apprête à accueillir notre bébé, je suis partagé entre un sentiment de triomphe et une grosse angoisse. Parce que, malgré tous mes efforts, cet endroit reste un cloaque. Là où il est pour le moment, mon bébé est parfait mais dès qu'il mettra le nez dehors il sera forcément souillé. "Turk !", hurle Tiffany.

Je braque à gauche : j'ai failli louper l'entrée de l'hôpital.

— Qu'est-ce que tu penses de Thor ? je lui demande en parlant prénoms pour essayer de lui faire oublier la douleur.

Un des mecs que j'ai connus sur Twitter vient d'avoir un gosse qu'il a baptisé Loki. Les anciens étaient pas mal branchés mythologie nordique et, même si leurs groupes ont éclaté en une multitude de petites cellules, les habitudes ont la vie dure.

— Pourquoi pas Batman ou La Lanterne Verte, tant que t'y es ? Il est hors de question que je donne un nom de superhéros à mon gosse, déclare Britney en grimaçant, terrassée par une nouvelle contraction. Et si c'est une fille, gros malin ?

— Wonder Woman, je suggère. Comme sa mère.

Après la mort de mon frère, tout s'est cassé la gueule. On aurait dit que ce procès nous avait écorchés vifs et que tout ce qui restait de ma famille ressemblait à un tas de boyaux sanguinolents exposé à tous vents. Mon père s'est barré pour aller vivre dans une résidence où tout était vert : les murs, la moquette, les chiottes, la gazinière. J'avais envie de gerber chaque fois que j'allais le voir. Ma mère s'est mise à picoler : un verre de vin le midi et puis toute la bouteille. Elle a perdu son boulot d'assistante de vie scolaire le jour où elle a piqué du nez dans la cour de récréation et que la gamine trisomique qu'elle était censée surveiller s'est cassé le poignet en tombant de la cage à écureuil. Une semaine plus tard, on chargeait toutes nos affaires dans un camion de déménagement pour aller s'installer chez mon grand-père.

Grand-père était un vétéran qui n'a jamais arrêté de se battre. Je ne le connaissais pas beaucoup parce qu'il ne pouvait pas blairer mon père, mais maintenant que cet obstacle avait dégagé il entendait bien m'éduquer comme il aurait fallu le faire depuis le début, voilà ce qu'il disait. Selon lui, mes parents avaient été trop gentils avec moi et j'étais une chochotte. Il se chargerait de m'endurcir. Le week-end, il me réveillait aux aurores et me traînait dans les bois pour suivre ce qu'il appelait l'Entraînement de Base. J'ai appris à reconnaître les baies toxiques et les baies comestibles. Je savais identifier les excréments des animaux pour pouvoir les prendre en chasse. Je savais lire l'heure en regardant le soleil. C'était un peu comme chez les scouts, sauf que les leçons de mon grand-père étaient ponctuées d'anecdotes du Vietnam : les bridés qu'il avait combattus là-bas, la jungle qui vous avalait tout crus si vous faisiez pas gaffe et l'odeur des mecs brûlés vifs.

Un week-end, il a décidé de m'emmener camper. Il faisait six degrés dehors, on attendait de la neige, mais ça, c'était le cadet de ses soucis. On a roulé jusqu'à l'entrée du Northeast Kingdom, près de la frontière canadienne. Je suis allé aux WC et, quand je suis ressorti, mon grand-père avait disparu.

Sa camionnette, qu'il avait garée à côté d'une pompe, n'était plus là. Les traces de pneus dans la neige étaient les seuls indices de son passage. Il s'était barré avec mon sac à dos, mon duvet et la tente. Je suis retourné à l'intérieur de la station et j'ai demandé à l'employée si elle savait où était passé le type dans la camionnette bleue mais elle a secoué la tête. "Comment ?", a-t-elle dit en faisant semblant de ne pas savoir parler anglais alors qu'elle se trouvait encore techniquement dans le Vermont.

J'avais mon anorak sur moi mais j'avais laissé mes moufles et mon bonnet dans la camionnette. J'ai trouvé soixante-sept cents au fond de ma poche. J'ai attendu qu'un autre client se pointe et, dès que la caissière a eu le dos tourné, j'ai volé une paire de gants, un bonnet de chasseur orange fluo et une bouteille de soda.

Il m'a fallu cinq heures pour retrouver la trace de mon grand-père. J'ai dû fouiller dans les recoins de mon cerveau pour me remémorer ce qu'il avait baragouiné au sujet des directions ce matin, alors que j'étais encore dans le gaz, et j'ai marché le long de l'autoroute en essayant de repérer des indices – comme le papier d'emballage de son tabac à chiquer et une de mes moufles. Lorsque j'ai découvert sa camionnette garée au bord de la route et que j'ai pu suivre les empreintes de ses pas qui s'enfonçaient dans les bois, je ne tremblais plus : je bouillonnais. La colère, semble-t-il, est une source de chaleur renouvelable.

En débouchant dans une clairière, je l'ai aperçu, penché au-dessus d'un feu de camp. Sans mot dire, je me suis approché et je l'ai poussé tellement fort qu'il a failli s'écrouler dans les braises.

— Espèce de fils de pute ! j'ai hurlé. T'as pas le droit de me laisser comme ça !

— Ah ouais, pourquoi ? Si c'est pas moi qui te montre comment on devient un homme, qui est-ce qui va le faire, tu peux me dire ?

Il était deux fois plus balaise que moi mais ça ne m'a pas empêché de le choper par le col de son anorak pour l'obliger à se redresser. J'ai lancé mon bras en arrière et essayé de lui décocher un coup de poing mais il a attrapé ma main avant que je le touche.

— Tu veux te battre ? a fait mon grand-père en reculant pour tourner autour de moi.

Mon père m'avait appris à me battre à poings nus. Il fallait garder le pouce à l'extérieur du poing et tourner le poignet juste avant de percuter l'adversaire. Mais c'était que de la théorie : je n'avais encore jamais frappé personne de ma vie.

Alors j'ai serré le poing et tiré mon bras en arrière avant de le propulser en avant comme une flèche mais mon grand-père l'a intercepté et l'a tordu dans mon dos. J'ai senti son souffle chaud dans mon oreille.

— C'est ta tapette de père qui t'a appris ça ?

J'ai essayé de me débattre mais il me tenait fermement.

— Tu veux apprendre à te battre ? Ou tu veux apprendre à gagner ?

J'ai serré les dents.

— Je veux… apprendre… à gagner, j'ai articulé.

Il a relâché progressivement son étreinte en continuant à serrer d'une main mon épaule gauche.

— Comme t'es petit, tu vas frapper très bas. Ton corps obstrue mon champ de vision et je m'attends à ce que tu frappes en remontant vers le haut. Si je me baisse, mon poing percutera ton visage, ce qui veut dire que je vais rester bien droit pour rester ouvert à tout. La dernière chose à laquelle je m'attends, c'est que tu me balances un coup par-dessus l'épaule, comme ça.

Il a levé son poing droit qui a ensuite tracé un arc de cercle à la vitesse de l'éclair avant de s'arrêter à un cheveu de ma pommette. Puis il m'a relâché et a reculé d'un pas.

— À ton tour.

Je l'ai regardé fixement.

Voilà ce qu'on ressent quand on tabasse quelqu'un : on est comme un élastique tellement tendu que ça fait mal et qu'on commence à trembler. Et puis quand on décoche son coup, quand on lâche l'élastique, le claquement est électrique. On est en feu alors qu'on ne s'était même pas aperçu qu'on était inflammable.

Jaillissant du nez de mon grand-père, une giclée de sang a teinté la neige et coloré son sourire.

— Ça, c'est mon petit gars.

Chaque fois que Brit se lève pendant le travail, les contractions deviennent tellement douloureuses que l'infirmière – une rouquine prénommée Lucille – lui conseille de se recoucher. Mais dès qu'elle se rallonge, les contractions s'arrêtent et Lucille lui dit alors d'aller marcher un peu. C'est un cercle vicieux, ça fait déjà sept heures que ça dure et je commence sérieusement à me demander si mon gosse sera pas adolescent quand il décidera enfin de pointer le bout de nez.

Bien sûr, je ne dis rien de tout ça à Brit.

Je l'ai tenue pendant que l'anesthésiste lui posait la péridurale – Brit a supplié qu'on lui en fasse une, ce qui m'a carrément étonné de sa part vu qu'on avait opté pour un accouchement naturel sans médicaments. Les Anglos pur souche comme nous évitent d'en prendre et la grande majorité des membres du Mouvement exècrent les camés. Alors qu'elle était penchée au-dessus du lit et que le docteur palpait sa colonne vertébrale, je lui ai demandé à mi-voix si c'était une bonne idée. "Quand c'est toi qui accoucheras, c'est toi qui décideras", a-t-elle répliqué.

Je dois admettre que ce qu'ils lui ont injecté dans les veines l'a vachement soulagée. Elle est clouée au lit mais elle ne se tortille plus. Elle m'a dit qu'elle ne sentait plus rien en dessous de son nombril et que, si elle n'était pas déjà ma femme, elle demanderait à l'anesthésiste de l'épouser.

Lucille entre dans la pièce et vérifie la feuille qui sort de l'appareil relié à Brit, celui qui mesure le rythme cardiaque du bébé. "Vous faites du beau boulot", dit-elle, mais je suis sûr qu'elle sert le même baratin à tout le monde. Elle continue à parler à Brit mais je ne l'écoute plus – pas parce que ça ne m'intéresse pas mais parce qu'il y a des trucs mécaniques auxquels il vaut mieux éviter de penser quand on veut que sa femme reste sexy – et puis soudain j'entends Lucille dire à Brit que c'est le moment de pousser.

Les yeux de Brit rencontrent les miens.

— Mon cœur ? dit-elle, mais le mot suivant reste bloqué dans sa gorge et je n'arrive pas à savoir ce qu'elle veut.

Là, je prends conscience qu'elle a peur. Cette nana qui n'a généralement peur de rien flippe de ce qui se prépare. Je glisse mes doigts entre les siens.

— Je suis là, je lui fais alors que je suis aussi terrifié qu'elle.

Et si ça changeait tout entre Brit et moi ?

Et si je ne ressentais rien pour ce bébé qui va bientôt naître ?

Et si j'étais un modèle minable pour lui ? Un père complètement nul ?

— À la prochaine contraction, dit Lucille, il va falloir pousser.

Elle lève les yeux sur moi.

— Papa, placez-vous derrière elle et, quand la contraction arrivera, vous l'aiderez à se redresser pour qu'elle puisse pousser.

Je la remercie intérieurement pour les consignes. *Ça* au moins, c'est dans mes cordes. Tandis que le visage de Brit s'empourpre et que son corps s'arc-boute, je pose mes mains sur ses épaules. Elle laisse échapper une plainte sourde, gutturale, comme si elle était à l'agonie.

— Inspirez profondément, conseille Lucille. On est au pic de la contraction… Maintenant, collez le menton contre votre poitrine et poussez le plus fort possible…

À bout de souffle, Brit devient toute molle puis elle hausse les épaules pour se libérer, comme si elle ne supportait pas le contact de mes mains sur elle.

— Lâche-moi, siffle-t-elle.

Lucille me fait signe d'approcher.

— Elle ne pense pas ce qu'elle dit.

— Bien sûr que si, bordel, lance Brit alors qu'une nouvelle contraction est en train de monter.

Lucille me lance un regard en haussant les sourcils.

— Venez vous mettre ici, suggère-t-elle. Je vais tenir la jambe gauche de Brit, et vous, vous tiendrez la droite…

Ce n'est pas un sprint, c'est un marathon. Une heure plus tard, les cheveux de Brit sont plaqués sur son front, sa tresse est tout emmêlée. Ses ongles ont dessiné de minuscules croissants de lune sur le dos de ma main et elle raconte n'importe quoi quand elle parle. Je ne sais pas combien de temps on va encore pouvoir tenir, tous les deux. Mais, au moment où cette pensée me traverse l'esprit, Lucille se redresse au milieu d'une longue contraction et l'expression de son visage se transforme.

— Attendez une minute, dit-elle avant de biper le docteur. Respirez très lentement, Brit… et préparez-vous à être maman.

Il ne s'écoule que deux minutes avant que le gynécologue fasse irruption dans la pièce et enfile une paire de gants en latex. Pourtant, encourager Brit à ne pas pousser équivaut à essayer de contenir un raz-de-marée avec un seul sac de sable. “Bonjour, madame Bauer, lance le docteur. Sortons-le, ce bébé.” Il s'assied sur un tabouret tandis que le corps de Brit se raidit de nouveau. Mon coude est enroulé autour de son genou pour qu'elle puisse prendre appui et, lorsque je baisse les yeux, le front de notre bébé apparaît, semblable à une lune, dans le creux de ses cuisses.

Elle est bleue. Alors qu'il n'y avait rien une fraction de seconde plus tôt, il y a maintenant une tête parfaitement ronde de la taille d'une balle de softball et elle est bleue.

Paniqué, je scrute le visage de Brit mais elle garde les yeux obstinément fermés, concentrée sur le boulot qu'elle est en train d'accomplir. La colère, qui frémit, semble-t-il en permanence, dans mon sang, se met à bouillir. *Ils sont en train de nous mener en bateau. Ils nous baratinent. Ces foutus…*

Au même instant, le bébé crie. Il débarque sur Terre dans un jet de sang et de liquide, hurlant et battant l'air de ses poings minuscules, rosissant enfin. Ils posent mon bébé – *mon fils* – sur la poitrine de Brit et l'essuient avec une serviette. Elle pleure et j'en fais autant. Son regard est rivé sur le bébé.

— Regarde ce que nous avons fabriqué, Turk.

— Il est parfait, je murmure contre sa peau. *Tu* es parfaite.

Elle enveloppe la tête de notre bébé dans sa main comme si nous formions un circuit électrique désormais complet. Comme si nous pouvions alimenter le monde entier.

Quand j'avais quinze ans, mon grand-père est tombé comme une pierre sous la douche, foudroyé par une crise cardiaque. J'ai réagi comme je réagissais pour tout à l'époque : j'ai cherché les embrouilles. Personne ne savait trop ce qu'il fallait faire de moi : ni ma mère qui s'était effacée jusqu'à se fondre dans la tapisserie, au point qu'il m'arrivait de passer à côté d'elle sans remarquer sa présence ; ni mon père qui avait déménagé à Brattleboro où il vendait des voitures dans une concession Honda.

J'ai rencontré Raine Tesco à la fin de ma première année de lycée. Greg, un pote de mon père, tenait un café alternatif (j'aimerais bien savoir ce que ça voulait dire, d'ailleurs : qu'on y servait du thé ?) et m'avait proposé un boulot à temps partiel. Comme je n'avais pas atteint l'âge légal pour travailler, Greg me payait au noir pour faire des courses et ranger la réserve, des trucs dans le genre. Raine, lui, était barman. Un de ses bras était couvert de tatouages et il fumait clope sur clope pendant ses pauses. Il avait un chihuahua de trois kilos baptisé Meat à qui il avait appris à tirer sur une cigarette.

Raine est la première personne à m'avoir vraiment *compris*. Je suis tombé sur lui dans l'arrière-cour, en allant balancer les poubelles dans la benne. Il m'a offert une clope alors que je n'étais encore qu'un gamin. J'ai fait semblant de savoir comment m'y prendre et, quand j'ai craché mes poumons, il ne s'est pas foutu de moi. "J'aimerais pas être à ta place, mec, ça craint", il m'a dit et j'ai hoché la tête. "Je veux dire, ton père ?" Il a fait une grimace avant d'imiter à la perfection mon père en train de commander un latte medium au lait de soja allégé, demi-caféiné, sans mousse.

Chaque fois que je rendais visite à mon père, Raine s'arrangeait pour me voir. Je lui racontais que je trouvais ça carrément injuste d'avoir été collé au bahut parce que j'avais tabassé un gars qui avait traité ma mère d'ivrogne. Il me répondait que le problème ne venait pas de moi mais de mes profs qui n'avaient pas conscience de mon potentiel ni de mon intelligence hors du commun. Il me filait des bouquins à lire, comme *Les Carnets de Turner*, pour me montrer que je n'étais pas le seul à avoir l'impression que des gens se liguaient contre moi pour me rabaisser sans cesse. Il me prêtait des CD de groupes suprémacistes que j'écoutais chez moi et ça sonnait comme des coups de marteau enfonçant des clous. Quand on se baladait dans sa voiture, il me faisait remarquer que tous les directeurs des grandes chaînes de télé avaient des noms juifs comme par exemple Moonves et Zucker, et que c'étaient eux qui diffusaient les informations, de sorte qu'on était obligés de gober ce qu'ils voulaient bien nous faire croire. En fait, il disait tout haut ce que les gens pensaient tout bas sans trouver le cran d'exprimer leurs opinions.

Si certains trouvaient bizarre qu'un gars de vingt piges traîne avec un gamin de quinze, ils n'en ont jamais rien dit. Je crois que mes parents étaient soulagés de me savoir avec Raine : pendant ce temps, au moins, je n'étais pas en train de bastonner quelqu'un, de sécher les cours ou de m'attirer des ennuis. Alors le jour où il m'a invité à aller à un festival avec des potes à lui, j'ai sauté sur l'occasion. "Y aura des groupes de musique ?", j'ai demandé, pensant qu'il s'agissait d'un de ces nombreux festivals qui fleurissaient au mois de juillet dans la campagne du Vermont.

— Ouais, mais ça ressemble plus à un camp d'été, m'a expliqué Raine. J'ai dit à tout le monde que tu venais. Ils sont hypercontents de faire ta connaissance.

C'était la première fois que quelqu'un était *hypercontent* de faire ma connaissance et j'ai senti monter en moi une certaine excitation. Le samedi, j'ai préparé mon sac à dos et mon duvet puis je me suis installé sur le siège passager avec Meat le chihuahua sur les genoux pendant que Raine allait chercher ses trois copains. Tous connaissaient mon prénom et j'ai compris qu'il leur avait vraiment parlé de moi. Ils portaient des T-shirts noirs ornés de l'inscription NADS sur la poitrine.

— Qu'est-ce que ça veut dire ? j'ai demandé.

— North American Death Squad*, a répondu Raine. C'est notre groupe à nous.

J'ai eu soudain très envie d'avoir un T-shirt comme eux.

— Et qu'est-ce qu'il faut faire pour entrer dans le groupe ? j'ai demandé d'un ton détaché.

L'un des types a rigolé.

— C'est eux qui te demandent d'y entrer.

À ce moment-là, j'ai décidé de faire tout ce qu'il faudrait pour décrocher une invitation.

On a roulé environ une heure puis Raine a pris une sortie et tourné à gauche devant un panneau écrit à la main et planté au bout d'un piquet, indiquant simplement EI. On a rencontré d'autres panneaux identiques, signalant des chemins qui coupaient à travers les champs de maïs, longeaient des granges délabrées et passaient même au milieu d'un pré où paissaient des vaches laitières. Alors que nous

* Escadron de la Mort nord-américain. *(Toutes les notes sont de la traductrice.)*

franchissions une crête, j'ai aperçu une centaine de voitures garées dans un champ boueux.

Ça ressemblait à une fête foraine. Sur une scène, un groupe jouait tellement fort que mon cœur s'est mis à cogner au rythme des basses. Des familles déambulaient en mangeant des beignets de saucisse et des beignets sucrés. Perchés sur les épaules de leur père, des gamins arboraient des T-shirts sur lesquels on pouvait lire : JE SUIS L'ENFANT BLANC POUR QUI IL FAUT PRÉSERVER LA RACE ! Au bout de sa laisse, Meat tournait autour de mes jambes et a fini par s'emmêler en engloutissant des restes de pop-corn tombés par terre. Un type a donné une tape sur l'épaule de Raine avant de lui adresser une espèce de salut codé et j'en ai profité pour m'éloigner de quelques pas en direction d'un stand de tir.

Un gros bonhomme avec des sourcils qui ressemblaient à des chenilles ondulant sur son front m'a souri.

— Tu veux essayer, mon gars ?

Un garçon d'à peu près mon âge était en train de tirer sur une cible accrochée à un tas de rondins de bois. Après avoir rendu le Browning semi-automatique au vieux type, il est allé chercher son carton de tir qui représentait le profil d'un homme avec un nez exagérément crochu.

— On dirait bien que tu l'as buté, ce youpin, Gunther, a lancé le gros bonhomme en souriant.

Puis il a soulevé Meat dans ses bras avant de désigner une table.

— Je tiens le toutou, a-t-il ajouté. Choisis celui qui te botte.

Il y avait plusieurs piles de cartons de tir : d'autres profils de Juifs mais aussi des Noirs avec des lèvres boursouflées et des fronts fuyants. Le visage de Martin Luther King Jr. était imprimé au centre d'une cible, surmonté de la légende : MON RÊVE S'EST ENFIN RÉALISÉ.

L'espace d'un instant, j'ai eu la nausée. Ces images me rappelaient les caricatures politiques que j'avais étudiées en cours d'histoire, des exagérations grossières qui avaient déclenché les guerres mondiales. Je me suis demandé quel genre de boîte pouvait bien imprimer des cibles comme celles-ci parce qu'une chose était sûre : on ne les trouvait certainement pas au rayon chasse du supermarché du coin. J'avais l'impression de découvrir une société secrète dont j'ignorais jusqu'alors l'existence et dont on venait de me murmurer le mot de passe à l'oreille.

J'ai attrapé un carton avec un Africain hirsute qui essayait de sortir du cœur de cible. Le type l'a accroché à un fil d'étendage.

— On a du mal à croire que c'est une silhouette, a-t-il fait en ricanant.

Puis il a posé Meat sur la table. Le chien s'est mis à renifler les cibles pendant qu'il faisait glisser la mienne au bout du tas de rondins.

— Tu sais te servir d'une arme ?

J'avais déjà tiré avec le pistolet de mon grand-père mais je n'avais encore jamais utilisé de machin comme ça. J'ai écouté le bonhomme m'expliquer le fonctionnement du fusil puis j'ai mis le casque et les lunettes de protection, calé la crosse contre mon épaule, plissé les yeux et appuyé sur la détente. Une salve de coups a retenti, semblable à une quinte de toux. Le bruit a attiré l'attention de Raine qui s'est mis à applaudir, impressionné, tandis que le carton revenait vers moi avec trois trous nets dans le front.

— Eh ben dis donc ! T'as ça dans le sang, mon gars, a déclaré Raine en pliant la cible avant de l'enfouir dans sa poche arrière pour pouvoir montrer un peu plus tard à ses amis que j'étais un sacré tireur d'élite.

J'ai attrapé la laisse de Meat et on a traversé l'espace réservé aux orateurs. Sur la scène, un homme tenait l'auditoire en haleine. Il avait une présence incroyable et sa voix m'a attiré comme un aimant, de sorte que je n'ai pas pu résister à l'envie de le voir de plus près. "J'aimerais vous raconter une petite histoire, disait-il. Celle d'un nègre de New York City – sans domicile fixe, évidemment. Il traînait dans Central Park et plusieurs personnes l'avaient entendu fulminer dans son sommeil, marmonner qu'il tabasserait bien un Blanc. Mais ces gens n'avaient pas compris que nous étions en guerre. Que nous devions protéger notre race. Donc, ils n'ont rien fait. Ils ont pris ces menaces pour les divagations d'un pauvre illuminé. Et que s'est-il passé ? Cet animal sauvage a abordé un Anglo-Saxon blanc – un homme comme vous, peut-être, ou comme moi, qui ne faisait rien d'autre que vivre la vie que Dieu lui avait confiée –, un homme qui s'occupait de sa vieille mère nonagénaire. L'animal sauvage a frappé cet homme qui s'est effondré. Sa tête a heurté le trottoir et il est mort sur le coup. Cet homme blanc qui se promenait tranquillement dans le parc a succombé à une blessure mortelle. Et maintenant, je vous pose la question : que s'est-il passé pour le nègre, à votre avis ? Eh bien, mes frères et sœurs... *absolument rien.*"

J'ai songé au meurtrier de mon frère qui était sorti libre du tribunal. J'ai regardé les gens autour de moi qui applaudissaient en hochant la tête et j'ai pensé : *je ne suis pas tout seul.*

— C'est qui ? j'ai demandé.

— Francis Mitchum, a murmuré Raine. Il fait partie de la vieille garde. C'est un peu une légende, tu vois.

Il avait prononcé le nom de l'orateur comme un homme pieux parlerait de Dieu : moitié chuchotement, moitié prière.

— Tu vois la toile d'araignée sur son coude ? Tu n'as pas le droit de porter ce tatouage tant que tu n'as pas tué quelqu'un. Et à chaque personne butée, tu te fais tatouer une mouche.

Raine a marqué une pause.

— Mitchum, lui, il en a dix.

“Pourquoi est-ce que les nègres ne sont jamais condamnés pour crime raciste ? a demandé Francis Mitchum mais c’était une question purement rhétorique. Pourquoi est-ce qu’ils s’en sortent toujours bien ? Ils ne seraient même pas domestiqués si les Blancs n’avaient pas été là pour les aider. Il n’y a qu’à regarder d’où ils viennent, en Afrique. Il n’y a aucun gouvernement civilisé, là-bas. Ils s’entretuent tous au Soudan. Les Hutus massacrent les Tutsis. Et c’est ce qu’ils font aussi dans notre pays. Prenez les gangs dans nos villes : ce ne sont que des guerres tribales entre nègres. Et voilà qu’ils s’en prennent maintenant aux Anglo-Saxons pur souche. *Parce qu’ils savent qu’ils ne seront pas condamnés.*”

Il a balayé la foule du regard avant de reprendre en haussant la voix :

— Tuer un nègre, c’est comme tuer un chevreuil.

Il s’est tu un instant.

— Après réflexion, je retire ce que je viens de dire. Le chevreuil, au moins, ça se mange.

Bien des années plus tard, je me suis fait la réflexion que, lors de ma première participation à un rassemblement de l’Empire Invisible – cette première fois où j’ai entendu Francis Mitchum parler –, Brit devait être là aussi puisqu’elle voyageait avec son père. J’aimais bien penser qu’elle se tenait peut-être derrière la scène et qu’elle l’écoutait hypnotiser la foule avec ses mots. Peut-être même qu’on s’était croisés devant le stand de barbe à papa ou qu’on avait regardé côte à côte les étincelles jaillir de la croix en feu et embraser le ciel d’été.

Et qu’on était faits pour se rencontrer.

Pendant une heure avec Brit, on échange des prénoms comme on lancerait la balle au baseball : Robert, Ajax, Erik, Odin. Chaque fois que je pense avoir trouvé quelque chose de fort et d’aryen, Brit se souvient d’un gamin de sa classe qui portait le même prénom et qui avait mangé son tube de colle ou vomi dans son tuba. Et chaque fois qu'elle propose un prénom qu'elle aime, je repense à un connard qui a croisé mon chemin un jour.

Quand mon tour arrive, je baisse les yeux sur le visage endormi de mon fils et, comme frappé par la foudre, je murmure : "Davis", comme Jefferson Davis le président des États confédérés.

Brit tourne le prénom dans sa bouche.

— C'est différent.

— C'est bien, la différence.

— Davis et pas Jefferson, précise-t-elle.

— Non parce que tout le monde l'appellera Jeff.

— Et Jeff, c'est le mec qui fume de l'herbe et qui vit chez sa mère, au sous-sol, ajoute Brit.

— Alors que Davis… Davis, c'est le gamin que tous les autres admirent.

— Pas Dave. Ni Davy ou David.

— Il donnera une raclée à tous ceux qui l'appelleront comme ça par erreur.

Je touche le bord de sa couverture pour éviter de le réveiller.

— Davis…

Ses petites mains frémissent comme s'il reconnaissait déjà son prénom.

— Il faut qu'on fête ça, murmure Brit.

Je lui souris.

— Tu crois qu'ils vendent du champagne à la cafétéria ?

— Tu sais ce qui me ferait vraiment plaisir ? Un milk-shake au chocolat.

— Je croyais que les envies, c'était avant la naissance…

Elle rit.

— Moi, je suis sûre que je vais pouvoir prendre l'excuse des hormones pendant encore trois mois, minimum…

Je me lève en me demandant si la cafétéria est ouverte à quatre heures du matin. Mais je n'ai pas vraiment envie de partir. Davis vient juste d'arriver, après tout.

— Et si je loupe quelque chose ? Un truc hyperimportant, tu imagines ?

— C'est pas comme s'il allait se lever pour marcher ou dire son premier mot, répond Brit. Si tu loupes quelque chose, ce sera son premier caca et, à mon avis, c'est un truc que tu as très envie de manquer.

Elle me fixe avec ses yeux bleus, parfois aussi sombres que la mer et d'autres fois aussi transparents que le verre, qui peuvent me faire faire n'importe quoi.

— C'est juste cinq minutes, dit-elle.

— Cinq minutes.

Je regarde encore une fois le bébé. J'ai l'impression que mes Doc Martens sont collées au sol. Je veux rester ici et compter encore ses doigts et ses ongles incroyablement minuscules. Je veux regarder ses épaules se soulever et s'abaisser au rythme de sa respiration. Je veux voir ses lèvres se rapprocher comme s'il embrassait quelqu'un dans ses rêves. C'est dingue de l'observer, petit être de chair et de sang, et de se dire que, Brit et moi, on a été capables de construire quelque chose de concret et de solide à partir d'un matériau aussi intangible et flou que l'amour.

— Avec de la crème fouettée et une cerise, lance Brit, mettant un terme à ma rêverie. S'ils en ont.

Je sors dans le couloir à contrecœur et je passe devant le bureau des infirmières en direction des ascenseurs. En bas, la cafétéria est ouverte, tenue par une femme coiffée d'un filet à cheveux, penchée sur une grille de mots mêlés.

— Vous faites des milk-shakes ? je lui demande.

Elle lève les yeux.

— Non.

— Alors vous avez des glaces ?

— Oui, mais pas pour le moment. Le camion nous livre tous les matins.

Je n'ai pas l'air de l'intéresser plus que ça : elle baisse déjà les yeux sur son jeu.

— Je viens d'avoir un bébé.

— Waouh. Un vrai miracle médical, si vous voulez mon avis.

— Enfin, ma femme vient d'avoir un bébé, je rectifie. Et elle veut un milk-shake.

— Et moi, je veux un billet de loto gagnant et l'amour indéfectible de Benedict Cumberbatch mais je suis obligée de me contenter de cette vie trépidante à la place.

Elle me dévisage et j'ai la nette impression de lui faire perdre son temps, comme si une centaine de personnes faisaient la queue derrière moi.

— Vous voulez un conseil ? Achetez-lui des friandises. Tout le monde aime le chocolat, ajoute-t-elle en tâtonnant à l'aveugle derrière elle avant de me présenter une boîte de chocolats Ghirardelli.

Je la retourne, jette un coup d'œil à l'étiquette.

— C'est tout ce que vous avez ?

— Les Ghirardelli sont en promotion.

En remettant la boîte dans le bon sens, j'aperçois le label O-U qui certifie que le produit est casher et qu'on verse une taxe à la mafia juive en l'achetant. Je la replace sur l'étagère et prends un paquet de Skittles que je pose sur le comptoir avec deux dollars.

— Gardez la monnaie.

Juste après sept heures, la porte s'ouvre et me voilà soudain sur mes gardes.

Depuis que Davis est né, Lucille est venue nous voir à deux reprises pour vérifier que Brit et le bébé allaient bien et pour regarder comment il tétait. Mais ça… ça, ce n'est pas Lucille.

— Je m'appelle Ruth, dit-elle. Je serai votre infirmière aujourd'hui.

Une seule pensée me vient à l'esprit : *plutôt crever.*

Il me faut rassembler toute ma force de volonté pour ne pas l'empêcher d'approcher ma femme et mon fils. Mais la sécurité est à portée de sonnette, et si je me fais expulser de l'hôpital, à quoi ça nous avancera ? Si je ne suis plus là pour protéger ma famille, j'aurai perdu la bataille.

Je m'avance donc au bord de mon fauteuil. Tous les muscles de mon corps se tendent, prêts à réagir.

Brit serre Davis tellement fort contre elle que j'ai peur qu'il se mette à pleurer.

— Il est adorable ! fait l'infirmière noire. Comment s'appelle-t-il ?

Ma femme m'interroge du regard. Elle n'a pas plus envie d'adresser la parole à cette infirmière que de parler avec une chèvre ou n'importe quel autre animal. Mais elle sait comme moi que les Blancs sont désormais minoritaires dans ce pays, que nous sommes constamment menacés et que nous devons donc faire profil bas.

J'abaisse très légèrement mon menton, tellement discrètement que je me demande un instant si Brit l'a remarqué.

— Il s'appelle Davis, répond-elle d'une voix crispée.

L'infirmière s'approche de nous en expliquant qu'elle doit examiner Davis mais Brit recule instinctivement.

— Vous n'êtes pas obligée de me le donner, précise l'infirmière.

Ses mains se promènent sur mon fils et j'ai l'impression de voir une sorcière folle. Elle plaque le stéthoscope dans son dos puis le glisse entre lui et Brit. Elle dit quelque chose à propos du cœur de Davis mais j'entends à peine à cause du sang qui bourdonne dans mes oreilles.

Ensuite, elle le soulève dans ses bras.

Brit et moi, on est tellement choqués qu'elle nous ait pris notre bébé – elle l'a emmené sur la table à langer pour lui donner son bain, mais quand même – que, pendant une fraction de seconde, aucun de nous n'arrive à parler.

Elle est penchée au-dessus de mon garçon, je fais un pas dans sa direction mais Brit me retient par le pan de ma chemise. *Ne fais pas de scandale.*

Je suis censé rester là sans rien faire ?

Tu veux vraiment qu'elle sache que tu es en rogne et qu'elle se venge sur lui ?

Je veux que Lucille revienne. Elle est passée où, Lucille ?

Je sais pas. Peut-être qu'elle est partie.

Comment est-ce qu'elle peut faire ça alors que sa patiente est encore là ?

Je n'en ai pas la moindre idée, Turk. Ce n'est pas moi qui gère cet hôpital.

Je surveille l'infirmière noire avec le regard perçant d'un aigle tandis qu'elle passe un gant de toilette sur Davis, qu'elle lui lave les cheveux et l'enveloppe de nouveau dans une couverture. Elle lui attache un petit bracelet électronique autour de la cheville, comme ceux que portent certains détenus en liberté conditionnelle. Comme si le système l'avait déjà puni.

Je fixe l'infirmière noire avec une telle intensité que je ne serais pas surpris de la voir s'embraser. Elle me sourit mais son sourire ne monte pas complètement jusqu'à ses yeux.

— Et voilà, dit-elle, propre comme un sou neuf. Maintenant, nous allons essayer de le faire téter.

Lorsqu'elle se penche vers Brit pour écarter le col de sa blouse d'hôpital, je n'y tiens plus.

— Éloignez-vous d'elle, je lui ordonne d'une voix sourde et tranchante. Je veux parler à votre supérieur.

Un an après mon premier rassemblement de l'Empire Invisible, Raine m'a demandé si je voulais intégrer l'Escadron de la Mort nord-américain. Ça ne suffisait plus que je partage les opinions de Raine, à savoir que les Blancs sont la race dominante. Ça ne suffisait pas que j'aie lu *Mein Kampf* trois fois. Pour être vraiment un des leurs, il fallait que je fasse mes preuves et Raine a promis que je saurais où et quand je devrais passer à l'acte.

Une nuit, alors que je dormais chez mon père, j'ai été tiré du sommeil par des coups frappés à la fenêtre de ma chambre. Ils ne risquaient pas de réveiller la maisonnée : parti à Boston pour un dîner d'affaires, mon père ne devait pas rentrer avant minuit. À peine avais-je tourné la poignée que Raine et deux autres types se sont engouffrés à l'intérieur, vêtus de tenues de ninja noires. Raine m'a tout de suite plaqué au sol, appuyant sur ma gorge avec son avant-bras.

— Règle numéro un, a-t-il chuchoté. N'ouvre jamais la porte sans savoir qui se trouve de l'autre côté.

Il a attendu que j'aperçoive les fameuses trente-six chandelles avant de relâcher la pression.

— Règle numéro deux : ne prends jamais de prisonniers.

— Je ne comprends pas.

— Ce soir, Turk, nous sommes les gardiens, a-t-il expliqué. Nous allons débarrasser le Vermont de sa vermine.

J'ai trouvé un bas de jogging noir et un sweat-shirt imprimé que j'ai enfilé à l'envers pour qu'il soit noir aussi. Comme je n'avais pas de casquette noire, Raine m'a prêté la sienne puis il a attaché ses cheveux en queue-de-cheval. On a pris sa voiture et on a roulé jusqu'à Dummerston en faisant circuler une bouteille de Jägermeister tandis que les enceintes déversaient du punk à plein volume.

Je ne connaissais pas le Rainbow Cattle Company mais dès qu'on est arrivés j'ai compris ce que c'était. Des hommes traversaient le parking pour se rendre au bar en se tenant par la main et, chaque fois que la porte s'ouvrait, on apercevait une scène brillamment éclairée sur laquelle une drag-queen chantait en playback.

— Quoi que tu fasses, ne te penche surtout pas en avant, a ricané Raine.

— Qu'est-ce qu'on fout là ? j'ai demandé, pas trop sûr de savoir pourquoi il m'avait traîné dans un bar gay.

Au même moment, deux types enlacés sont sortis du bâtiment.

— Ça, a fait Raine en se ruant sur l'un des gars et en cognant son crâne contre le sol.

Son petit copain qui s'était mis à courir dans l'autre direction a vite été rattrapé par les potes de Raine.

La porte s'est ouverte de nouveau et un autre couple d'hommes a émergé dans la nuit. Leurs têtes se touchaient et ils riaient, probablement d'une blague. L'un des deux a sorti de sa poche un trousseau de clés et, lorsqu'il s'est tourné vers le parking, les phares d'une voiture ont éclairé son visage.

J'aurais dû capter plus tôt : le rasoir électrique dans l'armoire à pharmacie alors que mon père utilisait un rasoir mécanique ; le détour qu'il faisait tous les jours, matin et soir, pour prendre un café dans le bar de Greg ; la façon dont il avait quitté ma mère toutes ces années plus tôt, sans un mot d'explication ; et mon grand-père qui n'avait jamais pu le blairer. J'ai tiré sur la visière de ma casquette noire et remonté le tour de cou en laine polaire que Raine m'avait passé pour qu'on ne me reconnaisse pas.

Hors d'haleine, Raine a décoché un dernier coup de pied à sa victime avant de laisser le type détaler dans l'obscurité. Puis il s'est redressé, m'a souri et a incliné la tête sur le côté, attendant que je prenne le relais. À cet instant, j'ai compris que Raine savait depuis le début alors que je n'avais jamais rien soupçonné.

Quand j'avais six ans, notre chaudière a explosé tandis qu'il n'y avait personne à la maison. Je me rappelle avoir demandé à l'expert de la compagnie d'assurances venu évaluer les dégâts comment cela avait bien pu se produire. Il a baragouiné un truc sur les soupapes de sécurité et la corrosion puis il s'est redressé et m'a expliqué que, lorsqu'il y a trop de vapeur et que la structure n'est pas assez solide pour la contenir, ça se termine généralement comme ça. Pendant seize ans, j'avais emmagasiné de la vapeur parce que je n'étais pas mon frère mort et que je ne pourrais jamais le remplacer, parce que j'avais été incapable d'empêcher la séparation de mes parents, parce que je n'étais pas le petit-fils dont rêvait mon grand-père, parce que j'étais trop bête, trop colérique ou trop bizarre. Quand je repense à ce moment, je vois rouge : attraper mon père par le cou et lui marteler le front contre le trottoir ; lui tordre le bras dans le dos et lui balancer des coups de pied dans les reins jusqu'à ce qu'il crache du sang. Retourner son corps inerte et le traiter de tantouse en enfonçant mon poing dans sa gueule encore et encore. Me débattre quand Raine me force à le suivre parce que le hurlement des sirènes grossit et qu'un flot de lumière bleue et rouge inonde le parking.

Comme toutes les nouvelles, celle-ci s'est vite répandue et, ce faisant, elle a pris de l'ampleur et s'est transformée : la dernière recrue de l'Escadron de la Mort nord-américain, à savoir moi, avait tabassé six types d'un coup. J'avais un tuyau de plomb dans une main et un couteau dans l'autre. J'avais arraché l'oreille d'un gars avec mes dents et avalé le lobe.

Rien de tout cela n'était vrai, bien sûr. Mais ça, oui : j'avais frappé mon père si violemment qu'il avait fini à l'hôpital où on avait dû le nourrir pendant plusieurs mois à la paille.

Et pour cela, j'étais devenu une légende.

— On veut l'autre infirmière, je dis à Mary ou Marie – peu importe comment s'écrit le prénom de l'infirmière en chef. Celle qui était là cette nuit.

Elle demande à l'infirmière noire de partir et nous nous retrouvons seuls dans la pièce. J'ai baissé mes manches mais son regard glisse encore sur mon avant-bras.

— Je peux vous assurer que Ruth a plus de vingt ans d'expérience dans ce service, dit-elle.

— Ce n'est pas son expérience que je remets en cause. Je crois que nous le savons tous les deux.

— Nous ne pouvons démettre de ses fonctions un membre de l'équipe soignante à cause de sa race. C'est de la discrimination.

— Si je demandais une gynéco femme à la place d'un gynéco homme, est-ce que ce serait de la discrimination ? demande Brit. Ou un médecin à la place d'un étudiant en médecine ? Vous accédez tout le temps à ce genre de demandes.

— C'est différent.

— Dans quel sens, au juste ? j'insiste. À ma connaissance, vous travaillez dans une entreprise de services, je suis le client, et vous, vous êtes chargée de veiller au bien-être des clients.

Je me lève en prenant une longue inspiration. Je la domine de toute ma taille, l'intimide intentionnellement.

— Je préfère ne pas imaginer l'angoisse des parents présents dans les autres chambres si… disons, si les choses dégénéraient. Si, au lieu d'avoir cette gentille petite conversation, nous commencions à hausser le ton. Et si les autres patientes craignaient à leur tour que leurs droits soient bafoués.

L'infirmière pince ses lèvres.

— Êtes-vous en train de me menacer, monsieur Bauer ?

— Je ne crois pas que ça soit nécessaire. Et vous ?

Il existe une hiérarchie dans la haine et elle diffère selon les individus. Personnellement, je hais plus les Chicanos que les

Asiatiques et encore plus les Juifs, et tout en haut de l'échelle il y a les Noirs. Mais plus encore que n'importe lequel de ces groupes, les gens que nous haïssons par-dessus tout sont les Blancs antiracistes. Parce que ce sont des renégats.

Pendant quelques instants, j'attends de voir si Marie fait partie de ceux-là.

Un muscle tressaute dans son cou.

— Je suis sûre que nous allons trouver une solution qui conviendra à tout le monde, murmure-t-elle. Je vais mettre une note dans le dossier de Davis indiquant vos… souhaits.

— Je crois que c'est une bonne idée.

Elle sort de la chambre d'un air pincé et Brit éclate de rire.

— Oh, mon cœur, j'adore quand tu montes sur tes grands chevaux comme ça. Même si ça veut dire qu'elles vont cracher dans ma compote avant de me la servir.

Je me penche vers le berceau et soulève Davis dans mes bras. Il mesure à peine la longueur de mon avant-bras.

— Je t'apporterai des gaufres de la maison à la place.

J'approche mes lèvres du front de mon fils et je murmure une promesse contre sa peau, comme un secret entre nous : "Et toi… toi, je te protégerai jusqu'à la fin de mes jours."

Deux ans après mon intégration au sein du Mouvement pour la Suprématie blanche, alors que je dirigeais le NADS du Connecticut, le foie de ma mère a finalement lâché. Je suis retourné chez moi pour régler la succession et vendre la maison de mon grand-père. En triant ses affaires, je suis tombé sur la transcription du procès de mon frère. Je ne sais pas comment elle avait récupéré ça ; elle avait dû faire des pieds et des mains pour l'obtenir. Assis sur le plancher du salon, entouré de cartons qui termineraient au Goodwill du coin ou à la déchetterie, j'ai lu la transcription, page après page.

Une bonne partie des dépositions ne me disait rien du tout, comme si je n'avais pas assisté à chaque minute du procès. Est-ce que j'étais trop jeune pour m'en souvenir ou est-ce que j'avais délibérément oublié ? Toujours est-il que les témoignages se concentraient sur la ligne médiane de la route et les résultats des tests de toxicologie. Pas ceux de l'accusé – ceux de mon frère. C'était la voiture de Tanner qui avait dévié sur la voie d'en face parce qu'il était défoncé. Les schémas des traces de pneus parlaient d'eux-mêmes : ils prouvaient que l'homme accusé d'homicide involontaire avait fait tout son possible pour éviter une voiture sortie de sa voie pour rouler sur la sienne. Ce qui expliquait pourquoi le jury n'avait pas pu établir avec certitude que l'accident de voiture incombait à la seule responsabilité de l'accusé.

Je suis resté assis un long moment avec le dossier sur mes genoux. À lire. Et relire.

Mais moi, voilà comment je vois les choses : si ce nègre n'avait pas pris le volant cette nuit-là, mon frère ne serait pas mort.

RUTH

En vingt ans de carrière, je n'ai été congédiée qu'une seule fois par une patiente et cela n'a duré que deux heures. Elle a crié au meurtre et m'a lancé un vase à la figure alors qu'elle était en plein travail. Mais elle accepté que je m'occupe de nouveau d'elle quand je lui ai apporté de quoi la soulager.

Après que Marie m'a demandé de sortir, je reste un moment dans le couloir et je secoue la tête.

— C'était quoi, le problème ? demande Corinne en levant les yeux d'un dossier qu'elle consulte devant le bureau des infirmiers.

— Encore un père champion du monde, dis-je, pince-sans-rire.

Corinne grimace.

— Pire que Monsieur Vasectomie ?

Un jour, je me suis occupée d'une patiente dont le mari avait subi une vasectomie deux jours plus tôt. Chaque fois que sa femme se plaignait d'avoir mal, il se plaignait aussi. À un moment, il m'a appelée alors qu'il se trouvait dans la salle de bains puis il a baissé son pantalon pour me montrer son scrotum enflammé tandis que ma patiente continuait de râler et de geindre de l'autre côté de la cloison. "Je lui ai pourtant dit d'appeler le docteur", avait-elle gémi.

Mais Turk Bauer n'est ni idiot ni égoïste ; à sa manière d'exhiber son tatouage du drapeau confédéré, je dirais plutôt qu'il n'apprécie pas beaucoup les personnes de couleur.

— Pire que ça.

Corinne hausse les épaules.

— Oh ! Marie est douée pour raisonner les gens, déclare-t-elle. Je suis sûre qu'elle va réussir à régler le problème.

Pour ça, il faudrait qu'elle me change en Blanche. Mais je ne le dis pas à Corinne.

— Je fais un saut à la cafétéria, j'en ai pour cinq minutes. Tu veux bien me remplacer ?

— À condition que tu me rapportes des Twizzlers.

À la cafétéria, je reste plusieurs minutes devant le comptoir, plongée dans mes pensées. Je revois le tatouage sur le bras de Turk Bauer. Je n'ai pas de problèmes avec les Blancs. J'habite dans un quartier blanc, j'ai des amis blancs, j'envoie mon fils dans une école majoritairement fréquentée par des Blancs. Je suis avec eux comme je veux qu'ils soient avec moi : mes relations se construisent à partir des qualités personnelles de chacun en tant qu'être humain, pas en fonction de leur couleur de peau.

Mais, là encore, les Blancs avec qui je travaille et je déjeune et les enseignants de mon fils ne sont pas pétris de préjugés.

J'attrape un sachet de Twizzlers pour Corinne et je remplis un gobelet de café que j'emporte vers le buffet des condiments où l'on trouve du lait, du sucre et des édulcorants. Une vieille dame est en train de se battre avec le couvercle du pichet de crème liquide qu'elle n'arrive pas à soulever. Elle a laissé son sac à main sur le comptoir mais, en me voyant approcher, elle le récupère et le serre contre elle en passant un bras au-dessus de la bandoulière.

— Oh, ce pichet est parfois capricieux, lui dis-je. Je peux vous aider ?

Elle me remercie en souriant lorsque je lui rends la verseuse. Je suis sûre qu'elle ne s'est même pas rendu compte d'avoir repris son sac en m'apercevant.

Mais moi, si.

Laisse tomber, Ruth. Je ne suis pas le genre de personne à voir le mal partout. Ça, c'est ma sœur, Adisa. J'entre dans la cabine d'ascenseur et je regagne mon service. En arrivant, je lance les Twizzlers à Corinne puis je me dirige vers la porte de Brittany Bauer. Son dossier et celui du petit Davis se trouvent à l'extérieur. J'attrape celui du bébé pour m'assurer que le pédiatre sera bien alerté au sujet de l'éventuelle présence d'un souffle au cœur. Mais lorsque j'ouvre la chemise, je tombe sur un Post-it rose fluo collé sur la page de garde.

AUCUN SOIGNANT AFRICAIN-AMÉRICAIN N'EST AUTORISÉ À S'OCCUPER DE CE BÉBÉ

Une onde de chaleur envahit mon visage. Marie n'est pas dans le bureau des infirmières en chef. Je passe méthodiquement le service au peigne fin et la trouve en définitive dans la nursery, en pleine conversation avec l'un des pédiatres.

— Marie, dis-je en plaquant un sourire sur mon visage, peux-tu m'accorder quelques minutes ?

Elle me suit jusqu'au bureau des infirmières mais je n'ai aucune envie d'avoir cette discussion en public, alors je bifurque vers la salle de repos.

— C'est une blague ?

Elle ne fait pas semblant de ne pas comprendre.

— Ce n'est rien, Ruth. Dis-toi que c'est pareil quand les familles demandent un traitement particulier au nom de leurs croyances religieuses.

— Tu ne peux pas comparer ça à une croyance religieuse.

— Ce n'est qu'une formalité. Le père m'a tout l'air d'un excité, Ruth. J'ai pensé que ce serait le meilleur moyen de le calmer avant qu'il n'aille trop loin.

— Parce que c'est pas aller trop loin, ça ?

— Écoute, insiste Marie, si tu veux mon avis, c'est un service que je te rends. Tu n'auras plus à supporter ce type. Franchement, Ruth, ça n'a rien de personnel.

— Ah oui, bien sûr. Tu peux me dire combien de soignants africains-américains travaillent dans ce service ?

Nous connaissons toutes les deux la réponse à cette question. Un gros zéro pointé.

Je plonge mon regard dans le sien.

— Tu ne veux pas que je touche à ce bébé ? Très bien. C'est noté.

Je sors en claquant derrière moi la porte qui tremble contre le chambranle.

La religion s'est invitée une fois au cours de ma carrière de sage-femme. Un couple musulman avait été admis à la Maternité et le père m'a aussitôt expliqué qu'il devait être la première personne à s'adresser au nouveau-né. Après l'avoir écouté, je lui ai répondu que je ferais tout mon possible pour exaucer son souhait mais que, si des complications devaient survenir, ma priorité absolue consisterait à sauver le bébé, ce qui nécessiterait des échanges verbaux et signifierait que le silence ne serait certainement pas possible dans la salle d'accouchement.

J'ai laissé le couple discuter en tête à tête de ce que je venais de dire. Au bout d'un moment, l'homme m'a rappelée. "S'il y a des complications, a-t-il déclaré, j'espère qu'Allah comprendra."

Finalement, l'accouchement s'est déroulé comme dans un rêve. Juste avant la naissance du bébé, j'ai rappelé au gynécologue la requête du père et ce dernier a cessé de commenter l'arrivée du bébé seconde par seconde, comme dans un match de football – d'abord la tête puis l'épaule droite et enfin l'épaule gauche. Seul le vagissement du nouveau-né a perturbé le silence qui régnait dans la pièce. J'ai pris l'enfant, visqueux comme un vairon, l'ai enveloppé d'une couverture puis l'ai placé dans les bras de son père. L'homme s'est incliné vers la minuscule tête de son fils et lui a murmuré quelques phrases en arabe. Puis il a posé le bébé dans les bras de sa femme et le bruit a de nouveau explosé dans la salle.

Un peu plus tard dans la journée, je suis passée voir si mes deux patients se portaient bien et les ai trouvés tous les deux endormis. Debout près du berceau, le père contemplait son enfant avec l'air de celui qui ne comprend pas vraiment comment tout cela a bien pu arriver. C'est une expression que je décèle souvent sur le visage des papas, pour qui la grossesse ne devient réelle qu'à ce moment-là. Une mère dispose de neuf mois pour s'habituer à partager l'espace qui abrite son cœur. Pour un père, en revanche, ça vient d'un coup, comme un ouragan modifiant à jamais le paysage. “Quel beau garçon vous avez là”, ai-je dit et je l'ai vu avaler sa salive. J'avais appris qu'il n'existait pas de mots adéquats pour exprimer certains sentiments. Après quelques instants d'hésitation, j'ai posé la question qui n'avait pas quitté mon esprit depuis l'accouchement : “Si ce n'est pas indélicat de ma part, puis-je vous demander ce que vous avez murmuré à votre fils ?”

“L'adhan, a répondu le père. *Dieu est grand ; il n'y a pas d'autre Dieu qu'Allah. Mohammed est le messager d'Allah.*”

Il a levé les yeux sur moi et m'a souri.

“Dans la religion musulmane, les premiers mots que doit entendre un nouveau-né sont une prière.”

Ça paraissait tellement juste, quand on sait que chaque bébé est un miracle à part entière.

La requête de ce père musulman et celle formulée par Turk Bauer sont aussi différentes que le jour et la nuit.

Aussi différentes que l'amour et la haine.

Comme c'est un après-midi chargé, je n'ai pas le temps de parler à Corinne de la nouvelle patiente dont elle a hérité avant que nous n'enfilions nos manteaux et nous dirigions vers l'ascenseur.

— C'était quoi, cette histoire ? demande ma collègue.

— Marie m'a retiré la patiente parce que je suis noire.

Corinne fronce le nez.

— Ça ne ressemble pas à Marie, pourtant.

Je me tourne vers elle, les mains figées sur les revers de mon manteau.

— Tu me traites de menteuse, c'est ça ?

Corinne pose une main sur mon bras.

— Mais non, enfin. C'est juste qu'il doit y avoir autre chose, j'en suis sûre.

Je m'en veux de reporter ma frustration sur Corinne, surtout que c'est elle qui se retrouve avec cette horrible famille sur les bras. Je m'en veux d'être remontée contre elle, alors qu'en réalité je suis furieuse contre Marie. Corinne, c'est ma complice depuis toujours, pas ma rivale. Pourtant, j'ai l'impression que je pourrais parler pendant des heures, parler à en perdre haleine sans qu'elle comprenne vraiment ce que j'éprouve.

Ce n'est pas si bête que ça, d'ailleurs : si je parlais à en perdre haleine, je deviendrais toute bleue et les Bauer m'accepteraient de cette couleur.

— Peu importe, dis-je. Ce bébé n'est rien pour moi.

Corinne incline la tête de côté.

— Tu veux aller boire un verre de vin avant de rentrer ?

Je sens mes épaules se décontracter.

— Je ne peux pas. Edison m'attend à la maison.

La sonnette de l'ascenseur retentit, les portes coulissent. C'est la fin d'un service, la cabine est bondée. Un océan de visages blancs me fixe d'un air impassible.

Je ne pense pas à ça d'habitude mais ça me saute aux yeux, tout à coup.

J'en ai assez d'être la seule infirmière noire de la Maternité.

J'en ai assez de prétendre que ça n'a pas d'importance.

J'en ai assez.

— Tu sais quoi ? dis-je en me tournant vers Corinne. Je crois que je vais prendre l'escalier.

À l'âge de cinq ans, je n'arrivais pas à prononcer correctement les mots commençant par deux consonnes. Je savais lire dès trois ans grâce aux leçons assidues que nous donnait ma mère en rentrant chaque soir du travail, et pourtant, si je rencontrais le mot *train*, je le prononçais "rain". Même mon nom de famille, Brooks, devenait "rooks" dans ma bouche. J'étais incapable d'intégrer cette notion. Maman est donc allée acheter un manuel sur les consonnes doubles dans une librairie puis m'a aidée un an durant dans mon apprentissage. Ensuite, elle m'a inscrite à un test d'évaluation pour enfants précoces, et au lieu d'aller à l'école de Harlem, où nous habitions, ma sœur et moi avons pris le bus avec elle tous les matins pour nous rendre dans une école publique située dans l'Upper West Side. Situé à une heure et demie de trajet de notre domicile, l'établissement était majoritairement fréquenté par des élèves de confession juive. Elle m'accompagnait jusqu'à la porte de ma classe puis attrapait un métro pour aller travailler chez les Hallowell.

Mais ma sœur Rachel n'était pas aussi studieuse que moi et le trajet nous épuisait toutes les trois. Nous avons donc réintégré notre ancienne école de Harlem où j'ai effectué mon année de CE1. Mon avance et mes acquis se sont passablement émoussés là-bas. Catastrophée, maman en a parlé à Mme Mina, sa patronne, qui m'a obtenu un entretien à Dalton. Sa fille Christina fréquentait cet établissement privé qui souhaitait s'ouvrir à la diversité ethnique. J'ai décroché une bourse couvrant la totalité de mes frais de scolarité, je suis restée première de ma classe, j'ai reçu des prix à chaque conseil de classe et j'ai bûché d'arrache-pied pour remercier ma mère de m'avoir fait confiance. Tandis que Rachel sympathisait avec les gamins de notre quartier, je ne connaissais personne. Je n'étais pas vraiment à ma place à Dalton et pas à ma place non plus à Harlem, c'était évident. J'étais peut-être une élève brillante mais certains concepts d'intégration m'échappaient encore, comme quand j'apprenais à lire.

Il y avait bien quelques élèves qui m'invitaient chez elles, des filles qui disaient des trucs comme "Mais tu ne parles pas du tout comme une Noire!" ou "Je ne te vois pas du tout comme ça!". Bien sûr, aucune de ces filles n'est jamais venue me voir à Harlem. Elles trouvaient toujours une excuse: un cours de danse, une réunion de famille, une tonne de devoirs. Je les imaginais parfois avec leurs longues chevelures blondes et leurs appareils dentaires en train de passer devant la petite agence d'encaissement de chèques à l'angle de notre rue. C'était comme imaginer un ours polaire sous les tropiques et je ne m'attardais jamais là-dessus pour éviter de me demander si c'était également ainsi qu'elles me voyaient, à Dalton.

Lorsque j'ai été admise à Cornell alors qu'un grand nombre de mes camarades de classe ont été recalés, je n'ai pas pu m'empêcher de prêter l'oreille aux messes basses. *C'est parce qu'elle est noire.* Que ma moyenne soit excellente et que j'aie réussi haut la main les examens d'entrée à l'Université, tout ça ne comptait pas. Pas plus que je ne puisse pas me permettre d'aller étudier à Cornell et que j'accepte plutôt la bourse intégrale que me proposait l'université SUNY Plattsburgh. "Ma chérie, m'a dit ma mère, ce n'est pas facile pour une jeune fille noire d'avoir des exigences. Tu dois leur montrer que tu n'es pas une fille noire. Tu es Ruth Brooks." Elle a serré ma main dans la sienne. "Tu profiteras de toutes les bonnes choses qui se présentent à toi – pas parce que tu les auras mendiées et pas non plus à cause de ta couleur de peau. Mais parce que tu les auras méritées."

Je sais que je ne serais pas devenue infirmière si maman ne s'était pas échinée au travail pour me pousser au beau milieu du chemin menant aux études. Et il y a belle lurette que j'ai décidé d'éviter à mon propre enfant certains des problèmes auxquels j'ai été moi-même confrontée. C'est pourquoi, lorsque Edison a soufflé sa deuxième bougie, mon mari et moi avons décidé d'emménager dans un quartier blanc doté de meilleures écoles, même si cela signifiait que nous serions l'une des seules familles de couleur du voisinage. Nous avons donc quitté notre appartement en bordure des voies de chemin de fer à New Haven et, après avoir vu "disparaître" de nos recherches plusieurs maisons que nous avions repérées parce que l'agence immobilière avait découvert que nous étions noirs, nous avons fini par dénicher un logement minuscule dans le quartier très résidentiel d'East End. Là, j'ai inscrit Edison à l'école maternelle afin qu'il soit scolarisé en même temps que les autres enfants de son âge et que personne ne le considère comme un intrus. Dès le début, il s'est inséré dans leur groupe. Quand il voulait inviter ses copains à venir dormir à la maison, les parents ne pouvaient pas prétendre qu'il habitait un endroit trop dangereux. C'était aussi leur quartier, après tout.

Et ça a fonctionné. Ça a fonctionné du tonnerre, même. Au début, il a fallu que je sois là pour défendre ses intérêts

– je voulais m'assurer que ses professeurs remarquent tout autant son intelligence que sa couleur de peau – mais le jeu en valait la chandelle : Edison fait partie des trois meilleurs élèves de sa classe. Il a décroché une bourse du Mérite national. Il va entrer à l'Université et fera exactement ce qu'il a envie de faire.

J'ai passé ma vie à travailler pour ça.

Quand je rentre à la maison, Edison est en train de faire ses devoirs sur la table de la cuisine. "Salut, mon chéri", dis-je en déposant un baiser sur le sommet de son crâne. Je ne peux faire ça que lorsqu'il est assis, maintenant. Je me souviens encore du jour où je me suis rendu compte qu'il était plus grand que moi ; ça m'a fait tout drôle de devoir lever les bras au lieu de les baisser pour le serrer contre moi et de savoir que l'enfant que j'avais soutenu tout au long de son existence était désormais capable de me soutenir, moi.

— Ça a été, au travail ? demande-t-il sans lever les yeux.

Je me force à sourire.

— Oh, la routine.

J'enlève mon manteau, je ramasse le blouson qu'Edison a jeté sur le dossier du canapé et vais accrocher les deux vêtements dans la penderie.

— Je ne suis pas la femme de ménage, à ce que je sache…

— Alors t'as qu'à le laisser ici ! explose Edison. Pourquoi est-ce que tout est toujours de ma faute ?

Il s'écarte de la table avec une telle rapidité qu'il manque de renverser la chaise. Laissant en plan son ordinateur portable et son cahier ouvert, il sort de la cuisine en trombe. J'entends claquer la porte de sa chambre.

Ce n'est pas mon fils, ça. Mon fils, c'est le garçon qui porte les sacs de course de la vieille Mme Laska jusqu'à son appartement du troisième étage, sans qu'on ait besoin de le lui demander. C'est le garçon qui tient la porte ouverte pour les dames qui le suivent, qui dit "S'il vous plaît" et "Merci", qui garde dans le tiroir de sa table de chevet toutes les cartes d'anniversaire que je lui ai écrites.

Parfois, une jeune maman tenant dans ses bras un bébé en pleurs se tourne vers moi et me demande : "Comment suis-je censée savoir ce qu'il veut ?" À bien des égards, s'occuper d'un adolescent n'est guère différent que de s'occuper d'un nourrisson. Il faut apprendre à décrypter leurs réactions parce qu'ils sont incapables de dire exactement ce qui ne va pas.

Je refrène donc mon envie de rejoindre Edison dans sa chambre pour le prendre dans mes bras et le bercer doucement comme lorsqu'il était petit et qu'il s'était fait mal, et, prenant une longue inspiration, je me dirige plutôt vers la cuisine. Edison m'a laissé une assiette recouverte de papier d'aluminium. Il sait cuisiner trois choses, pas une de plus : le gratin de macaronis, les œufs au plat et les hamburgers avec de la viande hachée. Le restant de la semaine, il réchauffe les plats que je prépare pendant mes jours de congé. Ce soir, c'est lasagnes, mais Edison a également réchauffé une boîte de petits pois parce que je lui ai appris il y a des années qu'un repas n'était pas un repas s'il n'y avait pas plus d'une couleur dans l'assiette.

Je me sers un verre de vin de la bouteille que Marie m'a offerte à Noël. Il a un goût aigre mais je me force à le boire à petites gorgées jusqu'à ce que les tensions dans mes épaules se dénouent, jusqu'à ce que je puisse fermer les yeux sans voir apparaître le visage de Turk Bauer.

Dix minutes plus tard, je frappe doucement à la porte d'Edison. Il occupe cette chambre depuis qu'il a treize ans. Je dors sur le canapé convertible du salon. Je tourne la poignée et le découvre allongé sur son lit, les bras croisés derrière la tête. Avec son T-shirt qui lui moule les épaules et son menton pointé vers le haut, il ressemble tellement à son père que, l'espace d'un instant, j'ai l'impression d'avoir remonté le temps.

Je vais m'asseoir au bord du lit, à côté de lui.

— On en parle ou on fait comme si tout allait bien ?

Un rictus déforme la bouche d'Edison.

— Est-ce que j'ai le choix ?

— Non, dis-je en souriant. C'est ton évaluation de mathématiques, c'est ça ?

Il fronce les sourcils.

— L'éval' de maths ? C'était superfacile. J'ai eu dix-huit sur vingt. C'est juste que je me suis pris la tête avec Bryce aujourd'hui.

Bryce est le meilleur ami d'Edison depuis le CM2. Sa mère est juge aux affaires familiales, son père professeur de lettres classiques à Yale. Dans leur salon, une étagère vitrée semblable à celles que l'on croise dans les musées abrite une authentique amphore de la Grèce antique. Ils ont emmené Edison en vacances avec eux, à Gstaad et Santorin.

Je suis heureuse qu'Edison se soit déchargé de ce fardeau sur moi : ça fait du bien de se vautrer pour un temps dans les soucis d'autrui. Parce que ce qui me dérange le plus dans ce qui s'est passé à l'hôpital, c'est que je suis connue pour être celle qui apaise les tensions, celle qui trouve toujours une solution. Je ne suis pas le problème. Je n'ai *jamais* été le problème.

— Je suis sûre que ça va s'arranger, dis-je en tapotant le bras de mon fils. Vous êtes comme des frères, tous les deux.

Il roule sur le côté et enfouit sa tête sous l'oreiller.

— Hé… hé.

En tirant sur le coin de l'oreiller, j'aperçois la trace sombre d'une larme solitaire sur sa tempe.

— Qu'est-ce qui s'est passé, mon chéri ?

— Je lui ai dit que je voulais inviter Whitney pour la fête du lycée.

— Whitney…, dis-je en essayant de situer cette fille dans la galerie des amis d'Edison.

— La sœur de Bryce.

Dans un flash, je revois la fillette avec des tresses blond vénitien que j'avais croisée il y a des années en venant chercher Edison chez Bryce.

— La petite joufflue avec l'appareil dentaire ?

— Ouais. Sauf qu'elle n'a plus de bagues. Et qu'elle n'est plus du tout joufflue. Elle a…

Les yeux d'Edison s'adoucissent et j'imagine bien ce que mon fils est en train de voir.

— Tu n'es pas obligé de terminer ta phrase, dis-je précipitamment.

— En fait, elle est géniale. Elle est en seconde maintenant. Je veux dire… je la connais depuis toujours mais quand je la regarde ce n'est plus seulement la petite sœur de Bryce que je vois, tu comprends ? J'avais échafaudé tout un plan… Un de mes potes devait l'attendre à la fin de chaque cours pour lui remettre un mot. Sur le premier, j'aurais écrit VEUX-TU. Sur le deuxième VENIR. Sur le troisième À LA. Ensuite, FÊTE DE L'ÉCOLE et AVEC. Et à la fin de la journée, je l'aurais attendue avec un petit panneau où j'aurais écrit MOI, et là, elle aurait su qui l'invitait.

— Parce que c'est comme ça que ça se passe, maintenant ? Vous ne demandez plus aux filles si elles veulent bien être vos cavalières, tout simplement… Il faut que ça ressemble à une superproduction digne de Broadway, c'est ça ?

— Quoi ? C'est pas le problème, maman. Le problème, c'est que j'ai demandé à Bryce de lui apporter le mot avec FÊTE DE L'ÉCOLE et il a pété un câble.

Je retiens mon souffle.

— Eh bien, fais-je en choisissant soigneusement mes mots, c'est parfois difficile pour un garçon de voir que sa petite sœur est en âge de sortir avec un autre garçon, même s'il se sent très proche de celui qui la drague.

Edison lève les yeux au ciel.

— C'est pas le problème.

— Peut-être que Bryce a juste besoin d'un peu de temps pour s'habituer à l'idée. Peut-être qu'il a été surpris que tu considères sa sœur... sous cet angle-là, si tu vois ce que je veux dire. Parce que tu fais un peu partie de leur famille.

— Non, justement. C'est ça, le problème.

Mon fils se redresse. Ses longues jambes pendent dans le vide au bout du lit.

— Bryce s'est bien marré. Il m'a dit: "Mec, c'est cool qu'on traîne ensemble, vraiment. Mais toi et Whit? Mes parents chieraient trop dans leur froc."

Son regard glisse vers moi.

— Désolé pour les gros mots.

— C'est pas grave, mon cœur. Continue.

— Alors je lui ai demandé pourquoi. Je comprenais pas, franchement. Je veux dire... je suis quand même parti en Grèce avec sa famille. Et là, il m'a fait: "Prends pas ça mal, mais mes parents ne verraient carrément pas d'un bon œil que ma sœur sorte avec un Black." Donc, c'est cool qu'un copain Black parte en vacances avec eux mais c'est beaucoup moins cool que ce même copain veuille sortir avec leur fille.

J'ai tiré tant et tant de ficelles pour qu'Edison ne se heurte pas à cette ligne à la fois immatérielle et bien réelle, qu'il ne m'a jamais traversé l'esprit que, le jour où cela se produirait – car bien sûr, c'était inévitable –, la douleur serait plus intense, précisément parce qu'il ne l'avait pas vue venir.

Je prends la main de mon fils et la serre dans la mienne.

— Vous ne seriez pas le premier couple à vous tenir de part et d'autre d'une montagne, Whitney et toi. Prends Roméo et Juliette, Anna Karénine et Vronski. Maria et Tony dans *West Side Story*. Jack et Rose dans *Titanic*.

Edison me jette un regard horrifié.

— Est-ce que tu te rends compte que, dans tous les exemples que tu viens de citer, il y en a au moins un des deux qui meurt à la fin ?

— Ce que j'essaie de te faire comprendre, c'est que, si Whitney sait que tu es quelqu'un d'exceptionnel, elle aura envie d'être avec toi. Sinon, c'est qu'elle ne vaut pas la peine qu'on se batte pour elle.

J'enroule mon bras autour de ses épaules et il se blottit contre moi.

— C'est pas pour ça que ça craint moins.

— Surveille ton langage. Mais dans le fond, tu as raison.

Une fois de plus, j'aimerais que Wesley soit encore vivant. J'aimerais qu'il ne soit pas retourné en Afghanistan pour une deuxième mission et qu'il n'ait pas fait partie du convoi le jour où la mine a sauté. J'aimerais qu'il ait eu le temps de connaître son fils pas seulement enfant, mais adolescent et maintenant jeune homme. J'aimerais qu'il soit là pour lui dire que cette fille qui fait battre son cœur plus vite sera sûrement la première d'une longue série.

J'aimerais qu'il soit là, un point c'est tout.

Si seulement tu voyais ce que nous avons fabriqué. Il a pris le meilleur de nous deux.

— Et Tommy, qu'est-ce qu'il devient ? demandé-je sans transition.

— Tommy Phipps ?

Edison fronce les sourcils.

— Je crois qu'il s'est fait arrêter parce qu'il dealait de l'héroïne derrière le bahut, l'an dernier. Il est dans un centre de détention pour mineurs.

— Tu te souviens de la fois où ce petit délinquant t'avait dit que tu ressemblais à un toast brûlé, en maternelle ?

Un sourire éclaire lentement le visage d'Edison.

— Ouais.

C'était la première fois qu'un enfant faisait remarquer à Edison qu'il était différent de ses camarades de classe – et l'avait formulé d'une manière pas très sympathique. Brûlé, c'était comme carbonisé. Irrécupérable.

Avant ça, Edison s'en était peut-être aperçu lui-même ou peut-être pas. C'était en tout cas la première fois que j'avais eu avec mon fils la Grande Discussion sur la couleur de la peau.

— Tu te rappelles ce que je t'avais dit, alors ?

— Que ma peau était marron parce que j'avais plus de mélanine que tous les enfants de l'école.

— Exact. Parce que c'est toujours mieux d'avoir quelque chose en plus. Et aussi que la mélanine protégeait ta peau du soleil, améliorait ta vision et que Tommy Phipps n'aurait jamais tout ça, lui. Alors c'était toi qui avais de la chance, en fait.

Lentement, comme une flaque d'eau sur un trottoir desséché, le sourire s'évapore du visage d'Edison.

— J'ai pas l'impression d'être le chanceux de l'histoire, là, dit-il.

Quand nous étions enfants, ma sœur aînée et moi ne nous ressemblions absolument pas. Rachel avait la couleur du café fraîchement passé, comme maman. Alors que moi je venais de la même cafetière mais on avait ajouté tellement de lait qu'on ne sentait même plus le goût.

Mon teint plus clair m'a octroyé des privilèges que je ne comprenais pas et qui rendaient Rachel folle de rage. À la banque, les guichetiers me donnaient des sucettes avant d'en offrir également une à ma sœur, quelques instants plus tard. Les profs m'appelaient “la jolie sœur Brooks”, “la gentille sœur Brooks”. Pour les photos de classe, on me plaçait au premier rang, alors que Rachel était reléguée dans le fond.

Rachel m'avait raconté que mon vrai père était blanc. Que je ne faisais pas vraiment partie de la famille. Un jour, nous nous sommes disputées, ça a chauffé et j'ai crié que je voulais aller vivre avec mon vrai papa, puisque c'était comme ça. Ce soir-là, ma mère m'a fait asseoir près d'elle et m'a montré des photos de mon père, qui était aussi celui de Rachel – un homme à la peau marron clair comme moi – qui tenait dans les bras un nourrisson : moi. La date sur la photo indiquait qu'elle avait été prise un an avant qu'il ne nous abandonne définitivement, toutes les trois.

Rachel et moi, on a grandi de manière totalement différente, pour deux sœurs. Je suis petite ; elle est grande comme une reine. J'étais une élève studieuse ; elle était naturellement plus intelligente que moi mais détestait l'école. Lorsqu'elle a eu une vingtaine d'années, elle a revendiqué ce qu'elle appelle ses "origines ethniques", changé légalement de prénom pour celui d'Adisa et laissé ses cheveux au naturel, c'est-à-dire crépus. Bien que de nombreux prénoms ethniques tirent leur origine du swahili, *Adisa* vient du yoruba, un dialecte d'Afrique de l'Ouest, explique-t-elle à qui veut l'entendre : "la *vraie* terre d'origine de nos ancêtres avant qu'on ne les traîne jusqu'ici pour être esclaves". Adisa signifie : *celui qui est clair.* Même son prénom, dirait-on, nous reproche d'ignorer les vérités qu'elle détient.

Aujourd'hui, Adisa vit le long des voies de chemin de fer de New Haven, dans un quartier où les trafics de drogue ont lieu en plein jour et où les jeunes se tirent dessus toutes les nuits. Elle a cinq enfants. Avec leurs boulots payés au minimum légal, le père des gamins et elle peinent à boucler les fins de mois. J'aime ma sœur à la folie mais j'ai du mal à comprendre les choix qu'elle a faits, et elle ne comprend pas non plus les miens.

Je me suis posé des tas de questions, vous savez. Je me suis demandé si ma détermination à devenir infirmière, à vouloir plus, à réussir encore mieux pour Edison ne venait pas du fait que, déjà entre deux petites sœurs noires, je partais avec une longueur d'avance. Je me suis demandé si Rachel n'était pas devenue Adisa précisément parce qu'alimenter ce feu qui couvait en elle était exactement ce dont elle avait besoin pour croire qu'elle avait une chance de me rattraper.

Vendredi, mon jour de congé, j'ai rendez-vous chez la manucure avec Adisa. Assises côte à côte, nous attendons que nos ongles sèchent sous les lampes UV. Adisa examine mon flacon de vernis en secouant la tête.

— J'arrive pas à croire que tu aies choisi un vernis avec un nom pareil. Virée au bar à jus, raille-t-elle. C'est la couleur la plus blanche que j'aie jamais vue.

— C'est orange, lui fais-je remarquer.

— Je parlais du nom, Ruth, du nom. T'as déjà vu un frère dans un bar à jus ? Non. Parce que personne ne va dans un bar pour boire du jus de fruit. Tout comme personne ne commande de tequila dans un gobelet de voyage.

Je lève les yeux au ciel.

— T'es sérieuse, là ? Je viens de te raconter qu'on m'a retiré une patiente, et tout ce qui t'intéresse, c'est le nom de la teinte de mon vernis ?

— Je te parle de la couleur de la vie que tu as choisie, ma sœur, réplique Adisa. Ce qui t'est arrivé nous arrive à tous, tous les jours. Et toutes les heures. Simplement, t'es tellement habituée à respecter leurs règles du jeu que t'as oublié que c'était ta peau que tu risquais.

Elle ricane doucement.

— Une peau plus claire, peut-être, mais quand même.

— Qu'est-ce que tu veux dire par là ?

Elle hausse les épaules.

— À quand remonte la dernière fois que tu as dit à quelqu'un que maman travaillait encore comme domestique ?

— Elle ne travaille presque plus. Tu le sais parfaitement. Mina continue de l'employer par pur altruisme.

— Tu n'as pas répondu à ma question.

Je lui jette un regard noir.

— J'en sais rien, moi. Parce que c'est le premier truc que tu dis dans une conversation, peut-être ? En l'occurrence, ma couleur de peau n'a aucune importance. Je suis une bonne infirmière. Je ne méritais pas d'être écartée comme ça.

— Et moi, je ne mérite pas de vivre dans Church Street South mais je ne réussirai pas à changer deux siècles d'histoire toute seule.

Ma sœur aime se complaire dans son rôle de victime. Nous avons eu des échanges assez vifs à ce propos, toutes les deux. Quand on n'a pas envie d'être considéré comme un stéréotype, la meilleure solution, à mes yeux, c'est de ne pas en être un. Mais, pour ma sœur, cela implique de devoir jouer le jeu de l'homme blanc, d'être la personne qu'*ils* veulent qu'on soit, alors qu'elle a choisi d'être elle-même, sans complexe d'aucune sorte. Adisa prononce le mot *intégration* avec tant de venin dans la voix que ceux qui, comme moi, ont opté pour cette voie-là ont l'impression de s'empoisonner en l'entendant.

Ma sœur est également très forte pour s'approprier mes problèmes et fulminer là-dessus ensuite.

— Ce qui s'est passé à l'hôpital n'est en aucun cas de ta faute, déclare-t-elle, à ma grande surprise.

J'étais sûre qu'elle allait me dire que je l'avais bien cherché parce que, tout ce temps, j'avais fait semblant d'être quelqu'un que je ne suis pas et j'avais oublié la vérité en chemin.

— C'est leur monde, Ruth. On ne fait que vivre dedans. C'est comme si tu décidais d'aller vivre au Japon. Tu pourrais choisir d'ignorer les coutumes et de ne pas apprendre la langue du pays mais ce serait quand même vachement plus facile si tu t'y mettais, tu ne crois pas ? C'est pareil, ici. Chaque fois que tu allumes la télé ou la radio, tu vois et tu entends des Blancs qui vont au lycée ou à l'Université, qui mangent, qui se fiancent, qui boivent leur pinot noir. Tu reproduis leur façon de vivre et tu maîtrises suffisamment bien leur langue pour te fondre dans la masse. Mais combien de Blancs de ta connaissance se donnent la peine d'aller voir les films de Tyler Perry pour apprendre comment se comporter avec les Noirs ?

— Ce n'est pas le problème.

— Non, le problème, c'est que tu auras beau faire comme les Romains, l'Empereur ne te laissera pas pour autant entrer dans son palais.

— Les Blancs ne dirigent pas le monde, Adisa. Des tas de personnes de couleur réussissent, dis-je avant de citer les trois noms qui me passent par la tête. Colin Powell, Cory Booker, Beyoncé…

— Et pas un seul n'est aussi noir que moi, fait observer ma sœur. Tu sais ce qu'on dit, hein : plus on s'enfonce dans les cités, plus la couleur de peau s'assombrit.

— Clarence Thomas. Il est plus foncé que toi et il siège à la Cour suprême.

Ma sœur éclate de rire.

— Ruth, il est tellement conservateur que ça ne m'étonnerait pas que son sang soit blanc.

Mon téléphone tinte et je l'extrais délicatement de mon sac en évitant d'abîmer mon vernis à ongles.

— Edison ? demande aussitôt ma sœur.

On pourra dire ce qu'on voudra d'Adisa, il n'empêche qu'elle aime mon fils autant que je l'aime, moi.

— Non. C'est Lucille, une collègue.

La simple vue de son nom sur l'écran m'assèche la bouche. Lucille a assisté à la naissance de Davis Bauer. Mais il ne s'agit pas de cette famille. Lucille a une gastro et elle cherche quelqu'un qui pourrait la remplacer ce soir. Elle me propose d'échanger nos services, de sorte que, au lieu de travailler samedi toute la journée, je finirai à onze heures du matin. Cela signifie que je devrai enchaîner deux services mais je pense déjà à ce que je pourrai faire de mon temps libre, samedi. Edison a besoin d'un nouveau blouson, cette année. Je mettrais ma main à couper qu'il a grandi de dix centimètres pendant l'été. Je l'emmènerai au restaurant après avoir fait les magasins. Et on pourra peut-être même aller au cinéma, tous les deux. Une idée m'a heurtée de plein fouet, il y a quelque temps : j'ai pris conscience qu'en faisant tout mon possible pour que mon fils puisse entrer à l'Université j'allais également me retrouver toute seule.

— Ils veulent me faire travailler ce soir.

— Qui ça ? Les nazis ?

— Non, une autre infirmière qui est malade.

— Une autre infirmière blanche, précise Adisa.

Je ne réponds même pas.

Adisa s'adosse à son fauteuil.

— Si tu veux mon avis, ils ne sont pas dans une position où ils peuvent te demander un service.

Je suis sur le point de prendre la défense de Lucille qui n'a absolument rien à voir avec la décision de Marie de coller un Post-it dans le dossier du bébé lorsque la manucure nous interrompt pour vérifier l'état de nos ongles.

— Parfait, dit-elle. Tout est sec.

Adisa agite ses doigts aux ongles rose vif, presque fluo.

— Pourquoi on continue à venir ici ? demande-t-elle à voix basse. Je déteste cet institut. Elles ne me regardent jamais dans les yeux et elles refusent de me rendre la monnaie dans la main, comme si elles avaient peur que ma couleur déteigne sur elles.

— Elles sont coréennes, fais-je remarquer. Il ne t'est jamais venu à l'idée que, dans leur culture, ces deux choses-là étaient peut-être impolies ?

Adisa arque un sourcil ironique.

— OK, Ruth. Continue à te persuader que ce n'est pas contre toi.

À peine dix minutes après le début de mon service inopiné, je regrette déjà d'avoir dit oui à Lucille. L'orage gronde dehors, un de ceux que la météo n'a pas prévu, et la pression atmosphérique a baissé en flèche, provoquant des ruptures prématurées de la poche des eaux, des débuts de travail précoces et une arrivée massive de femmes se tordant de douleur dans les couloirs parce que nous manquons de place pour les accueillir. Je cours partout comme un poulet sans tête, ce qui n'est pas pour me déplaire parce que je n'ai pas le temps de penser à Turk et à Brittany Bauer ainsi qu'à leur bébé.

Ce qui ne m'a tout de même pas empêchée de jeter un coup d'œil désinvolte au dossier en prenant mon service. J'essaie de me convaincre que c'est seulement pour m'assurer que quelqu'un – de blanc – a programmé un rendez-vous avec le cardiologue pédiatrique avant que le bébé ne rentre chez lui. Et oui, la consultation a bien été notée dans le dossier avec un mot signalant que Corinne a effectué le test de Guthrie vendredi après-midi, dans le cadre du dépistage néonatal de maladies graves. Au même instant, quelqu'un m'appelle et je me retrouve propulsée auprès d'une femme en plein travail qui vient d'émerger des Urgences sur un brancard. Son compagnon a l'air terrifié – c'est le genre de type à savoir tout réparer qui vient de se rendre compte subitement que ce qui se passe là n'est pas de son ressort. "Je m'appelle Ruth, dis-je à la femme qui semble se rétracter un peu plus à l'intérieur d'elle-même, à la manière d'un télescope, à chaque contraction. Je vais rester près de vous pendant toute la durée de votre accouchement."

Elle s'appelle Eliza et ses contractions sont espacées de quatre minutes selon George, son mari. C'est leur première grossesse. J'installe ma patiente dans la dernière salle d'accouchement disponible, je recueille un flacon d'urine et la branche aux appareils de contrôle avant d'examiner la feuille noircie de graphiques. Je vérifie ses signes vitaux et commence à l'interroger: "Les contractions sont-elles fortes? Où les ressentez-vous: devant ou derrière? Avez-vous eu des écoulements? Est-ce que vous saignez? Sentez-vous votre bébé bouger?"

— Si vous êtes prête, Eliza, dis-je finalement, je vais examiner votre col de l'utérus.

J'enfile une paire de gants, je me place au pied du lit et lui touche le genou.

L'expression qui traverse son visage m'oblige à suspendre mon geste.

À ce stade-là, la plupart des femmes feraient n'importe quoi pour sortir le bébé de leur ventre. L'accouchement en lui-même fait peur, c'est vrai, mais ce n'est pas la même peur que celle d'être touchée. Et c'est celle-ci que je lis en grand sur le visage d'Eliza.

Une bonne dizaine de questions se bousculent sur le bout de ma langue. Eliza s'est changée dans la salle de bains avec l'aide de son mari, de sorte que je n'ai pas pu voir si elle avait des bleus sur le corps, ce qui aurait pu indiquer l'existence de violences conjugales. Je jette un coup d'œil à George. Il ressemble à n'importe quel homme ordinaire sur le point de devenir père: stressé, pas à sa place, mais ne semble cependant pas avoir de problème pour contrôler sa colère.

Cela dit, Turk Bauer paraissait plutôt normal jusqu'à ce qu'il retrousse ses manches.

Secouant la tête pour mettre de l'ordre dans mes idées, je me tourne vers George et dissimule mes soupçons derrière un sourire.

— Est-ce que cela vous embêterait d'aller chercher des glaçons pour Eliza dans la kitchenette ? Ça nous aiderait énormément.

Peu importe que ce soit d'ordinaire le travail de l'infirmière : George a l'air terriblement soulagé de se voir confier une mission. À peine est-il sorti de la pièce que je me tourne vers Eliza.

— Tout va bien ? demandé-je en plongeant mon regard dans le sien. Aimeriez-vous me dire quelque chose que vous ne pouvez pas dire en présence de George ?

Elle secoue la tête puis éclate en sanglots.

Je retire mes gants – l'examen du col de l'utérus peut bien attendre quelques minutes – et prends sa main dans la mienne.

— Vous pouvez vous confier à moi, Eliza.

— Je suis enceinte parce que j'ai été violée, articule-t-elle entre deux sanglots. George n'est pas au courant de ce qui s'est passé. Il est tellement content pour le bébé… Je n'ai pas eu le courage de lui dire que ce n'était peut-être pas le sien.

L'histoire est chuchotée au cœur de la nuit alors qu'Eliza fait une pause à sept centimètres de dilatation et que George est allé chercher quelque chose à grignoter à la cafétéria. Parce que c'est ça, un accouchement : un lien tissé dans la douleur, un accélérateur de relations intenses. Pour cette raison et bien que je sois presque une parfaite inconnue pour Eliza, elle m'ouvre son cœur comme si, tombée à la mer, elle ne voyait qu'un seul petit bout de terre à l'horizon : moi. Elle était partie en voyage d'affaires pour fêter la signature d'un gros contrat qu'ils avaient eu du mal à décrocher. Le client l'a invitée à dîner avec d'autres personnes puis a proposé de lui payer un verre. La seule chose dont elle se souvient ensuite, c'est de s'être réveillée dans la chambre d'hôtel du type en question, courbatue de la tête aux pieds.

Lorsqu'elle se tait, nous nous asseyons toutes les deux, comme pour laisser aux mots le temps de faire leur chemin.

— Je ne pouvais pas le dire à George, reprend Eliza, les mains crispées sur les draps rêches de l'hôpital. Il serait allé voir mon patron et, croyez-moi, la boîte n'aurait pas pris le risque de perdre ce contrat simplement à cause de ce qui m'était arrivé. Dans le meilleur des cas, on m'aurait proposé une prime de licenciement en échange de mon silence.

— Donc personne n'est au courant ?

— Si, vous, répond Eliza en me dévisageant. Que se passera-t-il si je ne parviens pas à aimer ce bébé ? Si, chaque fois que je la regarde, je revis ce qui s'est passé ?

— Vous devriez peut-être demander un test de paternité.

— Qu'est-ce que ça ferait de plus ?

— Eh bien, vous sauriez, réponds-je.

Elle secoue la tête.

— Et après ?

C'est une bonne question, une interrogation qui résonne au plus profond de moi. Est-il préférable de ne pas connaître la terrible vérité, de faire comme si elle n'existait pas ? Ou vaut-il mieux l'affronter, tout en sachant que l'on risque de porter ce poids tout au long de son existence ?

Je m'apprête à lui dire ce que j'en pense lorsqu'elle est assaillie par une nouvelle contraction. Nous voici toutes les deux de retour dans les tranchées, livrant bataille pour une vie.

Au bout de trois heures, Eliza met sa fille au monde et fond en larmes, comme beaucoup de jeunes mères. Mais je sais que ce n'est pas pour les mêmes raisons. Le gynéco me tend le nouveau-né et je plonge dans l'océan déchaîné de son regard. Peu importe la manière dont ce bébé a été conçu. Ce qui compte, c'est qu'il soit arrivé là.

— Eliza, dis-je en posant le nourrisson sur sa poitrine, voici votre fille.

Eliza refuse de la regarder, même lorsque George tend la main par-dessus l'épaule de sa femme pour caresser la cuisse marbrée du bébé.

— Eliza, insisté-je d'un ton plus ferme. Votre fille.

Elle consent à baisser les yeux sur le bébé que je tiens toujours dans mes mains. Et voit ce que je vois : les yeux bleus de son mari. Le nez identique. La même fossette au menton. Ce bébé pourrait tout aussi bien être un clone miniature de George.

Toute la tension accumulée déserte les épaules d'Eliza. Elle referme ses bras autour de sa fille, la serre fort contre elle. Il n'y a plus de place pour les *Et si ?* dans cette étreinte.

— Bonjour, mon bébé, chuchote-t-elle.

Cette famille réussira à fabriquer sa propre réalité, c'est sûr.

Comme j'aimerais que ce soit aussi facile pour le reste d'entre nous.

À neuf heures le lendemain matin, j'ai l'impression que toutes les femmes de New Haven se sont donné le mot pour venir accoucher en même temps. Shootée à la caféine, je ne cesse de courir entre trois patientes en post-partum et je prie le Seigneur pour qu'aucune autre femme n'arrive en plein travail avant la fin de mon service, à onze heures. En plus d'Eliza, je me suis occupée de deux autres patientes la nuit dernière : une multigeste, multipare venue accoucher de son quatrième enfant qui, pour dire la vérité, aurait pu se débrouiller seule et a bien failli le faire, et une multigeste, primipare à qui l'on a dû faire une césarienne en urgence. Né à seulement vingt semaines, son bébé a été pris en charge par le service de néonatalogie.

Quand Corinne prend son service à sept heures, je suis au bloc pour la césarienne. Nous ne nous croisons pas avant neuf heures, alors que je suis en train de m'affairer dans la nursery.

— Alors comme ça, tu as enchaîné deux services ? lance-t-elle en poussant un berceau dans la salle. Qu'est-ce que tu fabriques ici ?

Avant que les nouveau-nés ne restent vingt-quatre heures sur vingt-quatre dans les chambres de leurs mères, la nursery était l'endroit où ils venaient passer une nuit afin que ces dernières puissent se reposer tranquillement pendant quelques heures. Désormais, la pièce sert essentiellement de remise, quand elle n'est pas utilisée pour des procédures chirurgicales de routine comme la circoncision à laquelle aucun parent ne souhaite assister.

— Je me cache, dis-je en sortant de ma poche une barre de céréales que j'engloutis en deux bouchées.

Elle rit.

— Qu'est-ce qui se passe ici aujourd'hui, bon sang ? J'ai loupé le mémo annonçant l'Apocalypse ou quoi ?

— Ne m'en parle pas.

Je jette un coup d'œil distrait au bébé et sens un frisson me parcourir l'échine. DAVIS BAUER, indique le carton accroché au berceau. Presque involontairement, je recule d'un pas.

— Comment va-t-il ? demandé-je. Il tète mieux ?

— Sa glycémie a remonté mais il est encore un peu amorphe. Ça fait deux heures qu'il n'a pas tété parce que Atkins doit le circoncire.

Comme si Corinne l'avait fait apparaître en prononçant son nom, la pédiatre entre dans la nursery.

— Pile à l'heure, dit-elle en apercevant le berceau. L'anesthésie a eu le temps de faire effet et j'ai déjà parlé aux parents. Ruth, vous lui avez donné l'eau sucrée ?

On badigeonne les gencives des nourrissons avec un peu d'eau sucrée pour les calmer et distraire leur attention. Si je m'occupais encore de lui, je lui en aurais effectivement donné avant la circoncision.

— Je n'ai plus la charge de ce patient, réponds-je d'un ton bref.

Le Dr Atkins hausse un sourcil avant d'ouvrir le dossier médical. Je vois le Post-it et, tandis qu'elle lit ce qu'il y a écrit dessus, un silence gêné enfle dans la pièce, absorbant tout l'air contenu à l'intérieur.

Corinne s'éclaircit la gorge.

— Je lui ai donné l'eau sucrée il y a à peu près cinq minutes.

— Super, fait la pédiatre. Alors, allons-y.

Je reste plantée là quelques instants, à observer Corinne qui découvre le bébé et le prépare pour cette intervention bénigne. Le Dr Atkins se tourne vers moi. Il y a de la compassion dans ses yeux et c'est la dernière chose que je veux voir. Je n'ai pas besoin qu'on me prenne en pitié parce que Marie a pris une décision stupide. Je n'ai pas besoin qu'on me prenne en pitié à cause de ma couleur de peau.

Alors j'essaie de plaisanter.

— Pendant que vous y êtes, profitez-en pour le stériliser.

Il existe peu de choses plus effrayantes qu'une césarienne décidée en urgence. L'atmosphère se charge d'électricité dès que le médecin annonce sa décision. Les conversations deviennent aussi lapidaires que vitales : "Je pose la perf ; tu peux aller chercher le brancard ? Que quelqu'un prépare le matériel et apporte le dossier." On informe la patiente qu'il y a un problème et qu'il faut agir vite. Le standard de l'hôpital se charge de biper les membres de l'équipe qui ne se trouveraient pas à l'intérieur du bâtiment pendant que vous conduisez la patiente au bloc avec l'infirmière en chef. Celle-ci sort les instruments de leurs emballages stériles et allume les appareils d'anesthésie tandis que vous aidez la patiente à s'allonger sur la table, nettoyez son ventre, installez le champ opératoire. À la minute où l'anesthésiste et le gynécologue franchissent le seuil de la porte, l'incision est réalisée, le bébé sorti. Le tout prend moins de vingt minutes. Dans les grands hôpitaux comme Yale-New Haven, l'histoire peut se régler en sept minutes.

Vingt minutes après la circoncision de Davis Bauer, une autre patiente de Corinne perd les eaux. Un morceau du cordon ombilical pend entre ses jambes et Corinne, appelée en urgence, doit quitter la nursery. "Surveille ce bébé à ma place", me lance-t-elle avant de se précipiter vers la chambre de la patiente. Quelques minutes plus tard, je vois Marie pousser un lit en direction de l'ascenseur avec une aide-soignante. Elle marche à côté de la patiente tandis que Corinne, penchée au-dessus du lit entre les jambes de la femme, s'efforce de maintenir le cordon à l'intérieur d'une main gantée qu'on devine dans l'ombre.

Surveille ce bébé à ma place. Cela signifie que je dois rester auprès de Davis Bauer. Dans le cadre d'une circoncision réalisée sur un nouveau-né, le protocole prévoit une surveillance obligatoire afin d'éviter le risque d'hémorragie. Marie et Corinne étant toutes deux occupées avec cette césarienne décidée de toute urgence, il n'y a que moi qui sois disponible pour surveiller ce bébé.

J'entre dans la nursery où Davis se remet de son épreuve en dormant.

Corinne sera de retour dans vingt minutes maximum. À moins que ce ne soit Marie qui vienne me remplacer.

Croisant les bras sur ma poitrine, je baisse les yeux sur le nourrisson. Les bébés sont comme des ardoises vierges. Ils ne viennent pas au monde déjà chargés des engagements pris par leurs parents, des promesses formulées par leur église, de cette capacité qu'ont certains à ranger les êtres humains dans deux groupes distincts : ceux qu'ils aiment et ceux qu'ils n'aiment pas. En réalité, ils arrivent sans rien, à part un besoin immense d'être rassurés. Et ce besoin peut être comblé par n'importe qui : ils ne jugeront pas la personne qui les prendra dans ses bras.

Une question me traverse l'esprit : combien de temps faut-il pour que ce vernis naturel s'écaille au contact de l'éducation reçue ?

Lorsque je pose de nouveau les yeux sur le berceau, Davis Bauer ne respire plus.

Je me penche en avant, persuadée de me tromper – je ne vois pas sa petite poitrine se soulever, c'est tout. Sous cet angle-là, cependant, la teinte bleutée de sa peau ne peut pas m'échapper.

Aussitôt, mes mains s'affairent, je pose mon stéthoscope sur son cœur, je tapote ses talons, j'écarte les pans de la couverture qui l'enveloppe. De nombreux bébés font des apnées du sommeil mais lorsqu'on les bouge un peu, qu'on les retourne sur le ventre ou sur le côté, la respiration repart automatiquement.

Puis mes mains entendent ce que me souffle mon cerveau : *Aucun soignant africain-américain n'est autorisé à s'occuper de ce bébé.*

Jetant un coup d'œil en direction de la porte par-dessus mon épaule, je me place de telle sorte que, si quelqu'un entre dans la nursery, cette personne ne verra que mon dos. Elle ne verra pas ce que je suis en train de faire.

Le fait de stimuler le bébé peut-il être considéré comme un acte de réanimation ? D'un point de vue purement terminologique, peut-on dire que je "m'occupe de lui" si je le touche simplement ?

Pourrais-je perdre mon travail à cause de ça ?

Est-ce que je ne suis pas en train de pinailler, là ?

Parce que le plus important c'est que ce bébé recommence à respirer, non ?

Mes pensées tourbillonnent comme une tornade : il s'agit forcément d'un arrêt respiratoire ; les nouveau-nés ne font jamais d'accidents cardiaques. Un bébé peut retenir sa respiration pendant trois à quatre minutes tout en conservant un rythme cardiaque de 100 parce que son rythme normal est de 150… Ce qui signifie que, même si le sang n'arrive pas jusqu'au cerveau, il continue d'imprégner le reste du corps et, dès qu'on oxygène le bébé, le rythme cardiaque remonte. C'est pour cette raison que, chez les nourrissons, il est plus important de mettre en place une ventilation artificielle que d'entreprendre un massage cardiaque. C'est le contraire de ce que l'on ferait pour un adulte.

Une fois mes doutes balayés, je teste donc toutes les solutions possibles en dehors de l'acte médical à proprement parler. Mais il ne respire toujours pas. Dans d'autres circonstances, je prendrais son pouls ou j'attraperais un oxymètre pour contrôler son taux d'oxygénation et son rythme cardiaque. Je chercherais un masque à oxygène. J'appellerais mes collègues.

Que suis-je censée faire ?

Que suis-je censée ne pas *faire ?*

Corinne ou Marie peuvent entrer à tout moment dans la nursery. Que se passera-t-il si elles me surprennent en train de m'occuper du bébé ?

Un filet de sueur ruisselle le long de ma colonne vertébrale tandis que j'enroule de nouveau le nourrisson dans sa couverture. Je fixe son corps minuscule d'un air hébété. Mon pouls résonne contre mes tympans, tel un métronome signalant mon échec.

Je ne sais pas s'il s'est écoulé trois minutes ou trente secondes lorsque la voix de Marie retentit derrière moi.

— Ruth, je peux savoir ce que tu fais ?

— Rien, réponds-je, tétanisée. Je ne fais rien du tout.

Elle jette un coup d'œil par-dessus mon épaule et, apercevant la joue bleutée du bébé, rencontre mon regard l'espace d'un instant chargé d'électricité.

— Passe-moi un masque Ambu.

Elle découvre le bébé, tapote ses petits pieds, le retourne. Répète exactement les mêmes gestes que moi.

Marie pose le masque pédiatrique sur la bouche et le nez de Davis et commence à presser le ballon afin de remplir d'air les poumons du bébé.

— Déclenche le code…

J'exécute ses ordres, compose le 1500 sur le téléphone de la nursery. "Code bleu dans la nursery de néonatalogie", dis-je en imaginant les membres de l'équipe arrachés à leurs tâches ordinaires – l'anesthésiste, une infirmière en soins intensifs, une autre chargée de prendre des notes, une infirmière auxiliaire d'un autre service. Et le Dr Atkins, la pédiatre qui s'est occupée du bébé il y a tout juste quelques minutes.

— Commence les compressions, ordonne Marie.

Cette fois, je n'hésite pas. Avec deux doigts, j'appuie sur la poitrine du bébé, deux cents compressions par minute. Et, lorsqu'on amène le chariot d'urgence dans la nursery, j'attrape les fils de ma main libre et je pose les électrodes sur le bébé afin de pouvoir surveiller les résultats de mes efforts sur le moniteur cardiaque. Soudain, la petite pièce est pleine à craquer ; tout le monde se presse autour de ce patient de quarante-huit centimètres.

— J'essaie d'intuber, là, lance l'anesthésiste d'un ton sec à l'adresse d'une infirmière en soins intensifs qui s'efforce de trouver une veine épicrânienne.

— Je n'ai pas réussi à trouver de veine antécubitale, réplique-t-elle.

— C'est bon, fait l'anesthésiste en se reculant pour permettre à l'infirmière de se rapprocher.

Elle tâtonne et j'appuie un peu plus fort avec mes deux doigts, espérant faire apparaître une veine, n'importe laquelle.

L'anesthésiste examine le moniteur cardiaque.

— Arrêtez les compressions, ordonne-t-il, et je lève les mains en l'air, comme prise en flagrant délit.

Nous fixons tous l'écran mais le rythme cardiaque du bébé est à 80.

— Les compressions sont inefficaces, déclare-t-il.

Je reprends le massage en appuyant un peu plus fort sur la cage thoracique.

La limite est tellement subtile. Il n'y a pas de muscles abdominaux protégeant les organes sous ce ventre qui ressemble à un petit sac – en pressant un peu trop fort ou légèrement à côté, je risquerais de perforer le foie du bébé.

— Il ne rosit pas, fait observer Marie. L'oxygène est branché, au moins ?

— Est-ce que quelqu'un peut me donner la gazométrie artérielle ? demande l'anesthésiste.

Prononcées au même moment, les deux questions se croisent au-dessus du corps du nourrisson.

L'infirmière en soins intensifs palpe l'aine du bébé, à la recherche d'un pouls, et essaie de piquer l'artère fémorale. Un prélèvement sanguin permettrait de voir si le nourrisson est acidotique. Un coursier, également membre de l'équipe d'urgence, prend le flacon de sang et l'emporte aussitôt au laboratoire. Mais tout cela n'aura plus d'importance lorsque nous recevrons les résultats dans une demi-heure. Parce que, d'ici là, le bébé respirera de nouveau.

Ou pas.

— Merde, comment ça se fait qu'on n'ait toujours pas de perf ?

— Vous voulez essayer ? rétorque l'infirmière. Allez-y, faites-vous plaisir.

— Arrêtez les compressions, ordonne l'anesthésiste.

J'obéis. L'écran affiche un rythme cardiaque de 90.

— Passez-moi l'atropine.

On tend une seringue au médecin qui arrache l'embout, retire le masque Ambu et injecte le produit dans le tube relié aux poumons du bébé. Puis il continue de presser le ballon, insufflant l'oxygène et l'atropine dans les bronches et les muqueuses.

Au cœur de la crise, le temps est une masse gluante. C'est comme nager à contre-courant : on avance si lentement qu'on ne saurait dire si l'on vit ou si l'on revit chaque moment d'horreur. On voit ses propres mains soigner et s'affairer comme si elles ne nous appartenaient pas. On entend des voix grimper l'échelle de la panique pour ne plus former qu'un son discordant, assourdissant.

— Et si on essayait de poser un cathéter ombilical ? suggère l'infirmière en soins intensifs.

— La naissance remonte à trop longtemps, répond Marie.

La situation se dégrade rapidement. Comme par réflexe, j'appuie plus fort.

— Vous êtes trop brusque, me dit l'anesthésiste. Allez-y plus doucement.

Mais c'est en entendant un cri que je ralentis le rythme. Brittany Bauer vient d'entrer dans la pièce en hurlant. Une infirmière tente de la retenir tandis qu'elle se débat pour pouvoir s'approcher de son bébé. Son mari, immobile, pétrifié, fixe mes doigts posés sur la poitrine de son fils.

— Qu'est-ce qui se passe ? gémit Britanny.

Qui les a laissés venir ici ? Mais, bien sûr, personne n'était là pour les tenir à l'écart – le service est débordé depuis hier soir : un afflux de patientes et pas assez de personnel. Corinne est encore au bloc avec sa césarienne et Marie est là, avec moi. Les Bauer ont probablement entendu le remue-ménage dans le couloir. Ils ont dû voir les membres de l'équipe de secours se précipiter vers la nursery où leur bébé devait se réveiller tranquillement après une intervention chirurgicale bénigne.

J'aurais fait comme eux, moi aussi.

La porte s'ouvre à toute volée et le Dr Atkins se fraie un chemin en direction du berceau.

— Que se passe-t-il ?

Comme le silence se prolonge, je me rends compte que c'est moi qui suis censée répondre.

— J'étais avec le bébé, dis-je en prononçant chaque syllabe au rythme des compressions que je continue de faire. Son teint était livide, il ne respirait plus. Nous l'avons stimulé mais il n'a pas repris son souffle et la respiration n'est pas repartie spontanément non plus. On a donc commencé la réanimation cardio-pulmonaire.

— Vous y êtes depuis combien de temps ? demande la pédiatre.

— Quinze minutes.

— OK, Ruth. Arrêtez ça un instant, s'il vous plaît, dit-elle en étudiant l'écran de contrôle – le rythme cardiaque est descendu à 40.

— Pierres tombales, murmure Marie.

C'est le terme que l'on emploie lorsque l'électrocardiogramme affiche des complexes QRS larges. Le ventricule cardiaque droit réagit trop lentement par rapport au gauche ; il n'y a plus de débit cardiaque.

Et plus d'espoir.

Quelques secondes plus tard, le cœur s'arrête de battre complètement.

— C'est fini, déclare le Dr Atkins.

Elle prend une longue inspiration – ce n'est jamais un moment facile mais c'est encore pire quand il s'agit d'un bébé – puis détache le masque Ambu du tube et le jette à la poubelle.

— L'heure ?

Tous les regards se tournent vers l'horloge.

— Non ! implore Britanny en tombant à genoux. Je vous en prie, n'arrêtez pas. Ne baissez pas les bras, je vous en supplie.

— Je suis sincèrement désolée, madame Bauer, mais il n'y a plus rien que nous puissions faire pour votre fils, explique la pédiatre. Il nous a quittés.

S'écartant brusquement de sa femme, Turk Bauer récupère le masque Ambu dans la poubelle et bouscule l'anesthésiste pour tenter de le fixer au bout du tube.

— Montrez-moi comment il faut faire, dit-il. Je vais prendre le relais. Il ne faut pas abandonner.

— S'il vous plaît…

— Je vais réussir à le réanimer. Je sais que j'en suis capable…

Lorsque le Dr Atkins pose une main sur son épaule, Turk s'effondre, fauché par l'implosion de son chagrin.

— Vous ne pourrez rien faire pour ramener Davis à la vie.

Couvrant son visage de ses mains, il éclate en sanglots.

— L'heure ? demande de nouveau le Dr Atkins.

En cas de décès, le protocole veut que toutes les personnes présentes dans la pièce soient d'accord sur l'heure de la mort.

— Dix heures quatre, répond Marie, et nous approuvons tous dans un chœur lugubre.

J'esquisse un pas en arrière, les yeux baissés sur mes mains. Mes doigts sont raides après toutes ces compressions. Mon cœur souffre aussi.

Marie prend la température du bébé, déjà retombée à 35 °C. Turk Bauer est retourné auprès de sa femme. Il l'aide à tenir debout. Leurs visages sont vides, figés par la stupeur. Le Dr Atkins leur parle à voix basse, s'efforçant d'expliquer l'inconcevable.

Corinne entre dans la nursery.

— Ruth ? Qu'est-ce qui s'est passé, bon sang ?

Marie enveloppe soigneusement Davis dans sa couverture et replace le petit bonnet en maille sur sa tête. Semblable à une minuscule paille, le tube pincé entre ses lèvres est le seul signe du drame qui vient de se dérouler. Elle berce le bébé dans ses bras, comme si ces gestes tendres comptaient encore. Puis elle le donne à sa mère.

— Excuse-moi, dis-je à Corinne – mais j'aurais peut-être préféré dire : *pardonne-moi*.

Je l'écarte de mon chemin. J'évite les parents accablés de chagrin, étreignant leur bébé mort, et ai juste le temps d'arriver aux toilettes avant d'être prise d'une violente nausée. Le front appuyé contre le rebord froid de la cuvette en porcelaine, je ferme les yeux et, même là, je ressens encore tout : l'élasticité de la cage thoracique qui se plisse sous mes doigts, le chuintement de son sang dans mes oreilles, le goût acide de la vérité sur ma langue : sans ce moment d'hésitation, ce bébé serait peut-être encore en vie.

Un jour, je me suis occupée d'une adolescente qui avait accouché d'un enfant mort-né à la suite d'un décollement placentaire de stade III. Le placenta s'était détaché de la paroi utérine et le bébé n'était plus oxygéné. Une hémorragie massive s'est déclenchée et nous avons bien failli perdre la mère en même temps que le bébé. Ce dernier a été envoyé à la morgue pour une autopsie – c'est la procédure habituelle en cas de décès fœtal ou néonatal. Douze heures plus tard, la grand-mère de l'adolescente est arrivée de l'Ohio. Elle désirait tenir son arrière-petit-enfant dans ses bras, juste une fois.

Je suis descendue à la morgue où les bébés morts sont placés dans un réfrigérateur Amana classique, rangés sur les clayettes dans de minuscules sacs mortuaires. J'ai sorti le bébé de sa housse et ai contemplé ses traits délicats, tellement parfaits. Il ressemblait à un poupon en train de dormir.

Comme je n'avais pas le cœur de présenter à cette femme un bébé glacé, je l'ai remis dans le sac et suis allée chercher des couvertures chauffantes aux Urgences. De retour à la morgue, j'ai enveloppé le bébé dans les couvertures que j'ai superposées, tentant de chasser le froid qui engourdissait sa peau. Puis j'ai caché le sommet de son crâne violacé, strié de sang séché, avec un de ces bonnets en maille que nous mettons d'ordinaire aux nouveau-nés.

Nous avons une consigne, lorsqu'un bébé décède : nous ne l'enlevons jamais à sa mère. Si une maman en deuil veut garder son enfant dans ses bras pendant vingt-quatre heures, si elle veut caresser ses cheveux et dormir avec lui en le serrant contre son cœur, si elle veut lui donner le bain et vivre tous ces moments qu'elle ne vivra plus jamais avec lui, nous faisons en sorte de répondre à ses demandes. Et nous attendons qu'elle soit prête à laisser partir son enfant.

Cette femme a gardé son arrière-petit-fils tout un après-midi dans ses bras. Puis elle me l'a redonné. J'ai jeté une serviette sur mon épaule pour faire croire que j'étais en train de l'allaiter et j'ai pris l'ascenseur pour le ramener au sous-sol, là où se trouve la morgue de l'hôpital.

On pourrait penser que le moment le plus difficile dans ce genre d'expérience, c'est celui où la mère vous confie son enfant mais ce n'est pas le cas. Le moment le plus difficile, c'est lorsqu'il faut retirer le petit bonnet de laine, la couverture à langer, la couche. Tirer sur la fermeture à glissière du sac mortuaire. Pousser la porte du réfrigérateur.

Une heure plus tard, je suis en train de récupérer mon manteau dans le vestiaire de la salle du personnel lorsque Marie passe la tête dans l'entrebâillement de la porte.

— Tu es encore là ? Super. Tu as une minute ?

Je hoche la tête puis vais m'asseoir à la table en face d'elle. Quelqu'un a jeté une poignée de bonbons sur le plateau. Je prends un caramel, le retire de son papier et le laisse fondre sur ma langue. Pourvu qu'il m'empêche de dire des choses que je ne devrais pas dire.

— Quelle matinée ! fait Marie dans un soupir.

— Et quelle nuit !

— C'est vrai – tu as enchaîné deux services.

Elle secoue la tête avant de reprendre.

— Cette pauvre famille.

— C'est terrible.

Je n'approuve peut-être pas leurs opinions mais je ne crois pas pour autant qu'ils ont mérité de perdre leur bébé.

— On a dû donner un sédatif à la maman, explique Marie. Le bébé est en bas.

Sagement, elle ne me parle pas du père.

— Ce n'est qu'une pure formalité, reprend-elle en lissant une feuille de papier posée sur la table. Je dois décrire ce qui s'est passé officiellement lorsque Davis Bauer a arrêté de respirer. Tu étais dans la nursery, n'est-ce pas ?

— Je remplaçais Corinne.

Ma voix est calme et posée alors même que chaque syllabe me paraît aussi dangereuse qu'une lame de couteau appuyée contre ma gorge.

— Elle a été appelée au bloc pour une urgence. La circoncision de Davis Bauer avait eu lieu à neuf heures, on ne pouvait pas le laisser sans surveillance. Comme tu étais toi aussi occupée avec la césarienne décidée en urgence, j'étais la seule personne disponible pour rester auprès du bébé.

Le stylo de Marie court sur le formulaire, gratte le papier. Rien de ce que je lui raconte ne lui est étranger ni ne la surprend.

— À quel moment as-tu remarqué que le bébé avait cessé de respirer ?

J'enroule ma langue autour du bonbon. Je le cale en haut de ma joue.

— Peu de temps avant ton arrivée, dis-je.

Sur le point de parler, Marie se ravise en se mordant les lèvres. Elle tapote le stylo à deux reprises puis le pose en le faisant cliqueter d'un coup sec.

— Peu de temps, répète-t-elle, mesurant visiblement la portée et l'étendue de la formule. Ruth… Quand je suis arrivée, tu étais là mais tu ne faisais rien.

— Je faisais ce que j'étais censée faire, rectifié-je. Je ne touchais pas à ce bébé.

Je me lève et boutonne mon manteau en espérant qu'elle ne voit pas mes mains trembler.

— Tu as d'autres questions ?

— La journée a été éprouvante, dit Marie. Rentre te reposer.

J'acquiesce en silence avant de quitter la pièce pour me diriger vers l'ascenseur. Au lieu d'appuyer sur le bouton du rez-de-chaussée, je plonge dans les entrailles de l'hôpital. Je cligne des yeux sous les néons blafards de la morgue et il me faut quelques instants pour m'habituer à la lumière. Pourquoi diable la clarté est-elle toujours aussi blanche ?

Il est le seul bébé mort, ici. Ses membres sont encore flexibles, sa peau n'est pas complètement refroidie. Ses joues et ses pieds sont marbrés mais c'est là le seul signe qu'il n'est pas que ce qu'il semble être au premier coup d'œil : l'enfant chéri de quelqu'un.

Appuyée contre un chariot métallique, je le berce dans mes bras. Je le tiens comme je l'aurais fait si j'avais été autorisée à le toucher. Je murmure son nom en priant pour son âme. Je l'accueille dans ce monde fêlé et, dans le même souffle, lui dis adieu.

KENNEDY

Ça a été une sacrée matinée.

Pour commencer, on s'est tous levés à la bourre parce que je croyais que Micah avait mis son réveil et qu'il croyait que j'avais mis le mien. Ensuite, Violet, notre fille de quatre ans, a refusé de manger son bol de Cheerios puis a pleuré jusqu'à ce que Micah finisse par accepter de lui préparer un œuf au plat. Mais c'était sans compter le processus de fusion nucléaire, déjà bien trop avancé : à peine Micah avait-il posé l'assiette devant elle qu'elle éclatait de nouveau en sanglots. "Je veux une fourchette et un couteau, merde !", a-t-elle hurlé, et c'est sans doute la seule chose qui aurait pu arrêter notre course effrénée du matin.

— Est-ce qu'elle a vraiment dit ce que j'ai cru entendre ?

Violet a braillé encore, cette fois plus distinctement :

— Je veux une fourchette et un couteau, merci !

J'ai éclaté de rire, ce qui m'a valu un regard assassin de la part de Micah.

— Combien de fois t'ai-je demandé d'arrêter de jurer à tout bout de champ ? me lance-t-il. Tu trouves ça drôle que notre fille de quatre ans parle comme un charretier ?

— En réalité, ce n'est pas ce qui s'est passé. Tu as mal entendu, c'est tout.

— Ne joue pas à l'avocate avec moi, bougonne Micah.

— Ne me donne pas de leçon, répliqué-je.

Résultat des courses : lorsque nous avons enfin pu partir – Micah pour déposer Violet à la maternelle avant d'enchaîner six interventions chirurgicales d'affilée, moi dans la direction opposée pour me rendre à mon bureau –, le seul membre de la famille à être de bonne humeur était Violet qui avait englouti son petit déjeuner avec ses couverts et portait ses jolies Babies à sequins parce que ni sa mère ni son père n'avaient eu le courage de lui tenir tête là-dessus non plus.

Une heure plus tard, ma journée a encore empiré. J'ai beau avoir fait mes études de droit à Columbia, figuré parmi les meilleurs élèves de ma promo et travaillé trois ans comme clerc auprès d'un juge fédéral, mon patron actuel – le président de la Division des Services aux avocats commis d'office du District judiciaire de New Haven dans l'État du Connecticut – m'a envoyé régler une affaire de soutiens-gorge.

Al Wojecwicz, le directeur du centre de détention de New Haven, est assis dans l'atmosphère confinée d'une salle de conférence en compagnie du directeur adjoint, d'un avocat du secteur privé nommé Arthur Wang et de moi-même. Je suis la seule femme présente, bien sûr. Cette réunion de ce que je me plais à appeler la Commission des Petits Nichons a été organisée à la va-vite parce qu'il y a deux mois les avocates portant des soutiens-gorge à armatures se sont vu interdire l'accès à la prison. Les détecteurs à métaux s'affolaient à chacune de nos visites.

La direction a refusé de se cantonner à une simple palpation, insistant pour procéder à une fouille corporelle intégrale, procédure à la fois illégale et chronophage. Comme nous ne manquons pas de ressources, nous avons décidé de laisser nos sous-vêtements aux toilettes avant d'aller rendre visite à nos clients incarcérés. Mais, là encore, la direction a décrété que nous n'avions pas le droit de rentrer sans soutien-gorge.

Al se frotte les tempes.

— Madame McQuarrie, vous devriez comprendre qu'il s'agit là d'une procédure visant à minimiser les risques.

— Monsieur le directeur, nous avons le droit de rentrer avec des clés. Que craignez-vous que je fasse ? Que j'aide quelqu'un à s'évader avec une baleine de soutien-gorge ?

Évitant mon regard, le directeur adjoint s'éclaircit la gorge.

— J'ai fait un tour au rayon lingerie dans un supermarché et j'ai regardé les différents modèles de soutiens-gorge…

Incrédule, je hausse les sourcils avant de me tourner vers Al.

— Vous l'avez envoyé faire des recherches sur le terrain ?

Avant qu'il ait le temps de répondre, Arthur s'adosse à son fauteuil et prend la parole.

— En fait, cela pose une autre question : ne devrait-on pas revoir le code vestimentaire dans son intégralité ? L'an dernier, j'ai voulu rendre une visite inopinée à l'un de mes clients avant de partir en vacances. Je portais des sandales et on m'a dit que je n'avais pas le droit d'entrer comme ça. J'avais juste une paire de chaussures de golf dans mon coffre et celles-ci n'ont posé aucun problème.

— Des chaussures de golf, répété-je. Avec des crampons métalliques sur les semelles, c'est ça ? Vous pouvez m'expliquer pourquoi on accepte les visiteurs qui portent des chaussures à crampons et pas ceux qui viennent en tongs ?

Le directeur et son adjoint échangent un regard.

— Eh bien… À cause des suceurs d'orteils, explique ce dernier.

— Vous avez peur que quelqu'un essaie de nous sucer les orteils ?

— Oui, répond le directeur-adjoint d'un air impassible. Croyez-moi, c'est pour votre protection. Ce serait comme une visite conjugale mais avec vos pieds.

Pendant une fraction de seconde, j'imagine la vie que j'aurais pu avoir si j'étais entrée comme associée dans un cabinet d'avocats d'affaires bien propre. Je me vois en train de recevoir mes clients dans des salles de conférences lambrissées au lieu de les accueillir dans de vieux placards réaménagés puant l'urine et l'eau de Javel. Je m'imagine en train de serrer la main d'un client qui ne tremble pas – soit parce qu'il est en manque de métamphétamine, soit parce qu'il a une peur bleue de ce système judiciaire qui ne lui inspire aucune confiance.

Mais la vie est faite de compromis. Quand j'ai rencontré Micah, il était interne au service d'ophtalmologie de Yale-New Haven. Il m'a examinée et a déclaré que j'avais les plus beaux cristallins qu'il avait jamais vus. Lors de notre premier rendez-vous, je lui ai dit que je croyais sincèrement que la justice était aveugle, à quoi il a répliqué que c'était juste parce qu'il n'avait pas encore eu l'occasion d'opérer. Si je n'avais pas épousé Micah, je me serais probablement retrouvée dans un de ces somptueux bureaux chromés au cœur d'une grande ville quelconque, à l'instar de mes anciens camarades d'université. Au lieu de quoi, il a ouvert son cabinet de consultation et j'ai levé le pied pour donner naissance à Violet. Quand l'heure est arrivée pour moi de retourner travailler, c'est Micah qui m'a rappelé quel genre de justice je voulais défendre. Grâce à son salaire, j'ai pu suivre mes convictions. *Je m'occupe de faire du fric*, me disait-il alors. *Et toi, tu fais la différence.* En tant qu'avocate commise d'office, je ne serai jamais riche… mais je pourrai continuer à me regarder dans une glace.

Et puisque nous vivons dans un pays où la justice est censée être rendue équitablement, quels que soient le statut social, l'âge, le sexe et l'appartenance ethnique, n'est-il pas normal que les avocats commis d'office soient aussi intelligents, imaginatifs et combatifs que n'importe quel avocat privé ?

Je pose mes mains bien à plat sur le bureau.

— Monsieur le directeur, je ne joue pas au golf, vous savez. Mais je porte un soutien-gorge. Vous savez qui en porte un aussi ? Mon amie Harriet Strong qui travaille comme avocate pour l'Union américaine pour les libertés civiles. On a fait nos études ensemble et on essaie de déjeuner toutes les deux une fois par mois. Je crois qu'elle serait ravie d'apprendre ce qui s'est dit au cours de notre petite réunion, sachant que le Connecticut interdit la discrimination fondée sur le sexe et l'identité sexuelle, et que seuls les avocats de sexe féminin ou s'identifiant comme tels portent des soutiens-gorge lorsqu'ils viennent rendre visite à leurs clients au sein de cet établissement. Ce qui signifie que vos consignes bafouent les droits des avocats en plus de nous empêcher de prodiguer nos conseils. Je suis sûre qu'Harriet sera également heureuse de se mettre en rapport avec l'Association du Barreau des Femmes du Connecticut afin de leur demander combien d'autres avocates se sont plaintes de la situation. En d'autres termes, c'est le genre d'affaires qui tombe pile dans la catégorie des *Vous êtes foutu si la presse apprend ça.* Donc la prochaine fois que je viendrai voir un de mes clients, je porterai mon balconnet Le Mystère 90C et, vous excuserez la métaphore, j'espère bien qu'il n'y aura pas d'autres retombées. Ai-je raison d'espérer ?

Les lèvres du directeur prennent un pli crispé.

— Je crois qu'il nous sera possible de revenir sur l'interdiction concernant les armatures métalliques.

— Parfait, fais-je en soulevant ma mallette. Merci de nous avoir reçus. On m'attend au tribunal.

Je quitte la pièce d'un pas rapide, talonnée par Arthur. Dès que nous franchissons la porte de la prison pour émerger dans la clarté aveuglante du soleil, il esquisse un large sourire.

— Rappelle-moi de ne jamais me coltiner à toi au tribunal.

Je secoue la tête.

— Tu joues vraiment au golf ?

— Quand il s'agit de rabattre le caquet à un juge, oui. Tu fais vraiment un 90C ?

— Ça, tu ne le sauras jamais, Arthur, dis-je en riant tandis que nous regagnons nos voitures respectives garées sur le parking pour aller officier dans deux mondes très différents.

Mon mari et moi n'échangeons pas de sextos. En fait, nos conversations téléphoniques se résument à une liste de nationalités : Vietnamien, Éthiopien, Mexicain, Grec. En réponse à une question implicite : "Qu'est-ce que je rapporte à la maison pour le dîner ?" Mais quand je sors de ma réunion à la prison, un message de Micah m'attend : *Désolé d'avoir été un sale con ce matin.*

Je souris. *Pas étonnant que notre fille dise des gros mots*, réponds-je.

RDV en amoureux ce soir ? demande Micah.

Mes pouces volètent sur le clavier.

Ça marche, enfoiré. Indien ?

J'ai raïtate d'y être, approuve Micah.

Et voilà pourquoi je ne reste jamais fâchée très longtemps contre lui.

Ma mère, qui a grandi dans une riche famille de Caroline du Sud, croit dur comme fer qu'un peu d'émollient à cuticules et de crème antirides pour les yeux suffit à résoudre tous les problèmes de la Terre. Elle m'encourage donc sans cesse à *prendre soin de moi*, ce qui, en décodé, signifie que je devrais *faire un effort pour me pomponner*, et ce qui est complètement ridicule sachant que j'ai une enfant en bas âge et une bonne centaine de clients en détresse et que tous méritent que je leur accorde plus de temps qu'un coiffeur qui me ferait un balayage.

Pour mon anniversaire, l'année dernière, ma mère m'a offert un cadeau que j'ai soigneusement oublié jusqu'à aujourd'hui : un bon pour un massage de quatre-vingt-dix minutes dans un spa. Je peux faire plein de choses en quatre-vingt-dix minutes. Par exemple, je peux rédiger une ou deux requêtes, lancer une procédure d'appel, préparer le petit déjeuner de Violet, la faire manger et même (pour être tout à fait franche) caler une petite partie de jambes en l'air avec Micah. Tout ça pour dire que, quand j'ai quatre-vingt-dix minutes devant moi, je n'ai franchement aucune envie de les passer nue sur une table à me faire enduire d'huile par une inconnue.

Le problème, c'est que le bon expire dans une semaine – c'est ma mère qui me le fait remarquer – et que je ne l'ai toujours pas utilisé. Donc, comme elle sait que je suis trop occupée pour régler ce genre de détails, elle a pris la liberté de me prendre un rendez-vous chez *Spa-ht On*, un institut de beauté pour les femmes actives – c'est du moins ce que prétend l'enseigne. Assise dans l'espace d'accueil, j'attends qu'on m'appelle en songeant à ce drôle de nom : faut-il dire *Spa H.T on* en détachant chaque mot ou simplement *Spat on*, ce qui voudrait dire "craché sur" ? Aucune de ces deux options ne sonne bien à mes oreilles.

Je commence à stresser : suis-je censée garder ma culotte sous mon peignoir ? Est-ce que je vais réussir à ouvrir mon vestiaire et à le refermer correctement ? Ça fait peut-être partie de leur stratégie : les clients angoissent tellement en attendant leur tour qu'ils ressortent forcément plus détendus après leur séance de massage. "Je m'appelle Clarice, déclare ma masseuse d'une voix aussi douce qu'un gong tibétain. Je vous laisse vous mettre à l'aise, à tout de suite."

La pièce est plongée dans la pénombre, éclairée par quelques bougies. Une musique d'ascenseur assure l'ambiance sonore. J'enlève mon peignoir, mes chaussons et je m'allonge sous le drap en calant mon visage dans le petit trou percé au bout de la table de massage. Quelques minutes plus tard, un léger coup est frappé à la porte.

— Nous sommes prêtes ?

Je ne sais pas. Le *sommes-nous* vraiment ?

— Maintenant, détendez-vous, suggère Clarice.

J'essaie. Sérieusement, je fais des efforts. Je garde les yeux fermés pendant une trentaine de secondes. Puis je les entrouvre et je fixe par le trou ses pieds chaussés de baskets confortables. Ses mains fermes se mettent à courir le long de ma colonne vertébrale.

— Ça fait longtemps que vous travaillez ici ?

— Trois ans.

— J'imagine qu'il y a certains clients que vous n'avez aucune envie de toucher, dis-je d'un ton songeur. Ceux qui ont du poil dans le dos, par exemple ? Beurk.

Elle ne répond pas. Ses pieds se déplacent. Je me demande si elle me range dans cette catégorie de clients, maintenant.

Voit-elle mon corps de la même manière qu'un médecin le verrait, c'est-à-dire comme une espèce de bloc de pâte à modeler ? Ou remarque-t-elle les paquets de cellulite sur mes fesses et le bourrelet de graisse que je cache normalement sous ma bretelle de soutien-gorge ? Est-elle en train de penser que la maman yogi qu'elle a massée avant moi était en bien meilleure forme physique ?

Clarice… Ce n'était pas le prénom de la fille dans *Le Silence des Agneaux* ?

— Une assiette de fèves et un bon chianti, chuchoté-je à mi-voix.

— Pardon ?

— Désolée, dis-je, le menton écrasé par la table de massage. C'est pas facile de parler dans ce truc.

Mon nez est en train de se boucher. Ça arrive quand je reste allongée sur le ventre trop longtemps. Dans ces cas-là, je suis obligée de respirer par la bouche, je suis sûre que les esthéticiennes m'entendent et il m'arrive même de baver dans le trou. Voilà encore d'autres raisons qui font que je n'aime pas les massages.

— Des fois, je me demande ce qui se passerait si j'avais un accident de voiture et que je me retrouvais bloquée dans cette position. Je veux dire : pas dans la voiture mais à l'hôpital, je m'imagine avec une de ces minerves qu'on vous visse dans le crâne, vous savez, pour empêcher les vertèbres de bouger ? Je me dis : et si les docteurs me retournaient sur le ventre, si mon nez se bouchait comme maintenant et si je n'arrivais pas à leur dire ? Ou bien je m'imagine dans le coma, le genre où vous êtes réveillé mais prisonnier de votre corps, que vous êtes incapable d'articuler le moindre son et que vous avez désespérément besoin de vous moucher.

Mes tempes battent douloureusement à force d'être dans cette position.

— Y a même pas besoin d'aller chercher midi à quatorze heures. Imaginez que je vive jusqu'à cent cinq ans, que je me retrouve dans une maison de retraite, que j'attrape un rhume et que personne ne songe à me donner quelques gouttes de spray nasal ?

Les pieds de Clarice s'éloignent de mon champ de vision. Je sens un souffle d'air frais sur mes jambes tandis qu'elle entreprend de masser mon mollet gauche.

— C'est ma mère qui m'a offert ce soin.

— C'est gentil…

— C'est une accro de l'hydratation. Vous savez ce qu'elle m'a dit ? Elle m'a dit que j'avais tout intérêt à me débarrasser de ma peau de dinosaure si je voulais garder mon mari. Là, je lui ai fait remarquer que, si la longévité de mon mariage ne dépendait que d'une histoire de lait hydratant, le problème était beaucoup plus grave que d'avoir le temps ou pas d'aller se faire masser en institut…

— Madame McQuarrie ? Je crois que je ne me suis jamais occupée de quelqu'un qui avait autant besoin d'un massage que vous.

Pour une raison qui m'échappe, j'éprouve une certaine fierté en entendant ça.

— Et au risque de perdre mon pourboire, j'ajouterai que je ne me suis jamais occupée de quelqu'un d'aussi peu réceptif au massage.

Cela me rend encore plus fière.

— Merci, dis-je.

— Peut-être pourriez-vous essayer… de vous détendre. Arrêtez de parler. Faites le vide dans votre tête.

Je ferme de nouveau les yeux. Et je repasse mentalement ma liste de choses à faire.

— Si je peux me permettre, dis-je encore dans un murmure, je suis aussi très nulle pour le yoga.

Les jours où je travaille tard et où Micah est retenu à l'hôpital, c'est ma mère qui récupère Violet à l'école. C'est un marché gagnant-gagnant-gagnant : je ne suis pas obligée de payer une baby-sitter, ma mère passe du temps avec son unique petite-fille et Violet adore sa grand-mère. Personne ne sert le thé comme ma mère : elle insiste pour sortir le vieux service en porcelaine qu'elle a reçu en cadeau de mariage, des serviettes en tissu et prépare du thé sucré dans une théière. En rentrant chez moi, je sais que Violet aura pris son bain, qu'elle aura écouté son histoire du soir et qu'elle sera couchée et bordée. Du goûter, il restera des sablés au citron ou des cookies aux raisins secs et aux flocons d'avoine, encore chauds dans une boîte Tupperware. Ma cuisine sera plus propre que lorsque je suis partie le matin.

Ma mère rend Micah complètement dingue. "Ava veut bien faire, a-t-il coutume de dire, mais Joseph McCarthy voulait bien faire aussi." Il prétend que ma mère est un bulldozer déguisé en belle dame du Sud. C'est la vérité, dans un sens. Ma mère a le don d'obtenir ce qu'elle veut avant même que vous vous rendiez compte qu'elle vous a bernés.

— Salut! fais-je en jetant ma mallette sur le canapé tandis que Violet se jette dans mes bras.

— J'ai fait de la peinture avec les doigts, déclare ma fille en me présentant ses paumes, encore légèrement bleues. Je n'ai pas pu rapporter le dessin à la maison parce qu'il n'était pas encore sec.

— Bonsoir, ma chérie, lance ma mère en émergeant de la cuisine. Comment s'est passée ta journée?

Sa voix me fait toujours penser à un héliotrope, à une balade en décapotable et au soleil qui tape sur le sommet du crâne.

— Oh, la routine. Aucun client n'a essayé de me tuer aujourd'hui, c'est déjà ça.

La semaine dernière, un homme que je représentais dans une affaire d'agression et de violences graves a tenté de m'étrangler parce que le juge avait fixé un montant inhabituellement élevé pour la caution. Je ne sais toujours pas si mon client était réellement furieux ou s'il préparait le terrain pour plaider l'irresponsabilité pénale. Si c'est le cas, il faudra que je songe à lui tirer mon chapeau parce c'était très bien joué.

— Kennedy, pas devant ta F-I-L-L-E. Vivi, ma puce, est-ce que tu peux aller chercher le sac de grand-mère ?

Je pose Violet par terre et elle se précipite dans l'entrée.

— J'ai très envie de demander une ordonnance de Xanax à mon médecin quand tu dis ce genre de choses, tu le sais très bien, reprend ma mère dans un soupir. Moi qui croyais que tu chercherais un vrai travail quand Violet irait à l'école…

— Premièrement, j'ai un vrai travail ; deuxièmement, tu prends déjà du Xanax, alors ta menace ne rime à rien.

— Est-ce que tu es obligée d'émettre sans cesse des objections ?

— Bah oui. Je suis avocate, dis-je en remarquant soudain que ma mère porte un manteau. Tu as froid ?

— Je t'ai dit que je ne pourrais pas rester tard, ce soir. Je vais à une soirée de contredanse avec Darla. Il y a aura plein de vieux beaux.

— De *contra dance*, rectifié-je machinalement. D'abord, beurk. Ensuite, tu ne m'en as jamais parlé.

— Bien sûr que si. La semaine dernière. Tu as juste préféré ne pas entendre, chérie.

Violet déboule dans la pièce et tend à ma mère son sac à main.

— Tu es adorable. Fais-moi un bisou.

Violet l'enlace par le cou.

— Mais tu ne peux pas partir, dis-je. J'ai un rendez-vous amoureux, moi.

— Kennedy, tu es mariée. C'est moi qui ai besoin de ça, pas toi. Et, avec Darla, on a bien l'intention de faire tout notre possible pour décrocher le gros lot.

Elle disparaît d'un pas pressé tandis que je me laisse choir sur le canapé.

— Maman, fait Violet, on peut manger une pizza ?

Je baisse les yeux sur ses chaussures à sequins.

— J'ai une meilleure idée.

— Ça alors ! s'exclame Micah en nous apercevant, Violet et moi, attablées dans le restaurant indien. Quelle surprise !

— Notre baby-sitter a filé à l'anglaise, dis-je en coulant un regard de biais à Violet. Et comme nous frôlons l'alerte orange, j'ai déjà passé la commande.

Violet, qui ne connaît pas d'autre restaurant que Chili's, dessine sur la nappe en papier.

— Papa, je veux une pizza.

— Mais tu adores la cuisine indienne, Vivi.

— Non, c'est pas vrai. Je veux une pizza.

Au même moment, le serveur fait son apparition avec les plats que j'ai commandés.

— Timing parfait, dis-je à voix basse. Tu vois, chérie ?

Violet lève la tête vers le serveur. Ses yeux bleus s'arrondissent tandis qu'elle fixe le turban des Sikhs.

— Pourquoi il a une serviette sur la tête ?

— Ne sois pas impolie, ma puce, réponds-je. Ça s'appelle un turban et c'est une coiffe que portent certains Indiens.

Violet fronce les sourcils.

— Mais il ressemble pas à Pocahontas.

J'aimerais que le sol s'ouvre sous mes pieds et m'engloutisse. Au lieu de ça, je me force à sourire.

— Je suis désolée, dis-je à l'adresse du serveur qui dispose aussi vite que possible les plats sur la table. Violet, regarde, c'est ton plat préféré. Du poulet tikka masala.

Je m'empresse d'en mettre un peu dans son assiette, désireuse de la distraire jusqu'à ce que le serveur parte. Dès qu'il s'est éloigné, je murmure :

— Oh, mon Dieu… Tu crois qu'il va nous prendre pour des parents horribles ? Voire des *gens* horribles ?

— C'est la faute à Disney.

— J'aurais peut-être dû dire autre chose ?

Micah prend une grosse cuillerée de sauce vindaloo qu'il pose dans son assiette.

— Ouais. Tu aurais pu choisir de manger italien.

TURK

Je suis planté au milieu de la chambre d'enfant que mon fils ne verra jamais.

Mes poings pèsent aussi lourd que deux enclumes contre mes hanches ; j'ai envie de les jeter devant moi. J'ai envie de faire des trous dans le plâtre. J'ai envie que toute la putain de pièce s'écroule.

Tout à coup, une main ferme se pose sur mon épaule.

— T'es prêt ?

Francis Mitchum, mon beau-père, se tient derrière moi.

Nous nous trouvons dans son duplex. Brit et moi habitons d'un côté et Francis de l'autre. Il traverse la pièce et arrache d'un coup sec les rideaux ornés du lapin Peter Rabbit. Puis il verse de la peinture blanche dans un petit bac et commence à faire glisser le rouleau sur les murs, effaçant le jaune pâle que Brit et moi avions passé il y a moins d'un mois. La première couche ne réussit pas à masquer complètement la couleur qui apparaît en transparence, comme un truc qui serait coincé sous une pellicule de glace. Avec un long soupir, je m'allonge sous le berceau. J'attrape la clé Allen et je dévisse les boulons que j'avais serrés de toutes mes forces parce que je ne voulais pas que quelque chose de mal arrive à mon fils par ma faute.

Qui aurait deviné que ce ne serait pas forcément la faute de quelqu'un ?

Brit a pris un somnifère et je l'ai laissée dormir – c'est toujours mieux que l'état dans lequel elle était l'autre matin, à l'hôpital. Ce jour-là, je me suis dit que rien ne pouvait être pire que ses sanglots qui n'en finissaient pas, que le bruit de la douleur qui lui broyait le cœur. Et puis, à quatre heures du matin environ, tout s'est arrêté. Brit n'a plus émis un seul son. Elle est restée là à fixer le mur d'un air absent. Elle ne répondait pas quand je l'appelais ; elle ne me regardait même pas. Les docteurs lui ont filé des médicaments pour la faire dormir. D'après ce qu'ils m'ont dit, le corps se répare plus vite quand on se repose.

Perso, je n'ai pas dormi. Pas fermé l'œil. Mais je savais que c'était pas ça qui me soulagerait. J'avais plutôt besoin de me défouler, de tout casser. Il fallait que j'arrache la douleur incrustée au fond de moi, que je la balance ailleurs.

Après un dernier tour de clé, le berceau s'effondre et le lourd matelas atterrit sur ma poitrine. Francis se retourne, alerté par le boucan.

— Ça va ?

— Ouais, réussis-je à dire alors que j'ai le souffle coupé.

Ça fait mal mais c'est le genre de douleur que je comprends. J'aurai un bleu qui finira par disparaître. Je m'extirpe du tas de planches, je file un coup de botte dedans.

— C'était sûrement de la merde, de toute manière.

Francis fronce les sourcils.

— Qu'est-ce que tu comptes en faire ?

Je ne peux pas le garder. Je sais que Brit et moi, avec un peu de chance, on aura un autre bébé, mais réinstaller ce berceau dans une chambre d'enfant, ce serait comme faire dormir ce nouveau bébé avec un fantôme.

Comme je ne réponds pas, Francis s'essuie les mains dans un chiffon et commence à rassembler les barres de bois.

— La Ligue des Femmes Aryennes le récupérera, dit-il.

Brit avait assisté à quelques-unes de leurs réunions. C'était un groupe d'anciennes skinheads qui s'introduisaient dans les associations caritatives avec de faux papiers, dupant le système pour rapporter du lait maternisé aux femmes dont les mecs croupissaient en taule pour avoir servi la cause.

Francis ne paie plus beaucoup de mine, ces jours-ci. Il dirige la boîte de plaquistes dans laquelle je bosse – son entreprise est plutôt bien notée sur les sites spécialisés – et vote pour le Tea Party. (Les vieux skinheads ont la peau dure. Avant, ils adhéraient au KKK ; aujourd'hui, ils militent pour le Tea Party. Vous ne me croyez pas ? Vous n'avez qu'à comparer le discours d'un ancien du Klan avec celui d'un Patriote du Tea Party. Au lieu de dire *juif*, ils parlent maintenant de gouvernement fédéral. Au lieu de dire *pédés*, ils parlent d'*espèce sociale de notre pays.* Au lieu de dire *Nègre*, ils disent *Prestations sociales*.) Mais dans les années 1980-1990, Francis était une légende. Son Armée de l'Alliance Blanche avait autant d'influence que la Résistance Aryenne Blanche de Tom Metzger, que l'Église Mondiale du Créateur de Matt Hale, que l'Alliance Nationale de William Luther Pierce et que les Nations Aryennes de Richard Butler. À l'époque, il élevait Brit tout seul et son escadron de la peur sillonnait les rues de New Haven armé de marteaux de tapissier, de crosses de hockey cassées, de matraques et de barres à mine, passant à tabac les négros, les pédales et les youpins pendant que Brit, encore bébé, dormait dans la voiture.

Au milieu des années 1990, les choses ont commencé à changer : le gouvernement s'est mis à démanteler les bandes de skinheads et des chefs de file comme Francis se sont fait choper par leurs couilles de gros durs et ont atterri derrière les barreaux. Francis, lui, a compris qu'il fallait savoir se plier si on ne voulait pas rompre. C'est lui qui a transformé les statuts du Mouvement de la Puissance Blanche pour l'éclater en une multitude de petites cellules d'amis partageant les mêmes orientations politiques. Il nous a conseillé de nous laisser pousser les cheveux. De nous inscrire à l'Université. De nous engager dans l'armée. De nous fondre dans la masse. Avec mon aide, il a créé un site Internet et animé un forum de discussion. “Nous ne sommes plus des bandes”, répétait-il sans cesse. “Nous sommes des poches de mécontentement à l'intérieur du système.”

On a vite compris que les gens étaient encore plus terrifiés à l'idée qu'on puisse vivre et déambuler parmi eux sans même qu'ils le remarquent.

Je pense au berceau que la Ligue des Femmes Aryennes va récupérer. À la table à langer que j'avais achetée dans un vide-grenier et que j'avais poncée. Aux vêtements de bébé que Brit avait choisis chez Goodwill, la boutique de fripes, bien pliés dans la commode. Au talc, au shampooing et aux biberons. Je pense à l'autre bébé, au bébé *vivant*, qui utilisera tout ça.

Je me relève tellement vite que j'ai le vertige et me voilà planté devant le miroir avec son cadre orné de petits ballons. En rentrant du boulot, j'avais trouvé Brit assise devant la table avec un pinceau à la main et je l'avais taquinée en lui disant qu'elle allait devenir comme Martha Stewart, une reine de la décoration. Elle avait répliqué que la seule chose qu'elles avaient en commun, Martha Stewart et elle, c'était un casier judiciaire. En riant, elle avait peint un ballon sur ma joue, je l'avais embrassée, et l'espace d'un instant, alors que je la tenais dans mes bras avec le bébé entre nous, encore dans son ventre, tout m'avait paru parfait.

Maintenant, des cernes sombres soulignent mes yeux ; ma barbe a commencé à pousser ; mes cheveux sont emmêlés. J'ai l'air d'un type en cavale.

— Allez tous vous faire foutre, je murmure avant de quitter la pièce en claquant la porte.

Dans la salle de bains, j'attrape mon rasoir électrique. Je le branche et, d'un geste fluide, je trace une bande impeccable au milieu de mon crâne. Puis je m'attaque aux côtés. Mes cheveux dégringolent sur mes épaules, volent dans le lavabo. Comme par magie, au fur et à mesure que les cheveux tombent, une image apparaît peu à peu sur le sommet de ma tête, juste au-dessus de l'implantation de mes cheveux : une croix gammée noire bien épaisse, avec mes initiales et celles de Brit inscrites au centre.

J'ai fait faire ce tatouage quand elle m'a dit que, oui, elle voulait bien m'épouser.

J'avais vingt et un ans et j'étais plutôt hargneux, à l'époque.

Quand j'ai montré cette preuve d'amour à Brit, elle n'a même pas eu le temps d'ouvrir la bouche : Francis s'est approché de moi et m'a donné un grand coup sur la nuque.

— T'es vraiment aussi bête que t'en as l'air ? Quel mot t'échappe dans *faire profil bas*, tu peux me dire ?

— C'est mon secret, j'ai répliqué avant de sourire à Brit. *Notre* secret. Quand mes cheveux auront poussé, personne ne saura ce qu'il y a là-dessous à part nous.

— Et si tu deviens chauve ? a fait Francis.

Rien qu'en voyant mon expression, il a deviné que je n'avais pas pensé à ça.

Francis m'a interdit de mettre le nez dehors pendant deux semaines, jusqu'à ce qu'on ne voit plus qu'une ombre plus foncée sous mes cheveux ras – on aurait dit une plaque de boutons, un peu comme la gale.

Je prends le coupe-chou, la crème à raser et je termine le boulot. Je passe la main sur mon crâne lisse. Je me sens plus léger. L'air circule derrière mes oreilles.

Je retourne dans la chambre d'enfant qui n'en est plus une. Le berceau a disparu et les autres meubles sont stockés dans l'entrée. Tout le reste est enfermé dans des cartons, grâce à Francis. Avant que Brit ne sorte de l'hôpital cet après-midi, j'aurai installé un cadre de lit et une table de chevet et la pièce sera redevenue la chambre d'amis qu'elle était encore il y a quelques mois.

Je fixe Francis sans ciller. Je le mets au défi de me faire une remarque. Ses yeux suivent le contour de mon tatouage, comme s'il palpait une cicatrice.

— J'ai compris, mon garçon, dit-il à mi-voix. Tu pars en guerre.

Il n'y a rien de pire que de sortir de l'hôpital sans le bébé que vous étiez censé mettre au monde là-dedans. Brit est assise dans un fauteuil roulant (protocole médical) poussé par une aide-soignante (encore le protocole médical). Avec mon bonnet enfoncé jusqu'aux yeux, je ferme la marche. Brit garde les yeux rivés sur ses mains croisées sur ses genoux. C'est une impression ou est-ce que tout le monde nous regarde d'un drôle d'air ? Est-ce qu'ils se demandent ce qui ne va pas chez cette femme qui n'est ni chauve ni plâtrée, qui ne porte aucun signe visible de maladie ?

Francis a garé le SUV devant l'entrée de l'hôpital. Un agent de sécurité ouvre la portière arrière pendant que j'aide Brit à se lever. Elle est étonnamment légère et je me demande si elle ne risque pas de s'envoler lorsque ses mains auront cessé d'agripper les bras du fauteuil.

Pendant une fraction de seconde, une expression de pure panique assombrit son visage. Je comprends alors qu'elle est terrorisée à l'idée de monter à l'arrière du véhicule, comme si un monstre l'attendait, tapi dans l'obscurité.

Un monstre… ou un siège pour bébé.

Je glisse mon bras autour de sa taille.

— Ça va aller, mon cœur.

Son dos se raidit tandis qu'elle se prépare à monter dans la voiture. Quand elle s'aperçoit qu'elle n'est pas assise à côté d'un siège auto vide, tout son corps se détend et elle se laisse aller contre le dossier en fermant les yeux.

Je grimpe à l'avant. Francis croise mon regard, hausse les sourcils.

— Comment tu te sens, ma puce ? demande-t-il, utilisant le petit nom affectueux qu'il lui donnait quand elle était gosse.

Brit ne répond pas. Elle se contente de secouer la tête tandis qu'une grosse larme roule le long de sa joue.

Francis fait rugir le moteur et démarre sur les chapeaux de roue, comme s'il pouvait effacer tout ce qui s'était passé ici en s'éloignant le plus vite possible.

Quelque part entre ces murs repose mon fils. Au sous-sol, dans un congélateur. Ou peut-être l'a-t-on déjà pris pour le découper comme une dinde de Thanksgiving sur la table du médecin légiste.

Je pourrais lui raconter ce qui s'est passé. Je pourrais lui parler de l'Horrible Chose qui emplit mon esprit chaque fois que je ferme les yeux : cette salope noire en train de bourrer de coups le torse de mon fils.

Elle était seule avec Davis. J'ai entendu les autres infirmières parler de ça, dans le couloir. Elle était seule alors qu'elle n'était pas censée se trouver là. Qui sait ce qui s'est réellement passé pendant que tout le monde avait le dos tourné ?

Je me retourne vers Brit, cherche son regard. Ses yeux sont vides.

Et si le pire n'était pas d'avoir perdu mon enfant ? Si c'était d'avoir également perdu ma femme ?

Après le lycée, j'ai déménagé à Hartford et j'ai trouvé du boulot chez Colt's Manufacturing, l'usine d'armes à feu. J'ai suivi quelques cours à l'université publique du coin mais les profs déversaient un tel ramassis de conneries de gauche que j'en ai vite eu ma claque et j'ai tout plaqué. Mais j'ai continué à traîner mes guêtres sur le campus. Ma première recrue était un skateur, un maigrelet avec des cheveux longs qui avait grillé la place d'un Black dans la file d'attente à la cafèt' des étudiants. Le négro l'avait poussé et Yorkey l'avait bousculé à son tour en lui balançant : "Si ça te plaît pas ici, t'as qu'à retourner en Afrique." S'en était suivi une épique bataille de bouffe. J'avais filé un coup de main à Yorkey et je l'avais aidé à se sortir du guêpier dans lequel il s'était fichu. "Tu sais, t'es pas obligé d'être la victime", je lui ai dit un peu plus tard, alors qu'on fumait une clope dehors.

Ensuite, je lui ai passé un exemplaire de *The Final Call*, la lettre d'information publiée par la Nation de l'Islam et que j'avais punaisée sur tous les panneaux d'affichage du campus.

— Tu vois ça ? je lui ai demandé en m'éloignant, certain qu'il allait me suivre. Tu peux m'expliquer pourquoi les flics ne font jamais de descente au syndicat des étudiants noirs, pourquoi ils ne les arrêtent pas pour discours de haine ? D'ailleurs, comment ça se fait qu'il n'y ait pas de syndicat des étudiants blancs ?

Yorkey a émis un ricanement.

— Parce que ça serait de la discrimination.

Je l'ai regardé comme si Einstein venait de parler.

— Exactement.

Après ça, tout s'est enchaîné facilement. On a repéré les gamins qui se faisaient harceler par les sportifs de la fac et on est intervenus deux trois fois pour qu'ils comprennent qu'on était leurs protecteurs. On les a invités à sortir avec nous après les cours et pendant nos virées en voiture on écoutait Skrewdriver, No Remorse, Berzeker, Centurion

– la musique de ces groupes suprémacistes résonne comme les rugissements d'un démon et donne envie de se colleter avec la Terre entière.

J'ai réussi à leur faire croire qu'ils avaient de la valeur par la simple couleur de leur peau. Chaque fois qu'ils se plaignaient d'un truc sur le campus, que ce soit la bouffe ou les procédures d'inscription, je leur rappelais que le président de l'université était juif et que tout ça faisait partie d'un plan plus vaste échafaudé par le Gouvernement d'Occupation Sioniste en vue de nous éliminer. Je leur ai appris que "Nous" signifiait "les Blancs".

Je leur ai confisqué leur herbe et leurs pilules d'ecstasy, j'ai tout foutu à la benne parce que les camés sont des balances. Je les ai façonnés à mon image. "J'ai une belle paire de Doc Martens, j'ai dit à Yorkey. C'est pile ta pointure mais il est hors de question que je les file à un mec qui a les tifs gras et qui se les attache comme une gonzesse." Le lendemain, il s'est pointé avec les cheveux courts et propres, la nuque rasée. En deux temps trois mouvements, j'avais monté mon propre escadron de la terreur : la nouvelle section entièrement remaniée des NADS de Hartford.

Je mettrais ma main à couper que j'ai appris beaucoup plus de trucs à ces gosses que n'importe lequel de leurs profs superbrillants. Je leur ai enseigné les différences élémentaires existant entre les races. J'ai démontré que si on n'est pas le prédateur, on est forcément la proie.

Je me bats avec un cauchemar, me réveille dans une flaque de sueur. Instinctivement, ma main cherche Brit mais il n'y a personne à côté de moi.

Je pose les pieds à terre, me lève et me fraie difficilement un chemin dans l'obscurité, comme si une foule se pressait autour de moi. J'avance tel un somnambule, attiré par la pièce qu'on s'est dépêchés de repeindre, Francis et moi, avant que Brit ne rentre de l'hôpital.

Elle se tient sur le seuil de la porte, les bras enroulés autour du corps comme si elle avait besoin d'aide pour tenir debout. Le clair de lune entre par la fenêtre, de sorte que Brit est piégée dans l'ombre de sa propre silhouette. Tandis que mes yeux s'habituent à la pénombre, j'essaie de voir ce qu'elle voit : le vieux fauteuil avec le napperon posé sur le dossier ; le cadre de lit en fer, le matelas pour deux personnes. Les murs, blancs de nouveau. Je sens encore l'odeur de la peinture.

Je m'éclaircis la gorge.

— On s'est dit que ce serait mieux comme ça, j'explique d'une petite voix.

Brit se retourne à moitié vers moi et, l'espace d'un instant, on croirait qu'elle est sculptée dans la lumière.

— Et si ça ne s'était jamais passé ? chuchote-t-elle. Si c'était juste un cauchemar ?

Elle porte une de mes chemises en flanelle – elle aime bien la mettre pour dormir – et ses mains sont étalées sur son ventre.

— Brit, je murmure en faisant un pas vers elle.

— Et si personne ne se souvient de lui ?

Je la prends dans mes bras, sens le cercle brûlant de son souffle sur mon torse. On dirait du feu.

— Bébé, je te promets que personne ne l'oubliera.

Je n'ai qu'un seul costume. Ou plutôt, Francis et moi avons un seul costume que nous nous partageons. C'est juste qu'on n'a pas trop l'occasion de se mettre sur son trente et un quand on pose des plaques de plâtre la journée et qu'on anime un site suprémaciste la nuit. Le lendemain après-midi pourtant, j'enfile le costard – noir à fines rayures, tout à fait le style qui aurait plu à Al Capone –, une chemise blanche et une cravate. Brit et moi, on doit retourner à l'hôpital où on a rendez-vous avec Carla Luongo, l'avocate spécialisée dans la gestion du risque qui a accepté de nous recevoir.

Mais quand je sors de la salle de bains, rasé de près, le tatouage du crâne bien visible, impossible à louper, je suis surpris de trouver Brit recroquevillée sur le lit, encore vêtue de ma chemise en flanelle et d'un bas de survêtement.

— Chérie, on a rendez-vous avec l'avocate, tu te souviens ?

Question de pure forme : je lui en ai parlé il y a une demi-heure. Ses yeux roulent vers moi, semblables à des boules de flipper qui se baladeraient librement dans sa tête. Sa langue charrie les mots comme si elle avait la bouche pleine de nourriture.

— Je… veux pas… y retourner.

Elle me tourne le dos en remontant les couvertures et c'est là que j'aperçois le flacon posé sur la table de chevet : les somnifères que le docteur lui a donnés pour l'aider à récupérer. Après avoir pris une longue inspiration, j'essaie de la redresser. Elle est lourde et inerte : on dirait un sac de sable. Je pense *douche* mais il faudrait que j'y aille avec elle et le temps presse. Alors j'attrape le verre d'eau posé sur la table de nuit et je le lui balance à la figure. Elle suffoque mais au moins ça l'oblige à s'asseoir. Je lui retire son pyjama et je sors les premiers trucs qui me paraissent à peu près corrects dans les tiroirs de sa commode : un pantalon noir, un pull qui se boutonne sur le devant. Pendant que je l'habille, je me vois comme dans un flash en train de faire les mêmes gestes avec mon fils et je tire tellement fort sur le bras de Brit qu'elle pousse un petit cri. “Excuse-moi, bébé”, je lui murmure en embrassant son poignet. Avec des gestes plus doux, je passe un peigne dans ses cheveux et je fais de mon mieux pour les rassembler en queue de cheval. Puis j'enfile ses pieds dans une paire de petites chaussures qui ressemblent plutôt à des chaussons, je la soulève dans mes bras et la porte jusqu'à la voiture.

Quand on arrive à l'hôpital, elle est complètement amorphe.

— Reste réveillée, OK ? je lui dis d'un ton suppliant en la serrant contre moi tandis que nous marchons vers l'entrée. Pour Davis.

Je crois que ces derniers mots font leur effet parce que ses yeux s'ouvrent un tout petit peu plus tandis qu'on nous conduit jusqu'au bureau de l'avocate.

Carla Luongo est une chicano – je m'en étais douté, avec un nom pareil. Elle s'assied sur une chaise et nous indique un canapé. Je la regarde s'étrangler à moitié quand je retire mon bonnet. Parfait. Il vaut mieux qu'elle sache tout de suite à qui elle a affaire.

Brit se laisse aller contre moi.

— Ma femme ne se sent pas très bien.

L'avocate hoche la tête d'un air compatissant.

— Monsieur et madame Bauer, avant toute chose j'aimerais vous présenter mes plus sincères condoléances.

Je ne réponds pas.

— J'imagine que vous devez avoir des questions, reprend-elle alors.

Je me penche en avant.

— Je n'ai pas de questions. Je sais ce qui s'est passé. Cette infirmière noire a tué mon fils. Je l'ai vue de mes propres yeux. Je l'ai vue en train de lui donner des coups dans la poitrine. J'avais dit à sa chef que je ne voulais pas qu'elle s'approche de mon bébé et que s'est-il passé ? Ma pire crainte s'est réalisée.

— Vous savez sûrement que Mme Jefferson ne faisait que son travail…

— Ah ouais ? C'était aussi son travail de désobéir aux ordres de sa chef ? C'était noté dans le dossier de Davis.

L'avocate se lève pour pouvoir attraper un dossier sur son bureau. Une petite pastille de couleur est collée sur la tranche – une espèce de code secret, je suppose. Elle l'ouvre, et même d'où je suis assis j'aperçois le Post-it. Ses narines frémissent mais elle ne fait aucun commentaire.

— Cette infirmière n'était pas censée s'occuper de mon fils et pourtant on l'a laissée seule avec lui.

Carla Luongo me dévisage avec attention.

— Comment savez-vous ça, monsieur Bauer ?

— Parce que votre personnel ne sait pas parler tout bas. Je l'ai entendue dire qu'elle remplaçait l'autre infirmière. La veille, elle avait piqué une crise, tout ça parce que j'avais exigé qu'elle ne s'occupe plus de mon fils, et qu'est-ce qui se passe le lendemain ? Je la retrouve en train de taper mon bébé. Je l'ai *vue*.

Des larmes me piquent les yeux et je les essuie d'un revers de main avec la sensation d'être faible et ridicule.

— Vous savez quoi ? J'en ai rien à battre de tout ça. L'hôpital va raquer, c'est tout ce que j'ai à dire. Vous avez tué mon fils ; vous allez le payer cher.

Pour être franc, je ne connais rien du tout du système judiciaire. J'ai réussi jusqu'à présent à ne pas me faire pincer par les flics. Mais j'ai vu suffisamment de pubs à la télé pour croire que si on peut gagner du fric en faisant un recours collectif parce qu'on a chopé un cancer des poumons à cause de l'amiante, il doit forcément y avoir un os à rogner si votre bébé meurt alors qu'il était censé recevoir des soins de qualité.

Je récupère ma veste de costume, le poing serré, et traîne à moitié Brit jusqu'à la porte. Je viens de réussir à l'ouvrir quand la voix de l'avocate résonne derrière moi.

— Monsieur Bauer, dit-elle, pourquoi voulez-vous poursuivre l'hôpital en justice ?

— Vous plaisantez, j'espère ?

Elle avance d'un pas et referme la porte de son bureau d'un geste à la fois doux et autoritaire.

— Pourquoi voulez-vous poursuivre *l'hôpital*, répète-t-elle, alors que tout porte à croire que c'est Ruth Jefferson qui est responsable de la mort de votre bébé ?

Environ un an après la création de la section NADS de Hartford, nous pouvions compter sur des revenus réguliers. Je récupérais des armes chez Colt en falsifiant l'inventaire et je les revendais ensuite dans la rue. On refilait surtout ça aux Blacks, d'une part parce qu'ils s'en servaient pour s'entretuer et aussi parce qu'ils payaient trois fois plus cher que les Italiens. Yorkey s'occupait de ça avec moi et une nuit, alors qu'on rentrait chez nous après une transaction, une bagnole de flics s'est pointée derrière nous avec le gyrophare allumé.

Yorkey a failli chier dans son froc.

— Putain, mec. Qu'est-ce qu'on fait ?

— On se gare, j'ai répondu.

Après tout, ce n'était pas comme si l'arme volée était encore dans le coffre. Pour les flics, on rentrait juste chez nous après avoir fait la fête chez un pote. Mais, quand l'agent nous a demandé de sortir de la voiture, Yorkey transpirait comme un porc. La culpabilité se lisait sur sa tronche, ce qui explique sûrement pourquoi les flics ont fouillé la bagnole. J'ai attendu sagement parce que je savais que je n'avais rien à cacher.

Apparemment, Yorkey ne pouvait pas en dire autant. On n'avait pas conclu qu'une vente d'arme, ce soir-là : pendant que je menais les négociations, Yorkey s'était acheté un sachet de crystal meth.

Et comme cette saloperie se trouvait dans la boîte à gants de *ma* bagnole, c'est moi qui ai trinqué.

La taule, c'est un monde que je comprenais : tout s'organisait en fonction des races. J'ai été condamné à six mois pour détention de stupéfiants et je me suis tout de suite mis dans la tête que je passerais chaque minute de ce temps à peaufiner ma vengeance. Yorkey prenait de la drogue avant de rejoindre les NADS ; ça faisait partie de la culture des skateurs. Mais, dans mon escadron, personne ne touchait à ça. Et personne ne s'avisait de planquer cette merde dans ma boîte à gants.

Derrière les barreaux, les gangs de Blacks sont de loin les plus nombreux, ce qui oblige parfois les gangs de Blancs et de Latino-Américains à s'allier. Mais, quand on se retrouve là-dedans, on a surtout intérêt à garder la tête froide et à éviter les embrouilles. Je savais que, si un sympathisant de la Suprématie Blanche purgeait une peine en même temps que moi, il me repérerait tôt ou tard... Mais j'espérais surtout que les nègres ne me tomberaient pas dessus en premier.

Alors j'ai décidé de me plonger dans la Bible. C'était une période de ma vie où j'avais besoin de Dieu : un avocat commis d'office s'occupait de mon dossier et, dans ces cas-là, il valait mieux que Dieu soit aussi de votre côté. Mais je ne m'intéressais pas aux passages des textes sacrés que j'avais déjà lus quand j'étudiais les doctrines théologiques de l'Identité Chrétienne. Au lieu de ça, je me surprenais à corner les pages parlant de souffrance, de salut et d'espérance. J'ai commencé à jeûner parce que j'avais lu un truc là-dessus dans la Bible. Et pendant cette période de jeûne, Dieu m'a dit de m'entourer d'autres personnes comme moi.

Le lendemain, je rejoignais le groupe d'étude biblique.

J'étais le seul Blanc de la troupe.

Au début, on s'est jaugés en silence. Puis le type qui animait la réunion a pointé le menton vers un gamin pas beaucoup plus âgé que moi qui s'est poussé pour me faire une place. On s'est tous pris par la main et, quand j'ai serré la sienne, je l'ai trouvée aussi douce que les mains de mon père. Je ne sais pas du tout pourquoi cette idée m'a traversé la tête mais je pensais à ça quand ils ont commencé à réciter le "Notre Père" et tout à coup je me suis entendu réciter la prière avec eux.

J'assistais tous les jours à la séance d'étude biblique. Quand on avait terminé de lire les textes, on disait *Amen*, et Big Ike, l'animateur, demandait : "Qui passe en jugement demain ?" Il y en avait toujours un parmi nous qui avait une audience préliminaire ou qui répondait que l'officier de police responsable de son arrestation venait témoigner à la barre, un truc dans le genre, et Big Ike disait alors : "Très bien, alors nous allons prier pour que cet officier ne te jette pas aux lions", et il cherchait un passage dans la Bible qui parlait de rédemption.

Le Black de mon âge s'appelait Twinkie. On parlait beaucoup des nanas, tous les deux – ça nous manquait de ne pas pouvoir draguer. Mais même si ça peut paraître difficile à croire, ce qui nous manquait le plus, c'était la bouffe du dehors. J'aurais tué père et mère pour un taco de chez Taco Bell. Twinkie, lui, fantasmait sur les raviolis en boîte du Chef Boyardee. Bizarrement, sa couleur de peau m'importait peu. Je l'aurais croisé dans les rues de Hartford, je lui aurais botté le cul, mais en taule c'était différent. On faisait équipe pour jouer aux cartes, trichant avec des signes et des roulements d'yeux qu'on inventait en privé : qui aurait imaginé que le facho et le jeune Black se seraient alliés pour gagner ?

Un jour, je traînais avec une bande de Blancs dans la salle commune quand le présentateur du journal de treize heures a annoncé qu'une fusillade entre gangs venait d'avoir lieu. Le journaliste parlait de tirs nourris, de balles perdues et de victimes accidentelles. "C'est pour ça qu'on gagnerait si on décidait de s'en prendre aux gangs, j'ai fait remarquer.

Ils sont incapables de tirer sur des cibles précises, contrairement à nous. Ils ne savent même pas tenir leurs flingues correctement, regarde-moi ce carnage. C'est typique des négros, ce genre de plan pourri."

Twink n'était pas assis avec nous mais je l'ai aperçu de l'autre côté de la salle. Son regard a glissé sur moi avant de retourner à ce qu'il était en train de faire. Plus tard dans la journée, on jouait aux cartes pour gagner des clopes et je lui ai adressé notre signe secret pour qu'il balance un carreau parce que je voulais couper en carreau mais il a posé un trèfle et on a perdu la partie. En sortant de la salle, je l'ai engueulé. "Qu'est-ce que t'as foutu, mec? Je t'ai fait signe, pourtant."

Il m'a regardé droit dans les yeux.

— J'imagine que c'est typique des négros, ce genre de plan pourri.

J'ai pensé: *Merde, je l'ai vexé.* Et tout de suite après: *Et alors?*

Ça ne m'a pas empêché de continuer à employer ce terme mais pour être franc il restait parfois coincé dans ma gorge comme une arête de poisson qu'il fallait que j'expulse en toussant un bon coup.

Francis se pointe au moment où ma botte percute la fenêtre de devant, emportant le vieux châssis, de sorte qu'une pluie d'échardes et d'éclats de verre s'abat sur la véranda. Il croise les bras sur sa poitrine, hausse un sourcil.

— Le cadre était pourri, fais-je en guise d'explication. Et je n'avais pas l'outil adéquat.

L'air froid s'engouffre dans la maison par le trou béant. Ça fait du bien parce que je suis brûlant.

— Donc ça n'a rien à voir avec ton rendez-vous, lance Francis sur un ton qui donne à croire que, au contraire, tout est lié à la demi-heure que je viens de passer au commissariat de quartier.

J'y suis passé en rentrant de l'hôpital, après avoir déposé Brit qui s'était tout de suite remise au lit. Ce n'était pas vraiment un rendez-vous, d'ailleurs. Je me suis juste assis en face d'un certain MacDougall, un gros flic qui a enregistré ma plainte contre Ruth Jefferson.

— Le type qui m'a reçu a dit qu'il ferait quelques recherches mais je parie que je n'entendrai plus jamais parler de lui.

— Qu'est-ce que tu lui as dit ?

— Que cette salope avait tué mon bébé.

MacDougall ne savait rien de mon fils ni de ce qui s'était passé à l'hôpital, j'ai donc été obligé de raconter péniblement toute l'histoire encore une fois. Quand j'ai eu terminé, il m'a demandé ce que j'attendais de lui, comme si ça ne sautait pas aux yeux.

— Je veux enterrer mon fils, j'ai répondu. Et je veux qu'elle paie pour ce qu'elle a fait.

Le flic a suggéré que je devais être submergé par la douleur. J'avais peut-être mal interprété ce que j'avais vu. "Elle n'essayait pas de le réanimer, j'ai dit à MacDougall. Elle faisait mal à mon bébé. Un autre docteur lui a même dit d'y aller plus doucement."

J'ai ajouté qu'elle avait une dent contre moi. Le regard du flic s'est attardé sur mon tatouage. "Sans blague ?", c'est tout ce qu'il a trouvé à dire.

Je me tourne vers Francis.

— C'est un putain de crime raciste, voilà ce que c'est. Mais, bien sûr, personne ne prendra jamais la défense des Anglo-Saxons pure souche, même si maintenant on est une minorité.

Mon beau-père me rejoint et arrache à mains nues un morceau de verre récalcitrant.

— Tu prêches un convaincu, Turk.

Cela fait peut-être des années que Francis n'évoque plus publiquement le mouvement de la Suprématie Blanche mais je sais de source sûre qu'il stocke des armes dans un entrepôt sécurisé situé à cinq kilomètres d'ici, histoire de se préparer à la guerre sacrée entre les races.

— J'espère que tu as l'intention de réparer tout ça, dit-il, et je fais mine de croire qu'il ne parle pas de la fenêtre.

Mon portable sonne au même moment. Je le sors de ma poche. Le numéro qui s'affiche sur l'écran ne me dit rien du tout.

— Allô ?

— Monsieur Bauer ? Sergent MacDougall à l'appareil. Je vous ai reçu tout à l'heure, vous vous souvenez ?

Mes doigts se resserrent autour de l'appareil tandis que je tourne le dos à Francis pour pouvoir parler tranquillement.

— Je voulais vous dire que j'ai eu l'occasion de m'entretenir avec l'avocate chargée de la gestion du risque à l'hôpital ainsi qu'avec le médecin légiste. Carla Luongo a corroboré votre version des faits. Quant au médecin légiste, il m'a dit que votre fils était décédé des suites d'une crise d'hypoglycémie ayant conduit à un arrêt respiratoire puis cardiaque.

— Et donc, qu'est-ce que ça veut dire ?

— Eh bien, le certificat de décès a été remis à l'hôpital. Vous allez pouvoir enterrer votre fils.

Je ferme les yeux et, l'espace d'un instant, suis incapable de formuler une réponse.

— D'accord, dis-je finalement.

— Une dernière chose, monsieur Bauer, ajoute MacDougall. Le médecin légiste a confirmé la présence d'un hématome sur la cage thoracique de votre fils.

Mon avenir tout entier se tient en équilibre sur la respiration séparant cette phrase de la suivante.

— Il existe donc une preuve que Ruth Jefferson est peut-être responsable de la mort de votre fils. Et que l'incident pourrait avoir été motivé par la haine raciale, complète MacDougall. Je me mets en rapport avec le bureau du procureur de district.

— Merci, fais-je d'un ton bourru avant de terminer l'appel.

Mes genoux lâchent et je tombe lourdement devant le chambranle endommagé. Je sens la main de Francis sur mon épaule. Bien qu'il n'y ait plus aucun filtre avec l'extérieur, j'ai du mal à respirer.

— Je suis désolé, Turk, murmure Francis, se méprenant visiblement sur le sens de ma réaction.

— Ne le sois pas.

Je me relève et me précipite dans la chambre plongée dans l'obscurité où Brit hiberne sous une pile de couvertures. J'ouvre les rideaux d'un coup sec. Le soleil inonde la pièce. Brit roule sur le côté en grimaçant et en clignant des yeux. Je lui prends la main.

Je ne peux pas lui ramener notre bébé. Mais je peux lui offrir un peu de baume au cœur.

La justice.

Pendant que j'échafaudais mon plan de vengeance derrière les barreaux, Yorkey s'affairait de son côté. Il avait rejoint un club de bikers baptisé les Païens, une bande de délinquants bien baraqués qui devaient être accros au crystal meth, comme lui. Ces colosses étaient plus que ravis d'assurer sa protection si cela pouvait leur permettre d'éliminer le leader des NADS de Hartford. Dans la rue, ce genre de trophée valait de l'or.

J'ai passé ma première journée de liberté retrouvée à essayer de rameuter les anciens membres de mon équipe mais ils avaient eu vent de ce qui se tramait et tous avaient une excuse béton. “J’ai tout plaqué pour vous, leur ai-je fait remarquer alors que même la dernière recrue du groupe venait de passer son tour, et c’est comme ça que vous me remerciez ?”

Il était hors de question que quiconque s’imagine que la taule m’avait ramolli. Alors, ce soir-là, je me suis rendu à la pizzéria qui servait de QG officieux à mon escadron et j’ai attendu. Le grondement d’une douzaine de bécanes n’a pas tardé à se faire entendre. J’ai balancé ma veste par terre, fait craquer mes phalanges et je suis sorti dans la contre-allée, derrière le restaurant.

Yorkey, ce fils de pute, se planquait derrière une montagne de muscles. Sans déconner, le plus petit des Païens devait mesurer un mètre quatre-vingt-quinze et peser cent cinquante kilos.

J’étais peut-être moins costaud qu’eux mais j’étais rapide. Et aucun de ces mecs n’avait passé son enfance à esquiver les coups de poing de mon grand-père.

J’aimerais pouvoir vous raconter ce qui s’est passé ce soir-là mais tout ce que je peux vous dire provient de la bouche d’autres personnes. À ce qu’il paraît, je me suis jeté comme un taré sur le plus balaise de la bande, j’ai lancé mon bras en l’air, je l’ai percuté en plein dans la bouche et lui ai défoncé toutes les dents de devant. Ensuite, j’ai soulevé un type de terre et je l’ai balancé sur les autres comme un boulet de canon. Il paraît aussi que je me suis acharné à grands coups de pied sur les reins d’un biker, tapant tellement fort que le mec a pissé rouge pendant un mois. Le sang ruisselait dans l’allée comme la pluie sur le trottoir.

Tout ce que je savais, c’est que je n’avais rien à perdre à part ma réputation, et ce genre de munition peut faire gagner une guerre. Je ne me souviens plus de rien, sauf de m’être réveillé le lendemain matin dans la salle de la pizzéria avec une poche de glace autour de ma main cassée et un œil au beurre noir que je n'arrivais pas à ouvrir.

Je ne me souviens plus de rien, mais la nouvelle s'est répandue. Je ne me souviens plus de rien mais, une fois de plus, j'étais entré dans la légende.

Le jour où j'enterre mon fils, le soleil brille. Le vent souffle de l'ouest et il est mordant. Je me tiens debout devant un minuscule trou creusé dans la terre.

Je ne sais pas qui a organisé la cérémonie. Il a bien fallu que quelqu'un se charge d'acheter une concession et de prévenir les gens qu'il y aurait une messe. Je suppose qu'il s'agit de Francis qui, placé devant le cercueil, est en train de lire un verset de la Bible : "J'ai prié pour avoir cet enfant, et l'Éternel m'a accordé la demande que je lui ai adressée, récite Francis. C'est pourquoi je le prête au Seigneur ; tous les jours, il sera prêté au Seigneur et il adorera le Seigneur en ce lieu."

Il y a des types de l'entreprise de plaquiste et quelques amies de Brit qui font partie du Mouvement. Mais il y a aussi des gens que je ne connais pas, venus présenter leurs condoléances à Francis. L'un d'eux s'appelle Tom Metzger ; c'est le fondateur de la Résistance Aryenne Blanche. Aujourd'hui âgé de soixante-dix-huit ans, c'est un vieux loup solitaire comme Francis.

Lorsque Brit éclate en sanglots pendant la lecture du psaume, je tends la main vers elle mais elle s'écarte pour se tourner vers Metzger qu'elle appelait Oncle Tommy quand elle était petite. Il glisse un bras autour d'elle et j'essaie de ne pas ressentir ce mouvement de recul comme une claque en pleine figure.

J'ai entendu un sacré lot de platitudes, aujourd'hui : "Il est mieux là où il est", "C'est un soldat tombé au champ d'honneur", "Le temps guérit toutes les blessures". Ce que personne ne me dit en revanche sur la douleur d'un deuil, c'est à quel point elle est solitaire. Peu importe que d'autres pleurent le même être aimé, vous êtes enfermé dans votre propre petite bulle. Même quand les gens essaient de vous réconforter, vous êtes conscient qu'une barrière se dresse à présent entre eux et vous, une barrière faite du drame atroce qui vous isole des autres. Je m'étais imaginé que Brit et moi serions au moins capables de souffrir ensemble mais elle supporte à peine de poser les yeux sur moi. Est-ce pour la même raison que je l'évite aussi, de mon côté : parce qu'en la regardant c'est le visage de Davis que je vois ; parce qu'il me semble que mon fils avait la même fossette qu'elle sur le menton. Elle, qui était tout ce que j'avais toujours rêvé d'avoir, n'est plus qu'un souvenir permanent de tout ce que j'ai perdu.

Je me concentre sur le cercueil en train de descendre dans le trou. J'écarquille les yeux pour empêcher les larmes de jaillir – pour ne pas avoir l'air d'une mauviette.

Dans ma tête, je commence à dresser une liste de toutes les choses que je ne ferai pas avec mon fils : *le voir sourire pour la première fois. Fêter son premier Noël. Lui acheter un fusil pour enfant. Lui donner des conseils pour draguer une fille.* Des repères. Je ne vivrai jamais tous ces moments importants dans la vie d'un père.

Tout à coup, Francis se matérialise devant moi, armé d'une pelle. J'avale péniblement ma salive puis prends l'outil pour être la première personne à enterrer mon enfant. Après avoir balancé une pelletée dans la fente béante, j'enfonce la pelle dans le tas de terre. Tom Metzger aide Brit à la soulever et elle accomplit son devoir avec des mains tremblantes.

Je sais que je suis censé rester concentré pendant que tout le monde nous aide à enterrer Davis mais je suis trop occupé à lutter contre l'envie irrésistible de plonger dans cette minuscule crevasse. Je veux retirer la terre à mains nues. Soulever le cercueil, l'ouvrir de force pour sauver mon bébé. Je déploie de tels efforts pour me contrôler que mon corps vibre de la tête aux pieds.

Soudain, il se passe quelque chose qui dissipe toute ma tension et c'est comme si la vapeur accumulée en moi s'échappait par une soupape de sécurité. La main de Brit se glisse dans la mienne. Son regard est encore vide, saturé de tranquillisants et de douleur ; elle se tient un peu à l'écart mais elle a pris ma main. Preuve qu'elle avait besoin de moi.

Pour la première fois depuis une semaine, je me dis qu'on survivra peut-être.

Quand Francis Mitchum vous convoque, vous rappliquez.

Peu de temps après mon affrontement épique avec les Païens, j'ai reçu un courrier de la part de Francis me disant qu'il avait entendu la rumeur et qu'il voulait vérifier sa véracité. Il m'invitait à venir le rencontrer le samedi suivant à New Haven, à l'adresse indiquée. En arrivant là-bas, j'étais un peu étonné de découvrir qu'il s'agissait d'un lotissement mais j'ai aperçu plein de voitures garées devant la maison et j'ai supposé que Francis avait organisé une réunion de sa section. J'ai sonné à la porte. Comme personne n'est venu ouvrir et qu'il y avait du bruit dans le jardin, j'ai fait le tour et je suis entré par le portail qui n'était pas fermé à clé.

Presque aussitôt, j'ai été assailli par une volée de gamins. Je n'avais pas beaucoup d'expérience avec les humains de cette taille mais je leur donnais à peu près cinq, six ans. Ils couraient vers une femme armée d'une batte de base-ball qui s'efforçait de faire mettre en rang la petite troupe turbulente. “C'est mon anniversaire, a claironné un petit gars. Alors c'est moi qui passe en premier !” Il s'est emparé de la batte et s'est mis à taper dans une piñata en papier mâché qui avait la forme d'une silhouette de nègre pendu à une corde.

Au moins, j'étais à la bonne adresse.

En me retournant, je suis tombé nez à nez avec une fille qui tenait un paquet d'étoiles dans les mains. Elle avait de longs cheveux bouclés et des yeux d'un bleu incroyablement pâle.

Je ne comptais plus les fois où j'avais été frappé, mais jamais de cette manière. Je ne savais même plus comment dire *bonjour*. C'est elle qui a parlé en premier.

— Tu as l'air un peu vieux pour jouer à ça mais tu peux quand même essayer, si ça te fait plaisir.

Je l'ai fixée d'un air hébété avant de comprendre qu'elle faisait allusion à l'affiche représentant un visage de profil avec un nez crochu, placardée sur le côté de la maison. J'avais envie de jouer, c'est vrai, mais Accroche l'Étoile sur le Juif n'était pas vraiment le jeu que j'avais en tête.

— Je cherche Francis Mitchum. Il m'a demandé de le retrouver ici.

La fille m'a dévisagée, ses pupilles se sont rétrécies.

— Tu dois être Turk. Il t'attend, a-t-elle dit avant de pivoter sur ses talons pour se diriger vers la maison avec l'aisance gracieuse de celle qui sait que les gens vont la suivre.

On est entrés dans la cuisine où quelques femmes s'affairaient entre le frigo et les placards, sautillant comme des grains de maïs à éclater posés sur le feu, criant des ordres à tour de rôle : "Sortez les assiettes ! N'oubliez pas de prendre les glaces !" Il y avait d'autres gamins plus âgés à l'intérieur – sans doute des préadolescents car ils me rappelaient ce que j'étais il y a encore peu de temps. Tous buvaient les paroles de l'homme qui se tenait devant eux. Francis Mitchum était plus petit que dans mon souvenir mais la dernière fois que je l'avais vu il se tenait sur une estrade. Son épaisse tignasse argentée était lissée en arrière. Il était en train de donner un cours de théologie sur l'Identité Chrétienne.

“Le serpent, expliquait-il, a eu des relations sexuelles avec Ève.” Les gosses ont échangé des regards, comme si entendre ce mot – *sexuel* – prononcé de façon aussi désinvolte était une sorte de sésame qui leur ouvrait les portes du monde adulte. “Pourquoi Dieu lui aurait-il défendu de manger une pomme, sinon ? Ils se trouvent dans un jardin, bon sang. La pomme est un symbole et la chute de l’homme passe par la fornication. Le Diable se présente à Ève sous la forme d’un serpent, elle se laisse piéger, batifole et tombe enceinte. Mais ensuite, elle retourne auprès d’Adam et le piège à son tour pour le forcer à avoir des relations sexuelles. Elle met au monde Caïn qui porte le signe du Diable : le nombre 666, une Étoile de David. Car oui, Caïn est le tout premier Juif. Mais elle donne aussi naissance à Abel, le fils d’Adam. Caïn tuera Abel parce qu’il est jaloux et qu’il est le fruit de Satan.”

— Tu crois à ces conneries, toi ? m’a demandé la jolie fille d’un ton neutre, comme si elle voulait me tester.

Certains membres de la Suprématie Blanche sont adeptes de l’Identité Chrétienne et d’autres pas. Raine l’était, tout comme Francis. Et moi aussi. Nous croyons que nous sommes la véritable Maison d’Israël, les vrais élus de Dieu. Les Juifs sont des imposteurs ; ils seront éliminés au cours de la guerre des races.

J’ai souri.

— Un jour, je devais avoir à peu près leur âge, j’avais tellement la dalle que j’ai volé un hot-dog dans une station-service. Voler ne m’a pas posé de problème mais pendant les deux semaines qui ont suivi j’étais persuadé que Dieu allait me punir parce que j’avais mangé du porc.

Son regard a croisé le mien et, pendant un quart de seconde, j’ai eu l’impression d’avoir allumé un brûleur à gaz, juste avant que la flamme ne s’embrase et s’anime – l’instant où une explosion reste possible.

— Papa, a-t-elle dit finalement. Ton invité est arrivé.

Papa ?

Détachant son regard du groupe de préados suspendus à ses lèvres, Francis Mitchum a jeté un coup d'œil dans ma direction et les gamins ont fait pareil.

Puis il a franchi l'enchevêtrement de jambes et m'a tapé sur l'épaule.

— Turk Bauer. C'est gentil d'être venu.

— C'est un honneur d'avoir été invité.

— Je vois que tu as déjà fait la connaissance de Brittany, a poursuivi Francis.

Brittany.

— Pas officiellement, j'ai répondu en tendant la main. Bonjour.

— Bonjour, a répété Brittany d'un ton rieur.

Elle a serré ma main un instant de trop mais pas assez longtemps pour que quelqu'un le remarque.

À part Mitchum à qui rien ne devait échapper ou presque – c'était du moins mon impression.

— On marche un peu ?

Je lui ai emboîté le pas et on est retournés ensemble au jardin.

On a parlé du temps (le printemps avait du retard, cette année) et du trajet de Hartford à New Haven (trop de travaux sur l'autoroute 91S). Quand on est arrivés à l'angle du jardin, près d'un pommier, Mitchum s'est assis sur un transat et m'a invité à faire comme lui d'un geste de la main. De là, nous avions une vue imprenable sur la piñata. Le garçon qui fêtait son anniversaire avait récupéré la batte mais aucun bonbon n'était encore tombé.

— C'est mon filleul, a dit Mitchum.

— Je me suis demandé pourquoi j'avais été invité à une fête d'enfants.

— J'aime m'adresser aux jeunes générations, m'a confié Mitchum. Ça me donne l'impression d'être encore dans le coup.

— Oh, vous ne devriez pas vous en faire pour ça, monsieur. Personnellement, je crois que vous êtes complètement dans le coup.

— Si on parlait un peu de toi… Tu t'es fait une sacrée réputation, récemment.

Je me suis contenté de hocher la tête. Je ne savais toujours pas pourquoi Francis Mitchum voulait me rencontrer.

— J'ai entendu dire que ton frère avait été tué par un nègre. Et que ton père était une pédale…

Je me suis tourné vers lui, les joues en feu.

— Ce n'est plus mon père.

— Détends-moi, mon garçon. Personne ne choisit ses parents. Ce qui compte, c'est ce qu'on choisit de faire avec eux.

Il m'a regardé.

— Quand l'as-tu vu pour la dernière fois ?

— Le soir où je lui ai défoncé la tête.

Là encore, j'ai eu l'impression de répondre à un quiz et j'ai dû donner la bonne réponse parce que Mitchum a repris la parole.

— Tu as monté ton propre groupe et, à bien des égards, tu es le meilleur recruteur de la côte Est. T'as fait de la taule à la place de ton bras droit et tu lui as donné une bonne leçon à ta sortie.

— Je fais ce qu'il faut faire, c'est tout.

— On ne trouve plus beaucoup de jeunes comme toi, figure-toi. Je croyais que l'honneur était une denrée en voie de disparition.

À cet instant, l'un des petits gars a décapité la tête de la piñata et une cascade de bonbons a dégringolé sur la pelouse. Les gamins se sont jetés dessus, ramassant les friandises à pleines poignées.

La mère du garçonnet qui fêtait son anniversaire est sortie de la cuisine avec un plateau de cupcakes. Elle s'est mise à chanter “Joyeux anniversaire” et les gosses se sont rassemblés autour de la table de pique-nique.

Britanny a fait son apparition sur la véranda. Ses doigts étaient recouverts de glaçage bleu.

— Quand je dirigeais ma propre section, a repris Mitchum, les gars du Mouvement auraient tous préféré crever plutôt que de tomber dans la came. Maintenant, pour le nom de Dieu, les jeunes Aryens s’associent avec les Peaux-Rouges pour fabriquer de la meth dans les réserves indiennes, là où les fédéraux n’ont pas le droit d’intervenir.

Joyeux anniversaire !

— Ils ne s’associent pas vraiment, j’ai objecté. Ils s’allient contre des ennemis communs : les Mexicains et les Noirs. Je n’approuve pas ce qu’ils font mais je comprends pourquoi ce sont d’improbables alliés.

Joyeux anniversaire, Jackson !

Le regard de Mitchum est devenu plus intense.

— D’improbables alliés, a-t-il répété. Comme, par exemple, un vieux roublard avec de l’expérience… et un jeune mec avec les plus grosses couilles que j’ai jamais vues. Un homme qui connaît bien l’ancienne génération d’Anglos et un autre capable de se connecter à la suivante. Un gars qui a grandi dans la rue… et un autre, biberonné à la technologie. Ça pourrait faire une sacrée équipe, dis donc.

Joyeux anniversaire !

De l’autre côté du jardin, Brit a rougi en croisant mon regard.

— Je vous écoute.

Après l’enterrement, tout le monde se retrouve à la maison. Il y a des gratins, des tartes et des plats en sauce mais je n’y touche pas. Les gens n’arrêtent pas de me dire qu’ils sont désolés de ce qui nous arrive, comme s’ils y pouvaient quelque chose. Assis sur la véranda encore parsemée d'éclats de verre suite à mon projet de chantier, Francis et Tom descendent ensemble la bouteille de whisky que ce dernier a apportée.

Brit est installée sur un canapé, semblable au cœur d'une fleur entourée par ses amies, les pétales. Dès que quelqu'un qu'elle ne connaît pas bien tente de s'approcher, elles se resserrent autour d'elle. Au bout d'un moment, elles finissent par s'en aller en disant des trucs comme "Appelle-moi si tu as besoin de quoi que ce soit" et "Ça ira mieux avec le temps, tu verras". Bref : des bobards.

Je suis en train de raccompagner le dernier invité quand une voiture se gare devant la maison. La portière s'ouvre et MacDougall, le flic qui a enregistré ma plainte, sort du véhicule. Il monte les marches pour me rejoindre, les mains enfoncées dans ses poches.

— Je n'ai pas d'autres informations pour le moment, dit-il sans préambule. Je suis venu vous présenter mes condoléances.

Je sens Brit approcher dans mon dos, telle une ombre.

— Bébé, voilà le policier qui va nous aider.

— Quand ça ? demande-t-elle.

— Eh bien, les enquêtes pour ces choses-là prennent du temps, vous savez…

— Ces choses-là, répète Brit. Ces *choses*-là.

Elle me pousse pour aller se planter sous le nez du flic.

— Mon fils n'est pas une *chose*. *N'était*, corrige-t-elle d'une voix enrouée. *N'était* pas une chose.

Puis elle tourne les talons et disparaît dans les entrailles de la maison. Je croise le regard du flic.

— Ça a été une journée difficile.

— Je comprends. Dès que le procureur m'aura contacté, je…

Il est interrompu par un grand bruit qui résonne dans l'espace, derrière moi.

— Je dois y aller, fais-je en lui refermant précipitamment la porte au nez.

Un autre craquement retentit avant que j'atteigne la cuisine. À peine ai-je franchi le seuil qu'un plat vole dans ma direction avant d'aller s'écraser contre le mur, derrière moi. Je crie son nom en marchant vers elle mais elle me jette un verre à la figure. Il heurte mon front avant de poursuivre sa course et, pendant quelques secondes, je vois trente-six chandelles.

— C'est ça qu'est censé m'aider ? hurle Brit. Mais merde, je déteste le gratin de macaronis !

— Mon cœur…

Je la saisis par les épaules.

— Ils essaient d'être gentils.

— Je ne veux pas de leur gentillesse, réplique Brit tandis qu'un flot de larmes inonde son visage. Je ne veux pas de leur pitié. Je ne veux rien du tout, à part cette pute qui a tué mon bébé.

J'enroule mes bras autour d'elle mais elle reste raide comme un bout de bois.

— Ce n'est pas encore fini.

Elle me repousse avec une telle violence que je recule en vacillant.

— Ça devrait l'être, pourtant, lance-t-elle d'un ton hostile qui me paralyse. Ça *serait* réglé si t'étais vraiment un homme.

Un muscle se contracte dans ma mâchoire et je serre les poings en me forçant à rester immobile. Francis, qui nous a rejoints sans que je m'en aperçoive, se place derrière Brit et l'enlace par la taille.

— Viens, ma puce. Je te raccompagne dans ta chambre, dit-il en l'entraînant en dehors de la pièce.

Je sais très bien ce qu'elle a voulu dire : un vrai guerrier ne se contente pas de se battre devant un écran d'ordinateur. Certes, c'était l'idée de Francis de continuer à animer le Mouvement sans se faire remarquer, et cette nouvelle stratégie, plus insidieuse, marche du feu de Dieu, mais Brit a raison. Il y a un fossé immense entre la gratification instantanée procurée par un bon coup de poing et la fierté éprouvée à retardement quand on sème la peur sur Internet.

Je ramasse les clés de la voiture posées sur le comptoir et, quelques minutes plus tard, je roule dans le centre-ville, du côté de la voie de chemin de fer. L'espace d'un instant, je songe à rechercher l'adresse de cette infirmière black. Je me débrouille plutôt bien en informatique et il me faudrait moins de deux minutes pour la trouver.

Ce qui serait aussi le temps que mettraient les flics à me désigner comme coupable s'il arrivait malheur à cette bonne femme ou à sa baraque.

Alors je me gare sous un petit tunnel et sors de ma bagnole. Mon cœur bat fort, je suis en pleine montée d'adrénaline. Ça fait tellement longtemps que je suis pas allé chercher la baston que j'ai oublié le kiff que c'est, rien à voir avec ce que l'alcool, le sport ou même l'amour peuvent provoquer.

La première personne que je croise est inconsciente. C'est un SDF bourré, camé ou tout simplement endormi sur des cartons, planqué sous une montagne de sacs en plastique. Il n'est même pas noir. C'est juste… une proie facile.

Je l'attrape par le cou et il se réveille en sursaut, s'arrachant à un cauchemar pour basculer dans un autre.

— Qu'est-ce que tu regardes comme ça ? je lui hurle en pleine gueule alors qu'il ne peut pas regarder autre chose que moi, vu que je le tiens par la nuque. C'est quoi ton problème, putain ?

Je lui file un coup de boule dans la bouche et lui défonce les dents. Puis je le jette sur le trottoir. Un craquement retentit lorsque son crâne percute le bitume. J'adore ce bruit.

À chaque coup, je respire un peu plus facilement. Ça fait des années que je n'ai pas fait ça mais c'est comme si c'était hier : mes poings ont clairement une mémoire musculaire. Je tabasse ce type que je ne connais pas jusqu'à ce qu'il devienne méconnaissable… Parce que c'est la seule manière que j'ai de me rappeler qui je suis.

RUTH

Quand on est infirmière, on sait mieux que quiconque que la vie continue, vaille que vaille. Il y a des bons et des mauvais jours. Il y a des patients qui restent en contact et d'autres qui s'empressent d'oublier. Mais il y a toujours une mère en plein travail ou en train d'accoucher qui vous pousse à avancer. Il y a toujours une nouvelle moisson d'êtres humains miniatures qui n'ont même pas encore écrit la première phrase de l'histoire de leur vie. En fait, le processus de la naissance ressemble tellement à une chaîne d'assemblage que je suis toujours surprise quand je suis obligée de prendre une pause et d'y réfléchir un peu – comme quand un bébé que j'ai aidé à venir au monde hier, du moins est-ce ainsi que je le ressens, arrive à l'hôpital pour accoucher à son tour. Ou quand le téléphone sonne et que l'avocate de l'hôpital vous demande si elle peut venir vous voir pour *discuter*.

Je ne me rappelle pas avoir jamais adressé la parole à Carla Luongo. En fait, je crois bien que je ne savais même pas que l'avocate de l'hôpital – pardon, la responsable de la gestion du risque – s'appelait Carla Luongo. En même temps, je n'ai jamais eu de problème jusqu'à aujourd'hui. Je n'ai jamais représenté un risque qu'il fallait gérer.

Deux semaines se sont écoulées depuis le décès de Davis Bauer – quinze jours au cours desquels je suis venue à l'hôpital et j'ai fait mon boulot : j'ai posé des perfusions, encouragé des femmes à pousser et je leur ai montré comment elles devaient s'y prendre pour mettre leur bébé au sein. Mais cela fait surtout quinze nuits que je me réveille en sursaut, revivant non pas la mort de ce nouveau-né mais les moments qui l'ont précédée. Je les repasse au ralenti dans ma tête, inversant les séquences et arrondissant les angles du scénario, de sorte que je commence à croire ce que je me suis raconté. Ce que j'ai raconté aux autres.

Et ce que je raconte à Carla Luongo quand elle me joint par téléphone.

— Je serais ravie de vous rencontrer, dis-je, alors qu'en réalité une seule question me taraude : *suis-je dans une situation délicate ?*

— Parfait ! Dix heures, ça vous convient ?

Je prends mon service à onze heures aujourd'hui, alors je réponds que oui, c'est très bien. Elle m'indique comment trouver son bureau et je griffonne le numéro de l'étage au moment où Edison entre dans la cuisine. Il traverse la pièce, ouvre la porte du frigo et sort la brique de jus d'orange. Comme il s'apprête à boire au goulot, je hausse un sourcil et il se ravise. La voix de Carla Luongo résonne dans mon oreille.

— Ruth ? Vous êtes toujours là ?

— Oui, excusez-moi.

— Je vous dis à tout à l'heure, d'accord ?

— Avec plaisir, réponds-je d'un ton jovial avant de raccrocher.

Edison s'assied puis se sert un grand bol de céréales.

— Tu parlais à un Blanc ?

— Pourquoi tu me poses cette question ?

Il hausse les épaules en versant du lait dans son bol. Sa réponse s'enroule autour de la cuillère qu'il vient d'enfoncer dans sa bouche.

— Parce que tu n'as pas la même voix.

Carla Luongo a filé ses collants. Je devrais penser à mille autres choses, et surtout aux raisons qui ont motivé cette entrevue, mais c'est plus fort que moi : je fais une fixation sur cette maille filée. Si ce n'était pas elle – si c'était quelqu'un que je considère comme une amie –, je le lui signalerais à voix basse pour éviter de l'embarrasser.

Le problème, c'est que même si Carla n'arrête pas de me répéter qu'elle est de mon côté (c'est quoi, cette histoire de côtés ?) et que tout cela n'est qu'une simple formalité, il se trouve que j'ai beaucoup de mal à la croire.

Je viens de passer vingt minutes à lui expliquer en détail les raisons pour lesquelles je me suis retrouvée seule dans la nursery avec le bébé des Bauer.

— Donc, vous aviez été priée de ne pas toucher à ce nourrisson, insiste l'avocate.

— Oui, dis-je pour la vingtième fois.

— Et vous ne l'avez pas touché jusqu'à ce que… Comment avez-vous formulé ça, déjà ? demande-t-elle en faisant cliqueter son stylo à bille.

— Jusqu'à ce que Marie, l'infirmière en chef, me donne l'ordre de le faire.

— Et qu'a-t-elle dit, précisément ?

— Elle m'a demandé de commencer les compressions.

Je soupire.

— Écoutez, vous avez déjà écrit tout ça. Je ne peux rien vous dire de plus que ce que je vous ai déjà dit. Mon service va démarrer. Est-ce que nous avons terminé ?

L'avocate se penche en avant en posant ses coudes sur ses genoux.

— Aviez-vous parlé avec les parents ?

— Brièvement. Avant qu'on m'informe que je n'avais plus le droit de m'occuper de leur bébé.

— Étiez-vous en colère ?

— Je vous demande pardon ?

— Étiez-vous en colère ? Je veux dire, on vous a demandé de surveiller ce bébé seule alors qu'on vous avait donné l'ordre de ne plus vous occuper de lui.

— Nous étions à court de personnel. Je savais que Corinne ou Marie ne tarderait pas à prendre le relais, dis-je avant de me rendre compte que je n'ai pas répondu à sa question. Non, je n'étais pas en colère.

— Pourtant, le Dr Atkins m'a confié que vous aviez fait une remarque désinvolte concernant une éventuelle stérilisation du bébé.

Je reste bouche bée.

— Vous avez parlé à la pédiatre ?

— C'est mon travail de m'entretenir avec tout le monde.

Je cherche son regard.

— Les parents me considèrent comme une pestiférée et ne s'en cachent pas. C'était une blague idiote, c'est tout.

Une blague que tout le monde aurait vite oubliée s'il ne s'était rien passé. *Si. Si. Si.*

— Avez-vous surveillé le bébé ? L'avez-vous seulement regardé ?

Je marque un temps d'hésitation et, pendant cette respiration, je sens venir le moment charnière sur lequel je ne cesserai de revenir et que je tournerai tant et tant de fois dans ma tête qu'il deviendra lisse et que je ne me souviendrai plus d'aucun nœud, d'aucun sillon, d'aucun détail. Je ne peux pas avouer à l'avocate que j'ai désobéi aux ordres de Marie puisque ça me coûterait ma place. Mais je ne peux pas non plus lui dire que j'ai essayé de réanimer le nourrisson car dans ce cas les consignes de Marie paraîtraient justifiées.

Puisque j'ai touché au bébé et qu'il est mort.

— Le bébé allait bien, dis-je prudemment. Et puis tout à coup, je l'ai entendu suffoquer.

— Qu'avez-vous fait ?

Je plonge mon regard dans le sien.

— J'ai suivi les consignes. On m'avait interdit de faire quoi que ce soit, expliqué-je à Carla Luongo.

J'hésite un instant.

— Vous savez, une autre infirmière dans la même situation que moi aurait certainement trouvé que cette note placée dans le dossier du bébé était… tendancieuse.

Elle sait parfaitement à quoi je fais allusion : je pourrais porter plainte contre l'hôpital pour discrimination raciale. C'est en tout cas ce que je veux lui faire croire, alors qu'en réalité je n'ai pas les moyens d'engager un avocat, sans compter qu'un tel procès me coûterait mon travail et mes amies.

— Peut-être, admet Carla d'un ton mielleux, mais ce n'est pas le genre d'employé que nous apprécions beaucoup dans nos équipes.

Ce qui signifie, en d'autres termes : *continuez à brandir la menace d'une action en justice et vous pourrez dire adieu à votre travail.* Elle griffonne quelque chose dans son petit carnet recouvert de cuir noir et se lève.

— Bon, dit-elle. Merci d'avoir pris le temps de passer.

— Pas de souci. Vous savez où me trouver.

— Oh oui.

Sur le chemin qui me ramène à la Maternité, je m'efforce de ne pas penser à la sonorité menaçante de ces deux petits mots.

Je n'ai pas le temps de m'appesantir sur mes réflexions dubitatives : à peine arrivée dans le service, Marie, qui m'a vue sortir de l'ascenseur, m'attrape par le bras, visiblement soulagée.

— Ruth, je te présente Virginia, dit-elle sans préambule. Virginia, voici Ruth, l'une de nos infirmières en obstétrique les plus expérimentées.

J'observe la femme qui se tient devant moi. Son regard effaré suit un brancard en train de glisser dans le couloir – probablement une césarienne décidée en urgence. Aussitôt, tout s'éclaire dans ma tête.

— Virginia, dis-je d'une voix douce, Marie a du pain sur la planche pour le moment. Que diriez-vous de me seconder ?

Après m'avoir remerciée d'un signe de tête, Marie court après le brancard.

— Alors, fais-je à l'intention de Virginia, vous avez repris vos études, c'est ça ?

Contrairement à la plupart des aspirantes infirmières qui défilent ici avec leurs têtes de gamines, Virginia doit avoir une trentaine d'années.

— Disons que j'ai commencé tard. Ou tôt, ça dépend du point de vue. J'ai eu mes enfants très jeune et j'ai attendu qu'ils soient partis de la maison pour entamer une vraie carrière. Vous devez me prendre pour une folle de vouloir reprendre mes études à mon âge.

— Mieux vaut tard que jamais. Et puis, être maman devrait compter comme une expérience professionnelle sur le tas dans le cursus d'infirmière en obstétrique, vous ne trouvez pas ?

J'intercepte l'infirmière qui vient de quitter son service pour lui demander de qui je dois m'occuper : il y a un jeune couple avec une G1, maintenant P1, DGM qui a accouché par voie naturelle à quarante semaines et quatre jours à cinq heures du matin ; le TG du bébé est contrôlé toutes les trois heures pendant vingt-quatre heures, et une G2 P1 en phase de travail actif à trente-huit semaines.

— C'est du chinois, pour moi, avoue Virginia.

— Ce sont juste des abréviations, fais-je en riant. Vous allez vous y habituer. En attendant, je vais vous décoder tout ça: nous allons nous occuper de deux patientes. La première a accouché ce matin ; elle fait du diabète gestationnel et le taux de glycémie du bébé doit être contrôlé toutes les trois heures. La deuxième est en phase de travail et a déjà un enfant – elle sait donc ce qui l'attend. Faites comme moi et tout ira bien.

Sur ce, je la pousse dans la chambre.

— Bonjour, madame Braunstein, dis-je à l'adresse de la patiente, agrippée à la main de son compagnon comme à une bouée de sauvetage. On m'a dit que vous étiez une fidèle cliente. Je m'appelle Ruth et je vous présente Virginia. Virginia, je crois que M. Braunstein aimerait bien s'asseoir – pouvez-vous lui apporter une chaise ?

Je continue de parler d'un ton posé en consultant ses résultats d'analyses puis en palpant son ventre.

— Tout a l'air parfait.

— Ce n'est pas l'impression que ça me fait, réplique la patiente entre ses dents.

— Nous allons arranger ça, dis-je tranquillement.

Mme Braunstein se tourne vers Virginia.

— Je veux accoucher dans l'eau. Ma mutuelle prend en charge tous les frais.

Virginia acquiesce d'un signe de tête timide.

— D'accord.

— Nous allons poursuivre le monitoring pendant une vingtaine de minutes pour voir comment se comporte le bébé, et si tout va bien nous vous installerons dans la baignoire, ne vous inquiétez pas.

— La deuxième chose, c'est que nous ne voulons pas de circoncision si c'est un garçon, ajoute Mme Braunstein. Nous organisons une *brit milah*.

— Pas de souci. Je vais le noter dans le dossier.

— Je suis sûre que je ne dois plus être loin des six centimètres, poursuit-elle. Quand j'ai accouché d'Eli, j'ai vomi pile à ce moment-là et je commence à me sentir barbouillée…

J'attrape le haricot et le donne à Virginia.

— J'aimerais essayer de vous examiner avant que cela n'arrive, dis-je en enfilant une paire de gants en latex.

Lorsque je soulève le drap au pied du lit, Mme Braunstein se tourne vers Virginia.

— Vous êtes sûre que c'est une bonne idée ?

— Euh, bredouille Virginia en cherchant mon regard. Oui ?

Je rabaisse le drap.

— Madame Braunstein, Virginia est une élève infirmière. Cela fait vingt ans que j'exerce ce métier. Si vous le souhaitez, je suis sûre qu'elle serait ravie de compléter sa formation en mesurant elle-même la dilatation de votre col. Mais si vous ne vous sentez pas très bien et que vous préférez en finir rapidement, je serais ravie de m'en charger.

— Oh ! s'exclame la patiente en rougissant comme une pivoine. Je croyais que…

Que c'était elle l'infirmière. Virginia a beau avoir dix ans de moins que moi, elle est blanche.

Je suis les conseils que je prodigue aux futures mamans : j'inspire avant de souffler lentement pour évacuer ma frustration. Puis je pose doucement ma main sur le genou de Mme Braunstein en la gratifiant d'un sourire professionnel.

— Occupons-nous de sortir ce bébé, d'accord ?

Maman travaille toujours pour Mina Hallowell dans sa grande maison de l'Upper West Side. Bien que M. Sam soit décédé, elle continue de venir aider sa veuve. Christina, sa fille, n'habite pas très loin mais elle a sa propre vie. Quant à Louis, son fils, il habite à Londres avec son mari, chef d'orchestre dans le West End. Apparemment, je suis la seule à trouver étrange que maman vienne prêter mainforte à une femme de trois ans sa cadette. Et chaque fois que j'évoque un éventuel départ à la retraite, ma mère élude la question d'un haussement d'épaules, affirmant que les Hallowell ont besoin d'elle. Je répliquerais volontiers que l'inverse est valable aussi : maman a tout autant besoin d'eux, ne serait-ce que pour se sentir utile.

Ma mère n'a qu'un jour de repos, le dimanche, et comme c'est également le jour où je récupère après un long service de nuit, je suis généralement obligée de passer la voir en semaine chez les Hallowell. Je n'y vais pas souvent, cela dit. J'essaie de me persuader que c'est à cause du travail qui ne me laisse pas beaucoup de temps libre ou d'Edison et de mille autres choses réclamant mon attention, mais en réalité c'est parce qu'un petit fragment de moi se brise chaque fois que je pénètre dans cette maison et que j'aperçois maman dans cet uniforme bleu tellement peu seyant, avec son tablier blanc noué autour des hanches. On aurait pu croire qu'après tout ce temps Mme Mina aurait permis à maman de s'habiller comme bon lui semble, mais non. Peut-être est-ce pour cela que, lorsque je lui rends visite, j'utilise délibérément l'entrée principale gardée par un portier au lieu de prendre l'ascenseur situé à l'arrière de la bâtisse. Une part de moi, un brin perverse peut-être, prend un malin plaisir à être traitée comme n'importe quelle autre invitée et jubile à l'idée que le nom de la fille de la domestique sera inscrit dans le registre des visites.

Aujourd'hui, ma mère me fait entrer et me serre fort dans ses bras.

— Ruth ! Quelle bonne surprise ! Je savais que ce serait une belle journée.

— Ah bon ? Pourquoi ?

— Eh ben, j'ai ressorti mon gros manteau ce matin parce que le temps est en train de changer et figure-toi que j'ai retrouvé un billet de vingt dollars que j'avais oublié dans ma poche l'automne dernier. Alors je me suis dit : *Lou, soit c'est un bon présage, soit c'est le début d'Alzheimer.*

Elle s'interrompt avant de conclure en souriant :

— J'ai choisi la première option.

J'adore la manière dont les rides ont usé les lignes de son sourire. J'aime voir à quoi ressemblera la vieillesse sur mon visage, un jour.

— Est-ce que mon amour de petit-fils est venu aussi ? demande-t-elle en jetant un coup d'œil dans le couloir, par-dessus mon épaule. Tu l'as accompagné à une de ces visites d'université, c'est ça ?

— Non, maman, il est en cours. Tu vas devoir me supporter moi toute seule.

— Toi toute seule, répète-t-elle d'un ton taquin. Comme si cela ne me suffisait pas.

Elle referme la porte derrière moi pendant que je déboutonne mon manteau. Lorsqu'elle tend la main pour me le prendre, je sors moi-même un cintre du placard. Il est hors de question que maman soit aux petits soins pour moi, en plus du reste. J'accroche mon manteau à côté du sien et, en souvenir du bon vieux temps, je laisse ma main courir sur la doublure toute douce de son écharpe porte-bonheur avant de refermer la porte du placard.

— Où est Mme Mina ?

— Elle est partie faire des courses en ville avec Christina et le bébé, répond maman.

— Je ne veux pas te déranger si tu es occupée…

— Pour toi, ma chérie, j'ai toujours le temps. Viens avec moi dans la salle à manger. Je fais juste un peu de ménage.

Elle s'engage dans le couloir et je lui emboîte le pas, remarquant la manière dont elle s'appuie sur son genou droit pour ménager le gauche, atteint de bursite.

La table de la salle à manger est recouverte d'un drap blanc sur lequel reposent, semblables à des traînées de larmes, les pampilles de cristal de l'imposant lustre suspendu au plafond. L'odeur âcre d'un détergent ammoniaqué s'échappe d'une bassine placée au centre de la table. Ma mère s'assied et se remet au travail, trempant chaque guirlande de pampilles dans le produit avant de les laisser sécher à l'air libre.

— Comment tu les as décrochées ? fais-je en levant les yeux sur le lustre.

— Précautionneusement, répond maman.

Je l'imagine en équilibre instable, perchée sur la table ou même sur une chaise.

— C'est trop dangereux. Tu ne devrais plus te charger de ce genre de corvée…

Elle me fait taire d'un geste de la main.

— Ça fait cinquante ans que je fais ça. Je pourrais nettoyer ces pampilles même plongée dans le coma.

— Continue de grimper sur la table pour les décrocher et tu pourras vérifier tes dires pour de bon, rétorqué-je avant de froncer les sourcils. Tu es allée voir l'orthopédiste que je t'avais recommandé ?

— Ruth, cesse de me traiter comme une enfant.

Elle s'empresse d'enchaîner en me posant des questions sur les résultats scolaires d'Edison. Puis elle me dit qu'Adisa se fait du souci parce que son fils de seize ans parle de laisser tomber le lycée (ma sœur ne m'a rien dit quand on s'est vues au salon de manucure). Pendant que nous discutons, je l'aide à soulever les rangées de cristal pour les plonger dans le produit ammoniaqué. Je le sens qui brûle ma peau, et mon amour-propre, encore plus acide, me picote le fond de la gorge.

Quand nous étions gamines, ma sœur et moi, maman nous emmenait travailler avec elle le samedi. Elle nous présentait ça comme une chose extraordinaire, un privilège – “il y a des tas d'enfants qui ne sont pas assez bien élevés pour aider leurs parents sur leur lieu de travail ! Si vous êtes sages, vous aurez le droit d'appuyer sur le bouton du monte-plats qui fait la navette entre la salle à manger et la cuisine !” Mais très vite, ce qui avait m'avait été vendu comme une récompense avait pris un goût amer. Certes, il nous arrivait parfois de jouer avec Christina et ses poupées Barbie, mais, quand elle avait invité une de ses amies, Rachel et moi étions reléguées dans la cuisine ou la buanderie où Maman nous apprenait à repasser les cols et les poignets des chemises. À dix ans, je me suis rebellée. “Peut-être que toi, ça ne te dérange pas, mais moi je n’ai pas envie d’être l’esclave de Mme Mina”, ai-je dit à ma mère d’une voix suffisamment forte pour être entendue de tous. Maman m’a donné une bonne gifle. “Je t’interdis d’utiliser ce mot pour parler d’un travail honnête et bien payé. C’est grâce à ce travail que tu as un pull sur le dos et des chaussures aux pieds.”

Ce que je ne comprenais pas, à l’époque, c’est que notre apprentissage avait une visée plus large. Parce que nous apprenions tout le temps – à faire un lit au carré, à éliminer les taches sur les joints de carrelage, à préparer un roux. Maman nous conduisait sur le chemin de l’autonomie parce qu’elle ne voulait pas que ses filles se retrouvent un jour dans la même position que Mme Mina, incapable de se débrouiller seule.

Après avoir nettoyé les pampilles de cristal, je monte sur une chaise et maman me donne les guirlandes une par une pour que je les raccroche au lustre. Leur beauté est aveuglante.

— Bon, dit maman lorsque nous avons presque terminé, vas-tu me dire ce qui ne va pas ou est-ce que je dois te tirer les vers du nez ?

— Tout va bien. Tu me manquais, c’est tout.

C’est la vérité. Je suis venue à Manhattan parce que j’avais envie de la voir. J’avais besoin de me réfugier dans un endroit où je serais appréciée à ma juste valeur.

— Que s’est-il passé à l’hôpital, Ruth ?

Quand j’étais enfant, l’intuition de ma mère me troublait tellement que je l’ai longtemps prise pour une voyante. Jusqu’à ce que je comprenne enfin qu’elle ne savait pas lire dans l’avenir, mais simplement en moi.

— D’habitude, tu ne peux pas t’empêcher de parler des triplés que tu as aidés à venir au monde ou du beau-père qui a balancé un coup de poing au jeune papa dans la salle d'attente. Aujourd'hui, tu n'as pas parlé une seule fois de l'hôpital.

Je descends de la chaise et croise les bras sur ma poitrine. Les mensonges les plus convaincants sont ceux qu'on brode autour d'un noyau de vérité. J'évite donc délibérément de mentionner Turk Bauer, le décès du bébé et Carla Luongo, et raconte plutôt à maman l'histoire de cette patiente, persuadée que l'élève infirmière était la sage-femme et que je n'étais que son auxiliaire. Les mots sortent de ma bouche en rafales, avec plus de véhémence que ce que j'aurais souhaité. Quand je me tais enfin, nous sommes assises à la table de la cuisine et ma mère a posé devant moi une tasse de thé.

Elle esquisse une moue, pesant visiblement le pour et le contre.

— Tu t'es peut-être fait des idées.

Est-ce pour cette raison que je suis ce que je suis ? Que j'essaie sans cesse de trouver des excuses à tout le monde, sauf à moi, et que je m'efforce désespérément de m'intégrer sans heurts ? Ma mère façonne ce comportement depuis des années.

Mais si elle avait raison ? Si c'était moi qui grossissais les faits ? Je rejoue la scène dans ma tête. Ce n'est pas le même genre d'incident qu'avec Turk Bauer : Mme Braunstein n'a fait aucune mention de ma couleur de peau. Si maman avait raison ? Si c'était moi qui étais trop susceptible et qui interprétais les paroles de la patiente, lui prêtant des intentions qui n'étaient pas les siennes parce que Virginia est blanche et que je suis noire ? Dans ce cas, ne serais-je pas celle qui est incapable de voir plus loin que la couleur de peau ?

La voix d'Adisa résonne clairement dans ma tête : *C'est exactement ce qu'ils veulent : que tu doutes de toi-même. Tant qu'ils arriveront à te faire croire que tu n'es pas à la hauteur, ils te tiendront sous leur joug.*

— Je suis sûre que cette femme n'a pas pensé à mal, conclut maman.

Il n'empêche que je me suis sentie toute petite.

Je ne le dis pas à voix haute mais cette pensée me fait froid dans le dos. Parce que ce n'est pas moi. Je ne suis pas du genre à jeter la pierre ; je ne crois pas que la majorité des Blancs me jugent parce que je suis noire ou qu'ils se considèrent comme supérieurs. Je ne suis pas sans cesse à l'affût d'un prétexte pour initier une querelle. Je laisse ça à Adisa. Moi, je fais de mon mieux pour passer inaperçue. Je sais, bien sûr, que le racisme existe et que des personnes comme Turk Bauer se revendiquent ouvertement de cette idéologie, mais je ne juge pas tous les Blancs à la lumière des actes que quelques-uns ont commis par le passé.

Ou, plus exactement, je ne l'ai jamais fait jusqu'à présent.

C'est comme si ce petit Post-it dans le dossier de Davis Bauer avait sectionné une artère vitale et que je n'arrivais pas à stopper l'hémorragie.

Tout à coup, un tintement de clés suivi d'un brouhaha résonne dans la maison : Mme Mina, sa fille et son petit-fils sont de retour. Maman se précipite dans l'entrée pour les débarrasser de leurs manteaux et de leurs sacs de courses. J'avance dans son sillage. Lorsqu'elle m'aperçoit, les yeux de Christina s'arrondissent de surprise et elle me prend dans ses bras pendant que maman retire la combinaison de ski de Félix, son petit garçon de quatre ans.

— Ruth ! s'écrie-t-elle. Quelle coïncidence ! J'étais justement en train de parler de ton fils, n'est-ce pas, maman ?

Mme Mina se tourne vers moi.

— Oui, c'est vrai. Ruth chérie, tu es magnifique. Et pas une seule ride sur cette jolie peau, c'est dingue – le temps n'a pas de prise sur toi.

De nouveau, la voix d'Adisa retentit dans ma tête : *Les Noirs ne vieillissent pas.* Je la fais taire résolument avant d'enrouler délicatement mes bras autour de la frêle silhouette de Mme Mina.

— Sur vous non plus, madame Mina.

— Oh, arrête ces sornettes ! proteste-t-elle avant d'esquisser un sourire malicieux. Non, d'ailleurs : continue, je t'en prie. C'est tellement bon à entendre.

J'essaie d'attirer l'attention de maman.

— Je vais devoir filer…

— Oh, n'abrège surtout pas ta visite à cause de nous, coupe Mme Mina en prenant Félix des bras de maman. Reste aussi longtemps que tu voudras. Lou, ajoute-t-elle à l'adresse de maman, nous prendrons le thé dans le salon doré.

Christina me prend par la main.

— Suis-moi, dit-elle en m'entraînant à l'étage, dans la chambre où nous jouions quand nous étions enfants.

La pièce ressemble à une espèce de mausolée avec les mêmes meubles à la même place. Seul un petit lit d'enfant a été ajouté et des jouets jonchent le sol. Je trébuche sur quelque chose et Christina lève les yeux au ciel.

— Oh, zut, Félix et ses Playmobil ! C'est dingue, tu ne trouves pas, de dépenser des centaines de dollars pour des machins en plastique ? Mais tu connais Félix : il adore les pirates.

Je m'accroupis pour examiner de plus près le bateau et ses occupants pendant que Christina farfouille dans la penderie. Le capitaine porte une veste rouge et un chapeau noir orné d'une plume, plusieurs pirates sont accrochés au gréement en plastique. Sur le pont, un personnage à la peau brun orangé porte un petit collier gris argent autour du cou.

Seigneur, est-ce censé être un esclave ?

D'accord, c'est historiquement exact. Mais ça reste un jouet, bon sang. Pourquoi inclure cette tranche de l'histoire ? Et à quoi faut-il s'attendre, après ça ? À une maquette du camp des prisonniers de guerre japonais ? À un coffret Lego de la Piste des Larmes ? À un jeu de société sur la Chasse aux Sorcières de Salem ?

— Je voulais t'en parler avant que tu ne lises la nouvelle dans le journal : Larry songe à se présenter aux élections du Congrès, déclare Christina.

— Waouh. Et toi, qu'est-ce que tu en penses ?

Elle me serre dans ses bras.

— *Merci.* Est-ce que tu te rends compte que tu es la première amie qui, en entendant la nouvelle, ne nous imagine pas déjà à la Maison Blanche ou ne me demande pas si nous prévoyons de nous installer à Bethesda plutôt qu'à Arlington ? En fait, tu es la première personne qui veut savoir si j'ai mon mot à dire dans tout ça.

— Pourquoi, ce n'est pas le cas ? Ça risque de faire un sacré changement pour toute la famille.

— C'est clair, admet Christina. Je ne suis pas sûre d'avoir la carrure d'une épouse d'homme politique.

Je ris.

— Tu as la carrure pour diriger le pays toute seule, oui !

— C'est exactement ce que je voulais dire. Apparemment, il faudrait que je fasse une croix sur mes diplômes avec mention pour parader aux côtés de mon mari avec mon adorable fils dans les bras, arborant le sourire idiot de celle qui ne pense qu'à assortir la couleur de son rouge à lèvres à son chemisier, soupire Christina. Tu veux bien me promettre quelque chose ? Si jamais je me fais couper les cheveux au carré – tu sais, le genre qui ressemble à un casque sur la tête –, promets-moi de m'euthanasier, OK ?

Je pense : *Tu vois. Elle est là, la preuve vivante.* Je connais Christina depuis toujours. Eh oui, des différences nous séparent – socio-économiques, politiques, raciales – mais cela ne nous empêche pas d'être sur la même longueur d'onde et de vivre une vraie relation humaine, amicale.

— J'ai comme l'impression que tu as déjà pris une décision, fais-je observer.

Elle me jette un regard impuissant.

— Je ne peux pas lui dire non, dit-elle dans un soupir. C'est pour ça que je suis tombée amoureuse de lui, à la base.

— Je sais. Mais ça pourrait être pire.

— Comment ça ?

— Le mandat dure deux ans, au Congrès. Deux ans, ça passe en un clin d'œil. Imagine qu'il ait jeté son dévolu sur le sénat…

Elle tressaille puis esquisse un sourire.

— S'il se retrouve un jour à la Maison Blanche, je te nommerai chef de cabinet.

— Pourquoi pas médecin chef, tant qu'à faire ?

Christina glisse son bras sous le mien et nous regagnons le salon doré où maman est en train de disposer sur la table une théière et un service en porcelaine, accompagnés d'une assiette de cookies aux amandes de sa confection. Assis par terre, Félix joue avec un petit train en bois.

— Mmm, Lou, j'ai rêvé de ces cookies…

Christina serre maman dans ses bras avant de prendre un gâteau.

— Quelle chance que vous fassiez partie de la famille !

La famille ne reçoit pas de chèque à la fin du mois.

Malgré cette pensée, je souris. Mais ce sourire ressemble à un vêtement trop ajusté : il coince aux entournures.

Lors d'un de ces fameux "samedis de formation" chez les Hallowell, je jouais à cache-cache avec Christina et Rachel lorsque, m'étant trompée de chemin, je me suis retrouvée dans une pièce où je n'aurais pas dû mettre les pieds. Le bureau de M. Hallowell était généralement fermé à clé, mais lorsque j'ai tourné la poignée, pressée de trouver une cachette alors que Christina s'exclamait de sa voix haut perchée : "Prêtes ou pas, j'arrive !", la porte s'est ouverte et je me suis engouffrée en trébuchant dans le sanctuaire secret.

Rachel et moi avions passé pas mal de temps à imaginer ce qu'il pouvait bien y avoir derrière cette porte close. Elle croyait que c'était un laboratoire tapissé de rayonnages remplis de bocaux contenant des organes humains. Moi, je pensais que c'était une réserve de bonbons car dans mon esprit de fillette de sept ans il n'existait rien de plus précieux que ça et ce genre de butin méritait d'être enfermé à double tour. Mais en atterrissant à quatre pattes sur le tapis persan du bureau de M. Hallowell, j'ai été plutôt déçue par la réalité. Il y avait un canapé en cuir et des étagères pleines de boîtes en métal argenté, rondes comme des roues. Un écran de télévision portatif. Et, glissant la pellicule entre les mâchoires voraces d'un projecteur, Sam Hallowell en personne.

J'ai toujours trouvé que M. Hallowell ressemblait à une star de cinéma et maman disait que c'en était une, pour ainsi dire. Lorsqu'il a fait volte-face et que son regard m'a clouée sur place, j'ai essayé de trouver une excuse pour expliquer mon intrusion dans ce territoire interdit mais mon attention a été distraite par l'image granuleuse qui s'animait sur l'écran : celle de la Fée Clochette allumant des feux d'artifice au-dessus d'un château.

— Voici tout ce que tu ne connaîtras jamais, a-t-il déclaré, et je me suis rendu compte qu'il parlait bizarrement, comme si les mots se bousculaient dans sa bouche.

Il a porté un verre à ses lèvres en faisant tinter des glaçons.

— Tu ne peux savoir ce que c'est que de voir le monde changer sous ses yeux.

Sur l'écran, un homme que je ne connaissais pas avait pris la parole. "La couleur illumine tout, n'est-ce pas ?", disait-il tandis que, derrière lui, un mur de photos en noir et blanc prenait vie, éclairé par toutes les nuances de l'arc-en-ciel.

— Walt Disney était un génie, a poursuivi M. Hallowell d'un ton songeur.

Puis il s'est assis sur le canapé et a tapoté la place à côté de lui. Je me suis approchée gauchement. Un canard avec des lunettes et un drôle d'accent plongeait sa main dans des pots de peinture, renversant leur contenu sur le sol. "Vous les mélangez toutes et elles deviennent sales... Et ensuite, vous obtenez du noir", disait le canard en remuant la peinture avec son pied palmé jusqu'à obtenir une couleur sombre comme l'ébène. "C'était exactement comme ça qu'étaient les choses au commencement des temps. Noires. L'homme était dans l'obscurité la plus totale en ce qui concernait la couleur. Pourquoi ? Parce qu'il était idiot."

Assise à côté de M. Hallowell, je sentais son haleine – aigre comme celle de mon oncle Isaiah qui n'était pas là pour Noël l'an dernier et maman nous avait expliqué qu'il était parti quelque part pour se sevrer.

— Christina, Louis, toi et ta sœur, vous ne connaissez rien d'autre. Pour vous, ça a toujours ressemblé à ça.

Tout à coup, il s'est levé et s'est tourné vers moi. Le projecteur a enveloppé son visage d'ombres dans un ballet de silhouettes lumineuses. "Le programme suivant vous est proposé en couleurs sur NBC !", a grondé M. Hallowell en écartant les bras d'un geste tellement brusque que son verre a tangué et qu'un peu du breuvage a giclé sur le tapis.

— Qu'est-ce que tu dis de ça, Ruth ?

Moi, j'avais surtout très envie qu'il bouge pour que je puisse voir ce qu'allait faire le canard.

La voix de M. Hallowell s'est radoucie.

— Je prononçais cette phrase avant chaque émission. Jusqu'à ce que la télévision en couleurs devienne tellement banale que ce n'était plus la peine de rappeler aux spectateurs quel miracle c'était. Mais avant ça – *avant* ça –, j'étais la voix du futur. Moi. Sam Hallowell. *Le programme suivant vous est proposé en couleurs sur NBC!*

Je ne lui ai pas demandé de se décaler pour que je puisse regarder le dessin animé. Je suis restée sagement assise, les mains croisées sur les genoux, car je savais que les gens ne parlaient pas toujours parce qu'ils avaient des choses importantes à dire. Parfois, ils avaient juste un profond besoin d'être écoutés.

Ce soir-là, alors que nous étions rentrées à la maison et que maman nous avait mises au lit, j'ai fait un cauchemar. J'ai ouvert les yeux. Autour de moi, tout était plongé dans un bain de gris, comme l'homme sur l'écran dans le bureau de M. Hallowell, avant que son visage rosisse et que les couleurs explosent à l'arrière-plan. Je me suis vue en train de courir dans les couloirs de la *brownstone*, poussant des portes fermées à clé, jusqu'à ce que s'ouvre celle du bureau de M. Hallowell. La pellicule continuait de défiler en cliquetant dans le projecteur mais le film était à présent en noir et blanc, comme le reste. Je me suis mise à crier, maman est arrivée en courant, suivie de Rachel, de Mme Mina, de Christina et même de M. Hallowell, mais quand je leur ai expliqué que mes yeux ne voyaient plus correctement, que toutes les couleurs du monde avaient disparu, ils ont éclaté de rire. *Ruth*, m'ont-ils dit, *c'est comme ça depuis toujours. Et ça ne changera jamais.*

Je reprends le train jusqu'à New Haven. En rentrant chez moi, je trouve Edison dans la cuisine, penché sur ses devoirs.

— Salut, mon cœur, dis-je en déposant un baiser sur le sommet de son crâne avant de le serrer dans mes bras. Ça, c'est de la part de ta grand-mère.

— Tu n'étais pas censée aller bosser ?

— Je prends mon service dans une demi-heure et je préfère passer un peu de temps avec toi plutôt que dans les embouteillages.

Ses yeux se posent brièvement sur moi.

— Tu vas être en retard.

— Tu en vaux la peine.

Je prends une pomme dans la coupe posée au milieu de la table de la cuisine – je mets toujours des choses saines à grignoter ici parce qu'Edison a tendance à manger tout ce qui lui tombe sous la main – et, croquant dans le fruit, soulève quelques-unes des feuilles étalées devant mon fils.

— Henry O. Flipper, lis-je. On dirait un nom de farfadet.

— C'est le premier diplômé africain-américain de West Point. En cours avancé d'histoire, tous les élèves doivent préparer un exposé sur un héros américain de leur choix et je suis en train de chercher le mien.

— Qui d'autre est dans la course ?

Edison lève les yeux.

— Bill Pickett, un cowboy noir, star de rodéo. Et Christian Fleetwood, un soldat noir de la guerre de Sécession qui a reçu la Médaille d'honneur.

J'étudie les photos un peu floues des deux hommes.

— Je ne connais ni l'un ni l'autre.

— C'est justement ça, l'intérêt de la chose, explique Edison. En dehors de Rosa Parks et du Dr King, c'est le vide total. Tu as déjà entendu parler d'un frère nommé Lewis Latimer ? Il a dessiné des pièces de téléphone pour les appareils brevetés par Alexander Graham Bell et a travaillé comme dessinateur et expert en brevet pour Thomas Edison. Mais tu ne m'as pas donné son nom parce que tu ne savais même pas qu'il existait. Chaque fois que des gens comme nous font l'histoire, ils sont relégués en simples notes de bas de page.

Il a parlé sans amertume, sur le même ton qu'il emploierait pour me dire qu'il n'y a plus de ketchup ou que ses chaussettes sont devenues roses au lavage – comme si c'était quelque chose qui ne lui plaisait pas beaucoup mais qui ne valait pas la peine qu'il s'y attarde parce que cela ne changerait rien dans l'immédiat. Je repense à Mme Braunstein et à Virginia. On dirait une espèce d'écharde à laquelle s'accroche sans cesse mon esprit, et les remarques d'Edison viennent de raviver cette sensation pour le moins désagréable. N'ai-je vraiment jamais remarqué ces choses auparavant ? Ou ai-je délibérément veillé à garder les yeux bien fermés jusqu'à aujourd'hui ?

Edison jette un coup d'œil à sa montre.

— Maman, tu vas être en retard pour de bon, cette fois.

Il a raison. Après lui avoir indiqué ce qu'il peut réchauffer pour le dîner, l'heure à laquelle il doit aller se coucher et l'heure de la fin de mon service, je vais vite chercher ma voiture et prends la direction de l'hôpital. Bien que je prenne tous les raccourcis, j'arrive avec dix minutes de retard. Je monte par l'escalier au lieu d'attendre l'ascenseur et je déboule à la Maternité essoufflée, en sueur. Marie se tient devant le bureau des infirmières. On dirait qu'elle m'attend.

— Je suis désolée, dis-je sans préambule, je suis allée voir ma mère à New York et je me suis retrouvée coincée dans les embouteillages, je…

— Ruth… Je ne peux pas te laisser travailler ce soir.

Je reste sans voix. Corinne arrive en retard plus d'une fois sur deux et on me sanctionnerait pour un seul manquement ?

— Ça ne se reproduira plus.

— Je ne peux pas te laisser travailler, répète Marie, et je me rends compte au même instant qu'elle n'a pas une seule fois croisé mon regard. La DRH vient de m'informer que ton droit d'exercer fait l'objet d'une mesure de suspension provisoire.

Je me pétrifie.

— Comment ?

— Je suis vraiment désolée, murmure Marie. Les agents de sécurité t'escorteront jusqu'à la sortie dès que tu auras vidé ton casier.

— Attends une seconde, fais-je en remarquant les deux colosses en faction derrière le bureau. C'est une blague, c'est ça ? J'aimerais savoir pour quelle raison je n'ai plus le droit d'exercer mon métier. Et comment je suis censée gagner ma vie si c'est vraiment le cas ?

Marie retient son souffle avant de se tourner vers les deux vigiles qui font aussitôt un pas dans notre direction.

— Madame ? fait l'un d'eux en esquissant un geste vers la salle du personnel, comme si je ne connaissais pas le chemin après vingt ans passés dans le même service.

Le petit carton que je transporte jusqu'à ma voiture contient une brosse à dents, un tube de dentifrice, un flacon d'Advil, un gilet et une collection de photos d'Edison. C'est tout ce que je gardais dans mon casier. Je l'ai posé sur la banquette arrière et son reflet ne cesse d'attirer mon regard dans le rétroviseur intérieur, me surprenant à chaque fois, semblable à un passager que je n'attendais pas.

J'appelle l'avocat du syndicat avant de quitter le parking de l'hôpital. Il est dix-sept heures, il y a peu de chances qu'il soit encore à son bureau. Lorsqu'il décroche, j'éclate en sanglots. Puis je lui parle de Turk Bauer et du bébé. Il s'efforce de me rassurer, me dit qu'il va mener quelques recherches de son côté et qu'il me rappellera.

Je devrais rentrer chez moi. M'assurer qu'Edison va bien. Mais il voudra forcément savoir pourquoi je ne suis pas au travail et je ne suis pas sûre de pouvoir répondre calmement à ses questions pour le moment. Si l'avocat du syndicat fait correctement son boulot, il est fort possible que l'on me réintègre avant mon service de demain soir.

La sonnerie de mon téléphone retentit.

— Ruth ? fait la voix de Corinne. Merde à la fin, tu peux me dire ce qui se passe ?

Je me laisse aller contre le dossier de mon siège et ferme les yeux.

— Je n'en sais rien.

— Attends une seconde, dit-elle, et j'entends derrière elle un bruit de voix étouffées. Je suis dans la foutue remise parce que je voulais un peu d'intimité. J'ai appelé dès que j'ai su.

— Su quoi ? Personnellement, je ne suis au courant de rien, sauf que je n'ai plus le droit d'exercer mon métier.

— C'est cette saleté d'avocate, celle qui travaille pour l'hôpital. Elle a parlé de faute professionnelle à Marie…

— Carla Luongo ?

— Qui ça ?

— C'est elle, la saleté d'avocate. Elle veut me faire porter le chapeau, dis-je à Corinne d'un ton empreint d'amertume.

Nous avions eu un bon aperçu du jeu de l'autre, Carla et moi, et nous étions conscientes de nos atouts respectifs. Mais je ne m'attendais pas à ce qu'elle abatte ses cartes aussi rapidement.

— J'imagine que l'autre raciste a menacé de porter plainte et elle m'a sacrifiée pour sauver l'hôpital.

Un silence accueille mes paroles. Un silence tellement bref que je n'y aurais peut-être pas prêté attention si tous mes sens n'étaient pas en alerte. Puis Corinne – ma collègue, mon amie – avance :

— Je suis sûre que ce n'était pas son intention.

À Dalton, tous les gamins noirs s'asseyaient autour de la même table à la cafétéria. Tous, sauf moi. Un jour, un autre élève de couleur, boursier également, m'a invitée à venir déjeuner avec eux. Je l'ai remercié mais j'ai refusé en expliquant que je profitais de la pause de midi pour donner des cours de soutien à une amie blanche qui ne comprenait rien à la trigonométrie. C'était un mensonge. La vérité, c'est que cette table de Noirs rendait nerveux mes amis blancs, car, même s'ils étaient venus s'asseoir là-bas avec moi, leur présence aurait été tolérée mais pas appréciée. Dans un monde où ils avaient toujours leur place, le seul endroit où ils ne l'avaient pas les mettait profondément mal à l'aise.

L'autre raison, c'est qu'en me mêlant aux autres élèves de couleur je n'aurais pu prétendre être différente d'eux. Quand M. Adamson, mon prof d'histoire, me regardait sans cesse lorsqu'il parlait de Martin Luther King, mes amis blancs minimisaient l'affaire : "Ce n'était pas volontaire", disaient-ils. Alors qu'à la table des Noirs, si une étudiante racontait que M. Adamson n'avait pas arrêté de la fixer pendant ce cours-là, un autre élève africain-américain aurait confirmé ses dires : *il m'est arrivé exactement la même chose.*

Au lycée, mon envie d'intégration était telle que je m'entourais de gens qui réussissaient à me persuader que j'exagérais, que j'en faisais des tonnes ou que j'étais ridicule chaque fois que j'avais l'impression d'être stigmatisée à cause de ma couleur de peau.

Il n'y avait pas de table de Noirs à la cafétéria de l'hôpital. On comptait une poignée de gardiens de couleur, un ou deux médecins, et moi.

J'ai envie de demander à Corinne si elle a déjà été noire dans une vie antérieure. Le cas échéant – et uniquement le cas échéant –, elle aurait le droit de me dire si les décisions de Carla Luongo sont intentionnelles ou fortuites. Au lieu de quoi, je lui dis que je dois filer et je raccroche alors qu'elle parle encore. Puis je m'éloigne de cet endroit où je me cache depuis deux décennies, cet hôpital sous l'autoroute qui draine, telle une artère, une grande partie de la circulation de la banlieue new-yorkaise. Je longe un hameau de tentes, repère des vétérans sans abri, passe à côté d'un trafic de drogue en cours et gare ma voiture devant la cité où vit ma sœur. Elle ouvre la porte avec un bébé calé sur sa hanche, une cuillère en bois dans la main et une expression qui laisse à penser qu'elle m'attend depuis des années.

— Pourquoi ça t'étonne ? demande Adisa. Tu croyais qu'il allait se passer quoi quand t'as décidé de t'installer à Blancheville ?

— Dans l'East End, rectifié-je.

Elle me lance un regard noir. Nous sommes assises à la table de la cuisine. Compte tenu du nombre impressionnant de gamins vivant sous le même toit, l'appartement est d'une propreté remarquable. Des coloriages sont accrochés au mur et un gratin de macaronis cuit au four. Tyana, la fille aînée d'Adisa, fait manger le bébé installé dans sa chaise haute. Deux de ses garçons jouent à la Nintendo dans le salon. L'autre demeure invisible.

— Je suis désolée de devoir te dire ça mais je t'avais prévenue…

— Désolée, mon œil. Tu attendais ce moment avec impatience, oui.

Adisa hausse les épaules sans protester.

— C'est toi qui disais sans cesse : "Adisa, tu ne sais pas de quoi tu parles. Ma couleur de peau n'entre pas en ligne de compte." Et tout à coup, va savoir pourquoi, tu t'aperçois que tu n'es pas comme eux, c'est dingue, non ?

— Tu sais, si j'avais voulu servir de punching-ball, je serais restée à l'hôpital.

J'enfouis mon visage dans mes mains avant d'ajouter :

— Qu'est-ce que je suis censée dire à Edison ?

— La vérité ? suggère Adisa. Il n'y a aucune honte à ça. Ce n'est pas comme si tu avais fait quelque chose de mal. Ce serait peut-être bien qu'il apprenne plus tôt que sa mère que traîner avec les Blancs ne le rendra pas moins Noir.

Quand Edison était plus jeune, Adisa le gardait après l'école lorsque j'étais d'après-midi, jusqu'au jour où il m'a supplié de rester tout seul à la maison. Ses cousins se fichaient de lui parce qu'il ne comprenait pas leurs mots d'argot, et quand il a commencé à maîtriser leur langage ses copains blancs de l'école l'ont regardé comme s'il s'était fait pousser une deuxième tête. J'avais moi-même du mal à comprendre mes neveux qui se chamaillaient en rigolant sur le canapé jusqu'à ce que Tyana leur donne un bon coup de torchon pour pouvoir coucher le bébé. ("C'est bon, on se nachave", avait lancé l'un d'eux, et il m'avait fallu plusieurs minutes pour traduire par : "On se barre" et comprendre que Tabari taquinait son frère parce que celui-ci se vantait d'avoir gagné une partie de leur jeu vidéo.) Edison ne cadrait peut-être pas avec les gamins blancs de son école mais là-bas, au moins, il pouvait toujours se dire que c'était à cause de sa couleur de peau. Il n'allait pas non plus avec ses cousins et pourtant ils étaient comme lui.

Adisa croise les bras sur sa poitrine.

— Tu as intérêt à te dégoter un avocat pour porter plainte illico contre ce foutu hôpital.

Je laisse échapper un grognement.

— Ça coûte de l'argent. Tout ce que je veux, c'est en finir avec ça.

Mon cœur commence à s'emballer. Je ne veux pas perdre notre maison. Je ne veux pas non plus puiser dans mes économies qui doivent servir à payer les frais de scolarité d'Edison. Je ne veux pas liquider ça pour continuer à manger, à payer les traites de la maison et à faire le plein d'essence. Il est hors de question que je gâche les chances de mon fils, tout ça parce que les miennes viennent de m'exploser à la figure.

Adisa a dû voir que j'étais sur le point de m'effondrer parce qu'elle prend ma main dans la sienne.

— Ruth, dit-elle d'une voix douce. Tes amies t'ont peut-être tourné le dos mais tu sais ce qui est bien quand on a une sœur ? C'est qu'elle est toujours là pour nous.

Elle plonge ses yeux dans les miens. Les siens sont si sombres que la démarcation entre l'iris et la pupille est à peine visible. Mais ils ne cillent pas et sa main ne me lâche pas, et doucement, très doucement, je m'autorise à respirer.

Il est dix-neuf heures lorsque j'arrive à la maison et Edison me rejoint devant la porte en courant.

— Qu'est-ce que tu fais là ? demande-t-il. Tout va bien ?

Je plaque un sourire sur mon visage.

— Oui, mon cœur, tout va bien. Il y a eu une erreur dans le planning, alors je suis allée dîner chez Olive Garden avec Corinne.

— Y a des restes ?

Béni soit l'adolescent qui ne voit pas plus loin que son estomac insatiable.

— Non. On a partagé un plat.

— Voilà ce que j'appelle une occasion ratée, bougonne mon fils.

— Tu as fait un exposé sur Latimer, finalement ?

Edison secoue la tête.

— Non, je crois que je vais choisir Anthony Johnson. Le premier propriétaire terrien noir, explique-t-il. Ça remonte quand même à 1651.

— Waouh. Impressionnant, en effet.

— Ouais, mais je crois bien qu'il y a un os. Tu vois, il est arrivé d'Angleterre et il a travaillé comme esclave dans une plantation de tabac en Virginie jusqu'à ce que le domaine soit attaqué par des Amérindiens. Il n'y a eu que cinq survivants. Ensuite, il est parti avec sa femme, Mary, et ensemble ils se sont approprié cent hectares de terre. Le problème, c'est qu'il avait des esclaves. Et je ne sais pas trop si j'ai envie de raconter ça aux élèves de ma classe, tu comprends ? Parce que ce serait un truc qu'il pourrait utiliser contre moi un jour... Au cours d'un débat, par exemple.

Il secoue la tête, plongé dans ses réflexions.

— Je veux dire : comment c'est possible de faire ça quand on sait ce que c'est parce qu'on a été esclave soi-même ?

Je pense à toutes les choses que j'ai faites pour avoir l'impression d'appartenir à l'élite : mes études, mon mariage, cette maison, la barrière érigée entre ma sœur et moi.

— Je ne sais pas, dis-je d'une voix lente. Dans son monde, les personnes puissantes possédaient d'autres personnes. Il pensait peut-être que c'était ce qu'il fallait faire pour se sentir puissant à son tour.

— Ce qui ne veut pas dire que c'était bien, fait observer Edison.

Je l'enlace par la taille et le serre fort contre moi, enfouissant mon visage contre son épaule pour cacher mes yeux embués de larmes.

— C'est quoi, ça ?

— C'est juste pour te dire que tu rends ce monde meilleur, dis-je dans un murmure.

Edison me serre dans ses bras à son tour.

— Imagine ce que ça serait si tu m'avais rapporté une part de poulet à la parmesane.

J'attends qu'il aille se coucher pour trier le courrier. Des factures, encore des factures et toujours des factures, plus une mince enveloppe contenant un courrier du ministère de la Santé m'informant que je n'ai plus le droit d'exercer mon métier d'infirmière. Je fixe la lettre pendant cinq bonnes minutes mais les mots ne m'apportent rien d'autre que la preuve qu'il ne s'agit pas d'un cauchemar duquel je vais m'arracher en maudissant mon imagination torturée. Alors je reste assise dans le salon, submergée par un tourbillon de pensées qui m'empêchent d'aller me coucher. Il s'agit d'une erreur, c'est tout. Je le sais et il faut juste que j'arrive à convaincre tout le monde que ce n'est rien d'autre que ça. Je suis infirmière. Je soigne les gens. Je leur apporte du réconfort. Je trouve des solutions. J'en trouverai forcément une pour ça aussi.

Mon téléphone vibre au fond de ma poche. Je jette un coup d'œil au numéro qui s'affiche sur l'écran. C'est l'avocat du syndicat.

— Ruth, j'espère que je n'appelle pas trop tard.

Je réprime de justesse un rire nerveux. Comme si j'allais dormir cette nuit…

— Pourquoi est-ce que le ministère de la Santé m'interdit d'exercer mon métier d'infirmière ?

— À cause d'une présomption de négligence, répond l'avocat.

— Mais je n'ai rien fait de mal. Ça fait vingt ans que je travaille dans cet hôpital. Est-ce qu'ils ont le droit de me licencier, malgré tout ?

— Vous avez d'autres problèmes plus importants à régler que votre emploi. Vous faites l'objet d'une procédure pénale, Ruth. L'État vous tient pour responsable de la mort du bébé.

— Je ne comprends pas, dis-je, et cette petite phrase est aussi acérée que la pointe d'un couteau sur ma langue.

— Ils ont déjà convoqué un grand jury. Tout ce que je peux vous conseiller désormais, c'est de vous choisir un avocat pénaliste. L'affaire n'est plus de mon ressort.

Ce n'est possible. Ça ne *peut* pas être vrai.

— Ma chef m'a ordonné de ne pas toucher à ce bébé, je lui ai obéi et on me punirait pour ça ?

— L'État se fiche de ce que vous a dit votre chef, rétorque l'avocat. Tout ce qu'il voit, c'est qu'un bébé est mort. Ils s'en prennent à vous parce qu'ils pensent que vous avez commis une faute professionnelle.

— Vous vous trompez.

Je secoue la tête dans l'obscurité puis je prononce les mots que j'ai ravalés durant toute ma vie :

— Ils s'en prennent à moi parce que je suis noire.

Je m'endors malgré tout. Je le sais parce que, lorsque j'entends les premiers coups de marteau-piqueur à trois heures du matin, je crois que ça fait partie de mon rêve : je suis bloquée dans les embouteillages, en retard pour le boulot, et une équipe d'ouvriers est en train de percer un véritable canyon entre ma voiture et l'endroit où je dois me rendre. J'appuie sur le klaxon. Le marteau-piqueur continue son vacarme.

Et puis tout à coup j'émerge du sommeil, reprenant conscience au milieu des martèlements assourdissants au moment où des policiers enfoncent ma porte et font irruption dans mon salon en brandissant leurs armes. Je me mets à hurler :

— Qu'est-ce que vous faites ? Mais qu'est-ce que vous faites ?

— Ruth Jefferson ? gronde l'un d'eux, et comme je reste sans voix, incapable d'articuler le moindre son, j'abaisse le menton en signe d'acquiescement.

Aussitôt, il me tord le bras dans le dos et me force à m'allonger face contre terre, pressant son genou dans le creux de mes reins tandis qu'il attache mes poignets à l'aide de menottes. Pendant ce temps, les autres renversent les meubles, éparpillent le contenu des tiroirs, balaient les livres des étagères.

— Un grand jury vous a accusée de meurtre et d'homicide involontaire, déclare l'officier de police. Vous êtes en état d'arrestation.

Une autre voix transperce les intonations métalliques de ces paroles.

— Maman ? Qu'est-ce qui se passe ?

Tous les regards convergent sur le seuil de la chambre à coucher.

— Pas un geste ! braille un autre flic en braquant une arme sur mon bébé. Les mains en l'air !

Je me mets à hurler.

Ils se jettent tous les trois sur Edison, le plaquent au sol sans ménagement puis le menottent comme moi. Je le vois qui essaie de relever la tête, la panique fait saillir les muscles de son cou, le blanc de ses yeux tournoie tandis qu'il s'efforce de vérifier que je vais bien.

— Libérez-le, supplié-je en sanglotant. Il n'a rien à voir là-dedans.

Mais ils ne veulent rien entendre. Pour eux, Edison est un jeune Noir d'un mètre quatre-vingts et c'est tout ce qu'ils voient.

— Fais ce qu'ils te disent, Edison, dis-je entre mes larmes. Et appelle ta tante.

Mes articulations craquent bruyamment lorsque l'agent de police qui me maintient au sol me tire par les poignets, forçant mon corps à se redresser d'une manière qui ne lui plaît pas du tout. Les autres lui emboîtent le pas sans se soucier du désordre qu'ils laissent derrière eux : tout le contenu de mes placards de cuisine, de mes bibliothèques et de mes tiroirs a été jeté en vrac sur le sol.

Je suis tout à fait réveillée, à présent. Je suis en chemise de nuit et en chaussons, et on me traîne vers les marches du perron. Je trébuche, j'égratigne mon genou sur le trottoir avant d'être poussée la tête la première à l'arrière d'un véhicule de police. Je prie le Seigneur pour que quelqu'un pense à libérer les mains de mon fils. Je prie le Seigneur pour que mes voisins, tirés de leur sommeil à trois heures du matin par ce tohu-bohu peu ordinaire dans notre quartier, debout sur le seuil de leurs maisons, leurs figures blanches éclairées par la lune, se demandent un jour pourquoi ils ont observé un silence de mort et pourquoi pas un seul d'entre eux n'a cherché à savoir s'il pouvait nous venir en aide.

Je connais le commissariat de police. J'y suis venue le jour où le crétin qui avait accroché ma voiture sur le parking du supermarché a pris la fuite sans rien dire. J'ai tenu la main d'une patiente qui, victime d'une agression sexuelle, n'avait pas trouvé le courage d'aller porter plainte toute seule. Mais aujourd'hui j'entre par la porte de derrière et la lumière fluorescente des néons me fait cligner des yeux. On me confie à un autre officier, une espèce de gamin, qui m'invite à m'asseoir puis me demande de décliner mon nom, mon adresse, ma date de naissance et mon numéro de sécurité sociale. Je parle d'une voix si basse qu'il me prie à plusieurs reprises de parler plus fort. Puis il me conduit vers un appareil semblable à une photocopieuse, sauf que ça n'en est pas une. Mes doigts sont roulés l'un après l'autre sur une surface en verre et les empreintes apparaissent sur un écran.

— C'est génial, non ? fait le gamin.

Je me demande si mes empreintes digitales se trouvent déjà dans le fichier de la police. Lorsque Edison était en maternelle, je l'avais accompagné à une journée de sensibilisation sur la sécurité des collectivités et on avait relevé ses empreintes digitales. Le pauvre était terrifié, alors j'étais passée avant lui. À l'époque, la pire chose qui aurait pu m'arriver était que quelqu'un m'enlève mon fils.

Il ne m'a jamais effleuré l'esprit que quelqu'un lui enlèverait sa mère.

On me demande ensuite d'aller me placer contre un mur en parpaings où l'on me photographie de face puis de profil.

Puis le jeune flic me conduit à l'unique cellule de notre commissariat – une petite pièce sombre et glaciale. Dans un coin, il y a des toilettes et un évier avec un grand robinet.

— Excusez-moi, dis-je en m'éclaircissant la gorge tandis que la porte se referme derrière moi, combien de temps vais-je rester ici ?

Il me regarde d'un air non dénué de compassion.

— Le temps qu'il faudra, répond-il d'un ton sibyllin avant de disparaître.

Je vais m'asseoir sur le banc métallique et le froid traverse aussitôt le tissu de ma chemise de nuit. J'ai envie de faire pipi mais je n'ose pas – c'est gênant, il n'y a pas de cloison… Et si quelqu'un vient me chercher au même moment ?

Je me demande si Edison a appelé Adisa. Peut-être est-elle en train d'essayer de me sortir de là à l'heure qu'il est… Lui a-t-elle raconté ce qui s'était passé ? Lui a-t-elle parlé du bébé mort ? Est-ce que mon propre fils m'en voudra ?

Tout à coup, une image me traverse l'esprit : je me revois douze heures plus tôt en train de tremper les pampilles d'un lustre en cristal dans un bain d'ammoniaque tandis qu'un morceau de musique classique résonnait dans la maison des Hallowell. L'incongruité de la situation m'arrache un bref éclat de rire. À moins qu'il ne s'agisse d'un sanglot. Je ne suis plus en état de décider.

Si Adisa ne réussit pas à me faire sortir de là, les Hallowell y arriveront peut-être. Elles connaissent des gens qui ont des relations. Mais pour cela, il faudrait mettre ma mère au courant, et bien qu'elle soit prête à donner sa vie pour me défendre, une part d'elle se demanderait inévitablement : "Comment en est-on arrivé là ? Comment cette fille pour qui j'ai trimé toute ma vie et qui avait réussi s'est retrouvée derrière les barreaux ?"

Le pire, c'est que je ne saurais quoi répondre. D'un côté de la balance se trouve mon parcours scolaire. Mon diplôme d'infirmière. Mes vingt années d'expérience dans le même hôpital. Ma petite maison coquette. Ma Toyota RAV4 rutilante. Mon fils inscrit au tableau d'honneur du lycée. Toutes ces briques qui composent mon existence ne sont contrebalancées que par une seule caractéristique... Mais celle-ci pèse plus lourd que le tout le reste, et c'est ma peau noire.

Bon.

Je n'ai pas travaillé aussi dur pour rien. Je peux toujours utiliser mon beau diplôme universitaire et toutes ces années passées en compagnie des Blancs pour inverser la tendance et expliquer aux policiers que tout cela n'est qu'un malentendu. Comme eux, j'habite dans cette ville. Comme eux, je paie mes impôts. Ils partagent tellement plus de choses avec moi qu'avec l'espèce de bigot haineux qui a mis le feu aux poudres.

Je ne saurais dire combien de temps passe avant que quelqu'un ne vienne me chercher ; je n'ai pas de montre et il n'y a pas d'horloge. Cela me permet en tout cas de rallumer la petite lueur d'espoir qui vacille au fond de ma poitrine. Et lorsque j'entends la serrure cliqueter, je lève les yeux avec un sourire reconnaissant.

— Je vais vous emmener pour l'interrogatoire, annonce le jeune policier. Je suis obligé de, euh, vous savez, ajoute-t-il en montrant mes mains.

Je me lève.

— Vous devez être épuisé. À veiller comme ça toute la nuit.

Il hausse les épaules mais ses joues s'empourprent légèrement.

— Il faut bien que quelqu'un s'y colle.

— Votre maman doit être tellement fière de vous. À sa place, je le serais, en tout cas. Mon fils doit avoir deux ans de moins que vous, pas plus.

Je lui présente mes mains en le dévisageant d'un air candide, les yeux écarquillés, et il fixe mes poignets.

— Vous savez quoi ? fait-il après une brève hésitation. Je crois qu'on peut s'en passer.

Il pose une main sur mon bras et m'entraîne fermement vers la sortie.

Je garde mon sourire pour moi, heureuse de cette petite victoire.

Il me laisse seule dans une pièce ornée d'un vaste miroir derrière lequel se cache, j'en suis sûre, une autre salle. Un magnétophone est posé sur la table et un ventilateur vrombit au-dessus de ma tête alors qu'il fait un froid de canard, ici aussi. Je patiente en tordant nerveusement mes mains posées sur mes genoux. J'évite de regarder mon reflet dans la glace car je sais qu'ils m'observent. Du coin de l'œil, je n'aperçois que vaguement ma silhouette et je me fais l'impression d'un fantôme, avec ma chemise de nuit.

La porte s'ouvre et deux inspecteurs font leur apparition : un gros baraqué bâti comme un taureau et une espèce d'elfe filiforme.

— Je suis l'inspecteur MacDougall, déclare l'homme. Et voici l'inspectrice Leong.

La femme me sourit. J'essaie de décrypter son expression. Et je pense, en espérant que la télépathie fonctionne : *Vous êtes une femme, vous aussi. Vous êtes d'origine asiatique. Vous avez déjà été à ma place, au sens figuré du terme – voire au sens propre, d'ailleurs.*

— Désirez-vous un verre d'eau, madame Jefferson ? demande l'inspectrice.

— Ce serait gentil, merci.

Pendant qu'elle part chercher l'eau, l'inspecteur MacDougall m'explique que je ne suis pas obligée de leur parler, mais si je décide néanmoins de le faire, tout ce que je dirai pourra être retenu contre moi devant un tribunal. D'un autre côté, ajoute-t-il, si je n'ai rien à cacher, ce serait peut-être bien que je leur livre ma version de l'histoire.

— Oui, dis-je, même si j'ai regardé suffisamment de séries policières pour savoir que je ferais mieux de la fermer.

En l'occurrence, on n'est pas à la télé mais dans la vraie vie. Je n'ai rien fait d'illégal. Et si je refuse de m'expliquer, comment pourront-ils le savoir ? Si je refuse de parler, est-ce que ça ne me rend pas plus coupable à leurs yeux ?

Il me demande s'il peut allumer le magnétophone.

— Bien sûr, dis-je. Et merci. Merci infiniment de vouloir m'écouter. Tout cela n'est qu'un énorme malentendu, j'en ai peur.

L'inspectrice Leong nous rejoint et me tend le verre. Je le bois d'un seul trait, vingt-cinq centilitres d'eau d'un coup. Je ne m'étais même pas rendu compte que j'avais aussi soif.

— Quoi qu'il en soit, madame Jefferson, reprend MacDougall, nous avons en notre possession de solides preuves qui viennent contredire vos allégations. Vous ne niez pas que vous étiez présente au moment du décès de Davis Bauer ?

— Non. J'étais là. C'était horrible.

— Que faisiez-vous, au juste ?

— Je faisais partie de l'équipe de secours. L'état du bébé s'est dégradé très rapidement. Nous avons fait tout notre possible pour tenter de le sauver.

— Pourtant, je viens juste d'examiner les photos du médecin légiste qui donnent à penser que l'enfant a été maltraité physiquement…

— Eh ben voyons ! Je n'ai pas touché ce bébé.

— Vous venez de nous dire que vous faisiez partie de l'équipe de secours, remarque MacDougall.

— Je ne l'ai pas touché tant qu'il n'était pas en danger.

— C'est donc à ce moment-là que vous avez commencé à marteler le torse du bébé…

Un flot de sang envahit mon visage.

— Quoi ? Non. J'ai commencé une RCP…

— Avec un peu trop d'entrain, selon certains témoins oculaires, insiste l'inspecteur.

Qui ? ai-je envie de demander en fouillant dans ma mémoire pour tenter de dresser une liste des personnes présentes avec moi dans la nursery. Qui, voyant ce que je faisais, aurait interprété mes gestes pour autre chose que ce qu'ils étaient, à savoir des gestes d'urgence ?

— Madame Jefferson, intervient l'inspectrice, avez-vous confié à quelqu'un au sein de l'hôpital ce que vous ressentiez à l'égard de ce bébé et de sa famille ?

— Non. On m'a retiré le dossier et c'est tout.

MacDougall plisse les yeux.

— Vous n'aviez pas de problème particulier avec Turk Bauer ?

Je me force à inspirer profondément.

— Nous n'étions pas sur la même longueur d'onde.

— Ressentez-vous cela avec tous les Blancs ?

— Quelques-unes de mes meilleures amies sont blanches, réponds-je en plantant mon regard dans le sien.

MacDougall me dévisage si longtemps que je vois ses pupilles rétrécir. Je sais qu'il attend de voir si je vais détourner les yeux avant lui. Au lieu de ça, je relève le menton.

Il repousse la table de ses deux mains et se lève.

— Je dois passer un coup de fil, dit-il avant de quitter la pièce.

Je prends ça pour une autre petite victoire.

L'inspectrice Leong vient s'asseoir au bord de la table. Accroché à sa hanche, son badge brille comme un jouet flambant neuf.

— Vous devez être épuisée, dit-elle, et je perçois dans sa voix les mêmes intonations que celles que j'ai utilisées pour amadouer le jeune flic dans la cellule de garde à vue.

— Les infirmières ont l'habitude d'être opérationnelles sans beaucoup dormir, répliqué-je d'un ton neutre.

— Et cela fait un moment que vous exercez ce métier, n'est-ce pas ?

— Vingt ans.

Elle rit.

— Nom de Dieu, ça fait tout juste neuf mois que je travaille ici et j'ai du mal à m'imaginer en train de faire le même job tout ce temps. Mais bon, je suppose que ce n'est plus vraiment du travail quand on aime ce qu'on fait, pas vrai ?

Je hoche la tête, toujours sur la défensive. D'un autre côté, si j'ai la moindre chance de faire comprendre à ces inspecteurs que j'ai été piégée, c'est à elle que je dois m'adresser.

— C'est vrai. Et j'adore mon métier.

— Ça a dû vous faire un choc lorsque votre supérieure vous a annoncé que vous n'aviez plus le droit de vous occuper de ce bébé. Compte tenu surtout de votre niveau de qualification.

— Disons que ça n'a pas été le meilleur jour de ma carrière.

— Vous voulez que je vous raconte mon premier jour dans la police ? J'ai plié une voiture de fonction. J'ai foncé dans une glissière d'autoroute, sur une portion en travaux. J'ai obtenu les meilleures notes à l'examen d'inspecteur de police mais sur le terrain j'étais une catastrophe ambulante. Les autres types de ma promo me surnomment encore Crash. Je veux dire : soyons honnêtes, une inspectrice doit abattre deux fois plus de boulot que ses collègues masculins, et pourtant la seule chose dont ils se souviennent à mon sujet, c'est l'erreur que j'ai commise. J'étais vexée comme un pou. Je le suis toujours, d'ailleurs.

Je l'observe et je sens que la vérité attend sur le bout de ma langue, comme un bonbon acidulé. *Je n'étais pas censée toucher au bébé. Pourtant, je l'ai fait, alors que j'aurais pu m'attirer des ennuis pour ça. Et malgré tout, ça n'a pas suffi.*

— Écoutez, Ruth, reprend l'inspectrice, s'il s'agit d'un accident il serait bon de me le dire maintenant. Il est possible que vous vous soyez laissée aveugler par votre propre souffrance. Ce serait parfaitement compréhensible, étant donné les circonstances. Dites-le-moi, c'est tout, et je ferai mon possible pour rendre les choses moins difficiles.

Je me rends compte à cet instant qu'elle continue de me croire coupable.

Elle ne m'a pas raconté sa mésaventure personnelle par gentillesse, non. C'était juste une tentative de manipulation.

Les séries policières disent donc la vérité.

J'avale péniblement ma salive pour faire descendre mon envie de franchise au fond de mon ventre. Puis je prononce quatre petits mots d'une voix que je ne reconnais pas.

— Je veux un avocat.

PHASE UN

La transition

Les touches de piano sont noires et blanches mais elles sonnent comme un million de couleurs dans votre esprit.

MARIA CRISTINA MENA

KENNEDY

Quand j'arrive au bureau, Ed Gourakis, un de mes collègues, déblatère au sujet de la nouvelle recrue. L'une de nos jeunes avocates partie en congé maternité a informé la direction des ressources humaines qu'elle ne reprendrait pas tout de suite son poste. Je savais qu'Harry, notre boss, avait reçu des candidats mais je ne m'étais pas rendu compte qu'une décision avait été prise avant qu'Ed ne vienne me trouver dans mon box.

— Tu l'as rencontré ? me demande-t-il sans ambages.

— Qui ça ?

— Howard. Le petit nouveau.

Ed fait partie de ces avocats qui choisissent de travailler dans le secteur public parce qu'ils peuvent se le permettre : vu l'immensité de son patrimoine, nos salaires minables sont le cadet de ses soucis. Et pourtant, bien qu'il ait grandi dans un monde ultraprivilégié, Ed passe son temps à se plaindre. Le Starbucks d'en face sert ses cafés trop chauds. L'accident sur l'autoroute I-95N l'a mis en retard de vingt minutes. Le distributeur automatique du tribunal ne vend plus de Skittles.

— Je suis arrivée il y a quatre secondes et je n'exagère pas. Comment aurais-je eu le temps de rencontrer qui que ce soit ?

— Clairement, il a atterri ici dans le cadre d'une politique de diversité. Tu n'as pas vu les traces de lait, par terre ?

Le type est tellement jeune que c'est ce qui sort de son nez quand on le presse !

— Premièrement, cette métaphore est ridicule. Je n'ai jamais vu de lait sortir d'un nez. Deuxièmement, qu'est-ce que ça fait qu'il soit jeune ? Vu ton grand âge, je peux comprendre que tu aies du mal à t'en souvenir… Mais toi aussi tu as été jeune, je t'assure.

— Il y avait des candidats plus *compétents*, insiste Ed en baissant le ton.

Je fouille dans les dossiers entassés sur mon bureau pour prendre ceux dont j'ai besoin, ignorant délibérément la pile de messages téléphoniques qui m'attend aussi.

— Désolée d'apprendre que ton neveu n'a pas été retenu, dis-je à voix basse.

— Très drôle, McQuarrie.

— Écoute, Ed, je suis ici pour faire mon boulot. Je n'ai pas de temps pour les commérages de bureau.

Je me penche vers mon écran, feignant d'être terriblement absorbée par la lecture de mon premier e-mail qui se trouve être une pub de Nordstrom Rack.

Lorsque Ed comprend enfin que je n'ai aucune envie de discuter avec lui, il se dirige d'un pas lourd vers la salle de pause où il boira sans nul doute un café insipide en pestant parce qu'il n'y aura plus sa marque de crème préférée.

Soudain, j'entends un bruit de papier froissé derrière la cloison, et un grand jeune homme noir, mince comme un fil, fait son apparition. Il porte un costume bon marché avec un nœud papillon et des lunettes de hipster. Assis de l'autre côté du box, la nouvelle recrue du bureau – car c'est forcément lui – n'a rien perdu des commentaires d'Ed.

— Hashtag malaise, lance-t-il avant d'ajouter : je suis Howard, au cas où vous auriez encore un doute.

Je souris de toutes mes dents en imaginant les marionnettes de *Rue Sésame* qu'affectionne Violet avec leur mâchoire qui se décroche chaque fois qu'une forte émotion les submerge.

— Howard, répété-je en bondissant sur mes pieds pour lui tendre la main. Je suis Kennedy. C'est *vraiment* un plaisir de faire votre connaissance.

— Kennedy… Comme John Fitzgerald ?

C'est toujours la même question.

— Ou comme Robert ! fais-je, même si Howard a raison.

J'aurais préféré porter ce prénom en souvenir d'un homme politique qui avait tant œuvré en faveur des droits civiques, mais en réalité ma mère avait un faible pour son frère au destin tragique et la mythologie de Camelot.

Je suis bien décidée à faire tout mon possible pour que ce pauvre gamin sache qu'une personne au moins dans ce bureau se réjouit de sa présence.

— Bon alors, bienvenue ! Si vous avez besoin de quoi que ce soit, si vous avez des questions sur notre mode de fonctionnement, n'hésitez surtout pas à me demander.

— Super. Merci.

— Et on pourrait peut-être déjeuner ensemble ?

Howard hoche la tête.

— Volontiers.

— Bon, il faut que je file au tribunal.

J'hésite un instant avant de mettre les pieds dans le plat.

— Au fait, n'écoutez pas ce que raconte Ed. Personne ne pense comme lui, ici.

Je gratifie Howard d'un sourire.

— Par exemple, je trouve ça génial que vous vous mettiez au service de votre communauté en venant travailler ici.

Howard me rend poliment mon sourire.

— C'est gentil mais… j'ai grandi à Darien.

Darien. L'une des villes les plus riches de l'état.

Il se rassoit, disparaissant de nouveau derrière la cloison qui nous sépare.

Je n'ai pas encore avalé ma deuxième tasse de café mais j'ai déjà eu ma dose d'embouteillages et de journalistes empressés – ce qui m'étonne, d'ailleurs : que peut-il bien se passer entre les murs de la Cour supérieure, dans une autre salle d'audience que la mienne, qui suscite un tel intérêt ? Parce que, à ma connaissance, une équipe de télé qui aurait envie de couvrir la lecture des mises en accusation n'aurait qu'un seul objectif : aider les insomniaques à trouver le sommeil. Trois affaires ont été présentées pour le moment : une violation d'injonction d'éloignement avec un accusé qui ne parle pas un mot d'anglais ; une récidiviste, cheveux peroxydés et valises sous les yeux, qui aurait rédigé un chèque en bois de mille deux cents dollars pour s'offrir un sac de marque, et un type bête comme ses pieds qui, non content d'avoir usurpé l'identité d'un tiers et utilisé ses cartes de crédit et son compte en banque, a choisi comme cible une certaine Cathy… sans songer un instant que cela pourrait paraître suspect.

D'un autre côté, je me dis souvent que, si mes clients étaient tous des lumières, mon boulot n'aurait plus de raison d'exister.

Le jour de la lecture des mises en accusation devant la Cour supérieure, un avocat dépêché par le bureau de la défense publique récupère les dossiers des accusés comparaissant devant un juge et n'ayant pas encore d'avocat. C'est un peu comme se retrouver coincé dans une porte tambour : chaque fois qu'on pénètre à l'intérieur du bâtiment, le décor et le plan des pièces sont totalement différents et vous êtes censé savoir quelle direction prendre et comment arriver à destination sans vous perdre. La plupart du temps, je fais la connaissance de mes nouveaux clients à la table de la défense où il me faut alors assimiler en un clin d'œil les circonstances de leur arrestation et m'efforcer de négocier leur libération sous caution.

Ai-je déjà dit que je détestais la journée des mises en accusation ? En plus de me glisser dans la peau de Perry Mason, je dois faire preuve d'un sixième sens à toute épreuve – sans compter qu'en admettant que ma prestation soit irréprochable et que je réussisse à obtenir une libération sur engagement personnel, sans caution financière, il y a fort à parier que je ne sois pas l'avocate chargée de l'affaire par la suite. Les cas les plus intéressants que j'aimerais réellement suivre jusqu'au procès me seront confisqués par un collègue plus expérimenté ou seront transmis à un avocat privé (en décodé : *rémunéré*).

C'est très certainement ce qui va se passer pour le prochain accusé.

"Affaire suivante : l'État contre Joseph Dawes Hawkins troisième du nom", annonce le greffier.

Jeune type criblé d'acné, Joseph Dawes Hawkins a l'air complètement terrifié – c'est généralement ce qu'on ressent après une nuit passée derrière les barreaux alors que notre expérience en matière de délinquance criminelle se limite au visionnage compulsif des cinq saisons de *The Wire*.

— Monsieur Hawkins, commence le juge, pourriez-vous décliner votre identité pour le procès-verbal ?

— Euh, Joe Hawkins, répond le garçon d'une voix mal assurée.

— Où habitez-vous ?

— Au 139 Grand Street, Westville.

Le greffier lit l'acte de mise en accusation : trafic de drogue.

Allez, je vais jouer au jeu des devinettes : compte tenu de la coupe de cheveux soignée du gamin et de son air effaré dans cette plongée au cœur du système judiciaire, il ne revendait ni de la meth ni de l'héroïne mais de l'oxycodone. Le juge enregistre un plaidoyer de non-culpabilité.

— Joe, vous êtes accusé de trafic de drogue. Est-ce que vous comprenez ce que signifie cette accusation ?

Le garçon acquiesce d'un signe de tête.

— Avez-vous un avocat ici présent ?

Jetant un coup d'œil angoissé par-dessus son épaule, il parcourt l'assistance du regard et pâlit un peu plus avant de murmurer :

— Non.

— Souhaitez-vous vous entretenir avec l'avocat commis d'office ?

— Oui, Votre Honneur.

C'est là que j'entre en scène.

Dans la salle de tribunal, l'intimité se résume à ce qu'on appelle le cône du silence autour de la table de la défense.

— Je m'appelle Kennedy McQuarrie. Quel âge as-tu ?

— Dix-huit ans. Je suis en terminale au lycée Hopkins.

Une école privée, bien sûr.

— Depuis combien de temps vis-tu dans le Connecticut ?

— Depuis que j'ai deux ans ?

— C'est une question ou une réponse ?

— Une réponse, dit-il avant de déglutir.

Sa pomme d'Adam est grosse comme un nœud marin, ce qui me fait penser aux pirates, ce qui me fait penser au langage grossier de Violet.

— Tu travailles ?

Il hésite.

— Vous voulez dire… en plus de revendre de l'oxy ?

— Je n'ai rien entendu, réponds-je du tac au tac.

— Oh, je vous demandais…

— Je *n'ai rien entendu.*

Il lève les yeux, hoche la tête.

— Pigé. Non. Non, je ne travaille pas.

— Chez qui habites-tu ?

— Chez mes parents.

Je le bombarde de questions, cochant mentalement les entrées de ma liste.

— Tes parents ont-ils les moyens de payer un avocat ? demandé-je finalement.

Son regard glisse sur mon tailleur acheté en supermarché et orné de la tache de lait que Violet a faite ce matin en renversant la bouteille dans son bol de céréales.

— Ouais.

— Alors tais-toi et laisse-moi parler, lui dis-je avant de me tourner vers le juge. Votre Honneur, le jeune Joseph ici présent a tout juste dix-huit ans et n'a commis aucun délit jusqu'à ce jour. Élève de terminale, il habite chez son père et sa mère, respectivement directeur de banque et institutrice en école maternelle. Ses parents sont propriétaires de leur maison. Nous demandons pour Joseph une libération sous engagement moral personnel.

Le juge se tourne vers la procureure, ma partenaire dans cette danse, assise à la même place que moi mais de l'autre côté de la table de la défense. Elle s'appelle Odette Lawson et a l'air aussi aimable qu'une porte de prison. Alors que la plupart des procureurs et des avocats commis d'office, conscients de partager le même statut de fonctionnaire payé au lance-pierre, réservent leur animosité à la salle d'audience et sympathisent en dehors, Odette, elle, garde délibérément ses distances.

— Qu'en pense le ministère public, madame la procureure ?

Odette relève les yeux. Coupés court, ses cheveux épousent la forme de son crâne et ses yeux sont si noirs qu'on ne distingue pas ses pupilles. Elle a l'air parfaitement reposée, comme si elle venait de s'offrir un soin du visage. Son maquillage est impeccable.

Je regarde mes mains. Mes cuticules sont toutes mordillées et soit j'ai de la peinture verte sous les ongles, soit je suis en train de pourrir de l'intérieur.

— C'est une accusation grave, déclare Odette. Non seulement une ordonnance de narcotiques a été retrouvée sur la personne de M. Hawkin mais l'intention de revendre a été prouvée. Le remettre en liberté représenterait une menace et serait une erreur lourde de conséquences. L'État requiert une caution de dix mille dollars avec garant.

— Le montant de la caution est fixé à dix mille dollars, répète le juge, et Joseph Hawkins III est entraîné vers la sortie par un huissier.

Bon, on ne peut pas gagner tout le temps. La bonne nouvelle, c'est que la famille de Joseph aura les moyens de payer la caution – même si cela veut dire qu'il sera privé de vacances de Noël aux Barbades, cette année. Plus réjouissant encore, je ne reverrai plus jamais Joseph Dawes Hawkins III. Son père a probablement voulu lui donner une leçon en n'alertant pas tout de suite l'avocat de la famille : Joey aura donc passé une nuit en garde à vue mais je mettrais ma main à couper que le grand avocat en question ne va pas tarder à appeler mon bureau pour récupérer le dossier du gamin.

— L'État contre Ruth Jefferson.

À ces mots, je lève les yeux. On vient de faire entrer une femme dans la salle d'audience. Menottée, elle est encore en chemise de nuit et porte un foulard autour de la tête. Son regard empli d'angoisse parcourt l'assistance et je me rends compte soudain qu'il y a beaucoup plus de monde que d'habitude. Il n'y a généralement pas foule pour les mises en accusation du mardi. Mais aujourd'hui, la salle est pleine à craquer.

— Pourriez-vous décliner votre identité pour le procès-verbal ? demande le juge.

— Ruth Jefferson.

— Assassin ! hurle une femme.

La rumeur enfle, se transforme rapidement en grondement. Au même instant, Ruth tressaille. En la voyant incliner son visage vers son épaule, je comprends qu'elle essuie un crachat que quelqu'un lui a envoyé depuis la tribune réservée au public.

Les huissiers sont déjà en train d'évacuer le type, une grosse brute dont je n'aperçois que le dos. Une croix gammée entrelacée d'initiales est tatouée sur son crâne.

Le juge ordonne le silence. Droite comme un *i*, Ruth Jefferson continue à regarder autour d'elle, comme si elle cherchait quelqu'un – ou quelque chose – qui demeure invisible.

— Ruth Jefferson, lit le greffier, deux chefs d'accusation sont retenus contre vous : meurtre et homicide involontaire.

Je suis tellement occupée à essayer de comprendre ce qui se passe là-dedans que je ne m'aperçois même pas que tous les regards sont braqués sur moi. L'accusée doit avoir dit au juge qu'elle avait besoin d'un avocat commis d'office.

Odette se lève.

— Nous sommes en présence d'un acte criminel motivé par la haine commis sur un nourrisson de trois jours, Votre Honneur. L'accusée a exprimé son hostilité et son animosité à l'encontre des parents de l'enfant et l'État apportera la preuve qu'elle a agi délibérément avec l'intention de nuire, portant volontairement atteinte à la sécurité du nouveau-né qui a subi entre ses mains un traumatisme ayant conduit à la mort.

Cette femme a tué un bébé ? Plusieurs scénarios défilent dans ma tête : est-elle assistante maternelle ? Est-ce un cas de bébé secoué ? Une mort subite du nourrisson ?

— C'est n'importe quoi ! proteste Ruth Jefferson.

Je lui donne un léger coup de coude.

— Ce n'est pas le moment.

— Laissez-moi parler au juge, insiste-t-elle.

— Non. C'est moi qui vais parler au juge, si vous le permettez, fais-je en me tournant vers la Cour.

— Votre Honneur, pourrions-nous avoir quelques minutes ?

J'entraîne Ruth Jefferson vers la table de la défense, à quelques pas seulement de l'endroit où nous nous tenons.

— Je m'appelle Kennedy McQuarrie. Nous rentrerons plus tard dans les détails de votre dossier, mais pour le moment j'aimerais vous poser quelques questions. Depuis combien de temps habitez-vous ici ?

— Ils m'ont menottée, dit-elle d'une voix sourde, emplie d'indignation. Ces gens ont fait irruption chez moi en pleine nuit et ils m'ont mis des menottes autour des poignets. Ils ont menotté mon fils…

— Je comprends votre contrariété mais nous n'avons qu'une dizaine de secondes devant nous et d'ici là je dois vous connaître un peu afin que cette procédure de mise en accusation se passe le mieux possible pour vous.

— Parce que vous croyez peut-être que vous saurez qui je suis en dix secondes ?

Je n'insiste pas. Si cette femme tient vraiment à saboter sa propre mise en accusation, je n'y peux rien.

— Madame McQuarrie, appelle le juge. Si vous voulez bien vous approcher avant que ne sonne l'heure de mon départ à la retraite…

— Oui, Votre Honneur.

— L'État reconnaît la nature insidieuse et ignoble de ce crime, déclare Odette, les yeux rivés sur Ruth.

La dichotomie entre ces deux femmes noires est saisissante : d'un côté, la procureure dans son tailleur ajusté, son chemisier cintré, impeccablement repassé et ses talons aiguille ; de l'autre, Ruth dans sa chemise de nuit froissée, les cheveux enveloppés dans un foulard. Bien plus qu'un simple instantané, le tableau s'apparente à une étude de cas dans une matière que je ne me souviens pas avoir choisie.

— Compte tenu de la gravité des accusations, l'État demande une incarcération sans droit de libération sous caution.

Je sens l'air s'échapper des poumons de Ruth.

— Votre Honneur, dis-je avant de m'interrompre.

Je n'ai aucun élément en ma possession. Je ne sais pas comment Ruth Jefferson gagne sa vie. Je ne sais pas non plus si elle est propriétaire d'un logement ou si elle s'est installée hier dans le Connecticut. Je ne sais pas si elle a plaqué un oreiller sur le visage de ce bébé jusqu'à ce qu'il arrête de respirer ou si elle a raison de s'offusquer contre des accusations truquées.

— Votre Honneur, reprends-je, l'État n'a apporté aucune preuve de ses allégations spécieuses. Nous sommes en présence d'accusations extrêmement graves qu'aucune preuve tangible ne vient étayer. À la lumière de ces éléments, je demande à la Cour de fixer raisonnablement le montant de la caution à vingt-cinq mille dollars avec garant.

C'est tout ce que je peux faire, compte tenu du peu d'informations dont je dispose. Ma mission est d'accompagner Ruth Jefferson le plus efficacement et le plus équitablement possible dans cette procédure de mise en accusation. Je jette un coup d'œil à l'horloge. Il doit bien y avoir encore une dizaine de clients après elle.

On me tire soudain par la manche.

— Vous voyez ce garçon ? murmure Ruth, le regard tourné vers l'assistance.

Son regard se soude à celui d'un jeune homme assis au fond de la salle d'audience. Comme attiré par un aimant, ce dernier se lève aussitôt.

— C'est mon fils, poursuit Ruth avant de se tourner vers moi. Vous avez des enfants ?

Je pense à Violet, à ses caprices et aux problèmes que cela me pose parfois. Mais ce n'est rien comparé à ce qu'on doit ressentir en voyant son enfant se faire menotter…

— Votre Honneur, dis-je alors, je souhaite retirer ce que je viens de dire.

— Je vous demande pardon, madame McQuarrie ?

— Avant d'aborder le montant de la caution, j'aimerais disposer d'un peu de temps pour m'entretenir avec ma cliente.

Le juge fronce les sourcils.

— Ce temps vous a déjà été accordé.

— J'aimerais disposer d'un peu plus de dix secondes pour m'entretenir avec ma cliente, insisté-je.

Il se passe une main sur le visage.

— Très bien. Vous parlerez à votre cliente pendant la pause et nous reviendrons sur cette affaire lors de la deuxième session.

L'huissier attrape Ruth par le bras. Je lis dans son regard qu'elle ne sait absolument pas ce qui va se passer. "J'arrive", lui dis-je juste avant qu'elle ne quitte la salle et, l'instant d'après, je me retrouve à parler au nom d'un gamin de vingt ans qui se fait appeler par le symbole # ("Comme Prince, mais pas vraiment", m'explique-t-il). Accusé d'avoir tagué à la bombe un pénis géant sur un pont d'autoroute, il ne comprend pas pourquoi son geste est considéré comme un délit alors que c'est de l'art.

Il reste encore dix mises en accusation et, pendant tout ce temps, je ne cesse de penser à Ruth Jefferson. Remerciant silencieusement la convention du syndicat des sténographes qui impose une pause-pipi obligatoire de quinze minutes, je m'enfonce dans les entrailles humides et crasseuses du tribunal et me dirige vers la cellule de détention où ma cliente a été conduite.

Assise sur la couchette métallique, elle se masse les poignets. Elle ne porte plus les menottes qu'on lui avait mises pour la conduire en salle d'audience, comme n'importe quel autre accusé de meurtre, mais elle semble ne pas avoir remarqué qu'on les lui avait retirées. Elle lève les yeux en m'entendant arriver.

— Qu'est-ce que vous fabriquiez ? demande-t-elle d'un ton cassant.

— Je faisais mon boulot.

Ruth cherche mon regard.

— C'est ce que je faisais, moi aussi, dit-elle. Je suis infirmière.

Les pièces du puzzle commencent à s'emboîter : quelque chose a dû déraper pendant que Ruth s'occupait du nourrisson, quelque chose qui ne serait pas un accident, selon le ministère public.

— Il faut absolument que vous me fournissiez quelques éléments d'information, dis-je. Si vous ne voulez pas attendre votre procès derrière les barreaux, nous allons devoir travailler ensemble, vous et moi.

Ruth observe un long moment de silence. Je suis surprise. Dans sa situation, la plupart des gens s'accrocheraient à la bouée de sauvetage tendue par l'avocat. Cette femme, au contraire, a l'air d'hésiter, comme si elle cherchait à savoir si je suis vraiment à la hauteur.

C'est une sensation assez dérangeante, je l'avoue. Mes clients ne sont pas du genre à juger les autres – c'est plutôt l'inverse : ils sont habitués à être jugés… et pris en faute.

Finalement, elle hoche la tête.

— OK, dis-je en m'autorisant à expirer (je ne m'étais même pas rendu compte que j'avais retenu mon souffle tout ce temps). Quel âge avez-vous ?

— Quarante-quatre ans.

— Vous êtes mariée ?

— Non. Mon mari est mort en Afghanistan, au cours de sa deuxième mission là-bas. Il a sauté sur une mine antipersonnel. C'était il y a dix ans.

— Votre fils… c'est votre seul enfant ?

— Oui. Edison est au lycée. Il prépare ses demandes d'inscription à l'Université. Ces sauvages ont enfoncé ma porte et menotté un élève premier de sa classe.

— Nous allons y revenir dans un instant. Vous êtes titulaire d'un diplôme d'infirmière ?

— J'ai étudié à l'université SUNY de Plattsburgh puis j'ai intégré l'école d'infirmières de Yale.

— Vous avez un emploi actuellement ?

— J'ai travaillé pendant vingt ans à la Maternité de l'hôpital Mercy-West Haven. Mais hier, ils m'ont mise à la porte.

Je prends des notes sur mon bloc.

— Quelles sont vos sources de revenus, à présent ?

Elle secoue la tête.

— Le capital décès de mon mari, je suppose.

— Êtes-vous propriétaire de votre maison ?

— D'une maison de ville dans l'East End, oui.

C'est le coin où nous habitons, Micah et moi. Un quartier de Blancs aisés. Les seuls visages noirs que je croise ne font généralement que passer en voiture. Les faits de violence sont rares et, lorsqu'une agression est commise ou qu'un conducteur doit abandonner son véhicule sous la menace, les commentaires sur le site du *New Haven Independent* font la part belle aux habitants de l'East End qui déplorent que certains "éléments" des quartiers pauvres comme Dixwell et Newhallville viennent troubler la tranquillité de notre joli hameau.

Par "éléments", ils entendent bien sûr personnes de couleur.

— Vous avez l'air étonné, fait remarquer Ruth.

— Non, réponds-je précipitamment. C'est juste que j'habite aussi dans ce quartier et je ne vous ai jamais croisée.

— Disons que je fais profil bas, réplique-t-elle d'un ton ironique.

Je m'éclaircis la gorge.

— Avez-vous de la famille dans le Connecticut ?

— Ma sœur, Adisa. C'est elle qui est assise à côté d'Edison. Elle habite dans Church Street South.

Une cité HLM dans le quartier de Hill, coincée entre la gare et la faculté de médecine de Yale. Près de quatre-vingt-dix-sept pour cent des gosses vivent sous le seuil de pauvreté et une bonne partie de mes clients viennent de là-bas. Huit kilomètres à peine séparent ce quartier de l'East End et pourtant c'est une autre planète : les gamins vendent de la came pour leurs grands frères, les grands frères vendent de la came parce qu'il n'y a pas de boulot, les filles font le tapin, les gangs se tirent dessus toutes les nuits. Comment Ruth s'est-elle débrouillée pour mener une existence à ce point différente de celle de sa sœur ?

— Vos parents sont encore en vie ?

— Ma mère travaille dans l'Upper West Side de Manhattan.

Son regard se détache du mien.

— Vous vous souvenez de Sam Hallowell ?

— Le gars de la télé ? Il est mort, non ?

— Oui. Mais ma mère est toujours l'employée de maison de la famille.

J'ouvre le dossier portant le nom de Ruth. Il comprend l'acte d'accusation transmis par le grand jury qui a précipité son arrestation. Je n'avais pas eu le temps de lire autre chose que les chefs d'inculpation retenus contre elle mais maintenant je parcours le rapport avec mes superpouvoirs de détective privé et certains mots sautent de la page pour venir se loger dans mon inconscient.

— Qui est Davis Bauer ?

La voix de Ruth se radoucit.

— Un bébé… décédé.

— Racontez-moi ce qui s'est passé.

Ruth commence à tisser une histoire. Dans son récit, chaque élément pesant et sombre s'accompagne d'une lueur vacillante de honte. Elle me parle des parents du bébé, du petit mot litigieux rédigé par sa supérieure, de la circoncision, de la césarienne décidée en urgence et de l'arrêt cardiaque du bébé. Elle me dit que l'homme avec la croix gammée tatouée sur le crâne, celui qui lui a craché dessus dans la salle d'audience, est le père du bébé. Les fils de l'histoire s'entrelacent autour de nous, comme la soie d'un cocon.

— Tout est allé très vite, poursuit Ruth avant de conclure : et le bébé est mort.

Je baisse les yeux sur le rapport de police.

— À aucun moment vous ne l'avez touché ?

Elle me fixe longuement, comme si elle cherchait à s'assurer qu'elle pouvait me faire confiance. Puis elle secoue la tête.

— Pas avant que l'infirmière en chef me dise de commencer les compressions.

Je me penche en avant.

— Si je réussis à vous faire sortir d'ici pour que vous puissiez rentrer chez vous auprès de votre fils, on vous demandera de mettre en dépôt un certain pourcentage du montant de la caution. Avez-vous un peu d'argent de côté ?

Elle redresse les épaules.

— Il y a le plan d'épargne pour les études d'Edison mais je n'y toucherai pas.

— Seriez-vous prête à hypothéquer votre maison ?

— Qu'est-ce que ça implique, au juste ?

— Que l'État bénéficiera d'un droit de rétention sur votre bien.

— Mais encore ? Si je perds le procès, est-ce que cela veut dire qu'Edison sera mis à la rue ?

— Non. C'est une mesure de précaution pour s'assurer que vous ne quitterez pas la ville s'ils acceptent de vous libérer.

Ruth prend une longue inspiration.

— D'accord. Mais vous devez me rendre un service. Dites à mon fils que je vais bien.

Je hoche la tête et elle fait la même chose.

À ce moment-là, nous ne sommes ni Noire ni Blanche, ni avocate ni accusée. Nous ne sommes pas séparées par ce que je connais du système judiciaire et ce qu'elle doit encore apprendre. Nous sommes simplement deux mères, assises côte à côte.

Lorsque, pour la deuxième fois, je traverse la tribune réservée au public en regagnant la salle d'audience, j'ai l'impression d'avoir chaussé des lunettes de vue. Je remarque, dans la foule, des spectateurs auxquels je n'avais pas prêté la moindre attention. Ils ne sont peut-être pas tatoués comme le père du bébé, mais ils sont tous blancs. Quelques-uns portent des Doc Martens mais la plupart sont en baskets. Est-ce que ce sont des skinheads, eux aussi ? Certains tiennent des pancartes portant le prénom du bébé, Davis, tandis que d'autres arborent un ruban bleu layette accroché à leurs T-shirts en signe de solidarité. Comment ai-je pu louper ça en traversant la salle tout à l'heure ? Sont-ils réunis ici pour témoigner leur soutien à la famille Bauer ?

J'imagine Ruth en train de marcher dans les rues de l'East End – en la voyant, combien d'habitants du quartier se sont demandé ce qu'elle fichait ici, même s'ils ne lui ont jamais demandé en face ? *Comme il est incroyablement facile de se cacher sous une peau blanche.* Cette pensée me traverse l'esprit tandis que j'observe ce qui ressemble à une bande de suprémacistes. Le bénéfice du doute joue en ma faveur. Je ne suis pas suspicieuse, non.

Les rares visages noirs présents dans la salle détonent remarquablement. Je me dirige vers le garçon que Ruth m'a indiqué tout à l'heure. Il se lève d'un bond.

— Edison ? Je m'appelle Kennedy.

Il me dépasse de presque trente centimètres mais a encore un visage de bébé.

— Est-ce que ma mère va bien ?

— Ça va, oui. Elle m'envoie te dire de ne pas t'inquiéter.

— Eh ben dis donc, vous avez pris votre temps, raille la femme postée à côté de lui.

Elle porte de longues tresses aux reflets rouges et sa peau est beaucoup plus sombre que celle de Ruth. Elle sirote un Coca alors qu'il est interdit de boire et de manger dans la salle d'audience, et quand elle surprend mon regard posé sur la canette, elle hausse un sourcil comme pour me mettre au défi de lui dire quelque chose.

— Vous devez être la sœur de Ruth.

— Pourquoi ? Parce que je suis la seule négresse dans cette pièce, à part son fils ?

J'esquisse un mouvement de recul en entendant ce mot et c'est sûrement la réaction qu'elle escomptait. Si Ruth m'a paru critique et susceptible, sa sœur, en comparaison, est un porc-épic visiblement incapable de gérer sa colère.

— Non, dis-je en utilisant le ton que je prends pour tenter de raisonner Violet, premièrement vous n'êtes pas la seule… personne de couleur ici. Et deuxièmement, votre sœur m'a dit que vous étiez avec Edison.

— Vous allez réussir à la faire sortir ? demande ce dernier.

Je reporte mon attention sur lui.

— Je vais faire tout mon possible.

— Est-ce que je peux la voir ?

— Pas maintenant.

La porte des bureaux annexes s'ouvre et le greffier fait son apparition, nous priant de bien vouloir nous lever pour l'arrivée du juge.

— Je dois y aller, dis-je à Edison.

La sœur de Ruth m'enveloppe d'un regard perçant.

— Va faire ton boulot, blanchette.

Le juge regagne sa place et rappelle le dossier de Ruth. De nouveau arrachée des entrailles du bâtiment, celle-ci vient s'asseoir à côté de moi. Je croise son regard interrogateur et hoche la tête : *il va bien.*

— Madame McQuarrie, commence le juge d'un ton las. Avez-vous eu suffisamment de temps pour parler avec votre cliente ?

— Oui, Votre Honneur. Il y a encore quelques jours, Ruth Jefferson était infirmière à l'hôpital Mercy-West Haven ; elle aidait les femmes à accoucher et s'occupait de leurs nouveau-nés, comme elle le fait depuis vingt ans. Lorsqu'une urgence médicale impliquant un bébé s'est produite, Ruth a travaillé avec le reste du personnel pour tenter de sauver la vie du nourrisson. Le dénouement fut hélas tragique. Dans le cadre de l'enquête en cours concernant les circonstances du drame, Ruth a été démise de ses fonctions. Cette femme possède un diplôme universitaire ; son fils est le meilleur élève de sa classe de terminale et son mari était un héros militaire qui a donné sa vie pour notre pays, en Afghanistan. Sa famille vit dans la région, elle est propriétaire de sa maison et possède donc un capital immobilier. Je demande à la Cour de fixer un montant de caution raisonnable. Ma cliente ne risque pas de disparaître dans la nature. Elle n'a aucun antécédent judiciaire et se dit prête à accepter les conditions que fixera la Cour concernant les modalités de la caution. Cette affaire mérite d'être plaidée.

Je viens de brosser le portrait d'une citoyenne américaine irréprochable, victime d'un malentendu. Il ne manquerait plus que je sorte de ma poche la bannière étoilée et que je la brandisse au-dessus de ma tête.

Le juge se tourne vers Ruth.

— De quel capital parlons-nous ?

— Pardon ?

— Quel est le montant de l'hypothèque sur votre maison ? dis-je à voix basse.

— Cent mille dollars, répond Ruth.

Le juge hoche la tête.

— Je fixerai donc le montant de la caution à cent mille dollars à condition que la maison soit mise en dépôt. Affaire suivante ?

Dans l'assistance, les suprémacistes se mettent à huer. Je crois bien qu'aucune décision de justice ne les satisferait, hormis un lynchage sur la place publique. Le juge ordonne le silence, abat son marteau. "Sortez-les", dit-il finalement, et les huissiers remontent le long des allées.

— Qu'est-ce qui se passe maintenant ? demande Ruth.

— Vous allez être libérée.

— Dieu soit loué. Dans combien de temps ?

Je lève les yeux.

— Comptez à peu près deux jours.

Un huissier saisit le bras de Ruth pour la ramener dans sa cellule. Tandis qu'elle s'éloigne, le rideau voilant son regard se lève soudain et, pour la première fois, je décèle de la panique dans ses yeux.

Ça ne se passe pas comme dans les films ou à la télé : on ne sort pas tout simplement libre du tribunal. Il y a des papiers à remplir et des garanties à présenter. Je sais tout ça parce que je suis avocate de la défense. La plupart de mes clients le savent aussi parce que ce sont souvent des récidivistes.

Mais Ruth ne ressemble pas à mes clients habituels.

D'ailleurs, ce n'est même pas ma cliente à proprement parler.

Cela fait bientôt quatre ans que je travaille pour le bureau du Défendeur public et j'ai épuisé tout le répertoire des délits. J'ai traité tellement d'affaires de cambriolages, d'actes de vandalisme, d'usurpations d'identité et de chèques en bois que je pourrais les plaider dans mon sommeil. Mais là, il s'agit d'une affaire de meurtre qui donnera lieu à un procès retentissant et je sais déjà que le dossier me sera retiré dès que la date de la première audience aura été fixée. Il restera dans le bureau mais sera confié à quelqu'un de plus chevronné, ou qui jouera au golf avec mon patron ou qui aura un pénis.

À long terme, je ne serai pas l'avocate de Ruth. Mais je le suis encore pour le moment et je peux l'aider.

J'improvise des remerciements silencieux aux suprémacistes qui ont créé ce tollé. Puis je descends rapidement l'allée centrale en direction d'Edison et de sa tante.

— Écoutez-moi, il faut que vous vous procuriez une copie certifiée conforme de l'acte de vente notarié de la maison de Ruth, dis-je en m'adressant à la sœur. Ainsi qu'une copie certifiée conforme de son avis d'imposition et une copie de l'échéancier de remboursement sur laquelle figure le montant restant dû. Vous irez déposer tout ça au bureau du greffier et…

Je viens de m'apercevoir que la sœur de Ruth me regarde comme si je parlais hongrois. Bon sang, mais c'est bien sûr : elle habite à Church Street South et n'est donc pas propriétaire de son logement. Ce que je lui raconte ne veut absolument rien dire pour elle.

Puis je me rends compte qu'Edison a tout noté au dos d'une facturette de carte bancaire qu'il a sortie de son portefeuille.

— Je m'en occupe, promet-il.

Je lui donne ma carte de visite.

— Il y a mon numéro de portable, tu verras. Appelle-moi si tu as la moindre question. En revanche, ce n'est pas moi qui plaiderai l'affaire de ta mère. Quelqu'un de mon bureau se mettra en contact avec vous dès qu'elle sera sortie.

Mes paroles semblent réveiller la sœur de Ruth.

— Alors c'est comme ça que ça passe ? Vous hypothéquez sa maison pour la faire sortir de prison, vous avez fait votre bonne action et basta ? Je suppose que vu que ma sœur est noire elle est évidemment coupable et vous préférez ne pas salir vos jolies mains avec ce genre d'affaire, c'est ça ?

Son attaque est ridicule à de nombreux égards, surtout quand on sait que la grande majorité de mes clients sont africains-américains. Mais avant que je commence à lui expliquer le fonctionnement politique de la hiérarchie au sein du bureau du Défenseur public, Edison intervient :

— On se calme, tata, dit-il avant de se tourner vers moi : je suis désolé.

— Non, lui dis-je. C'est *moi*.

Lorsque je rentre enfin chez moi ce soir-là, ma mère est assise sur le canapé, les pieds coincés sous les fesses. Elle a retiré ses chaussures et regarde Disney Junior à la télé, un verre de vin blanc à la main. Du plus loin que je me souvienne, ma mère a toujours bu son ballon de blanc le soir. Quand j'étais petite, j'appelais ça son médicament. Violet est couchée en chien de fusil à côte d'elle et dort à poings fermés.

— Je n'ai pas eu le cœur de la bouger, explique ma mère.

Je m'assieds délicatement auprès de ma fille, m'empare de la bouteille de vin posée sur la table basse et bois directement au goulot. Ma mère hausse les sourcils.

— Ça a été si terrible que ça ?

— Tu n'imagines même pas.

Je caresse les cheveux de Violet.

— Dis donc, tu l'as épuisée, aujourd'hui.

— En fait…

Ma mère hésite un instant avant de poursuivre :

— Le dîner a été un peu mouvementé.

— À cause des bâtonnets de poisson pané ? Elle refuse d'en manger depuis qu'elle est entrée dans sa période Petite Sirène.

— Non, elle les a tous engloutis. Et tu seras ravie d'apprendre qu'Ariel a tiré sa révérence. En fait, c'est un autre dessin animé qui l'a mise dans tous ses états. On a commencé à regarder *La Princesse et la Grenouille* et Violet m'a annoncé qu'elle voulait se déguiser en Tiana pour Halloween.

— Merci, mon Dieu. La semaine dernière, elle voulait à tout prix porter deux coquilles Saint-Jacques en guise de haut et je me voyais déjà en train de lui enfiler le bazar par-dessus un T-shirt à manches longues…

Ma mère arque de nouveau ses sourcils.

— Kennedy, tu ne crois pas que Violet serait plus heureuse en Cendrillon ou en Raiponce ? Ou même dans un déguisement de la nouvelle, tu sais, celle qui a les cheveux blancs et qui transforme tout en glace ?

— Elsa ? Pourquoi ?

— Ne me force pas à le formuler à voix haute, chérie, répond ma mère.

— Parce que Tiana est noire, c'est ça ? fais-je en songeant immédiatement à Ruth Jefferson et à la bande de suprémacistes en train de siffler et de huer dans la salle d'audience.

— Je ne pense pas que Violet se sente très concernée par les questions d'égalité et de droits civiques, ce sont plutôt les grenouilles qui l'intéressent, précise ma mère. Elle m'a dit qu'elle allait en demander une à Noël. Elle compte bien l'embrasser pour voir ce qui va se passer.

— Elle n'aura pas de grenouille à Noël. Mais si elle veut se déguiser en Tiana pour Halloween, je lui achèterai le costume.

— Je lui *coudrai* le costume, rectifie ma mère. Il est hors de question qu'un seul de mes petits-enfants aille faire la tournée des bonbons dans un de ces déguisements de supermarché minable qui risque de s'enflammer s'ils ont le malheur de passer trop près d'une citrouille allumée.

Je ne proteste pas : je suis incapable de coudre un ourlet. J'ai dans mon armoire un pantalon de travail dont les ourlets tiennent à la colle forte.

— Super. Je suis ravie que tu sois capable de surmonter tes réticences pour que le rêve de Violet se réalise.

Le menton de ma mère se relève imperceptiblement.

— Garde tes sarcasmes pour toi, Kennedy. Ce n'est pas parce que j'ai grandi dans le Sud que je suis forcément sectaire.

— Maman, ta *nounou* était noire.

— Et j'adorais Beattie comme si elle faisait partie de la famille.

— Sauf que… elle n'en faisait pas partie.

Ma mère remplit son verre de vin.

— Kennedy, dit-elle en soupirant. On parle juste d'un déguisement stupide. Pas d'une cause à défendre.

La fatigue me submerge d'un coup. Ce ne sont pas simplement mes horaires de travail extensibles et le nombre impressionnant d'affaires à traiter qui m'épuisent. C'est surtout de ne pas savoir si ce que j'accomplis fait vraiment une différence.

— Un jour, reprend ma mère d'une voix douce, je devais avoir à peu près l'âge de Violet, j'ai profité d'un moment où Beattie ne me regardait pas pour essayer de boire de l'eau à la fontaine réservée aux Noirs, dans le parc. J'ai grimpé sur la dalle en béton, ouvert le robinet. Je m'attendais à quelque chose d'extraordinaire… À des arcs-en-ciel, par exemple. Alors qu'en fait… eh bien, c'était de l'eau, tout ce qu'il y a de plus banal.

Elle cherche mon regard.

— Violet serait ravissante en Cendrillon.

— Maman…

— Je dis ce que je pense, c'est tout. Combien d'années se sont écoulées avant que Disney offre à toutes les petites filles noires leur propre princesse ? Tu crois que c'est bien que Violet convoite ce qu'elles attendent depuis une éternité ?

— *Maman !*

Elle lève les mains en signe de reddition.

— D'accord. Tiana. Affaire réglée.

J'attrape la bouteille de vin, la porte à mes lèvres et siffle son contenu jusqu'à la dernière goutte.

Après le départ de ma mère, je m'endors sur le canapé à côté de Violet et, quand je me réveille, Disney Junior diffuse *Le Roi Lion*. Je cligne des yeux juste à temps pour assister à la mort de Mufasa sur l'écran. Il est en train de se faire piétiner par le troupeau de buffles lorsque Micah rentre, desserrant d'une main le nœud de sa cravate.

— Salut ! Je n'ai pas entendu la voiture.

— C'est parce que je suis un ninja savamment camouflé en chirurgien ophtalmologiste.

Il se penche vers moi, m'embrasse et sourit en apercevant Violet qui ronflote doucement.

— J'ai eu une journée remplie de glaucomes et d'humeur vitrée. Comment s'est passée la tienne ?

— Disons qu'elle a été sensiblement moins immonde.

— Sharon la Zinzin est revenue ?

Sharon la Zinzin est une harceleuse récidiviste qui a jeté son dévolu sur Peter Salovey, le président de l'université de Yale. Elle lui envoie des fleurs, des mots doux et même, une fois, des sous-vêtements. J'ai traité six mises en accusation la concernant, sachant que Salovey n'occupe son poste que depuis 2013.

— Non, dis-je avant de lui parler de Ruth, d'Edison et des skinheads présents à l'audience.

— C'est vrai ? fait Micah, visiblement très intéressé par ces individus. Je veux dire, avec les bretelles, le bombers, les Doc Martens et toute la panoplie ?

— Premièrement, non, et deuxièmement devrais-je être angoissée devant l'étendue de tes connaissances dans ce domaine ?

Je retire mes pieds de la table basse pour qu'il puisse s'asseoir en face de moi.

— En fait, ils sont comme toi et moi. C'est assez effrayant. Imagine que ton voisin soit un néonazi et que tu ne le saches pas.

— Je vais sans doute parier gros mais si tu veux mon avis Mme Greenblatt n'est pas une skinhead, plaisante Micah en soulevant délicatement Violet dans ses bras.

— Ce ne sont que des considérations inutiles, de toute manière. L'affaire est trop importante pour qu'on me la confie.

Je monte l'escalier derrière Micah puis le suis dans la chambre de Violet.

— Ruth Jefferson habite dans l'East End, au fait.

— Hum, fait Micah en déposant Vivi dans son lit.

Il remonte les couvertures, dépose un baiser sur son front.

— Qu'est-ce que ça veut dire ? lancé-je, d'humeur belliqueuse alors que j'ai eu exactement la même réaction.

— Ce n'est pas censé vouloir dire quoi que ce soit. C'était juste pour répondre quelque chose.

— Ce que tu penses, mais tu es trop bien élevé pour le dire à voix haute, c'est qu'il n'y a pas de familles noires dans l'East End.

— Oui. Sans doute.

Je le suis dans notre chambre, baisse la fermeture Éclair de ma jupe, retire mes collants. Lorsque j'ai revêtu le caleçon et le T-shirt que je porte pour dormir, je vais me brosser les dents dans la salle de bains, à côté de Micah. Je crache dans le lavabo, essuie ma bouche d'un revers de main.

— Est-ce que tu savais que, dans *Le Roi Lion*, les hyènes, qui jouent le rôle des méchants, parlent toutes l'argot des Noirs ou des Latino-Américains ? Et que les lionceaux n'ont pas le droit d'approcher le territoire des hyènes ?

Il me dévisage d'un air amusé.

— Est-ce que tu as remarqué que Scar, le vilain de l'histoire, est plus foncé que Mufasa ?

— Kennedy.

Micah pose ses mains sur mes épaules. Puis il se penche vers moi et m'embrasse.

— Tu ne serais pas en train de dramatiser un chouïa ?

À cet instant précis, je sais que je vais remuer ciel et terre pour récupérer le dossier de Ruth.

TURK

À en juger par son bureau classieux, l'avocat doit pas mal assurer. Les murs ne sont pas peints mais lambrissés. La secrétaire m'apporte de l'eau dans un beau verre en cristal. Même l'air sent le luxe, un peu comme le parfum d'une femme qui changerait de trottoir si je la croisais dans la rue.

Aujourd'hui, j'ai remis la veste que nous nous partageons, Francis et moi, et j'ai repassé mon pantalon. J'ai posé une casquette en laine sur mon crâne et rabattu la visière sur le front. Je n'arrête pas de faire tourner mon alliance autour de mon annulaire. Je pourrais facilement passer pour un type ordinaire qui souhaite poursuivre quelqu'un en justice, au lieu de celui qui contourne généralement la loi pour se rendre justice lui-même.

Roarke Matthews se matérialise soudain devant moi. Les plis de son pantalon soigneusement repassé sont acérés comme des lames de couteau et ses chaussures impeccablement cirées brillent de mille feux. Il ressemble à une vedette de soap-opéra sauf que son nez est légèrement tordu comme s'il se l'était cassé en jouant au football au lycée. Il me dit bonjour en me serrant la main.

— Monsieur Bauer, suivez-moi, voulez-vous ?

Il m'entraîne dans un bureau encore plus impressionnant, rempli de chrome et de cuir noir, et m'indique d'un geste de la main une petite banquette.

— J'aimerais encore vous présenter toutes mes condoléances, déclare Matthews, répétant les mots que tout le monde dit depuis quelques jours.

En fait, ils sont devenus tellement banals qu'ils me font le même effet que la pluie : je ne les remarque même plus.

— Nous avons évoqué au téléphone la possibilité d'intenter une action civile…

— Peu importe comment ça s'appelle – je coupe –, tout ce que je veux, c'est que quelqu'un paie pour ça.

— Je vois, fait Matthews. Et c'est la raison pour laquelle je vous ai demandé de venir ici. C'est très compliqué, vous comprenez.

— Qu'est-ce qu'il y a de si compliqué ? Vous poursuivez l'infirmière. C'est elle la responsable.

Matthews hésite.

— Vous pourriez poursuivre Ruth Jefferson, en effet. Mais soyons réalistes : elle n'a pas un kopeck. Comme vous le savez, l'État a instruit une procédure pénale. Ce qui veut dire que, si vous intentez simultanément une action civile, Mme Jefferson demandera très certainement une suspension des interrogatoires préalables afin de ne pas s'incriminer pendant la procédure pénale en cours. En outre, votre décision d'intenter contre elle une action civile pourrait être retenue contre vous lors du contre-interrogatoire dans le cadre de la procédure pénale.

— Je ne comprends pas.

— La défense vous fera passer pour un type rancunier qui cherche à se faire du fric, explique Matthews sans prendre de gants.

Je m'adosse au canapé, les mains posées sur mes genoux.

— Alors, c'est tout ? Je n'ai aucun recours ?

— Je n'ai pas dit ça, répond l'avocat. Je pense simplement que vous vous trompez de cible. Contrairement à Mme Jefferson, l'hôpital a les poches pleines. De plus, la direction a l'obligation de superviser son personnel et est donc responsable des actions ou des inactions de cette infirmière. Je vous conseille donc d'intenter un procès contre l'hôpital. Bien sûr, nous citerions tout de même Ruth Jefferson – on ne sait jamais, après tout : elle n'a rien aujourd'hui mais elle peut très bien toucher un héritage ou gagner au loto demain.

Il hausse un sourcil.

— Auquel cas, monsieur Bauer, vous n'obtiendriez pas seulement la justice mais également un joli petit pactole.

Je hoche la tête en imaginant ce que ça implique. Je me vois déjà annoncer à Brit ce que je compte faire pour Davis.

— Et qu'est-ce qu'on doit faire pour mettre la machine en route ?

— Tout de suite ? demande Matthews. Rien. On ne peut rien faire tant que la procédure pénale n'est pas terminée. L'action civile sera toujours recevable à ce moment-là et, de cette manière, personne ne pourra s'en servir pour incriminer votre personnalité.

Il se laisse aller contre le dossier en étendant les mains devant lui.

— Revenez me voir lorsque le procès sera terminé, conclut-il. Vous me trouverez au même endroit.

Au début, je n'ai pas voulu croire Francis quand il m'a dit que la nouvelle tendance du mouvement suprémaciste consisterait à livrer une bataille non plus avec les poings mais avec des idées, répandues sournoisement et anonymement par l'intermédiaire d'Internet. Mais comme je suis du genre malin, je me suis retenu de le traiter de vieil illuminé. Après tout, il faisait toujours partie des légendes du Mouvement et, plus important encore, il était le père de la fille à qui je n'arrêtais pas de penser.

La beauté de Brit Mitchum me coupait le souffle. Elle avait une peau d'une douceur incroyable et des yeux bleu clair qu'elle soulignait d'eye-liner noir. Elle ne portait pas la coiffure classique des autres nanas skinheads – crâne rasé avec une frange et des mèches plus longues sur la nuque. Non, Brit avait d'épais cheveux qui tombaient en cascade dans son dos. Elle les tressait parfois et sa tresse était aussi large que mon poignet. J'arrêtais pas d'imaginer ce que ça ferait de sentir ces boucles me caresser le visage si un jour elle m'embrassait.

Mais je n'allais certainement pas draguer une fille dont le père pouvait me faire passer un sale quart d'heure rien qu'en décrochant son téléphone. Alors je me suis contenté de passer chez eux. Souvent. Je prétendais avoir une question à poser à Francis et il aimait bien me voir parce que ça lui donnait l'occasion d'exposer ses idées sur le site Internet qu'il voulait créer pour le Mouvement. Je l'aidais à faire la vidange de sa camionnette ou à réparer le broyeur de la cuisine. Je me rendais utile, et Brit, je l'admirais de loin.

Je suis tombé des nues le jour où elle m'a rejoint près du billot où je coupais du bois pour Francis.

— Dis-moi, elles sont vraies, ces rumeurs ? a-t-elle lancé.

— Quelles rumeurs ?

— Celles qui disent que t'as massacré tout un club de bikers et que t'as tué ton propre père.

— Pas vraiment, non, j'ai répondu.

— Alors t'es comme toutes les autres mauviettes qui se font passer pour des gros méchants fachos, tout ça pour profiter de l'aura de mon père, c'est ça ?

Je l'ai regardée, sincèrement choqué. Un rictus a déformé sa bouche. J'ai levé la hache au-dessus de ma tête, contracté mes muscles et abattu la lame sur la bûche qui s'est fendue d'un coup.

— Je préfère penser que je me situe quelque part entre ces deux extrêmes.

— Peut-être que j'aimerais bien voir ça de mes propres yeux, a fait Brit en approchant d'un pas. La prochaine fois que ta bande part en virée.

J'ai rigolé.

— Hors de question que j'embarque la fille de Francis Mitchum avec mes gars.

— Pourquoi ?

— Parce que tu es la fille de Francis Mitchum.

— C'est pas une réponse.

Bien sûr que si, c'en était une, même elle ne la comprenait pas.

— Mon père m'emmène partout avec sa bande depuis que je suis toute petite.

J'ai trouvé ça difficile à avaler. (Plus tard, j'ai découvert que c'était la vérité, même si elle restait à l'arrière de la camionnette, dormant à poings fermés, bien sanglée dans son siège auto.)

— T'es pas assez solide pour traîner avec mes gars, j'ai fait pour qu'elle me lâche les baskets.

Elle n'a pas répliqué et je me suis dit que c'était bon. J'ai levé de nouveau la hache. Au moment où je l'abattais, Brit, vive comme l'éclair, est venue se planter sur la trajectoire de la lame. J'ai lâché le manche et senti la hache partir de mes mains en vrillant pour aller se planter bien profondément dans la terre à une quinzaine de centimètres de Brit.

— Putain de bordel de merde ! j'ai crié. C'est quoi ton problème ?

— Pas assez solide, hein ?

— Jeudi, j'ai fait. À la nuit tombée.

Toutes les nuits, j'entends mon fils pleurer.

Le bruit me réveille et c'est là que je me rends compte que ce n'est qu'un fantôme. Brit ne l'entend jamais mais elle flotte encore dans un brouillard de somnifères et d'oxy – on m'en avait prescrit quand je m'étais explosé le genou et il m'en restait un peu. Je me lève, je vais pisser et je marche en direction des pleurs qui deviennent de plus en plus forts, de plus en plus forts, puis se taisent lorsque je pénètre dans le salon. Il n'y a personne dans la pièce, juste l'écran verdâtre de l'ordinateur qui me fixe d'un air mauvais.

Je m'assieds sur le canapé, je descends un pack de bière et, malgré tout, j'entends encore mon fils pleurer.

Mon beau-père m'accorde presque deux semaines pour faire mon deuil. Après ça, il commence à balancer toutes les bières qui traînent dans la maison. Une nuit, Francis me trouve assis sur le canapé du salon, la tête entre les mains, en train d'essayer d'étouffer les sanglots du bébé. Pendant une fraction de seconde, je crois qu'il va m'en coller une – c'est peut-être un vieux schnock mais il pourrait encore me faire mal. Au lieu de ça, il arrache la prise de l'ordinateur portable et le balance sur le canapé.

— Prépare ta vengeance, dit-il simplement avant de regagner l'autre aile du duplex.

Je reste immobile un long moment avec l'ordinateur pressé contre moi comme une fille qui me supplierait de la faire danser.

Ce n'est pas vraiment moi qui le prends dans mes mains. Disons que c'est lui qui se fraie un chemin jusqu'à moi.

J'appuie sur une touche et une page web s'ouvre. Je ne l'ai pas consultée depuis que Brit a accouché.

Lorsqu'on a décidé de créer notre site, Francis et moi, j'ai lu un tas de manuels sur l'encodage et les métadonnées tandis qu'il me refilait les documents qu'on allait mettre en ligne. On a baptisé notre site LONEWOLF, "loup solitaire", parce que c'était ce qu'on devait tous devenir.

On n'était plus dans les années 1980. Le système pénitentiaire raflait nos meilleurs hommes. La vieille garde était trop fatiguée pour s'amuser à cogner des crânes contre le trottoir et manier le nunchaku. Quant aux nouvelles recrues hyperconnectées, la perspective d'assister à une réunion du KKK où une bande de vieux péquenauds parlent du bon vieux temps en buvant du thé ne les excitait pas plus que ça. Les jeunes n'avaient pas non plus envie d'écouter les anecdotes des vieilles bonnes femmes qui racontaient par exemple que les Noirs puaient la mort quand ils avaient les cheveux mouillés. Ce qu'ils voulaient, eux, c'étaient des statistiques qu'ils pourraient balancer à la tronche de leurs gauchistes de profs et de familles qui tous montaient sur leurs grands chevaux quand ils disaient que c'étaient nous, les Anglos, les vraies victimes de la discrimination dans ce pays.

On leur a donc donné ce qu'ils réclamaient.

On a posté la vérité : le Bureau du Recensement des États-Unis annonçait que les Blancs formeraient une minorité d'ici 2043. Quarante pour cent des Noirs percevant des prestations sociales pourraient en réalité travailler mais s'y refusent. Le Gouvernement d'Occupation Sioniste était bel et bien en train de mettre main basse sur notre nation, et la traçabilité de l'information remontait jusqu'à Alan Greenspan, de la Réserve fédérale.

Lonewolf.org a rapidement pris de l'ampleur. Nous représentions l'alternative jeune et branchée du mouvement. La frange régénérée de la rébellion.

Mes doigts courent sur le clavier. Je me connecte en tant qu'administrateur. Si j'ai accepté d'animer ce site, c'est en partie parce qu'il préserve l'anonymat et me permet de me cacher derrière mes convictions. On est tous anonymes ici, et on est tous frères aussi. Cela est mon armée d'amis sans noms et sans visages.

Mais aujourd'hui, tout ça va changer.

Vous êtes nombreux à me connaître par mes publications et vous me répondez souvent en postant vos propres commentaires. Comme moi, vous êtes des Vrais Patriotes. Comme moi, vous vouliez suivre une idée, pas une personne. Aujourd'hui pourtant, je vais me dévoiler parce que je veux que vous sachiez qui je suis. Je veux que vous sachiez ce qui m'est arrivé.

Je m'appelle Turk Bauer. Et je vais vous raconter l'histoire de mon fils.

Lorsque j'ai fini de taper, j'appuie sur le bouton "Envoyer" et regarde la vie courte et courageuse de mon fils flotter sur l'écran. Je me force à croire que, s'il devait mourir, c'était au moins pour une cause. *Notre* cause.

Je ne picole pas cette nuit-là et je ne me rendors pas non plus. Je garde les yeux rivés sur le compteur digital placé en haut de la bannière et enregistrant le nombre de vues.

1 lecteur.

6 lecteurs.

37 lecteurs.

409 lecteurs.

Lorsque le soleil se lève, plus de treize mille personnes savent qui est Davis.

Je vais préparer du café avant de faire défiler les commentaires en buvant ma première tasse.

Je suis vraiment désolé pour vous.

Votre garçon était un soldat de la guerre des races.

Cette salope de bamboula n'aurait jamais dû avoir le droit de travailler dans un hôpital de Blancs.

J'ai envoyé un don à l'American Freedom Party* au nom de votre fils.

Et puis il y a ce commentaire qui me coupe les pattes.

* L'American Freedom Party (littéralement : Parti de la Liberté américaine) est un parti politique d'extrême droite aux États-Unis.

Romains 12:19. Ne vous vengez point vous-mêmes, bien-aimés, mais laissez agir la colère car il est écrit : "À moi la vengeance, à moi la rétribution", dit le Seigneur.

Le jeudi après l'épisode de Brit et de la hache, je dînais avec elle et son père. On avait presque terminé le dessert quand Brit a levé les yeux avec l'air de celle qui a oublié de dire quelque chose d'important.

— J'ai renversé un nègre avec ma voiture aujourd'hui.

Francis s'est calé au fond de sa chaise.

— Qu'est-ce qu'il foutait devant ta bagnole, aussi ?

— Je sais pas. Il marchait, j'imagine. Il a abîmé le pare-chocs avant, en tout cas.

— J'y jetterai un coup d'œil, si tu veux, j'ai proposé. Je m'y connais un peu en carrosserie.

Un sourire a joué sur les lèvres de Brit.

— Ça ne m'étonne pas, tiens.

J'ai piqué un fard pendant que Brit racontait à son père qu'elle avait réussi à me convaincre de l'emmener au cinéma après le repas, pour voir un film de filles. Francis m'a donné une tape dans le dos.

— Je préfère que ça soit toi qui t'y colles, mon gars.

J'ai à peine eu le temps de souffler qu'on était déjà dans ma voiture, prêts à passer une soirée mémorable.

Assise sur le siège passager, Brit ne tenait pas en place, une vraie pile électrique. Elle n'arrête pas de tchatcher, de poser des questions : où est-ce qu'on allait ? Qui est-ce qu'on allait choisir comme cible ? Est-ce que je connaissais déjà l'endroit où je l'emmenais ?

Dans ma tête, les choses étaient simples : soit tout se passait nickel ce soir et je gagnais le respect éternel de Brit, soit mon plan foirait et son père me tordait le cou pour avoir mis sa fille en danger.

Je l'ai emmenée sur un parking désaffecté près d'un kiosque à hot-dogs, un endroit fréquenté par les pédés qui se retrouvaient là avant d'aller baiser derrière les buissons. (Nan mais sérieusement ça fait pas un peu trop cliché, des homos qui se filent rancard devant un stand de saucisses ? Rien que pour ça, ils méritaient bien de s'en prendre plein la tronche.) J'avais d'abord pensé à aller tabasser quelques négros mais ces types-là étaient des animaux, à la base, et ils pouvaient se montrer plutôt résistants quand il fallait se battre, alors qu'avec une tarlouze Brit n'aurait pas de problème.

— On retrouve les autres là-bas, c'est ça ? m'a-t-elle demandé.

— Il n'y a personne d'autre. J'avais mon propre gang mais après m'être fait balancer par un de mes gars je me suis rendu compte que j'aimais bien bosser seul. C'est comme ça qu'est née la rumeur au sujet des bikers. La seule raison pour laquelle je m'en suis pris tout seul à un gang, c'est parce que je ne pouvais plus faire confiance à personne.

— Je comprends. Ça craint d'être abandonné par les gens qui sont censés te soutenir.

Je lui ai jeté un regard de biais.

— J'ai comme l'impression que tu as eu une vie plutôt privilégiée.

— Ouais, sauf quand ma mère s'est fait la malle et qu'elle m'a abandonnée comme… un sac-poubelle alors que j'étais tout bébé.

Je savais que Francis n'était pas marié mais j'ignorais ce qui s'était passé.

— Merde, ça craint. Je suis désolé.

À ma grande surprise, Brit n'était pas triste mais furieuse.

— Pas moi, a-t-elle lâché et ses yeux lançaient des éclairs comme la braise sur le feu. Papa m'a raconté qu'elle s'était barrée avec un nègre.

Au même instant, deux types se sont approchés du kiosque à hot dogs pour passer leur commande. Une fois servis, ils se sont dirigés vers une table de pique-nique à moitié cassée.

— T'es prête ? j'ai demandé à Brit.

— Je suis née prête.

J'ai réprimé un sourire – je n'étais même pas sûr d'avoir jamais été aussi courageux qu'elle. On est sortis de la voiture et on a traversé tranquillement la rue comme pour aller chercher des hot dogs. Sauf qu'en chemin je me suis arrêté près de la table de pique-nique, un sourire amical aux lèvres.

— Salut, les lopettes. Est-ce que l'une de vous aurait une clope, par hasard ?

Les deux copains ont échangé un regard. J'*adore* ce regard. C'est le même qu'on voit chez les animaux quand ils se rendent compte qu'ils sont pris au piège.

— On ferait mieux de partir, a dit le blond au petit maigre.

— Le problème, c'est que ça n'arrangera rien du tout, j'ai répliqué en avançant encore. Parce que je saurai que vous êtes toujours dans le coin.

Là-dessus, j'ai chopé le blondinet par le cou et je lui ai collé un bon coup de poing dans la gueule.

Il est tombé comme une pierre. Je me suis retourné pour regarder Brit. Accrochée au dos du maigrelet, elle le talonnait comme une folle tandis que ses ongles lui griffaient la joue. Il a fini par chanceler et s'est écroulé par terre. Brit lui a balancé des grands coups de pied dans les reins avant de s'asseoir sur lui à califourchon. Elle lui a alors soulevé la tête et l'a cognée plusieurs fois contre le bord du trottoir.

Je m'étais déjà battu aux côtés de gonzesses avant ça. On se trompe quand on croit que les skinheads sont des femmes soumises qui restent à la maison et sont souvent en cloque. Si une nana veut entrer chez les skinheads, elle a plutôt intérêt à être une putain de dure à cuire. Brit ne s'était peut-être jamais sali les mains avant ce soir-là mais elle avait ça dans le sang.

Alors qu'elle continuait de cogner le corps inerte et inconscient, je l'ai forcée à se relever. Je lui ai dit : "Viens", et on a couru ensemble jusqu'à la voiture.

J'ai roulé en direction d'une colline qui donnait sur les pistes de l'aéroport de Tweed. On s'est assis sur le capot. On voyait les avions décoller et atterrir, c'était génial. Les lumières clignotaient le long des pistes, comme si elles nous faisaient des clins d'œil. Brit nageait dans un bain d'adrénaline.

— Nom de Dieu ! a-t-elle hurlé en tendant son cou vers le ciel obscurci. C'était carrément incroyable, putain ! On aurait dit… on se sent…

Elle n'a pas trouvé les mots mais c'était inutile, de toute manière. Je savais tellement bien ce que ça faisait d'emmagasiner tellement de pression à l'intérieur de soi qu'il fallait à tout prix que ça pète. Je savais ce que ça faisait de faire souffrir, juste pendant quelques instants, au lieu de souffrir soi-même. La source de l'agitation de Brit n'était probablement pas la même que la mienne mais elle l'avait refoulée tout comme moi, et ce soir elle venait de trouver la brèche dans la clôture.

— On se sent libre, j'ai complété.

— Oui, a-t-elle dit dans un souffle en me dévisageant d'un air ahuri. Ça t'arrive d'avoir parfois l'impression de vivre dans la peau d'un autre ? Comme si tu étais fait pour être quelqu'un d'autre ?

J'ai pensé : *tout le temps* mais au lieu de lui répondre je me suis penché vers elle et je l'ai embrassée.

Elle a pivoté sur elle-même pour s'asseoir sur mes genoux, face à moi. Elle m'a embrassé avec fougue, m'a mordu la lèvre, d'humeur vorace. Ses mains ont glissé sous les pans de ma chemise avant de triturer fébrilement le bouton de mon jean.

— Hé, j'ai protesté en essayant de lui attraper les poignets. Y a pas d'urgence.

— Si, a murmuré Brit dans mon cou.

Elle était tout feu tout flammes, et quand on s'approche trop près d'un feu on s'embrase aussi. Alors je l'ai laissée glisser une main dans ma braguette, je l'ai aidée à soulever sa jupe et lui ai arraché sa culotte. Brit s'est enfoncée sur moi, j'ai commencé à bouger en elle et ça a été le début de quelque chose.

Le jour des mises en accusation, je m'habille pendant que Brit dort encore dans le pyjama qu'elle n'a pas quitté depuis quatre jours. J'avale un bol de céréales et je me prépare à partir en guerre.

Au tribunal, je retrouve une vingtaine d'amis dont j'ignorais l'existence jusqu'à aujourd'hui. Ce sont de fidèles abonnés à LONEWOLF qui postent régulièrement des commentaires sur le site, des hommes et des femmes qui ont lu l'histoire de Davis et voulaient agir autrement qu'en tapotant un message de condoléances sur un clavier. Comme moi, ils ne ressemblent pas au cliché que les gens se font du skinhead. Aucun d'eux n'est rasé, à part moi. Ils sont habillés comme monsieur et madame Tout-le-monde. Certains portent de minuscules roues solaires épinglées à leurs cols. La plupart arborent un ruban bleu layette en mémoire de Davis. Quelques-uns me donnent une tape sur l'épaule ou m'appellent par mon prénom. D'autres se contentent de hocher légèrement la tête pour me signifier qu'ils sont avec moi tandis que je remonte l'allée centrale.

Soudain, une négresse se plante devant moi. Je suis à deux doigts de la pousser quand elle commence à parler – le fameux réflexe rotulien. Je me rends compte alors que je connais sa voix et pour cause : c'est la procureure.

J'ai déjà parlé au téléphone avec Odette Lawton mais sa voix ne ressemblait pas à celle d'une Noire. J'ai l'impression de recevoir une baffe en pleine gueule – c'est une conspiration ou quoi ?

Mais peut-être que c'est une bonne chose, au fond. Ce n'est pas étonnant que les progressistes qui dirigent les tribunaux aient une dent contre les suprémacistes blancs. On n'aura donc pas droit à un procès équitable parce qu'ils me feront porter le chapeau au lieu de s'en prendre à cette infirmière. D'un autre côté, si l'avocate de mon camp est noire, personne ne pourra me traiter de raciste, pas vrai ?

À aucun moment ils ne sont obligés de savoir ce que je pense *réellement*.

Quelqu'un lit le nom du juge : DuPont – ça ne sonne pas juif, c'est un bon début. Quatre accusés défilent avant que le nom de Ruth Jefferson ne soit appelé.

La salle d'audience se met à grésiller. Des gens commencent à huer en brandissant des pancartes avec le visage de mon fils – c'est une photo que j'ai mise en ligne sur le site, la seule que j'aie de lui. On fait entrer l'infirmière. Elle porte une chemise de nuit et des menottes aux poignets. Son regard glisse sur l'assistance. Elle me cherche, si ça se trouve.

Je décide de lui faciliter la tâche.

D'un mouvement souple, je bondis sur mes pieds et me penche par-dessus la rambarde basse qui nous sépare des avocats et de la sténographe. Puis je prends une grande inspiration et crache un gros mollard qui s'écrase sur la joue de cette pute.

Ça y est, elle m'a reconnu. Je le lis dans ses yeux.

Aussitôt, deux huissiers m'encadrent et me traînent vers la sortie mais c'est pas grave. Je quitte la salle, d'accord, mais l'infirmière aura tout le loisir de regarder les branches de la croix gammée qui serpentent le long de mon crâne.

Ça n'a pas d'importance de perdre une bataille quand on a l'intention de remporter la guerre.

Les deux molosses me poussent sans ménagement devant les lourdes portes du tribunal. “Et ne vous avisez pas de remettre les pieds à l’intérieur!”, lance l’un d’eux avant de disparaître.

Je pose mes mains sur mes genoux pour reprendre mon souffle. On m’a peut-être viré de la salle d’audience, mais à ma connaissance c’est un pays libre et personne ne pourra m’empêcher de rester ici pour voir Ruth Jefferson se faire expédier en taule.

Bien décidé à ne pas bouger, je lève les yeux et c’est alors que je les aperçois: les camionnettes avec leurs antennes satellites, les journalistes lissant leurs jupes moulantes et testant leurs micros. Tous les médias venus faire leur reportage sur l’affaire.

L’avocat m’a dit qu’il leur fallait un parent éploré, pas un parent en colère, c’est ça? Je peux leur donner ça.

Mais d’abord, j’attrape mon téléphone et j’appelle Francis. “Allez vite tirer Brit du lit et installez-la devant la télé, je lui dis en jetant un coup d’œil aux camionnettes. Chaîne 4.”

Puis je sors de ma poche la casquette que je portais dans la salle d’audience pour ne pas attirer l’attention sur mon tatouage jusqu’à ce que je décide que le moment était arrivé. Je l’enfonce bien sur mon crâne.

Puis je pense à Davis et les larmes me montent tout de suite aux yeux. Je m’avance vers une journaliste bridée que j’ai déjà vue sur NBC.

— Vous avez vu ça? Vous avez vu comment ils m’ont jeté du tribunal?

Elle me lance un bref coup d’œil.

— Euh, oui. Désolée, on est là pour couvrir une affaire.

— Je sais. C’est moi, le père du bébé décédé.

Je raconte à la journaliste comment on se réjouissait, Brit et moi, à l’idée d’accueillir notre premier bébé. Je lui dis que je n’avais jamais rien vu d’aussi parfait que ses tout petits doigts et son nez, réplique miniature de celui de Brit.

J'ajoute que ma femme est tellement anéantie par ce qui s'est passé qu'elle reste au lit toute la journée et n'a même pas trouvé la force de venir au tribunal aujourd'hui.

Je dis aussi que c'est une vraie tragédie qu'une personne qui s'est engagée à soigner les autres en soit amenée à tuer délibérément un nourrisson sans défense, juste parce qu'elle est vexée qu'on lui ait retiré le dossier du patient. Je cherche le regard de la journaliste avant de conclure :

— Je suis conscient que nous avions des différends. Mais mon fils ne méritait pas de mourir pour ça.

— Qu'attendez-vous de ce procès, monsieur Bauer ? demande-t-elle.

— Je veux qu'on me rende mon fils. Mais ça, c'est impossible.

Puis je pars en m'excusant. La vérité, c'est que ma gorge est carrément nouée à force de penser à Davis et je n'ai pas envie qu'on me voie à la télé en train de chialer comme une gonzesse.

J'esquive les autres journalistes qui se bousculent pour me parler, maintenant. Heureusement, les portes du tribunal s'ouvrent, Odette Lawton sort du bâtiment et ils se précipitent tous vers elle. Elle dit qu'il s'agit d'un crime motivé par la haine et que l'État veillera à ce que la justice soit rendue. Je longe la façade latérale, passe devant un gardien en train de fumer une cigarette et débouche sur une rampe bétonnée, à l'arrière du tribunal. C'est par là qu'on accède à une porte menant aux cellules de détention situées au sous-sol.

Je ne peux pas aller plus loin : des agents de sécurité surveillent l'entrée. Alors je me tiens un peu à l'écart, légèrement courbé pour me protéger du vent, jusqu'à ce qu'un fourgon portant l'inscription ÉTABLISSEMENT PÉNITENTIAIRE émerge du bâtiment. C'est la seule prison pour femmes de l'état, à Niantic. C'est donc là-bas qu'ils emmènent l'infirmière.

Au dernier moment, je me plante devant le véhicule et le conducteur est obligé de braquer pour m'éviter.

À l'intérieur de la camionnette, je sais que Ruth Jefferson sera secouée par cette brusque embardée. Elle regardera par la vitre pour savoir ce qui l'a causée.

Et la dernière chose qu'elle verra avant la prison, ce sera moi.

Après avoir emmené Brit en virée punitive, j'ai commencé à passer de plus en plus de temps chez elle et j'animais notre site Internet depuis le salon de Francis. LONEWOLF nous servait à échanger sur différents sujets : des forums dédiés à la fiscalité comparaient la situation de *Joe Legal*, le travailleur blanc, à celle de *Jose Illegal*, l'immigré clandestin voleur d'emploi ; des fils de discussions démontraient comment Obama était en train de ruiner l'économie du pays ; il y avait aussi une bibliothèque en ligne et une rubrique consacrée à la poésie et à la création littéraire qui incluait un pavé de trois cents pages proposant une autre fin à la guerre de Sécession. Une rubrique permettait aux femmes du Mouvement de sympathiser entre elles et une autre s'adressant aux adolescents les aidait à gérer des situations particulières : comment réagir, par exemple, quand un copain vous annonce qu'il est gay (mettre immédiatement un terme à cette relation ou bien lui expliquer que personne ne naît comme ça et que ce penchant finira par disparaître). Certaines questions donnaient lieu à de grands débats ("Qu'est-ce qui est pire : un homo blanc ou un hétéro noir ? Quelles universités sont les plus anti-Blancs ?"). Notre fil de discussion le plus suivi concernait la création d'un groupe scolaire réservé aux Nationalistes Blancs. On avait récolté plus d'un million de commentaires à ce sujet.

Une rubrique proposait également des idées aux gens qui désiraient agir individuellement ou dans leurs groupuscules mais en évitant tout acte de violence. En gros, on trouvait le moyen de semer la panique au sein des minorités en leur faisant croire que nous étions une armée infiltrée parmi elles, alors qu'en réalité il n'y avait qu'une ou deux personnes.

Francis et moi passions de la théorie à la pratique. Après avoir repéré une portion d'autoroute dans un quartier majoritairement black, on a planté un panneau proclamant que le KKK finançait l'entretien de la chaussée. Un vendredi soir, on s'est pointés au Centre de fla Communauté juive de West Hartford et pendant l'office on a glissé un flyer sous les essuie-glaces de chaque voiture stationnée sur le parking. On y voyait Adolf Hitler en train de faire le salut fasciste et, sous la photo, la légende imprimée en caractères gras disait : L'HOLOCAUSTE, C'EST DE L'INTOX. Au verso, quelques données factuelles :

Le Zyklon B était un pesticide notamment utilisé contre les poux. Son utilisation comme gaz aurait nécessité des quantités de produit astronomiques ainsi que des chambres parfaitement hermétiques ; les camps ne possédaient pas ce genre d'équipements.

Aucune trace d'extermination massive n'a été retrouvée dans les camps. Où sont passés les fragments d'os et de dents ? Les tas de cendres ?

Les incinérateurs américains brûlent un corps en huit heures mais à Auschwitz deux fours crématoires auraient brûlé 25 000 cadavres en une seule journée ? Impossible.

La Croix-Rouge inspectait les camps tous les trois mois et formulait de nombreuses doléances… Mais aucune n'a jamais fait mention de la présence de chambres à gaz qui auraient tué des millions de Juifs.

Les médias juifs d'obédience libérale ont perpétué ce mythe pour pouvoir placer leurs pions.

Le lendemain matin, le quotidien *Hartford Courant* publiait un article annonçant que la doctrine néonazie était en train d'infiltrer la communauté. Les parents s'inquiétaient pour leurs enfants. Tout le monde était à cran.

C'était exactement le but recherché. On n'avait pas besoin de terroriser qui que ce soit tant qu'on entretenait un climat de peur.

— Bon, a fait Francis alors qu'on retournait au duplex. Voilà ce qu'on appelle une soirée fructueuse.

J'ai hoché la tête en gardant les yeux sur la route. Francis avait un problème avec ça : il m'interdisait de conduire avec la radio, par exemple, pour m'éviter toute distraction.

— J'ai une question à te poser, Turk, a-t-il continué.

J'ai attendu qu'il me demande comment on devait s'y prendre pour que LONEWOLF apparaisse en premier dans la liste des résultats quand on cherchait sur Google ou si on avait la possibilité de diffuser des podcasts, mais au lieu de ça il s'est tourné vers moi.

— Quand vas-tu te décider à faire de ma fille une honnête femme ?

J'en ai presque avalé ma langue.

— Je, euh… Je serais très honoré.

Il m'a dévisagé d'un air appréciateur.

— Parfait. Alors ne tarde pas.

Ça a pris un moment, en fait. Comme je voulais que ce soit parfait, j'ai demandé des conseils sur LONEWOLF. Pour sa demande en mariage, un type avait revêtu l'uniforme SS. Un autre avait emmené sa chérie sur le lieu de leur premier rendez-vous, mais un kiosque à hot dogs entouré d'homos en train de se tailler des pipes dans les bois alentour n'était pas franchement le cadre idéal. Plusieurs commentateurs se sont querellés violemment au sujet des bagues de fiançailles : était-il nécessaire d'en acheter une, sachant que les Juifs dirigeaient l'industrie du diamant ?

Finalement, j'ai décidé de lui dire ce que je ressentais pour elle, tout simplement. Un jour, je suis passé la chercher et je l'ai emmenée chez moi.

— T'es sérieux ? C'est vraiment toi qui vas préparer à manger ? elle m'a demandé en rigolant.

— Je me disais qu'on pourrait peut-être faire ça ensemble, j'ai suggéré en entrant dans la cuisine.

Je lui ai tourné le dos parce que j'avais trop peur qu'elle voie à quel point j'étais mort de trouille.

— Qu'est-ce qu'on mange ?

— Ben, j'espère que tu ne seras pas trop déçue.

Je lui ai tendu un sachet de mozzarella. Sur l'emballage, j'avais écrit : "Je n'ai pas de mots(zarella) pour te dire combien je t'aime."

Elle a ri.

— C'est mignon.

Ensuite, je lui ai passé une boîte contenant deux ailes de poulet déjà cuites. Une phrase était inscrite sur le couvercle : "Je te trouve très belle (de poulet)."

En souriant, elle m'a tendu la main pour que je lui donne le reste.

Je lui ai passé une grosse tomate bien mûre, ornée d'une étiquette : "Je t'aime de tout mon cœur (de bœuf)."

— Là, c'est exagéré, a fait Brit en souriant toujours.

— J'étais limité par la saison.

Une botte de radis. "Avec toi, c'est le (pa)radis."

Puis j'ai ouvert le frigo. Sur la clayette du haut, j'avais disposé sur un plateau quatre carottes pour former la lettre *E*, une courgette et une banane pour le *P*, un gros bouquet de chou-fleur pour le *O*, des bâtonnets de concombre pour le *U*, des champignons émincés pour le *S* et des bâtonnets de céleri pour le dernier *E*.

Sur la deuxième clayette, une assiette recouverte de film étirable contenait des morceaux de viande émincés que j'avais arrangés pour former le mot *MOI*.

Dans le potiron qui trônait sur la clayette du bas, j'avais gravé son prénom. *BRIT*.

Elle a porté sa main à sa bouche lorsque j'ai posé un genou à terre devant elle. Je lui ai tendu un écrin dans lequel se trouvait une topaze du même bleu que ses yeux.

— Dis oui, j'ai murmuré d'un ton implorant.

Brit a glissé la bague à son doigt pendant que je me relevais.

— Je m'attendais à moitié à un lien en plastique en guise de bague, après tout ça… Tu sais, ceux qui servent à fermer les sacs congélation, s'est moquée Brit avant de se jeter à mon cou.

On s'est embrassés et je l'ai soulevée dans mes bras pour l'asseoir sur le comptoir. Elle a enroulé ses jambes autour de moi. J'ai pensé que je voulais passer le restant de ma vie avec Brit. J'ai pensé à nos enfants – j'étais sûr qu'ils lui ressembleraient trait pour trait. Et leur père serait un million de fois meilleur que mon propre père.

Une heure plus tard, alors qu'on était allongés par terre dans la cuisine, enlacés sur un tas de vêtements, j'ai attiré Brit tout contre moi.

— Je dois prendre ça pour un oui ?

Les yeux brillants, elle a couru jusqu'au frigo et m'a rejoint quelques instants plus tard.

— Oui. Mais tu dois d'abord me promettre quelque

chose. Faut qu'on prévienne celui qui ne compte pas pour…

Elle m'a jeté quelque chose dans les mains. Des prunes.

Quand je rentre à la maison après avoir passé la matinée au tribunal, la télé est encore allumée. Francis m'attend à la porte et je cherche son regard, une question au bord des lèvres. Mais avant même d'ouvrir la bouche, j'aperçois Brit assise par terre dans le salon, le visage à quelques centimètres de l'écran. C'est le journal de treize heures et Odette Lawton s'adresse aux journalistes.

Brit se retourne et, pour la première fois depuis la naissance de notre fils, la première fois depuis des semaines, un sourire étire ses lèvres.

— Bébé, dit-elle d'un air joyeux – et elle est belle, elle est à moi de nouveau. Bébé, tu es une *star*.

RUTH

Ils m'ont menottée.

Ils m'ont attaché les poignets, juste comme ça, comme si ce geste ne réveillait pas deux siècles d'histoire qui se sont aussitôt répandus dans mes veines avec la force d'une décharge électrique. Sans penser un instant que je ressentirais ce qu'ont ressenti mon arrière-arrière-grand-mère et sa mère, debout sur l'estrade pendant la vente aux enchères des esclaves. Ils m'ont menottée sous les yeux de mon fils, mon fils à qui je dis et je répète depuis le jour de sa naissance qu'il est bien plus qu'une couleur de peau.

C'est plus humiliant encore que d'apparaître en public en chemise de nuit, que de devoir uriner dans une cellule privée d'intimité, que de se faire cracher dessus par Turk Bauer et que de laisser une inconnue parler à votre place devant un juge.

Elle m'avait demandé si j'avais touché le bébé et j'avais menti. Non pas parce que je croyais encore pouvoir sauver mon poste – à ce stade, c'était déjà trop tard – mais parce je n'ai pas été capable de réfléchir assez vite pour savoir quelle était la bonne réponse, celle qui me rendrait ma liberté. Et parce que je ne faisais pas confiance à cette femme assise en face de moi, cette inconnue pour qui je n'étais rien d'autre qu'une cliente parmi la vingtaine qu'elle croiserait aujourd'hui.

En ce moment, j'écoute l'avocate – Kennedy machin-chose, j'ai déjà oublié son nom de famille – répondre du tac au tac aux arguments d'une autre avocate. La procureure, une femme de couleur, évite de croiser mon regard. Est-ce parce qu'elle ne ressent rien d'autre que du mépris pour moi, coupable présumée... ou parce qu'elle sait que, si elle veut être prise au sérieux, elle doit creuser le gouffre qui nous sépare ?

Fidèle à sa parole, Kennedy obtient une libération sous caution. J'ai très envie de la serrer dans mes bras pour la remercier, tout à coup. Je lui demande ce qui va se passer maintenant tandis que le public écoute la décision du juge et s'anime et respire de nouveau.

— Vous allez être libérée, répond-elle.

— Dieu soit loué ! Dans combien de temps ?

Elle va me dire que c'est une question de minutes. Une heure, grand maximum. Il doit y avoir des papiers à remplir que je pourrais utiliser plus tard pour prouver que tout ça n'est qu'un énorme malentendu.

— Comptez à peu près deux jours, répond Kennedy.

Aussitôt, l'un des colosses me saisit par le bras et me pousse fermement vers l'espèce de terrier de lapin qui abrite les cellules de détention, cachées dans le sous-sol de ce foutu bâtiment.

Je retourne dans celle où l'on m'a conduite pendant la pause. En attendant qu'on vienne me chercher, je compte le nombre de parpaings : il y en a trois cent soixante. Je les recompte. Je repense au tatouage étalé comme les pattes d'une araignée sur le crâne de Turk Bauer. Je ne croyais pas qu'il puisse être pire que ce que j'avais entrevu de lui mais j'avais tort. Je ne sais pas combien de minutes s'écoulent avant que Kennedy arrive. Et là, j'explose :

— Qu'est-ce qui se passe, bon sang ? Je ne vais pas poireauter ici indéfiniment !

Elle me parle actes notariés, échéanciers, taux de crédit, et tous ces chiffres se mélangent dans ma tête.

— Je sais que vous vous faites du souci pour votre fils mais je suis sûre que votre sœur va bien s'occuper de lui.

Un sanglot enfle au fond de ma gorge, semblable à une note de musique discordante. J'imagine la maison de ma sœur et sa famille – les garçons qui envoient balader leur père quand ce dernier leur demande de descendre les poubelles, les repas où tout le monde avale des plats à emporter chinois devant le poste de télé, volume poussé à fond, comme s'il fallait à tout prix éviter les discussions. Je pense aux SMS qu'Edison m'envoie au travail, par exemple : *Lis* Lolita *pr cours littérature. Nabokov = mec trop ouf.*

— Donc, je reste ici ?

— On va vous conduire jusqu'à la prison.

— La prison ?

Un frisson court dans mon dos.

— Mais je croyais que j'avais été libérée sous caution ?

— Exact. Le problème, c'est que les rouages de la justice bougent excessivement lentement... Vous ne sortirez que lorsque la demande de libération sous caution aura été traitée et validée.

Un gardien que je n'ai encore jamais vu surgit soudain devant la porte de la cellule.

— La pause-café est terminée, mesdames.

Kennedy plante son regard dans le mien ; les mots sortent de sa bouche, rapides et percutants comme des balles de mitraillette.

— Ne parlez pas des accusations qui pèsent sur vous. Certaines personnes vont essayer de négocier un accord en vous soutirant des informations. Ne faites confiance à personne.

À vous non plus ? La question me traverse l'esprit.

Le gardien ouvre la porte et me demande de tendre les mains. Encore ces foutues menottes et ces chaînes.

— Est-ce que c'est vraiment nécessaire ? demande Kennedy.

— C'est pas moi qui fais les lois, répond le gardien.

Il m'entraîne dans un autre couloir qui débouche sur une aire de stationnement où un fourgon m'attend déjà. Une femme également menottée est assise à l'intérieur. Elle porte une robe moulante, de l'eye-liner pailleté, et une tresse qui dégringole dans son dos.

— Tu aimes ce que tu vois ? lance-t-elle, et je détourne précipitamment les yeux.

Le shérif s'installe au volant et démarre le véhicule.

— Monsieur le policier ! J'adore les bijoux mais ces bracelets ne vont vraiment pas avec mon look.

Comme il ne répond pas, elle lève les yeux au ciel.

— Je m'appelle Liza. Liza Lott.

Je ris, c'est plus fort que moi.

— C'est votre vrai nom ?

— Y a plutôt intérêt puisque c'est moi qui l'ai choisi. Je le préfère mille fois à… Bruce.

Les yeux rivés sur moi, elle esquisse une moue, guettant ma réaction. Mon regard glisse sur ses grandes mains manucurées, remonte jusqu'à son visage déroutant. Si elle s'attendait à ce que je sois choquée, elle risque d'être déçue. Je suis infirmière. J'ai tout vu dans ma vie, y compris une personne transsexuelle enceinte parce que sa femme était stérile et une patiente dotée de deux vagins.

Je rencontre son regard, refusant de me laisser intimider.

— Je m'appelle Ruth.

— T'as pris un sandwich chez Subway, Ruth ?

— Comment ?

— La bouffe, chérie. On mange tellement mieux au tribunal qu'en prison, tu trouves pas ?

Je secoue la tête.

— C'est ma première fois.

— Moi, j'ai comme qui dirait une carte de fidélité. Tu sais, le genre de truc où on t'offre un café gratuit ou un minuscule tube de mascara à ta dixième visite.

Elle sourit.

— T'es là pour quoi ?

— J'aimerais bien le savoir, dis-je avant de me souvenir que je ne dois pas parler.

— Qu'est-ce que tu me racontes, ma belle ? Tu sors de la salle d'audience, on vient de lire ton acte d'accusation... Et tu ne sais pas ce qu'on te reproche ?

Je me tourne vers la vitre, feignant de contempler le paysage.

— Mon avocate m'a dit que je ne devais pas en parler.

— Oh, fait Liza en reniflant. Je vous prie de m'excuser, Votre Majesté.

Dans le rétroviseur intérieur, l'œil du shérif apparaît, d'un bleu perçant.

— Elle est accusée de meurtre, lâche-t-il.

Le silence tombe et dure pendant tout le reste du trajet.

Lorsque j'ai présenté mon dossier d'inscription à l'école d'infirmières de Yale, maman a demandé à son pasteur de dire une prière à mon intention dans l'espoir que Dieu réussirait à convaincre la commission des admissions si mes résultats universitaires ne suffisaient pas. Assise à l'église à côté d'elle, j'étais morte de honte lorsque les fidèles présents ce jour-là ont uni leurs voix et leurs pensées pour moi. Des gens luttaient contre le cancer, des couples stériles rêvaient d'un bébé, des guerres faisaient rage dans plusieurs pays pauvres... Bref, le Seigneur avait tellement de problèmes plus importants à régler que ça. Mais maman prétendait que j'étais tout aussi importante, du moins aux yeux de notre congrégation. J'étais devenue pour eux un exemple de réussite, l'étudiante diplômée qui *ferait la différence.*

La veille de la rentrée, maman m'a invitée à dîner au restaurant. "Tu es destinée à faire des petites choses de manière grandiose", a-t-elle déclaré ce soir-là. "C'est ce que disait le Dr King." Elle faisait allusion à l'une de ses citations préférées de Martin Luther King : "Si je ne peux pas faire de grandes choses, je peux faire des petites choses de manière grandiose." "Mais surtout, a-t-elle poursuivi, n'oublie jamais d'où tu viens." À l'époque, je n'ai pas vraiment compris ce qu'elle voulait dire par là. Je faisais partie de la dizaine de gamins de notre quartier qui étaient allés à l'Université et une poignée d'entre eux seulement avaient eu accès au cycle supérieur. Je savais qu'elle était fière de moi ; elle avait l'impression que toute la peine qu'elle s'était donnée pour me mettre sur une autre voie avait servi à quelque chose. Et comme elle n'avait cessé de me pousser hors du nid depuis que j'étais toute petite, pourquoi me demandait-elle à présent d'emporter avec moi les brindilles de ce nid ? Ne pouvais-je voler plus haut sans elles ?

Je me suis inscrite aux cours d'anatomie et de physiologie, de pharmacologie et de théorie des soins infirmiers mais j'ai organisé mon emploi du temps de manière à être toujours rentrée à l'heure du dîner pour pouvoir raconter ma journée à maman. Ça m'était égal que le trajet en train dure deux heures à l'aller et deux heures au retour. Si maman n'avait pas passé trente ans de sa vie à frotter les sols de Mme Mina, jamais je n'aurais pu le prendre, ce train.

— Raconte-moi tout, me demandait-elle en me servant une assiette du plat qu'elle avait préparé.

Je lui rapportais toutes les choses incroyables que j'avais apprises : par exemple, que la moitié de la population est porteuse saine du staphylocoque doré qui fait partie de la flore bactérienne du nez ; que la nitroglycérine peut provoquer un relâchement des muscles intestinaux s'il entre en contact avec la peau ; que nous sommes plus grands d'un peu plus d'un centimètre le matin à cause du liquide présent entre les disques vertébraux. Mais il y avait aussi plein de choses que je ne lui disais pas.

Que je fréquente l'une des meilleures écoles d'infirmières du pays ne comptait qu'à l'intérieur du campus. À Yale, d'autres étudiants me demandaient de leur prêter les notes que je prenais toujours soigneusement ou m'invitaient à rejoindre leur groupe de travail. Pendant les stages cliniques que nous effectuions à l'hôpital, les professeurs me félicitaient pour la qualité de mon travail. Mais à la fin de la journée, j'entrais dans une supérette pour acheter un Coca et le propriétaire me suivait dans les rayons pour s'assurer que je ne volais rien. Puis je prenais le train et les Blanches d'un certain âge remontaient l'allée en évitant de croiser mon regard alors qu'il n'y avait personne à côté de moi.

Un mois après mon admission à l'école d'infirmières, j'ai acheté un mug de voyage orné de l'inscription YALE. Ma mère a cru que c'était parce que je devais partir avant l'aube pour attraper le train à destination de New Haven et, tous les matins, elle se levait pour remplir ma tasse avec du café fraîchement filtré. Mais je n'avais pas besoin de caféine ; ce qu'il me fallait, c'était un ticket d'entrée pour un autre monde. Chaque fois que je montais dans le train, je m'asseyais et posais le mug sur mes genoux de telle façon que le mot YALE soit tourné vers les autres passagers pour qu'ils puissent le voir lorsqu'ils passaient à côté de moi. C'était comme un étendard, une pancarte proclamant : *Je suis des vôtres.*

Il s'avère que la prison pour femmes est située à une bonne heure de route de New Haven. À notre arrivée, Liza et moi sommes enfermées dans une cellule de détention ressemblant en tous points à celle du tribunal, mais en plus bondée. Il y a déjà quinze autres femmes à l'intérieur. Comme il n'y a pas de sièges, je me laisse glisser le long d'un mur et m'assieds entre deux détenues. Les mains jointes devant elle, l'une prie à voix basse en espagnol tandis que l'autre se mordille les cuticules.

Adossée aux barreaux de la cellule, Liza entreprend de coiffer ses cheveux en une longue tresse épi de blé.

— Excuse-moi, fais-je dans un murmure. Tu sais s'ils me laisseront passer un coup de fil ?

Elle pose les yeux sur moi.

— Oh, parce que maintenant tu daignes me parler.

— Je suis désolée. Je ne voulais pas te vexer. C'est juste que… que tout est nouveau pour moi, ici.

Elle fait claquer un élastique au bout de sa tresse.

— Bien sûr que tu pourras passer un coup de fil. Ensuite, ils te serviront du caviar et ils te feront un bon massage.

Je tombe des nues. L'appel téléphonique n'est-il pas un droit fondamental accordé à chaque prisonnier ?

— C'est pourtant comme ça que ça se passe, dans les films, dis-je à voix basse.

Liza place ses mains de chaque côté de ses seins et les presse l'un contre l'autre.

— Ne crois pas tout ce que tu vois.

Une gardienne ouvre la porte de la cellule. La femme en train de prier se lève, les yeux emplis d'espoir, mais la surveillante fait signe à Liza.

— Seigneur Dieu, Liza. Déjà de retour ?

— Vous ne connaissez rien à l'économie de marché ? Tout est fonction de l'offre et de la demande. Je ne suis pas toute seule dans ce business, madame la gardienne. S'il n'y avait pas une demande aussi forte pour mes services, l'offre s'assécherait toute seule.

La gardienne rigole.

— Ça, c'est de la métaphore, dit-elle en prenant Liza par le bras pour la conduire vers la sortie.

On vient nous chercher une par une. Celles qui sortent ne reviennent pas. Pour me changer les idées, je commence à dresser une liste des choses dont il faut absolument que je me souvienne pour les raconter à Adisa plus tard, quand je pourrai repenser à tout ça en riant : la nourriture qu'on nous sert pendant cette attente de plusieurs heures ne ressemble à rien, de sorte qu'il est impossible de savoir si l'on mange de la viande ou des légumes ; la détenue qui passait la serpillière lorsqu'on est entrées dans le bâtiment ressemblait comme deux gouttes d'eau à mon institutrice de CE1 ; bien que j'aie honte d'être en chemise de nuit, une femme est déguisée en mascotte, comme celles qui animent les matchs de football, au lycée. Finalement, la gardienne qui est venue chercher Liza ouvre la porte et appelle mon nom.

Je lui adresse un sourire, bien décidée à être aussi docile que possible. Puis je lis son nom sur son badge : GATES. “Agent Gates, dis-je dès que nous nous sommes éloignées des autres détenues, je sais que vous faites votre travail mais je viens d'être libérée sous caution et j'aurais besoin de contacter mon fils…”

— Gardez votre salive pour votre avocat.

Elle prend une nouvelle photo de moi, relève de nouveau mes empreintes digitales puis remplit une fiche en me posant un tas de questions : nom, adresse, sexe, statut sérologique, antécédents de toxicomanie. Elle me conduit ensuite dans une pièce à peine plus grande qu'un placard qui ne contient rien d'autre qu'une chaise.

— Déshabillez-vous, ordonne-t-elle. Posez vos vêtements sur la chaise.

Je la fixe d'un air interdit.

— *Déshabillez-vous*, répète-t-elle.

Elle croise les bras sur sa poitrine, s'adosse à la porte. Si la première liberté que l'on perd en prison est le droit à l'intimité, la deuxième est la dignité. Je lui tourne le dos, retire ma chemise de nuit, la plie avec soin et la pose sur la chaise. J'enlève ma culotte, la plie également. Puis je mets mes chaussons sur le haut de la pile.

Une infirmière apprend à mettre ses patients à l'aise dans des moments normalement humiliants – elle pensera à couvrir les jambes écartées d'une femme en plein travail ou tirera les pans d'une blouse dévoilant une paire de fesses nues. Quand une femme en train d'accoucher défèque à cause de la pression de la tête du bébé, elle nettoie rapidement et la rassure en disant que ça arrive à tout le monde. Les infirmiers s'efforceront toujours de rendre un peu moins embarrassantes les situations les plus gênantes. Tandis que je me tiens là, nue et tremblante, une question me traverse l'esprit : le boulot de cette gardienne serait-il l'exact opposé du mien ? A-t-elle vraiment envie de me rabaisser plus bas que terre ?

Si c'est le cas, je ne lui donnerai pas cette satisfaction.

— Ouvrez la bouche, dit-elle, et je tire la langue comme chez le docteur.

— Penchez-vous en avant et montrez-moi ce qu'il y a derrière vos oreilles.

Je m'exécute en me demandant ce qu'on pourrait bien cacher à cet endroit. Elle m'ordonne ensuite de mettre la tête en bas et de secouer mes cheveux, d'écarter les orteils et de soulever les pieds pour examiner ma voûte plantaire.

— Accroupissez-vous et toussez trois fois.

J'imagine ce qu'une femme pourrait avoir l'idée d'introduire en prison, compte tenu de la remarquable élasticité du corps féminin. Je me souviens des méthodes que j'utilisais pour m'entraîner à mesurer la dilatation d'un col d'utérus, quand j'étais élève infirmière. Un centimètre équivalait à un doigt. Deux centimètres et demi correspondaient à l'introduction de l'index et de l'annulaire dans un orifice de la taille du goulot d'un flacon de dissolvant. À quatre centimètres de dilatation, ces deux doigts tenaient écartés à l'intérieur du goulot d'une bouteille d'un litre de sauce barbecue Sweet Baby Ray. Cinq centimètres correspondaient au goulot d'une bouteille de ketchup Heinz d'un litre et demi. Et sept centimètres à une boîte saupoudreuse de parmesan râpé de la marque Kraft.

— Écartez les fesses.

Il m'est arrivé plusieurs fois d'aider une femme victime de viol à mettre au monde son bébé. Au cours de l'accouchement, il est parfaitement normal que ressurgissent certains souvenirs de maltraitance. Un corps en plein travail est un corps stressé et celui d'une femme ayant survécu au traumatisme d'une agression sexuelle peut, par réflexe de survie, freiner et même stopper le processus. Dans de telles circonstances, il est encore plus nécessaire de faire de la salle d'accouchement un endroit sûr. La femme doit se sentir écoutée. Il faut lui faire comprendre qu'elle a son mot à dire dans ce qui lui arrive.

Je n'ai peut-être pas grand-chose à dire en l'occurrence mais je peux encore choisir de ne pas être une victime. Cet examen a pour seul but de piétiner mon amour-propre : on me traite comme une moins que rien, un animal. Je dois avoir honte de ma nudité.

Mais j'ai passé vingt ans de ma vie à m'émerveiller de la beauté des femmes – pas tant de leur apparence physique que de l'immense capacité de résilience de leurs corps.

Alors je me redresse et je fais face à la gardienne, la mettant au défi de détourner les yeux de ma peau brune et lisse, des aréoles plus sombres de mes tétons, du renflement de mon ventre, du triangle de poils entre mes cuisses. Elle me tend la tenue orange censée m'absorber, le badge en plastique portant mon numéro de détenue qui fera de moi un élément du groupe, gommant mon identité propre. Je la dévisage jusqu'à ce qu'elle consente à croiser mon regard. "Je m'appelle Ruth", dis-je alors.

Classe de CM2, à l'heure du petit déjeuner. Le nez plongé dans un bouquin, je lisais à voix haute :

— Des jumeaux sont nés à quatre-vingt-sept jours d'intervalle.

Assise en face de moi, Rachel grignotait ses corn-flakes.

— Bah alors, c'est pas des jumeaux, andouille.

— Maman ! ai-je hurlé automatiquement. Rachel m'a traitée d'andouille.

J'ai tourné la page.

— Sigurd le Puissant est mort à cause d'un homme qu'il avait décapité. Il avait attaché la tête coupée à sa selle, une dent l'a égratigné, la blessure s'est infectée et il est mort.

Ma mère est entrée dans la cuisine d'un pas précipité.

— Rachel, ne traite pas ta sœur d'andouille. Et toi, Ruth, arrête de lire des choses dégoûtantes pendant qu'on est à table.

J'ai refermé le livre à contrecœur mais pas avant que mes yeux n'aient enregistré une dernière information : pendant plusieurs générations, tous les membres d'une famille du Kentucky sont nés avec la peau bleue. La consanguinité et la génétique ont été mises en cause. *Cool*, ai-je pensé en tendant une main à plat devant moi puis en la retournant.

— Ruth ! a grondé ma mère.

À en juger par son ton ulcéré, ce n'était pas la première fois qu'elle me rappelait à l'ordre.

— Va vite changer de chemise.

— Pourquoi ? ai-je demandé avant de me souvenir que je n'étais pas censée rétorquer.

Ma mère a tiré d'un coup sec sur ma chemise d'uniforme blanche et j'ai aperçu une tache de la taille d'une pièce de monnaie au niveau des côtes. J'ai froncé les sourcils.

— Mais maman, personne ne la verra une fois que j'aurai mis mon pull.

— Et si tu enlèves ton pull ? Il est hors de question que tu ailles à l'école avec une chemise tachée parce que si tu fais ça les gens ne jugeront pas ta tenue négligée. Tout ce qu'ils verront, c'est que tu es noire !

Je n'avais pas intérêt à contrarier maman quand elle se mettait dans des états pareils. Alors j'ai ramassé mon livre et couru jusqu'à la chambre que je partageais avec Rachel pour trouver une chemise propre. En la boutonnant, mon regard s'est posé sur l'almanach qui était tombé ouvert sur mon lit.

La créature la plus solitaire de la Terre est une baleine qui a passé plus de vingt ans à appeler un partenaire, ai-je lu, *mais son cri était si différent de celui de ses congénères qu'aucun ne lui a jamais répondu.*

On me donne un paquetage contenant des draps, une couverture, une savonnette, du dentifrice et une brosse à dents. Puis on me confie aux bons soins d'une autre détenue qui me livre quelques informations essentielles : à partir de maintenant, tous mes produits d'hygiène personnelle devront être achetés à l'économat ; si je veux regarder la série *Judge Judy* dans la salle de détente, il est préférable d'arriver tôt parce que les bonnes places partent vite ; les menus halal sont les seuls à être mangeables, j'ai donc tout intérêt à dire que je suis musulmane ; la meilleure tatoueuse s'appelle Wig – elle mélange son encre avec de l'urine pour des résultats plus durables.

En passant devant les cellules, je remarque qu'il y a deux femmes par box, que la majorité des détenues sont noires et que les gardiennes ne le sont pas. Une part de moi-même éprouve encore ce que je ressentais quand ma mère obligeait ma sœur à m'emmener avec elle lorsqu'elle rejoignait ses amies dans notre quartier. Les filles se moquaient de moi et me traitaient d'Oreo : noire à l'extérieur, blanche à l'intérieur. Alors je me murais dans le silence de peur de dire une bêtise. Et si je tombais sur une codétenue comme ça ? Que pourrions-nous bien avoir en commun ?

Nous sommes toutes les deux en prison, pour commencer.

On tourne au bout du couloir et l'autre détenue tend le bras dans un geste théâtral.

— *Home sweet home*, lance-t-elle tandis que je jette un coup d'œil à l'intérieur.

Une Blanche est assise sur une couchette. Je pose mon paquetage sur le matelas inoccupé et commence à déplier les draps et la couverture.

— Est-ce que je t'ai dit que tu pouvais dormir ici ?

Je me fige.

— Je… euh, non.

— Tu sais ce qui est arrivé à mon ancienne partenaire de cellule ?

Elle a des cheveux roux frisés et ses yeux ne regardent pas tout à fait dans la même direction. Je secoue la tête. Elle s'approche de moi jusqu'à ce que je sente son souffle balayer mon visage.

— Personne ne le sait, murmure-t-elle avant d'éclater de rire. Désolée, je voulais juste te charrier un peu. Je m'appelle Wanda.

Je sens mon cœur battre au fond de ma gorge.

— Ruth, dis-je avec peine.

Je lui montre le matelas vide.

— Alors, c'est…

— Ouais, pas de problème. Je m'en fous tant que tu touches pas à mon merdier.

Je hoche la tête en signe d'assentiment et entreprend de faire mon lit sous le regard attentif de Wanda.

— T'es du coin ?

— D'East End.

— Moi, j'habite à Bantam. T'es déjà allée là-bas ?

Je secoue la tête.

— Personne n'y fout jamais les pieds, en fait. C'est ta première fois ?

Je lui jette un coup d'œil perplexe.

— À Bantam ?

— En prison.

— Oui, mais je ne vais pas rester longtemps. J'attends que ma demande de libération sous caution soit traitée.

Wanda ricane.

— Oh, je vois.

Je me retourne lentement vers elle.

— Qu'est-ce que ça veut dire ?

— J'attends la même chose que toi. Depuis trois semaines, maintenant.

Trois semaines. Mes genoux se dérobent, je me laisse choir sur le matelas. Trois semaines ? J'essaie de me convaincre que ma situation n'est pas celle de Wanda. Mais quand même – trois semaines…

— Qu'est-ce que t'as fait pour te retrouver là ?

— Rien.

— C'est dingue le nombre de personnes qui n'ont jamais rien fait d'illégal, ici, raille Wanda en s'allongeant sur son lit, les bras croisés au-dessus de la tête. *Ils* disent que j'ai tué mon mari. Et moi, je dis qu'il s'est jeté sur mon couteau.

Son regard se pose sur moi.

— C'était un accident. Comme les fois où il m'a cassé le bras, défoncé la tronche et poussée dans l'escalier. Ça aussi, c'étaient des accidents.

Elle parle d'une voix rocailleuse. Je me demande si, avec le temps, la mienne deviendra comme ça aussi. Puis je pense à Kennedy qui m'a conseillé de ne rien dire à personne.

Je pense à Turk Bauer et revois le tatouage aperçu en salle d'audience, étalé sur son crâne rasé. A-t-il fait de la prison, lui aussi ? Aurions-nous quelque chose en commun, tous les deux ?

Puis je revois son bébé recroquevillé dans mes bras, à la morgue. Froid et bleu comme le granit.

— Je ne crois pas aux accidents, dis-je simplement avant de fermer ma bouche.

Le conseiller pénitentiaire, un certain Ramirez, me reçoit alors qu'il est en train de manger bruyamment sa soupe à la grande cuillère. Son visage est rond et gonflé comme un donut. Il en fait couler partout sur sa chemise mais s'efforce de ne pas y prêter attention.

— Ruth Jefferson, dit-il en parcourant mon dossier. Vous vouliez me poser une question au sujet du droit de visite, c'est ça ?

— Oui. Pour mon fils, Edison. J'ai besoin de le voir pour m'assurer qu'il sait où se trouvent les documents nécessaires à ma demande de libération sous caution. Il n'a que dix-sept ans, vous comprenez.

Ramirez farfouille sur son bureau. Il soulève un magazine – *Guns & Ammo*, le magazine des mordus d'armes à feu –, déplace une pile de prospectus traitant de la dépression et me tend finalement un formulaire.

— Vous n'avez qu'à indiquer le nom et l'adresse des gens que vous voulez inscrire sur votre liste de visiteurs.

— Et après ?

— Ensuite, je leur envoie le formulaire par mail, ils le signent et me le renvoient, on attend sa validation et le tour est joué.

— Mais ça peut prendre des semaines.

— Il faut compter une dizaine de jours, en général, admet Ramirez.

Slurrrp.

Un flot de larmes me brouillent les yeux. On dirait un cauchemar, le genre où quelqu'un vous secoue par l'épaule au moment où vous vous dites que ce n'est qu'un rêve et vous souffle à l'oreille : *Ce n'est pas un rêve.*

— Je ne peux pas le laisser seul tout ce temps.

— Je peux contacter les services de protection de l'enfance…

— Non ! Non, ce n'est pas la peine.

Quelque chose le pousse à poser sa cuillère pour me regarder d'un air pas si antipathique que ça.

— On peut toujours en parler au directeur. Il pourrait vous accorder une visite de courtoisie pour deux adultes en attendant que la demande officielle soit traitée. Mais étant donné que votre fils n'a que dix-sept ans, il devra se faire accompagner par un adulte.

Je pense aussitôt à Adisa. Avant de me souvenir que sa demande ne sera jamais acceptée par le directeur : ma sœur a un casier judiciaire à cause d'une histoire de faux chèque émis il y a cinq ans pour payer son loyer.

Je pousse le formulaire dans sa direction. J'ai l'impression qu'autour de moi les murs se rapprochent comme l'obturateur d'un appareil photo.

— Merci quand même, dis-je à mi-voix avant de regagner ma cellule.

Assise sur sa couchette, Wanda grignote un Twix. Elle me jette un coup d'œil puis détache un tout petit morceau de sa barre chocolatée qu'elle me tend.

Je le prends dans ma main, referme mon poing. Le chocolat commence à fondre.

— Pas de coup de téléphone ? demande-t-elle.

Je m'assieds sur mon lit en secouant la tête puis je me tourne vers le mur.

— C'est l'heure de *Judge Judy.* Tu veux venir ?

Je ne réponds pas. Je l'entends qui s'éloigne d'un pas traînant, sans doute pour aller voir la télé. Je lèche le chocolat fondu dans le creux de ma paume puis joins les deux mains et m'adresse au seul petit éclat d'espoir restant. *Seigneur, je vous en supplie, écoutez-moi – je vous en prie.*

Quand j'étais petite, je dormais parfois chez Christina, dans la grande maison en pierre. On dépliait nos sacs de couchage dans le salon et Sam Hallowell sortait un projecteur et des vieux dessins animés qu'il avait dû récupérer quand il travaillait à la télévision. À l'époque, c'était assez extraordinaire – il n'y avait pas encore de magnétoscope et encore moins de vidéos à la demande ; les projections privées étaient réservées aux stars de cinéma et probablement à leurs enfants. Malgré tout, j'étais un peu angoissée à l'idée de passer la nuit loin de chez moi, alors maman sortait le grand jeu : après nous avoir fait couler un bain, elle m'aidait à enfiler mon pyjama et nous préparait un petit en-cas avec des cookies et du chocolat chaud. Et quand on se réveillait le lendemain matin, elle était déjà de retour, en train de faire cuire des pancakes.

Les différences qui existaient entre Christina et moi sont devenues de plus en plus indélébiles au fil du temps. C'était dur de faire comme si ça n'avait pas d'importance que ma mère travaille pour la sienne ou que je sois obligée de trouver un petit boulot après les cours pendant qu'elle jouait comme attaquante dans l'équipe de foot ou que les habits que je portais le vendredi, quand le code vestimentaire était plus décontracté, avaient appartenu à Christina. Je ne peux pas dire qu'elle n'était pas sympa avec moi. La barricade s'est dressée avec mes propres suspicions, brique de gêne après brique de gêne. Les amies de Christina étaient toutes de jolies blondes sportives, virevoltant autour d'elle comme les branches d'un flocon de neige. Si je ne traînais pas dans leurs pattes, c'était uniquement parce que je ne voulais pas que Christina se sente obligée de m'inclure dans leur petit groupe. Mais la vraie raison de cet éloignement résidait ailleurs : je me disais que ce serait moins douloureux de prendre moi-même mes distances plutôt que de risquer de devenir inéluctablement celle à qui on pense après coup.

Le seul problème, c'est que je n'avais pas beaucoup d'amies hormis Christina. J'avais sympathisé avec une étudiante pakistanaise venue dans le cadre d'un programme d'échanges et une fille atteinte de cataracte à qui je donnais des cours de soutien en maths mais ce qui nous liait vraiment, toutes les trois, c'était cette sensation de ne pas être à notre place. Il y avait bien un groupe d'élèves noirs mais leur éducation était à des années-lumière de la mienne – leurs parents travaillaient dans la finance, ils prenaient des cours d'escrime et passaient l'été dans leurs maisons de vacances, à Nantucket. Il y avait aussi Rachel, dix-huit ans, enceinte de son premier enfant. Elle avait certainement besoin d'une amie, mais même lorsque nous étions assises l'une en face de l'autre à la table de la cuisine je ne trouvais absolument rien à lui dire tant ses aspirations étaient éloignées des miennes et aussi parce que, en toute franchise, j'avais un peu peur qu'en traînant avec elle tous les stéréotypes qu'elle trimballait derrière elle déteignent sur moi comme du cirage, m'empêchant encore plus de me fondre discrètement dans les couloirs de Dalton.

Peut-être est-ce la raison pour laquelle, le jour où Christina m'a invitée à une soirée-pyjama qu'elle organisait un vendredi, j'ai tout de suite accepté avant de me souvenir que je n'aurais pas dû. J'ai répondu oui en espérant qu'elle me prouverait avec vigueur que je m'étais trompée. Devant toutes ses nouvelles amies, je voulais évoquer les moments cocasses que nous avions vécus ensemble, comme ce jour où Christina et moi avions fabriqué des casques en papier d'aluminium avant d'aller nous cacher dans le monte-plat en prétendant qu'il s'agissait d'un vaisseau spatial en mission pour la Lune. Ou bien la fois où Fergus, le chien de Mme Mina, avait posé une crotte sur son lit et que nous avions recouvert la tache avec de la peinture blanche, persuadées que personne ne remarquerait rien. Je voulais être la seule à savoir dans quel placard de la cuisine étaient rangés les gâteaux, où se trouvaient les couvertures supplémentaires et le nom de toutes les vieilles peluches de Christina. Je voulais que tout le monde sache que notre amitié datait de bien plus longtemps que la leur.

Christina avait invité deux autres élèves de seconde: Misty, qui prétendait être dyslexique pour avoir des devoirs aménagés mais ne semblait avoir aucun problème lorsqu'il s'agissait de lire à voix haute les articles de la pile de *Cosmo* que Christina avait montés sur le toit-terrasse, et Kiera, totalement obsédée par Rob Lowe et la taille de ses cuisses. Nous avions toutes étalé nos serviettes sur la terrasse en teck. Christina a allumé la radio au moment où passait un morceau de Dire Straits et elle s'est mise à chanter toutes les paroles par cœur. J'ai pensé aux disques de Mme Mina que nous écoutions ensemble – tous des enregistrements originaux de spectacles de Broadway – en dansant et virevoltant, feignant d'être Cendrillon, Eva Perón ou Maria von Trapp.

J'ai sorti de mon sac mon tube de crème solaire. Les autres filles s'étaient enduites d'huile pour bébé, comme des steaks sur la grille du barbecue, mais personnellement je n'avais pas envie que ma peau s'assombrisse davantage. J'ai remarqué que Kiera m'observait d'un air intrigué.

— Tu bronzes vraiment?

— Bah, ouais…

— C'est carrément génial, a coupé Misty, m'épargnant d'autres explications. L'invasion britannique!

Elle nous a montré le magazine de mode qu'elle était en train de feuilleter où des mannequins maigres comme des clous prenaient la pose, enveloppées dans des vêtements ornés de l'Union Jack ou sanglées dans des manteaux rouges à boutons dorés qui me faisaient penser à Michael Jackson.

Christina s'est laissé tomber à côté de moi, l'index pointé sur le papier glacé.

— Linda Evangelista est trop parfaite.

— Ah bon, tu trouves ? Elle ressemble à un nazi, a objecté Kiera. Alors que Cindy Crawford est hypernaturelle.

J'ai jeté un coup d'œil aux photos.

— Ma sœur va aller à Londres cet été, a-t-elle ajouté. Elle va faire le tour de l'Europe avec un sac à dos, c'est cool, non ? J'ai fait promettre à mon père, par écrit, que j'irai aussi quand j'aurai dix-huit ans.

— Avec un sac à dos ? a fait Misty en frissonnant. Mais pourquoi ?

— Parce que c'est romantique, tiens. Imagine : tu prends le train. Tu dors dans des auberges de jeunesse. Tu rencontres des mecs canon.

— Personnellement, je trouve le *Savoy* beaucoup plus romantique. De plus, ils ont des *douches*.

Kiera a levé les yeux au ciel.

— Aide-moi, Ruth. Dans les romans d'amour, personne ne rencontre l'âme sœur devant le comptoir de réception du *Savoy*. On se bouscule sur un quai de gare, on se trompe de sac à dos, voilà comment ça se passe, non ?

— C'est le destin, en fait, ai-je dit en songeant que je ne pourrais jamais envisager de passer un été sans travailler, en tout cas pas si j'avais l'intention d'entrer à l'Université.

Christina s'est allongée à plat ventre sur sa serviette.

— Je meurs de faim. Il nous faut des trucs à grignoter.

Elle a levé les yeux sur moi.

— Ruth, tu pourrais aller nous chercher quelque chose à manger ?

Maman m'a souri lorsque je suis entrée dans la cuisine qui sentait divinement bon. Une plaque de cookies était en train de refroidir, une autre était prête à enfourner. Elle m'a tendu la spatule pour que je lèche la pâte.

— Comment ça va, à Saint-Tropez ?

— Tout le monde a faim. Christina veut quelque chose à manger.

— Ah oui, vraiment ? Alors pourquoi ce n'est pas elle qui est descendue me voir à la cuisine ?

J'ai ouvert la bouche mais je n'ai pas su quoi répondre. Pourquoi m'avait-elle demandé de descendre ? Pourquoi avais-je accepté ?

La bouche de maman a pris un pli sévère.

— Pourquoi es-tu là, ma chérie ?

J'ai baissé les yeux sur mes pieds nus.

— Je te l'ai dit… On a faim.

— Ruth. Pourquoi es-tu là ? a répété ma mère.

Cette fois, je n'ai pas pu faire semblant d'avoir mal compris.

— Parce que, ai-je commencé d'une voix à peine audible – et j'espérais que ma mère ne l'entende pas non plus –, je n'ai nulle part d'autre où aller.

— Ce n'est pas vrai. Quand tu seras prête pour nous, nous serons là.

J'ai attrapé une assiette et commencé à empiler les cookies. J'ignorais ce que ma mère avait voulu me dire et je n'avais pas vraiment envie de savoir. Je l'ai évitée pendant tout le reste de l'après-midi et quand elle est partie, le soir, nous étions déjà enfermées dans la chambre de Christina, en train de danser sur le lit en écoutant Depeche Mode. J'ai écouté les autres filles parler des garçons qu'elles aimaient en secret et j'ai fait croire que j'aimais quelqu'un aussi pour pouvoir participer à la conversation. Et quand Kiera a sorti une flasque de vodka ("Vous savez quoi ? C'est l'alcool le moins calorique quand on veut se bourrer la gueule"), je suis restée impassible alors qu'en réalité mon cœur battait comme un dératé. Je n'ai pas bu parce que maman m'aurait tuée et puis je voulais à tout prix garder le contrôle de mes actes. Tous les soirs avant d'aller me coucher, j'appliquais de la crème hydratante sur mon visage et massais mes genoux et mes talons avec du beurre de cacao pour éviter qu'ils prennent une couleur cendrée, puis j'enroulais mes cheveux autour de mon crâne pour stimuler la pousse et les recouvrais d'un foulard. Maman faisait la même chose, Rachel aussi, mais j'étais à peu près sûre que ces rituels seraient étrangers à mes compagnes, même Christina. Je n'avais pas envie de répondre à leurs inévitables questions, pas envie non plus de me faire remarquer davantage. J'avais donc prévu de passer en dernier dans la salle de bains et d'y rester jusqu'à ce qu'elles soient toutes endormies… Puis je me lèverais avant l'aube pour aller me coiffer avant que les autres ne se réveillent.

J'ai donc écouté Misty décrire, à grand renfort de détails, ce que ça faisait de tailler une pipe et je suis restée debout pendant que Kiera allait vomir dans la salle de bains. Je les ai laissées se brosser les dents avant moi et j'ai attendu un bon moment avant d'entendre les premiers ronflements. Alors seulement, je me suis risquée à sortir dans le noir total.

On dormait toutes les quatre dans le grand lit de Christina, serrées comme des sardines. J'ai soulevé les couvertures pour me glisser à côté de mon amie, respirant le parfum familier du shampooing à la pêche qu'elle utilisait depuis toujours. Je la croyais endormie mais elle a roulé sur le côté et m'a regardée.

Nouée autour de ma tête, rouge comme une plaie béante, mon écharpe tombait dans mon dos. Les yeux de Christina ont glissé dessus avant de rencontrer les miens. Elle n'a fait aucune allusion à ma coiffure.

— Je suis contente que tu sois là, a-t-elle murmuré, et pendant un court moment, une parenthèse bénie, j'ai été heureuse aussi.

Tard cette nuit-là, tandis que les ronflements de Wanda sifflent au-dessus de sa couchette, je cherche le sommeil. Toutes les demi-heures, un surveillant passe dans les couloirs avec une lampe-torche pour s'assurer que tout le monde dort. Je ferme les yeux chaque fois que j'aperçois la lumière. Est-ce qu'au fil du temps ça devient plus facile de dormir avec les bruits émis par la centaine de femmes qui vous entourent ? Est-ce que ça devient plus facile tout court, en fait ?

Au cours de l'une de ces rondes, le faisceau lumineux de la lampe-torche tressaute au rythme des pas du surveillant puis s'immobilise devant notre cellule. Wanda se redresse aussitôt, sourcils froncés.

— Debout, ordonne le gardien.

— Comment ça, debout ? proteste Wanda. Vous fouillez les cellules à minuit, maintenant ? Vous avez jamais entendu parler des droits des prisonniers ou quoi ?

— Pas toi, fait le surveillant en pointant le menton dans ma direction. Elle.

À ces mots, Wanda s'incline, les mains levées en l'air. Elle m'a offert un petit morceau de son Twix, mais sur ce coup-là je suis toute seule.

Les genoux tremblants, je me lève et me dirige vers la porte ouverte.

— Où est-ce que vous m'emmenez ?

Le surveillant ne me répond pas. Il m'entraîne dans le couloir, s'arrête devant une porte, appuie sur le pupitre de commande. Un bourdonnement se fait entendre, un verrou se débloque. Nous entrons dans un sas et attendons que la porte derrière nous se referme pour voir la deuxième s'ouvrir comme par magie.

Toujours en silence, il me conduit jusqu'à une pièce pas plus grande qu'un placard et me tend un sac en papier brun.

Je jette un coup d'œil à l'intérieur et découvre ma chemise de nuit et mes chaussons. Je retire mon uniforme à toute vitesse et commence à le plier, par réflexe, avant de le jeter en boule par terre. Puis je remets mes anciens vêtements, mon ancienne vie.

Le surveillant m'attend quand j'ouvre la porte. Nous longeons en sens inverse la cellule dans laquelle j'ai attendu mon tour en arrivant ici. Il n'y a que deux femmes à l'intérieur. Elles dorment à même le sol, en chien de fusil. Une odeur d'alcool et de vomi me retourne le cœur. Et soudain, nous voilà dehors, et nous franchissons bientôt une clôture couronnée de fil barbelé.

Je me tourne vers lui, prise de panique.

— Je n'ai pas d'argent sur moi.

Nous sommes à peu près à une heure de New Haven et je n'ai pas de quoi prendre le bus ni passer un coup de fil. Je n'ai même pas d'habits corrects.

Le surveillant fait un signe de tête et, à cet instant, je remarque un mouvement dans l'obscurité : une ombre avance dans la nuit sans lune. La silhouette se transforme peu à peu, je distingue les contours d'une voiture puis une personne dans l'habitacle. L'instant d'après, cette personne sort et se met à courir vers moi.

— Maman, murmure Edison en enfouissant son visage dans mon cou. Viens, on rentre à la maison.

KENNEDY

Il y a deux catégories de personnes chez les avocats de la défense publique : ceux qui croient pouvoir sauver le monde et ceux qui savent bien que c'est impossible. Les premiers sont les jeunes diplômés qui débarquent avec des étoiles plein les yeux, persuadés qu'ils pourront faire bouger les choses. Les autres, c'est nous, c'est-à-dire tous ceux qui, s'étant frottés au système, ont compris que les problèmes les dépassaient largement et dépassaient aussi les clients qu'ils représentent. Une fois qu'un cœur sensible s'est endurci face aux réalités du quotidien, de petites victoires personnelles peuvent être savourées : être par exemple capable de réunir une maman sortant d'une cure de désintoxication et son enfant placé en famille d'accueil ; réussir à faire supprimer la preuve d'un antécédent d'addiction qui risquerait de jouer contre un client ; apprendre à jongler avec des centaines d'affaires et repérer celles qui méritent davantage qu'une entrevue sur le pouce et un plaidoyer à la va-vite. Les avocats de la défense publique ressemblent plus à Sisyphe qu'à Superman et ils sont nombreux à se faire écraser par le poids de leurs innombrables dossiers, de leurs horaires démentiels et de leurs salaires merdiques. Pour toutes ces raisons, nous apprenons vite que, si nous voulons conserver une toute petite parcelle de vie privée, il nous faut impérativement laisser nos histoires de travail au bureau.

Ce qui explique pourquoi, après avoir rêvé de Ruth Jefferson deux nuits de suite, je sais que j'ai du souci à me faire.

Dans le premier rêve, Ruth et moi sommes en pleine réunion avocat-client. Je lui pose les questions que je pose habituellement à tous mes clients mais, chaque fois qu'elle répond, elle parle une langue que je ne comprends pas. Je crois même que c'est une langue qui n'existe pas du tout. Je suis gênée parce que je suis sans cesse obligée de la faire répéter. Finalement, elle ouvre la bouche et une nuée de papillons s'envole.

La deuxième nuit, je rêve que Ruth m'a invitée à dîner chez elle. La table est somptueusement dressée, il y a de quoi nourrir une équipe de foot et chaque plat est plus délicieux que le précédent. Je bois un verre d'eau puis un autre et un troisième et la carafe est vide. Je demande à Ruth si je peux me resservir mais elle prend un air horrifié. "Je croyais que vous étiez au courant", dit-elle et, lorsque je lève les yeux, je m'aperçois que nous sommes enfermées dans une cellule.

Je me réveille assoiffée. Roulant sur le côté, j'attrape le verre posé sur ma table de chevet et avale une grande gorgée d'eau fraîche. Micah glisse son bras autour de ma taille, m'attire contre lui. Il m'embrasse dans le cou ; ses mains se faufilent sous mon haut de pyjama.

— Qu'est-ce que tu ferais si j'allais en prison ?

Les mots m'ont échappé. Micah ouvre les yeux.

— Compte tenu que tu es ma femme et que tu as plus de dix-huit ans, je crois bien que nos agissements n'ont rien d'illégal.

— Non…

Je me retourne vers lui.

— Imagine que je fasse quelque chose… et que je sois reconnue coupable.

— C'est vachement excitant, dis donc, fait Micah en souriant. Une avocate derrière les barreaux. OK, je suis partant.

Qu'est-ce que tu as fait comme bêtise ? Outrage public à la pudeur ? Dis oui, s'il te plaît, implore-t-il en me plaquant contre lui.

— Non mais sérieusement. Qu'est-ce qui se passerait pour Violet ? Comment est-ce que tu lui expliquerais ?

— Kennedy, essaierais-tu de me dire que tu t'es enfin décidée à tuer ton patron ?

— C'est une hypothèse.

— Dans ce cas, est-ce qu'on peut en reparler dans une quinzaine de minutes ?

Son regard s'assombrit et il m'embrasse.

Pendant que Micah se rase, j'essaie de rassembler mes cheveux en chignon.

— Tu vas au tribunal aujourd'hui ?

Son visage est encore un peu rouge ; le mien aussi.

— Cet après-midi, oui. Comment tu le sais ?

— Tu ne te plantes pas d'aiguilles dans la tête sinon.

— Ce sont des épingles à chignon et je fais ça pour avoir l'air sérieux.

— Tu es trop sexy pour avoir l'air sérieux.

Je ris.

— Espérons que mes clients ne pensent pas comme toi.

Après avoir maté une dernière mèche rebelle, j'appuie ma hanche contre le lavabo.

— J'ai envie de demander à Harry de me confier une affaire de crime.

— Quelle bonne idée, fait Micah avec une pointe de sarcasme dans la voix. Je veux dire : étant donné que tu as déjà cinq cents dossiers sur les bras, quoi de plus normal que d'en réclamer un qui te bouffe encore plus de temps et d'énergie, non ?

Il n'a pas tort. Officier en tant qu'avocate de la défense publique signifie que je dois traiter dix fois plus d'affaires que ce que recommande l'Association du barreau américain et que je dispose, en moyenne, d'une heure de moins pour préparer chaque dossier donnant lieu à un procès. Quand je suis au travail, je n'ai généralement ni le temps de manger, ni le temps d'aller aux toilettes.

— Si ça peut te rassurer, il ne me le donnera probablement pas.

Micah tapote son rasoir contre le rebord du lavabo. Au début de notre mariage, je contemplais souvent d'un air intrigué les petits poils qui séchaient sur la porcelaine, songeant que je pourrais peut-être m'en servir pour lire dans notre avenir comme une voyante lit dans les feuilles de thé rouge.

— Cette ambition soudaine aurait-elle quelque chose à voir avec ta question sur la prison ?

— Peut-être…

— À tout prendre, je préférerais mille fois que tu te charges de cette affaire plutôt que tu le rejoignes derrière les barreaux.

— Que je *la* rejoigne. C'est Ruth Jefferson, l'infirmière. Je n'arrive pas à chasser son histoire de mon esprit.

Même lorsqu'un client a commis un délit, j'arrive à éprouver de la compassion. Je suis capable de reconnaître un mauvais choix et je crois encore en la justice, tant qu'elle est accessible à tous de manière équitable – ce qui explique pourquoi je fais ce que je fais.

Mais dans le cas de Ruth, quelque chose ne colle pas.

Violet débarque soudain dans la salle de bains. Micah resserre la serviette enroulée autour de sa taille tandis que je noue la ceinture de mon peignoir.

— Maman, papa, annonce-t-elle, aujourd'hui, je suis comme Minnie.

Elle serre contre elle une peluche de la célèbre souris. Elle s'est en effet débrouillée pour enfiler une jupe à pois, une paire de baskets jaunes, un haut de maillot de bain rouge et des gants blancs de princesse piochés dans le coffre à déguisements. Je l'observe en me demandant comment je vais m'y prendre pour lui expliquer qu'elle ne peut pas aller à l'école avec un soutien-gorge de maillot de bain.

— Minnie est une femme déchue, lance Micah. Je veux dire, ça fait soixante-dix ans que ça dure. Mickey devrait quand même se décider à lui passer la bague au doigt.

— C'est quoi une femme déchue ? demande Violet.

J'embrasse Micah en lui murmurant, d'un ton léger :

— Je vais te tuer.

— Et ben voilà pourquoi tu finiras en prison.

Nous avons une télévision au bureau – un tout petit écran coincé entre la machine à café et l'ouvre-boîte électrique. C'est une nécessité professionnelle à cause de la couverture médiatique de certaines de nos affaires. Mais le matin, avant l'ouverture du tribunal, elle est généralement allumée sur *Good Morning America.* Ed fait une fixation sur la garde-robe de Lara Spencer, l'animatrice, et George Stephanopoulos représente à mes yeux l'équilibre parfait entre le journaliste à la dent dure et le beau gosse plein de charme. Les présentateurs commentent une série de sondages sur les futurs candidats à l'élection présidentielle pendant qu'Howard prépare une nouvelle tournée de café et qu'Ed raconte son dîner avec ses beaux-parents. Sa belle-mère continue de l'appeler par le prénom de l'ex de sa femme, bien qu'ils soient mariés depuis neuf ans.

— Cette fois, elle m'a demandé combien de feuilles de papier toilette j'utilisais.

— Qu'est-ce que tu lui as répondu ?

— Je lui ai dit : "Juste ce qu'il faut."

— Mais pourquoi elle t'a posé cette question ?

— Elle a dit qu'ils essayaient de faire des économies. Parce qu'ils avaient un revenu fixe, eux. Ils vont au casino trois week-ends par mois et ils rationnent le PQ, t'imagines ?

— Tu sais quoi ? C'est nul à chier, fais-je en souriant de toutes mes dents. T'as pigé, là, ou non ?

À la télé, Robin Roberts interroge un homme roux et solidement charpenté, d'une quarantaine d'années, dont le poème a été accepté par une prestigieuse collection d'anthologie littéraire après qu'il l'a envoyé sous un pseudonyme japonais. "J'ai reçu trente-cinq refus, explique-t-il. Alors je me suis dit que mon texte aurait peut-être plus de chance de retenir l'attention si j'avais un nom plus..."

— Exotique ? complète Roberts.

Ed émet un grognement.

— Ils n'ont pas grand-chose à se mettre sous la dent, aujourd'hui.

Derrière moi, Howard fait tomber une cuillère qui atterrit bruyamment dans l'évier.

— Pourquoi parler de ça, franchement ? demande Ed.

— Parce que c'est une arnaque, rétorqué-je. Ce type est un expert en assurances blanc qui s'est approprié la culture d'un autre, tout ça pour savourer son petit quart d'heure de gloire.

— S'il ne s'agissait que de ça, des centaines de poèmes écrits par des auteurs japonais seraient publiés chaque année, non ? Son texte devait être bon, un point c'est tout. Pourquoi est-ce que personne n'en parle ?

Harry Blatt, mon patron, débarque en trombe dans la salle de pause, les pans de son imper virevoltant comme une tornade autour de ses jambes.

— Je hais la pluie, déclare-t-il. Pourquoi est-ce que je n'ai pas accepté ma mutation dans l'Arizona ?

Sur ce, il attrape au vol une tasse de café et part se réfugier dans son bureau.

Je lui emboîte le pas, frappe doucement à sa porte. Harry est en train de suspendre son imper détrempé quand j'entre dans la pièce.

— Qu'est-ce qu'il y a ?

— Vous vous souvenez de l'affaire que j'ai traitée lors des mises en accusation ? Ruth Jefferson ?

— Prostitution ?

— Non, c'est l'infirmière de Mercy-West Haven. Est-ce que je peux m'en occuper ?

Il s'installe derrière son bureau.

— Exact. Le bébé mort.

Comme il n'ajoute rien d'autre, je m'empresse de remplir le blanc.

— Ça fait presque cinq ans que je travaille ici comme avocate et cette affaire m'intéresse énormément. J'aimerais qu'on me laisse l'occasion de faire mes preuves.

— C'est un meurtre, souligne Harry.

— Je sais. Mais je pense sincèrement que je suis l'avocate qu'il vous faut pour ce dossier. Et puis vous serez bien obligé de me confier une affaire de meurtre tôt ou tard. Pourquoi remettre à demain ce qu'on peut faire le jour même ? conclus-je en souriant.

Harry laisse échapper un grognement – ce qui est beaucoup mieux qu'un "non".

— À vrai dire, ce serait pas mal de pouvoir compter sur un autre avocat polyvalent pour les grosses affaires. Mais comme vous êtes une débutante sur ce genre de dossier, je demanderai à Ed de vous assister.

Plutôt avoir un homme de Neandertal avec moi.

Oh, un instant – je n'ai pas dit mon dernier mot.

— Je peux m'en occuper seule, répliqué-je.

Lorsqu'il hoche enfin la tête, je m'aperçois que j'avais bloqué ma respiration, dans l'attente de sa réaction.

Je compte les heures et les actes d'accusation que je dois gérer avant de pouvoir enfin récupérer ma voiture et filer en direction de la prison pour femmes. Coincée dans les embouteillages, je répète en silence plusieurs monologues de présentation qui inciteraient Ruth à m'accorder sa confiance pour me prendre comme avocate. Je n'ai peut-être jamais plaidé d'affaires de meurtres mais je me suis occupée de plusieurs dizaines de cas d'agressions, de trafics de drogue et de violence conjugale. "Ce n'est pas mon premier rodéo", fais-je à voix haute en m'adressant au rétroviseur avant de lever les yeux au ciel.

"Ce serait un honneur de vous représenter."

Non. On dirait une attachée de presse qui rencontre Meryl Streep pour la première fois.

J'inspire profondément avant d'essayer autre chose: "Bonjour. Je m'appelle Kennedy."

Dix minutes plus tard, je gare ma voiture sur le parking, me drape dans un manteau de fausse assurance et marche vers le bâtiment d'un pas décidé. Un surveillant doté d'un ventre de femme enceinte de dix mois me toise des pieds à la tête.

— Les heures de visite sont terminées.

— Je viens voir ma cliente. Ruth Jefferson?

Il consulte son ordinateur.

— On dirait que c'est pas votre jour de chance.

— Pardon?

— Elle est sortie il y a deux jours.

Je sens mes joues s'enflammer. Je dois avoir l'air très stupide d'avoir ainsi perdu la trace de ma cliente.

— Mais oui! Bien sûr! dis-je, feignant d'être au courant, comme si j'avais voulu le tester.

Je l'entends qui ricane encore tandis que la porte de la prison se referme derrière moi.

Deux jours après que j'ai adressé un courrier officiel au domicile de Ruth – j'ai relevé son adresse sur l'avis de libération sous caution –, elle vient se présenter à mon bureau. Je me dirige vers la photocopieuse lorsque la porte s'ouvre et je la vois entrer dans la pièce, hésitante et anxieuse, se demandant manifestement si elle est au bon endroit. Avec le mobilier sommaire et les empilements de boîtes et de dossiers, nos bureaux ressemblent davantage à une entreprise en cours d'installation ou en train de mettre la clé sous la porte qu'à un cabinet d'avocats fonctionnel.

— Ruth, bonjour, dis-je en lui tendant la main. Kennedy McQuarrie.

— Je n'ai pas oublié.

Elle est plus grande que moi et a une prestance incroyable. Je pense machinalement que ma mère serait impressionnée.

— Vous avez reçu ma lettre, fais-je, soulignant l'évidence. Je suis ravie de vous voir car nous devons parler de nombreuses choses.

Je jette un coup d'œil autour de moi. Où allons-nous bien pouvoir nous installer ? Mon box est à peine assez grand pour moi. La salle de pause est trop décontractée. Il y a toujours le bureau d'Harry mais il s'y trouve. Et Ed occupe la seule pièce réservée à l'accueil de nos clients où il consigne actuellement une déposition.

— Vous voulez qu'on aille déjeuner ? Il y a une boulangerie Panera au coin de la rue. Est-ce que vous mangez…

— De la nourriture ? complète Ruth. Oui.

Je règle sa soupe et sa salade et choisis une table au fond de la salle. On parle de la pluie qui s'est tellement fait attendre et des changements de temps qui s'annoncent.

— Je vous en prie, fais-je en désignant son plateau. Allez-y.

Je soulève mon sandwich et mords dedans au moment où Ruth incline la tête en disant :

— Seigneur, merci pour ce repas qui revigore nos corps pour le salut du Christ.

Je dis *Amen* avec la bouche pleine.

— Donc, vous êtes pratiquante, dis-je après avoir dégluti.

Ruth lève les yeux sur moi.

— Ça pose un problème ?

— Pas du tout. En fait, c'est même bon à savoir parce que c'est le genre d'élément susceptible de vous attirer la sympathie d'un jury.

Pour la première fois, je prends le temps d'examiner attentivement la femme assise en face de moi. Le jour où je l'ai rencontrée, elle portait une chemise de nuit et un foulard sur la tête. Aujourd'hui, elle est vêtue d'une jupe bleu marine et d'un chemisier rayé, très classiques, et porte des ballerines vernies dont les talons plats sont légèrement usés au même endroit. Ses cheveux lissés sont attachés en chignon bas. Sa peau est plus claire que dans mon souvenir, presque de la même couleur que le café au lait que ma mère m'autorisait à boire quand j'étais petite.

Les gens se conduisent différemment quand ils sont nerveux. Moi, je parle sans arrêt. Micah s'absorbe dans ses pensées. Ma mère devient hautaine. Et il semblerait que Ruth se cache derrière un air sévère. Encore un détail que je note mentalement car les jurés peuvent interpréter ça comme de la colère ou du dédain.

— Je sais que ce n'est pas facile, dis-je en baissant la voix pour que notre conversation ne s'ébruite pas, mais j'ai besoin que vous me disiez toute la vérité. Même si je ne suis qu'une inconnue. Enfin, j'espère que je ne le resterai pas longtemps. Ce qui compte, c'est que vous compreniez que rien de ce que vous me direz ne sera retenu contre vous. Tout se fait sous le sceau du secret professionnel.

Ruth repose délicatement sa fourchette puis hoche la tête.

— D'accord.

Je sors un petit carnet de mon sac.

— Avant toute chose, quel terme préférez-vous que j'utilise : "Noir", "Africain-Américain" ou "personne de couleur" ?

Ruth me dévisage fixement.

— Personne de couleur, dit-elle au bout d'un moment.

Je prends note, souligne les mots.

— Tout ce que je veux, c'est que vous vous sentiez à l'aise. Personnellement, je me fiche de ces histoires de couleur. Je veux dire : la seule race qui importe, c'est la race humaine, non ?

Ruth pince ses lèvres. Je me racle la gorge, prête à briser le nœud du silence.

— Redites-moi dans quelles universités vous avez étudié ?

— À SUNY Plattsburgh puis à l'école d'infirmières de Yale.

— Impressionnant, murmuré-je en écrivant dans mon carnet.

— Madame McQuarrie…

— Kennedy.

— Kennedy… je ne peux pas retourner en prison.

Ruth me regarde droit dans les yeux et, l'espace d'un instant, je peux voir tout au fond de son cœur.

— J'ai un fils et personne d'autre que moi ne saura l'élever pour qu'il devienne l'homme qu'il doit devenir.

— Je sais. Écoutez, je vais faire de mon mieux. J'ai l'habitude de traiter des affaires impliquant des personnes comme vous.

Le masque crispe de nouveau les traits de son visage.

— Des personnes comme moi ?

— Des personnes accusées de crimes graves.

— Mais je n'ai rien fait.

— Je vous crois. Mais c'est le jury que nous devons convaincre et, pour cela, il va falloir tout reprendre depuis le début pour comprendre pourquoi on vous a accusée.

— Je pensais que ça sautait aux yeux, déclare Ruth d'une voix posée. Le père du bébé ne voulait pas que je m'occupe de son fils.

— Le suprémaciste blanc? Il n'a rien à voir avec cette affaire.

Ruth cligne des yeux.

— Je ne comprends pas.

— Ce n'est pas lui qui a porté plainte contre vous. Ce n'est pas ça qui compte.

Elle me regarde comme si j'avais perdu la tête.

— Mais je suis la seule infirmière de couleur de la Maternité.

— L'État se fiche que vous soyez noire, blanche, bleue ou verte. Tout ce qu'il voit, c'est que vous aviez légalement le devoir de vous occuper du nourrisson qu'on vous avait confié. Ce n'est pas parce que votre chef vous avait interdit de toucher au bébé que vous aviez le droit de rester là sans rien faire.

Je me penche en avant.

— L'État n'est même pas tenu de qualifier la nature du meurtre. Il peut avancer plusieurs théories, voire des théories contradictoires. C'est un jeu d'enfant pour lui : tous les scénarios qu'il présentera vous désigneront comme coupable. Si l'État parvient à prouver une intention de nuire sous prétexte que vous étiez furieuse qu'on vous ait retiré le dossier du bébé et qu'il évoque ainsi un acte prémédité, le jury pourra vous condamner pour assassinat. Et même si on explique au jury que c'était un accident, vous seriez obligée de reconnaître un manquement à votre devoir de soins et seriez par là même condamnée pour négligence criminelle et non-assistance à personne en danger ayant entraîné la mort sans intention de la donner. Bref, vous leur offririez un cas d'homicide par négligence sur un plateau d'argent. Et quel que soit le scénario retenu, la couleur de votre peau n'aurait aucune importance.

Je l'entends qui retient son souffle.

— Vous croyez vraiment que si j'étais blanche, je serais assise en face de vous aujourd'hui ?

Il est, bien sûr, parfaitement impossible d'examiner une affaire impliquant la seule infirmière noire d'un service hospitalier, un père néonazi et la décision mécanique prise par un membre de l'administration hospitalière sans envisager un instant un problème d'ordre raciste.

Mais.

Mais les avocats de la défense publique qui prétendent que la justice est aveugle sont de gros menteurs. Il suffit de suivre dans les médias les affaires à connotations raciales pour constater rapidement que les avocats, les juges et les jurés se donnent un mal de chien pour faire croire qu'il n'est surtout pas question de couleur de peau, alors même que le contraire est évident. Tous les avocats de la défense publique vous diront également que, bien que la majorité de leurs clients soient des personnes de couleur, il est fortement déconseillé de jouer la carte raciale pendant un procès.

Pourquoi ? Parce qu'il est carrément suicidaire d'aborder la question raciale dans une salle d'audience. Vous ne connaissez pas les opinions des jurés. Et vous n'êtes pas non plus sûr à cent pour cent de ce que pense le juge. En fait, la manière la plus sûre de perdre un procès dont l'objet était en lien avec la question raciale consiste à dire les choses ouvertement. Si vous voulez avoir une chance de gagner la partie, vous essayez d'offrir autre chose aux douze jurés : un fragment de preuve susceptible d'innocenter votre client, de sorte que ces hommes et ces femmes puissent rentrer chez eux en continuant à faire semblant de croire que le monde dans lequel nous vivons est un monde d'égalité.

— Non, réponds-je finalement. Mais je sais que c'est toujours risqué d'aborder un procès sous cet angle-là.

Je me penche de nouveau vers elle.

— Je ne suis pas en train de dire que vous n'êtes pas victime de discrimination raciale, Ruth, mais j'essaie simplement de vous expliquer que ce n'est ni l'endroit ni le moment de soulever la question.

— Alors c'est quand, le bon moment ? demande Ruth avec véhémence. Si tout le monde continue de faire l'autruche dans les tribunaux, comment les choses vont-elles pouvoir changer ?

Je n'en sais rien. Les rouages du système judiciaire avancent lentement mais il y a heureusement un tantinet plus d'huile dans la machine de la justice civile qui distribue de l'argent aux victimes dans l'espoir d'atténuer un peu l'affront subi.

— Vous devriez intenter une action civile. Je ne peux pas m'en occuper personnellement mais je peux passer quelques coups de fil pour vous trouver un spécialiste des affaires de discrimination sur le lieu de travail.

— Mais je n'ai pas de quoi payer les services d'un avocat…

— Ils fixeront leurs honoraires en fonction de ce que vous gagnerez. En général, ils prennent un tiers du montant des dommages et intérêts accordés. Si vous voulez mon avis, avec l'histoire du Post-it, il y a de fortes chances que vous obteniez une prime de compensation pour la perte de salaire occasionnée ainsi que des dommages-intérêts exemplaires pour la décision stupide de votre chef.

Elle me considère d'un air stupéfait.

— Vous voulez dire que je pourrais toucher de l'argent ?

— À mon avis, vous pouvez tabler sur deux millions de dollars.

Ruth Jefferson reste bouche bée.

— Vous disposez de cent quatre-vingts jours pour intenter une action en justice auprès de l'EEOC, la commission chargée d'étudier les cas de discrimination sur le lieu de travail.

— Et ensuite ?

— Ensuite, l'EEOC attendra le jugement du procès pénal.

— Pourquoi ?

— Parce que ce n'est pas rien de plaider le cas d'une personne reconnue coupable au pénal, dis-je en toute franchise. Le verdict modifiera la manière dont votre avocat au civil rédigera votre dépôt de plainte. Un verdict de culpabilité peut être admis comme preuve, ce qui ne jouerait pas en faveur de votre action civile.

Elle réfléchit quelques instants.

— Ce qui explique pourquoi vous ne voulez pas parler de discrimination pendant ce procès, dit-elle finalement. Vous voulez être sûre que le verdict de culpabilité ne tombera pas.

Elle croise ses mains sur ses genoux et reste silencieuse. Puis elle secoue la tête, ferme les yeux.

— On vous a empêchée de faire votre travail, dis-je à voix basse. Ne m'empêchez pas de faire le mien.

Ruth prend une longue inspiration. Puis elle ouvre les yeux et rencontre mon regard.

— D'accord. Que voulez-vous savoir ?

RUTH

Le lendemain de ma sortie de prison, je me réveille en fixant la vieille fissure au plafond, celle que je me promets de réparer depuis des lustres sans jamais trouver l'occasion de le faire. Je sens la barre métallique du convertible s'enfoncer dans mon dos et je remercie le Seigneur pour ça. Puis je referme les yeux pour mieux écouter la douce mélodie des camions-poubelles remontant notre rue.

Toujours en chemise de nuit (une autre que celle que je portais lors de ma mise en accusation et que je compte donner au plus vite à une association caritative), je remplis la cafetière puis l'allume avant de longer le couloir jusqu'à la chambre d'Edison. Mon garçon dort comme un loir ; il ne bouge pas d'un cil même quand je tourne la poignée, me glisse à l'intérieur et vais m'asseoir au bord du lit.

Quand Edison était petit, mon mari et moi adorions le regarder dormir. Wesley posait parfois sa main sur le dos de son fils et nous observions ensemble le mouvement ascendant puis descendant de ses poumons. D'un point de vue scientifique, la création d'un être humain est une chose extraordinaire, et j'ai beau connaître par cœur les mécanismes des cellules, de la mitose, du tube neural et de tous les outils nécessaires à la genèse d'un bébé, je ne peux pas m'empêcher de penser qu'il y a aussi une part de miracle là-dedans.

Edison émet un drôle de grognement puis se frotte les yeux.

— Maman ? articule-t-il en se redressant brusquement. Qu'est-ce qui se passe ?

— Rien. Tout est pour le mieux dans le meilleur des mondes.

Il exhale un soupir, jette un coup d'œil à son réveil.

— Faut que je me prépare pour le lycée.

Grâce à la conversation que nous avons eue dans la voiture en rentrant à la maison hier soir, je sais qu'il a loupé une journée de classe entière pour constituer mon dossier de libération sous caution et qu'il est désormais plus calé que moi en accession à la propriété et en prêts immobiliers.

— J'appellerai la secrétaire du lycée pour justifier ton absence en cours, hier.

Mais nous savons tous les deux pertinemment qu'il y a une grosse différence entre *Je vous prie d'excuser l'absence d'Edison : il avait mal au ventre* et *Je vous prie d'excuser l'absence d'Edison : il s'occupait de faire sortir sa mère de prison.* Edison secoue la tête.

— T'inquiète pas. J'irai voir mes profs, c'est bon.

Il évite mon regard et je sens comme un glissement sismique entre nous.

— Merci, dis-je à voix basse. Encore.

— Tu n'as pas à me remercier, maman, murmure Edison.

— Mais si.

À mon grand désarroi, toutes les larmes que j'ai réussi à contenir durant les vingt-quatre heures qui viennent de s'écouler emplissent soudain mes yeux.

— Hé, chuchote Edison en tendant les bras pour me serrer contre lui.

— Je suis désolée, dis-je entre deux hoquets, la tête posée sur son épaule. Je ne sais pas pourquoi je craque *maintenant.*

— Ça va aller…

Je sens de nouveau la terre bouger sous mes pieds et mes os reprendre leur place autour de mon esprit. Il me faut encore une seconde avant de réaliser que, pour la première fois depuis qu'Edison est né, c'est lui qui me console et pas l'inverse.

Je me suis souvent demandé si une mère pouvait détecter le moment où son enfant devenait adulte. Est-ce qu'il y avait des signes cliniques comme pour le déclenchement de la puberté, ou émotionnels comme pour le premier chagrin d'amour, ou temporels comme le jour de son mariage. Je me suis demandé si cela se résumait à un certain volume d'expériences de vie – l'obtention d'un diplôme universitaire, le premier travail, le premier bébé –, autant d'événements qui feraient pencher la balance. Si c'était le genre de chose qu'on remarquait aussitôt comme une tache de vin sur la peau ou si, au contraire, cela s'installait lentement, comme les marques du temps dans le reflet du miroir.

Aujourd'hui, je sais : le passage à l'âge adulte est une ligne tracée dans le sable. À un moment donné, votre enfant se tiendra de l'autre côté.

Je croyais qu'il traînerait des pieds. Que la ligne reculerait.

Je n'aurais jamais imaginé, en tout cas, qu'une de mes actions le précipiterait de l'autre côté.

Je mets un temps fou à choisir ce que je vais porter pour me rendre au bureau de l'avocat. Pendant plus de vingt ans, j'ai enfilé ma tenue d'infirmière, réservant mes beaux vêtements pour aller à l'église. Cela dit, une robe à fleurs ornée d'un col en dentelle et une paire de petits talons aiguille ne me semblent pas très appropriées pour ce genre de rendez-vous. Du fond de ma penderie, j'exhume une jupe bleu marine que j'ai mise pour la réunion parents-professeurs au lycée d'Edison et je l'assortis à un chemisier rayé que maman m'a offert à Noël – il y a encore les étiquettes de chez Talbots. En fouillant dans ma collection de sabots Dansko – les chaussures fétiches du personnel soignant –, je finis par dénicher une paire de ballerines un peu fatiguées mais qui iront très bien avec le reste.

En arrivant à l'adresse indiquée sur l'en-tête du courrier, je suis persuadée de m'être trompée. Il n'y a personne à l'accueil. D'ailleurs, il n'y a pas d'accueil. Des boxes et des piles de boîtes en carton forment une espèce de labyrinthe, comme si les employés étaient des souris participant à un grand test scientifique. J'avance de quelques pas et entends soudain mon nom.

— Ruth ! Bonjour ! Kennedy McQuarrie !

Comme si je l'avais oubliée… Je hoche la tête et serre la main qu'elle me tend aussitôt. Je ne comprends pas vraiment pourquoi c'est elle, mon avocate. Elle m'avait pourtant dit tout de go, le jour de la mise en accusation, qu'elle ne s'occuperait pas de mon dossier.

Elle se met à parler tant et tant que je n'arrive pas à en placer une. Mais ça ne me dérange pas parce que je suis sur les nerfs. Pour m'offrir les services d'un avocat privé, il faudrait que je puise dans les économies que j'ai faites pour financer les études d'Edison et je préférerais passer le restant de ma vie en prison plutôt que d'en arriver là. Mais ce qu'il faut savoir, c'est que ce n'est pas parce que tout le monde a le droit d'avoir un avocat dans ce pays que tous les avocats se ressemblent. À la télé, les gens qui peuvent se payer un avocat privé se font acquitter, tandis que ceux dont la défense est assurée par un avocat commis d'office prétendent qu'il n'y a aucune différence entre le secteur public et le secteur privé.

Mme McQuarrie me propose d'aller manger un morceau et j'accepte alors que je suis beaucoup trop angoissée pour avaler quoi que ce soit. Nous commandons, je sors mon porte-monnaie mais elle insiste pour régler la note. J'ouvre la bouche pour protester – depuis qu'enfant j'ai commencé à porter les habits dont Christina ne voulait plus, j'ai toujours détesté qu'on me fasse la charité. Mais je me ravise juste à temps. Peut-être agit-elle ainsi avec tous ses clients, histoire de tisser des liens ? Ou peut-être essaie-t-elle de me plaire autant que j'ai envie de lui plaire ?

Lorsque nous sommes installées devant nos plateaux, je prononce le bénédicité par habitude. À la vérité, je le fais toujours quand personne d'autre ne s'en charge autour de la table. Corinne ne croit pas en Dieu et plaisante toujours au sujet de cette divinité imaginaire, le Monstre en spaghetti volant, quand elle m'entend prier ou me voit baisser la tête au-dessus du sac en papier contenant mon déjeuner. Je ne suis donc pas surprise de croiser le regard de Mme McQuarrie fixé sur moi à la fin de ma prière.

— Donc, vous êtes pratiquante, dit-elle.

— Ça pose un problème ?

Elle sait peut-être quelque chose que j'ignore, par exemple que les jurys sont plus enclins à condamner les gens qui croient en Dieu.

— Pas du tout. En fait, c'est même bon à savoir parce que c'est le genre d'élément susceptible de vous attirer la sympathie d'un jury.

En entendant ça, je baisse les yeux. Suis-je naturellement si peu aimable qu'elle ressent le besoin de trouver des choses qui modifieront peut-être en ma faveur le regard des jurés ?

— Avant toute chose, reprend-elle, quel terme préférez-vous que j'utilise : "Noir", "Africain-Américain" ou "personne de couleur" ?

"Ruth", voilà ce que je préfère. Mais je ravale ma réplique pour répondre :

— Personne de couleur.

Un jour, à l'hôpital, Dave, un aide-soignant, fulminait contre cette expression. "À croire que moi je n'ai pas de couleur, disait-il en tendant ses bras laiteux. Pourtant, je ne suis pas transparent, si ? Faut croire que *personne de couleur plus sombre* n'a pas fait l'unanimité." Au même moment, il m'avait aperçue dans la salle de pause et avait rougi jusqu'à la racine des cheveux. "Désolé, Ruth. Mais bon, je ne te vois même pas comme une Noire."

Mon avocate parle toujours.

— Personnellement, je me fiche de ces histoires de couleur, déclare-t-elle. Je veux dire : la seule race qui importe, c'est la race humaine, non ?

C'est facile de prétendre qu'on est tous dans le même bateau quand la police n'a pas débarqué chez vous en pleine nuit. Mais je sais que, quand les Blancs racontent ces trucs-là, c'est parce qu'ils croient dur comme fer que c'est bien de les dire et pas une seconde ils ne se rendent compte de la nonchalance de leurs propos. Il y a deux ans, Adisa a pété un câble en découvrant que le hashtag *allivesmatter*, "toutes les vies comptent", avait envahi Twitter en réponse aux militants brandissant des pancartes sur lesquelles était inscrit : BLACK LIVES MATTER, "Les vies *noires* comptent". "Ce qu'ils sont vraiment en train de dire, m'a expliqué Adisa, c'est que les vies *blanches* comptent. Et que les Blacks feraient mieux de s'en souvenir avant d'aller trop loin et de se griller."

En face de moi, Mme McQuarrie toussote discrètement et je m'aperçois que j'ai encore laissé mes pensées vagabonder. Je me force à la regarder, esquisse un sourire contraint.

— Redites-moi dans quelles universités vous avez étudié ?

— À SUNY Plattsburgh puis à l'école d'infirmières de Yale.

— Impressionnant.

Qu'est-ce qui l'impressionne ? Que je sois allée à l'Université ? Que j'aie étudié à Yale ? Edison sera-t-il confronté à ça toute sa vie, lui aussi ?

Edison.

— Madame McQuarrie…

— Kennedy.

— Kennedy…

Ma langue a du mal à accepter ce genre de familiarité.

— Je ne peux pas retourner en prison.

Quand il était petit, Edison aimait enfiler les chaussures de Wesley et déambuler dans la maison en traînant des pieds. Edison a toute la vie devant lui pour voir s'effacer méthodiquement, confrontation après confrontation, la magie à laquelle il croyait dans ses jeunes années. Je n'ai pas envie d'accélérer le processus.

— J'ai un fils et personne d'autre que moi ne saura l'élever pour qu'il devienne l'homme qu'il doit devenir.

Mme McQuarrie – *Kennedy* – se penche vers moi.

— Je vais faire de mon mieux. J'ai l'habitude de traiter des affaires impliquant des personnes comme vous.

Encore une étiquette.

— Des personnes comme moi ?

— Des personnes accusées de crimes graves.

Tout de suite, je suis sur la défensive.

— Mais je n'ai rien fait.

— Je vous crois. Mais c'est le jury que nous devons convaincre et, pour cela, il va falloir tout reprendre depuis le début pour comprendre pourquoi on vous a accusée.

Je la dévisage avec attention en m'efforçant de lui accorder le bénéfice du doute. C'est mon cas personnel alors qu'elle gère probablement des centaines d'affaires à la fois. Peut-être a-t-elle réellement oublié le skinhead au crâne tatoué qui m'a craché à la figure en salle d'audience.

— Je pensais que ça sautait aux yeux. Le père du bébé ne voulait pas que je m'occupe de son fils.

— Le suprémaciste blanc ? Il n'a rien à voir avec cette affaire.

Je reste sans voix. On m'a retiré un patient à cause de ma couleur de peau puis on m'a punie pour avoir respecté les ordres de ma hiérarchie lorsque ce même patient a eu un problème. Comment se pourrait-il qu'il n'y ait aucun lien entre les deux ?

— Mais je suis la seule infirmière de couleur de la Maternité.

— L'État se fiche que vous soyez noire, blanche, bleue ou verte. Tout ce qu'il voit, c'est que vous aviez légalement le devoir de vous occuper du nourrisson qu'on vous avait confié.

Elle commence à énumérer tous les moyens mis à la disposition du jury pour justifier ma condamnation. Chacun de ses arguments est comme une brique scellée dans un mur qui se dresse autour de moi, me prenant au piège.

— Vous croyez vraiment que, si j'étais blanche, dis-je à voix basse, je serais assise en face de vous aujourd'hui ?

Elle secoue la tête.

— Non. Mais je sais que c'est toujours risqué d'aborder un procès sous cet angle-là.

Si je comprends bien, on est censées remporter un procès en faisant comme si la raison qui a déclenché tout ça n'existait pas ? Ça me semble malhonnête, irresponsable. Comme dire qu'un patient est mort d'un panaris surinfecté sans préciser qu'il souffrait d'un diabète de type 1.

— Si tout le monde continue de faire l'autruche dans les tribunaux, comment les choses vont-elles pouvoir changer ?

Elle croise ses mains sur la table.

— Vous devriez intenter une action civile. Je ne peux pas m'en occuper personnellement mais je peux passer quelques coups de fil pour vous trouver un spécialiste des affaires de discrimination sur le lieu de travail.

Elle m'explique dans le jargon juridique ce que cela signifie pour moi et mentionne un montant de dédommagement totalement faramineux.

Mais il y a un os. Il y a en a toujours un, non ? L'action qui pourrait me permettre de toucher cette somme – et donc m'aider à payer les honoraires d'un avocat privé qui accepterait peut-être de reconnaître que ce procès a été motivé par la haine raciale – ne peut être intentée avant que la procédure pénale ne soit terminée. En d'autres termes, si je suis reconnue coupable, je peux dire adieu à ce petit pactole.

Je me rends compte soudain que le refus de Kennedy de soulever la question raciale au tribunal n'est peut-être pas aussi incohérent qu'il en a l'air. C'est même tout le contraire. Elle est parfaitement consciente de ce que je dois faire pour obtenir ce que je mérite.

C'est un peu comme si j'étais aveugle, perdue au milieu de nulle part, et que Kennedy McQuarrie était la seule personne à posséder une carte pour me guider. Alors je plante mon regard dans le sien.

— D'accord. Que voulez-vous savoir ?

KENNEDY

Quand je rentre chez moi après mon premier rendez-vous avec Ruth, Micah est encore à l'hôpital et ma mère garde Violet. Une bonne odeur d'origan et de pâte à pain fraîchement cuite flotte dans la maison.

— Serait-ce mon jour de chance ? fais-je en abandonnant dans l'entrée toutes les tensions du travail.

Penchée sur un coloriage, Violet bondit de sa chaise et me fonce dessus.

— Mangerait-on de la pizza maison, ce soir ?

Je soulève ma fille dans mes bras. Elle tient un crayon de couleur rouge sang dans son petit poing fermé.

— J'en ai fait une pour toi. Devine ce que c'est.

Au même instant, ma mère sort de la cuisine avec une assiette contenant une espèce de masse amibienne.

— Oh, mais bien sûr, c'est un… extra-terr…

Je croise le regard de ma mère qui secoue la tête. Dans le dos de Violet, elle lève les bras au ciel et montre ses dents.

— Un dinosaure, dis-je finalement. Ça saute aux yeux.

Un large sourire éclaire le visage de Violet.

— Mais il est malade, explique-t-elle en montrant les feuilles d'origan parsemant le fromage. C'est pour ça qu'il a des boutons.

Je mords dans une part.

— Il a la varicelle ?

— Non. Il a une dysfonction *éreptile*, répond Violet.

À deux doigts de recracher ma pizza, je repose Violet par terre. Elle retourne en courant à son coloriage tandis que je dévisage ma mère en haussant un sourcil interrogateur.

— Qu'est-ce que vous avez regardé à la télé ?

Ma mère sait très bien que les seules émissions autorisées sont *Rue Sésame* et la programmation de Disney Junior. Mais son expression faussement candide cache quelque chose, c'est sûr.

— Rien.

Je pivote sur mes talons, fixe l'écran de télé éteint. Sur une impulsion, je ramasse la télécommande échouée sur le canapé et j'allume.

Wallace Mercy apparaît sur l'écran, dans toute sa splendeur et sa magnificence. Il se tient devant l'hôtel de ville de Manhattan. Sa tignasse blanche est tout ébouriffée, comme s'il venait de recevoir une décharge électrique, et il lève le poing en signe de solidarité, manifestant ainsi son combat contre une nouvelle injustice. "Mes frères et mes sœurs ! Je vous pose la question : depuis quand le mot *malentendu* est-il devenu synonyme de *profilage racial* ? Nous exigeons des excuses en bonne et due forme de la part du chef de la police de la ville de New York pour la honte et le dérangement subis par ce célèbre athlète…" Le logo du journal télévisé de Fox News s'incruste sous le visage vaguement familier d'un bel homme à la peau noire.

Fox News. Une chaîne que ni Micah ni moi n'avons l'habitude de regarder. Une chaîne qui pourrait facilement diffuser des publicités sur les "dysfonctions érectiles"…

— Tu as laissé Violet regarder ça ?

— Bien sûr que non, voyons, proteste ma mère. J'ai allumé pendant sa sieste, c'est tout.

Violet lève les yeux de son dessin.

— Le Truc-de-dix-sept-Heures ! s'écrie-t-elle.

Je lance à ma mère ma fameuse Œillade-de-la-Mort.

— Tu regardes le journal de dix-sept heures avec ma fille de quatre ans.

Elle lève les mains en l'air.

— OK, d'accord, j'avoue : ça m'arrive de temps en temps. Ce sont les infos, bon sang ! Ce n'est pas comme si je la collais devant un film P-O-R-N-O. D'ailleurs, tu as entendu ce qui s'est passé ? C'est un simple malentendu et cet idiot de faux révérend est encore en train d'ouvrir sa grande bouche, tout ça parce que la police essaie de faire son boulot.

Je me tourne vers Violet.

— Mon cœur, va choisir le pyjama que tu veux mettre cette nuit et prépare deux livres pour l'histoire du soir, d'accord ?

J'attends qu'elle ait monté les marches quatre à quatre pour reporter mon attention sur la télévision.

— Si tu tiens vraiment à voir Wallace Mercy, fais-moi au moins le plaisir de suivre les infos sur MSNBC.

— Je ne tiens pas spécialement à voir Wallace Mercy. En fait, je crois même qu'il dessert la cause de Malik Thaddon en voulant prendre sa défense.

Malik Thaddon… Voilà pourquoi son visage me disait quelque chose. Il a remporté l'US Open de tennis il y a quelques années.

— Qu'est-ce qui lui est arrivé ?

— Il sortait de son hôtel quand quatre policiers lui ont sauté dessus. Apparemment, il y aurait eu erreur sur la personne.

Ava vient s'asseoir à côté de moi sur le canapé tandis que la caméra fait un gros plan sur Wallace Mercy, lancé dans sa diatribe. Les muscles de sa gorge saillent et une veine bat sur sa tempe ; cet homme est une crise cardiaque en puissance.

— Tu sais, commence ma mère, s'ils n'étaient pas toujours aussi *en colère*, les gens seraient sans doute plus nombreux à les écouter.

Je n'ai pas besoin de lui demander qui sont les *ils* dont elle parle.

Je prends une autre bouchée de ma pizza dinosaure.

— Si on s'en tenait à la décision qu'on avait prise au départ, à savoir ne regarder que les chaînes qui ne diffusent pas de publicités tendancieuses ?

Ma mère croise les bras sur sa poitrine.

— Enfin, Kennedy… J'aurais tout de même cru que tu pousserais ta fille à devenir une observatrice du monde qui nous entoure.

— Violet est encore un bébé, maman. Elle n'a pas besoin de savoir que la police lui tombera peut-être dessus un jour…

— Oh, je t'en prie. Elle était en train de colorier. Toutes ces histoires lui sont passées par-dessus la tête. Elle a juste trouvé que Wallace Mercy était très mal coiffé.

J'appuie mes doigts au coin de mes yeux.

— C'est bon, je suis fatiguée. Remettons cette conversation à plus tard, tu veux ?

Ma mère ramasse mon assiette vide et se lève, manifestement vexée.

— Et surtout, loin de moi l'idée de n'être rien d'autre qu'une employée de maison, marmonne-t-elle avant de disparaître dans la cuisine.

Je file à l'étage où m'attend Violet. Elle a choisi un album qui raconte l'histoire d'une souris affublée d'un drôle de nom qu'aucun de ses amis ne parvient à prononcer, et *Go, Dog. Go!*, le livre de sa bibliothèque que je déteste franchement. Je la rejoins dans son lit et dépose un baiser sur le sommet de son crâne. Elle sent le bain moussant à la fraise et le shampooing Johnson's, exactement comme moi quand j'étais petite. Tandis que j'entame ma lecture à voix haute, je note dans un coin de mon esprit qu'il me faudra remercier ma mère d'avoir donné son bain à Violet, de lui avoir préparé à manger et de l'aimer aussi passionnément que moi, même lorsqu'elle l'expose aux foudres vengeresses de Wallace Mercy.

Mes pensées s'échappent pour aller rejoindre Ruth. *Violet n'a pas besoin de savoir que la police lui tombera peut-être dessus un jour*, ai-je dit à ma mère.

Mais, tout à fait objectivement, ma fille a peu de chances de se retrouver dans ces situations où la police arrête par erreur une personne qu'elle a confondue avec un autre suspect. Le risque est beaucoup moins élevé que… pour Ruth, par exemple.

— Maman !

En entendant le ton réprobateur de Violet, je m'aperçois que j'ai interrompu ma lecture, happée par mes pensées.

— "Est-ce que tu aimes mon chapeau ?" reprends-je à voix haute. "Non, je ne l'aime pas."

RUTH

Adisa dit que je dois me faire plaisir, alors elle m'invite à déjeuner. Nous choisissons un petit bistrot qui prépare son propre pain et sert des assiettes tellement copieuses qu'on repart toujours avec des restes. Comme il y a pas mal de monde, nous nous installons au bar.

Je vois beaucoup plus souvent ma sœur ces jours-ci, ce qui est à la fois bizarre et rassurant. Avant, j'étais toujours fourrée au travail quand je n'étais pas avec Edison. Mais maintenant, mon emploi du temps est vide.

— C'est bien beau, tout ça, mais est-ce que tu sais comment tu vas faire bouillir la marmite, en attendant que ça se décante ? demande Adisa.

Je repense aux paroles de Kennedy concernant l'action civile. Certes, il y a de l'argent à la clé mais c'est de l'argent dont je ne dispose pas encore – et que je ne suis même pas sûre d'obtenir.

— Il n'y aurait que moi, je m'en ficherais, mais il faut que je nourrisse mon fils et j'avoue que ça m'inquiète un peu.

Elle me dévisage avec attention.

— Combien de temps tu tiendras avec ce que tu as mis de côté, tu crois ?

À quoi bon lui mentir ?

— Environ trois mois.

— Tu sais que, si ça devient critique, tu peux toujours me demander un coup de main, OK ?

Je ne peux pas m'empêcher de sourire.

— T'es sérieuse, là ? Je te rappelle que c'est moi qui t'ai dépannée le mois dernier.

Adisa sourit à son tour.

— J'ai dit que tu pouvais toujours me *demander* un coup de main. J'ai pas dit que je pourrais te le donner.

Elle hausse les épaules avant d'ajouter :

— On trouvera une solution, de toute manière.

Cette semaine, j'ai découvert que j'étais trop qualifiée pour postuler à tout type d'emploi administratif du premier échelon dans la ville de New Haven, y compris les emplois de secrétaire et de réceptionniste. Ma sœur pense que je devrais m'inscrire au chômage mais je trouve que ce serait malhonnête puisque je compte bien retourner travailler à l'hôpital une fois que tout ça sera réglé. Un poste à temps partiel serait une solution mais j'ai un diplôme d'infirmière et je n'ai plus le droit d'exercer pour le moment. Ce qui explique pourquoi j'ai préféré éviter le sujet jusqu'à maintenant.

— Tout ce que je sais, c'est que, quand le petit copain de Tyana s'est fait pincer pour vol, il a dû poireauter huit mois avant que son procès démarre. Ce qui te fout dedans pour cinq mois. Qu'est-ce qu'elle t'a conseillé, ta brindille d'avocate blanche ?

— Elle s'appelle Kennedy et on était trop occupées à essayer de trouver des solutions pour m'éviter la prison, figure-toi ; on n'a pas vraiment eu le temps d'aborder le sujet de ma propre survie en attendant le procès.

Adisa émet un ricanement.

— C'est clair que c'est le genre de détail qui ne doit même pas effleurer une nana dans son style.

— Tu ne l'as vue qu'une seule fois. Tu ne sais rien d'elle.

— Je sais que les gens qui choisissent de devenir avocats de la défense publique attachent généralement plus d'importance à la morale qu'au fric parce que, sinon, ils iraient bosser dans un cabinet privé à New York. J'en conclus donc que Mam'zelle Kennedy est blindée, soit parce qu'elle a touché un gros héritage, soit parce qu'elle se fait entretenir par un vieux plein aux as.

— Elle a réussi à négocier ma libération sous caution.

— Rectificatif : *ton fils* t'a fait sortir de prison.

Je fusille Adisa du regard avant de me tourner vers le serveur, occupé à essuyer des verres.

Ma sœur lève les yeux au ciel.

— Tu veux pas me parler ? Pas de souci.

Elle fixe la télé installée au-dessus du bar. Une publicité défile sur l'écran.

— Hé, on peut regarder autre chose ? lance-t-elle à l'adresse du serveur.

— Faites-vous plaisir, dit-il en lui tendant la télécommande.

Une minute plus tard, Adisa zappe d'une chaîne câblée à l'autre puis s'arrête net en entendant un célèbre refrain de gospel : *Lord, Lord, Lord, have Mercy* ! La caméra zoome sur Wallace Mercy, le révérend militant. Aujourd'hui, il s'en prend à un établissement scolaire du Texas qui a fait arrêter un jeune musulman ; le garçon avait apporté à l'école un réveil de sa fabrication pour le montrer à son professeur de sciences mais l'objet a été confondu avec une bombe. "Ahmed, déclare Wallace, si tu écoutes, j'aimerais te dire quelque chose. Je veux que tu saches que tous les enfants noirs et métis de ce pays qui ont peur, eux aussi, qu'on leur prête de mauvaises intentions à cause de leur couleur de peau…"

Je crois me souvenir que Wallace Mercy était prédicateur avant d'occuper la scène médiatique mais on dirait qu'il n'a pas reçu le mémo signalant qu'il n'est pas nécessaire de hurler quand on parle dans un micro sur un plateau de télé.

"J'aimerais dire qu'il fut un temps où l'on me stigmatisait moi aussi à cause de mon apparence physique. Et je ne mentirai pas : lorsque le Malin souffle le doute à mon oreille, il m'arrive parfois de croire que ces gens avaient raison. Mais, le plus souvent, je me dis que c'est moi qui ai humilié tous ces tyrans. Parce que j'ai réussi sans eux. Et… *tu suivras la même voie.*"

Adisa soupire bruyamment.

— Nom de Dieu, Ruth, voilà ce qu'il te faut. Wallace Mercy.

— S'il y a bien une chose dont je sois sûre, c'est que Wallace Mercy est la dernière personne dont j'ai besoin.

— Qu'est-ce que tu racontes, enfin ? Ton histoire, c'est pile-poil ce qu'il recherche. Un cas de discrimination sur le lieu de travail à cause de ta couleur de peau ? C'est du pain béni, pour lui. Il va remuer ciel et terre pour que tous les habitants de ce pays entendent parler du préjudice que tu as subi.

À l'écran, Wallace lève le poing.

— Il est vraiment obligé d'être toujours en pétard ?

Adisa part d'un éclat de rire.

— C'est ça, ma fille, qu'est-ce que tu veux… Moi aussi, je suis tout le temps en pétard. Ça m'épuise d'être black à longueur de journée. Sauf que lui, il donne une voix aux gens comme toi et moi.

— Une voix assourdissante.

— Exactement. Merde, Ruth, t'es complètement anesthésiée. Ça fait tellement longtemps que tu fraies avec les requins que t'as oublié que pour eux t'es du krill et rien d'autre.

— Quoi ?

— Ça mange du krill, les requins, non ?

— Ça mange les *hommes*.

— C'est ce que je me tue à te dire, soupire Adisa. Les Blancs ont passé des années à redonner aux Noirs leur liberté sur le papier mais au fond d'eux ils attendent toujours qu'on leur dise *oui, missié*, qu'on ferme nos bouches et qu'on se contente de ce qu'on a. Dès qu'on commence à dire ce qu'on pense, on risque de perdre notre boulot, notre toit et même notre vie. Wallace, c'est celui qui se met en colère à notre place. S'il n'était pas là, les Blancs ne seraient même pas conscients que leurs conneries nous foutent en l'air et les Noirs seraient de plus en plus frustrés de ne pas pouvoir riposter. Wallace Mercy, c'est le type qui empêche la poudrière d'exploser dans ce pays.

— OK, c'est bien joli tout ça, mais je ne suis pas poursuivie parce que je suis noire. Je suis poursuivie parce qu'un bébé est mort pendant mon service.

Adisa laisse échapper un grognement sarcastique.

— Qui t'a raconté ça ? Blanche-Neige, ton avocate ? Pas étonnant qu'elle ne croie pas que ce soit une histoire de racisme. Ces questions lui échappent, point barre. Parce qu'elle n'est pas constamment obligée d'y penser.

— OK, quand tu auras décroché ton diplôme de droit tu me donneras des conseils sur cette affaire, d'accord ? En attendant, je vais écouter ce qu'elle me dit.

J'hésite un instant avant d'ajouter :

— Tu sais, pour quelqu'un qui déteste qu'on la mette dans une case, tu te débrouilles très bien pour t'y coller toute seule.

Ma sœur lève les mains en l'air en signe de reddition.

— OK, Ruth. Tu as raison. J'ai tort.

— Ce que je veux dire… c'est que jusqu'à présent Kennedy McQuarrie fait son travail, c'est tout.

— Son boulot, c'est de réussir à sauver ta peau pour avoir bonne conscience, lâche Adisa. Pourquoi tu crois qu'on parle d'un chevalier blanc ?

Elle me fixe avec intensité.

— Et tu sais aussi bien que moi quelle couleur se trouve à l'autre bout du nuancier.

Je ne dis rien, je n'ai pas envie de lui donner cette satisfaction. Mais nous connaissons toutes les deux la réponse.

Le noir. La couleur des méchants.

Je ne me suis rendue qu'une seule fois chez Christina, dans son appartement de Manhattan, et c'était peu de temps après qu'elle eut épousé Larry Sawyer. Je venais lui apporter un cadeau de mariage et, dans mon souvenir, l'épisode avait été plutôt embarrassant. Christina et Larry avaient choisi de se marier dans les Caraïbes, sur les îles Turks-et-Caïcos, et Christina n'avait eu de cesse de répéter à quel point elle était désolée de ne pouvoir convier *tous* ses amis mais elle avait été obligée, par la force des choses, de limiter le nombre d'invités. En ouvrant mon cadeau – une parure de torchons en lin sur lesquels j'avais fait sérigraphier les recettes de ma mère, écrites de sa propre main, des cookies, des gâteaux et des tartes préférés de Christina –, celle-ci avait fondu en larmes en me serrant dans ses bras. Elle m'avait confié que c'était le cadeau le plus personnel et le plus attentionné qu'elle avait reçu et avait ajouté qu'elle utiliserait les torchons tous les jours.

Dix ans se sont écoulés depuis ce jour et je me demande si Christina s'est déjà servie de sa cuisine – je ne parle même pas des torchons… Les plans de travail en granit brillent de mille feux et, dans une coupe en verre bleu, des pommes fraîchement cueillies ont l'air d'avoir été cirées. Jamais on ne devinerait qu'un enfant de quatre ans habite ici. Je meurs d'envie d'ouvrir les portes du double four Viking, juste pour voir si je peux trouver une miette égarée ou une tache de graisse.

— Assieds-toi, me dit Christina en montrant une chaise.

Je m'exécute et sursaute en entendant de la musique s'échapper doucement du mur, derrière moi.

— C'est une enceinte, explique-t-elle avec un petit rire. Elle est cachée.

Je me demande ce que ça fait de vivre dans un endroit semblable à un décor de magazine. La Christina que je connaissais semait derrière elle un chaos indescriptible lorsqu'elle rentrait de l'école, abandonnant son manteau et son cartable, balançant ses chaussures. Une femme apparaît soudain, tellement silencieuse qu'elle aurait pu émerger d'un mur, elle aussi. Elle pose devant moi une assiette de salade au poulet puis une autre devant Christina.

— Merci, Rosa, dit-elle, et je devine à cet instant qu'elle continue de laisser traîner son manteau, ses sacs et ses chaussures quand elle rentre chez elle.

Sauf qu'ici Lou s'appelle Rosa. C'est une autre personne qui s'occupe de tout ramasser derrière elle et c'est la seule différence.

L'employée de maison s'éclipse aussi discrètement qu'elle est arrivée et Christina commence à parler d'une soirée de bienfaisance donnée en faveur de l'hôpital. L'acteur Bradley Cooper avait accepté d'y participer mais il avait annulé au dernier moment parce qu'il souffrait d'une angine. Le même soir, le magazine *Us Weekly* l'avait pris en photo dans un modeste bar de Chelsea en compagnie de sa petite amie. Christina parle tant et tant d'un sujet dont je me fiche éperdument qu'avant même d'avoir terminé ma salade, je crois avoir deviné la véritable raison de son invitation.

Je me décide à l'interrompre.

— Bon… Ma mère t'a raconté ?

Son visage se décompose.

— Non. C'est Larry. Depuis qu'il a rempli son dossier de candidature pour les élections, la télé reste branchée en permanence sur les chaînes d'information.

Elle mordille sa lèvre inférieure.

— Ça a dû être horrible, non ?

Un rire gargouille dans ma gorge.

— Quelle partie ?

— Eh bien, tout : ton renvoi, ton arrestation. Tu es allée en prison ? demande-t-elle en écarquillant les yeux. Est-ce que c'est comme dans *Orange is the new black* ?

— Ouais, mais sans le sexe.

Je cherche son regard.

— Je n'ai rien fait de mal, Christina. Tu dois me croire.

Elle tend le bras par-dessus la table, serre ma main dans la sienne.

— Je te crois, Ruth. Vraiment. Et j'espère que tu le sais. J'ai voulu t'aider… J'ai demandé à Larry de contacter un avocat de son ancien cabinet pour qu'il s'occupe de ton dossier.

Ses paroles me font l'effet d'une douche froide. J'ai beau m'efforcer d'y voir un geste d'amitié, j'ai malgré tout l'impression d'être une épine dans son pied.

— Je… Je ne pourrai pas accepter…

— Avant que tu me prennes pour ta marraine la bonne fée, il faut que tu saches que Larry m'a tout de suite freinée dans mon élan. Il se sent aussi mal que moi, franchement, mais avec sa candidature aux élections il ne peut pas se permettre de se retrouver mêlé à un scandale.

Un scandale. Je goûte le mot, mords dedans comme dans un fruit rouge, le sens exploser dans ma bouche.

— On s'est disputés assez violemment à cause de ça. Je l'ai même obligé à dormir dans la chambre d'amis, tu vois le genre. Attention, il ne cherche pas à séduire l'électorat néonazi. Mais ce n'est pas si simple que ça. Les relations interraciales sont un sujet ultrasensible, en ce moment; il y a cette histoire avec le chef de la police et tout le reste. Larry a intérêt à se tenir à l'écart de tout ce ramdam s'il ne veut pas saborder ses chances de victoire électorale. Je suis vraiment désolée, Ruth, conclut-elle en secouant la tête.

Mes mâchoires se crispent douloureusement.

— C'est pour me dire ça que tu m'as demandé de venir? Tu voulais m'annoncer qu'il ne fallait plus qu'on nous voie ensemble, toutes les deux?

Qu'est-ce que je m'imaginais, idiote que je suis? Que c'était une visite de courtoisie? Que, pour la première fois en dix ans, Christina avait soudain eu très envie de m'inviter à déjeuner chez elle? Ou bien savais-je depuis le début que j'avais accepté son invitation parce que j'espérais que se produise un de ces petits miracles dont les Hallowell avaient le secret, même si j'étais trop fière pour l'admettre?

Nous nous regardons longuement sans mot dire.

— Non, murmure finalement Christina. J'avais besoin de te voir de mes propres yeux. Je voulais m'assurer que tu étais… enfin, tu sais… que tu allais bien.

La fierté est un dragon féroce: elle somnole dans le fond de votre cœur puis se met à rugir quand vous n'aspirez qu'au silence.

— Eh bien, tu peux rayer ça de ta liste de bonnes actions, fais-je d'un ton amer. Je vais *très* bien.

— Ruth…

Je retire ma main de la sienne.

— Arrête, Christina, d'accord? Arrête.

J'essaie de fouiller dans notre histoire commune, à la recherche de l'accroc, de la déchirure maladroitement reprisée dans notre amitié… Comment les deux gamines qui connaissaient tout l'une de l'autre – parfum de glace favori, chanteur préféré des New Kids on the Block, coups de cœur de midinettes – sont-elles devenues ces femmes qui ne savent plus rien de la vie de leur amie ? Nous sommes-nous réellement éloignées ou bien notre intimité n'a-t-elle jamais été qu'une mascarade ? Étions-nous proches parce que nous étions vraiment amies ou simplement parce que nous nous trouvions souvent sous le même toit ?

— Je suis désolée, répète Christina d'une voix à peine audible.

— Moi aussi, dis-je dans un murmure.

Elle se lève soudain et revient quelques instants plus tard, renversant sous mes yeux le contenu de son sac à main. Une paire de lunettes de soleil, un trousseau de clés, des tubes de rouge à lèvre et des facturettes de carte bancaire s'éparpillent sur la table. Quelques comprimés d'Advil jaillissent encore du sac, semblables à des bonbons. Puis elle ouvre son portefeuille et sort une épaisse liasse de billets qu'elle me colle dans la main.

— Prends ça, dit-elle. Et ça reste entre toi et moi.

Lorsque nos mains s'effleurent, je reçois une décharge électrique et me lève d'un bond, comme frappée par la foudre.

— Non, dis-je en reculant d'un pas.

Il y a une ligne entre nous et, si je la franchis, rien ne sera plus jamais pareil entre Christina et moi. Nous n'avons peut-être jamais été sur un pied d'égalité, toutes les deux, mais je réussissais au moins à faire semblant. Si j'accepte cet argent, je ne pourrai plus continuer à jouer la comédie.

— Je ne peux pas.

Mais Christina insiste, m'obligeant à replier mes doigts autour des billets.

— Prends, ne discute pas.

Puis elle me regarde comme si tout allait pour le mieux dans le meilleur des mondes – comme si rien n'avait changé et que je n'étais pas devenue une mendiante à ses pieds, une bonne œuvre, une cause à défendre.

— Mangeons le dessert. Rosa ?

Je bouscule ma chaise dans ma précipitation à vouloir partir.

— Je n'ai plus très faim, dis-je en détournant le regard. Il faut que j'y aille.

Je récupère mon manteau et mon sac à main suspendus au vestiaire de l'entrée et me dépêche de sortir en prenant soin de bien refermer la porte derrière moi. J'appuie frénétiquement sur le bouton d'appel de l'ascenseur, comme si ça allait le faire venir plus vite.

Et je compte les billets. Cinq cent cinquante-six dollars.

La sonnerie de l'ascenseur retentit.

Je me précipite vers la porte de Christina, me penche au-dessus du paillasson orné de l'inscription "Bienvenue" et glisse l'argent dessous.

Ce matin, j'ai annoncé à Edison que nous ne pourrions plus utiliser la voiture. La carte grise a expiré et je n'ai pas de quoi la renouveler. Vendre la voiture sera le dernier recours mais je vais d'abord essayer de rassembler la somme nécessaire pour couvrir les frais de carte grise et d'essence, et on prendra le bus en attendant.

Je monte dans l'ascenseur et ferme les yeux jusqu'au rez-de-chaussée. Puis je traverse en courant Central Park West. Je cours à en perdre haleine et ne m'arrête que lorsque je sais que je ne reviendrai pas sur ma décision.

L'immeuble de Humphrey Street ressemble à n'importe quel autre bâtiment administratif : c'est un cube de ciment aux lignes austères. Le bureau de l'aide sociale est plein à craquer : tous les sièges en plastique fissuré sont occupés par des personnes courbées sur des formulaires. Adisa m'entraîne vers le comptoir. En ce moment, elle travaille à temps partiel comme caissière mais elle a visité ce bâtiment à plusieurs reprises lorsqu'elle était à la recherche d'un emploi et elle en connaît toutes les ficelles.

— Ma sœur a besoin de remplir une demande d'allocations, annonce-t-elle tout de go, ignorant visiblement que cette petite phrase me fait mourir un peu.

La secrétaire a l'air d'avoir le même âge qu'Edison. De longues boucles d'oreilles en forme de tacos pendent à ses oreilles.

— Remplissez ça, dit-elle en me tendant un porte-bloc avec un formulaire.

Comme il n'y a toujours pas de place pour s'asseoir, nous nous adossons au mur. Adisa cherche un stylo dans son sac sans fond et, pendant ce temps, j'observe les mères occupées à remplir leur dossier avec de jeunes enfants sur les genoux, les hommes empestant l'alcool et la sueur, et cette femme coiffée d'une longue tresse poivre et sel qui chantonne en tenant une poupée dans ses bras. Environ la moitié des personnes présentes sont blanches. Des mamans sortent des mouchoirs pour essuyer le nez de leurs enfants, des hommes en chemise tapotent nerveusement leur stylo contre leurs cuisses en décortiquant chaque ligne du formulaire. Adisa surprend mon regard.

— Les deux tiers des prestations sociales sont versés aux Blancs, dit-elle. Va comprendre quelque chose.

Je ne me suis jamais sentie aussi reconnaissante envers ma sœur.

Les premières lignes sont faciles à remplir : nom, adresse, nombre de personnes à charge.

Puis je lis : *Revenus.*

J'inscris le montant de mon salaire annuel puis je le barre.

— Mets zéro, me conseille Adisa.

— Je touche une petite partie de la pension de Wesley…

— Écris zéro, insiste ma sœur. Je connais des gens qui n'ont même pas eu droit à l'aide alimentaire parce qu'ils avaient des voitures qui coûtaient soi-disant trop cher. Tu vas niquer le système comme il t'a niquée, toi.

Voyant que j'hésite encore, elle me prend le formulaire des mains, remplit les cases à ma place et va le remettre à la secrétaire.

Une heure s'écoule et aucun nom n'est appelé dans la salle d'attente. Je me tourne vers ma sœur.

— Ça prend combien de temps, généralement ?

— Ils peuvent te faire poireauter autant de temps qu'ils veulent, répond Adisa. Si tous les gens que tu vois là ne trouvent pas de boulot, c'est en partie parce qu'ils passent le plus clair de leurs journées ici, dans l'espoir de toucher des aides et, pendant ce temps-là, ils peuvent pas aller chercher de taf ailleurs.

Il est presque quinze heures – soit quatre heures après notre arrivée – quand une conseillère apparaît sur le seuil de la porte.

— Ruby Jefferson ?

— Ruth ? dis-je en me levant.

Elle jette un coup d'œil au dossier.

— Oui, peut-être.

Nous la suivons dans le couloir jusqu'à un petit bureau où nous nous asseyons.

— Je vais vous poser quelques questions, déclare-t-elle d'un ton monocorde. Avez-vous encore un emploi ?

— C'est compliqué… j'ai été suspendue.

— C'est-à-dire ?

— Je suis infirmière mais on m'a retiré le droit d'exercer jusqu'à ce que la procédure pénale dont je fais l'objet soit terminée.

Cette phrase sort de ma bouche à toute vitesse, comme si les mots avaient été arrachés de mes entrailles.

— On s'en fout, intervient Adisa. J'vais vous la jouer cash. Elle a pas de boulot et elle a pas de fric.

Je fixe ma sœur d'un air médusé. Moi qui espérais que nous pourrions trouver un terrain d'entente, la conseillère et moi, et qu'elle ne me considérerait pas comme une demandeuse d'allocations classique mais plutôt comme une travailleuse de la classe moyenne qui traverse une mauvaise passe, eh bien c'est loupé. Adoptant une tactique radicalement opposée à la mienne, Adisa a dégainé l'*ebonics*, ce dialecte propre à la population noire défavorisée.

En face de nous, la conseillère remonte ses lunettes sur son nez.

— Qu'en est-il du plan d'épargne que vous gardiez pour les études de votre fils ?

— Je ne peux pas y toucher. Une clause le réserve exclusivement au financement des frais universitaires.

— Elle a besoin de l'aide médicale, coupe Adisa.

La femme lève les yeux sur moi.

— Quelle somme payez-vous actuellement pour votre mutuelle ?

— Mille cent dollars par mois, dis-je en rougissant. Mais je ne pourrai plus payer le mois prochain.

Elle hoche la tête, impassible.

— Débarrassez-vous de votre mutuelle et vous pourrez percevoir l'Obamacare.

— Oh, non, vous ne comprenez pas. Je ne veux pas résilier mon contrat de mutuelle, j'ai juste besoin d'une aide temporaire. C'est l'assurance maladie de l'hôpital et je retrouverai mon travail quand tout sera réglé…

Adisa se tourne vers moi.

— Et d'ici là tu comptes faire comment si Edison se casse une jambe ?

— Adisa…

— Tu te prends pour O. J. Simpson ou quoi ? Tu crois qu'ils vont te lâcher la grappe comme ça ? J'ai une grande nouvelle pour toi, ma sœur : t'es pas O. J. T'es pas Oprah et t'es pas Kerry Washington non plus. Les Blancs leur font des fleurs, à eux, parce qu'ils sont célèbres. Toi, t'es rien qu'une négresse qui se casse la gueule parmi des centaines d'autres.

Je suis sûre que la conseillère peut voir la vapeur s'échapper de mes cheveux. Mes ongles s'enfoncent tellement fort dans mes paumes que je sens ma circulation sanguine ralentir. Je ne sais pas trop ce qui a précipité cette soudaine métamorphose d'Adisa en rappeuse *gangsta* mais une chose est sûre : je vais la tuer.

Après tout, je suis déjà inculpée de meurtre, non ?

Le regard de la conseillère navigue entre Adisa et moi avant de se reposer sur le dossier. Elle s'éclaircit la gorge.

— Alors, commence-t-elle d'un ton léger, visiblement pressée de se débarrasser de nous, vous êtes éligible à la couverture médicale, à l'aide alimentaire ainsi qu'à une allocation complémentaire directe. Nous prendrons contact avec vous.

Glissant son bras sous le mien, Adisa m'arrache à ma chaise et m'entraîne vers la sortie.

— Alors, tu vois, c'était pas si méchant que ça, si ? murmure-t-elle, en s'arrêtant à côté d'une plante verte, près des ascenseurs.

Elle est redevenue elle-même, comme par enchantement. Mais elle ne perd rien pour attendre.

— Qu'est-ce qui t'a pris, bon sang ? Tu t'es conduite en emmerdeuse de première.

— Une emmerdeuse qui t'a aidée à obtenir les aides dont tu as besoin, réplique Adisa. Mais c'est pas grave : tu me remercieras plus tard.

Ma formatrice s'appelle Nahndi et je pourrais être sa mère.

— Alors, à la base il y a cinq postes : la caisse, le drive-in, le café drive-in, l'accueil et les équipiers qui font la navette entre les postes. Bon, y a aussi les gens aux plaques, c'est clair, ceux qui sont en cuisine…

Je la suis à la trace en tirant sur mon uniforme dont l'étiquette me picote la nuque. Je travaille huit heures d'affilée, j'ai droit à une pause de trente minutes, à un repas gratuit et je gagne le salaire minimum. Après avoir épuisé toutes les agences d'intérim spécialisées dans le secrétariat, j'ai postulé chez McDonald's. J'ai raconté que je prenais une pause professionnelle pour me consacrer à mon fils. Je n'ai même pas prononcé le mot *infirmière*. Je voulais juste être embauchée pour pouvoir renoncer à certaines prestations sociales qu'on m'avait allouées. Pour ma propre santé mentale, il fallait que je sois capable, au moins en partie, de subvenir à mes besoins et à ceux de mon fils.

Quand le responsable a appelé pour me proposer le poste, il m'a demandé si je pouvais commencer sur-le-champ car ils manquaient de personnel. J'ai donc laissé un mot sur le comptoir de la cuisine à l'attention d'Edison, disant que j'avais une surprise pour lui, puis j'ai vite attrapé un bus pour me rendre dans le centre-ville.

— Cet appareil, là, c'est la friteuse. Il y a trois tailles de panier qu'on sélectionne en fonction du monde qui attend au comptoir, explique Nahndi. Ici, il y a le minuteur qu'il faut enclencher quand on plonge le panier dans l'huile. À deux minutes quarante, il faut secouer le panier pour éviter que les frites collent et se transforment en grosse boule pâteuse, OK ?

Je hoche la tête en regardant l'employé – un étudiant prénommé Mike – exécuter tous les gestes qu'elle vient de décrire.

— Quand le minuteur a sonné, vous sortez le panier du bac et vous laissez l'huile s'égoutter pendant à peu près dix secondes. Ensuite, vous renversez les frites sur la plaque chauffante – attention, c'est brûlant – et vous les salez.

— Sauf si c'est une commande sans sel, précise Mike.

— On en parlera plus tard, répond Nahndi. La salière verse la même quantité de sel sur chaque fournée. Ensuite, vous remuez tout ça avec la spatule à frites et vous enclenchez un autre minuteur. Toutes les frites doivent être vendues dans les cinq minutes qui suivent et, s'il en reste, on les met à la poubelle.

Je hoche de nouveau la tête. Ça fait beaucoup de choses à mémoriser. J'avais des milliers de détails à retenir en tant qu'infirmière mais au bout de vingt ans de pratique ma mémoire fonctionnait en mode automatique. Alors que tout ça est nouveau pour moi.

Mike me laisse sa place devant la friteuse. Le panier pèse étonnamment lourd quand il faut l'égoutter au-dessus du bac. Mes mains glissent dans leurs gants en plastique. Je sens l'odeur de l'huile s'infiltrer à travers mon filet à cheveux. "C'est super !", s'exclame Nahndi.

J'apprends à emballer correctement les hamburgers. J'essaie de retenir le temps de conservation, en minutes, de chaque produit à partir du moment où il est placé dans un bac chauffant, j'apprends comment prévenir le manager qu'il faut préparer plus de double cheeseburgers, j'apprends qu'il faut appuyer sur le bouton "moyen" de la caisse avant d'enfoncer la touche Menu Numéro 1, car sinon le client n'aura pas de frites avec sa commande. Nahndi fait preuve d'une patience angélique quand j'oublie la sauce barbecue ou que j'attrape un McDouble à la place d'un double cheeseburger (ils sont identiques, à l'exception d'une tranche de fromage supplémentaire). Au bout d'une heure, elle me fait suffisamment confiance pour me laisser devant les plaques de cuisson, à l'assemblage des hamburgers.

Je n'ai jamais été du genre à rechigner devant les tâches ingrates. Dieu m'est témoin, les infirmières sont bien placées pour savoir ce que sont ces corvées, elles qui tiennent les haricots sous le menton des patients quand ils ont besoin de vomir ou qui changent les draps souillés. Mais je me suis toujours dit qu'après ce genre d'épisode le patient se sentait encore plus mal que moi – physiquement, moralement ou les deux à la fois. Mon boulot consistait à rendre les choses plus faciles, de la manière la plus professionnelle possible.

Tout ça pour dire que ça ne me dérange pas le moins du monde de travailler dans un fast-food. Je ne suis pas là pour la gloire. Je suis là pour le chèque en fin de semaine, si petit soit-il.

Après avoir inspiré profondément, je prends le pain composé de trois tranches que j'insère dans les emplacements du toaster prévus à cet effet. Pendant que ça chauffe, j'ouvre une boîte réservée au Big Mac – ce qui est plus facile à dire qu'à faire quand on porte des gants en plastique. Je dépose le chapeau du pain, parsemé de graines de sésame, à l'envers dans la partie couvercle de la boîte, pose la tranche centrale par-dessus puis place la tranche du bas dans la partie inférieure de la boîte. J'empoigne le pistolet à sauce géant et envoie deux giclées de sauce Big Mac de chaque côté. Puis je saupoudre de feuilles de laitue émincée et place sur la tranche centrale deux rondelles de cornichons stratégiquement positionnées (elles doivent "se frôler sans se chevaucher, comme pendant un rancard", a plaisanté Nahndi). Le pain du bas est recouvert d'une tranche de fromage américain. Puis je prélève sur le chauffe-plat deux steaks hachés cuits à 10 h 01 et j'en pose un sur le pain du dessus, un autre sur celui du bas. Soulève la tranche centrale, la place sur la tranche du bas, coiffe le tout du chapeau, referme la boîte et la confie à un autre équipier qui préparera la commande à emporter ou ira la servir au comptoir.

Ce n'est pas comme mettre un enfant au monde et, pourtant, je ressens la même bouffée de satisfaction du travail bien accompli.

Six heures plus tard, j'ai mal aux pieds et je pue l'huile de friture. J'ai nettoyé deux fois les toilettes – dont une fois après qu'un gamin de quatre ans a vomi partout par terre. Je viens juste de commencer à faire la navette entre les cuisines et la caisse de Nahndi quand une cliente commande une boîte de vingt Chicken McNuggets. Comme on me l'a appris, je vérifie moi-même le contenu de la boîte avant de la poser sur un plateau puis j'appelle son numéro et lui souhaite une bonne journée en lui remettant sa commande. Assise à trois mètres de moi, elle avale méthodiquement les vingt beignets de poulet. Et soudain, la voilà qui revient au comptoir.

— Cette boîte était vide, déclare-t-elle à l'adresse de Nahndi. J'ai payé pour rien.

— Je suis désolée. Nous allons vous en apporter une autre.

Je m'approche discrètement et dis à voix basse :

— J'ai vérifié moi-même le contenu de la boîte. Et je l'ai vue manger ses vingt nuggets.

— Je sais, murmure Nahndi. Elle fait ça tout le temps.

Le manager en poste, un type cadavérique avec un petit bouc, se dirige vers nous.

— Tout se passe bien, ici ?

— Très bien, répond Nahndi en prenant la nouvelle boîte de nuggets que je lui apporte.

Elle la remet à la cliente qui sort aussitôt sur le parking. Le manager retourne à l'arrière pour s'occuper des commandes du drive-in.

— C'est une blague, dis-je d'un ton incrédule.

— Il ne faut pas se laisser perturber par ce genre de truc, vous savez, ou vous ne tiendrez pas plus d'un jour ici, explique Nhandi.

Elle concentre son attention sur un groupe de gamins chahuteurs qui franchissent le seuil du restaurant dans un flot d'éclats de rire.

— C'est le rush de la sortie des cours, annonce-t-elle. Soyez prête !

Tournée vers l'écran, j'attends que la commande suivante apparaisse comme par magie.

— Bienvenue chez McDonald's, lance Nahndi. Puis-je prendre votre commande ?

Je prie secrètement pour que personne ne prenne de milk-shake. C'est la seule machine avec laquelle je ne me sens pas encore tout à fait à l'aise et, pour couronner le tout, Nahndi m'a raconté ce qui lui était arrivé pendant sa première semaine de travail : elle avait oublié de fixer les batteurs et le lait a giclé partout, l'éclaboussant de la tête aux pieds et maculant le sol.

— Euh, je vais prendre un menu Big Mac. Et toi, qu'est-ce que tu veux ?

— J'ai laissé mon argent chez moi…

Je fais volte-face parce que je connais cette voix. Debout devant le comptoir se tient Bryce, le copain d'Edison, et à côté de lui, les mains enfoncées dans les poches de son blouson, se trouve mon fils.

Je vois un sentiment d'horreur emplir les yeux d'Edison tandis qu'il examine mon filet à cheveux, mon uniforme, ma nouvelle vie. Alors, au lieu de lui sourire ou de leur dire bonjour, je me retourne précipitamment avant que Bryce ne m'aperçoive à son tour. Avant qu'Edison ne soit obligé d'inventer encore une excuse pour expliquer la situation dans laquelle je l'ai mis.

Edison n'est pas à la maison quand je rentre à la fin de mon service. J'enlève mon uniforme et je prends une douche, pressée de me débarrasser de l'odeur de friture. Je lui envoie un SMS mais il ne répond pas. Alors je commence à préparer le repas en faisant comme si tout allait bien. Lorsqu'il arrive enfin, je viens de poser le plat sur la table. "C'est chaud", dis-je, mais il va directement dans sa chambre. Je suppose qu'il est encore contrarié à cause de mon nouvel emploi mais il me rejoint un moment plus tard, tenant entre ses mains un gros bocal en verre rempli de pièces et un chéquier. Il pose tout ça sur la table.

— Deux mille trois cent quatre-vingt-six dollars, annonce-t-il. Et il doit y avoir deux cents de plus dans le bocal.

— C'est de l'argent pour tes études.

— C'est maintenant qu'on en a besoin. J'ai tout le printemps et tout l'été pour bosser. J'en gagnerai encore.

Edison a méticuleusement mis de côté tout l'argent qu'il a gagné depuis qu'il a commencé à travailler à la supérette, à l'âge de seize ans. Je le sais parce que ça faisait partie d'un marché que nous avions conclu tous les deux : il participerait comme il pourrait au financement de ses études, s'arrangerait pour décrocher une bourse, nous solliciterions une allocation fédérale, débloquerions le plan d'épargne que nous avions ouvert quand il était bébé et je ferais en sorte de payer le reste de ma poche. L'idée d'utiliser l'argent qui doit servir à financer ses études me soulève le cœur.

— Edison, non.

Son visage s'assombrit.

— Maman ! Je suis désolé, je ne peux pas te laisser travailler chez McDo alors qu'il nous reste encore de l'argent. Tu imagines ce que ça me fait de te savoir là-bas ?

— Premièrement, ce n'est pas que de l'argent : c'est ton avenir. Deuxièmement : il n'y a pas de sot métier. Même s'il s'agit de préparer des frites à longueur de journée.

Je serre sa main dans la mienne.

— Dis-toi que c'est temporaire. Dès que tout sera réglé, je retournerai travailler à l'hôpital.

— Si j'arrête la course à pied, je pourrai demander à faire plus d'heures à la supérette.

— Il est hors de question que tu arrêtes la course à pied.

— C'est qu'un sport, je m'en fiche.

— Et moi, je me fiche de tout sauf de toi, dis-je en m'asseyant en face de lui. Je t'en prie, mon chéri, laisse-moi faire ça. S'il te plaît.

Mes yeux s'embuent.

— Si tu m'avais demandé de te dire qui était Ruth Jefferson il y a un mois, je t'aurais répondu que c'était une bonne infirmière et une bonne mère. Mais aujourd'hui, certaines personnes prétendent que je suis une mauvaise infirmière. Alors, si je ne peux plus te préparer de bons petits plats et t'acheter des vêtements, je commencerai aussi à douter de mes compétences maternelles. Si tu ne me laisses pas faire ça… si tu m'empêches de prendre soin de toi… je ne saurai plus qui je suis, tu comprends ?

Edison croise les bras sur son torse et détourne les yeux.

— Tout le monde est au courant, dit-il. Je les entends parler dans mon dos et se taire dès que j'approche.

— Les élèves ?

— Et aussi les profs.

Je me raidis.

— C'est inadmissible.

— Non, ce n'est pas ce que tu crois. Ils font tout pour me soutenir, en fait. Ils me laissent plus de temps pour rendre mes devoirs, ils me disent qu'ils savent que les choses sont difficiles chez nous, en ce moment… et chaque fois que l'un d'entre eux est comme ça avec moi – je veux dire : supergentil et supercompréhensif –, ça me donne envie de taper dans quelque chose parce qu'en fait c'est encore pire que quand les gens font semblant de ne pas savoir que tu as loupé les cours parce que ta mère était en prison.

Il esquisse une grimace.

— Tu sais, l'évaluation que j'ai foirée ? C'est pas parce que je n'avais pas révisé. C'est parce que j'avais séché les cours après avoir croisé M. Herman qui m'a demandé s'il pouvait faire quelque chose pour nous aider.

— Oh, Edison…

— Je ne veux pas de leur aide! explose-t-il. Je ne veux pas avoir *besoin* de leur aide. Je veux juste être comme tout le monde, tu vois, je veux pas être un cas particulier. Et ensuite, je m'en veux de folie parce que je suis là à gémir comme si j'étais le seul à être dans la galère alors que tu pourrais… que tu…

Il se tait, frotte ses paumes contre ses cuisses.

— Ne le dis pas, fais-je en l'enlaçant. N'y pense même pas.

Je m'écarte, prends son beau visage entre mes mains.

— On n'a pas besoin de leur aide. On va s'en sortir. Tu me crois, hein?

Il me regarde avec attention, me dévisage comme un pèlerin scruterait le ciel criblé d'étoiles, cherchant un sens à tout ça.

— Je ne sais pas.

— Eh bien, moi, j'en suis sûre, dis-je fermement. Et maintenant, mange ce qu'il y a dans ton assiette. Parce que je n'irai certainement pas chercher quelque chose au McDo si ça refroidit.

Edison soulève sa fourchette, heureux de la diversion. Quant à moi, je m'efforce de ne pas penser que, pour la première fois de ma vie, j'ai menti à mon fils.

Une semaine plus tard, alors que je suis en train de chercher partout ma visière McDonald's, la sonnette de l'entrée retentit. À ma grande stupeur, Wallace Mercy se tient sur le perron de ma maison – touffe de cheveux frisés blancs, costume trois-pièces, montre gousset et tout le toutim.

— Oh, Seigneur…

Les mots s'échappent de ma bouche, semblables à des bouffées d'air sec soufflant sur le désert de mon incrédulité.

— Ma sœur, dit-il d'une voix tonitruante. Je m'appelle Wallace Mercy.

Je pouffe de rire. Oui, je rigole. Parce que, franchement, qui ne le reconnaîtrait pas ?

Je jette un coup d'œil derrière lui pour voir s'il est accompagné de son habituelle escouade ou si les caméras sont là aussi. Mais le seul signe visible de sa célébrité est une longue voiture noire garée le long du trottoir, avec les feux de détresse allumés et un chauffeur assis au volant.

— Acceptez-vous de m'accorder un peu de votre temps ?

Je n'ai côtoyé la célébrité qu'une seule fois dans ma vie : le jour où, victime d'un accident de voiture non loin de l'hôpital, la femme d'un animateur télé présentant une émission en deuxième partie de soirée avait été transportée à la maternité parce qu'elle était enceinte. Elle y était restée en observation pendant vingt-quatre heures. En plus de mon rôle de soignante, j'avais dû jouer celui d'attachée de presse et contenir la foule de journalistes qui menaçaient d'envahir le service. Et voilà qu'aujourd'hui, alors que je rencontre une star pour la deuxième fois de ma vie, je porte un uniforme en polyester.

— Bien sûr, dis-je en l'invitant à entrer, remerciant silencieusement Dieu de m'avoir incitée à replier le convertible plus tôt que d'habitude. Puis-je vous proposer quelque chose à boire ?

— Un café serait une vraie bénédiction.

En allumant la cafetière, je pense à Adisa : ma sœur piquerait une crise si elle était là. Serait-ce impoli de demander à Wallace la permission de prendre un selfie avec lui pour le lui envoyer ?

— Votre maison est très chaleureuse, dit-il en contemplant les photos posées sur le manteau de la cheminée. C'est votre fils ? On m'a dit que c'était un garçon brillant.

Qui vous a dit ça ? La question me traverse l'esprit mais au lieu de la poser je demande :

— Vous prenez du lait ? Du sucre ?

— Les deux, répond Wallace Mercy.

Il prend la tasse que je lui tends et esquisse un geste en direction du convertible.

— Puis-je ?

Je hoche la tête. Il me fait signe de m'asseoir dans le fauteuil, près de lui.

— Madame Jefferson, savez-vous pourquoi je suis venu vous voir ?

— Pour être franche, je n'arrive déjà pas à croire que vous êtes ici en chair et en os, alors de là à me demander pourquoi…

Il sourit. Je n'ai jamais vu de dents aussi bien alignées et leur blancheur éclatante forme un contraste saisissant avec la couleur sombre de sa peau. Il est plus jeune que ce que je croyais, vu de près.

— Je suis venu vous dire que vous n'êtes pas seule.

J'incline ma tête sur le côté, perplexe.

— C'est très gentil de votre part, mais j'ai déjà un pasteur…

— Sachez que votre communauté est bien plus vaste que votre paroisse. Ma sœur, ce n'est pas la première fois qu'un membre de notre communauté est pris pour cible. Nous n'avons peut-être pas encore le pouvoir mais nous pouvons compter les uns sur les autres.

Ma bouche s'arrondit tandis que les pièces du puzzle commencent à s'emboîter dans mon esprit. C'est exactement ce que pense Adisa : mon cas ne représente pour lui qu'une cagette de pommes supplémentaire sur laquelle il pourra se percher pour attirer l'attention.

— Je vous suis reconnaissante de vous être déplacé jusqu'ici, lui dis-je, mais je doute que ce qui m'arrive soit très intéressant pour vous.

— Au contraire. Puis-je vous poser une question ? Lorsque vous avez été mise à l'écart et qu'on vous a demandé de ne plus vous occuper de ce bébé blanc, vos collègues ont-elles pris votre défense ?

Je repense à Corinne, mal à l'aise quand je m'étais plainte de la décision injuste de Marie, et se rangeant finalement du côté de Carla Luongo.

— Mon amie savait que je me sentais blessée.

— Est-ce qu'elle vous a défendue ? A-t-elle risqué son emploi pour vous ?

— Je ne lui aurais jamais demandé de faire ça, dis-je, en proie à un agacement grandissant.

— De quelle couleur est votre collègue ? demande Wallace sans transition.

— Que je sois noire n'a jamais posé de problème dans mes relations avec mes collègues.

— Jusqu'au jour où elles ont eu besoin d'un bouc émissaire. Ce que j'essaie de vous dire, Ruth – vous permettez que je vous appelle par votre prénom ? –, c'est que nous, nous sommes à vos côtés. Vos frères et vos sœurs noirs n'hésiteront pas à se battre pour vous. Ils risqueront leurs emplois pour vous. Ils défileront en votre nom et créeront une agitation qui ne pourra pas être ignorée.

Je me lève.

— Merci de… l'intérêt que vous portez à mon cas mais j'aimerais d'abord en discuter avec mon avocate et quoi qu'il en soit…

— De quelle couleur est votre avocate ? coupe Wallace.

— Quelle différence ça fait ? Comment voulez-vous que les Blancs vous traitent correctement si vous êtes sans cesse en train de leur adresser des reproches ?

Il sourit avec l'air de celui qui a déjà entendu ça quelque part.

— Vous savez qui est Trayvon Martin, je suppose ?

Bien sûr que je sais, quelle question ! La mort de ce garçon m'a bouleversée. Et pas simplement parce qu'il avait à peu près le même âge qu'Edison mais parce que, comme mon fils, il était premier de sa promo et n'avait rien à se reprocher, à part peut-être le fait d'être noir.

— Saviez-vous que, pendant le procès, la juge – une femme blanche – a interdit l'utilisation de l'expression *profilage racial* dans la salle d'audience ? Elle désirait s'assurer que le jury avait bien compris que l'affaire concernait un meurtre mais n'avait aucun lien avec la question raciale.

Ses mots m'atteignent de plein fouet comme autant de flèches décochées avec force. Parce que c'est exactement ce qu'a dit Kennedy au sujet de mon dossier.

— Trayvon était un gamin intelligent, sans histoire. Vous êtes une infirmière respectée. La raison pour laquelle la juge n'a pas voulu soulever la question raciale est la même qui pousse votre avocate à l'éviter comme la peste : dans leur esprit, les Noirs comme Trayvon et vous sont censés être des exceptions. Vous êtes l'exemple même de ce qui se passe quand des gens honnêtes connaissent des revers de fortune. Car c'est le seul moyen que ces sentinelles blanches ont trouvé pour justifier leur attitude.

Il se penche en avant en serrant sa tasse entre ses mains.

— Et si ce n'était pas la vérité ? Si vous et Trayvon n'étiez pas des exceptions… mais la règle ? Si l'injustice était la *norme* ?

— Tout ce que je veux, c'est faire mon travail, vivre ma vie, élever mon fils. Je n'ai pas besoin de votre aide.

— Vous n'en avez peut-être pas besoin, d'accord, mais il semblerait que de nombreuses personnes aient envie de vous soutenir malgré tout. J'ai évoqué brièvement votre histoire dans mon émission, la semaine dernière.

Il se redresse, plonge une main dans la poche intérieure de sa veste et en sort une petite enveloppe en papier kraft. Puis il se lève et me donne l'enveloppe.

— Bonne chance, ma sœur. Je prierai pour vous.

Dès que la porte s'est refermée sur lui, je soulève la bande autocollante et secoue l'enveloppe. Des billets s'en échappent : de dix dollars, de vingt, de cinquante. Il y a aussi des dizaines de chèques établis à mon ordre par des personnes que je ne connais pas. Je lis les adresses inscrites sur les chèques : Tulsa, Oklahoma. Chicago. South Bend. Olympia, Washington. La carte de visite de Wallace Mercy se cache sous la pile.

Je remets le tout dans l'enveloppe que je glisse ensuite dans un vase vide posé sur une étagère du salon. C'est là que je la vois : ma visière disparue, trônant sur le décodeur de la télé.

J'ai l'impression de me trouver à un carrefour.

Je positionne ma visière, prends mon manteau et mon portefeuille puis me dirige vers la porte pour aller travailler.

Ma photo préférée de Wesley et moi orne le manteau de la cheminée. Son cousin l'a prise à notre insu, le jour de notre mariage. Nous nous trouvons dans le hall du luxueux hôtel où se tenait la réception. Sam Hallowell avait payé la location de la salle, c'était son cadeau de mariage. J'ai noué mes bras autour du cou de Wesley et ma tête est légèrement inclinée sur le côté. Penché vers moi, les yeux fermés, il me murmure quelque chose à l'oreille.

J'ai essayé tant de fois de me rappeler ce que mon beau mari, absolument irrésistible dans son smoking, m'avait dit à cet instant. Je me plais à croire que c'est quelque chose du genre : *Tu es la plus jolie femme que j'aie jamais vue* ou *J'ai tellement hâte de passer ma vie auprès de toi.* Mais ce sont des répliques de romans à l'eau de rose ou de comédies romantiques et, en réalité, je suis presque sûre qu'on était en train d'échafauder un plan pour échapper momentanément à nos invités venus partager notre bonheur parce que j'avais très envie d'aller faire pipi.

Je dis ça parce que, si je ne me souviens pas de notre conversation au moment où la photo a été prise, je me rappelle en revanche très bien celle que nous avons eue un peu plus tard. Comme il y avait une longue file d'attente devant les toilettes des dames, Wesley m'avait galamment proposé de monter la garde devant celles des hommes pendant que j'y étais. Il m'a fallu un certain temps pour manœuvrer ma robe de mariage et faire ce que j'avais à faire, et lorsque j'ai enfin émergé des toilettes une bonne dizaine de minutes s'étaient écoulées. Wesley se tenait toujours devant la porte, tel mon garde du corps, mais il avait dans la main un ticket de parking.

Je lui ai demandé ce qu'il fabriquait avec ça. Nous n'avions pas de voiture, à l'époque ; même pour nous rendre à notre propre mariage, nous avions pris les transports en commun.

Wesley a secoué la tête en riant. "Un type est venu me voir pour me demander d'aller chercher sa Mercedes."

Nous avons ri de bon cœur avant de déposer le ticket à la réception. Nous avons ri parce que nous étions amoureux. Parce que, quand la vie vous sourit, vous ne trouvez pas ça bien grave qu'un vieux type blanc pense naturellement qu'un Noir dans un hôtel de luxe ne peut être qu'un employé de l'établissement.

Au bout d'un mois passé chez McDonald's, je commence à saisir le paradoxe existant entre la notion de service rapide et les normes sanitaires régissant l'industrie alimentaire. Bien que les commandes soient toutes censées être prêtes en moins de cinquante secondes, la plupart des produits proposés sont beaucoup plus longs à préparer. Les McNuggets et le Filet-O-Fish cuisent pendant presque quatre minutes. Les Chicken Sticks se préparent en six minutes et la palme du bain de friture le plus long revient aux blancs de poulet croustillants. Le temps de cuisson des steaks varie entre trente-neuf et soixante dix-neuf secondes en fonction de leur poids. Le poulet grillé nécessite une cuisson vapeur préalable. L'*apple pie* cuit douze minutes ; les cookies, deux. Et malgré tout, nous sommes censés faire en sorte que chaque client ressorte du restaurant en quatre-vingt-dix secondes : cinquante secondes pour la préparation des produits, quarante pour créer une véritable interaction.

Les managers m'adorent car contrairement aux autres équipiers je n'ai pas à jongler entre mes heures de cours et mon planning de travail. Après des années passées à travailler de nuit, ça ne me dérange pas de venir allumer le grill à quatre heures moins le quart du matin, de sorte qu'il puisse chauffer avant l'ouverture des portes à cinq heures. Grâce à ma grande flexibilité, on me confie souvent le poste que je préfère, celui d'hôtesse de caisse. J'aime bien parler avec les clients. Je me suis fixé comme défi de leur arracher au moins un sourire avant qu'ils s'éloignent du comptoir. Et après que des femmes en plein travail m'ont jeté des objets à la figure sous le coup de la douleur, subir les foudres d'un client parce que j'ai mis de la mayo à la place de la moutarde ne me fait ni chaud ni froid.

La plupart de nos habitués viennent le matin. Il y a Marge et Walt qui marchent cinq kilomètres tous les jours, vêtus du même jogging jaune, et commandent ensuite le même menu pancakes avec jus d'orange. Il y a Allegria, quatre-vingt-treize ans, qui nous rend visite une fois par semaine, enveloppée dans son manteau de fourrure, quelle que soit la température extérieure, et commande un McMuffin bacon et œuf sans muffin, sans viande et sans fromage. Et il y a Consuela qui vient chercher quatre grands cafés glacés pour toutes les filles de son institut de beauté.

Ce matin, l'un des nombreux SDF qui déambulent dans les rues de New Haven s'aventure à l'intérieur du restaurant. Le manager leur donne de temps en temps de la nourriture qu'on s'apprête à jeter, comme par exemple des frites qu'on ne peut plus vendre après cinq minutes. Ils rentrent aussi parfois pour se réchauffer. Un jour, on en a surpris un en train de pisser dans le lavabo des toilettes. L'homme qui pousse la porte aujourd'hui a de longs cheveux hirsutes et une barbe jusqu'au ventre. NAMASTAY IN BED*, peut-on lire sur son T-shirt taché. Ses ongles sont noirs de crasse.

— Bonjour, dis-je. Bienvenue chez McDonald's. Puis-je prendre votre commande ?

Il me fixe de son regard bleu chassieux.

— Je veux une chanson.

— Je vous demande pardon ?

— Une chanson, répète-t-il en haussant le ton. Je veux une chanson !

La manager de service, une petite femme frêle prénommée Patsy, se dirige vers le comptoir.

— Monsieur, il faut partir, maintenant.

— *Je veux une chanson, bordel !*

Le visage de Patsy s'empourpre.

— J'appelle la police.

— Non, attendez, dis-je précipitamment.

Je cherche le regard de l'homme et commence à entonner un morceau de Bob Marley. Tous les soirs, je chantonnais "Three Little Birds" à Edison pour l'aider à s'endormir. Je me souviendrai sûrement des paroles jusqu'à ma mort.

* Jeu de mots réunissant *Namasté*, salutation largement utilisée dans les pays asiatiques, et la locution "Stay in bed", signifiant, en anglais : "Reste au lit."

Le type se tait puis s'éloigne vers la sortie en traînant des pieds. J'ai juste le temps de plaquer un sourire sur mon visage avant d'accueillir le client suivant.

— Bienvenue chez McDonald's, dis-je en me retrouvant nez à nez avec Kennedy McQuarrie.

Vêtue d'un tailleur mal coupé, elle tient par la main une fillette auréolée d'un fouillis de boucles dorées.

— Je veux des pancakes *avec* un sandwich à l'œuf, annonce-t-elle d'une voix fluette.

— Il n'en est pas question, répond Kennedy avec fermeté.

Puis elle lève les yeux sur moi.

— Oh. Waouh. Ruth. Vous… travaillez ici.

En entendant ses mots, j'ai l'impression de me retrouver toute nue devant elle. Comment croyait-elle que j'allais m'en sortir en attendant la date de mon procès ? En puisant dans mes économies sans fond, peut-être ?

— Je vous présente ma fille, Violet. Aujourd'hui, on a décidé de se faire plaisir… Enfin, si on peut dire ça comme ça. Parce que, euh… on ne vient pas très souvent chez McDonald's.

— Mais si, maman ! claironne Violet tandis que les joues de Kennedy s'enflamment.

Je me rends compte qu'elle n'a pas envie que je la considère comme ces mères qui emmènent leurs enfants au fast-food dès le petit déjeuner, pas plus que je n'ai envie qu'elle s'imagine que je travaillerais ici même si je n'y étais pas obligée. En ce moment précis, nous rêvons toutes les deux d'être une autre personne que ce que nous sommes vraiment.

Ce constat me redonne un peu de courage.

— Si j'étais toi, dis-je à Violet sur le ton de la confidence, je prendrais les pancakes.

La fillette joint ses deux petites mains en esquissant un sourire.

— Alors je veux les pancakes.

— Autre chose ?

— Juste un petit café pour moi, répond Kennedy. J'ai des yaourts au bureau.

— Mm-mm, fais-je en tapotant l'écran. Ça fera cinq dollars et sept cents.

Elle ouvre son porte-monnaie et sort quelques billets.

— Alors... vous avez des nouvelles ?

J'ai posé la question avec désinvolture, comme si je parlais de la météo.

— Pas encore. Mais c'est normal.

Normal. Kennedy reprend la main de sa fille et s'écarte du comptoir, aussi pressée que moi de mettre un terme à ce moment embarrassant. Je me force à sourire.

— N'oubliez pas votre monnaie.

Une semaine après ma rentrée à l'école primaire de Dalton, j'ai eu mal au ventre. Bien que je n'aie pas de fièvre, ma mère a décidé de ne pas m'envoyer en classe et m'a emmenée avec elle chez les Hallowell. Chaque fois que je m'imaginais en train de franchir la grille de l'école, j'avais l'impression qu'on m'enfonçait un couteau dans le ventre ou bien j'avais envie de vomir – quand ce n'était pas les deux à la fois.

Avec la permission de Mme Mina, ma mère m'a enveloppée dans des couvertures et installée dans le bureau de M. Hallowell avec une assiette de crackers, une bouteille de soda au gingembre et la télévision allumée pour m'occuper. Elle m'a aussi laissé son écharpe porte-bonheur en me disant que ça serait presque aussi réconfortant que si elle restait près de moi. Comme elle passait me voir toutes les demi-heures, j'ai été surprise quand M. Hallowell est entré dans la pièce alors que j'attendais maman. Il a marmonné un vague *bonjour*, s'est dirigé vers son bureau et a remué une pile de papiers jusqu'à ce qu'il finisse par trouver ce qu'il cherchait : une chemise en carton rouge. Puis il s'est tourné vers moi.

— C'est contagieux, ce que tu as ?

J'ai secoué la tête.

— Non, monsieur.

Je ne le pensais pas, en tout cas.

— Ta mère m'a dit que tu avais mal au ventre.

J'ai acquiescé en silence.

— Et c'est venu brusquement, juste après la rentrée des classes…

Croyait-il que je faisais semblant d'être malade ? Si oui, il se trompait : les douleurs étaient bien réelles.

— Comment ça s'est passé à l'école, au fait ? Ton institutrice te plaît ?

— Oui, monsieur.

Jolie et menue, Mme Thomas, la maîtresse des CE2, sautillait de pupitre en pupitre comme un sansonnet dans une cour baignée de soleil. Elle souriait toujours quand elle disait mon nom. Contrairement à l'école de Harlem que j'avais fréquentée l'année précédente – et où ma sœur allait toujours –, celle-ci était équipée de vitres immenses ; la lumière du soleil inondait les couloirs, les crayons de couleur que nous utilisions en cours de dessin ne ressemblaient pas à des moignons à force d'avoir été taillés ; les manuels scolaires n'étaient pas gribouillés et comptaient encore toutes leurs pages. C'était une école comme on en voyait à la télévision – le genre d'école qui, pour moi, n'existait pas pour de vrai avant que j'y mette les pieds.

Sam Hallowell s'est assis à côté de moi sur le canapé en soupirant.

— Est-ce que ça te fait comme si tu avais mangé un burrito avarié ? Ça va et ça vient par vagues ?

Oui.

— Généralement quand tu penses que tu dois retourner à l'école ?

Je l'ai regardé d'un air incrédule. Savait-il lire dans les pensées ?

— Il se trouve que je connais parfaitement les causes de ton mal, Ruth, parce que j'ai attrapé le même virus que toi, un jour. Je venais d'être nommé directeur des programmes de la chaîne. J'avais un beau bureau, tout le monde se mettait en quatre pour essayer de me faire plaisir et tu sais quoi ? J'étais malade comme un chien.

Il m'a lancé un bref coup d'œil.

— J'étais persuadé que d'une minute à l'autre quelqu'un allait me regarder et se rendre compte que je n'avais pas ma place ici.

J'ai pensé à ce que je ressentais quand je m'asseyais dans la belle cafétéria lambrissée et que j'étais la seule élève à sortir mon repas d'un sac en papier. Je me suis rappelé le jour où Mme Thomas nous avait montré les photos de plusieurs grands personnages de l'histoire américaine : si tout le monde savait qui étaient George Washington et Elvis Presley, j'avais été la seule de ma classe à reconnaître Rosa Parks et cela m'avait rendue à la fois fière et mal à l'aise.

— Tu n'es pas un imposteur, m'a dit Sam Hallowell. Tu n'as pas atterri là-bas sur un coup de chance ou parce que tu t'es trouvée au bon endroit au bon moment ou parce que quelqu'un comme moi avait des relations. Tu es là-bas parce que tu es *qui tu es* et c'est en soi une formidable réussite.

Cette conversation tourbillonne dans ma tête pendant que j'écoute le principal du lycée d'Edison me raconter que mon fils, qui ne ferait d'ordinaire pas de mal à une mouche, a décoché un coup de poing dans le nez de son meilleur ami pendant la pause déjeuner, alors que l'établissement rouvrait ses portes après les congés de Thanksgiving.

— Bien que nous soyons conscients que le contexte soit un peu… difficile chez vous en ce moment, madame Jefferson, nous ne pouvons évidemment pas tolérer ce genre de comportement dans notre établissement, conclut le principal.

— Je peux vous assurer que cela ne se reproduira pas.

Je me retrouve soudain à Dalton, éprouvant de nouveau ce sentiment d'infériorité, comme si je devais être reconnaissante d'être assise dans le bureau du principal.

— Croyez-moi, je fais preuve d'indulgence car je sais qu'il existe des circonstances atténuantes. Objectivement, cet incident devrait être consigné dans le dossier scolaire d'Edison mais je lui ferai grâce de ça. En revanche, il sera suspendu jusqu'à la fin de la semaine. Nous appliquons une politique de tolérance zéro dans ce domaine et nous devons tout faire pour assurer la sécurité de nos étudiants.

— Oui, bien sûr, dis-je à mi-voix en sortant du bureau du principal, profondément humiliée.

J'ai l'habitude d'entrer dans cette école drapée d'une cape de triomphe invisible : je viens assister à la remise d'un prix décerné à mon fils pour ses excellents résultats au concours national de français ; je viens l'applaudir lorsqu'il reçoit le titre de meilleur athlète de l'année. Mais aujourd'hui, Edison ne traverse pas d'estrade avec un sourire radieux pour venir serrer la main du principal. Vautré sur un banc devant le bureau, il a l'air de s'en foutre royalement. J'ai envie de lui coller une bonne gifle.

Il fronce les sourcils en me voyant.

— Pourquoi t'es venue ici comme ça ?

Je baisse les yeux sur mon uniforme.

— Parce que j'étais en plein service quand le bureau du principal m'a appelée pour me prévenir que mon fils allait être renvoyé.

— Suspendu…

La colère me monte au nez.

— Je te conseille de la boucler pour le moment. Et tu ne me réponds certainement pas comme ça.

Nous sortons du bâtiment. L'air est mordant comme les prémices de l'hiver.

— Tu peux m'expliquer pourquoi tu as frappé Bryce ?

— Je croyais que je devais la boucler.

— Ne sois pas insolent. Qu'est-ce qui t'a pris, Edison ?

Il détourne les yeux.

— Tu connais une fille qui s'appelle Tyla ? Tu bosses avec elle.

Je visualise une ado mince comme un fil, le visage criblé d'acné.

— Toute maigre ?

— Ouais. Je ne lui ai jamais adressé la parole mais aujourd'hui elle est venue me voir pendant qu'on était en train de manger et elle m'a dit qu'elle te connaissait parce qu'elle travaillait avec toi au McDo. Bryce a trouvé ça vachement drôle que ma mère bosse là-bas.

— Tu aurais dû l'ignorer. Bryce serait incapable de travailler huit heures d'affilée, même sous la menace d'une arme à feu.

— Il s'est mis à raconter des conneries sur toi.

— Je viens de te le dire, Edison : tu perds ton temps et ton énergie à écouter ses bêtises.

La mâchoire d'Edison se contracte.

— Il a dit : "Tu sais pourquoi ta daronne ressemble à un Big Mac ? Parce qu'elle est pleine de graisse et qu'elle coûte pas plus cher qu'un dollar."

J'en ai le souffle coupé.

— Je vais en toucher deux mots au principal, il va m'entendre ! fais-je en retournant sur mes pas.

Mon fils me retient par le bras.

— Non ! Ça va pas ou quoi ? Je suis déjà la risée de tout le monde, alors c'est pas la peine d'en rajouter une couche, OK ?

Il se tait, secoue la tête.

— J'en ai ras-le-bol de tout ça. Je déteste ce putain de lycée avec ses putains de bourses et ses putains de faux-semblants.

Je ne peux même pas lui dire de surveiller son langage : je n'ai plus d'air dans les poumons.

Toute ma vie, j'ai répété à Edison que, lorsqu'on travaillait dur et qu'on se comportait correctement, on était sûr d'avoir une bonne place en retour. Je lui ai dit que nous n'étions pas des imposteurs, que ce que nous obtenions, nous le méritions parce que nous nous étions donné de la peine. Ce que j'ai omis de lui dire cependant, c'est que ces petites réussites peuvent nous être arrachées à tout moment.

C'est dingue : on peut se regarder toute sa vie dans un miroir en pensant voir une image nette, et puis un jour, on décolle une fine pellicule grise d'hypocrisie et on se rend compte qu'on n'a jamais vu son vrai visage.

J'ai du mal à savoir ce que je dois répondre à mon fils : dois-je lui dire qu'il a eu raison de réagir comme ça mais que passer à tabac tous les garçons du lycée ne changera pas les choses sur le long terme ? J'ai du mal à trouver un moyen de le convaincre que nous devons malgré tout continuer à mettre un pied devant l'autre, tous les jours, en priant que les choses iront mieux la prochaine fois que le soleil se lèvera. Et que si notre héritage n'est pas fait de prérogatives, il doit être fait d'espoir.

Parce que si nous ne croyons pas à ça, alors nous devenons les fainéants, les vagabonds, les vaincus. Nous devenons ceux qu'ils pensent que nous sommes.

Nous rentrons en bus sans échanger un mot. Lorsque nous tournons à l'angle de notre rue, je lui annonce qu'il est privé de sorties.

— Pour combien de temps ? demande-t-il.

— Une semaine.

Il fronce les sourcils.

— Ça ne sera même pas noté dans mon dossier.

— Combien de fois vais-je devoir te répéter que, si tu veux être pris au sérieux, il faut que tu sois deux fois plus futé que les autres ?

— Ou que je tabasse d'autres Blancs : le principal m'a pris vachement au sérieux pour ça, ironise Edison.

Ma bouche prend un pli sévère.

— Deux semaines.

Il s'éloigne d'un pas rageur, gravit d'un bond les marches du perron et pousse la porte en bousculant presque la femme qui se tient devant avec un gros carton dans les mains.

Kennedy.

Je suis tellement furieuse contre Edison que j'ai complètement oublié notre rendez-vous : nous devions nous voir cet après-midi pour passer en revue les pièces du dossier communiquées par l'État avant l'audience.

— Ce n'est pas le bon moment, n'est-ce pas ? demande Kennedy avec tact. On peut fixer un autre jour…

Je sens une bouffée de chaleur remonter de mon cou jusqu'à mes joues.

— Non, non, c'est bon. C'est juste que… il y a eu un petit imprévu. Je suis désolée que vous ayez entendu ça ; mon fils n'est pas aussi grossier, d'habitude.

Je tiens la porte pour la laisser entrer.

— Ça devient plus difficile quand on ne peut plus leur coller de fessée parce qu'ils sont plus grands que vous, dis-je encore.

Une expression horrifiée passe sur son visage mais elle l'efface rapidement avec un sourire poli.

En prenant son manteau pour le suspendre, je jette un coup d'œil au canapé convertible et à l'unique fauteuil puis à la cuisine minuscule et j'essaie de voir mon intérieur avec ses yeux.

— Vous voulez boire quelque chose ?

— Un verre d'eau, ce serait super.

Je vais remplir un verre dans la cuisine qui ne se trouve qu'à quelques pas, séparée du salon par un simple comptoir. Pendant ce temps, Kennedy regarde les cadres posés sur le manteau de la cheminée. Il y a la dernière photo de classe d'Edison ainsi qu'une de nous deux prises sur le Mall, à Washington, D.C., et la photo de Wesley et moi, le jour de notre mariage.

Elle commence à sortir les dossiers du carton qu'elle a apporté. Je m'assieds sur le canapé. Edison est parti bouder dans sa chambre.

— J'ai déjà jeté un coup d'œil aux différents documents, déclare Kennedy, mais j'ai vraiment besoin de votre aide pour le dossier du bébé. Je suis calée en jargon juridique mais nulle en charabia médical.

J'ouvre la chemise. Mes épaules se raidissent lorsque je tombe sur la photocopie du mot griffonné par Marie sur le Post-it.

— Ce sont toutes les données relatives au bébé : sa taille, son poids, le score d'Apgar, les yeux et l'injection…

— Quoi ?

— On applique un onguent antibiotique sur les yeux et on fait une injection de vitamine K. C'est le protocole standard pour tous les nouveau-nés.

Kennedy tend le bras au-dessus de la feuille et pointe un nombre du doigt.

— Et ça, qu'est-ce que ça veut dire ?

— Le taux de glycémie du bébé était bas. Il n'avait pas tété. La mère souffrait de diabète gestationnel, ça n'avait donc rien d'étonnant.

— C'est votre écriture ? demande Kennedy.

— Non, je n'étais pas présente lors de l'accouchement ; c'était Lucille. J'ai pris sa place à la fin de son service.

Je tourne la page.

— Ça, c'est l'examen médical du nouveau-né ; la fiche que j'ai remplie, moi. Il avait une température de 36,6, lis-je à voix haute. Rien à signaler concernant ses fontanelles et l'implantation de ses cheveux ; l'Accu-Chek affichait cinquante-deux – son taux de glycémie était remonté. Ses poumons étaient en bon état. Aucun hématome, aucune déformation suspecte au niveau du crâne ; il mesurait 49,5 centimètres et son tour de tête 34,29 centimètres.

Je hausse les épaules.

— L'examen était parfait, à l'exception d'une suspicion de souffle au cœur. Vous pouvez voir que je l'ai noté dans le dossier et alerté l'équipe de cardiologie pédiatrique.

— Qu'a dit le cardiologue ?

— Il n'a pas eu le temps de se prononcer ; le bébé est mort avant. Où sont les résultats du test de Guthrie ? dis-je en fronçant les sourcils.

— Qu'est-ce que c'est que ça ?

— Des tests de dépistage réalisés pour tous les bébés.

— Je vais le réclamer, déclare Kennedy d'un ton absent.

Elle soulève les papiers et les dossiers jusqu'à ce qu'elle trouve une chemise portant le tampon du médecin légiste.

— Ah, voilà, regardez… "Cause du décès : hypoglycémie ayant provoqué une crise conduisant à un arrêt respiratoire puis à un arrêt cardiaque", énonce Kennedy. Un arrêt cardiaque ? Comme dans : malformation cardiaque congénitale ?

Elle me tend le rapport.

— J'avais raison, en tout cas, dis-je. Le bébé avait une persistance du canal artériel de grade I.

— Est-ce que ça peut être fatal ?

— Non. En général, ça se referme tout seul au cours de la première année d'existence.

— En général, répète-t-elle. Mais pas toujours.

Je secoue la tête, perplexe.

— On ne peut pas dire que le bébé était malade si ce n'était pas le cas.

— La défense n'est pas tenue d'apporter la preuve de ce qu'elle avance. On peut dire ce qu'on veut : que le bébé a été exposé au virus Ebola, qu'un de ses cousins éloignés est mort d'une maladie cardiaque, qu'il était le premier enfant à naître avec une anomalie chromosomique qui ne lui permettait pas de vivre… Il nous suffit de semer quelques miettes de pain par-ci par-là en espérant que le jury aura assez faim pour les gober.

Je feuillette de nouveau le dossier médical pour retrouver la photocopie du Post-it.

— On peut toujours leur montrer ça.

— Ça ne sèmera pas le doute dans leur esprit, déclare Kennedy d'un ton neutre. En voyant ça, les jurés pourront même croire que vous aviez une bonne raison d'être furieuse. Oubliez ça, Ruth. C'est quoi, le plus important, franchement ? Le petit bleu qui fait mal à votre ego ou la lame de la guillotine au-dessus de votre tête ?

Ma main se crispe sur la feuille, je sens la morsure du papier sur mes phalanges.

— Ce n'était pas un petit bleu à mon ego.

— Donc nous sommes d'accord. Parfait. Vous voulez gagner ce procès ? Aidez-moi à trouver un problème d'ordre médical qui prouvera que ce bébé serait mort de toute manière, même si vous aviez fait tout ce qu'il fallait pour essayer de le sauver.

À cet instant, je suis à deux doigts de lui dire la vérité, de lui avouer que j'ai essayé de réanimer le bébé. Mais cela m'obligerait à admettre que je lui ai menti alors que je viens justement de lui dire que ce n'est pas bien de mentir au sujet d'une éventuelle anomalie cardiaque. Alors, au lieu de parler, je porte mon doigt à ma bouche et suçote la coupure. Puis je vais chercher des pansements à la cuisine, pose la boîte sur la table et en colle un autour de mon majeur.

Ce n'est pas le procès d'une histoire de souffle au cœur. Nous le savons toutes les deux.

Baissant les yeux sur la table, je fais glisser mon ongle le long des veines du bois.

— Ça vous arrive de préparer des sandwichs au beurre de cacahuète et à la confiture pour votre petite fille ?

— Comment ?

Kennedy relève la tête.

— Oh, oui. Bien sûr.

— Petit, Edison était difficile avec la nourriture. Il décidait parfois qu'il ne voulait pas de confiture et j'étais obligée de la racler. Mais une fois qu'elle a été étalée sur le beurre de cacahuète, on ne peut jamais complètement la retirer, vous savez. Son goût est toujours là.

Mon avocate me regarde comme si j'avais perdu la tête.

— Vous m'avez dit que la question raciale n'avait rien à faire dans ce procès. C'est pourtant ce qui l'a initié. Vous pouvez toujours essayer de convaincre le jury que je suis l'incarnation de Florence Nightingale, l'infirmière modèle… Mais vous ne pourrez jamais occulter le fait que je suis noire. La vérité, c'est que, si je vous ressemblais, rien de tout cela ne serait arrivé.

Un voile tombe sur ses yeux.

— Premièrement, vous auriez très bien pu être inculpée, même si vous n'étiez pas noire. Des parents en deuil et un hôpital prêt à tout pour que sa police d'assurance ne grimpe pas en flèche sont deux ingrédients de choix pour désigner un bouc émissaire. Deuxièmement, je ne conteste pas ce que vous dites. Ce procès comporte certainement des relents de racisme. Mais je sais d'expérience que mettre l'accent là-dessus en salle d'audience risquerait de vous desservir et ce que nous cherchons, nous, c'est l'acquittement. Je crois que vous ne devriez pas prendre ce risque simplement parce vous ressentez le besoin d'effacer ce que vous avez perçu comme un affront.

— Ce que j'ai perçu comme un affront…

Je retourne les mots dans ma bouche, passe ma langue sur leurs contours acérés.

— Ce que *j'ai* perçu comme un affront.

Je relève le menton pour chercher le regard de Kennedy.

— Qu'est-ce que ça vous fait d'être blanche ?

Elle secoue la tête d'un air dérouté.

— Je ne pense jamais à ça. Je vous l'ai dit lorsque nous nous sommes rencontrées : je n'accorde aucune importance à la couleur de peau.

— Nous n'avons pas tous la chance de pouvoir faire ça.

Ramassant la boîte de pansements, je la secoue au-dessus des dossiers de Kennedy étalés sur la table.

— Couleur chair, lis-je sur l'étiquette. Dites-moi, lequel de ces pansements est de couleur chair ? Je veux dire : de la couleur de *ma* chair ?

Deux taches rouges apparaissent sur ses pommettes.

— Vous ne pouvez pas me tenir responsable de ça.

— Ah oui ?

Elle se redresse.

— Je ne suis pas raciste, Ruth. Et je comprends votre colère mais c'est un peu injuste de votre part de m'en vouloir alors que j'essaie de faire de mon mieux – professionnellement parlant – pour vous venir en aide. Non, mais c'est vrai… Quand je marche dans la rue, qu'un Noir arrive en face de moi et que je m'aperçois au même moment que je me suis trompée de chemin, eh bien je continue à marcher dans la mauvaise direction pour qu'il n'aille pas s'imaginer que je fais demi-tour parce que c'est lui qui me fait peur !

— Alors là, vous êtes dans l'exagération et ce n'est pas mieux, croyez-moi. Vous dites que vous ne voyez pas la couleur… alors qu'en réalité vous ne voyez que ça. Vous en êtes hyperconsciente et vous essayez tellement de ne pas donner l'impression d'en tenir compte que vous ne comprenez même pas que, lorsque vous dites : "Je n'attache pas d'importance à la couleur de la peau", vous balayez du même coup ce que *moi* je ressens, ce que je vis et ce que ça fait d'être clouée au pilori à cause de sa couleur de peau.

Je ne sais pas laquelle de nous deux est la plus surprise par ma diatribe. Kennedy, qui subit les foudres d'une cliente censée lui être reconnaissante de bien vouloir lui prodiguer ses conseils experts, ou moi, encore sous le choc d'avoir libéré un monstre probablement tapi en moi depuis des années. Il était là, caché quelque part, attendant que quelque chose vienne ébranler mon inébranlable optimisme, tranchant ses liens du même coup.

Les lèvres pincées, Kennedy hoche la tête.

— Vous avez raison. Je ne sais pas ce que c'est d'être noire. Mais je sais ce que c'est de se retrouver dans une salle de tribunal. Si vous soulevez la question raciale, vous perdrez. Les jurés aiment la clarté. Ils aiment les relations de cause à effet toutes simples. Saupoudrez ça de racisme et tout s'embrouille.

Elle rassemble ses dossiers, les jette en vrac dans son attaché-case.

— Je ne veux pas vous donner l'impression de me fiche de vos sentiments ou de croire que le racisme n'existe pas. Tout ce que je veux, c'est que vous soyez acquittée.

Le doute frissonne dans le fatras de mes pensées, mordant comme une engelure.

— Je crois qu'on a besoin d'un peu de repos, toutes les deux, ajoute Kennedy avec diplomatie.

Elle se lève, se dirige vers la porte.

— Je vous le promets, Ruth : nous pouvons gagner ce procès sans avoir besoin de mettre ça sur le tapis.

Après que la porte s'est refermée sur elle, je reste assise, mes mains croisées sur mes genoux. *Serait-ce vraiment une victoire, vu comme ça ?*

Je tire machinalement sur le pansement autour de mon doigt. Puis je marche vers le vase posé sur l'étagère, près de la télévision. J'attrape l'enveloppe brune et farfouille dans les chèques jusqu'à ce que je trouve ce que je suis venue chercher.

La carte de visite de Wallace Mercy.

TURK

Tous les quinze jours, le dimanche après-midi, Francis aime ouvrir les portes de sa maison aux membres du Mouvement. Quand les petits escadrons ont arrêté de sillonner les rues pour bastonner tous ceux qui le méritent, les occasions de se réunir sont devenues rares. On peut atteindre un paquet de gens par l'intermédiaire du web mais ça reste une communauté froide et impersonnelle. Francis en est conscient, ce qui explique pourquoi, deux fois par mois, la rue est pleine de voitures immatriculées jusque dans le New Jersey et le New Hampshire, et la maison bondée de personnes venues apprécier un moment de convivialité. En général, j'organise un match de foot pour les hommes tandis que les femmes rejoignent Brit dans la cuisine où elles préparent un repas à la fortune du pot en échangeant les derniers ragots comme on échange des cartes de baseball. Quant à Francis, il se charge de faire des sermons très imagés devant un parterre d'adolescents. Même de loin, on peut voir les mots enflammés s'échapper de sa bouche, comme s'ils sortaient de la gueule d'un dragon, tandis que les gamins assis à ses pieds l'écoutent d'un air fasciné.

Notre dernière réunion dominicale remonte environ à trois mois. Nous n'avons revu personne depuis l'enterrement de Davis. Pour être franc, ça m'est carrément sorti de l'esprit : j'ai encore l'impression d'avancer d'un pas bancal, de vivre chaque jour comme un zombie. Mais quand Francis me demande de poster une invitation sur Lonewolf.org, j'obéis. On ne dit jamais non à Francis.

Et donc, la maison est bondée de nouveau. Mais l'ambiance est un peu différente ; tout le monde veut me parler, me demander comment ça va. Brit est dans notre chambre – elle a mal à la tête. Elle n'a même pas essayé de faire d'effort.

Heureusement, Francis est toujours aussi jovial dans son rôle de maître de maison : il décapsule les bouteilles de bière, complimente les dames pour leur coiffure, leurs bébés aux yeux bleus ou leurs délicieux brownies. Il vient me trouver alors que je suis assis tout seul dans le garage où j'étais venu jeter une poubelle.

— Les gens ont l'air de passer un bon moment, dit-il.

Je hoche la tête.

— Les gens aiment bien la bière gratuite.

— Gratuite pour eux, pas pour moi, réplique Francis avant de m'envelopper d'un regard perçant. Tout va bien ?

Dans sa bouche, *tout* signifie Brit, et quand je hausse les épaules, il fait la moue.

— Tu sais, quand la mère de Brit m'a quitté, je ne comprenais pas pourquoi j'étais encore debout. J'ai même songé à jeter l'éponge, si tu vois ce que je veux dire. Je devais m'occuper de ma fille de six mois et pourtant je n'arrivais pas à trouver la volonté de tenir le coup. Et puis un jour, j'ai compris : perdre des êtres chers nous aide à être plus attentifs à ceux que nous aimons et qui sont encore là. C'est la seule explication possible. Parce que sinon, Dieu ne serait qu'un sale fils de pute.

Il me donne une tape dans le dos puis s'éloigne vers le petit jardin clôturé. Les ados que les parents ont réussi à traîner là sont tout de suite en alerte, attirés par son magnétisme. Il s'assied sur une souche et entame une séance de catéchisme revue à sa sauce.

— Qui aime les mystères, ici ?

Un murmure d'approbation agite son jeune public.

— Bien. Qui peut me dire qui est Israël ?

— C'est merdique, comme mystère, marmonne un gamin qui reçoit un coup de coude de la part de son voisin.

— Un pays plein de Juifs, lance un autre.

— Levez la main avant de répondre. Et je n'ai pas demandé *ce qu'est* Israël mais *qui* est Israël.

Un gosse avec un léger duvet au-dessus des lèvres agite la main. Francis lui fait signe de répondre.

— Jacob. On a commencé à l'appeler comme ça après son combat avec l'ange Péniel.

— Et nous avons un grand gagnant ! s'exclame Francis. Israël a eu douze fils qui sont à l'origine des douze tribus d'Israël, vous me suivez… ?

Je retourne à la cuisine où quelques femmes sont en train de papoter. L'une d'elles tient dans ses bras un bébé pleurnichard.

— Tout ce que je sais, c'est qu'elle fait plus ses nuits et je suis tellement épuisée qu'hier je suis sortie de chez moi en pyjama pour aller bosser avant de m'en apercevoir.

— Tu sais quoi ? fait une autre. Moi, je leur frottais les gencives avec du whisky.

— C'est bien de les habituer tôt, plaisante une femme plus âgée, et toutes éclatent de rire.

Dès qu'elles me voient, la conversation retombe comme une pierre lancée du haut d'une falaise.

— Oh, Turk, dit la plus vieille, je ne sais pas comment elle s'appelle mais je connais son visage ; elle est déjà venue ici. On t'avait pas vu.

Je ne réponds pas. Mes yeux sont scotchés sur le visage écarlate du bébé qui bat l'air de ses petits poings. Elle pleure tellement qu'elle n'arrive plus à reprendre son souffle.

Je tends les bras, c'est plus fort que moi.

— Je peux… ?

Les femmes se regardent puis la mère de la fillette me la confie. C'est dingue ce qu'elle est légère. Ses bras sont tout crispés et ses jambes pédalent dans le vide tandis qu'elle hurle de plus belle.

— Chut… doucement, doucement, je murmure en la berçant.

Je lui caresse le dos d'une main. Je la laisse s'enrouler comme une virgule sur mon épaule. Ses cris se transforment en hoquets.

— Regardez-moi ça, lance sa mère en souriant. L'Homme qui murmurait à l'oreille des bébés.

Ça aurait pu être comme ça.

Non. Ça aurait *dû* être comme ça.

Soudain, je m'aperçois que les femmes ne regardent plus le bébé. Elles fixent un point derrière moi. Je me retourne. La fillette dort comme une bienheureuse, des petites bulles de salive bourgeonnent au coin de ses lèvres.

— Nan mais j'y crois pas, lâche Brit d'un ton accusateur.

Elle pivote sur ses talons et sort de la cuisine en courant. J'entends la porte de notre chambre claquer derrière elle.

— Excusez-moi…

Je m'efforce de rendre le bébé à sa mère aussi délicatement et aussi vite que possible avant d'aller rejoindre Brit.

Elle est allongée sur le lit, le dos tourné.

— Je les déteste, putain. Je déteste qu'elles soient chez moi.

— Brit… Elles veulent juste être sympas.

— C'est ça que je déteste le plus, riposte Brit d'une voix coupante. Je ne supporte pas la manière dont elles me regardent.

— Ce n'est pas ce…

— Je voulais juste boire un putain de verre d'eau de mon robinet. C'est trop demander, ça ?

— Je vais te chercher ça…

— C'est pas le problème, Turk.

— Alors c'est *quoi*, le problème ? je lui demande à mi-voix.

Brit roule sur le côté. Ses yeux sont pleins de larmes.

— Justement, murmure-t-elle avant d'éclater en sanglots.

Elle pleure aussi fort que le bébé, alors je la prends dans mes bras, je la serre contre moi et lui caresse le dos, mais malgré tout elle continue de pleurer.

Les sensations que j'éprouve en consolant Brit me paraissent aussi peu familières que lorsque j'ai bercé le bébé dans mes bras. Ce n'est pas la femme que j'ai épousée. Je me demande si je n'ai pas enterré sa fougue et sa vivacité en même temps que le corps de mon fils.

Nous restons là, dans le cocon de notre chambre, longtemps après que le soleil s'est éteint et que les voitures sont reparties, laissant derrière elles une maison vide.

Le lendemain soir, nous sommes tous en train de regarder la télé dans le salon. Mon ordinateur portable est allumé ; je rédige une publication pour Lonewolf.org au sujet d'un incident qui s'est produit à Cincinnati. Brit m'apporte une bière puis se blottit contre moi – c'est la première fois qu'elle recherche mon contact depuis… je ne sais plus quand, en fait.

— Qu'est-ce que tu écris ? demande-t-elle en tendant le cou pour lire le texte sur l'écran.

— Un gamin blanc s'est fait tabasser par deux négros au lycée. Ils lui ont brisé les reins mais aucune charge n'a été retenue contre eux. Je parie que si ça avait été l'inverse les petits Blancs auraient été poursuivis pour coups et blessures.

Francis dirige la télécommande vers le récepteur en grognant.

— Ça, c'est parce que Cincinnati bat tous les records en termes d'écoles de merde, marmonne-t-il. C'est une administration entièrement noire. La question qu'il faut se poser, c'est : que voulons-nous *vraiment* pour nos enfants ?

— C'est bon, ça, je fais en tapant ce qu'il vient de dire. Je vais conclure là-dessus.

Francis commence à zapper sur les chaînes du câble.

— Comment se fait-il qu'il existe une chaîne ouvertement dédiée aux Noirs, *Black Entertainment TV*, et aucun équivalent pour les Blancs ? Et dire que certaines personnes prétendent que le racisme anti-Blancs est un mythe...

Il éteint la télé et se lève.

— Je vais me coucher.

Après avoir embrassé Brit sur le front, il quitte la pièce et regagne ses quartiers pour la nuit. Je m'attends à ce qu'elle fasse pareil mais elle n'a pas l'air de vouloir bouger.

— Ça ne te tue pas, toi ? demande-t-elle. L'attente ?

Je lève les yeux.

— Qu'est-ce que tu veux dire par là ?

— On dirait qu'il n'y a plus rien d'immédiat. Tu ne sais même pas qui lira les trucs que tu publies.

Elle se redresse pour s'asseoir en tailleur en face de moi.

— Les choses étaient tellement plus simples avant. J'ai appris les couleurs en regardant les lacets des types que mon père rencontrait. Le White Power et les néonazis avaient des lacets rouges ou blancs. Ceux des SHARPS étaient bleus ou verts.

Je laisse échapper un rire sarcastique.

— J'ai du mal à imaginer ton père avec les SHARPS.

L'organisation Skinheads contre les Préjugés Raciaux sont les plus grands traîtres parmi les traîtres. Ils prennent pour cible ceux d'entre nous qui mènent le vrai combat en essayant de se débarrasser des races inférieures. Ces connards se prennent pour Batman, tous autant qu'ils sont.

— J'ai pas parlé de réunions... amicales, réplique Brit. En tout cas, il les voyait de temps en temps. Ça faisait partie de sa mission, même si ça semblait parfois contre nature, parce qu'il fallait voir les choses en grand.

Elle me lance un regard.

— Tu connais l'Oncle Richard ?

Contrairement à Brit, je n'avais pas connu personnellement Richard Butler, le chef des Nations Aryennes. Elle devait avoir dix-sept ans quand il était mort.

— Oncle Richard était ami avec Louis Farrakhan.

Le leader de la Nation de l'islam ? Pour une nouvelle, c'était une nouvelle.

— Mais il est…

— Noir ? Eh ben oui. Mais il déteste autant que nous les Juifs et le gouvernement fédéral. Papa m'a toujours dit que les ennemis de mes ennemis étaient mes amis.

Brit hausse les épaules.

— On avait passé une sorte d'accord tacite : après avoir uni nos forces pour détruire le système, on se livrerait bataille.

Et on gagnerait, cela ne faisait aucun doute. Brit me dévisage fixement.

— Que voulons-nous *vraiment* pour nos enfants ? demande-t-elle en reprenant la formule de Francis. Je sais ce que je veux pour le mien. Je veux qu'on se souvienne de lui.

— Bébé, tu sais bien que nous ne l'oublierons jamais.

— Pas seulement nous, fait Brit d'un ton dur. Je veux que *tout le monde* se souvienne de lui.

Je scrute son visage. Je sais ce qu'elle veut me dire : que tenir un blog effritera certainement les fondations mais que c'est tellement plus spectaculaire – et plus rapide – de faire exploser le bâtiment d'un coup.

À plus d'un égard, j'étais arrivé trop tard pour sauter dans le train du Mouvement Skinhead qui avait connu son heure de gloire dix ans avant ma naissance. J'imagine un monde où les gens prendraient leurs jambes à leur cou en me voyant débarquer. Je repense à ces deux années au cours desquelles Francis et moi avons essayé de convaincre les groupuscules que l'anonymat était une forme de combat plus insidieuse – et plus terrifiante – que les menaces ouvertement exprimées.

— Ton père ne va pas aimer ça.

Brit se penche pour m'embrasser tendrement. Puis elle s'écarte, me laissant sur ma faim. Nom de Dieu, ça m'a manqué. *Elle* m'a manqué.

— Ce que mon père ignore ne peut pas lui faire de mal, répond-elle.

Raine a l'air supercontent de m'entendre au téléphone. Ça fait deux ans que je ne l'ai pas vu. Il n'avait pas pu venir à mon mariage parce que sa femme venait d'accoucher de leur deuxième bébé. Quand je lui annonce que je suis à Brattleboro pour la journée, il m'invite à venir manger chez lui le midi. Il a déménagé et je griffonne sa nouvelle adresse sur une serviette en papier.

Au début, je crois m'être trompé de rue. Je suis devant une petite maison au fond d'un cul-de-sac. La boîte aux lettres est en forme de chat, il y a un toboggan en plastique rouge vif sur la pelouse et un bonhomme de neige en contreplaqué est suspendu à côté de la porte d'entrée. Le paillasson porte une inscription : HELLO ! VOUS ÊTES CHEZ LES TESCO !

Un sourire étire lentement mes lèvres. Le mec a tout compris, putain : il est passé maître dans l'art du camouflage. Je veux dire : qui irait imaginer que le bon père de famille d'à côté qui nettoie sa véranda au Kärcher pendant que son gamin fait du vélo à petites roulettes dans l'allée est un suprémaciste blanc ?

Raine ouvre la porte avant que j'aie le temps de frapper. Il porte un bambin potelé dans les bras. Une petite fille vêtue d'un tutu et coiffée d'une couronne passe timidement la tête entre ses jambes musclées. Il sourit, se penche pour me donner l'accolade. Je ne peux pas m'empêcher de remarquer le vernis rose pailleté sur ses ongles.

— Mon frère, fais-je en jetant un coup d'œil à ses doigts. J'adore ton nouveau look.

— Et encore, t'as pas tout vu : je suis devenu expert dans l'art de préparer le thé. Rentre ! Punaise, ça fait plaisir de te voir.

Lorsque j'entre dans la maison, la fillette se cache vite derrière les jambes de Raine.

— Mira, dit-il en s'accroupissant devant elle, je te présente Turk, un ami de papa.

Elle enfonce son pouce dans la bouche comme pour mieux me jauger.

— Elle est un peu farouche avec les gens qu'elle ne connaît pas, explique Raine en soulevant légèrement le garçonnet dans ses bras. Et ce petit casse-cou, là, c'est Isaac.

Je lui emboîte le pas, slalomant entre les jouets éparpillés au sol comme des confettis. Quand on arrive au salon, Raine m'apporte une bière fraîche.

— Tu me laisses boire tout seul ? je lui demande en remarquant qu'il n'a apporté qu'une bouteille.

Il hausse les épaules.

— Sal ne veut pas que je picole devant les gamins. Elle dit que c'est pas un bon exemple, pour eux, une connerie dans le genre.

— Elle est où, Sally ?

— Au boulot ! Elle bosse au cabinet de radiologie du centre médical des vétérans. Comme je suis entre deux jobs, c'est moi qui reste à la maison avec les lutins.

— Cool, je lui dis avant d'avaler une grande gorgée de bière.

Raine pose Isaac par terre. Le gamin se met à marcher en titubant dans la pièce, semblable à un ivrogne miniature.

Mira court jusqu'à sa chambre, ses petits pieds martelant le sol comme des tirs d'artillerie.

— Alors, quoi de neuf chez toi, mon pote? demande Raine. Tout baigne?

J'appuie mes coudes sur mes genoux.

— Disons que ça pourrait aller mieux. C'est un peu pour ça que je suis là, en fait.

— Des nuages au paradis?

Là, je me rends compte que Raine n'est pas au courant que Brit et moi avons eu un bébé. Et que nous l'avons perdu. Alors je lui raconte toute l'histoire – en commençant par la négresse d'infirmière jusqu'au moment où Davis a arrêté de respirer.

— Je vais convoquer tous les escadrons. Des NADS du Vermont jusqu'aux Skinheads de l'État de Maryland. Je veux organiser une journée de vengeance en l'honneur de mon fils.

Comme Raine ne réagit pas, je me penche en avant.

— Je parle d'actes de vandalisme, tu comprends? Des bonnes vieilles bastons à l'ancienne. Des bombes incendiaires. Tout sauf des morts. Après, c'est aux escadrons et à leurs chefs de voir ce qu'ils décident de faire. Mais il faut que ça soit visible, qu'on nous remarque. Je sais que ça va à l'encontre de tous les efforts qu'on a faits pour se mélanger au reste de la populace mais je crois qu'il est temps de rappeler à tout le monde qu'on est toujours là et qu'on n'a pas lâché l'affaire. Tu vois ce que je veux dire? Et comme l'union fait la force, si on s'allie pour semer la panique, ils ne pourront pas tous nous coffrer.

Je plonge mon regard dans le sien.

— On le mérite, mon pote. Et *Davis* le mérite.

Au même moment, Mira remonte le couloir en dansant et vient poser une couronne sur la tête de son père. Raine retire la coiffe de pacotille et l'étudie avec gravité.

— Je suppose que tu n'es pas au courant, dit-il finalement.

— Au courant de quoi ?

— C'est fini pour moi, mec. Je ne fais plus partie du Mouvement.

Je le fixe d'un air éberlué. C'est Raine qui m'a ouvert les portes du White Power. Le jour où j'ai été admis chez les NADS grâce à lui, on était frères pour la vie. C'est pas comme un boulot qu'on peut plaquer du jour au lendemain. C'est une vocation.

Soudain, je me souviens de la guirlande de croix gammées tatouées tout le long du bras de Raine. J'inspecte ses épaules, ses biceps. Les svastikas ont été transformés en une rangée de feuilles de vigne. Jamais on ne devinerait ce qu'il y avait là avant.

— Ça s'est passé il y a deux ans. Sal et moi, on était allés à un rassemblement dans le genre de ceux qu'on fréquentait, toi, moi et les gars. Tout était super sauf que des types faisaient la queue devant la tente d'une skin pour la baiser à tour de rôle. Sal a complètement flippé de savoir qu'on avait emmené notre fille dans un endroit où il se passait des trucs pareils. Alors j'ai commencé à aller tout seul aux rassemblements pendant que Sal restait à la maison avec le bébé. Ensuite, on a été convoqués à l'école maternelle parce que Mira avait essayé d'enterrer un petit Chinois dans le bac à sable ; elle avait dit à la maîtresse qu'elle jouait à être un chat et que les chats faisaient ça avec leurs crottes. J'ai fait semblant d'être choqué mais dès qu'on est sortis de l'école j'ai dit à Mira qu'elle avait eu raison. Et puis un autre jour, je suis allé faire les courses au supermarché avec elle ; elle allait avoir trois ans, je crois. On attendait à la caisse avec notre chariot plein à ras bord. Les gens me mataient méchamment à cause de mes tatouages et tout mais je m'en foutais, j'avais l'habitude. Il y avait un Noir dans la queue, juste derrière nous, et Mira a dit de sa toute petite voix : "Papa, regarde le négro."

Raine relève la tête.

— Moi, j'ai pas fait gaffe. Mais la bonne femme devant nous s'est retournée et m'a lancé : "Vous devriez avoir honte." Ensuite, la caissière s'y est mise aussi : "Comment osez-vous apprendre ça à une petite fille innocente ?" Avant même que j'aie le temps de percuter, tout le magasin m'est tombé dessus et Mira a fondu en larmes. Alors je l'ai prise sous le bras, j'ai laissé mon Caddie en plan et j'ai couru jusqu'à la camionnette. C'est ce jour-là que j'ai commencé à me dire que je n'avais peut-être pas choisi la bonne voie. Je veux dire : j'ai toujours cru que c'était mon devoir d'élever mes enfants pour qu'ils deviennent des guerriers de la race... Mais peut-être que ce n'était pas un service que je rendais à Mira. Peut-être qu'en réalité je lui préparais une vie où tout le monde la haïrait.

Je le regarde, toujours sous le choc.

— Qu'est-ce que tu vas me sortir, après ça ? Que tu fais du bénévolat au temple du quartier ? Que ton meilleur pote est un niakoué ?

— C'est peut-être que du vent, toutes ces conneries qu'on nous a serinées pendant des années. C'est le leurre ultime, mec. Ils nous ont promis qu'on ferait partie d'un machin qui nous dépasserait. Qu'on serait fiers de notre race et de notre héritage. Mais ça, c'est que... allez, disons dix pour cent du contrat, tu vois. Tout le reste, c'est juste haïr tout le monde simplement parce qu'ils existent. À partir du moment où j'ai commencé à réfléchir à ça, c'était fini, je ne pouvais plus m'arrêter. C'est peut-être pour ça que je me sentais super-mal dans mes pompes en permanence, que j'avais envie de cogner sur tout ce qui bouge, juste pour me rappeler que j'en étais capable. Perso, ça me pose pas de problème. Mais j'ai pas envie que mes gamins grandissent là-dedans.

Il hausse les épaules.

— Quand le bruit a couru que je voulais me tirer, j'ai su que c'était une question de temps. Un de mes gars m'a coincé dans un parking alors qu'on sortait du ciné, Sal et moi. Il m'a foutu une sacrée raclée, le salopard, j'ai même écopé de quelques points de suture. Mais après ça, ça a été terminé.

J'observe longuement Raine, qui a été mon meilleur pote, et j'ai comme l'impression de voir la lumière se déplacer jusqu'à ce que je me rende compte que quelqu'un de complètement différent se trouve devant moi. Un lâche. Un loser.

— Mais ça change rien, reprend Raine. On est toujours frangins, pas vrai ?

— Bien sûr. Toujours.

— Tu pourrais monter nous voir avec Brit, cet hiver ; on irait skier tous ensemble, suggère-t-il.

— Ce serait super.

Je termine ma bière et me lève en prétextant que je préfère reprendre la route avant la nuit. Tandis que je m'éloigne, Raine me dit au revoir en agitant la main, et le petit Isaac fait comme son papa.

Je sais que je ne les reverrai jamais.

Deux jours plus tard, j'ai rencontré tous les anciens chefs des escadrons de la côte Est. À l'exception de Raine, ce sont tous des contributeurs actifs sur Lonewolf.org et tous connaissaient l'histoire de Davis avant même que je leur en parle. Ils ont tous des anecdotes à raconter au sujet de Francis : ils l'ont entendu prendre la parole lors d'un rassemblement ; ils ont connu un type qu'il a buté ; ils ont été désignés personnellement par lui pour prendre la tête d'une équipe.

Vanné et affamé, je gare la voiture dans la rue, en face de la maison. Je retiens mon souffle en apercevant la lumière vacillante de la télé dans le salon alors qu'il est presque deux heures du matin. J'avais espéré pouvoir me glisser dans la maison ni vu ni connu mais, parti comme c'est parti, je vais devoir inventer une excuse bidon pour expliquer à Francis ce que j'ai foutu derrière son dos.

À ma grande surprise, ce n'est pas Francis qui n'arrive pas à dormir, cette nuit. Brit est assise dans le canapé, enveloppée dans un de mes sweat-shirts qui lui descend jusqu'aux cuisses, comme une robe. Je traverse la pièce, me penche vers elle et dépose un baiser sur ses cheveux.

— Salut, bébé. T'as du mal à trouver le sommeil ?

Elle hoche la tête. Je jette un coup d'œil à l'écran où la Méchante Sorcière de l'Ouest se penche vers Dorothy pour la menacer.

— T'as déjà vu ce film ? demande Brit.

— Bien sûr. Tu veux que je te raconte la fin ?

— Non, je veux dire : est-ce que tu l'as *vraiment* regardé ? Ça ressemble trop à un conte de fées sur le White Power. Le magicien qui tire les ficelles de tous les personnages est un petit Juif. La méchante a une couleur bizarre et elle travaille avec des singes.

Je m'agenouille devant elle pour capter son attention.

— J'ai tenu ma promesse. J'ai vu tous les types qui dirigeaient des escadrons. Mais plus personne ne veut prendre de risques, maintenant. Ton père a trop bien réussi à les convaincre que nos nouvelles méthodes devaient se concentrer sur l'infiltration, je suppose. Ils ne veulent plus risquer de finir en taule.

— Eh ben, tous les deux, on pourrait…

— Brit, si ça tourne mal, les flics soupçonneront tout de suite une personne connectée au Mouvement. Et puis, avec le procès en cours, nos noms sont déjà cités dans les médias.

J'hésite avant d'ajouter :

— Tu sais que je ferais n'importe quoi pour toi. Mais tu recommences tout juste à revenir vers moi. Si je me fais attraper, j'aurais l'impression de te perdre encore une fois.

J'enroule mes bras autour d'elle.

— Je suis désolé, bébé. Je pensais que ça aurait pu marcher.

Elle m'embrasse.

— Je sais. Ça valait le coup d'essayer.

— Tu viens te coucher ?

Brit éteint la télé et me suit dans la chambre. Avec des gestes lents, je lui retire son sweat-shirt et la laisse m'enlever mes bottes et mon jean. Sous les draps, je me presse contre elle. Mais quand j'essaie de m'enfoncer entre ses jambes, je suis tout mou, je glisse.

Elle cherche mon regard dans la pénombre. Ses yeux sont voilés, son bras posé sur son ventre moelleux.

— C'est à cause de moi ? demande-t-elle d'une voix si basse que je l'entends à peine.

— Non ! Non, tu es très belle. C'est juste toutes ces conneries dans ma tête.

Elle me tourne le dos. Même comme ça, je sens sa peau s'enflammer, rougir de honte.

— Je suis désolé.

Brit ne répond pas.

Dans la nuit, je me réveille et tends le bras vers elle. J'agis sans réfléchir, c'est sans doute mieux comme ça. Peut-être que si j'arrive à sortir de mon train-train, je me sentirai plus à l'aise. Ma main se balade, palpe les draps. Mais Brit n'est plus là.

Au début, nous étions nombreux et tous différents. On pouvait être membre des Nations Aryennes sans être skinhead, selon qu'on croyait ou non à la théorie de l'Identité Chrétienne. Les suprémacistes blancs étaient plus scolaires, ils publiaient des traités ; les Skinheads, eux, étaient plus violents et préféraient se servir de leurs poings pour donner des leçons. Il y avait aussi les Séparatistes Blancs qui achetaient des terres dans le Dakota du Nord dans le but de diviser le pays : à terme, toutes les personnes non blanches seraient virées manu militari du périmètre qu'ils auraient créé. Les Néonazis étaient nés d'un croisement entre les Nations Aryennes et la Fraternité Aryenne, une mouvance qui avait vu le jour dans les prisons – s'il y avait un élément criminel au sein du Mouvement, un gang de rue ultraviolent, c'étaient eux. Et puis il y avait les odinistes, les créationnistes et les disciples de l'Église Internationale du Créateur. Mais malgré la multitude d'idéologies qui nous séparaient en factions, nous nous retrouvions tous une fois par an, pour commémorer une date historique : la naissance d'Adolf Hitler, le 20 avril.

Des fêtes d'anniversaire avaient lieu dans tout le pays, rappelant un peu les anciens rassemblements du KKK auxquels je participais quand j'étais ado. Elles étaient généralement organisées dans le champ d'un de nos types ou sur une parcelle paumée que tout le monde semblait avoir oubliée ou dans tout ce qui ressemblait à un village de montagne. Les indications pour s'y rendre étaient communiquées par le bouche à oreille, les endroits où il fallait bifurquer signalés par de minuscules drapeaux, pas plus grands que ceux fixés sur les clôtures électriques pour les chiens, sauf que ceux-là n'étaient pas en plastique rose mais rouge SS.

J'avais dû assister à cinq festivals des Nations Aryennes depuis que j'avais rejoint le Mouvement du White Power mais celui-ci était particulier. Parce que, ce jour-là, j'allais me marier.

Par la pensée, en tout cas. Légalement, Brit et moi devions aller remplir les papiers à la mairie la semaine suivante. Mais spirituellement, c'était ce soir, le grand soir.

J'avais vingt-deux ans et je me sentais à l'apogée de ma vie.

Brit ne voulait pas que je reste avec elle pendant que les autres filles la pomponnaient, alors je suis parti me balader dans les allées du festival. Dans l'ensemble, il y avait beaucoup moins de monde que dans les rassemblements auxquels j'avais participé cinq ans plus tôt. La faute des fédéraux qui avaient commencé à organiser des descentes dans les endroits où on se réunissait. Malgré ça, on retrouvait les mêmes bandes de soiffards en train de se battre ou de pisser derrière les chapiteaux où des vendeurs proposaient tout et n'importe quoi – des hot-dogs et des strings imprimés SKINHEAD LOVE. Il y avait un espace réservé aux enfants avec des albums de coloriage et un château gonflable orné d'un drapeau SS carrément géant, comme celui du Palais des Sports de Berlin où Hitler tenait ses discours. Au bout de l'allée remplie de stands de bouffe et d'accessoires en tous genres, les tatoueurs recevaient leurs clients, toujours nombreux dans ce genre de festival.

J'ai coupé la file d'attente. Bien sûr, je savais que ça allait énerver le type que j'avais grillé. On a échangé les amabilités d'usage, je lui ai éclaté le nez, il a fermé sa gueule ensanglantée et m'a cédé son tour. Quand je me suis assis devant le tatoueur, il m'a regardé d'un air interrogateur.

— Et pour toi, qu'est-ce que ça sera ?

Avec Francis, ça faisait six mois qu'on bossait dur pour tenter de convaincre les escadrons qu'il fallait arrêter de se pavaner avec des tatouages de roues solaires, des bretelles et des crânes rasés, qu'à partir de maintenant il fallait qu'on ait l'air de types ordinaires. Pour ça, on devait porter des manches longues ou se faire retirer les tatouages qu'on avait sur la figure avec des traitements à l'acide. Mais aujourd'hui était un jour exceptionnel.

Lorsque je suis sorti de la tente, dix lettres gothiques étaient inscrites à l'encre sur chacune de mes phalanges. Quand je serrais mon poing droit, on lisait le mot H-A-I-N-E. Sur le gauche, le plus proche du cœur, était tatoué le mot A-M-O-U-R.

Puis le soleil s'est couché et le moment est arrivé. Le grondement métallique des motos a résonné dans le lointain et tous les festivaliers encore présents ont formé deux rangées. J'ai attendu, les mains croisées devant moi, la peau encore tuméfiée et rougie sous mes nouveaux tatouages.

Tout à coup, la foule s'est écartée et j'ai aperçu Brit, éclairée de dos par les reflets jaune orangé de cette fin de journée. Elle portait une robe en dentelle blanche qui m'a fait penser à un cupcake et, aux pieds, sa paire de Doc Martens. Je me suis mis à sourire. J'ai souri si fort que ma mâchoire a failli éclater.

Dès que j'ai pu la toucher, j'ai glissé son bras sous le mien. Si la fin du monde était arrivée à ce moment-là, ça ne m'aurait pas dérangé. On a commencé à remonter l'allée improvisée. Sur notre passage, les bras se levaient pour faire le salut nazi. Au bout de l'allée se tenait Francis. Le regard vif et brillant, il nous a gratifiés d'un sourire. Il avait célébré des dizaines de mariages aryens mais celui-ci était différent.

— Ma puce, a-t-il murmuré d'une voix enrouée. Tu es magnifique.

Puis il s'est tourné vers moi.

— Tu déconnes avec elle et je te fais la peau.

— Entendu, monsieur.

— Britanny, a repris Francis, promets-tu d'obéir à Turk et de perpétuer l'héritage de la race blanche ?

— Oui, je le promets.

— Et toi, Turk, promets-tu d'honorer cette guerrière, ton épouse aryenne ?

— Je le promets.

On s'est tournés l'un vers l'autre. J'ai soutenu le regard de Brit sans ciller pendant que nous prononcions les Quatorze Mots, le mantra créé par David Lane lorsqu'il était à la tête de son groupe, The Order : "Nous devons préserver l'existence de notre peuple et l'avenir des enfants blancs."

J'ai embrassé Brit tandis que, derrière nous, quelqu'un faisait flamber une croix gammée en bois pour marquer ce moment. Je jure que j'ai senti quelque chose changer en moi, ce jour-là. Comme si j'avais réellement donné la moitié de mon cœur à cette femme et qu'elle m'avait donné la moitié du sien, et ce patchwork était pour nous la seule façon de continuer à survivre.

J'entendais à peine les paroles de Francis, les applaudissements de l'assemblée. J'étais attiré par Brit comme par un aimant, comme si nous étions les deux seuls survivants sur cette terre.

C'était un peu ça, au fond.

KENNEDY

— Ma cliente me déteste, dis-je à Micah pendant que nous faisons la vaisselle.

— Je suis sûr que tu exagères.

Je lui jette un coup d'œil.

— Elle croit que je suis raciste.

— Normal, fait Micah à mi-voix.

Je me tourne vers lui en haussant les sourcils.

— Tu es blanche, elle ne l'est pas, et vous vivez toutes les deux dans un monde où les Blancs détiennent tout le pouvoir.

— Je ne prétends pas que sa vie n'a pas été plus difficile que la mienne, protesté-je. Je ne fais pas partie de ces gens qui s'imaginent que, puisqu'on a élu un président noir, on est entrés comme par magie dans une ère postraciale. Je côtoie tous les jours des clients issus des minorités qui se sont fait arnaquer par le système de santé, le système judiciaire et le système éducatif. Je veux dire : les prisons sont gérées comme des entreprises. Certaines personnes ont donc tout intérêt à faire en sorte qu'elles ne désemplissent pas.

Nous avions invité des collègues de Micah à dîner. J'avais un moment nourri l'espoir de concocter un vrai repas gastronomique mais ma tentative s'était soldée par un buffet mexicain où chacun compose son propre taco. Pour le dessert, j'avais acheté une tarte que j'avais fait passer pour une pâtisserie maison après avoir légèrement émietté les bords de la pâte pour que ce soit plus crédible. Mes pensées avaient vagabondé tout au long de la soirée. Bon, on ne pouvait guère m'en vouloir lorsque la conversation avait abordé les taux de perte de substance des fibres nerveuses rétiniennes dans l'œil controlatéral chez les patients atteints de glaucome à progression unilatérale. Mais ma dispute avec Ruth virait à l'obsession. Si je pensais avoir raison, pourquoi n'arrêtais-je pas de ressasser les propos que je lui avais tenus ?

— Le truc, dis-je à Micah, c'est qu'on n'évoque pas la question raciale dans un procès criminel, c'est tout. Ça ressemble un peu à toutes ces règles tacites, tu sais, comme "On ne roule pas en pleins phares quand des voitures arrivent en face…" ou "On évite d'être le connard qui passe à la caisse réservée aux paniers de moins de dix articles avec un chariot qui déborde". Même les affaires invoquant la légitime défense évitent de s'aventurer sur ce terrain alors que, dans quatre-vingt-dix-neuf pour cent des cas, c'est un Blanc de Floride qui flippe devant un gamin noir et appuie sur la gâchette. Je comprends que Ruth ait l'impression d'être stigmatisée par son employeur. Mais tout ça n'a rien à voir avec une accusation de meurtre.

Micah me tend une assiette à sécher.

— Essaie de ne pas le prendre mal, mon cœur, dit-il, mais parfois, quand tu expliques quelque chose à quelqu'un, tu crois faire dans la dentelle alors qu'en réalité tu arrives au volant d'un semi-remorque.

Je pivote vers lui en agitant mon torchon.

— Imagine qu'une de tes patientes souffre d'un cancer, tu essaies de la soigner, mais elle, elle n'arrête pas de te dire qu'elle a de l'urticaire. Est-ce que tu ne lui dirais pas qu'il est plus important de se concentrer d'abord sur le traitement anticancéreux et de s'attaquer *ensuite* à son allergie ?

Micah réfléchit.

— Bon, je ne suis pas oncologue. Mais quand quelque chose nous démange, on a souvent tendance à se gratter machinalement, sans même s'en apercevoir.

Là, je suis perdue.

— Quoi ?

— Je te rappelle que c'était *ta* métaphore.

Je soupire avant de répéter :

— Ma cliente me déteste.

Au même moment, le téléphone sonne. Il est presque vingt-deux heures trente, l'heure où les gens appellent pour annoncer des crises cardiaques ou des accidents. J'attrape le combiné d'une main humide.

— Allô ?

— Kennedy McQuarrie ? tonne une voix profonde – une voix que je connais sans pour autant réussir à l'identifier.

— C'est moi, oui.

— Formidable ! Madame McQuarrie, je suis le révérend Wallace Mercy.

Le Wallace Mercy ?

C'est en l'entendant pouffer de rire que je me rends compte que j'ai dit ça à voix haute.

— Les rumeurs concernant ma supercélébrité ont été grandement exagérées, dit-il en paraphrasant Mark Twain. Je vous appelle au sujet d'une amie commune : Ruth Jefferson.

À ces mots, je me ferme comme une huître.

— Révérend Mercy, je ne suis pas autorisée à parler d'une cliente.

— Je vous assure que si, au contraire. Ruth m'a demandé d'être son conseiller, si l'on peut dire…

Je serre les dents.

— Ma cliente n'a signé aucun document dans ce sens.

— La décharge ? Si, si, bien sûr. Je lui ai envoyé un formulaire par mail il y a une heure de cela. Il sera sur votre bureau dès demain matin.

C'est. Quoi. Ce. Bazar. Pourquoi Ruth signerait-elle ce genre de document sans me consulter au préalable ? Pourquoi n'aurait-elle même pas mentionné qu'elle s'était entretenue avec un personnage comme Wallace Mercy ?

Mais je connais déjà la réponse : parce que j'ai dit à Ruth que son affaire n'était pas un cas de discrimination raciale, voilà pourquoi. Et Wallace Mercy n'a que ces deux mots à la bouche – discrimination raciale.

— Écoutez-moi…

Mon cœur cogne si fort que j'entends ses battements dans chacune de mes syllabes.

— Obtenir l'acquittement pour Ruth Jefferson, c'est *mon* travail, pas le vôtre. Vous voulez faire grimper votre cote de popularité ? Eh bien, vous ne le ferez certainement pas sur mon dos, croyez-moi.

Je mets un terme à la conversation en appuyant tellement fort sur le bouton que le combiné s'échappe de ma main et glisse sur le sol de la cuisine. Micah ferme le robinet.

— Fichus téléphones sans fil, ironise-t-il. C'était tellement plus libérateur de pouvoir raccrocher violemment, pas vrai ?

Il s'approche de moi, les mains dans les poches.

— Tu veux bien me dire ce qui se passe ?

— C'était Wallace Mercy au téléphone. Ruth Jefferson veut que ce soit lui qui la représente.

Micah émet un long sifflement.

— Tu as raison, dit-il finalement. Elle te déteste.

Ruth ouvre la porte en peignoir et chemise de nuit.

— S'il vous plaît, lui dis-je. Je vous demande cinq minutes, pas plus.

— Il n'est pas un peu tard ?

Je ne sais pas si elle fait allusion à l'heure – il est presque onze heures du soir – ou à la manière dont nous nous sommes séparées après notre différend, un peu plus tôt dans l'après-midi. J'opte pour la première option.

— Si je vous avais appelée, vous auriez reconnu mon numéro et vous n'auriez sûrement pas répondu.

Elle hésite un instant.

— C'est fort probable, en effet.

Je resserre les pans de mon gilet. Après l'appel de Wallace Mercy, j'ai sauté dans ma voiture et je me suis mise en route sans perdre de temps – et sans prendre de manteau. Je devais à tout prix intercepter Ruth avant qu'elle ne m'envoie par mail le formulaire de décharge, c'était tout ce qui comptait.

J'aspire une grande bouffée d'air.

— Ne croyez pas que je sois insensible à la manière dont on vous a traitée, au contraire. Simplement, je sais que l'intervention de Wallace Mercy jouera en votre défaveur à court terme, voire à long terme.

Ruth me voit frissonner de nouveau.

— Entrez, dit-elle finalement.

Le convertible est déjà déplié ; les oreillers, les draps et la couverture sont prêts. Je vais m'asseoir à la table de la cuisine. L'instant d'après, la porte de la chambre s'ouvre et le fils de Ruth passe la tête dans l'entrebâillement.

— Maman ? Qu'est-ce qui se passe ?

— Tout va bien, Edison. Retourne te coucher.

Il semble dubitatif mais il recule pour refermer la porte.

— Ruth, ne signez pas cette décharge, dis-je d'un ton implorant.

Elle s'assied en face de moi.

— Il m'a promis de ne pas se mêler de ce que vous ferez dans l'enceinte du tribunal…

— Vous allez vous saboter vous-même, dis-je sans ménagement. Imaginez un peu : la foule déchaînée dans la rue, votre tête à la télé tous les soirs, les experts juridiques commentant le procès aux infos de la matinée – ce serait une folie de les laisser s'emparer du déroulement du procès avant même que *nous* ayons l'occasion de nous exprimer.

J'esquisse un geste en direction de la chambre d'Edison.

— Et votre fils, dans tout ça ? Est-ce que vous êtes prête à le pousser sur le devant de la scène ? Parce que c'est ce qui arrive quand on devient un symbole. Le monde entier sait tout de vous, de votre passé, de votre famille et n'attend qu'une chose : vous crucifier. Votre nom deviendra aussi familier que celui de Trayvon Martin. Vous ne retrouverez plus jamais votre vie d'avant.

Nos regards se soudent.

— Lui non plus.

La pertinence de cette réplique creuse un canyon entre nous. Baissant les yeux sur cet abysse, je discerne toutes les raisons pour lesquelles Ruth ne devrait pas faire ça ; elle baisse les yeux, elle aussi, et voit sans nul doute toutes les raisons pour lesquelles elle devrait le faire.

— Ruth, je sais que rien ne vous oblige à me faire confiance, surtout quand on sait de quelle manière les Blancs se sont comportés avec vous ces derniers temps. Mais je vous le dis une dernière fois : si Wallace Mercy fait son show, vous ne serez pas en sécurité. Et je ne crois pas que vous ayez envie que les médias s'emparent de votre affaire et rendent leur jugement de leur côté. Je vous en prie, avançons ensemble en suivant mes méthodes. Laissez-moi une chance.

J'hésite avant d'ajouter :

— Je vous en supplie.

Elle croise les bras sur sa poitrine.

— Et si je veux que les jurés sachent ce qui m'est arrivé ? Qu'ils entendent ma version de l'histoire ?

Je hoche la tête pour accepter le marché.

— Je vous ferai appeler à la barre, promets-je.

Jack DeNardi n'a d'intéressant que la balle d'élastiques grosse comme un crâne de nourrisson posée sur son bureau. Pour le reste, il ressemble exactement à l'image qu'on se fait d'un type bossant dans un cagibi miteux du bâtiment administratif de l'hôpital Mercy-West Haven : bedonnant, le teint cendreux, la mèche de cheveux solitaire rabattue sur un crâne dégarni. C'est un gratte-papier et je ne suis venue le voir que dans l'espoir de grappiller quelques informations. Je veux savoir si le personnel hospitalier pourrait dire certaines choses à propos de Ruth susceptibles de l'aider – ou, au contraire, de l'enfoncer.

— Vingt ans, déclare Jack DeNardi. Elle a travaillé ici pendant vingt ans.

— Au cours de ces vingt ans, combien de promotions Ruth a-t-elle obtenues ?

— Voyons voir, fait DeNardi en feuilletant ses dossiers. Une.

— Une seule en vingt ans ? dis-je, incrédule. Ça ne vous paraît pas un peu bizarre ?

Il hausse les épaules.

— Je ne suis pas autorisé à parler de ça.

— Pour quelle raison ? Vous travaillez dans un hôpital. N'est-ce pas votre métier d'aider les gens ?

— Les patients, répond-il. Pas les employés.

J'émets un grognement dubitatif. Les administrations ont le droit de scruter leurs employés, détectant et étiquetant chacun de leurs défauts… Mais personne ne braque jamais la loupe sur leur propre fonctionnement.

Il soulève d'autres papiers.

— Son dernier rapport d'évaluation la décrit comme quelqu'un de *susceptible*.

Je ne dirai pas le contraire.

— Ruth Jefferson est à l'évidence une infirmière compétente, reprend-il. Mais d'après ce qu'il ressort de son dossier, plusieurs promotions lui ont été refusées parce que ses supérieurs la trouvaient un peu… hautaine.

Je fronce les sourcils.

— La supérieure hiérarchique de Ruth, Marie Malone… Depuis combien de temps travaille-t-elle à l'hôpital ?

Il enfonce quelques touches sur son clavier d'ordinateur.

— Une dizaine d'années.

— Si je comprends bien, c'est une personne n'ayant que dix ans d'ancienneté dans cet hôpital qui donnait des ordres – litigieux, qui plus est – à Ruth… Et peut-être que cette dernière les remettait en question de temps en temps, non ? Est-ce que cela fait d'elle une personne hautaine… ou simplement sûre de ses compétences ?

Il lève les yeux sur moi.

— Je ne saurais dire.

Je me lève.

— Merci de m'avoir reçue, monsieur DeNardi.

Je ramasse mon manteau, mon attaché-case et, au moment de franchir le seuil, je me retourne.

— Hautain… ou sûr de soi. Serait-il possible que ces deux adjectifs soient interchangeables en fonction de la couleur de vos employés ?

— Je n'apprécie pas vos insinuations, madame McQuarrie, réplique Jack DeNardi en pinçant les lèvres. Mercy-West Haven ne fait aucune discrimination pour des motifs liés à la race, aux croyances religieuses ou à l'orientation sexuelle.

— Oh, d'accord, je vois. C'est donc une pure coïncidence que Ruth Jefferson ait été désignée comme le bouc émissaire qu'on jette dans la fosse aux lions.

En sortant de l'hôpital, je songe qu'aucun élément de cette conversation ne pourra être utilisé au tribunal. Je me demande même ce qui m'a poussée à me retourner au moment de quitter le bureau et à lancer cette dernière réplique à l'employé des ressources humaines.

Ruth aurait-elle commencé à déteindre sur moi ?

Ce week-end, une pluie froide cingle les fenêtres. Assises autour de la table basse, Violet et moi faisons des coloriages. Ou plutôt, Violet gribouille sur la feuille, indifférente à la silhouette du raton laveur.

— Grand-mère aime bien colorier à l'intérieur des lignes, déclare ma fille. Elle dit que c'est la bonne manière de colorier.

— Il n'y a pas de bonne ni de mauvaise manière, réponds-je machinalement.

Je pointe le doigt sur l'explosion de rouge et de jaune qui recouvre sa page.

— Regarde comme il est beau, ton coloriage.

Qui a édicté cette règle, d'ailleurs ? Et pourquoi y a-t-il des contours ?

Quand Micah et moi sommes allés passer notre lune de miel en Australie, nous avons campé trois nuits dans le centre rouge de l'Australie, là où le sol est craquelé comme une peau de crocodile et où le ciel, la nuit, ressemble à une coupe remplie de diamants retournée au-dessus de la Terre. Nous avions rencontré un Aborigène qui nous avait montré l'Émeu dans le Ciel, cette constellation proche de la Croix du Sud qui, contrairement à nos constellations, ne se dessine pas avec des points à relier mais avec les espaces interstellaires : les nébuleuses s'enroulant autour de la Voie lactée forment le cou gracile et les pattes ballantes du grand volatile. Au début, je n'arrivais pas à le voir. Mais quand, enfin, j'ai réussi à le localiser, je ne voyais plus rien d'autre.

La sonnerie de mon portable retentit. Je décroche en reconnaissant le numéro de Ruth.

— Tout va bien ?

— Oui, répond Ruth d'une voix tendue. Je voulais savoir si vous auriez un peu de temps à m'accorder, cet après-midi.

Je jette un coup d'œil à Micah qui vient de nous rejoindre. *Ruth*, articulé-je en silence.

Il soulève Violet dans ses bras et commence à la chatouiller, me signifiant que je peux me rendre disponible – il s'occupera de notre fille.

— Oui, bien sûr. Vous voulez qu'on discute des documents transmis par l'État ?

— Pas vraiment, non. En fait, j'avais prévu d'aller faire les boutiques : je dois trouver un cadeau d'anniversaire pour ma mère. Et je me disais que vous voudriez peut-être venir avec moi.

Je sais reconnaître une proposition de paix quand on m'en présente une.

— Oui, avec plaisir.

En me rendant chez Ruth, je me dis que je suis en train de commettre une erreur colossale. Quand j'ai commencé ma carrière d'avocate de la défense publique, je dépensais tout mon salaire – qui ne couvrait même pas mes frais de nourriture – pour certains de mes clients qui avaient besoin de vêtements propres ou d'un repas chaud. Il m'a fallu un moment pour comprendre que ma mission était de leur venir en aide sans que cela n'affecte mon compte en banque. Cela dit, Ruth semble bien trop fière pour me traîner dans les magasins en me laissant entendre qu'elle aurait besoin d'une paire de chaussures neuves. Je crois plutôt qu'elle veut que nous repartions sur de nouvelles bases, toutes les deux.

Pendant le trajet jusqu'au centre commercial, nous ne parlons pourtant que du temps : est-ce qu'il va bientôt arrêter de pleuvoir ? Est-ce que la pluie va se transformer en neige fondue ? On échange ensuite nos projets pour les fêtes de fin d'année. Ruth me suggère de garer la voiture près du magasin T.J. Maxx.

— Vous savez déjà quel genre de cadeau vous allez lui offrir ?

Elle secoue la tête.

— Je saurai en le voyant. Il y a des choses qui ont l'air d'avoir été fabriquées pour elle – généralement des trucs recouverts de sequins, explique-t-elle en esquissant un sourire. Ma mère aime se mettre sur son trente et un pour aller à l'église ; on dirait qu'elle se rend tous les dimanches à un mariage en grande pompe. J'ai toujours pensé que c'était parce qu'elle portait un uniforme toute la semaine et que c'était une façon pour elle de rompre avec le quotidien.

Nous descendons de la voiture, je me tourne vers elle.

— Vous avez grandi ici, dans le Connecticut ?

— Non, à Harlem. Je prenais le bus tous les jours pour Manhattan avec ma mère et on me déposait ensuite à Dalton.

— Vous êtes allées à Dalton toutes les deux, votre sœur et vous ?

— Non, seulement moi. Adisa n'était pas très… scolaire. C'est Wesley qui m'a attirée dans le Connecticut.

— Vous vous êtes rencontrés où ?

— Dans un hôpital, répond Ruth. J'étais élève infirmière et je faisais un stage dans une Maternité. Un jour, une femme est arrivée pour accoucher alors que le terme était prévu le mois suivant ; son mari était militaire, elle avait essayé de le contacter plusieurs fois, sans succès. Elle était enceinte de jumeaux et était terrifiée à l'idée de devoir accoucher sans lui. Tout à coup, un homme en tenue de camouflage débarque en trombe alors qu'elle était en train de pousser. Il jette un coup d'œil à la parturiente et tombe comme une mouche. Comme j'étais étudiante, j'ai dû m'occuper du type évanoui.

— Attendez… Wesley était marié à une autre femme quand vous l'avez rencontré ?

— C'est ce que j'ai cru, moi aussi. Quand il a repris conscience, il a commencé à me draguer, à jouer au séducteur. Je me suis dit que c'était le pire salaud que j'avais jamais rencontré ; il était là à flirter avec moi, alors que dans la pièce voisine sa femme en bavait pour mettre leurs jumeaux au monde. Je lui ai dit ce que j'avais sur le cœur. En réalité, ce n'étaient pas ses enfants. Le papa des jumeaux était son meilleur ami et, comme il était en mission et n'avait pas obtenu de permission, Wesley avait promis d'être là pour sa femme jusqu'à son retour.

Ruth émet un petit rire.

— À ce moment-là, je me suis dit que ce n'était peut-être pas le pire salaud de tous les temps. Nous avons vécu de belles années, tous les deux.

— Quand est-il décédé ?

— Quand Edison avait sept ans.

Je ne peux même pas imaginer ce que ce serait de perdre Micah ; d'élever Violet seule. Je me rends compte à cet instant que Ruth a dû faire preuve d'un courage incroyable pour continuer à vivre comme elle l'a fait, en s'occupant de son fils.

— Je suis désolée.

— Moi aussi, soupire Ruth. Mais il faut bien continuer à avancer, pas vrai ? On n'a pas le choix, de toute façon.

Elle me regarde.

— C'est ce que maman m'a toujours dit. Je vais peut-être trouver cette phrase brodée sur un coussin !

— Avec du fil brillant, renchéris-je tandis que nous entrons dans le magasin.

Ruth me parle ensuite de Sam Hallowell dont le nom me dit vaguement quelque chose. Sa mère travaille comme employée de maison de cette famille depuis presque cinquante ans. Elle me parle de Christina qui lui a fait boire en cachette sa première gorgée de cognac à l'âge de douze ans – elle avait chipé la bouteille dans le bar à liqueurs de son père – et qui a réussi ses évaluations de trigonométrie en achetant les réponses aux tests à un étudiant chinois participant à un programme d'échange. Elle me confie aussi que Christina a voulu lui donner de l'argent en apprenant ce qui lui arrivait.

— Ça m'a tout l'air d'être une sacrée peste, dis-je lorsque Ruth a terminé.

Elle prend un air songeur.

— En fait, non. C'est juste que c'est tout ce qu'elle connaît. Elle n'a jamais appris à être autrement.

On déambule dans les allées en échangeant des anecdotes. Elle m'avoue qu'elle voulait être anthropologue, jusqu'à ce qu'elle étudie Lucy l'australopithèque à l'école: "Combien de femmes éthiopiennes s'appellent Lucy, à votre avis?" Je lui raconte le jour où j'ai perdu les eaux au beau milieu d'un procès et que ce connard de juge ne voulait pas m'accorder de prorogation. Elle me parle de sa sœur: quand Ruth avait cinq ans, Adisa avait réussi à la convaincre que, si elle avait le teint plus clair que les autres, c'est parce qu'elle se transformait lentement en fantôme; noire comme un pruneau à sa naissance, elle était en train de disparaître peu à peu. Je lui parle de la cliente que j'ai cachée pendant trois semaines dans mon sous-sol parce qu'elle était persuadée que son mari voulait la tuer. Elle se souvient de ce type qui, en salle d'accouchement, a balancé à sa petite amie qu'elle avait besoin d'une bonne épilation. Je lui confie que je n'ai pas vu mon père depuis plus d'un an; placé dans une maison de retraite pour malades d'Alzheimer, il ne m'a pas reconnue lors de ma dernière visite et j'ai eu un mal fou à m'en remettre. Ruth admet avoir peur de s'aventurer dans le quartier d'Adisa.

Je meurs de faim, alors je prends un paquet de pop-corn au caramel dans un rayon et je l'ouvre tout en parlant.

— Mais qu'est-ce que vous fichez ? demande Ruth en me fixant d'un air éberlué.

— On dirait bien que je mange, réponds-je, la bouche pleine de pop-corn. Prenez-en si vous voulez. C'est moi qui régale.

— Mais vous ne l'avez pas encore payé.

C'est à mon tour de la regarder comme si elle était devenue folle.

— Bah, je paierai quand on partira. Où est le problème ?

— C'est juste que…

Avant qu'elle ait le temps de répondre, une employée du magasin s'approche de nous.

— Puis-je vous aider à trouver quelque chose ? demande-t-elle en s'adressant directement à Ruth.

— Non, on regarde juste.

La femme sourit mais ne s'éloigne pas. Elle nous suit à distance, comme les petits chiens en bois que les enfants tirent derrière eux. Ruth n'a pas l'air d'y prêter attention – ou peut-être préfère-t-elle l'ignorer. Je lui montre une paire de gants et une belle étole chaude pour l'hiver mais elle m'explique que sa mère ne délaisserait pour rien au monde l'écharpe porte-bonheur qui ne la quitte jamais. Ruth continue de papoter jusqu'à ce que nous tombions sur des bacs de DVD en solde.

— Ça, ça pourrait être drôle. Je pourrais lui offrir un lot de ses séries préférées que j'emballerais avec une boîte de pop-corn pour micro-ondes et je mettrais une étiquette : "soirée ciné".

Elle commence à fouiller dans les bacs : *Sauvés par le gong. La fête à la maison. Buffy contre les vampires.*

— *Dawson*, dis-je d'un ton songeur. Ça nous rajeunit pas, dites donc. Je ne rêvais que d'une seule chose, à l'époque : me dépêcher de grandir pour épouser Pacey.

— Pacey ? fait Ruth. C'est quoi, ce prénom ?

— Vous n'avez jamais vu cette série ?

Elle secoue la tête.

— Pour commencer, je dois avoir une dizaine d'années de plus que vous. Et puis s'il y avait bien une série destinée aux jeunes filles blanches, c'était celle-ci.

Je plonge ma main au fond du bac, exhumant une saison du *Cosby Show*. Sur le point de montrer ma trouvaille à Ruth, je me ravise et cache le DVD sous un coffret des *X-Files*. Je ne voudrais surtout pas qu'elle pense que j'ai choisi ça à cause de leur couleur de peau… Mais Ruth me prend le DVD des mains.

— Vous regardiez quand ça passait à la télé ?

— Bien sûr. Tout le monde regardait, non ?

— Oui, je suppose que c'était le résultat escompté. Si vous faites jouer des acteurs noirs pour raconter l'histoire d'une famille hyperfonctionnelle, les Blancs auront certainement moins peur de nous.

— Je ne suis pas sûre que les mots *Cosby* et *fonctionnel* aillent très bien ensemble, fais-je observer.

L'employée du magasin nous interpelle de nouveau.

— Tout se passe bien ?

— *Ouais*, dis-je d'un ton agacé. On vous fera signe si on a besoin d'aide.

Finalement, Ruth choisit un coffret d'*Urgences* parce que sa mère a un faible pour George Clooney et une paire de moufles ourlées de véritable fourrure de lapin. Je prends un pyjama pour Violet et un lot de maillots de corps pour Micah. Nous nous dirigeons vers la caisse, le responsable du magasin sur les talons. Je règle mes achats avec ma carte bancaire et j'attends que Ruth ait terminé de payer.

— Avez-vous une pièce d'identité ? demande la caissière.

Ruth lui tend son permis de conduire et sa carte de sécurité sociale. L'employée la dévisage avant de baisser les yeux sur la photo du permis. Puis elle passe les articles en caisse.

Au moment où nous allons sortir du magasin, un vigile nous arrête.

— Madame, s'il vous plaît, dit-il à l'adresse de Ruth, puis-je voir votre ticket de caisse ?

Je fouille dans mon sac pour lui présenter le mien aussi mais il m'arrête d'un geste de la main. "C'est bon pour vous", fait-il d'un ton désinvolte avant de reporter son attention sur Ruth, vérifiant le contenu de son sac et les articles figurant sur le ticket.

À cet instant, je me rends compte que Ruth ne m'a pas demandé de venir avec elle parce qu'elle voulait que je l'aide à choisir un cadeau pour sa mère.

Ruth m'a proposé cette virée shopping pour que je comprenne ce que c'était d'être elle.

Le responsable qui la suit à la trace au cas où il lui prendrait l'envie de voler dans les rayons.

La méfiance de la caissière.

Le fait que, sur une douzaine de personnes quittant T.J.Maxx au même moment, Ruth ait été la seule à se faire contrôler.

Je sens mes joues s'empourprer – je suis gênée pour Ruth, gênée de ne m'être aperçue de rien, alors même que tout cela se passait sous mes yeux. Lorsque le vigile lui redonne son sac, nous sortons du magasin et courons jusqu'à la voiture sous une pluie battante.

Une fois à l'abri, nous restons assises un moment sans parler, essoufflées et trempées jusqu'aux os. La pluie est comme un écran entre le monde et nous.

— J'ai compris, dis-je finalement.

Ruth se tourne vers moi.

— Vous n'avez encore rien vu, précise-t-elle sans animosité.

— Mais vous n'avez pas protesté, fais-je observer. Parce que vous êtes habituée, c'est ça ?

— Je ne crois pas qu'on s'habitue à ce genre de choses. On apprend juste à passer par-dessus.

Je me souviens de ce qu'elle m'a dit au sujet de Christina ; ses mots résonnent encore dans ma tête : "Elle n'a jamais appris à être autrement."

Nos regards se soudent.

— Je peux vous faire un aveu ? La plus mauvaise note que j'ai eue à la fac, ça a été dans un cours sur l'histoire des Noirs. J'étais la seule étudiante blanche de l'amphi. Heureusement, je m'en suis bien sortie à l'écrit mais la moitié de la note correspondait à la participation en cours et je n'ai pas ouvert la bouche de tout le semestre. Je veux dire : pas une seule fois. J'avais trop peur de mettre les pieds dans le plat, de dire un truc stupide qui m'aurait fait passer pour une raciste. Et en même temps, je ne voulais pas que les autres croient que je me foutais de cette matière parce que je ne participais jamais aux débats.

Ruth ne répond pas tout de suite.

— Je peux vous faire un aveu ? On n'aborde pas la question raciale parce qu'on ne parle pas le même langage.

On écoute la pluie marteler le pare-brise.

— Je peux vous faire un aveu ? Je n'ai jamais beaucoup aimé le *Cosby Show*.

— Je peux vous faire un aveu ? réplique Ruth avec un sourire amusé. Moi non plus.

Je travaille d'arrache-pied tout le mois de décembre : j'examine les pièces communiquées par l'État, je rédige les motions préalables au procès et je me penche sur les trente autres affaires qui réclament également mon attention. Après ma pause déjeuner, je suis censée faire déposer une jeune femme de vingt-trois ans battue par son petit ami parce qu'il venait de découvrir qu'elle couchait avec son frère. Mais on m'avertit que le témoin, victime d'un léger accident de la circulation, ne pourra finalement pas venir aujourd'hui. Ce qui me laisse deux heures à tuer. Mon regard glisse sur les montagnes de dossiers empilées sur mon bureau. Je prends ma décision en un quart de seconde. Passant la tête par-dessus la cloison de mon box, j'interpelle Howard.

— Si quelqu'un vous demande où je suis, dites que je suis allée acheter des tampons, OK ?

— Attendez. C'est vrai ?

— Non. Mais ça les mettra mal à l'aise et ça leur apprendra à contrôler mes déplacements.

Il fait étonnamment doux pour la saison, presque dix degrés. Quand le temps s'y prête, je sais que ma mère emmène Violet au parc après l'avoir récupérée à l'école. Elles prennent un petit goûter – des pommes et des fruits secs – puis Violet va jouer sur l'aire de jeux avant de rentrer à la maison. Lorsqu'elle m'aperçoit, ma fille est en train de faire le cochon pendu, accrochée aux barres de la cage à écureuil, l'ourlet de sa jupe chatouillant son menton. "Maman !", s'écrie-t-elle en retombant sur ses pieds avec une souplesse et une grâce qu'elle a forcément héritées de son père. Elle s'élance vers moi en courant et je la réceptionne en la soulevant dans mes bras. Assise sur un banc, ma mère se tourne vers moi.

— Ils t'ont virée ?

Je hausse un sourcil.

— C'est la première chose qui te vient à l'esprit en me voyant ?

— Eh bien, je crois me souvenir que la dernière fois que tu as débarqué sans prévenir au beau milieu de l'après-midi, c'était le jour où tu venais d'apprendre que le père de Micah était mourant.

— Maman, intervient Violet, j'ai préparé un cadeau de Noël pour toi, c'est un collier et les oiseaux peuvent le manger.

Elle se tortille dans mes bras, alors je la repose et elle retourne en courant vers la structure de jeux.

Ma mère tapote le banc à côté d'elle. Malgré la douceur, elle est emmitouflée jusqu'aux oreilles. Sa liseuse électronique est posée sur ses genoux et, comme je m'y attendais, le Tupperware contenant des tranches de pommes et un mélange de fruits secs n'est pas très loin non plus.

— Bon, puisque tu as encore du travail, que nous vaut le plaisir de cette excellente surprise ?

— Un accident de voiture… Pas le mien, je te rassure, précisé-je en enfournant dans ma bouche une pleine poignée de fruits secs. Qu'est-ce que tu lis ?

— Enfin, ma chérie, je ne lis jamais quand ma petite-fille adorée joue dans une cage à écureuil. Je ne la quitte pas des yeux un seul instant.

Je lève le regard au ciel.

— Qu'est-ce que tu lis ?

— Je ne me souviens plus du titre. Ça parle d'une duchesse atteinte d'un cancer et d'un vampire qui propose de la rendre immortelle. Apparemment, c'est de la *sick-lit*, un genre littéraire consacré à la maladie, m'explique ma mère. C'est pour mon club de lecture.

— Qui a choisi ce livre ?

— Pas moi. Je ne choisis jamais les livres. Je choisis le vin.

— Le dernier livre que j'ai lu s'intitule *À chacun sa crotte*, alors je suis mal placée pour juger.

Je m'appuie contre le dossier, offrant mon visage au soleil de cette fin d'après-midi. Lorsque ma mère tapote ses genoux, je m'allonge sur le banc. Elle caresse mes cheveux comme elle le faisait quand j'avais l'âge de Violet.

— Tu sais ce qu'il y a de plus difficile quand on est maman ?

dis-je d'une voix nonchalante. C'est qu'on n'a plus jamais le temps d'être un enfant.

— On n'a plus jamais le temps, tout court, réplique ma mère. Et avant qu'on ait le temps de dire ouf, justement, votre petite fille chérie s'est mis en tête de sauver le monde.

— Pour le moment, elle a juste envie de se goinfrer, dis-je en tendant la main vers la boîte de fruits secs.

Je glisse une noix entre mes lèvres et la recrache presque aussitôt.

— Beurk, je déteste les noix du Brésil.

— C'est comme ça qu'on les appelle ? fait ma mère. Elles ont un goût de pied. Ce sont les pauvres gamines bâtardes du mélange de fruits secs, celles que personne n'aime.

Tout à coup, je me revois chez ma grand-mère pour le repas de Thanksgiving. J'avais à peu près l'âge de Violet. La maison regorgeait de tantes, d'oncles, de cousins et de cousines. J'adorais sa tourte aux patates douces et les napperons posés sur ses meubles, tous de formes différentes, semblables à des flocons de neige. Mais je faisais tout pour éviter l'oncle Léon, le frère de mon grand-père, celui qui parlait trop fort, buvait trop d'alcool et se débrouillait toujours pour vous embrasser sur la bouche alors qu'il était censé vous faire une bise sur la joue. Pour l'apéritif, ma grand-mère posait sur la table un gros saladier de fruits secs mélangés et l'oncle Léon maniait le casse-noix, décortiquant ceux qui avaient encore leur coque avant de les distribuer aux enfants : il y avait des noix, des noisettes et des noix de pécan, des amandes, des noix de cajou et des noix du Brésil. Sauf que l'oncle Léon ne les appelait pas comme ça. Brandissant une longue coquille brune et fripée, il s'exclamait : "Et un orteil de nègre, un ! Qui veut un orteil de nègre ?"

— Tu te souviens d'oncle Léon ? dis-je en me redressant brusquement. Tu te rappelles comment il les appelait ?

Ma mère exhale un soupir.

— Oui. L'oncle Léon était un sacré personnage.

À l'époque, je n'étais pas consciente de la connotation du mot *nègre*. Je riais, comme tout le monde.

— Comment se fait-il que personne ne l'ait jamais remis à sa place ? Pourquoi tu ne lui disais pas de la fermer ?

Ma mère me jette un regard exaspéré.

— Léon n'était pas du style à se remettre en question.

— Évidemment, tant qu'il avait un public…

Je pointe le menton en direction du bac à sable où Violet joue côte à côte avec une fillette noire, creusant le sable compact à l'aide d'un bâton.

— Imagine qu'elle se mette à répéter ce que disait Léon parce qu'elle ne sait pas que c'est mal ? Comment ça serait interprété, à ton avis ?

— À l'époque, la Caroline du Nord ne ressemblait pas du tout à ce qu'on vit ici aujourd'hui.

— Ça aurait peut-être été différent si des gens comme toi avaient arrêté de se voiler la face.

Je regrette mes paroles sitôt qu'elles ont franchi mes lèvres : je sais que je m'en prends à ma mère, alors qu'en réalité c'est à moi que j'en veux. D'un point de vue purement juridique, il est plus sage pour Ruth d'éviter toute allusion à la question raciale au cours de son procès, j'en suis consciente, mais j'ai moralement beaucoup de mal à accepter ce constat. Et si, en réalité, je m'étais empressée d'écarter l'aspect raciste de cette affaire non pas parce que notre système judiciaire semble incapable de supporter cette charge mais plutôt parce que je suis née dans une famille où les blagues racistes pendant les repas de fête faisaient autant partie de la tradition que la farce à la chair à saucisse et le service en porcelaine de ma grand-mère ? Ma propre mère a grandi avec quelqu'un qui remplissait les mêmes fonctions que la mère de Ruth dans sa maison – une femme qui faisait la cuisine et le ménage, qui l'accompagnait à l'école et l'emmenait jouer dans un parc comme celui-ci. Nom de Dieu !

Ma mère reste silencieuse un long moment. Je sais que je l'ai blessée. Finalement, elle prend la parole :

— En 1954, alors que j'avais neuf ans, un tribunal a statué que cinq enfants noirs intégreraient mon école. Je me souviens qu'un garçon de ma classe nous avait raconté qu'ils avaient des cornes enfouies dans leurs cheveux crépus. Et mon institutrice nous avait dit de faire attention à nos affaires parce qu'ils risquaient de nous voler notre argent pour la cantine.

Elle se tourne vers moi.

— La veille de leur intégration, mon père a organisé une réunion à la maison, le soir. Oncle Léon était présent. Les gens racontaient que les enfants blancs allaient être harcelés par les noirs et qu'il y aurait de gros problèmes de discipline parce que ces gamins ne savaient pas se conduire correctement. L'oncle Léon était tellement furieux que sa figure rougeaude dégoulinait de sueur. Il disait qu'il ne voulait pas que sa fille serve de cobaye. Ils avaient prévu de manifester devant l'école le lendemain matin, malgré la présence de la police chargée d'escorter les enfants noirs à l'intérieur du bâtiment. Mon père a juré ses grands dieux qu'il ne vendrait plus jamais une seule voiture au juge Hawthorne.

Elle remue le Tupperware, ferme le couvercle.

— Beattie, notre domestique, était là aussi ce soir-là. Elle servait la limonade et les gâteaux qu'elle avait préparés l'après-midi. Au milieu de la réunion, j'en ai eu assez, alors je suis allée dans la cuisine et je l'ai trouvée en train de pleurer. Je ne l'avais jamais vue pleurer avant. Elle m'a confié que son garçon faisait partie des cinq enfants qui intégreraient notre école le lendemain.

Ma mère secoue la tête.

— Je ne savais même pas qu'elle avait un fils. Beattie travaillait déjà chez nous avant que je sache marcher et parler.

L'idée qu'elle puisse avoir une famille à elle ne m'avait jamais traversé l'esprit.

— Qu'est-ce qui s'est passé ?

— Les enfants sont venus à l'école, encadrés par des policiers. Les autres élèves leur ont lancé des insultes ignobles. L'un d'entre eux s'est fait cracher dessus. Je le vois encore passer à côté de moi avec le filet de bave dégoulinant sur son col blanc. Je me souviens m'être demandé si c'était le fils de Beattie.

Elle marque une pause, hausse les épaules.

— Petit à petit, d'autres sont arrivés. Ils restaient entre eux, mangeaient et jouaient ensemble à la récréation. Et nous, on restait entre nous. Ce n'était pas réellement de la déségrégation, tu sais.

Ma mère incline la tête en direction de Violet et de sa petite copine, occupées à saupoudrer de brins d'herbe leurs gâteaux de terre.

— Tout cela dure depuis tellement plus longtemps que nous, Kennedy. Toi, tu es arrivée plus tard et je comprends que, de ton point de vue, le chemin semble encore terriblement long. Mais moi ?

Elle esquisse un sourire, le regard posé sur les deux fillettes.

— Je vois ça et je suis étonnée et ravie du chemin que nous avons déjà parcouru.

Après Noël et le jour de l'an, je me retrouve à abattre le travail de deux avocats, au sens propre du terme, puisque Ed est parti en vacances à Cozumel avec sa famille. Comme je suis au tribunal pour représenter un de ses clients qui n'a pas respecté une injonction d'éloignement, j'en profite pour fureter dans les registres – j'aimerais beaucoup connaître le nom du juge qui présidera l'audience du procès de Ruth.

L'un des passe-temps préférés des avocats consiste à se renseigner sur la vie privée des juges – qui ont-ils épousé, ont-ils de l'argent, vont-ils à la messe tous les dimanches ou juste pour les grandes fêtes religieuses, sont-ils bêtes à manger du foin, aiment-ils les comédies musicales, vont-ils boire un verre avec les avocats à la fin de leur journée de travail ? Nous stockons toutes les rumeurs et les informations comme les écureuils font leurs provisions de noisettes pour l'hiver, de sorte que, lorsque nous apprenons qui a été nommé pour présider l'audience d'une de nos affaires, nous ressortons toutes ces données minutieusement collectées et nous pouvons déjà nous faire une bonne idée de nos chances de victoire.

Lorsque je lis le nom du juge, mon cœur chavire.

Le juge Thunder porte bien son nom. Thunder comme le tonnerre… C'est un juge à la main très lourde, qui arrive aux audiences en ayant déjà décidé de la peine qu'il infligera à l'accusé, et ce sont généralement des peines d'emprisonnement extrêmement sévères. Je ne sais pas tout ça parce qu'on me l'a dit. Je le sais d'expérience.

Avant de devenir avocate de la défense publique, alors que je travaillais comme assistante d'un juge fédéral, l'un de mes collègues a été mêlé à une affaire d'ordre éthique impliquant un conflit d'intérêts avec son poste précédent dans un cabinet d'avocats. Je faisais partie de l'équipe chargée de le représenter et après des années passées à monter le dossier nous nous sommes retrouvés au tribunal, face au juge Thunder. Il détestait toute forme de déballage médiatique, mais le fait que l'assistant d'un juge fédéral soit mêlé à un cas de violation du code éthique avait porté l'affaire sur le devant de la scène. Nous avions présenté un dossier béton, impeccablement ficelé, mais Thunder avait dans l'idée de créer un précédent pour tous les autres avocats, et mon collègue a été reconnu coupable et condamné à six ans de prison. Comme si sa décision n'était pas assez choquante, le juge s'est tourné vers nous, qui faisions partie de la défense. "Vous devriez avoir honte de vous. M. Dennehy vous a tous roulés dans la farine, a-t-il grondé. Mais il n'aura pas réussi à duper cette Cour." Ça a été la goutte d'eau qui fait déborder le vase. J'avais bûché comme une folle sur ce dossier et trimé sans relâche, jour et nuit, depuis une semaine. J'étais malade comme un chien, bourrée de cachets contre le rhume, assommée par les corticoïdes, harassée et démoralisée par l'issue du procès – tout ça pour dire que je n'avais peut-être pas toute ma lucidité et n'étais sûrement pas en état de faire des courbettes.

Il est donc fort probable que j'aie lancé un "Suce ma bite !" au juge Thunder.

Convoquée sur-le-champ en salle de délibération, j'ai supplié à genoux qu'on ne me raye pas du barreau, assurant au juge que je ne possédais pas d'organe génital masculin, qu'il avait de ce fait mal entendu et que j'avais dit "C'est surréaliste !" car j'étais véritablement très impressionnée par son verdict.

J'ai plaidé deux affaires devant le juge Thunder depuis. J'ai perdu à chaque fois.

Je décide de ne pas parler à Ruth de mes antécédents avec le juge. Après tout, la troisième affaire sera peut-être la bonne.

Je boutonne mon manteau et m'apprête à quitter le tribunal, me motivant silencieusement pendant que je marche vers la sortie. Je ne laisserai pas ce petit revers personnel affecter ma gestion du dossier, surtout que la sélection du jury commence le mois prochain.

Un chant gospel m'accueille à la sortie du tribunal.

Le parc New Haven Green est envahi par une foule de manifestants noirs se tenant bras dessus bras dessous. Leurs voix s'élèvent vers le ciel dans un ensemble harmonieux. *We shall overcome*, chantent-ils en brandissant des pancartes portant le nom de Ruth. "Nous triompherons."

Bien en vue au milieu de cette chaîne humaine, Wallace Mercy chante à pleins poumons. Et à côté de lui, un bras glissé sous celui du révérend, se tient Adisa, la sœur de Ruth.

RUTH

Je suis à la caisse et mon service touche à sa fin ; c'est l'heure où mon dos et mes voûtes plantaires me font un mal de chien. Bien que je me sois arrangée pour travailler le plus d'heures possible, Noël a été aussi morne que sobre, cette année, et Edison était d'une humeur massacrante – quand il ne faisait pas la tête. Il a repris l'école depuis une semaine mais il semblerait qu'un changement radical se soit opéré en lui : il m'adresse à peine la parole, me répond en grommelant quand je lui pose des questions, prend un malin plaisir à friser l'insolence jusqu'à ce que je sois obligée de le rappeler à l'ordre. Il ne vient plus faire ses devoirs dans la cuisine, préférant disparaître dans sa chambre où il écoute Drake et Kendrick Lamar à plein volume. Les SMS affluent sur son téléphone qui n'arrête pas de vibrer, et quand je lui demande qui le réclame avec autant d'insistance, il me répond que c'est quelqu'un que je ne connais pas. Je n'ai pas reçu d'autre appel de la part du principal, ni de mails de ses professeurs m'informant que ses efforts se sont relâchés, mais je ne peux pas m'empêcher de les anticiper.

Et si cela se produit, quelles mesures prendrai-je ? Comment suis-je censée encourager mon fils à être plus performant que ce que la plupart des gens attendent de lui ?

Comment puis-je lui dire sans ciller qu'*il peut être ce qu'il veut dans ce monde* quand je me suis moi-même battue, que j'ai redoublé d'efforts et excellé dans mes études et que je me retrouve malgré tout devant les tribunaux, accusée d'un crime que je n'ai pas commis ? Chaque fois qu'Edison et moi entamons ce genre de discussion ces temps-ci, je décèle une lueur de provocation dans ses yeux : *Je te mets au défi*, m'exhorte-t-il en silence. *Je te mets au défi de me dire que tu crois encore à ce mensonge.*

La fin des cours a sonné. Je le sais en voyant le flot d'adolescents inondant le restaurant comme pendant les jours fériés, emplissant la salle de rires et de taquineries virevoltant de toutes parts. Ils connaissent forcément quelqu'un qui travaille ici et l'interpellent, réclamant d'un ton implorant un rab de McNuggets ou un sundae gratuit. En temps normal, toute cette agitation ne me dérange pas. Je préfère être occupée plutôt que de m'ennuyer. Mais aujourd'hui, une fille s'approche de moi, une queue-de-cheval blonde dansant dans son dos, tenant son téléphone à la main tandis que ses deux amies se pressent autour d'elle pour lire le texto qu'elle vient de recevoir.

— Bienvenue chez McDonald's. Puis-je prendre votre commande ?

Des gens forment une file d'attente derrière elle mais elle se tourne vers l'une de ses copines.

— Qu'est-ce que je lui dis ?

— Que tu peux pas lui parler parce que t'as un rancard, suggère une des filles.

Une autre secoue la tête.

— Nan, ne réponds pas. Fais-le attendre.

Comme les clients derrière elle, je commence à perdre patience.

— Excusez-moi, dis-je de nouveau en me forçant à sourire. Êtes-vous prêtes à commander ?

La fille blonde lève les yeux. Elle porte du blush pailleté qui lui donne l'air d'une petite gamine, même si elle imagine sûrement le contraire.

— Vous avez des *onion rings* ?

— Non, ça, c'est chez Burger King. Notre carte est affichée là-haut, dis-je en pointant le doigt au-dessus de ma tête. Si vous n'êtes pas encore décidées, vous pourriez peut-être laisser la place au client suivant ?

Elle regarde ses deux copines en haussant les sourcils, comme si je venais de l'insulter.

— Yo, mama, joue-la cool, j'demandais, c'est tout...

Je me raidis. Cette fille n'est pas noire. Elle n'a même absolument rien d'une Noire. Alors pourquoi me parle-t-elle comme ça ?

Passant devant elle, l'une de ses amies commande une grande frite puis l'autre commande un Coca light et un wrap. La blonde commande à son tour un Happy Meal et je remplis la boîte avec des gestes rageurs, insensible à son humour.

Trois clients plus tard, je la surveille toujours du coin de l'œil tandis qu'elle avale son cheeseburger. N'y tenant plus, je me tourne vers l'équipier qui tient la caisse avec moi.

— Je reviens tout de suite.

J'entre dans la salle de restaurant où la fille papote toujours avec ses copines. "... alors je lui ai fait, direct : *qui est-ce qu'a allumé la mèche de ton tampon* ?"

Je me plante devant leur table.

— Excusez-moi, je n'ai pas apprécié la manière dont vous m'avez parlé tout à l'heure.

Un flot de sang envahit son visage.

— Wouah, c'est bon. Je suis désolée, dit-elle en faisant la moue.

Mon patron se matérialise soudain à côté de moi. Ancien contremaître dans une usine de roulements à bille qui l'a licencié pour motif économique, Jeff gère le restaurant comme si nous divulguions des secrets d'état au lieu de servir des frites.

— Il y a un problème, Ruth ?

Il y a *tellement* de problèmes. À commencer par le fait que je ne suis pas la *mama* de cette fille qui aura sûrement oublié cette conversation dans une heure. Mais si je décide de dire ce que j'ai sur le cœur, j'en paierai forcément le prix.

— Non, monsieur, réponds-je donc à Jeff avant de regagner ma caisse en silence.

Ma journée empire encore quand je découvre six appels manqués de Kennedy en sortant du boulot. Je la rappelle sur-le-champ.

— Je croyais que vous aviez reconnu que c'était une mauvaise idée de travailler avec Wallace, déclare-t-elle d'un ton sec sans même me dire bonjour.

— Quoi ? Oui, c'est vrai. Et c'est toujours le cas.

— Vous n'étiez donc pas au courant qu'il organisait aujourd'hui une marche en votre honneur devant le tribunal ?

Je m'arrête net, laissant le flot des piétons tournoyer autour de moi.

— C'est une blague. Kennedy, je vous assure que je n'ai pas parlé à Wallace.

— Votre sœur était bras dessus bras dessous avec lui.

Bon, le mystère est résolu.

— Adisa est du genre à n'en faire qu'à sa tête.

— Vous ne pouvez pas essayer de la raisonner ?

— Ça fait quarante-quatre ans que j'essaie et je n'ai jamais réussi.

— Redoublez d'efforts, me conseille Kennedy.

C'est la raison pour laquelle j'attrape le bus pour me rendre chez ma sœur au lieu de rentrer directement chez moi. Donté m'ouvre la porte. Affalée sur le canapé, Adisa joue à Candy Crush sur son téléphone alors que c'est bientôt l'heure du dîner.

— Tiens, tiens, regarde ce que le chat a rapporté, lance-t-elle en me voyant. T'étais où ?

— C'est la folie depuis le jour de l'an. Entre le boulot et la préparation du procès, je n'ai pas une minute à moi.

— Je suis passée chez toi l'autre jour, Edison te l'a dit ?

Je pousse ses pieds du canapé pour pouvoir m'asseoir.

— T'étais venue m'annoncer que Wallace Mercy est ton nouveau meilleur ami ?

Les yeux d'Adisa se mettent à briller.

— Tu m'as vue aux infos ? Bon, on me voit pas beaucoup, juste le haut du corps, du coude à la nuque, mais on me reconnaît à ma veste. Celle avec le col léopard, tu sais…

— Je veux que tu arrêtes ça. Je n'ai pas besoin de Wallace Mercy.

— C'est ton avocate blanche qui t'a fourré ça dans le crâne ?

— Adisa, dis-je dans un soupir, je n'ai jamais voulu devenir un emblème.

— Tu n'as pas donné la moindre chance au révérend Mercy. Tu sais combien de personnes de notre communauté ont vécu des expériences comme la tienne ? Combien de fois on leur a dit non à cause de leur couleur de peau ? Ça dépasse largement ta propre histoire, Ruth, et si quelque chose de bien peut ressortir de ce qui t'est arrivé, pourquoi est-ce que tu ne veux pas le laisser faire ? argumente Adisa en se redressant. Tout ce qu'il demande, c'est une occasion de pouvoir débattre avec nous. Sur une chaîne de télé nationale.

Une sonnette d'alarme retentit dans mon esprit.

— Avec *nous*… ?

Adisa détourne les yeux.

— Bah, je lui ai laissé entendre que je réussirais peut-être à te faire changer d'avis.

— Si je comprends bien, il ne s'agit même pas de m'aider à avancer, moi. C'est juste un moyen pour *toi* d'occuper le devant de la scène. Nom de Dieu, Adisa. C'est vraiment le comble de la mesquinerie, là. Même pour toi.

— Qu'est-ce que tu veux dire par là ? proteste Adisa en se levant d'un bond.

Mains posées sur les hanches, elle me toise de toute sa hauteur.

— Tu crois vraiment que je serais du genre à manipuler ma petite sœur comme ça ?

Je soutiens son regard.

— Et tu vas vraiment prétendre qu'il ne pleut pas dehors alors que tu es trempée comme une soupe ?

Avant qu'elle ait le temps de répondre, une porte s'ouvre à toute volée, claquant bruyamment contre le mur. Tabari émerge d'une chambre en se pavanant, un copain sur les talons.

— Yo, mon frère, t'as chouré ta casquette à un routier ou quoi ? lance-t-il en rigolant.

Les deux ados ont l'air survoltés. Leurs pantalons leur tombent sur les fesses – c'est à se demander pourquoi ils en portent. Jamais je ne laisserais Edison sortir de la maison dans cette tenue ; c'est de la provocation pure et simple.

À cet instant, le copain de Tabari se retourne et je tombe des nues.

— Edison ?

— C'est cool, non ? fait Adisa, tout sourire. Les deux cousins qui traînent ensemble.

— Qu'est-ce que tu fous là ? demande Edison, visiblement contrarié par ma présence.

Qu'est-ce que tu fous là ? Vraiment ?

— Tu n'as pas de devoirs ?

— Je les ai faits.

— Des dossiers de candidature à préparer pour l'Université ?

Il pose sur moi un regard voilé.

— J'ai encore une semaine. C'est quoi, le problème ? Tu dis toujours que c'est superimportant, la *famille*.

Il prononce ce dernier mot comme si c'était un juron.

— On peut savoir où vous allez, tous les deux ?

Tabari lève les yeux.

— Au ciné, tata.

— Au ciné ?

Mon œil, oui.

— Quel film est-ce que vous allez voir ?

Les deux cousins échangent un regard avant de rigoler.

— On choisira quand on y sera, répond Tabari.

Adisa fait un pas en avant, les bras croisés sur la poitrine.

— Ça te pose un problème, Ruth ?

— Oui, figure-toi. Oui, ça me pose un problème parce que, si tu veux mon avis, ton fils a plutôt prévu d'emmener Edison au terrain de basket pour fumer de l'herbe puisque ça m'étonnerait beaucoup qu'il ait envie de voir le prochain film nominé aux Oscars.

Un mélange de stupeur et d'indignation se lit sur le visage de ma sœur.

— Tu oses juger ma famille alors que tu es accusée de meurtre ?

J'attrape mon fils par le bras.

— Toi, tu rentres avec moi, dis-je avant de me tourner vers Adisa. Amuse-toi bien en faisant ton interview avec Wallace Mercy. Et surtout, n'oublie pas de leur dire, à lui et à ses centaines d'adorateurs, que toi et ta sœur ne vous adressez plus la parole.

Sur ce, je traîne mon fils hors de l'appartement. Dès que nous arrivons au rez-de-chaussée, je lui arrache sa casquette et lui demande de remonter son pantalon. Nous sommes presque arrivés à l'arrêt de bus quand il prend la parole.

— Je suis désolé.

Je m'arrête pour le foudroyer du regard.

— J'espère bien ! Tu as perdu la tête ou quoi ? Je ne t'ai pas élevé pour que tu sois comme ça.

— Tabari est moins barré que ses copains.

Je recommence à marcher, les yeux fixés devant moi.

— Tabari n'est pas mon fils, dis-je finalement.

Quand j'étais enceinte d'Edison, je voulais à tout prix éviter d'accoucher dans les mêmes conditions qu'Adisa qui s'était apparemment rendu compte qu'elle était enceinte de son premier enfant à six mois de grossesse et qui avait failli mettre au monde le deuxième dans le métro. Moi, je voulais un suivi impeccable et les meilleurs docteurs. Comme Wesley était parti en mission, j'ai demandé à maman d'assister à sa place à l'accouchement. Lorsque le moment est arrivé, nous avons pris un taxi pour nous rendre à Mercy-West Haven parce que maman ne conduisait pas et je n'étais pas en état de prendre le volant. J'avais prévu d'accoucher par voie basse, le plus naturellement possible ; en tant que sage-femme et infirmière en obstétrique, j'avais repassé mille fois ce moment dans ma tête, mais comme tous les plans soigneusement programmés rien ne s'est passé comme je le souhaitais. Lorsqu'on m'a emmenée au bloc pour la césarienne, maman chantonnait des hymnes baptistes à côté du brancard. Et quand je me suis réveillée après l'intervention, elle tenait mon fils dans ses bras.

— Ruth, a-t-elle murmuré, les yeux emplis d'une telle fierté qu'ils avaient pris une couleur que je n'avais encore jamais vue. Ruth, regarde ce que Dieu a fabriqué pour toi.

Elle m'a tendu le bébé. J'avais planifié cette naissance de A à Z mais à cet instant je me suis rendu compte que je n'avais absolument pas pensé à ce qui allait suivre après. Je n'avais pas la moindre idée de ce qu'il fallait faire pour être mère. Tendu comme un arc dans mes bras, mon fils a ouvert la bouche et s'est mis à hurler comme si ce monde lui était insupportable.

J'ai jeté un regard paniqué à ma mère. J'avais fait des études brillantes, obtenu mon diplôme haut la main. Jamais je n'aurais imaginé que ceci – la plus naturelle des relations humaines – susciterait en moi un sentiment de profonde incompétence. J'ai essayé de bercer le bébé mais il s'est mis à pleurer de plus belle. Ses pieds pédalaient dans le vide comme s'il avançait sur un vélo imaginaire ; ses bras battaient l'air, chacun de ses minuscules doigts était crispé et rigide. Ses cris aigus ont redoublé d'intensité, semblables à un flot ininterrompu de colère, ponctué par les petits remous de ses hoquets. Ses joues étaient cramoisies tandis qu'il essayait désespérément de me dire quelque chose que je n'étais pas en mesure de comprendre.

— Maman ? Qu'est-ce que je dois faire ? ai-je demandé d'un ton implorant.

J'ai tendu les bras pour qu'elle me reprenne le bébé. Elle saurait le calmer, j'en étais sûre. Mais elle a secoué la tête.

— Dis-lui qui tu es pour lui, m'a-t-elle ordonné avant de reculer d'un pas comme pour me signifier que j'étais la seule à pouvoir gérer la situation.

Alors j'ai incliné mon visage vers celui du bébé. Posant une main dans son dos, je l'ai serré contre mon cœur puis pressé contre mon ventre, là où il avait passé plusieurs mois. "Tu t'appelles Edison Wesley Jefferson, ai-je murmuré. Je suis ta maman et je vais faire en sorte de te donner la meilleure vie qui soit."

Edison a cligné des yeux. Son regard noir s'est posé sur moi, comme si j'étais une ombre qu'il devait distinguer du reste de ce monde nouveau et étrange. Puis ses pleurs se sont enrayés, un peu comme un train qui déraille, avant de se dissoudre dans le silence.

Je me rappelle précisément l'instant où mon fils a commencé à se détendre dans son nouvel environnement. Je m'en souviens car il m'est arrivé la même chose au même moment.

— Tu vois, a murmuré la voix de ma mère, quelque part derrière nous, à l'écart du cercle que nous formions tous les deux. Je te l'avais dit.

Nous nous voyons une fois tous les quinze jours, Kennedy et moi, même quand il n'y a rien de neuf à l'horizon. Elle m'envoie parfois un SMS ou passe me dire bonjour au McDo. C'est à cette occasion qu'elle nous invite à dîner chez elle, Edison et moi.

Le soir venu, je change trois fois de tenue, incapable de me décider. Finalement, Edison frappe à la porte de la salle de bains. "On va chez ton avocate ou chez la reine d'Angleterre ?", lance-t-il d'un ton moqueur.

Il a raison. Pourquoi suis-je aussi stressée ? Peut-être parce que j'ai l'impression de franchir une ligne en allant dîner chez Kennedy. C'est une chose de bûcher ensemble sur mon dossier, c'en est une autre d'accepter une invitation qui tient davantage au… repas entre amis qu'au rendez-vous professionnel.

Edison porte une chemise et un pantalon en toile. Je lui ai fait jurer de se conduire comme le gentleman qu'il est naturellement, lui promettant une bonne raclée s'il fait l'andouille. Nous sonnons à la porte. Micah – c'est le nom du mari de Kennedy – vient nous ouvrir, tenant comme une poupée de chiffon une fillette sous son bras.

— Ruth, je présume, dit-il en prenant le bouquet que j'ai apporté avant de me serrer chaleureusement la main puis celle d'Edison.

Il pivote sur ses talons, se tourne de l'autre côté.

— Ma fille Violet ne doit pas être très loin… Je viens de la voir, pourtant… Je suis sûr qu'elle aimerait bien vous dire bonjour.

Tandis qu'il tourne sur lui-même, la fillette s'accroche à lui, ses cheveux se soulevant en rythme, ses éclats de rire cascadant à mes pieds comme des bulles de savon.

D'un mouvement souple, elle se libère de l'étreinte de son père et je m'agenouille devant elle. Violet McQuarrie ressemble à une réplique miniature de Kennedy, à la différence qu'elle porte un déguisement de la Princesse Tiana. Je lui tends un pot en verre rempli de minuscules lumières blanches et j'appuie sur le bouton pour que la guirlande s'allume.

— C'est pour toi. C'est un bocal magique.

Ses yeux s'arrondissent.

— Waouh, murmure-t-elle en s'emparant du cadeau avant de disparaître en courant.

Je me relève.

— Ça sert aussi de veilleuse, dis-je à Micah au moment où Kennedy émerge de la cuisine, en jean, pull et tablier.

— Vous avez trouvé ! s'exclame-t-elle en souriant.

Elle a de la sauce tomate sur le menton.

— Oui. Je suis passée des centaines de fois devant chez vous… Sans savoir que vous habitiez là, évidemment.

Et je ne le saurais toujours pas si je n'étais pas accusée de meurtre. Kennedy doit penser la même chose, mais heureusement Micah vient à notre secours.

— Si nous prenions l'apéritif ? Je vous sers quelque chose, Ruth ? Il y a du vin, de la bière, du gin tonic…

— Du vin, ce sera très bien.

Nous allons nous asseoir au salon. Un plateau de fromage trône déjà sur la table basse.

— Waouh, murmure Edison. Un saladier plein de crackers…

Prononcée d'un ton ironique, sa remarque lui vaut un regard qui dégommerait un oiseau en plein vol.

— C'est très gentil de votre part de nous inviter à dîner chez vous, dis-je poliment.

— À votre place, je garderais les remerciements pour plus tard, réplique Kennedy. Manger à la même table qu'une enfant de quatre ans ne relève pas vraiment de l'expérience gastronomique.

Elle sourit à Violet qui colorie un dessin de l'autre côté de la table basse.

— Inutile de vous dire qu'on ne reçoit plus beaucoup, ces temps-ci, ajoute-t-elle.

— Je me souviens encore parfaitement d'Edison au même âge. Et je crois bien que nous avions testé toutes les variantes possibles et imaginables des macaronis au fromage, tous les soirs pendant un an.

Micah croise les jambes.

— Edison, ma femme m'a dit que tu étais un élève brillant.

Bien sûr, j'ai omis de mentionner à Kennedy que mon fils avait récemment été suspendu.

— Merci, monsieur, répond Edison. Je suis en train de préparer mes dossiers de candidature pour entrer à l'Université.

— Ah oui ? C'est super. Tu sais déjà ce que tu veux faire ?

— De l'histoire, peut-être. Ou des sciences politiques.

Micah hoche la tête d'un air intéressé.

— Tu dois être un grand fan d'Obama, j'imagine ?

Pourquoi les Blancs croient-ils tous ça ?

— J'étais encore un peu jeune pendant sa campagne, répond Edison. Mais je me souviens avoir accompagné maman qui soutenait Hillary, quand elle s'était présentée contre lui. Vu le métier de mon père, je suis assez sensible à la question militaire, et ses prises de position sur la guerre en Irak me paraissaient plus cohérentes, à l'époque.

Elle s'était ouvertement prononcée en faveur de l'invasion alors qu'Obama y était opposé depuis le début.

Je savoure mon petit moment de fierté.

— Eh ben dis donc, fait Micah, impressionné, j'ai hâte de voir ton nom sur la liste des candidats à la présidentielle dans quelques années !

Visiblement lassée par la conversation, Violet passe par-dessus mes jambes et tend un crayon de couleur à Edison.

— Tu veux colorier ? demande-t-elle.

— Euh, oui, d'accord.

Edison s'agenouille devant la table basse, à côté de la fille de Kennedy, pour pouvoir accéder à l'album de coloriage. Puis il commence à habiller de vert la robe de Cendrillon.

— Non, intervient Violet, petit tyran en costume de princesse. Ça doit être bleu.

Elle pointe son doigt sur le modèle, disparaissant à moitié sous la grande paume d'Edison.

— Violet, les invités font comme ils veulent, tu te rappelles ? fait Kennedy.

— Ce n'est pas grave, madame McQuarrie. Je ne voudrais surtout pas contrarier Cendrillon, plaisante Edison.

La fillette lui tend fièrement un crayon du même bleu que la robe. Edison baisse la tête et recommence à colorier. Je me tourne vers Kennedy.

— La sélection du jury démarre la semaine prochaine, c'est ça ? Est-ce que je dois m'inquiéter ?

— Non, bien sûr que non. C'est juste…

— Edison ? interrompt Violet. C'est une chaîne ?

Mon fils effleure machinalement le collier qu'il s'est mis à porter récemment – depuis qu'il a commencé à traîner avec son cousin, en fait.

— Oui, on peut appeler ça comme ça.

— Donc, ça veut dire que tu es un esclave, dit la fillette d'un ton dégagé.

— Violet ! s'exclament en chœur Micah et Kennedy.

— Oh, je suis vraiment désolée, Edison. Ruth… Je… Je ne sais pas quoi dire, bafouille Kennedy. Je ne sais pas où elle a entendu ça…

— À l'école, déclare Violet. Josiah a dit à Taisha que les gens qui étaient comme elle portaient des chaînes, avant, et qu'ils étaient des esclaves parce que c'était leur histoire.

— On en reparlera plus tard, d'accord, Vivi ? suggère Micah. On n'a pas envie de discuter de ça ce soir.

— Ce n'est rien, dis-je alors que le malaise est presque palpable, comme si quelqu'un avait vidé la pièce de son oxygène. Tu sais ce que c'est, un esclave ?

Violet secoue la tête.

— C'est quand une personne est propriétaire d'une autre personne.

La fillette retourne mes paroles dans sa petite tête.

— Comme un animal domestique ?

Kennedy pose une main sur mon bras.

— Vous n'êtes pas obligée de faire ça, dit-elle à voix basse.

— J'ai déjà dû le faire une fois, vous savez.

Je reporte mon attention sur sa fille.

— Un peu comme un animal domestique, tu as raison, mais pas complètement non plus. Il y a très longtemps, des gens qui ressemblaient à ton papa, à ta maman et à toi aussi ont trouvé un endroit dans le monde où les gens nous ressemblaient, à moi, à Edison et à Taisha. On vivait tellement bien, là-bas – on construisait nos maisons, on préparait à manger, on se débrouillait avec trois fois rien – qu'ils ont voulu avoir la même chose dans leur pays. Alors ils ont pris les gens qui étaient comme moi, sans leur demander la permission. Ils ne nous ont pas laissé le choix. Et c'est ça, un esclave : c'est quelqu'un qui n'a pas le choix de faire ce qu'il veut et qui est obligé de supporter ce que lui font les autres.

Violet repose son crayon de couleur. Une expression pensive tord son petit visage tandis que je poursuis :

— Mais nous n'étions pas les premiers esclaves. Il y a d'autres histoires comme celles-ci dans un livre que j'aime beaucoup et qui s'appelle la Bible. Les Égyptiens ont décidé que les Juifs seraient leurs esclaves et ils les ont obligés à construire des temples qui ressemblent à d'énormes triangles en pierre. Ils ont pu faire ça parce qu'ils avaient tout le pouvoir.

Comme n'importe quelle fillette de quatre ans, Violet est déjà passée à autre chose et regagne sa place auprès d'Edison en sautillant.

— On va colorier Raiponce à la place, déclare-t-elle avant d'ajouter : enfin, *si tu veux bien*, d'accord ?

— D'accord, répond Edison.

Je suis peut-être la seule à l'avoir remarqué mais pendant que j'expliquais les choses à Violet mon fils a retiré sa chaîne et l'a fourrée dans sa poche.

— Merci, dit Micah d'un ton sincère. C'était un magnifique cours d'histoire noire.

— L'esclavage n'est pas propre à l'histoire des Noirs. C'est l'histoire de *tous*, fais-je observer.

Au même instant, un minuteur se met à tinter et Kennedy se lève. En la voyant se diriger vers la cuisine, je murmure une vague excuse, prétextant vouloir l'aider, et lui emboîte le pas. Dès que nous sommes toutes les deux, elle se tourne vers moi, les pommettes en feu.

— Je suis vraiment, vraiment désolée pour tout ça, Ruth.

— Il ne faut pas. C'est un bébé. Elle ne sait encore rien de la vie.

— En tout cas, vous vous en êtes sortie comme un chef. Je n'aurais pas mieux fait, au contraire.

Je la regarde sortir du four un plat de lasagnes.

— Edison avait à peu près le même âge que Violet le jour où il est rentré de l'école en me demandant si nous étions des esclaves. J'ai dû prendre le taureau par les cornes… Mais je ne voulais surtout pas qu'il ait l'impression d'être une victime après mes explications.

— La semaine dernière, Violet m'a dit qu'elle aimerait être comme Taisha pour pouvoir glisser des perles dans ses cheveux.

— Qu'est-ce que vous lui avez dit ?

Kennedy hésite.

— Je ne sais plus vraiment. J'ai dû répondre un truc à côté de la plaque. Je crois lui avoir dit quelque chose du genre : tout le monde est différent et c'est ce qui rend le monde intéressant. C'est dingue, chaque fois qu'elle me pose une question là-dessus je me transforme en une foutue pub pour Coca-Cola.

Je ris de bon cœur.

— À votre décharge, vous n'êtes sûrement pas obligée d'en parler aussi souvent que moi. C'est en forgeant qu'on devient forgeron.

— Mais vous savez quoi ? Quand j'avais son âge, il y avait aussi une Taisha dans ma classe – sauf qu'elle s'appelait Lesley. Et j'aurais tout donné pour être elle. Je rêvais qu'en me réveillant le matin, j'étais noire. Sans blague.

Je hausse les sourcils d'un air faussement horrifié.

— Vous étiez prête à jeter aux orties votre ticket de loterie gagnant ? Jamais de la vie.

Elle me regarde et nous éclatons de rire. À cet instant précis, nous ne sommes plus que deux femmes en train d'échanger des confidences devant un plat de lasagnes. À cet instant, avec nos défauts et nos vérités dégringolant entre nous comme la traîne d'une robe, nous avons davantage de points communs que de différences.

Je souris, Kennedy me rend mon sourire et, pendant quelques minutes au moins, nous nous voyons vraiment telles que nous sommes. C'est un début.

Tout à coup, Edison fait irruption dans la cuisine en me tendant mon téléphone.

— Qu'est-ce qui se passe ? fais-je d'un ton taquin. Ne me dis pas que tu as été viré parce que tu as colorié Ariel en brune ?

— Maman, c'est Mme Mina. Je crois que tu devrais lui parler.

J'avais dix ans lorsque j'ai reçu une Barbie noire comme cadeau de Noël. Elle s'appelait Christie et elle ressemblait en tous points aux poupées de Christina, sauf qu'elle n'était pas de la même couleur et que Christina avait une boîte à chaussures remplie de vêtements Barbie alors que ma mère n'avait pas les moyens de m'en acheter. À la place, elle avait confectionné pour Christie une garde-robe complète avec des vieilles chaussettes et des torchons usés. Elle avait aussi fabriqué une belle maison en assemblant plusieurs boîtes de chaussures avec de la colle. J'étais folle de joie. C'était encore mieux que la collection de vêtements de Christina, ai-je déclaré à maman, parce que j'étais la seule au monde à posséder ces modèles. Alors âgée de douze ans, ma sœur Rachel s'est moquée de moi. “Appelle ça comme tu voudras, a-t-elle raillé, mais ça sera jamais que des contrefaçons.”

Les amies de Rachel avaient pour la plupart le même âge qu'elle mais elles se conduisaient comme des adolescentes de seize ans. Je ne les voyais pas très souvent parce qu'elles allaient à l'école à Harlem alors que je prenais le bus tous les jours pour Dalton. Mais quand elles venaient à la maison le week-end, elles se moquaient de moi parce que j'avais les cheveux ondulés au lieu de les avoir frisottés comme elles et parce que j'avais la peau plus claire. “Tu te la pètes, on dirait”, grinçaient-elles avant de glousser en se cachant le visage, comme si c'était la chute d'une blague secrète. Lorsque ma mère demandait à Rachel de me garder le week-end, on prenait le bus pour aller au centre commercial et je m'asseyais devant alors qu'elles s'installaient tout au fond. Elles ne prononçaient jamais mon prénom, préférant m'appeler l'Afro-Saxonne. Elles chantaient sur des airs que je ne connaissais pas. Le jour où j'ai dit à Rachel que je n'aimais pas que ses copines se moquent de moi, elle m'a rétorqué qu'il fallait que je m'endurcisse. "Elles te charrient, c'est tout. Peut-être que si t'étais un peu plus cool, elles te trouveraient plus sympa."

Un jour, j'ai croisé ses copines en rentrant de l'école. Rachel n'était pas avec elles. "Ooh, mais regardez qui voilà !", s'est exclamée Fantasee, la plus grande de la bande. Elle a tiré sur ma tresse – toutes les filles de mon école se coiffaient comme ça, à l'époque.

— Tu te crois belle, hein ? a-t-elle ajouté tandis que les trois filles m'encerclaient. Qu'est-ce qui se passe ? T'as perdu ta langue ? Tu sais pas te défendre toute seule, t'as besoin de ta grande sœur ?

— Arrêtez. Laissez-moi tranquille. S'il vous plaît…

— Je crois que quelqu'un a besoin qu'on lui rappelle d'où elle vient.

Elles m'ont pris mon sac à dos, l'ont ouvert et ont jeté mes affaires d'école dans les flaques d'eau avant de me pousser dans la boue. Ensuite, Fantasee s'est emparée de ma poupée Christie qu'elle a démembrée. Soudain, Rachel a surgi de nulle part, tel un ange vengeur. Elle a attrapé Fantasee, l'a giflée de toutes ses forces puis a fait un croche-pied à la deuxième avant de rouer de coups la troisième. Les filles se sont éloignées à quatre pattes, comme des crabes dans le caniveau, puis se sont enfuies sans demander leur reste. Je me suis accroupie auprès de ma Christie cassée et Rachel s'est agenouillée à côté de moi.

— Ça va ?

— Ouais… Mais toi… Tu t'es battue avec tes copines.

— J'en ai d'autres, a répondu Rachel. Mais tu es ma seule sœur.

Elle m'a aidée à me lever.

— Viens, il faut rentrer te laver.

Nous avons marché en silence jusqu'à la maison. En voyant l'état de mes cheveux et mes collants déchirés, maman m'a vite fait couler un bain. Puis elle a enveloppé les mains de Rachel dans de la glace.

Maman a réussi à rafistoler Christie avec de la colle mais son bras n'arrêtait pas de tomber et elle avait une entaille irréparable derrière la tête. Plus tard ce soir-là, Rachel est venue me rejoindre dans mon lit. Elle faisait ça quand nous étions petites et qu'il y avait de l'orage. Elle m'a offert un fauteuil qu'elle avait fabriqué avec un paquet de cigarettes vide, un pot de yaourt et du papier journal, le tout assemblé avec de la colle et du scotch. "Je me suis dit que Christie aurait besoin de ça", m'a-t-elle dit à voix basse.

Je l'ai fait tourner entre mes mains en hochant la tête. Il se casserait probablement dès que Christie s'assiérait dessus mais je m'en fichais. J'ai soulevé ma couverture et Rachel s'est blottie contre moi, le ventre collé à mon dos. On a passé la nuit dans cette position, comme des sœurs siamoises partageant le même cœur qui battait entre nous.

Une première attaque a foudroyé ma mère alors qu'elle était en train de passer l'aspirateur. Mme Mina a entendu le bruit sourd de sa chute et l'a retrouvée gisant au bord du tapis persan, le visage pressé contre les franges comme si elle était en train de les inspecter. Une seconde attaque l'a terrassée dans l'ambulance qui la conduisait à l'hôpital. Elle est morte quand nous arrivons. Mme Mina nous attend. Elle est en pleurs, sous le choc. Edison reste auprès d'elle tandis que je vais voir maman.

Une infirmière attentionnée a laissé le corps en attendant mon arrivée. J'entre dans le petit box entouré de rideaux et je m'assieds à côté d'elle. Je prends sa main ; elle est encore chaude. "Pourquoi est-ce que je ne t'ai pas appelée hier soir ? dis-je dans un murmure. Pourquoi est-ce que je ne suis pas allée te voir le week-end dernier ?"

Je m'assieds au bord du lit puis me glisse sous son bras pour me blottir contre elle, l'oreille plaquée sur sa poitrine immobile. C'est la dernière fois que je peux être son bébé.

C'est une chose étrange de ne plus avoir de mère. J'ai l'impression d'avoir perdu un gouvernail qui m'aidait à garder le cap sans que j'y prête réellement attention. Qui m'apprendra désormais à être une bonne mère, à gérer la méchanceté des personnes que je ne connais pas, à rester humble ?

Tu as déjà fait tout ça. Cette pensée me traverse soudain l'esprit.

Je me dirige sans bruit vers le lavabo. Je remplis une bassine d'eau tiède et savonneuse que je pose à côté de maman puis je repousse le drap qu'on a jeté sur elle après que les tentatives de réanimation ont échoué. Cela fait des années que je ne l'ai pas vue nue et j'ai l'impression de me regarder dans un miroir déformé par le temps. Voici à quoi ressembleront mes seins, mon ventre. Voici les vergetures que je lui ai laissées en souvenir. Voici la courbe d'une colonne vertébrale qui a travaillé dur pour que maman puisse se rendre utile. Voici les rides du sourire, déployées au coin de ses yeux comme de minuscules éventails.

Je fais sa toilette de la même manière que je laverais un nouveau-né. Je passe le gant humide le long de ses bras et de ses jambes, le fais glisser entre ses orteils. Je la soulève, cale son corps contre ma robuste poitrine. Elle est légère comme une plume. Tandis que l'eau ruisselle le long de son dos, je pose ma tête sur son épaule dans une étreinte à sens unique. Elle m'a mise au monde. Je vais faire en sorte qu'elle le quitte dignement, ce monde.

Lorsque j'ai terminé, je la serre dans mes bras puis la rallonge délicatement sur l'oreiller. Je rabats le drap, le tire soigneusement jusqu'à son menton. "Je t'aime, maman", dis-je dans un murmure.

Le rideau s'ouvre brusquement, laissant apparaître Adisa. Contrastant avec mon chagrin silencieux, elle pousse de longs gémissements, pleure bruyamment et se jette sur maman en refermant ses poings sur le drap.

Comme n'importe quel feu, je sais qu'elle finira par se calmer. J'attends que ses sanglots se transforment en hoquets. Et lorsque, se retournant enfin, elle m'aperçoit, j'ai l'impression qu'elle n'avait même pas remarqué ma présence en arrivant.

Je ne sais pas si c'est elle qui me tend les bras ou moi qui m'approche d'elle mais nous nous étreignons comme deux rescapées accrochées à une bouée de sauvetage. Nous échangeons quelques mots – "C'est Mina qui t'a prévenue ? Elle ne se sentait pas très en forme, ces derniers temps ? Quand lui as-tu parlé au téléphone pour la dernière fois ?" La stupeur et le chagrin tournent en boucle, circulant sans fin entre elle et moi.

Adisa me serre fort dans ses bras. Mes doigts se perdent dans ses tresses.

— J'ai dit à Wallace Mercy qu'il ferait mieux de trouver un autre sujet pour son interview, chuchote-t-elle.

Je m'écarte légèrement, juste le temps de croiser son regard.

Adisa hausse les épaules, comme si je lui avais posé une question.

— Tu es ma seule sœur, dit-elle.

Les funérailles de maman donnent lieu à une cérémonie grandiose, exactement comme elle l'aurait souhaité. L'église de Harlem qu'elle fréquentait depuis des lustres peine à accueillir tous les paroissiens venus lui rendre un dernier hommage. Assise au premier rang à côté d'Adisa, je contemple l'imposante croix en bois accrochée dans le chœur, entre deux immenses vitraux surplombant une fontaine. Sur l'autel repose le cercueil de maman – nous avons choisi le modèle le plus raffiné, sur l'insistance de Mme Mina qui a également tenu à régler les obsèques. Edison se tient auprès du pasteur Harold. Vêtu d'un costume noir trop court aux manches et aux jambes, il a l'air dévasté. Il a mis ses baskets et une paire de lunettes de soleil polarisées alors que la cérémonie se passe à l'intérieur. Au début, j'ai pensé que c'était un manque de respect puis j'ai compris pourquoi il préférait les garder sur le nez. Mon métier d'infirmière m'oblige à côtoyer très souvent la mort, mais pour Edison, c'est la première fois. Il était trop jeune pour se souvenir du cercueil de son père rapatrié d'Afghanistan, enveloppé d'un drapeau.

Une longue file serpente dans l'allée centrale, dessinant une sorte de ballet macabre jusqu'au cercueil ouvert de maman. Elle porte sa robe violette préférée, celle avec les sequins aux épaules, les chaussures vernies noires qui lui faisaient mal aux pieds et les petites boucles d'oreilles en diamant que Mme Mina et M. Sam lui avaient offertes une année à Noël et qu'elle ne mettait jamais de peur d'en perdre une. J'aurais voulu l'enterrer avec son écharpe porte-bonheur mais, j'ai eu beau fouiller son appartement de fond en comble, je n'ai pas réussi à remettre la main dessus. "Elle a l'air en paix", commentent les gens, encore et encore. Ou bien : "C'est tout à fait elle, n'est-ce pas ?" Mais c'est faux. Elle ressemble à une illustration plaquée dans un livre alors qu'elle devrait au contraire bondir hors de la page.

Après que tout le monde s'est recueilli devant le cercueil, le pasteur Harold prend la parole. "Mesdames et messieurs, mes frères et mes sœurs… cette journée n'est pas placée sous le signe de la tristesse." Il adresse un sourire réconfortant à ma nièce Tyana qui sanglote dans les minuscules macarons de la petite Zhanice, assise sur ses genoux. "C'est un jour de joie car nous sommes réunis ici pour rendre hommage à notre amie, mère et grand-mère bien-aimée, Louanne Brooks, qui marche enfin en paix aux côtés du Seigneur. Prions pour elle."

Baissant la tête, je promène discrètement un regard circulaire sur l'église pleine à craquer. Tous les fidèles nous ressemblent, à l'exception de Mme Mina et Christina, assises dans le fond, et de Kennedy McQuarrie accompagnée d'une femme plus âgée.

Au début, sa présence me surprend mais elle sait ce qui est arrivé à maman, bien sûr. J'étais chez elle lorsque j'ai appris la nouvelle.

Malgré tout, les contours de notre relation me paraissent flous, aussi étonnants que le vin et le fromage à l'apéritif, chez elle. On dirait que je veux sans cesse la ranger dans une case mais qu'elle parvient toujours à s'en échapper.

— Notre amie Louanne avait vu le jour en 1940, reprend le pasteur. Fille de Jermaine et de Maddie Brooks, elle était la cadette d'une fratrie de quatre enfants. Elle a eu deux filles qu'elle a élevées seule après le départ de leur père, s'employant à ce qu'elles deviennent toutes deux des femmes fortes et honnêtes. Elle a consacré sa vie au service des autres, contribuant à créer un foyer chaleureux au sein de la famille qui l'a employée durant plus de cinquante ans. Elle a certainement raflé le plus grand nombre de récompenses pour les tartes et les cakes qu'elle confectionnait à l'occasion de notre kermesse paroissiale – entre nous soit dit, les pâtisseries de Lou m'ont bien fait prendre cinq kilos, plaisante le pasteur en posant une main sur son ventre rebondi. Elle aimait le gospel et l'émission télévisée *The View* ; elle aimait préparer des gâteaux et elle aimait Jésus. Elle laisse derrière elle ses deux filles et ses six petits-enfants chéris.

La chorale interprète ensuite les chants préférés de maman : "Seigneur, prends ma main" et "Je m'envolerai". Puis le pasteur regagne sur l'estrade. "Dieu est bon !", s'exclame-t-il.

— En tout temps ! répond l'assemblée.

— Et Il a rappelé à lui Son ange pour lui donner la vie éternelle !

Après un brouhaha d'*Amen*, il invite ceux qui le souhaitent à venir rendre un hommage à maman au travers de souvenirs personnels, vibrants d'émotion. Je vois ses amies se lever et avancer vers l'estrade à pas lents, comme si elles savaient que leur tour viendrait bientôt. "Elle m'a aidée à combattre mon cancer du sein", dit l'une d'elles. "Elle m'a appris à coudre un ourlet. Elle ne perdait jamais au loto de la paroisse." J'apprends plein de choses en les écoutant ; je connaissais maman parce que j'étais sa fille mais ces gens la considéraient sous un autre angle : elle était leur mentor, leur confidente, leur complice. Et tandis que leurs anecdotes façonnent la vraie personnalité de notre mère, les paroissiens en pleurs se balancent de droite à gauche en interpellant le Seigneur.

Après avoir serré ma main dans la sienne, Adisa se dirige à son tour vers le pupitre.

— Maman était sévère, commence-t-elle.

Des rires fusent dans la foule.

— Elle était sévère pour les bonnes manières, pour les devoirs, pour les rendez-vous avec les garçons. Elle contrôlait même la quantité de peau nue qu'on avait le droit d'exposer quand on sortait. Il y avait un quota, pas vrai, Ruth ? Il variait selon les saisons mais sabotait mon style tout au long de l'année.

Adisa esquisse un pâle sourire, perdue dans ses souvenirs.

— Un jour, à l'heure du dîner, elle a ajouté un set de table censé matérialiser mon insolence et elle m'a dit: "Quand tu sortiras de table, ma fille, tu pourras laisser ça à sa place."

"Oh oui, ça lui ressemble bien", murmure-t-on derrière moi.

— Pour dire la vérité, j'étais une enfant turbulente. Je ne me suis peut-être pas complètement calmée, d'ailleurs. Et maman nous disputait pour des choses auxquelles les autres parents ne prêtaient même pas attention. À l'époque, ça nous paraissait totalement injuste. Un jour, je lui ai demandé en quoi le fait que je porte une minijupe en skaï rouge affecterait le grand dessein de Dieu et elle m'a répondu quelque chose que je n'oublierai jamais. Elle m'a dit: "Rachel, tu ne seras ma fille que trop peu de temps sur cette Terre et j'ai bien l'intention de faire en sorte que ce temps-là ne soit pas écourté." J'étais trop jeune et trop rebelle pour comprendre ce qu'elle voulait dire par là. Mais c'est très clair, à présent. Et ce dont je n'étais pas consciente à l'époque, c'est que cette médaille avait aussi un revers: elle n'a été ma maman que bien trop peu de temps sur cette Terre.

En larmes, elle s'écarte du pupitre et je me lève à mon tour. Pour être franche, j'ignorais qu'Adisa s'exprimait aussi bien en public mais elle a toujours été la plus hardie de nous deux. Moi, je préfère me fondre dans le décor. Je n'avais pas prévu de prendre la parole pendant la messe d'enterrement mais Adisa m'a dit que tout le monde serait déçu si je ne disais pas au moins un petit mot. "Raconte une anecdote", m'a-t-elle suggéré. Alors je monte sur l'estrade et m'éclaircis la gorge en agrippant le rebord du pupitre, submergée par une panique grandissante. "Merci..." Le micro siffle et je recule d'un pas. "Merci d'être venus aussi nombreux dire adieu à maman. Cela lui aurait fait chaud au cœur de savoir à quel point elle comptait pour vous, et si vous n'étiez pas venus elle serait en ce moment même en train de critiquer vos mauvaises manières au Paradis."

Je lève les yeux sur l'assistance. C'était censé être une blague mais personne n'a envie de rire.

J'avale ma salive avant de continuer.

— Maman a toujours fait passer les autres avant elle. Vous êtes tous bien placés pour savoir qu'elle aimait préparer à manger pour tout le monde – Dieu m'est témoin, personne ne quittait notre maison affamé. Et je suis sûre que le pasteur Harold est loin d'être le seul ici à avoir savouré ses délicieuses pâtisseries. Une fois, j'ai insisté pour lui donner un coup de main alors qu'elle confectionnait une forêt noire pour un concours organisé par notre paroisse. J'étais trop jeune pour me rendre vraiment utile, bien sûr, et j'ai laissé tomber la cuillère-mesure dans la pâte. Comme j'avais trop honte de le dire à maman, le gâteau a cuit avec la cuillère métallique. Lorsque le juge du concours a découpé le gâteau et découvert l'ustensile, maman a tout de suite deviné ce qui s'était passé mais au lieu de me gronder elle a expliqué au juge que c'était une de ses astuces secrètes pour rendre le gâteau encore plus moelleux. Certains d'entre vous se souviennent peut-être encore que, lors du concours suivant, des cuillères-mesures ont été retrouvées dans plusieurs gâteaux... Eh bien maintenant, vous savez pourquoi.

Quelques gloussements parcourent l'assistance et je m'autorise enfin à souffler.

— J'ai entendu des gens dire que maman était fière de ses récompenses, de ses pâtisseries mais ce n'est pas vrai, vous savez. Elle travaillait dur pour ça. Elle travaillait dur pour tout. La fierté, nous disait-elle, est un péché. Et, en réalité, la seule chose qui la rendait vraiment fière, c'était ma sœur et moi.

En prononçant ces mots, je revois l'expression de son visage lorsque je l'ai informée de ma mise en examen. "Ruth", m'a-t-elle dit lorsque je suis sortie de prison et qu'elle a demandé à me voir en tête à tête pour s'assurer que je me portais bien, "comment cela a-t-il pu t'arriver à toi ?" Je savais parfaitement ce qu'elle voulait dire. J'étais l'enfant prodige. Celle qui avait échappé à la spirale. Qui avait réussi. Je m'étais enfuie de cette cave où elle avait passé sa vie à se cogner la tête contre les murs.

— Elle était tellement fière de moi, dis-je encore, mais les mots, visqueux sur ma langue, éclatent comme des ballons de baudruche dès qu'ils entrent en contact avec l'air, répandant autour d'eux de légers remugles de déception.

"Ça va aller, ma chérie", dit une voix dans la foule. "Mm-mm, c'est normal, tu verras."

Ma mère n'a pas abordé le sujet clairement mais était-elle *encore* fière de moi ? Ou bien le fait que je comparaisse au tribunal pour un meurtre que je n'avais pas commis était-il à ses yeux comme l'une de ses taches qu'elle frottait avec vigueur pour l'effacer ?

Mon discours n'est pas terminé mais je me sens incapable de continuer. Les mots écrits sur ma petite fiche pourraient aussi bien être des hiéroglyphes. Je les regarde fixement mais plus rien n'a de sens. Il m'est impossible d'imaginer un monde où je serais condamnée à passer plusieurs années de ma vie en prison. Il m'est impossible d'imaginer un monde où ma mère n'est plus.

Tout à coup, je me remémore la phrase qu'elle m'avait dite le soir où j'étais restée dormir chez Christina avec ses amies. "Quand tu seras prête pour nous, nous serons là." Et à ce moment précis je sens une présence nouvelle que je n'ai encore jamais sentie auparavant. Ou que je n'avais pas remarquée. C'est solide comme un mur, chaud sur la peau. C'est une communauté de personnes qui savent comment je m'appelle, même si je ne connais pas forcément leurs noms. C'est une congrégation qui n'a jamais cessé de prier pour moi, même après que j'ai quitté le nid. Ce sont des amis dont j'ignorais l'existence. Des amis qui gardent de moi des souvenirs que j'ai rangés dans un recoin tellement éloigné de mon esprit que je les ai oubliés.

En entendant dans mon dos le ruissellement de la fontaine, je pense aux nappes d'eau qui s'évaporent, se métamorphosent en nuages puis retombent sur terre sous forme de pluie. Appelle-t-on cela une chute ? Ou un retour au bercail ?

Je ne sais pas combien de temps je reste sur l'estrade, à sangloter. Adisa vient me chercher, ouvrant son châle comme les grandes ailes d'un héron noir. Elle m'enveloppe dans les plumes de son amour inconditionnel et m'emmène avec elle.

La chorale chante "Bientôt, très bientôt" pendant que le cercueil quitte l'église et que nous sortons dans son sillage. Après la cérémonie d'inhumation au cimetière et les derniers mots du pasteur, nous nous réunissons dans le petit appartement de ma mère, le logement où j'ai grandi. Les dames de la paroisse ont tout organisé : de grosses salades de pommes de terre et de coleslaw côtoient plusieurs plats de poulet frit sur la table recouverte de jolies nappes roses. Des fleurs en soie ornent presque toutes les surfaces horizontales et quelqu'un a même pensé à apporter des chaises pliantes, bien qu'il y ait à peine assez de place pour que tout le monde puisse s'asseoir.

Je me réfugie dans la cuisine, contemple les assiettes garnies de brownies et de carrés au citron puis me dirige vers la petite étagère fixée au-dessus de l'évier. Repérant la couverture noire et blanche du cahier d'écolier, je le prends, l'ouvre. Mes genoux flageolent lorsque j'aperçois l'écriture de maman, tout en vallées et en collines pointues. "Tourte à la patate douce. Rochers à la noix de coco. Gâteau au chocolat à faire fondre un homme." Je souris en lisant cette recette : c'est le gâteau que j'avais préparé pour Wesley juste avant qu'il ne me demande en mariage, ce qui avait arraché un sourire entendu à maman : *Tu vois, je te l'avais dit.*

— Ruth…

Pivotant sur mes talons, je découvre Kennedy et l'autre femme blanche. Elles ont l'air mal à l'aise, pas à leur place dans la cuisine de maman.

Je plonge une main dans l'abysse, à la recherche de mes bonnes manières.

— Merci d'être venue. Ça fait chaud au cœur.

Kennedy avance d'un pas.

— J'aimerais vous présenter ma mère, Ava.

La femme me serre la main à la manière des gens du Sud : molle comme un poisson mort, sa main effleure la mienne du bout des doigts.

— Toutes mes condoléances. C'était une belle messe.

Je hoche la tête. Qu'y a-t-il d'autre à ajouter ?

— Vous tenez le coup, ça va ? demande Kennedy.

— J'ai l'impression que maman va m'envoyer d'un instant à l'autre dire au pasteur Harold de mettre un dessous de plat sur sa jolie table basse.

Je ne trouve pas les mots pour lui dire ce que je ressens vraiment en la voyant là, avec sa mère, alors que je n'aurai plus jamais cette chance. Ce que ça fait d'être le ballon dont on vient de lâcher la ficelle.

Kennedy baisse les yeux sur le cahier que je tiens toujours dans les mains.

— Qu'est-ce que c'est ?

— Un carnet de recettes. Il n'est pas complètement rempli. Maman n'arrêtait pas de me dire qu'elle allait consigner toutes ses meilleures recettes dans ce cahier pour moi, mais elle était toujours trop occupée à cuisiner pour les autres, dis-je d'un ton empreint d'amertume. Elle a gâché toute sa vie à trimer pour quelqu'un d'autre. À faire briller l'argenterie, préparer trois repas par jour et frotter les toilettes avec ses mains toutes gercées à force de faire le ménage. À prendre soin du bébé d'une autre femme.

Ma voix se brise sur cette dernière phrase. Tombe du haut de la falaise.

La mère de Kennedy, Ava, fouille dans son sac à main.

— C'est moi qui ai demandé à Kennedy de venir avec elle aujourd'hui, dit-elle. Je ne connaissais pas votre maman mais j'ai connu quelqu'un comme elle. Quelqu'un que j'aimais beaucoup.

Elle me tend une vieille photo aux bords dentelés. Sur la photo, une femme noire en uniforme d'employée de maison tient une petite fille dans ses bras. La fillette a les cheveux blond clair, presque blancs, et sa petite main posée sur la joue de sa nounou forme un contraste saisissant. Il y a plus qu'un simple sens du devoir entre elles. Il y a de la fierté. Et de l'amour.

— Je ne connaissais pas votre mère. Mais Ruth… je peux vous assurer qu'elle n'a pas gâché sa vie.

Mes yeux s'emplissent de larmes. Je rends la photo à Ava et Kennedy me prend dans ses bras. Contrairement aux étreintes guindées des autres Blanches comme Mme Mina ou la principale de mon lycée, celle-ci ne semble ni forcée, ni hautaine, ni superficielle.

Kennedy me libère et nos regards se soudent.

— Je suis de ton cœur avec vous, dit-elle, et quelque chose crépite entre nous : la promesse, l'espoir qu'au terme du procès elle n'aura pas à prononcer ces mots.

KENNEDY

Pour notre sixième anniversaire de mariage, Micah m'offre sa gastroentérite.

Tout a commencé avec Violet la semaine dernière – c'est le cas de la plupart des virus qui entrent dans la maison. Et puis Micah a commencé à vomir. Je n'avais vraiment pas le temps d'être malade et je me croyais à l'abri jusqu'à ce que je me redresse brusquement en pleine nuit, trempée de sueur, et que je fonce comme une flèche à la salle de bains.

Je me réveille, la joue pressée contre le carrelage, Micah debout à côté de moi.

— Ne me regarde pas comme ça… Avec cet air satisfait de celui qui est déjà passé par là.

— Ça va passer, promet Micah.

Un gémissement s'échappe de mes lèvres.

— Génial.

— J'avais prévu de t'apporter le petit déjeuner au lit mais je vais plutôt te préparer un verre de ginger ale.

— Tu es un ange, dis-je en me redressant avec peine.

La pièce tangue autour de moi.

— Oh là, tout doux, ma belle.

Micah m'aide à me lever. Puis il me soulève dans ses bras et me porte jusqu'à notre chambre.

— Dans d'autres circonstances, ça aurait été très romantique…

— Joker ! lance Micah en riant.

— Je fais de gros efforts pour me retenir de te vomir dessus, tu sais.

— Et j'apprécie grandement, dit-il en me déposant sur le lit.

Il croise les bras, me regarde avec attention.

— Comme il est hors de question que tu ailles travailler dans cet état, tu veux qu'on se dispute tout de suite ou tu préfères d'abord boire ton ginger ale ?

— Tu es en train d'utiliser mes propres techniques de persuasion : c'est tout à fait le genre de marché que je propose à Violet…

— Tu vois… Et tu me reproches sans cesse de ne pas t'écouter.

— Je vais bosser, dis-je en essayant de me lever, mais un voile noir m'enveloppe aussitôt.

Lorsque je cligne des yeux quelques instants plus tard, le visage de Micah se trouve à quelques centimètres du mien.

— Je ne vais pas bosser, murmuré-je.

— Bonne réponse. J'ai appelé Ava. Elle va venir jouer l'infirmière.

Je laisse échapper un grognement.

— Tu ne pourrais pas me tuer, à la place ? Je ne suis pas en état de supporter ma mère. Elle croit qu'une lampée de bourbon guérit tous les maux.

— Je fermerai le bar à clé. Tu as besoin de quelque chose ?

— Mon attaché-case ? fais-je d'un ton implorant.

Micah sait qu'il est inutile de protester. Pendant qu'il descend le chercher, je me redresse contre les oreillers. J'ai beaucoup trop de pain sur la planche pour m'accorder un jour de repos… Mon corps, hélas, refuse de coopérer.

Je m'assoupis en attendant le retour de Micah. Lorsqu'il pose sans bruit l'attaché-case sur le lit, je tends le bras pour le soulever, surestimant mes forces. Le contenu du porte-documents se répand sur les draps, plusieurs feuilles glissent par terre et Micah s'accroupit pour les ramasser.

— Tiens donc, fait-il en examinant un papier. Qu'est-ce que tu fabriques avec un rapport de laboratoire ?

La feuille est toute froissée. Elle a dû glisser entre les dossiers pour se retrouver coincée au fond de ma sacoche. Plissant les yeux, je parviens à distinguer une série de graphiques. Ce sont les résultats des analyses de dépistage réalisées sur le bébé, ceux que j'ai été obligée de réclamer à l'hôpital car ils ne figuraient pas dans le dossier de Davis Bauer. Je les ai reçus cette semaine et, compte tenu de mes connaissances plus que réduites en chimie, j'ai à peine jeté un coup d'œil aux tableaux, préférant les montrer à Ruth un peu plus tard.

— Ce sont de simples tests de routine, dis-je à Micah.

— Il semblerait que non, justement. Il y a une anomalie dans les analyses de sang.

Je lui arrache la feuille des mains.

— Comment tu sais ça ?

— Parce que c'est écrit ici, répond Micah en montrant le courrier du laboratoire que je ne me suis même pas donné la peine de lire. *Anomalie sanguine.*

Je parcours la lettre, adressée au Dr Marlise Atkins.

— Est-ce que c'est une anomalie fatale ?

— Aucune idée.

— Tu es médecin, pourtant.

— Je suis spécialiste des yeux. Pas des enzymes.

Je le dévisage.

— Qu'est-ce que tu as prévu de m'offrir pour notre anniversaire de mariage ?

— Je voulais t'inviter au restaurant.

— Tu sais quoi ? Emmène-moi plutôt voir un spécialiste en néonatalogie.

Quand on prétend qu'en Amérique tout accusé a le droit d'être jugé par ses pairs, on ne dit pas l'exacte vérité. Le panel de jurés n'est pas aussi arbitraire qu'on pourrait le croire – il est le résultat d'un examen minutieux de la part de la défense et de l'accusation, chargées de gommer chacune de leur côté les extrémités de la courbe, en d'autres termes : les personnes susceptibles de se prononcer à l'encontre des intérêts de leurs clients respectifs. Nous écartons systématiquement les gens qui considèrent qu'un accusé est coupable tant que son innocence n'a pas été prouvée, ceux qui prétendent communiquer avec les morts ou qui nourrissent de la rancœur envers le système judiciaire parce qu'ils ont connu des déboires avec la justice. Mais nous opérons également un tri en fonction de l'affaire jugée. Si, par exemple, mon client est un réfractaire au service militaire, j'essaierai de limiter le nombre de jurés ayant fièrement servi leur pays. Si mon client est un dealer, je veillerai à ce qu'aucun juré n'ait perdu un membre de sa famille à la suite d'une overdose. Tout le monde a des préjugés. Mon boulot consiste à faire en sorte que ces idées préconçues jouent en faveur de la personne que je représente.

Par conséquent, et bien que je n'aie aucunement l'intention de soulever la question raciale au cours du procès – comme je me tue depuis des mois à l'expliquer à Ruth –, je suis bien décidée à mettre toutes les chances de mon côté avant le début de l'audience.

Ce qui explique pourquoi, avant d'entamer la procédure du *voir dire* au cours de laquelle les jurés seront sélectionnés, je pénètre d'un pas déterminé dans le bureau de mon patron et lui annonce tout de go que j'ai eu tort.

— Je me sens légèrement dépassée par les événements, là, dis-je à Harry. Je crois que je vais avoir besoin d'un assistant.

Il prend une sucette dans le bocal posé sur son bureau.

— Ed a un procès de bébé secoué qui démarre cette semaine…

— Je ne pensais pas à Ed. Je pensais à Howard.

— Howard.

Il me dévisage d'un air ahuri.

— Le gamin qui apporte encore ses repas dans une boîte ?

Howard sort tout juste de la fac de droit, c'est vrai, et depuis qu'il travaille chez nous on ne lui a confié que des délits – des affaires de violences conjugales et quelques cas de troubles à l'ordre public. Je décoche à mon boss mon sourire le plus suave.

— Oui, c'est ça. En fait, j'ai juste besoin d'une paire de mains supplémentaires. Un coursier, quoi. En même temps, je me dis que ça lui fera une bonne expérience au tribunal.

Harry déballe sa sucette et l'introduit dans sa bouche.

— Comme vous voulez, marmonne-t-il, les dents serrées sur le bâton.

Avec sa bénédiction – ou ce qui y ressemble –, je regagne mon box et passe la tête par-dessus la paroi de séparation.

— Devine quoi, Howard ? Tu vas être mon assistant pour le procès Jefferson. La constitution du jury démarre cette semaine.

Il lève les yeux vers moi.

— Attendez. Quoi ? C'est vrai ?

C'est une grande nouvelle pour une jeune recrue reléguée jusqu'à présent aux tâches subalternes.

— On y va, dis-je en attrapant mon manteau, certaine qu'il me suivra.

J'ai vraiment besoin d'une paire de mains supplémentaires.

J'ai également besoin qu'elles soient noires.

Howard trottine à côté de moi tandis que nous remontons les couloirs du tribunal. J'en profite pour lui donner quelques consignes.

— Tu n'adresses pas la parole au juge tant que je ne t'ai pas invité à le faire. Et surtout, ne laisse paraître aucune émotion, même si les effets de manche d'Odette Lawson t'impressionnent – les procureurs ont tendance à se prendre pour Gregory Peck dans le film *Du silence et des ombres.*

— Qui ça?

— Oh, laisse tomber, fais-je en lui jetant un regard de biais. Tu as quel âge, d'ailleurs?

— Vingt-quatre ans.

— Pff, j'ai des pulls plus vieux que toi. Ce soir, je te passerai les documents communiqués par l'État pour que tu en prennes connaissance rapidement. Et cet après-midi, je vais avoir besoin de toi pour enquêter sur le terrain.

— Sur le terrain?

— Ouais. T'as une voiture, hein?

Il acquiesce d'un signe de tête.

— Ensuite, lorsque nous convoquerons les jurés un par un, tu seras ma caméra vidéo vivante. Tu devras enregistrer tous les tics, les manies et les commentaires des jurés potentiels quand je leur poserai des questions. Comme ça, on en discutera ensemble et on écartera les jurés qui pourraient nous foutre dedans. La question n'est pas de savoir qui fait partie du jury... mais plutôt qui n'en fait pas partie. Tu as des questions?

Howard semble hésiter.

— C'est vrai qu'un jour vous avez proposé de tailler une pipe au juge Thunder ou un truc dans le genre ?

Je m'arrête net et pivote vers lui, les mains sur les hanches.

— Tu ne sais toujours pas comment nettoyer la machine à café correctement mais tu es au courant de ça?

Howard remonte ses lunettes sur son nez.

— J'invoque le cinquième amendement.

— OK, quoi que tu aies entendu, sache que mes propos ont été sortis de leur contexte et induits par une prise massive de prednisone. Maintenant, ferme-la et, pour l'amour du ciel, essaie d'avoir l'air un peu plus vieux que douze ans.

Je pousse la porte du bureau du juge Thunder. Il est assis derrière son bureau et la procureure est déjà là aussi.

— Bonjour, Votre Honneur.

— Qui est-ce ? demande-t-il en examinant Howard.

— Mon assistant, réponds-je.

Odette croise les bras sur sa poitrine.

— Depuis quand ?

— Depuis une demi-heure.

Nous fixons tous les trois Howard, attendant qu'il se présente. Il cherche mon regard, les lèvres pincées. *Tu n'adresses pas la parole au juge tant que je ne t'ai pas invité à le faire.* "Parle", marmonné-je.

Il tend la main.

— Howard Moore. C'est un honneur, Votre… euh… Honneur.

Je lève les yeux au ciel.

Le juge Thunder a préparé une grosse pile de questionnaires déjà complétés par les personnes convoquées pour faire fonction de juré. Ces documents contiennent une foule d'informations pratiques, comme par exemple l'adresse de la personne concernée, sa profession, le nom de son employeur, mais indiquent aussi les réponses à des questions plus orientées : "Le concept de présomption d'innocence vous paraît-il fondé ? Si un accusé refuse de témoigner, en concluez-vous qu'il cache quelque chose ? Savez-vous que la Constitution reconnaît à l'accusé le droit de garder le silence ? Si l'État prouve la culpabilité de l'accusé hors de tout doute raisonnable, aurez-vous des scrupules à condamner ce dernier ?"

Il partage la pile en deux.

— Madame Lawton, cette liasse est à votre disposition pendant quatre heures ; madame McQuarrie, celle-ci est à vous. Rendez-vous ici à treize heures ; vous échangerez vos piles à ce moment-là. La constitution du jury débutera dans deux jours.

En reconduisant Howard au bureau, je lui décris ce que nous recherchons.

— Les femmes d'un certain âge sont souvent des jurés sensibles aux arguments de la défense. Elles ont beaucoup d'empathie, beaucoup d'expérience, moins de préjugés et, en général, elles ne font pas de quartier aux jeunes durs à cuire comme Turk Bauer. Sinon, méfie-toi de la génération du millénaire.

— Pourquoi ? demande Howard d'un ton surpris. Les jeunes sont censés être moins racistes, non ?

— Tu veux dire : les jeunes comme Turk ? C'est la génération du *moi d'abord.* Ils ont l'impression que le monde tourne autour de leur petite personne et ils prennent toutes leurs décisions en fonction de ce qui est en train de se passer dans leur vie et de l'impact que cela aura sur eux. En d'autres termes, ce sont des monstres d'égocentrisme.

— OK, c'est noté.

— Idéalement, nous recherchons aussi un juré avec un niveau social élevé parce que ce sont de tels jurés qui ont tendance à influencer les autres membres du jury pendant les délibérations.

— Bref, on est à la recherche d'une licorne, plaisante Howard. Un hétéro blanc, ouvert au monde et hypersensibilisé à la question raciale.

— Il peut très bien être gay, dis-je sérieusement. Gay, juif, de sexe féminin. Tout ce qui pourra faire vibrer leur corde de victime potentielle de discrimination jouera en faveur Ruth.

— Mais on ne connaît pas un seul de ces candidats. Comment devient-on extralucide en deux jours ?

— On ne devient pas extralucide : on devient détective. Tu vas prendre la moitié des questionnaires et te rendre à toutes les adresses indiquées. Je compte sur toi pour glaner un maximum d'informations. Est-ce qu'ils sont croyants, pratiquants ? Riches ? Pauvres ? Est-ce qu'ils affichent leurs opinions politiques en plantant des petits panneaux sur leur pelouse ? Est-ce qu'ils habitent au-dessus de leur lieu de travail ? Est-ce qu'il y a un drapeau dans leur jardin ?

— Qu'est-ce que ça a à faire avec le reste, ça ?

— Les gens qui mettent un drapeau devant chez eux sont souvent très conservateurs.

— Et pendant ce temps, vous serez où ? demande Howard.

— Je serai en train de faire la même chose que toi.

Je le suis des yeux tandis qu'il s'éloigne en tapant la première adresse dans le GPS de son téléphone. Puis je déambule dans les couloirs du bureau, demandant à mes collègues avocats s'ils ont déjà croisé certaines de ces personnes dans un de leurs procès – il faut savoir que de nombreux jurés interviennent à plusieurs reprises. Sur le point de partir pour le tribunal, Ed jette un coup à la liasse de feuillets.

— Je me souviens de ce type-là, dit-il en extrayant l'un des questionnaires. Il faisait partie de mon jury lundi – dans une affaire de vol qualifié. Il a levé la main pendant mon speech d'ouverture pour me demander si j'avais une carte de visite à lui donner.

— C'est une blague ?

— Malheureusement, non, fait Ed. Bonne chance, gamine.

Dix minutes plus tard, j'ai entré la première adresse dans mon GPS et je sillonne les rues de Newhallville. Je bloque les portières par mesure de précaution. Située entre Shelton et Dixwell Avenues, la cité Presidential Gardens fait partie des quartiers défavorisés de la ville : un quart de ses résidents vivent en dessous du seuil de pauvreté et les trafics de drogue gangrènent les rues qui la jalonnent. Nevaeh Jones habite dans l'un de ces immeubles. Un petit garçon émerge en sautillant d'un des bâtiments. Il ne porte pas de manteau et se met à courir lorsque le froid l'enveloppe. Entre deux foulées, il s'essuie le nez avec sa manche.

Quelle sera la réaction d'une femme vivant dans ce quartier ? Croira-t-elle que Ruth est victime d'une machination ? Ou en voudra-t-elle au contraire à Ruth parce qu'elle ne verra que les différences socio-économiques qui les séparent ?

C'est difficile à dire. Dans le cas si particulier de Ruth, les meilleurs jurés n'auront peut-être pas la même couleur de peau qu'elle.

Je trace un point d'interrogation en haut du questionnaire. Celui-ci mérite réflexion. Quittant le secteur à vitesse réduite, j'attends de voir des enfants jouer dehors pour me garer le long du trottoir et appeler Howard.

— Alors ? Comment ça se passe ?

— Hum… Je suis un peu coincé.

— Où ça ?

— East Shore.

— Quel est le problème ?

— C'est une résidence sécurisée avec un gardien à l'entrée. Le mur d'enceinte est suffisamment bas pour que je puisse jeter un coup d'œil par-dessus mais il faudrait que je sorte de la voiture, explique Howard.

— Eh ben, vas-y.

— Je ne peux pas. Quand j'étais à l'Université, je me suis fixé une espèce de règle de conduite personnelle : ne sors jamais de ta voiture tant que tu n'as pas vu de Noir bien vivant et apparemment heureux de son sort.

Il exhale un soupir.

— Ça fait trois quarts d'heure que je suis là mais il n'y a que des Blancs dans ce quartier de New Haven.

Ce qui n'est pas nécessairement une mauvaise chose pour Ruth, pensé-je en mon for intérieur.

— Tu ne peux pas jeter un coup d'œil rapide par-dessus le mur ? Histoire de t'assurer qu'elle n'a pas de pancarte pro-Donald Trump sur sa pelouse ?

— Kennedy… il y a des panneaux de vidéosurveillance partout. À votre avis, qu'est-ce qui va se passer s'ils voient un Noir en train de regarder par-dessus le mur ?

— Oh, OK, dis-je, gênée de ne pas y avoir pensé.

Je regarde par la vitre. Trois gamins s'amusent à sauter dans un tas de feuilles. Je repense au petit garçon noir que j'ai vu s'échapper de Presidential Gardens. La semaine dernière, Ed m'a raconté qu'il avait défendu un gosse de douze ans impliqué dans une fusillade entre deux gangs avec deux autres adolescents de dix-sept ans ; le procureur général insistait pour que les trois soient jugés comme des adultes.

— Bon, donne-moi une heure et rejoins-moi au 560, Theodore Street, dans East End. Et… Howard ? En arrivant, n'hésite pas à descendre de ta voiture : j'habite là-bas.

Je pose délicatement le sac du traiteur chinois sur mon bureau.

— J'ai des petits cadeaux, dis-je en sortant le Lo Mein que j'attaque directement.

— Moi aussi, fait Howard.

Il pointe le doigt sur la pile de documents qu'il a imprimés.

Il est vingt-deux heures ; nous avons installé notre camp de base chez moi, dans mon bureau personnel. Howard y a passé tout l'après-midi, absorbé par ses recherches sur Internet, pendant qu'Odette et moi échangions nos liasses de questionnaires. J'ai affronté les embouteillages pendant plusieurs heures pour aller repérer le cadre de vie de quelques jurés, puis parcouru les noms des plaignants et des accusés consignés dans les registres du tribunal afin de vérifier qu'aucun de nos jurés potentiels n'avait eu maille à partir avec la justice et qu'aucun membre de leur famille n'avait été poursuivi au pénal.

— Je suis tombé sur trois hommes accusés de violences conjugales, une femme dont la mère a été condamnée pour incendie criminel et une gentille vieille dame dont le petit-fils a été arrêté l'an dernier après que la police a découvert son laboratoire de méthamphétamine, annonce Howard.

L'écran baigne son visage d'une lueur verdâtre tandis qu'il consulte la page.

— Bon, poursuit-il en ouvrant un bol de soupe qu'il porte directement à ses lèvres, sans utiliser la cuillère. J'ai une faim de loup, punaise. Alors, alors : on trouve pas mal de tuyaux sympas sur Facebook mais ça dépend des paramètres de confidentialité.

— Tu as essayé LinkedIn ?

— Ouais. C'est une mine d'or.

Il fait un geste en direction du sol où il a étalé les questionnaires, assortis d'une feuille de renseignements rédigée et imprimée par ses soins.

— Vous voyez ce type, là ? On l'adore, déclare Howard. Il est éducateur dans un programme de justice sociale à Yale. Et cerise sur le gâteau : sa mère est infirmière.

— Tape-m'en cinq, fais-je en levant la main en l'air.

— Et voici ma deuxième favorite.

Il me tend le dossier de Candace White. Quarante-huit ans, africaine-américaine, bibliothécaire, mère de trois enfants. Au-delà d'être un atout potentiel pour la défense, elle pourrait être amie avec Ruth.

Son émission de télé préférée est *Wallace Mercy*.

Je n'ai peut-être pas envie que le révérend Mercy se mêle de l'affaire de Ruth mais je sais que ses fidèles spectateurs vont éprouver de la compassion pour ma cliente.

Howard continue d'énumérer ses trouvailles.

— J'ai repéré trois membres de l'ACLU*. Et cette fille a publié sur son blog plusieurs articles en hommage à Eric Garner. La rubrique s'intitule *Je ne peux pas respirer non plus.*

— Super.

— De l'autre côté, nous avons ce bon monsieur, diacre de son église, qui soutient Rand Paul du Tea Party et prône le retrait de toutes les lois sur les droits civiques.

Je lui prends le questionnaire des mains et barre d'une croix rouge le nom inscrit en haut de la première page.

— J'ai aussi deux personnes qui ont rédigé des commentaires en faveur d'une réduction des aides sociales, poursuit Howard. Je ne sais pas trop ce que vous voulez en faire.

— Mets-les de côté.

— Cette fille qui a actualisé son statut il y a trois heures : "Nom de Dieu, un chinetoque vient d'accrocher ma bagnole."

Je pose son questionnaire sur celui du partisan de Rand Paul avant d'ajouter celui d'une personne dont la photo de profil sur Twitter n'est autre que Glenn Beck, l'animateur télé conservateur et prorépublicain. Howard a éliminé deux autres candidats après avoir vu sur Facebook qu'ils aimaient les pages de Skullhead et Day of the Sword**.

Je le regarde d'un air perplexe.

— C'est dans *Game of Thrones* ou quoi ?

— Ce sont des groupes de musique suprémacistes, répond Howard. J'en ai trouvé un autre baptisé Vaginal

* ACLU – American Civil Liberties Union : Union américaine pour les libertés civiles.

** Littéralement : Tête de Mort et Le Jour de l'Épée.

Jesus, ajoute-t-il – et je le soupçonne fortement de rougir. Mais aucun de nos jurés potentiels ne suit sa page.

— Alors réjouissons-nous ! C'est quoi, la grosse pile du milieu ?

— Les dossiers en attente, explique Howard. J'ai trouvé quelques photos de types en train de faire des signes de gangs, une poignée de toxicos, un abruti qui s'est filmé en train de se faire un shoot d'héroïne et une trentaine selfies de fêtards bourrés comme des coings.

— Ça ne te fait pas chaud au cœur de savoir que le système judiciaire de notre pays repose entre les mains de ce genre d'énergumènes ?

Je suis d'humeur taquine mais Howard me regarde avec gravité.

— Pour tout vous dire, la journée d'aujourd'hui a été assez choquante. J'étais à mille lieues d'imaginer le style de vie de certaines personnes et encore moins ce qu'elles faisaient quand elles se croyaient seules…

Il jette un coup d'œil à la photo d'une femme en train de brandir un gobelet jetable contenant visiblement autre chose que de l'eau.

— Et même quand elles ne sont pas seules.

Je harponne un ravioli pékinois avec le bout de ma baguette.

— Quand on commence à entrevoir les entrailles véreuses de l'Amérique, on a très envie de s'exiler au Canada.

— Oh, et il y a ça aussi, ajoute Howard en désignant l'écran de l'ordinateur. Faites-en ce que vous voulez.

Il se penche vers moi pour piquer un ravioli. Sourcils froncés, j'étudie l'identifiant twitter : *@WhiteMight. Force blanche.*

— C'est quel juré, ça ?

— Ce n'est pas un juré. Et je mettrais ma main à couper que Miles Standup est un nom d'emprunt.

Il clique deux fois sur la photo de profil du compte : le portrait d'un nouveau-né.

— Pourquoi ai-je l'impression d'avoir déjà vu cette photo quelque part ?

— Parce que c'est la photo de Davis Bauer que les gens brandissaient devant le tribunal, le jour de la mise en accusation. J'ai vérifié les infos en replay. Je crois que c'est le compte de Turk Bauer.

— Internet est une invention formidable, fais-je en l'enveloppant d'un regard plein de fierté. Bien joué, Howard.

Lui me lance une œillade pleine d'espoir par-dessus son bol.

— Alors, on a fini pour ce soir ?

Je pars d'un éclat de rire.

— Oh, Howard. On vient à peine de commencer.

Odette et moi nous donnons rendez-vous le lendemain matin dans une cafétéria afin d'échanger les numéros de dossier des jurés potentiels que nous souhaitons chacune récuser. Les rares fois où les numéros concordent (la jeune femme de vingt-cinq ans qui vient de sortir d'un hôpital psychiatrique ; le type qui a été arrêté la semaine dernière), nous les écartons d'un commun accord.

Je ne connais pas très bien Odette. Elle a l'air implacable, pas commode pour deux sous. Pendant les séminaires juridiques, alors que tout le monde picole et s'éclate au karaoké, elle reste assise dans son coin à siroter son club soda citron vert, enregistrant tout ce qu'elle pourra utiliser contre nous plus tard. Je l'ai toujours considérée comme quelqu'un d'hypercoincé mais à présent je me pose la question : quand elle va faire ses courses, lui demande-t-on, comme à Ruth, de montrer son ticket de caisse avant de sortir du magasin ? S'exécute-t-elle sans broncher ? Ou bien lui arrive-t-il de rétorquer sèchement que c'est elle qui traîne en justice les voleurs à l'étalage ?

Désireuse d'instaurer un climat apaisé, je lui souris.

— Ça va être un sacré procès, pas vrai ?

Elle range sa pochette de questionnaires dans sa sacoche.

— Ce sont tous des sacrés procès.

— Mais celui-ci, quand même… Je veux dire…

Je bredouille, m'efforçant désespérément de trouver les mots justes. Le regard d'Odette cherche le mien. Ses yeux sont comme des éclats de silex.

— Mon intérêt dans cette affaire est le même que celui que vous lui portez de votre côté. Je m'en occupe parce que tout le monde est débordé et sursollicité et que le dossier a atterri sur mon bureau. Mais je me fiche que votre cliente soit noire, blanche ou à pois noirs et blancs. Le meurtre est terriblement monochrome.

Elle se lève.

— À demain, conclut-elle avant de se diriger vers la sortie.

— Ravie aussi d'avoir papoté avec vous, dis-je entre mes dents.

Au même moment, Howard fait irruption dans la salle. Ses lunettes sont de guingois, les pans de sa chemise pendouillent sur ses fesses et il a l'air d'avoir déjà éclusé dix cafés.

— J'ai fait quelques recherches supplémentaires, annonce-t-il en s'asseyant sur la chaise qu'Odette vient de libérer.

— Quand ça ? Sous la douche ?

Je sais précisément à quelle heure nous avons arrêté de travailler la nuit dernière, ce qui lui a laissé très peu de temps libre.

— Alors, une étude a été menée par l'université SUNY Stony Brook en 1991, puis en 1992 par Nayda Terkildsen sur la manière dont les électeurs blancs évaluent les politiciens noirs briguant des mandats électoraux ; l'étude prend en compte l'impact des préjugés raciaux et montre dans quelle mesure cet élément varie chez les personnes essayant activement de ne pas avoir de préjugés…

Je l'interromps.

— Premièrement, notre ligne de défense ne repose pas sur l'argument racial mais sur l'argument scientifique. Deuxièmement, Ruth ne brigue aucun mandat.

— Je sais, mais l'étude met en lumière certains recoupements qui pourraient nous aider à mieux comprendre nos jurés potentiels, insiste Howard. Écoutez-moi, d'accord ? Terkildsen a utilisé un échantillon aléatoire composé d'environ trois cent cinquante Blancs, issus du panel de jurés du comté de Jefferson dans le Kentucky. Ensuite, elle a rédigé trois dossiers de présentation pour un candidat fictif au poste de gouverneur, reprenant pour les trois la même biographie, le même CV et le même programme politique. La seule différence, c'est que, dans certains dossiers, le candidat était blanc alors que dans d'autres son visage avait été photoshopé pour être soit noir au teint clair, soit noir plus foncé. On a demandé aux votants de reconnaître s'ils avaient des préjugés raciaux et s'ils avaient généralement conscience de ces préjugés.

D'un geste de la main, je lui fais signe d'accélérer la cadence.

— L'homme politique blanc a obtenu le plus grand nombre de retours positifs, conclut Howard.

— Comme c'est étonnant.

— OK, mais ce n'est pas ce qui nous intéresse. Plus l'élément raciste était présent, plus la note du Noir à la peau claire chutait par rapport à celle du Noir à la peau foncée. Mais lorsque les votants à préjugés raciaux ont été divisés en deux groupes : ceux qui étaient conscients d'être racistes et ceux qui ne l'étaient généralement pas, les lignes bougeaient. Ceux qui assumaient leurs préjugés raciaux se montraient plus sévères à l'égard du Noir à la peau sombre et plus cléments à l'égard du Noir au teint clair. En revanche, les votants soucieux de l'opinion des autres s'ils affichaient un comportement raciste notaient plus favorablement le Noir à la peau sombre, au détriment du Noir au teint clair. Vous commencez à piger ? Quand un Blanc essaie à tout prix de ne pas avoir l'air raciste, il fera en sorte de compenser ses préjugés en refoulant ce qu'il ressent réellement à l'égard de la personne à la peau noire foncée.

Je le fixe d'un air hébété.

— Pourquoi tu me racontes tout ça ?

— Parce que Ruth *est* noire. Elle a le teint clair, certes, mais elle est noire quand même. Et on ne peut pas faire entièrement confiance aux Blancs de notre jury qui prétendent ne pas être racistes. Ils sont peut-être implicitement plus racistes que ce qu'ils veulent bien laisser paraître. Ce qui fait d'eux des éléments incontrôlables.

Je baisse les yeux sur la table. Odette se trompe. Le meurtre n'est pas monochrome. Le "pipeline de l'école à la prison" n'est pas un mythe. Il y a tellement, tellement de raisons qui font que le cycle est si difficile à briser – et l'une d'entre elles est là, devant mes yeux : les jurés blancs viennent au tribunal avec leurs préjugés racistes et sont par là même beaucoup plus enclins à se montrer indulgents à l'égard d'un accusé qui leur ressemble.

— Très bien, dis-je finalement à Howard. Quel est ton plan d'action ?

Micah dort déjà quand je le rejoins au lit ce soir-là. Mais son bras s'enroule autour de moi.

— Non… Je suis trop fatiguée pour faire quoi que ce soit…

— Même pour me remercier ?

Je me retourne vers lui.

— De quoi ?

— De t'avoir dégoté un spécialiste en néonatalogie.

Je me redresse aussitôt.

— Et ?

— Et nous allons le voir ce week-end. C'est un gars que j'avais rencontré en fac de médecine.

— Qu'est-ce que tu lui as dit ?

— Que ma foldingue de femme menace de faire une grève du sexe comme dans *Lysistrata* tant que je ne lui aurai pas déniché un expert dans le domaine.

Je rigole puis, prenant le visage de Micah entre mes mains, je l'embrasse langoureusement.

— J'ai comme un regain d'énergie, on dirait…

D'un geste fluide, il m'enlace et me fait rouler sur le dos. Son sourire brille dans la clarté de la lune.

— Si tu fais ça pour un néonatalogiste, murmure-t-il, à quoi serais-tu prête si je te trouvais quelque chose de vraiment impressionnant, comme par exemple… un parasitologue ? Ou un léprologue ?

— Tu me gâtes trop, susurré-je en l'attirant vers moi.

Je retrouve Ruth devant l'entrée arrière du tribunal, au cas où Wallace Mercy aurait jugé bon de dépenser son temps et son énergie pour venir assister à la sélection du jury. Elle porte un tailleur de couleur prune que nous avons choisi ensemble chez T.J.Maxx la semaine dernière, assorti à un chemisier blanc impeccablement repassé. Lissés en arrière, ses cheveux sont attachés en chignon bas. Elle a l'air très professionnelle et on pourrait facilement croire qu'elle se trouve ici parce qu'elle est avocate si ses genoux ne tremblaient pas de façon totalement incontrôlable, au point de s'entrechoquer.

Je la prends par le bras.

— Détendez-vous. Franchement, il n'y a pas de quoi vous mettre dans cet état-là.

Elle se tourne vers moi.

— C'est juste que… ça devient tellement réel, d'un seul coup.

Je la présente à Howard et, tandis qu'ils échangent une poignée de mains, je sens passer entre eux quelque chose de presque imperceptible – la surprise partagée de se retrouver tous les deux dans ce tribunal, pour des raisons différentes. Nous encadrons Ruth pour entrer dans la salle d'audience puis allons nous installer à la table de la défense.

Le juge Thunder est peut-être un vrai salopard avec nous, les avocats, mais les jurés l'adorent. Il faut dire qu'il présente bien avec son épaisse chevelure argentée et les rides sévères de l'expérience formant comme des parenthèses autour de sa bouche, prête à proférer Dieu sait quelles paroles de sagesse. Lorsque notre centaine de jurés potentiels sont entassés dans la salle, il leur livre les consignes préliminaires.

Je me penche derrière Ruth pour murmurer à Howard :

— N'oublie pas que ton boulot consiste à prendre des notes. Tellement de notes que tu auras des crampes aux doigts. Si un juré tique en entendant un mot, je dois savoir quel est ce mot. Si d'autres piquent du nez, je veux savoir à quel moment.

Il hoche la tête pendant que j'étudie les visages des jurés présélectionnés. J'en reconnais certains, pour avoir vu leur photo de profil sur Facebook. Mais même ceux dont je ne me souviens pas affichent des expressions que j'ai l'habitude de voir : il y a les visages de ceux que je surnomme secrètement les Boy-scouts, fiers d'accomplir leur devoir de citoyen. Il y a les Morgan Stanley : les hommes d'affaires constamment penchés sur leur montre parce que leur temps est visiblement plus précieux qu'une journée passée dans le box des jurés. Il y a les Récidivistes qui sont déjà passés par là et se demandent pourquoi on les a rappelés, eux.

— Mesdames et messieurs, je suis le juge Thunder et j'aimerais vous souhaiter la bienvenue dans ma salle d'audience.

Oh, Seigneur…

— Dans cette affaire, l'État est représenté par la procureure Odette Lawton. Sa mission consiste à établir la véracité des faits reprochés hors de tout doute raisonnable. La défense est représentée par Kennedy McQuarrie.

Lorsqu'il commence à énumérer les accusations retenues contre Ruth – meurtre et homicide involontaire –, son genou se met à trembler si fort que je suis obligée de glisser une main sous la table pour l'immobiliser.

— Je vous expliquerai en temps voulu la signification de ces accusations, poursuit le juge Thunder. Mais, pour le moment, y a-t-il parmi vous quelqu'un qui connaîtrait l'une ou l'autre partie de cette affaire ?

Un homme lève la main.

— Approchez-vous, je vous prie, ordonne le juge.

Odette et moi nous avançons également tandis qu'une machine à bruit se met en route, empêchant les autres jurés d'entendre notre conversation. L'homme pointe le doigt sur Odette : "Elle a envoyé mon frère au trou pour trafic de drogue ; c'est une garce qui ment comme elle respire."

Inutile de préciser qu'il est récusé sur-le-champ.

Après quelques questions d'usage supplémentaires, le juge adresse un sourire à l'assemblée.

— Parfait. À présent, je vais vous demander de bien vouloir quitter la salle ; l'huissier va vous accompagner au salon réservé aux jurés. Nous vous appellerons un par un afin que les avocats puissent vous poser des questions sur votre parcours personnel. Ne parlez pas de votre expérience avec les autres jurés. Comme je vous l'ai indiqué, la charge de la preuve incombe à l'État. Nous n'avons pas encore commencé à rassembler les éléments de preuve et je vous invite pour cette raison à garder l'esprit ouvert et à répondre franchement aux questions qui vous seront posées par la Cour. Nous désirons nous assurer que vous remplirez vos fonctions de jurés en toute quiétude dans cette affaire précise, de la même manière que les parties impliquées ont le droit de savoir que leur procès sera jugé par des personnes justes et impartiales.

Si seulement le juge possédait les mêmes qualités, ne puis-je m'empêcher de penser.

La constitution d'un jury ressemble à une grande fiesta sans alcool. On caresse nos jurés dans le sens du poil, on a envie qu'ils nous aiment. On fait semblant d'être intéressé par leur métier, même s'ils sont contrôleur qualité dans une usine de vaseline. Tous défilent à tour de rôle devant nous et on leur donne une note : 5 pour le juré parfait ; 1 pour le juré nul.

Howard consignera les raisons pour lesquelles on ne peut pas accepter tel ou tel juré. Au bout du compte, on sera obligés de prendre ceux qui ont obtenu des 3, des 4 et des 5 parce qu'on a le droit d'en récuser sept seulement sans fournir aucune justification. Et, bien sûr, il est fortement déconseillé d'épuiser cette ressource d'un coup, dans le cas où un juré encore plus problématique que les précédents se présente par la suite.

Le premier juré à venir à la barre s'appelle Derrick Welsh. Il a cinquante-huit ans, une dentition en mauvais état et porte une chemise à carreaux qu'il n'a pas rentrée dans son pantalon. Odette le salue en souriant.

— Monsieur Welsh, comment allez-vous aujourd'hui ?

— Pas trop mal. J'ai un petit creux mais à part ça, ça va.

Elle sourit de nouveau.

— Moi aussi. Dites-moi, nous sommes-nous déjà croisés dans d'autres affaires ?

— Non.

— Quel est votre métier, monsieur Welsh ?

— Je tiens une quincaillerie.

Elle l'interroge au sujet de ses enfants, lui demande leur âge. Après avoir farfouillé fébrilement dans les questionnaires, Howard me tapote l'épaule.

— C'est celui dont le frère est flic, murmure-t-il.

— Je lis le *Wall Street Journal*, raconte Welsh au moment où je reporte mon attention sur lui. Et Harlan Coben.

— Avez-vous entendu parler de cette affaire ?

— Un peu. Aux infos. Je sais que l'infirmière est accusée d'avoir tué un bébé.

À côté de moi, Ruth tressaille.

— Avez-vous une opinion sur l'éventuelle culpabilité de l'accusée ? demande Odette.

— Pour autant que je sache, toute personne est innocente jusqu'à preuve du contraire, dans ce pays.

— Comment voyez-vous votre rôle en tant que juré ?

Il hausse les épaules.

— Je suppose qu'il faut attendre les preuves… et faire comme dit le juge.

— Merci, Votre Honneur, déclare Odette avant de se rasseoir.

À mon tour de me lever.

— Bonjour, monsieur Welsh. Vous avez un parent dans les forces de police, n'est-ce pas ?

— Mon frère est officier de police.

— Est-ce qu'il travaille dans ce district ?

— Depuis quinze ans, répond le juré.

— Vous parle-t-il parfois de son métier ? Du genre de personnes qu'il côtoie ?

— Ça lui arrive…

— Votre magasin a-t-il déjà été vandalisé ?

— On a été cambriolés une fois.

— Pensez-vous que l'augmentation de la criminalité est due à un afflux de minorités dans ce secteur ?

Il réfléchit.

— Je crois que c'est plutôt lié à l'économie. Les gens perdent leur boulot, ils se retrouvent au pied du mur.

Je continue de poser mes questions.

— À votre avis, qui a le droit de prescrire un traitement médical : la famille du patient ou un professionnel de santé ?

— Ça dépend des cas…

— Avez-vous personnellement vécu une mauvaise expérience à l'hôpital ou est-ce arrivé à un membre de votre famille ?

La bouche de Welsh prend un pli dur.

— Ma mère est morte sur la table d'opération pendant une endoscopie de routine.

— Avez-vous porté plainte contre le médecin ?

Il hésite.

— Nous avons trouvé un arrangement.

Et la boucle est bouclée.

— Merci.

Je me rassois puis jette un coup d'œil à Howard en secouant la tête.

Le deuxième juré potentiel est un Noir d'une bonne soixantaine d'années. Odette lui demande s'il a fait des études, s'il est marié, avec qui il vit et quels sont ses loisirs. La plupart des questions se trouvent déjà dans le dossier mais il s'avère parfois profitable de les poser de nouveau en regardant la personne dans les yeux quand elle vous explique par exemple qu'elle participe à des reconstitutions de batailles de la guerre de Sécession et qu'il s'agit de savoir si vous avez en face de vous un passionné d'histoire ou un fondu d'armes à feu.

— J'ai lu que vous travailliez comme agent de sécurité dans une galerie marchande, poursuit Odette. Vous considérez-vous comme un membre de la force publique ?

— À ma petite échelle, sans doute.

— Monsieur Jordan, vous savez que nous sommes à la recherche d'un jury impartial. Il ne vous aura sûrement pas échappé que l'accusée et vous-même êtes tous deux des personnes de couleur. Cet élément serait-il susceptible d'influencer votre capacité à prendre une décision juste et équitable ?

Le juré cligne des yeux. Quelques instants s'écoulent avant qu'il ne rétorque :

— Est-ce que *votre* couleur de peau vous rend plus injuste qu'une autre ?

À ce moment précis, M. Jordan est la personne que je préfère au monde. Odette se rassoit et je me lève.

— Pensez-vous que les Noirs sont plus enclins à commettre des délits que les Blancs ?

La réponse m'importe peu : je la connais déjà. Ce que je veux, c'est voir sa réaction lorsqu'une femme blanche lui pose ce genre de question.

— Ce que je crois, dit-il en pesant ses mots, c'est que les Noirs ont davantage tendance à se retrouver derrière les barreaux que les Blancs.

— Merci, monsieur, dis-je en hochant imperceptiblement la tête à l'adresse d'Howard – celui-ci remporte un 5.

Après lui, plusieurs jurés oscillent entre le parfait et l'horrible, puis c'est au tour du juré numéro douze de venir à la barre. Blonde et alerte, Lila Fairclough a l'âge idéal pour la fonction de juré et enseigne dans une école multiethnique du centre-ville. Courtoise et rigoureuse avec Odette, elle m'adresse un sourire dès l'instant où je me lève.

— Ma fille sera scolarisée dans l'établissement où vous travaillez, dis-je. C'est pour cette raison que nous avons déménagé là-bas.

— Elle sera très heureuse.

— Me voici donc devant vous, madame Fairclough, une femme blanche représentant une femme noire accusée d'un des crimes les plus graves que l'on puisse reprocher à une personne. J'aimerais vous faire part de certaines de mes inquiétudes car si je dois me sentir tout à fait bien pour défendre ma cliente, il est tout aussi important pour vous de vous sentir à l'aise en tant que juré. Nous sommes tous là à dire que ce n'est pas bien d'avoir des préjugés mais on ne peut pas nier leur existence. Pour vous donner un exemple, je ne pourrais personnellement jamais être juré dans une affaire impliquant des animaux. Parce que j'adore les animaux. Il me serait impossible de rester objective face à quelqu'un qui leur fait du mal. Ce type d'actes de cruauté me met tellement en rage que je deviens incapable de penser de manière rationnelle. Et dans pareil cas, bien sûr, j'aurais un mal fou à accorder du crédit aux arguments de la défense.

— Je comprends parfaitement ce que vous dites, assure Mme Fairclough, mais il n'y a pas la moindre fibre raciste en moi.

— Si vous montez dans un bus où il ne reste que deux places libres – une à côté d'un Africain-Américain et l'autre à côté d'une femme blanche d'un certain âge –, où choisirez-vous de vous asseoir ?

— Sur le premier siège que je croise.

Elle marque une pause, secoue la tête.

— Je vois où vous voulez en venir, madame McQuarrie. Mais tout à fait franchement, je n'ai aucun problème avec les Noirs.

À cet instant, Howard fait tomber son stylo.

Le bruit résonne à mes oreilles comme un coup de fusil. Pivotant sur mes talons, je croise son regard et simule une quinte de toux digne d'être récompensée par un Oscar. C'est notre signal secret. Je fais semblant de cracher mes poumons, bois le verre d'eau posé sur la table de la défense puis j'annonce d'une voix enrouée :

— Mon collègue va prendre le relais, Votre Honneur.

Howard se lève, déglutit nerveusement à plusieurs reprises. S'il continue comme ça, le juge va finir par croire que tous les membres de la défense ont été contaminés par la peste. Au même moment, le visage de Lila Fairclough change d'expression.

Elle se fige à l'instant où Howard vient se poster devant elle.

Il est infinitésimal, le glissement entre cette crispation et le sourire qui apparaît de nouveau sur ses lèvres. Mais il ne m'a pas échappé pour autant.

— Je suis vraiment désolé, madame Fairclough, déclare Howard. Il nous reste encore une ou deux questions. Quel est le pourcentage d'enfants noirs dans votre classe ?

— Eh bien, ma classe compte trente élèves dont huit sont africains-américains, cette année.

— Avez-vous l'impression que les enfants africains-américains ont besoin d'être punis plus souvent que les enfants blancs ?

Elle se met à tourner sa bague autour de son doigt.

— Je traite tous mes élèves de la même façon.

— Sortons un instant de votre salle de classe. Pensez-vous que, de manière générale, les enfants africains-américains ont besoin d'être punis plus souvent que les enfants blancs ?

— Eh bien, je n'ai lu aucune étude à ce sujet.

Et tourne, tourne la bague.

— Mais je peux vous assurer que ce problème ne me concerne pas, conclut l'enseignante, admettant du même coup l'existence, selon elle, du problème.

Lorsque les interrogatoires individuels sont terminés et que les quatorze premiers jurés ont été reconduits dans une salle attenante, Howard et moi nous concertons pour voir qui nous allons écarter pour des motifs que nous exposerons si nécessaire.

— Sommes-nous prêts à discuter des récusations ? demande le juge Thunder.

— J'aimerais récuser le juré numéro dix, commence Odette, celui qui a déclaré qu'une personne noire ne pouvait prétendre à un emploi décent et encore moins à un procès équitable.

— Pas d'objection. J'aimerais récuser le juré numéro huit dont la fille a été violée par un Noir.

— Pas d'objection, déclare Odette.

Nous excusons un homme dont l'épouse est mourante, une mère dont le bébé est malade et un chef de famille, père de six enfants, que son patron a menacé de renvoyer s'il loupait une semaine de travail.

— J'aimerais récuser le juré numéro douze, dis-je quand c'est de nouveau mon tour de parler.

— Pas question, objecte Odette.

Le juge Thunder me regarde en fronçant les sourcils.

— Vous n'avez pas indiqué la cause de la récusation, maître.

— Parce qu'elle est raciste ? dis-je sans conviction, tant mon explication me paraît ridicule.

Cette femme enseigne à des écoliers noirs et jure n'avoir aucun préjugé racial. Je crois pourtant savoir qu'elle n'est pas aussi impartiale qu'elle le prétend, au vu de sa réaction quand Howard m'a relayée et de son tic nerveux avec sa bague, mais si je dévoile notre petite expérience à Odette ou au juge, je risque de m'attirer des ennuis.

Je sais aussi qu'il ne servira à rien de la rappeler pour lui poser d'autres questions. Il me reste donc deux options : soit je l'accepte dans le jury, soit j'utilise une de mes récusations péremptoires.

Odette en a utilisé une à l'encontre d'une infirmière et une autre pour écarter un organisateur communautaire ayant admis que l'injustice est visible n'importe où. De mon côté, j'ai écarté une femme ayant perdu un bébé, un homme qui avait porté plainte contre un hôpital pour faute et l'un des types dont je savais – grâce à Howard et à Facebook – qu'il s'était rendu à un festival de musique néonazi.

Howard se penche devant Ruth pour murmurer à mon oreille : "Récusez-la. Elle va nous causer des ennuis, même si elle n'en a pas l'air comme ça."

— Maître, intervient le juge, pourriez-vous nous faire partager vos messes basses ?

— Excusez-moi, Votre Honneur ; puis-je toucher deux mots à mon conseiller ?

Je me tourne de nouveau vers Howard.

— Je ne peux pas. Je veux dire : il nous reste encore quatre-vingt-six jurés à voir et nous n'avons plus que quatre récusations péremptoires. Satan fait peut-être partie de la fournée suivante, qui sait ?

Je cherche son regard avant d'ajouter :

— Tu as raison : elle a des préjugés mais elle croit ne pas l'être et elle ne veut pas paraître comme ça aux yeux des autres. Alors peut-être – et peut-être seulement – que cela jouera en notre faveur.

Howard me dévisage avec attention. Je sens qu'il aimerait me dire ce qu'il a sur le cœur, au lieu de quoi il hoche simplement la tête.

— C'est vous la patronne.

— Nous acceptons la jurée numéro douze.

— J'aimerais récuser le juré numéro deux, continue Odette.

C'est mon agent de sécurité noir, mon juré idéal. Odette le sait pertinemment, ce qui explique pourquoi elle veut utiliser une récusation discrétionnaire à son encontre. Mais je me lève d'un bond avant même qu'elle ait le temps de terminer sa phrase.

— Votre Honneur, j'aimerais un entretien en aparté.

Nous nous approchons du juge.

— Monsieur le juge, dis-je, ceci est une violation flagrante de la décision *Batson*.

Africain-américain, James Batson a été jugé pour cambriolage par un jury entièrement blanc dans un tribunal du Kentucky. Au cours de la phase de constitution du jury, au moment de la sélection des jurés, le procureur a récusé sans motif six jurés potentiels dont quatre étaient noirs. La défense a essayé de dénoncer le jury au motif que Batson ne serait pas jugé par un échantillon représentatif de la communauté mais le juge a rejeté la demande et James Batson a été reconnu coupable et condamné. En 1986, la Cour suprême a statué en faveur de Batson, déclarant que les procureurs ne sont pas autorisés à faire usage des récusations péremptoires pour des motifs purement raciaux dans une affaire criminelle.

Depuis cette date, chaque fois qu'une personne noire se fait éjecter d'un jury, tous les avocats de la défense digne de ce nom s'empressent d'invoquer le cas *Batson*.

— Votre Honneur, fais-je encore, le sixième amendement garantit le droit à l'accusé d'être jugé par un jury de pairs.

— Merci, madame McQuarrie, je connais parfaitement le contenu du sixième amendement.

— Je n'insinuais pas le contraire. New Haven est un comté multiculturel ; le jury se doit de refléter cette diversité et, pour le moment, ce monsieur est le seul juré noir dans un pool de quatorze.

— Vous plaisantez, j'espère, lance Odette. Seriez-vous en train de dire que *je* suis raciste ?

— Non, je dis simplement qu'il est beaucoup plus facile pour vous de constituer un jury favorable à l'État sans qu'on vous reproche de le faire *à cause* de votre couleur de peau.

Le juge se tourne vers Odette.

— Pour quel motif désirez-vous exercer votre droit de récusation péremptoire, madame la procureure ?

— Je l'ai trouvé querelleur, répond Odette.

— C'est le premier groupe de jurés, souligne le juge Thunder à mon attention. Inutile de monter sur vos grands chevaux.

Peut-être est-ce parce qu'il favorise sans vergogne le ministère public… Ou peut-être ai-je envie de montrer à Ruth que je suis bien décidée à me battre bec et ongles pour elle… Peut-être aussi la façon dont le juge Thunder m'a remise en place ravive-t-elle en moi le souvenir de ma charge boostée aux stéroïdes, lancée lors de notre premier procès commun. Quelles que soient la ou les raisons, je me redresse et saisis l'occasion de déstabiliser Odette avant même le début du procès.

— Je réclame une audience pour clarifier ce point. J'aimerais qu'Odette produise ses notes. Nous avons entendu plusieurs personnes de nature querelleuse dans ce groupe et j'aimerais savoir si elle a relevé cette spécificité chez d'autres jurés.

Levant les yeux au ciel, Odette monte dans le box des témoins. Je dois admettre que mon amour-propre d'avocate de la défense jubile de voir une procureure perchée là-haut – en cage, au sens propre du terme. Elle me lance un regard noir lorsque je m'approche d'elle.

— Vous venez de déclarer que le juré numéro deux était querelleur. Avez-vous écouté les réponses du juré numéro sept ?

— Évidemment.

— Comment avez-vous trouvé son attitude ?

— Il m'a paru sympathique, répond Odette.

Je baisse les yeux sur les notes impeccables d'Howard.

— Même lorsque vous l'avez questionné au sujet des Africains-Américains et de la criminalité et qu'il s'est levé de sa chaise en vous reprochant d'insinuer qu'il était raciste ? N'est-ce pas une réaction querelleuse ?

Odette hausse les épaules.

— Son ton était différent de celui du juré numéro deux.

— Sa couleur de peau aussi, comme par hasard. Dites-moi, avez-vous consigné dans vos notes que le juré numéro onze était querelleur ?

Elle jette un coup d'œil à sa grille.

— Nous avons avancé rapidement. Je n'ai pas noté tout ce qui me passait par la tête parce que je ne pensais pas que c'était important.

— Parce que ce n'était pas important, insisté-je, ou parce que le juré était blanc ?

Je me tourne vers le juge avant de conclure :

— Merci, Votre Honneur.

Le juge Thunder s'adresse à la procureure.

— Je rejette votre récusation péremptoire. Il est hors de question que vous me placiez dans une situation *Batson* alors que nous venons à peine de démarrer, madame Lawton. Le juré numéro deux reste dans le panel.

Je regagne ma place à côté de Ruth, plutôt satisfaite de moi. Howard me couve des yeux comme si j'étais une déesse vivante. Ce n'est pas tous les jours qu'on donne une leçon à un procureur. Soudain, Ruth me remet un petit bout de papier. Je le déplie et lis ce simple mot : "Merci."

Lorsque le juge lève la séance, je conseille à Howard de rentrer chez lui pour se reposer. Ruth et moi quittons le tribunal ensemble. Avant de sortir du bâtiment, je glisse un coup d'œil dehors pour m'assurer que la voie est libre. Aucun journaliste ne fait le pied de grue devant le tribunal aujourd'hui mais je sais que cela changera dès que le procès débutera.

Nous nous dirigeons vers le parking, visiblement peu pressées de rentrer, toutes les deux. Ruth marche la tête baissée et je la connais suffisamment à présent pour savoir que quelque chose la tracasse.

— Vous voulez venir boire un verre de vin avec moi ? Ou est-ce que vous préférez aller retrouver Edison ?

Elle secoue la tête.

— Il sort plus souvent que moi, ces temps-ci.

— Ça n'a pas l'air de vous réjouir.

— Disons que je ne suis plus tout à fait son modèle, en ce moment, explique Ruth.

Nous poursuivons notre chemin jusqu'au bar situé à l'angle de la rue. J'ai poussé cette porte bien des fois pour célébrer une victoire ou noyer une défaite. Comme d'habitude, l'établissement est plein d'avocats de ma connaissance, alors je nous fraie un chemin jusqu'à un box situé tout au fond de la salle. Nous commandons toutes les deux un verre de pinot noir et, lorsque la serveuse arrive, je lève mon verre en direction de Ruth.

— À votre acquittement.

Ruth ne trinque pas avec moi.

— Ruth, dis-je avec douceur, je sais que c'est la première fois que vous mettez les pieds dans un tribunal. Mais croyez-moi : la journée d'aujourd'hui s'est très, très bien passée.

Elle fait tourner le vin dans son verre.

— Maman me racontait souvent cette anecdote qui lui était arrivée un jour, alors qu'elle me promenait en poussette dans les rues de Harlem. Elle avait croisé deux dames noires et l'une d'elles avait dit à l'autre: "Regarde-la qui se pavane comme si c'était son bébé. Mais c'est pas son bébé. Je ne supporte pas quand les nounous font ça." J'avais la peau bien plus claire que maman. Elle a rigolé parce qu'elle était bien placée pour savoir que j'étais son enfant, indubitablement. Mais la vérité, c'est que, en grandissant, ce ne sont pas les enfants blancs qui m'ont le plus souvent rabaissée. Ce sont les noirs.

Ruth lève les yeux sur moi.

— Aujourd'hui, cette procureure a réveillé tous ces sentiments en moi. On aurait dit qu'elle voulait m'épingler.

— Je ne pense pas qu'Odette en fasse une affaire personnelle. Elle aime gagner, c'est tout.

Il m'apparaît soudain que je n'ai jamais eu ce genre de conversation avec une personne africaine-américaine. Je fais, généralement, si attention à ne pas passer pour une raciste que la peur de dire quelque chose qui pourrait être considéré comme insultant me tétanise. J'ai déjà eu des clients africains-américains, bien sûr, mais dans toutes ces affaires je me positionnais clairement comme celle qui détenait toutes les réponses. Ruth, elle, a fait tomber le masque.

Avec Ruth, je sais que je peux poser une question idiote de nana blanche: elle me répondra sans juger mon ignorance. Elle n'hésitera pas non plus à me dire si je froisse sa susceptibilité. Je repense à la fois où elle m'a expliqué la différence entre le tissage et les extensions; ou au jour où elle m'a questionnée au sujet des coups de soleil – elle voulait savoir au bout de combien de temps la peau cloquée commençait à peler. C'est toute la différence entre faire connaissance en marchant sur des œufs et plonger tête la première dans le cœur tumultueux d'une relation. Ce n'est pas toujours parfait ni toujours agréable – mais puisque c'est fondé sur le respect, c'est inébranlable.

— Vous m'avez étonnée, aujourd'hui, confie Ruth.

Je laisse échapper un petit rire.

— Parce que vous vous êtes aperçue que je faisais bien mon métier ?

— Non. Parce que la moitié des questions que vous avez posées tournaient autour de la question raciale.

Elle cherche mon regard.

— Après m'avoir dit et répété tant de fois qu'on n'aborde surtout pas ce sujet dans une salle de tribunal.

— C'est pourtant la vérité. Attendez lundi, que le procès démarre : ce jour-là, tout changera.

— Vous comptez toujours me donner la parole ? demande Ruth. Parce que j'ai vraiment besoin de livrer ma version de l'histoire.

— C'est promis, dis-je en reposant mon verre. Vous savez, Ruth, ce n'est pas parce que nous feignons de croire que le racisme n'a rien à faire dans un procès que nous ne sommes pas conscients de la vraie problématique.

— Dans ce cas, pourquoi faire semblant ?

— Parce que c'est le boulot des avocats. Je gagne ma croûte en racontant des mensonges. Si j'étais sûre de vous faire acquitter en racontant au jury que Davis Bauer était un loup-garou, je le ferais. S'ils gobaient ça, honte à eux.

Ruth me regarde sans ciller.

— Ce n'est qu'une diversion, dit-elle. Un clown qu'on vous colle sous le nez pour vous empêcher de remarquer le tour de passe-passe réalisé dans son dos.

C'est étrange d'entendre cette description de mon métier mais ce n'est pas entièrement faux.

— Dans ce cas, il ne nous reste plus qu'à boire pour oublier, dis-je en levant mon verre.

Ruth daigne enfin prendre une gorgée de vin.

— Il n'y aura jamais assez de pinot noir dans ce monde.

Je dessine du bout du doigt le contour de ma serviette en papier.

— Vous croyez qu'un jour le racisme n'existera plus ?

— Non, parce que les Blancs seraient obligés d'accepter le principe d'égalité. Qui déciderait de son plein gré de démanteler un système spécialement conçu pour lui ?

Un flot de sang envahit mon cou. Dois-je me sentir visée ? Ruth est-elle en train de suggérer que je ne renverserai jamais le système parce que j'ai personnellement des billes à perdre ?

— Mais bon, ajoute Ruth d'un ton pensif, je me trompe peut-être.

Je lève mon verre, le fais tinter contre le sien.

— Aux tout petits pas, dis-je en guise de toast.

Au terme d'une deuxième journée de sélection, notre jury est enfin constitué de douze jurés et de deux remplaçants. Je passe mon week-end à la maison, terrée dans mon bureau : je bûche sur les discours de présentation pour le procès qui débutera dès lundi. Je ne lève le pied que le dimanche après-midi pour aller voir Ivan Kelly-Garcia, le spécialiste en néonatalogie. Micah a fait sa connaissance en première année de fac, le jour où Ivan a débarqué en partiel de chimie organique à une demi-heure de la fin, déguisé en hot dog géant. Il a attrapé la feuille d'examen, s'est mis au boulot et a fait un sans-faute. La veille, il avait fêté Halloween et picolé jusqu'à plus soif avant de s'écrouler dans le dortoir des filles pour se réveiller en sursaut, réalisant brusquement qu'il était sur le point de saboter tout son avenir de médecin. À partir de ce jour-là, Ivan avait fait équipe avec Micah en cours de chimie organique avant d'intégrer la fac de médecine de Harvard pour devenir par la suite l'un des meilleurs spécialistes en néonatalogie du Grand New York.

Il est ravi de revoir Micah après toutes ces années et semble même se réjouir de recevoir son illuminée de femme avocate et leur gamine de quatre ans, d'humeur grognonne parce qu'on l'a extirpée de son siège auto où elle faisait la sieste. Ivan habite à Westport, Connecticut, dans une maison de style colonial sans fioritures. Il vit avec sa femme qui a réussi l'exploit de confectionner un guacamole et une sauce salsa en rentrant de son footing du matin – une boucle de vingt-quatre kilomètres car elle s'entraîne pour un marathon. Ils n'ont pas encore d'enfants mais ils ont un énorme bouvier bernois qui surveille Violet comme le lait sur le feu quand il ne la couvre pas de léchouilles.

— Regarde-nous, frère, dit Ivan. Mariés. Avec un boulot. *Sobres.* Tu te souviens de la fois où on a pris un acide et où j'ai voulu grimper à un arbre, sauf que j'avais oublié que j'avais le vertige ?

Je regarde Micah.

— Tu as pris de l'acide, toi ?

— Je suppose que tu ne lui as pas non plus parlé de la Suède, fait Ivan d'un ton laconique.

— La Suède ?

Je les dévisage à tour de rôle.

— Cône de silence, dit Ivan. Code de la confrérie.

L'idée que Micah – qui aime que ses caleçons soient *repassés* – ait fait les quatre cents coups avec son "frère" me donne franchement envie de rire mais je me retiens de justesse.

— Ma femme plaide sa première affaire de meurtre, intervient Micah, visiblement pressé de changer de sujet. Elle risque de te bombarder de questions, pardon d'avance.

D'une voix à peine audible, je murmure : "T'as intérêt à me raconter toute l'histoire tout à l'heure" puis je gratifie Ivan d'un sourire.

— Je me demandais si vous pourriez m'expliquer les tests de dépistage effectués sur les nouveau-nés.

— Alors, à la base, ils ont été mis en place pour réduire la mortalité infantile. Grâce à un truc qu'on appelle la spectrométrie de masse, réalisée dans un labo agréé par l'État, il est possible d'identifier une poignée de maladies congénitales pouvant être soignées ou prises en charge. Je suis sûre que votre fille a subi ce dépistage sans même que vous y prêtiez attention.

— De quels genres de maladies s'agit-il ?

— Oh, là on ouvre le dictionnaire scientifique réservé aux initiés : le déficit en biotinidase – c'est quand le corps ne parvient pas à réutiliser et recycler une quantité suffisante de biotine. L'hyperplasie congénitale des surrénales et l'hypothyroïdie congénitale, qui sont des anomalies hormonales. La galactosémie, qui empêche le nourrisson d'assimiler un certain type de sucre contenu dans le lait, aussi bien le lait maternel que le lait maternisé. Les hémoglobinopathies, qui sont des anomalies de l'hémoglobine, une protéine sanguine présente dans les globules rouges. Les maladies du métabolisme des acides aminés, qui entraînent une augmentation des acides aminés dans le sang ou dans les urines ; les anomalies de l'oxydation des acides gras, qui empêchent l'organisme de transformer la graisse en énergie, et les anomalies de l'acide urique organique, qui sont en quelque sorte un panaché des deux. Vous avez sans doute entendu parler de certaines d'entre elles, comme la drépanocytose, qui affecte de nombreux Africains-Américains. Ou encore la phénylcétonurie, poursuit Ivan. Les bébés porteurs de cette maladie ne parviennent pas à assimiler certains types d'acides aminés, de sorte que ces derniers s'amassent dans le sang ou dans l'urine. Quand on ne sait pas qu'un enfant souffre de cette maladie, elle peut entraîner une déficience intellectuelle et des épisodes de crise. Mais quand on la détecte aussitôt après la naissance, elle peut être traitée à l'aide d'un régime alimentaire spécifique et son pronostic est excellent.

— La labo a indiqué l'existence d'une anomalie dans les résultats d'analyses de ce nourrisson, dis-je en lui remettant le rapport du laboratoire.

Il feuillette les premières pages.

— Bingo : cet enfant souffre d'un déficit en MCAD. On le voit grâce aux pics sur le graphique du spectre de masse, ici à C-six et C-huit – c'est le profil des acylcarnitines.

Ivan lève les yeux de la feuille.

— Oh. OK. Bien sûr : vous voulez la version décodée. Un déficit en MCAD correspond à un déficit en acyl-CoA-déshydrogénase des acides gras à chaîne moyenne. C'est un trouble de l'oxydation des acides gras à transmission autosomique récessive. Le corps a besoin d'énergie pour faire certains trucs – bouger, fonctionner, digérer et même respirer. On le recharge en absorbant de la nourriture qu'on transforme en acides gras qu'on stocke ensuite dans nos tissus en attendant d'en avoir besoin. Le moment venu, on procède à l'oxydation de ces acides gras afin de créer de l'énergie pour nos fonctions corporelles. Mais un bébé atteint d'un trouble de l'oxydation des acides gras ne peut pas faire ça parce qu'il lui manque un enzyme indispensable – dans ce cas, le MCAD. Ce qui veut dire que, une fois que ses réserves énergétiques sont épuisées, il n'ira pas bien.

— C'est-à-dire… ?

Il me rend les analyses.

— Son taux de glucose va chuter et il sera fatigué, amorphe.

Ses paroles résonnent comme une alarme dans ma tête. La glycémie basse de Davis Bauer a été imputée au diabète gestationnel de sa mère. Mais si ce n'était pas le cas ?

— Est-ce que ça peut être fatal ?

— Oui, si le diagnostic n'est pas posé suffisamment tôt. La plupart de ces enfants sont asymptomatiques jusqu'à ce qu'un événement déclencheur se produise : une infection, une vaccination ou une période de jeûne. Dans ces cas-là, la situation se dégrade très rapidement et l'issue ressemble beaucoup à la mort subite du nourrisson – en d'autres termes, le bébé fait un arrêt cardiaque.

— Est-ce qu'un bébé en arrêt cardiaque peut malgré tout être sauvé s'il est atteint d'un déficit en MCAD ?

— Ça dépend vraiment de la situation. Peut-être que oui, peut-être que non.

Peut-être. C'est un excellent adverbe pour un jury.

Ivan cherche mon regard.

— Puisque c'est dans le cadre d'un procès, j'imagine que le patient ne s'en est pas sorti ?

Je secoue la tête.

— Il avait trois jours quand il est mort.

— Quel jour de la semaine est-il né ?

— Un jeudi. Le test de Guthrie a été effectué le lendemain, vendredi.

— À quelle heure a-t-il été envoyé au laboratoire ? demande Ivan.

— Je ne sais pas. C'est important ?

— Bah oui.

S'adossant à son fauteuil, Ivan jette un coup d'œil à Violet qui essaie maintenant de chevaucher le chien.

— Le labo du Connecticut est fermé le samedi et le dimanche. Si le prélèvement est parti de l'hôpital après… disons midi le vendredi, il n'a pas été traité pendant le week-end.

Le regard d'Ivan se pose de nouveau sur moi.

— Ce qui veut dire que, si cet enfant était né un lundi, il aurait eu une grande chance de s'en sortir.

PHASE DEUX

L'expulsion

Elle désirait atteindre leur haine à tous, la saisir et la travailler, jusqu'au moment où elle trouverait une faille ; alors elle pourrait faire sauter un caillou ou une brique, pratiquer une brèche ; et tout l'édifice s'écroulerait.

RAY BRADBURY, *L'Homme illustré*

RUTH

On fait tous ça, vous savez. On cherche tous des distractions pour éviter de remarquer le temps qui passe. On s'absorbe dans le travail. On se concentre sur nos pieds de tomate qu'il faut préserver du mildiou. On remplit nos réservoirs d'essence, on recharge nos cartes de transport et on fait les courses au supermarché, de sorte que les semaines se suivent et se ressemblent toutes, en apparence. Et puis, un jour, vous vous retournez et votre bébé est un homme. Un jour, vous vous regardez dans la glace et vous voyez des cheveux gris. Un jour, vous vous rendez compte qu'il vous reste moins de temps à vivre que ce que vous avez déjà vécu. Et là, vous pensez : *Comment est-ce arrivé si vite ? Hier encore, je buvais légalement mon premier verre d'alcool ; hier, je changeais ses couches ; hier, j'étais jeune.*

Quand cette révélation vous frappe de plein fouet, vous commencez à calculer. *Combien de temps me reste-t-il ? Combien de choses pourrai-je caser dans un si petit espace ?*

Certains d'entre nous se laissent guider par cette prise de conscience, je suppose. On part visiter le Tibet, on prend des cours de sculpture, on saute en parachute. On s'efforce de faire comme si ce n'était pas déjà terminé.

Et puis d'autres se contentent de remplir leurs réservoirs, de recharger leurs cartes de transport et de faire leurs courses au supermarché parce que, si on garde les yeux rivés sur le chemin qui se déroule à nos pieds, on n'est pas obsédé par le moment où il plongera à pic du haut de la falaise.

Certains d'entre nous n'apprennent jamais.

Et certains apprennent plus tôt que les autres.

Le matin du procès, je frappe doucement à la porte d'Edison.

— Tu es bientôt prêt ?

Comme il ne répond pas, je tourne la poignée et entre dans la chambre. Edison est enseveli sous une pile d'édredons, un bras posé sur les yeux.

— Edison, dis-je en haussant la voix. On ne peut pas se permettre d'arriver en retard !

Il ne dort pas, je l'entends au rythme de sa respiration.

— Je veux pas y aller, marmonne-t-il.

Kennedy a demandé à ce qu'Edison loupe les cours pour assister au procès. Je ne lui ai pas dit que, depuis quelque temps, le lycée est loin d'être une priorité pour lui, comme en témoigne le nombre de fois où l'on m'a appelée pour me signaler des absences injustifiées. J'ai bataillé, tenté de le raisonner mais c'est devenu une tâche herculéenne de le faire obéir. Mon étudiant consciencieux, mon garçon doux et sérieux s'est transformé en rebelle – cloîtré dans sa chambre, il passe une bonne partie de ses journées à écouter de la musique tellement fort que les murs tremblent, échangeant des SMS avec des copains que je ne connais même pas, et quand il rentre le soir, bien après l'heure fixée, il pue le cannabis et l'alcool fort. Je me suis insurgée, j'ai crié, pleuré mais j'en suis arrivée à un point où je ne sais plus quoi faire. Le train entier de notre vie est sur le point de dérailler, et cela n'est qu'un wagon qui sort de ses rails.

— On en a parlé ensemble, dis-je à Edison.

— Nan, c'est pas vrai, proteste-t-il en me regardant à travers ses paupières mi-closes. *Tu* m'en as parlé.

— Kennedy m'a dit qu'on a plus de mal à imaginer une femme qui remplit son rôle de mère dans la peau d'une meurtrière. Elle dit que l'image qu'on présente au jury joue parfois un rôle plus important que les preuves elles-mêmes.

— Kennedy dit ceci, Kennedy dit cela. Tu parles d'elle comme si c'était Jésus…

— Parce que c'est ce qu'elle est, figure-toi. En tout cas, pour le moment. Toutes mes prières vont vers elle parce qu'elle est la seule chose qui me sépare d'une condamnation, Edison. Et c'est la raison pour laquelle je te demande – non, je te *supplie* – de faire au moins ça pour moi.

— J'ai des trucs à faire.

J'arque un sourcil dubitatif.

— Comme quoi ? Sécher les cours ?

Edison se tourne dans son lit.

— Pourquoi tu t'en vas pas ?

— Dans une semaine, ton vœu sera peut-être exaucé, réponds-je d'un ton cassant.

La vérité a des dents. Je plaque une main devant ma bouche, comme pour ravaler les mots qui viennent d'en sortir. Edison s'efforce de ne pas pleurer.

— C'est pas ce que je voulais dire, grommelle-t-il.

— Je sais.

— Je ne veux pas aller au procès parce que je n'ai pas envie d'entendre ce qu'ils vont dire sur toi, confesse-t-il.

Je pose mes mains de chaque côté de son visage.

— Edison, tu me connais. Eux, non. Peu importe ce que tu entendras dans ce tribunal, peu importe les mensonges qu'ils essaieront de faire avaler… Souviens-toi seulement que tout ce que j'ai fait dans ma vie, je l'ai fait pour toi.

Enveloppant sa joue d'une main, j'essuie du bout du pouce une larme solitaire.

— Tu vas devenir quelqu'un d'important. Les gens connaîtront ton nom.

Comme un écho, j'entends la voix de maman m'assurer la même chose. Et tout de suite après, je songe : *Prends garde à tes souhaits*. À compter d'aujourd'hui, les gens connaîtront également mon nom. Mais pas pour les raisons que j'espérais.

— Ce qui compte, c'est ce que tu vas vivre, toi, dis-je à mon fils. Ce qui va m'arriver importe peu.

Émergeant de sous les draps, sa main encercle mon poignet.

— Ça compte pour moi.

Oh, te revoilà, pensé-je en plongeant dans les yeux d'Edison. Voilà le garçon que je connais. Le garçon en qui j'ai placé toutes mes espérances.

— Il semblerait que j'aie besoin d'un cavalier qui m'accompagne à mon propre procès, dis-je d'un ton léger.

Edison lâche mon poignet et me tend le bras en pliant son coude dans un geste courtois et suranné – bien qu'il soit encore en pyjama, qu'un foulard recouvre encore mes cheveux… Bien que nous ne nous rendions pas à un bal mais plutôt à une foire d'empoigne.

— J'accepte avec grand plaisir, dit-il.

La veille au soir, Kennedy est passée à la maison à l'improviste. Son mari et sa fille étaient avec elle. Elle rentrait tout droit d'une petite ville située à deux heures de route de New Haven et brûlait d'impatience de partager la nouvelle avec moi : les tests de dépistage de Davis Bauer avaient détecté un déficit en MCAD.

Sous le choc, j'ai parcouru les résultats qu'elle me montrait, ceux-là mêmes qu'un ami médecin de son mari venait de lui décrypter.

— Mais c'est… c'est…

— Un coup de chance, a-t-elle terminé à ma place. Pour vous, en tout cas. Je ne sais pas si ces résultats avaient été égarés par mégarde ou si quelqu'un les avait mis de côté délibérément parce qu'ils remettaient en cause votre éventuelle culpabilité. Mais ce qui compte, c'est que nous les ayons récupérés et que nous allons nous en servir pour obtenir l'acquittement.

Un déficit en MCAD est une pathologie bien plus grave qu'un souffle au cœur fonctionnel, la malformation cardiaque que Kennedy avait prévu de mettre en lumière. Le petit Bauer souffrait d'une maladie mettant en jeu son pronostic vital, ce n'était plus un mensonge que de le dire.

Je serai donc la seule à mentir devant la Cour.

J'avais essayé à plusieurs reprises de jouer cartes sur table avec Kennedy, surtout depuis que notre relation s'était écartée du plan professionnel pour devenir plus personnelle. Mais en réalité, cela rendait les choses encore plus difficiles. Au début, je ne pouvais pas lui dire que j'étais intervenue, que j'avais touché Davis Bauer quand il avait arrêté de respirer parce que je n'étais pas sûre de pouvoir lui faire confiance et j'avais peur que la vérité ne joue en ma défaveur. Et maintenant, je ne trouve toujours pas le courage de lui dire parce que j'ai honte de lui avoir menti pendant tout ce temps.

Alors j'ai fondu en larmes.

— J'espère que ce sont des larmes de joie, a lancé Kennedy. Ou de reconnaissance pour mes talents exceptionnels d'avocate.

— Ce pauvre bébé, ai-je articulé. C'est tellement… arbitraire.

Mais je ne pleurais pas pour Davis Bauer, je pleurais sur ma propre malhonnêteté. Je pleurais parce que Kennedy avait raison depuis le départ : peu importe que l'infirmière chargée de surveiller Davis Bauer ait été noire, blanche ou violette. Peu importe que j'aie tenté ou pas de réanimer ce bébé. Parce que cela n'aurait rien changé.

Kennedy a posé une main sur mon bras.

— Ruth, le malheur frappe tous les jours des gens bien, m'a-t-elle rappelé.

Mon téléphone se met à sonner à l'instant où notre bus s'arrête là où nous descendons, Edison et moi, dans le centre-ville. La voix d'Adisa résonne dans mon oreille.

— Ma belle, tu ne vas pas le croire. T'es où, là ?

Je repère une pancarte.

— Dans College Street.

— Bon, alors, marche en direction du parc.

Je prends mes repères puis bifurque, Edison sur mes talons. Le tribunal se situe à un pâté de maison du jardin public et Kennedy m'a fortement déconseillé de prendre ce chemin pour accéder au tribunal si je ne veux pas être assaillie par les journalistes.

Mais je ne risque sûrement rien à regarder ce qui se passe de loin.

Je les entends avant même de les voir, leurs voix puissantes mélodieusement entremêlées, s'élevant vers le ciel comme le haricot magique de Jack, grimpant à l'assaut du Paradis. C'est un océan de visages aux mille nuances de brun, chantant *Oh, Freedom*, l'hymne à la liberté. Devant la foule, posté sur une estrade de fortune, se tient Wallace Mercy. Un logo de chaîne télévisée apparaît en toile de fond. Des agents de police forment une chaîne humaine, les bras écartés comme pour jeter un sort aux débordements de violence. Pendant ce temps, les véhicules des chaînes d'information ont envahi Elm Street, avec leurs antennes paraboliques tournées vers le soleil, tandis que les journalistes, tournant le dos au parc, brandissent leurs micros et que les cameramen filment en continu.

— Seigneur, dis-je dans un souffle.

— Je n'y suis pour rien, mais c'est pour toi, déclare fièrement Adisa. Tu devrais monter ces marches la tête haute.

— Je ne peux pas.

Kennedy et moi avons prévu de nous retrouver à un endroit précis.

— D'accord, fait Adisa, mais j'entends la déception dans sa voix.

— Je te verrai là-bas. Et… Adisa ? Merci d'être venue.

— Tss. Où veux-tu que je sois d'autre ? réplique-t-elle avant de mettre un terme à la conversation.

Edison et moi croisons des étudiants de Yale indifférents à l'agitation, portant leurs sacs à dos comme des carapaces de tortue. Nous longeons les bâtiments gothiques du complexe universitaire, soigneusement protégés par des grilles noires, et passons devant la Dame Poétesse, la SDF qui récite quelques vers en échange d'un peu d'argent. En arrivant devant la maison paroissiale de Wall Street, nous nous glissons discrètement derrière le bâtiment et débouchons sur un terrain désert.

— Et maintenant ? demande Edison.

Il porte le même costume que pour l'enterrement de maman. N'importe quel autre jour, il passerait pour un garçon se rendant à un entretien à l'Université.

— Maintenant, nous attendons.

Kennedy a échafaudé un plan pour me faire entrer incognito par la porte de derrière afin de ne pas attirer l'attention des médias. Elle m'a demandé de lui faire confiance.

Et comme une idiote, c'est ce que je fais.

TURK

Cette nuit, je n'arrivais pas à dormir alors j'ai allumé la télé vers trois heures et regardé une émission sur la vie des Indiens, à l'époque. Une reconstitution montrait un type en pagne qui faisait brûler un tas de feuilles posé tout le long d'un tronc coupé en deux. Lorsque l'arbre a terminé de se consumer, le type a raclé l'intérieur avec un outil qui ressemblait à une coquille, répétant l'opération jusqu'à ce que le canoë soit creusé. C'est ce que je ressens, aujourd'hui : j'ai l'impression que quelqu'un a retiré tout ce que j'avais à l'intérieur, me vidant entièrement.

Ça me surprend un peu parce que ça fait un bon moment que j'attends ce jour. Je pensais avoir l'énergie de Superman. J'étais prêt à me battre pour mon fils et rien ne pouvait m'arrêter.

Aujourd'hui, pourtant, j'ai la curieuse sensation d'avoir atteint la zone de combat et de l'avoir trouvée déserte.

Je suis fatigué. J'ai vingt-cinq ans et j'ai l'impression d'avoir déjà vécu dix vies d'homme.

Brit sort de la salle de bains.

— La place est libre, annonce-t-elle.

Elle porte un soutien-gorge et des collants, à la demande de la procureure qui lui a conseillé d'adopter un look classique.

“Quant à vous, a-t-elle ajouté à mon attention, vous devriez porter une casquette.”

Va te faire foutre, oui.

Moi, je m'occupe d'offrir à mon fils le mémorial qu'il mérite : puisque personne ne pourra me le rendre, je veillerai à ce que les responsables de sa mort soient punis et que ceux qui leur ressemblent repartent en tremblant de peur.

Je fais couler de l'eau chaude et place mes mains sous le robinet. Puis je verse une bonne quantité de mousse que j'applique sur mon crâne avant de me raser soigneusement avec mon coupe-chou.

Je ne sais pas si c'est parce que je n'ai pas dormi ; ou peut-être que le cratère qui a élu domicile en moi me rend fébrile – quelle qu'en soit la raison, je me coupe juste au-dessus de l'oreille gauche. Enfoiré, ça me brûle grave quand le savon entre dans la blessure.

Je plaque un gant de toilette contre mon crâne mais les blessures au cuir chevelu mettent un peu de temps avant de coaguler. Au bout d'une minute, j'écarte le gant et je regarde le filet de sang couler le long de mon cou, glisser sous mon col.

On dirait un drapeau rouge dégoulinant de mon tatouage de croix gammée. Je suis hypnotisé par ce mélange : la blancheur de la mousse à raser, la pâleur de ma peau et la tache de couleur vive.

Nous prenons d'abord la direction opposée du tribunal. Le pare-brise du pick-up est gelé mais il y a du soleil – c'est le genre de journée apparemment parfaite jusqu'au moment où on met le nez dehors et qu'on s'aperçoit qu'il fait un froid de canard. On est tout endimanchés, Brit et moi : j'ai mis la veste de costume que je partage avec Francis, et Brit porte une robe noire qui ne la moule plus du tout.

Il n'y a pas d'autre voiture sur le parking. Après m'être garé, je sors et fais le tour pour ouvrir la portière de Brit.

Je suis pas un gentleman, c'est juste qu'elle ne descendra pas de la voiture si je ne viens pas la chercher. Je me penche vers elle, pose une main sur son genou.

— Ça va aller, je lui dis. On se soutiendra.

Elle relève le menton, comme je l'ai déjà vue faire quand elle pense que quelqu'un va la prendre pour une faible ou une incompétente. Puis elle s'extirpe de la camionnette. Elle porte des chaussures plates, comme le lui a conseillé Odette Lawton, mais sa veste ne la protège que jusqu'aux hanches et le vent s'engouffre rapidement sous le tissu de sa robe. J'essaie de me poster entre elle et les bourrasques, comme si j'étais capable de changer la météo pour elle.

Quand on arrive, le soleil enveloppe la tombe et la fait briller. La pierre est blanche. D'un blanc aveuglant. Penchée en avant, Brit suit du bout des doigts les lettres du prénom. Davis. Puis sa date de naissance et celle de sa mort, comme un petit saut à la marelle. Et puis juste un mot, en dessous : AMOUR.

Brit voulait inscrire : AIMÉ. C'étaient les instructions qu'elle m'avait données quand je suis allé voir le graveur sur pierre. Mais j'ai changé ses consignes au dernier moment. Je ne cesserai jamais de l'aimer, alors pourquoi mettre ça au passé ?

J'ai raconté à Brit que le graveur s'était planté. Je ne voulais pas lui dire que c'était mon idée, depuis le début.

Ça me plaît de savoir que le mot gravé sur la tombe de mon fils est aussi celui que je porte sur les doigts de ma main gauche. C'est comme s'il était toujours avec moi.

Nous restons devant la tombe jusqu'à ce que Brit grelotte de froid. Le fin duvet de gazon, semé après l'enterrement, a déjà roussi. Une seconde mort.

La première chose que je vois en arrivant au tribunal, c'est les nègres.

On dirait qu'ils ont envahi le parc situé en plein New Haven. Ils brandissent des drapeaux et chantent des cantiques.

C'est ce trou du cul de la télé, Wallace machin-chose. Celui qui se prend pour un révérend alors qu'il a sûrement été ordonné en ligne pour cinq dollars. Il est en train de donner une leçon d'histoire nègre, parle de la Révolte de Nathaniel Bacon. "À la suite de quoi, mes frères et mes sœurs, déclare-t-il, les Blancs et les Noirs ont été séparés. On a vite compris que, s'ils s'unissaient, ils feraient beaucoup trop de dégâts. Et en 1705, les domestiques sous contrat qui étaient chrétiens – et blancs – ont reçu des terres, des armes, de la nourriture et de l'argent. Tous les autres sont devenus des esclaves. Nos terres et nos troupeaux de bétail nous ont été confisqués. Nos armes nous ont été volées. Si nous levions la main sur un Blanc, nos vies pouvaient nous être arrachées."

Il lève les bras en l'air.

"L'histoire est racontée par les Américains de descendance anglo-saxonne."

C'est clair, mec. Je regarde l'étendue de la foule qui boit ses paroles et je pense au siège de Fort Alamo où une poignée de Texans a réussi à repousser une armée de Chicanos pendant douze jours.

OK, ils ont fini par perdre, mais quand même.

Tout à coup, au beau milieu de cette marée de Noirs, j'aperçois un poing blanc levé vers le ciel. Comme un symbole.

La foule s'écarte tandis que le type s'avance vers moi. Un colosse avec le crâne rasé et une longue barbe rousse. Il s'immobilise devant Brit et moi, tend sa main.

— Carl Thorheldson, dit-il. Mais tu me connais sous le pseudo d'Odin45.

Je reconnais l'identifiant d'un commentateur assidu de Lonewolf.org.

Le gars qui l'accompagne me serre la main aussi.

— Erich Duval. WhiteDevil.

Une femme ne tarde pas à les rejoindre. Elle porte des jumeaux, deux gamins aux cheveux presque blancs sur chaque hanche. Puis un autre lascar en tenue de camouflage. Trois filles, les yeux soulignés d'un épais trait d'eye-liner noir. Un grand type en rangers, un cure-dents coincé entre les lèvres. Un jeune mec style hipster avec des grosses lunettes en écaille et un ordinateur portable.

Un flot ininterrompu de personnes se rassemblent autour de moi – des gens qui me connaissent au travers de Lonewolf.org. Ils sont comptables, couturiers ou professeurs, ils font partie de patrouilles qui surveillent les frontières de l'Arizona et de milices qui sillonnent les collines du New Hampshire. Ce sont des néonazis qui n'ont jamais renié leurs convictions. Ils étaient anonymes, planqués derrière des identifiants – jusqu'à aujourd'hui.

Pour mon fils, ils ont accepté d'être visibles de nouveau.

KENNEDY

Le matin du procès, je me réveille en retard. Sortant du lit comme une fusée, je cours m'asperger le visage d'eau, je rassemble mes cheveux en chignon bas, saute dans mes collants et j'enfile le plus correct de mes tailleurs bleu marine, ceux que je réserve aux procès. Prête en trois minutes chrono, je file à la cuisine où Micah s'affaire devant les fourneaux.

— Pourquoi tu ne m'as pas réveillée ?

Il sourit en me gratifiant d'un rapide baiser.

— Je t'aime aussi, mon cœur, susurre-t-il. Va vite t'asseoir à côté de Violet.

Déjà attablée, Violet me regarde fixement.

— Maman ? Tu as deux chaussures différentes.

— Oh, flûte, fais-je en pivotant sur mes talons pour retourner dans la chambre.

Micah me retient par l'épaule et me pousse vers une chaise.

— Tu vas manger pendant que c'est chaud. Tu as besoin de forces pour dégommer un skinhead et sa femme. Sinon, tu risques de te sentir faible et je sais d'expérience que ce qu'ils appellent nourriture dans ce tribunal se résume à deux choses : une espèce de truc marronnasse qu'ils essaient de faire passer pour du café et un distributeur automatique rempli de barres de céréales qui doivent dater du jurassique.

Il pose une assiette devant moi : deux œufs au plat, une tranche de pain grillé avec de la confiture et même une galette de pommes de terre. J'ai tellement faim que j'ai presque terminé mes œufs quand il m'apporte le reste de mon petit déjeuner : un *latte* fumant servi dans sa vieille tasse de la fac de médecine de Harvard.

— Regarde, je te l'ai même servi dans le mug du "Privilège Blanc", plaisante Micah.

J'éclate de rire.

— Dans ce cas, je vais l'emporter avec moi dans la voiture. Ça me portera chance. Ou bien je me sentirai coupable. Ou je ne sais trop quoi.

J'embrasse Violet sur le sommet du crâne puis file chercher la bonne chaussure dans la penderie de la chambre avec mon téléphone, mon chargeur, mon ordinateur portable et mon attaché-case. Micah m'attend devant la porte avec le mug de café.

— Tu sais quoi, sérieux ? Je suis fier de toi.

Je savoure ce moment.

— Merci.

— Vas-y, fonce et bats-toi comme Marcia Clark*.

J'esquisse une grimace.

— C'est une procureure. Je ne pourrais pas être Gloria Allred**, plutôt ?

Micah hausse les épaules.

— Peu importe, mets-les KO.

Je suis déjà dans l'allée.

— Je suis pas sûre que ça soit la bonne chose à dire à quelqu'un qui s'apprête à plaider sa première affaire de meurtre, réponds-je en réussissant à me glisser au volant sans renverser la moindre goutte de café.

Je veux dire : c'est forcément un signe, non ?

* Procureure dans la célèbre affaire O. J. Simpson.

** Avocate américaine réputée pour défendre les femmes victimes d'abus de pouvoir.

Bien que j'aie donné rendez-vous à Ruth dans un endroit où elle ne risque pas d'être embêtée, je passe devant le tribunal juste pour voir ce qui se passe. C'est le cirque, il n'y a pas d'autre mot pour décrire ce que je découvre. À un bout du parc, Wallace Mercy Mon-Cul, armé d'un mégaphone, prêche en direct devant une foule immense. "En 1691, le mot *blanc* fut utilisé pour la première fois dans un tribunal, déclare-t-il. À l'époque, cette nation fonctionnait selon la règle de la seule goutte de sang. Une seule goutte de sang noir dans votre lignée suffisait à faire de vous un Noir, dans ce pays…"

De l'autre côté du parc se tient un groupe de Blancs. Au début, je crois qu'ils sont en train de regarder les fantaisies de Wallace, jusqu'à ce que j'en repère un en train de brandir une photo du bébé mort.

Ils se dirigent vers la foule à l'écoute de Wallace Mercy. Des injures fusent, on se bouscule, un coup de poing part. La police intervient aussitôt, séparant les Blancs et les Noirs.

Ça me fait penser à un tour de magie que j'ai réalisé l'an dernier pour épater Violet. J'ai versé un peu d'eau dans un moule à gâteau, puis j'ai saupoudré de poivre. Ensuite, je lui ai dit que le poivre avait peur du savon et ça n'a pas loupé : dès que j'ai plongé une savonnette blanche dans le plat, les grains de poivre ont migré vers les bords.

Pour Violet, c'était magique. Moi évidemment, je savais que c'était la tension de surface qui poussait les grains de poivre à s'écarter du savon.

Eh bien, c'est un peu ce qui se passe ici aujourd'hui.

Je continue de rouler en direction de la maison paroissiale située dans Wall Street. J'aperçois immédiatement Edison, aux aguets, mais je ne vois pas Ruth. Mon cœur chavire tandis que je sors de la voiture.

— Est-ce qu'elle… ?

Pointant le doigt vers le fond du parking, il me montre Ruth qui, debout sur le trottoir, observe les mouvements de foule de l'autre côté de la rue. Personne ne l'a remarquée mais le risque est réel. Je marche vers elle pour l'emmener à l'abri mais elle secoue son bras lorsque je la touche.

— Juste un instant, s'il vous plaît, dit-elle d'un ton solennel.

Je m'incline.

Cols relevés pour se protéger du vent, étudiants et professeurs longent le trottoir. Un vélo passe en sifflant, puis un bus, mastodonte de l'ère moderne, s'arrête dans un soupir et recrache quelques passagers avant de poursuivre sa route.

— Je n'arrête pas de… penser à ça, dit Ruth. J'y ai pensé tout le week-end. Combien de fois vais-je encore pouvoir prendre le bus ? Ou préparer le petit déjeuner ? Est-ce la dernière fois que je signe un chèque pour régler ma facture d'électricité ? Aurais-je fait plus attention à la floraison des jonquilles l'an dernier, au mois d'avril, si j'avais su que je ne les verrais plus ?

Elle fait un pas en direction d'une rangée de jeunes arbres soigneusement plantés. Ses mains enserrent un tronc fin, comme si elle voulait l'étrangler, puis elle lève son visage vers les branches dépouillées au-dessus de sa tête.

— Regardez un peu ce ciel, reprend-elle. C'est le genre de bleu qu'on trouve dans les tubes de peinture à l'huile. La couleur réduite à sa plus simple expression.

Elle se tourne vers moi.

— Combien de temps faut-il pour oublier ça ?

J'enroule mon bras autour de ses épaules. Elle tremble et je devine que la température extérieure n'y est pour rien.

— Si vous voulez mon avis, lui dis-je, vous n'aurez jamais l'occasion de le savoir.

RUTH

Quand Edison était petit, je savais toujours quand il s'apprêtait à faire une bêtise. Je le sentais, même quand je ne le voyais pas. "J'ai des yeux dans le dos", lui disais-je quand il s'étonnait parce que j'avais deviné qu'il était sur le point de chiper quelque chose à grignoter alors que je ne le regardais même pas.

Peut-être est-ce pour cette raison que je ressens tous les regards des personnes se trouvant derrière moi, dans la salle d'audience, bien que je sois assise face à la Cour comme me l'a conseillé Kennedy.

On dirait des piqûres d'épingle, des flèches, de minuscules morsures d'insectes. Je fais de gros efforts pour me retenir de me tapoter la nuque, de les chasser.

Qu'est-ce que je raconte ? Je fais de gros efforts pour me retenir de me lever et de m'enfuir en courant.

Penchés l'un vers l'autre, Kennedy et Howard sont en train de peaufiner leur stratégie ; ils n'ont pas le temps de me remonter le moral. Le juge a dit clairement qu'il n'admettrait aucune agitation dans la salle d'audience ; sa politique est celle de la tolérance zéro : premier dérapage et vous prenez la porte. Sans doute ses avertissements maintiennent-ils le calme dans les rangs des suprémacistes – mais ce ne sont pas les seuls regards qui me transpercent le dos.

Il y a aussi tout un groupe de Noirs venus me soutenir et prier pour moi. Je reconnais de nombreux visages présents lors de l'enterrement de maman. Edison et Adisa sont assis juste derrière moi. Leurs mains jointes reposent sur l'accoudoir qui les sépare et je ressens physiquement la force de ce lien, semblable à un champ magnétique. J'écoute le bruit de leurs respirations.

Tout à coup, me voici propulsée à l'hôpital, en train de faire ce que je faisais le mieux, ma main posée sur l'épaule d'une femme en plein travail, mes yeux rivés sur l'écran de contrôle. Je la guide : "Inspirez. Expirez. Prenez une grande bouffée d'air… Videz complètement vos poumons." Et inévitablement la tension finissait par se dissiper. Sans ce stress, le travail pouvait avancer.

Il est temps pour moi de mettre en pratique mes propres conseils.

J'aspire autant d'air que possible ; mes narines frémissent tandis que j'inspire profondément, au point d'imaginer le vide qui se crée en moi, les parois qui s'incurvent. Mes poumons enflent dans ma poitrine, prêts à exploser. L'espace d'un instant, je bloque ma respiration.

Puis je relâche.

Odette Lawton ne me regarde pas. Elle concentre toute son attention sur les jurés. Elle est l'un d'entre eux. Même la distance qu'elle met entre elle et la table réservée à la défense est une manière de rappeler aux personnes qui décideront de mon sort qu'elle et moi n'avons *rien* en commun. Peu importe ce qu'ils voient quand ils regardent notre peau.

— Mesdames et messieurs les jurés, commence-t-elle, l'affaire que vous allez entendre est à la fois horrible et tragique. Comme la plupart d'entre nous, Turk et Britanny Bauer étaient impatients de devenir parents. Le 2 octobre 2015 a été le plus beau jour de leur vie. Ce jour-là, leur fils Davis est venu au monde.

Elle pose une main sur la rambarde du box des jurés.

— Contrairement à la plupart des parents, cependant, les Bauer ont certaines convictions personnelles qui font qu'ils sont mal à l'aise à l'idée que leur bébé soit confié aux soins d'une infirmière africaine-américaine. Il se peut que leurs opinions vous déplaisent et que vous ne soyez pas d'accord avec eux, mais vous ne pouvez toutefois pas leur enlever le droit, en tant que patients d'un établissement hospitalier, de prendre des décisions concernant les soins apportés à leur bébé. En vertu de ce droit, Turk Bauer a exigé que certaines infirmières seulement aient l'autorisation de s'occuper de son enfant. L'accusée ne faisait pas partie de celles-ci… Et voyez-vous, mesdames et messieurs, elle n'a pas digéré ce qu'elle a pris pour un affront.

Si je n'étais pas aussi morte de trouille, je rirais de bon cœur. C'est tout ? C'est ainsi qu'Odette a choisi de balayer le racisme, responsable de ce foutu Post-it dans le dossier de Davis Bauer ? C'est presque impressionnant, la manière dont elle l'a habilement écarté du débat, de sorte que les jurés, avant même d'apercevoir la laideur de la chose, se retrouvent face à une tout autre question : celle des droits des patients. Je jette un coup d'œil à Kennedy qui hausse discrètement les épaules comme pour dire : *je vous avais prévenue*.

— Le samedi matin, le petit Davis Bauer a été transporté à la nursery pour sa circoncision. L'accusée se trouvait seule dans la pièce lorsque le bébé s'est trouvé mal. Qu'a-t-elle fait, alors ?

Odette marque une pause.

— Rien. Cette infirmière depuis plus de vingt ans, cette femme qui s'est engagée sous serment à prodiguer les meilleurs soins à ses patients, *n'a pas bougé d'un pouce*.

Pivotant sur ses talons, elle me montre du doigt.

— L'accusée n'a pas bougé. Elle a regardé ce bébé suffoquer et s'étouffer. Elle a laissé ce bébé mourir.

Je sens les regards des jurés m'envelopper, me dépecer – tels des chacals autour d'une charogne. Certains ont l'air intrigué, d'autres me fixent avec répugnance. Ça me donne envie de me réfugier sous la table. De prendre une douche. Au même instant, la main de Kennedy serre la mienne, posée sur mes genoux, et je relève le menton. *Ne leur montrez pas que vous transpirez à grosses gouttes*, m'a-t-elle dit.

— Ruth Jefferson a eu une conduite inexcusable, dangereuse et délibérée. Ruth Jefferson est une meurtrière.

J'avais beau m'y attendre, recevoir ce mot en pleine figure me prend au dépourvu. J'essaie de construire rapidement un barrage pour me protéger du choc en imaginant la kyrielle de bébés que j'ai tenus dans mes bras, leur dispensant le premier contact apaisant dans ce monde.

— Nous apporterons la preuve que l'accusée est restée là sans rien faire pendant que le bébé luttait pour survivre. Lorsque d'autres membres de l'équipe soignante l'ont rejointe et l'ont obligée à réagir, elle a fait preuve de brutalité, violant toutes les règles du code de déontologie infirmier. Vous verrez les marques de ses gestes violents sur les photos de l'autopsie montrant le corps tuméfié du bébé.

Elle fait face au jury de nouveau.

— Mesdames et messieurs, il nous est tous arrivé d'être froissés dans nos susceptibilités, poursuit-elle. Mais même lorsque vous estimez qu'une décision est injuste – même lorsque vous la ressentez comme une injure personnelle –, vous ne chercherez pas à vous venger. Vous ne ferez pas de mal à un innocent pour prendre votre revanche sur la personne qui vous a causé du tort. Pourtant, c'est exactement ce qu'a fait l'accusée. Aurait-elle mis en pratique ses compétences et son expérience de soignante, au lieu de n'écouter que sa colère et son désir de vengeance, Davis Bauer serait toujours en vie à l'heure où je vous parle. Mais avec Ruth Jefferson à son chevet?

Elle me regarde droit dans les yeux.

— Ce bébé n'a pas eu la moindre chance.

À côté de moi, Kennedy se lève d'un mouvement souple. Elle marche vers le jury ; ses talons cliquètent sur le sol carrelé.

— La procureure essaiera de vous faire croire que, dans cette affaire, tout est noir ou blanc. Mais pas de la manière que vous pensez. Je représente Ruth Jefferson, diplômée de SUNY Plattsburgh puis diplômée de l'école d'infirmières de Yale. Elle a exercé son métier d'infirmière en obstétrique et de sage-femme pendant plus de vingt ans dans l'État du Connecticut. Elle a épousé Wesley Jefferson, soldat tué dans l'exercice de ses fonctions au cours d'une mission à l'étranger. Elle a élevé seule son fils, Edison, brillant élève qui poursuivra bientôt ses études à l'Université. Ruth Jefferson n'est pas un monstre, mesdames et messieurs. C'est une bonne mère, une bonne épouse et une infirmière exemplaire.

Elle revient devant la table de la défense, pose sa main sur mon épaule.

— Nous apporterons la preuve qu'un jour un bébé est mort alors que Ruth était de service à l'hôpital. Pas n'importe quel bébé, cela dit. Un nouveau-né dont le père s'appelle Turk Bauer, un homme qui détestait Ruth à cause de sa couleur de peau. Et que s'est-il passé ? À la mort du bébé, il est allé déposer plainte contre Ruth au commissariat. Malgré le fait que la pédiatre – dont vous entendrez le témoignage – ait félicité Ruth pour la manière dont elle a essayé de sauver le bébé pendant son arrêt respiratoire. Malgré le fait que la supérieure hiérarchique de Ruth – dont vous entendrez le témoignage – ait ordonné à Ruth de ne pas toucher l'enfant, alors que l'hôpital n'avait aucun droit de l'obliger à renoncer à son devoir d'infirmière.

Kennedy retourne vers le jury.

— Voici ce que nous allons démontrer : Ruth s'est trouvée confrontée à une situation impossible. Devait-elle obéir aux ordres de sa hiérarchie et respecter, ce faisant, les souhaits contestables des parents du bébé ? Ou devait-elle faire tout son possible pour sauver la vie du bébé ? Mme Lawton a souligné le caractère tragique de cette affaire et je suis d'accord avec elle. Mais là encore, pas pour les raisons que vous croyez. Car rien de ce qu'aurait pu faire ou ne pas faire Ruth Jefferson aurait changé le cours des choses pour le petit Davis Bauer. Ce que les Bauer – et l'hôpital – ignoraient alors, c'est que le bébé souffrait d'une maladie qui mettait ses jours en péril et n'avait pas encore été diagnostiquée. Et cela n'aurait fait aucune différence que Ruth ou Florence Nightingale ait été auprès de lui au moment du drame. Davis Bauer n'avait tout simplement aucune chance de survivre.

Elle écarte les mains dans un geste résigné.

— La procureure aimerait vous faire croire qu'un cas avéré de négligence est la raison pour laquelle nous sommes réunis ici aujourd'hui. Mais ce n'est pas Ruth qui a commis une faute : c'est l'hôpital et le laboratoire agréé par l'État qui ont échoué à détecter rapidement chez l'enfant une pathologie médicale grave – car Davis Bauer aurait pu être sauvé si le diagnostic avait été posé plus tôt. La procureure veut vous faire croire que la colère et le désir de vengeance sont les raisons pour lesquelles nous sommes réunis ici aujourd'hui. C'est la vérité. Mais Ruth n'est pas celle que la colère a consumée. C'est Turk et Brittany Bauer qui, terrassés par la douleur et le chagrin, ont voulu trouver un bouc émissaire. Puisque personne ne pouvait leur rendre leur fils, ils ont décidé de faire souffrir quelqu'un d'autre. Et ils ont pris pour cible Ruth Jefferson.

Elle promène son regard sur les membres du jury.

— Il y a déjà eu une victime innocente dans cette affaire. Je vous prie instamment de ne pas en faire une deuxième.

Cela fait plusieurs mois que je n'ai pas vu Corinne. Elle a pris un coup de vieux, des cernes soulignent ses yeux. Je me demande si elle a toujours le même petit copain, si elle a été malade récemment, quel genre de crises elle a traversées ces derniers temps. Je me souviens des jours où nous déjeunions ensemble à l'hôpital : nous allions chercher des salades à la cafétéria que nous mangions dans la salle de pause ; elle me donnait ses tomates et je lui passais mes olives.

Si les mois passés m'ont appris quelque chose, c'est que l'amitié est un écran de fumée. Les personnes que vous croyiez solides s'avèrent fragiles comme un miroir et changeantes comme la lumière. Et puis vous baissez les yeux et vous trouvez les autres que vous considériez comme un dû, ces personnes qui vous servent de fondations. Il y a un an, j'aurais dit que nous étions proches, Corinne et moi, mais c'était en fait une proximité spatiale plus qu'un lien réel. Nous étions des connaissances par défaut : on s'offrait des cadeaux de Noël et on allait manger des tapas le jeudi soir, pas tant parce que nous partagions les mêmes centres d'intérêt mais parce qu'on bossait tellement dur et tellement longtemps qu'il nous semblait plus simple de poursuivre nos conversations codées en dehors du cadre du travail plutôt que de s'ouvrir aux autres et leur apprendre notre langage.

Odette demande à Corinne de décliner son nom et son adresse.

— Avez-vous un emploi ? demande-t-elle ensuite.

Depuis le box des témoins, Corinne rencontre mon regard puis détourne les yeux.

— Oui. Je travaille à l'hôpital Mercy-West Haven.

— Connaissez-vous l'accusée dans cette affaire ?

— Oui, répond Corinne. Je la connais.

Mais c'est faux, elle ne me connaît pas. Pas vraiment, en tout cas.

À sa décharge, je ne savais pas non plus qui j'étais réellement, avant tout ça.

— Depuis combien de temps la connaissez-vous ? demande Odette.

— Sept ans. Nous étions toutes les deux infirmières au service maternité.

— Je vois. Étiez-vous toutes les deux de service le 2 octobre 2015 ?

— Oui. Nous avons embauché à sept heures du matin.

— Étiez-vous chargée de vous occuper de Davis Bauer, ce matin-là ?

— Oui. Mais je remplaçais Ruth.

— Pourquoi ?

— Notre chef, Marie Malone, me l'avait demandé.

Avec des gestes théâtraux, Odette montre la copie certifiée conforme du dossier médical.

— Je vous invite à examiner la preuve numéro vingt-quatre, exposée devant vous. Pouvez-vous indiquer de quoi il s'agit aux membres du jury ?

— C'est une pochette contenant un dossier médical, explique Corinne. Celui de Davis Bauer.

— Y a-t-il une note sur la couverture du dossier ?

— Oui, répond Corinne avant de lire à voix haute : "Aucun soignant africain-américain n'est autorisé à s'occuper de ce patient."

Chaque mot est une balle.

— C'est la raison pour laquelle le dossier du patient vous a été confié après avoir été retiré à l'accusée, n'est-ce pas ?

— Oui.

— Avez-vous été témoin de la réaction de Ruth lorsqu'elle a découvert cette consigne ? demande Odette.

— Oui. Elle était en colère et vexée. Elle m'a dit que Marie lui avait retiré le dossier parce qu'elle était noire et je lui ai répondu que ça ne ressemblait pas à Marie. Je me suis dit qu'il devait y avoir autre chose, vous comprenez. Mais elle n'a rien voulu entendre. Elle m'a dit : "Ce bébé n'est rien pour moi." Et elle est partie comme une furie.

Comme une furie ? J'ai pris l'escalier au lieu de monter dans l'ascenseur. C'est dingue à quel point les événements et la vérité peuvent être remodelés, comme une boule de cire qu'on aurait laissée trop longtemps au soleil. Les faits n'existent pas. Il n'y a que la manière dont on les perçoit à un moment donné. La manière dont on les rapporte. La manière dont notre cerveau les assimile. On ne peut dissocier le narrateur de l'histoire.

— Davis Bauer était-il en bonne santé ? demande la procureure.

— Il avait l'air, oui, répond Corinne. Il ne tétait pas beaucoup mais ce n'était pas inquiétant. Les bébés sont souvent apathiques, au début.

— Avez-vous travaillé le vendredi 3 octobre ?

— Oui.

— Et Ruth ?

— Non. Elle n'était pas censée venir du tout mais j'imagine que nous étions à cours de personnel et qu'on l'a appelée pour lui demander d'enchaîner deux services, à partir de dix-neuf heures jusqu'au lendemain.

— Vous vous êtes donc occupée personnellement de Davis pendant toute la journée du vendredi.

— Oui.

— Avez-vous réalisé des examens de routine sur le nouveau-né ?

Corinne hoche la tête.

— J'ai fait le test de Guthrie à quatorze heures trente environ. C'est un prélèvement sanguin qui fait partie d'un protocole de routine; le bébé n'était pas malade, ni rien. On le fait à tous les nouveau-nés et le prélèvement est envoyé ensuite au laboratoire agréé par l'état qui se charge des analyses.

— Étiez-vous inquiète au sujet de votre patient, ce jour-là ?

— Il avait encore du mal à prendre le sein mais, là encore, ça n'a rien d'extraordinaire pour une jeune maman et un nourrisson. C'est l'histoire de l'aveugle qui conduit un autre aveugle, ajoute-t-elle en souriant aux jurés.

— Avez-vous parlé de Davis Bauer avec l'accusée lorsqu'elle est arrivée dans le service ?

— Non. En fait, elle l'a même complètement ignoré.

J'ai l'impression de vivre une expérience extracorporelle, assise là, devant tout le monde, en train d'écouter tous ces gens parler de moi comme si je n'étais pas là.

— À quel moment avez-vous revu Ruth ?

— Eh bien, elle était encore de service quand je suis revenue à sept heures, le lendemain matin. Elle avait travaillé toute la nuit et devait partir à onze heures.

— Que s'est-il passé, ce matin-là ? demande Odette.

— Le bébé devait subir une circoncision. Généralement, les parents n'aiment pas assister à ce genre de procédure, alors on emmène les nourrissons à la nursery. On leur donne un peu d'eau sucrée pour les calmer un peu puis le pédiatre réalise l'intervention. Quand je suis entrée dans la nursery avec le berceau, j'ai trouvé Ruth à l'intérieur. La matinée avait été mouvementée, elle prenait une petite pause.

— La circoncision s'est-elle déroulée comme prévu ?

— Oui, il n'y a pas eu de complication. Le protocole prévoit de surveiller le bébé pendant quatre-vingt-dix minutes afin de s'assurer qu'il n'y ait pas d'hémorragie ou d'autres problèmes.

— Est-ce ce que vous avez fait ?

— Non, admet Corinne. J'ai été appelée pour une césarienne décidée en urgence. Marie, notre infirmière en chef, m'a accompagnée au bloc opératoire parce que ça fait partie de son travail. Ruth était donc la seule infirmière disponible dans le service. Je lui ai donc demandé de surveiller Davis à ma place.

Elle hésite un instant avant de continuer :

— Nous sommes une petite structure, vous comprenez. Avec une équipe réduite au strict minimum. En cas d'urgence, les décisions doivent être prises rapidement.

À côté de moi, Howard griffonne quelque chose.

— Une césarienne en urgence dure vingt minutes maximum. Dans mon esprit, j'étais censée avoir regagné la nursery avant même que le bébé ne se réveille.

— Étiez-vous inquiète à l'idée de devoir laisser Davis sous la surveillance de Ruth ?

— Non, répond Corinne d'un ton catégorique. Ruth est la meilleure infirmière qu'il m'ait été donné de rencontrer.

— Combien de temps êtes-vous partie ?

— Trop longtemps, murmure Corinne. Quand je suis revenue, le bébé était mort.

La procureure se tourne vers Kennedy.

— Le témoin est à vous.

Kennedy se dirige vers la barre des témoins en souriant à Corinne.

— Selon vos dires, vous avez travaillé avec Ruth pendant sept ans. Vous considériez-vous comme des amies ?

Corinne me lance un regard.

— Oui.

— Vous est-il arrivé de douter de ses motivations professionnelles ?

— Jamais. Elle a toujours été une sorte de modèle pour moi.

— Étiez-vous dans la nursery pendant que les tentatives de réanimation ont eu lieu sur Davis Bauer ?

— Non, répond Corinne. J'étais avec mon autre patiente.

— Donc, vous n'avez pas vu Ruth en pleine action.

— Non.

— Et vous n'avez pas vu Ruth ne rien faire non plus, insiste Kennedy.

— Non.

Elle lève le papier que Howard lui a transmis.

— Vous avez dit, je cite : "En cas d'urgence, les décisions doivent être prises rapidement." Vous souvenez-vous avoir dit ça ?

— Oui…

— La césarienne dont vous nous avez parlé était une urgence médicale, n'est-ce pas ?

— Euh, oui, bien sûr.

— Étiez-vous au courant qu'une note dans le dossier de Davis Bauer interdisait à Ruth de s'occuper du bébé ?

— Objection ! intervient Odette. Ce n'est pas ce que disait la note.

— Objection retenue, annonce le juge. Madame McQuarrie, veuillez reformuler votre phrase.

— Étiez-vous au courant qu'une note dans le dossier de Davis Bauer interdisait à tout soignant africain-américain de s'occuper du bébé ?

— Oui.

— Combien d'infirmières ou d'infirmiers noirs travaillent dans votre service ?

— Il n'y a que Ruth.

— En demandant à Ruth de vous remplacer, étiez-vous consciente que les parents du bébé avaient exprimé le désir de lui interdire de prendre soin de leur fils ?

Corinne s'agite sur sa chaise.

— Je ne pensais pas qu'il allait se passer quoi que ce soit. Le bébé allait bien quand je suis partie.

— La raison pour laquelle le protocole prévoit une surveillance de quatre-vingt-dix minutes après une circoncision s'explique par le fait que, chez les nouveau-nés, les choses peuvent basculer d'un instant à l'autre, n'est-ce pas ?

— Oui.

— Et le fait est que vous avez laissé ce bébé sous la surveillance d'une infirmière qui n'avait pas le droit de s'occuper de lui, n'est-ce pas, Corinne ?

— Je n'avais pas d'autre choix, répond cette dernière, sur la défensive.

— Mais vous avez bel et bien laissé ce bébé sous la surveillance de Ruth ?

— Oui.

— Et vous saviez qu'elle n'était pas censée toucher à ce bébé ?

— Oui.

— Vous avez donc commis deux erreurs successives, c'est ça ?

— Eh bien…

— C'est étrange, coupe Kennedy. Personne ne vous a accusée, *vous*, d'avoir tué ce bébé.

La nuit passée, j'ai rêvé de l'enterrement de maman. Les bancs de l'église étaient tous occupés et ce n'était pas l'hiver mais l'été. Malgré l'air conditionné et les gens qui agitaient des éventails ou des programmes, nous ruisselions tous de sueur. L'église était en réalité un entrepôt qui semblait avoir été réaménagé après un incendie. Derrière l'autel, la croix était faite de deux poutres calcinées, assemblées comme les pièces d'un puzzle.

J'essayais de pleurer mais je n'avais plus de larmes à verser. Mes fluides corporels s'étaient tous transformés en transpiration. J'ai voulu m'éventer mais je n'avais pas de programme.

Ma voisine m'en a tendu un. "Prenez le mien", m'a-t-elle dit.

Je lui ai jeté un coup d'œil pour la remercier et je me suis rendu compte que maman était assise à côté de moi.

Interloquée, je me suis levée pour me diriger vers le cercueil d'un pas chancelant.

Je voulais voir qui était dedans, puisque ce n'était pas maman.

Le cercueil était rempli de bébés morts.

Marie a été embauchée dix ans après moi. Elle a intégré l'équipe en tant qu'infirmière en obstétrique, tout comme moi. Ensemble, nous avons enchaîné les services, nous nous sommes plaintes des primes minables et nous avons survécu à la rénovation des locaux de l'hôpital. Lorsque l'infirmière en chef a pris sa retraite, Marie et moi avons toutes deux postulé pour prendre sa suite. Et lorsque la direction du personnel a retenu la candidature de Marie, elle est venue me voir, dévastée. Ce jour-là, elle m'a confié qu'elle avait espéré qu'ils me choisiraient pour ne pas être obligée de me présenter des excuses. Mais en réalité, je m'en fichais. D'abord parce que je devais m'occuper d'Edison. Et puis parce que le poste d'infirmière en chef implique beaucoup de paperasserie et moins de contacts directs avec les patients. J'ai donc regardé Marie s'installer dans son nouveau rôle, remerciant chaque jour ma bonne étoile que les choses se soient passées ainsi.

— Turk Bauer, le père du bébé, avait demandé à parler à une responsable, explique Marie, interrogée par la procureure. Quelque chose le tracassait concernant les soins prodigués à son bébé.

— Quel a été le contenu de cette conversation ?

Marie baisse les yeux sur ses genoux.

— Il ne voulait pas qu'une personne noire touche à son enfant. Il m'a annoncé ça en dévoilant un tatouage du drapeau confédéré sur son avant-bras.

On entend un juré retenir son souffle.

— Aviez-vous déjà reçu une telle demande de la part d'un patient ?

Marie hésite.

— Les patientes formulent tout un tas de requêtes. Certaines préfèrent que ce soit des gynécologues de sexe féminin qui s'occupent d'elles, d'autres ne veulent pas avoir affaire à des internes ou à des élèves infirmiers. Nous faisons de notre mieux pour que nos patientes se sentent à l'aise, quelles que soient leurs exigences.

— Dans le cas qui nous intéresse, qu'avez-vous fait ?

— J'ai écrit un mot que j'ai mis dans le dossier.

Odette lui demande d'examiner la pièce à conviction exposée dans le dossier médical puis de lire la consigne à voix haute.

— Avez-vous exposé à votre équipe cette requête formulée par le patient ?

— Oui. J'ai expliqué à Ruth que le père, arguant de ses croyances philosophiques, avait exigé qu'elle ne s'occupe plus de son bébé.

— Comment a-t-elle réagi ?

— Elle a pris ça comme un affront personnel, répond Marie d'un ton neutre. Ce n'était pas mon intention de la froisser. Je lui ai dit que ce n'était qu'une formalité. Mais elle est sortie de mon bureau en claquant la porte.

— Quand avez-vous revu l'accusée après cet entretien ? demande Odette.

— Samedi matin. J'étais au bloc avec une autre patiente dont l'accouchement ne s'était pas passé comme prévu. En tant qu'infirmière en chef, je dois superviser les transferts avec l'infirmière chargée de la patiente – en l'occurrence, Corinne.

Corinne avait demandé à Ruth de surveiller son autre patient, Davis Bauer, qui venait d'être circoncis. Dès que j'ai pu me libérer, je suis retournée directement à la nursery.

— Dites-nous ce que vous avez vu, Marie.

— Ruth se tenait près du berceau. Je lui ai demandé ce qu'elle faisait et elle m'a répondu : "Rien."

La pièce se rétrécit autour de moi tandis que les muscles de mon cou et de mes bras se raidissent. Je suis de nouveau pétrifiée, hypnotisée par la joue du bébé, bleue et marbrée, par l'immobilité de son petit corps. J'entends les ordres de Marie :

Passe-moi un masque Ambu.

Déclenche le code.

Je suis en train de nager, je perds pied, je suis paralysée.

Commence les compressions.

Du bout de mes deux doigts, je martèle la cage thoracique fragile et souple en branchant les câbles de l'appareil avec mon autre main. Les images défilent. La nursery trop exiguë pour contenir toutes les personnes soudain présentes. L'aiguille insérée dans le crâne en sous-cutané, l'avalanche de jurons lorsqu'elle glisse avant de trouver la veine. Une ampoule qui tombe du chariot. L'atropine inhalée dans les poumons, embuant le tube en plastique. La pédiatre qui s'engouffre dans la nursery. Le soupir du sac Ambu atterrissant dans la poubelle.

L'heure ? 10 h 04.

— Ruth ? murmure Kennedy. Ça va ?

Mes lèvres refusent de bouger. Je perds pied. Je suis paralysée. Je coule.

— Le patient a développé une bradycardie à complexes larges, poursuit Marie.

Les pierres tombales.

— Nous n'avons pas réussi à l'oxygéner. Finalement, la pédiatre a prononcé l'heure du décès. Nous n'avions pas remarqué que les parents étaient présents dans la nursery. Il y avait tellement d'agitation… et…

Sa voix se brise.

— Le père – M. Bauer… Il s'est précipité sur la poubelle pour récupérer le sac Ambu et il a essayé de l'attacher au tube qui sortait de la bouche du bébé. Il nous a suppliés de lui montrer comment faire.

Elle essuie rapidement une larme.

— Je ne voudrais pas… Je… Je suis désolée.

Tournant très légèrement la tête, je parviens à voir plusieurs femmes aussi émues qu'elle dans le box des jurés. Mais moi, je n'ai plus de larmes à verser.

Je me noie dans les larmes des autres.

Odette s'avance vers Marie pour lui tendre une boîte de mouchoirs. Le bruit des sanglots étouffés m'enveloppe, semblable au chuintement des machines à battre le coton.

— Que s'est-il passé ensuite ? demande la procureure.

Marie se tapote les yeux à l'aide d'un mouchoir.

— J'ai enveloppé Davis Bauer dans une couverture. Je lui ai remis son bonnet. Et je l'ai donné à sa mère et à son père.

Je suis paralysée.

Je ferme les yeux. Et je coule, je coule.

Il me faut quelques minutes avant de pouvoir me concentrer sur Kennedy. Cette dernière a déjà commencé le contre-interrogatoire de Marie lorsque je recouvre mes esprits.

— Aviez-vous déjà reçu des plaintes de patients remettant en cause les compétences professionnelles de Ruth avant celle de Turk Bauer ?

— Non.

— Ruth a-t-elle prodigué des soins de mauvaise qualité ?

— Non.

— Lorsque vous avez ajouté cette note dans le dossier du nourrisson, vous saviez qu'il n'y aurait que deux infirmières dans le service à un moment ou à un autre et qu'il était fort possible que le patient soit laissé sans surveillance durant son séjour à l'hôpital ?

— Non, c'est faux. L'autre infirmière de service était là pour s'en occuper.

— Et si cette autre infirmière était occupée, elle aussi ? insiste Kennedy. Si elle était, par exemple, réquisitionnée d'urgence pour une césarienne et que la seule infirmière disponible dans le service se trouvait être africaine-américaine ?

Marie ouvre puis referme la bouche sans qu'aucun son n'en soit sorti.

— Excusez-moi, madame Malone, cette partie n'est pas très claire pour moi, reprend Kennedy.

— À aucun moment Davis Bauer n'a été laissé sans surveillance, assure Marie. Ruth était avec lui.

— Mais vous, sa supérieure hiérarchique, lui aviez interdit de prodiguer des soins à ce patient, n'est-ce pas ?

— Non, je...

— Le mot que vous avez rédigé lui défend pourtant en termes clairs de s'occuper de ce patient...

— *En général*, explique Marie. Mais pas en cas d'urgence, bien sûr.

Un éclair traverse le regard de Kennedy.

— Était-ce précisé par écrit dans le dossier du patient ?

— Non, mais...

— L'aviez-vous écrit sur le Post-it ?

— Non.

— Avez-vous expliqué à Ruth que, dans certaines circonstances, son serment au code de la déontologie de la profession infirmière devait supplanter les ordres que vous lui aviez donnés ?

— Non, murmure Marie.

Kennedy croise les bras sur sa poitrine.

— Dans ce cas, comment Ruth était-elle censée savoir ?

Lorsque l'audience est levée à l'heure du déjeuner, Kennedy propose de nous apporter quelque chose à manger, à Edison et à moi, pour nous éviter de devoir affronter les journalistes. Je lui réponds que je n'ai pas faim.

— Je sais que ça ne vous a sûrement pas fait cette impression, dit-elle, mais c'était un bon début.

Je lui lance un regard qui dit tout haut ce que je pense : les membres du jury garderont forcément en tête l'image de Turk Bauer en train d'essayer de réanimer son fils lui-même.

Après le départ de Kennedy, Edison s'assied à côté de moi et desserre le nœud de sa cravate. Je prends sa main dans la mienne.

— Ça va ?

— Je n'arrive pas à croire que c'est toi qui me poses cette question, répond mon fils.

Une femme marche dans le couloir et vient s'asseoir sur le banc à côté d'Edison. Absorbée dans une conversation par SMS, elle rit, fronce les sourcils, lance des *tss-tss* – un vrai *one-woman show* rien que pour nous. Au bout d'un moment, elle lève les yeux et semble se rendre compte de l'endroit où elle se trouve.

Apercevant Edison assis à côté d'elle, elle se décale légèrement, juste de quoi glisser un cheveu entre eux, et sourit comme si de rien n'était.

— Tu sais quoi ? Je crois que j'ai un peu faim, finalement.

Un sourire éclaire le visage de mon fils.

— Moi, j'ai *toujours* faim.

Nous nous levons comme un seul homme et sortons discrètement du tribunal par une porte arrière. Pour être franche, je me fiche totalement de me jeter dans la gueule des journalistes ou de tomber sur Wallace Mercy en personne : je marche dans la rue, un bras glissé sous celui d'Edison, jusqu'à ce que nous trouvions une pizzéria.

Après avoir passé nos commandes, nous allons nous asseoir sur une banquette et attendons qu'on nous appelle. Edison aspire de longues gorgées de Coca, penché sur sa paille, et vide bruyamment son verre. Je suis moi aussi perdue dans mes pensées et mes souvenirs.

Jusqu'à ce matin, je n'avais pas compris qu'un procès ne se résumait pas seulement à un acte diffamatoire légal. C'est un jeu de réflexion au cours duquel l'armure de l'accusé est égratignée petit à petit jusqu'à ce qu'on ne puisse pas s'empêcher de se demander si le ministère public ne dit pas la vérité.

Et si j'avais agi ainsi *délibérément* ?

Si j'avais tardé à faire quelque chose pas à cause du Post-it de Marie mais parce que, tout au fond de moi, c'est ce que je *voulais* ?

La voix d'Edison m'arrache à mes réflexions. Clignant des yeux, je reprends contact avec le réel.

— Ils nous ont appelés ?

Il secoue la tête.

— Pas encore. Maman, est-ce que… est-ce que je peux te poser une question ?

— Toujours.

Il réfléchit, semble peser ses mots.

— Est-ce que… Est-ce que ça s'est vraiment passé comme ça ?

Une sonnerie retentit au comptoir. Nos pizzas sont prêtes.

Au lieu de me lever, je plonge mon regard dans celui de mon fils.

— C'était pire, dis-je.

Je ne connais pas très bien l'anesthésiste appelé à la barre des témoins par l'accusation cet après-midi-là. Isaac Hager ne travaille pas dans mon service ; il n'intervient qu'en cas d'urgence avec le reste de l'équipe. Je ne savais même pas comment il s'appelait le jour où il est venu s'occuper de Davis Bauer.

— Avant d'intervenir en urgence, aviez-vous déjà vu ce patient ? demande Odette.

— Non, répond le Dr Hager.

— Aviez-vous rencontré ses parents ?

— Non.

— Pouvez-vous nous raconter ce que vous avez fait en arrivant à la nursery ?

— J'ai intubé le patient. Et comme mes collègues n'arrivaient pas à poser une perfusion, j'ai essayé de leur donner un coup de main.

— Avez-vous adressé des remarques à Ruth pendant la procédure de réanimation ?

— Oui. Elle effectuait des compressions thoraciques et je lui ai ordonné à plusieurs reprises d'interrompre le massage cardiaque afin de voir si le patient réagissait. À un moment, j'ai trouvé qu'elle appuyait trop fort et je le lui ai dit.

— Pouvez-vous décrire ses gestes ?

— Effectuer des compressions thoraciques sur un nouveau-né consiste à appuyer sur le sternum sur un centimètre environ, à peu près deux cents fois par minute. Les complexes affichés sur l'écran étaient trop hauts ; j'en ai conclu que Ruth devait appuyer trop fort.

— Pouvez-vous expliquer aux non-initiés ce que cela signifie ?

Le Dr Hager se tourne vers le jury.

— Les compressions thoraciques permettent de relancer manuellement les battements cardiaques lorsque le cœur s'est arrêté. Il s'agit d'appuyer pour favoriser le débit cardiaque… Mais il est également important de relâcher la pression suffisamment longtemps pour permettre au sang de remplir le cœur. C'est un peu comme quand on débouche des toilettes. Il faut d'abord appuyer, mais si on ne fait que ça, si on ne relâche pas la pression pour provoquer l'effet de succion, la cuvette ne pourra pas se remplir d'eau. De la même manière, si on effectue les compressions trop rapidement ou trop brusquement, on pompe, on pompe et on pompe mais le sang n'a pas le temps de circuler dans le corps.

— Vous souvenez-vous de ce que vous avez dit à Ruth, précisément ?

Il s'éclaircit la gorge.

— Je lui ai dit d'y aller plus doucement.

— Est-ce inhabituel qu'un anesthésiste adresse ce genre de remarque à la personne chargée d'effectuer des compressions thoraciques ?

— Pas du tout, répond le Dr Hager. C'est le système des poids et contrepoids, vous savez. Nous nous surveillons tous mutuellement pendant une intervention d'urgence. J'aurais tout aussi bien pu vérifier que la cage thoracique se soulevait correctement, de manière symétrique, et si ça n'avait pas été le cas j'aurais demandé à Marie Malone de presser plus fort le sac Ambu.

— Pendant combien de temps Ruth s'est-elle montrée trop brusque ?

— Objection ! intervient Kennedy. Elle met des mots dans la bouche du témoin.

— Je vais reformuler. Pendant combien de temps l'accusée a-t-elle effectué des compressions trop brusques ?

— Elles étaient un tout petit peu brusques et ça a duré moins d'une minute.

— Docteur, en tant que professionnel de santé expérimenté, pouvez-vous nous dire si les gestes de l'accusée auraient pu nuire au patient ?

— Les gestes que nous effectuons pour sauver une vie peuvent paraître assez violents, vus de l'extérieur, madame Lawton. Nous pratiquons des incisions, nous brisons des côtes, nous envoyons des chocs électriques extrêmement puissants.

Il marque une pause, se tourne vers moi.

— Nous faisons ce que nous avons à faire, et quand nous avons de la chance, ça marche.

— Pas d'autre question, déclare la procureure.

Kennedy s'avance vers le Dr Hager.

— Il devait y avoir beaucoup d'émotions exacerbées dans la nursery, n'est-ce pas ?

— Oui.

— Ces compressions effectuées par Ruth... mettaient-elles en péril la vie du nourrisson ?

— Au contraire. Elles le maintenaient en vie pendant que nous tentions d'intervenir médicalement.

— Ont-elles, d'une manière ou d'une autre, provoqué la mort du nourrisson ?

— Non.

Kennedy prend appui sur la rambarde du box des jurés.

— Peut-on dire objectivement que toutes les personnes présentes dans la nursery ce jour-là s'efforçaient de sauver le bébé ?

— Absolument.

— Même Ruth ?

Le Dr Hager se tourne vers moi. Nos regards se rencontrent.

— Oui, dit-il.

Il y a une pause après le témoignage de l'anesthésiste. Le juge quitte la salle, les jurés désertent leur box. Kennedy m'entraîne vers une salle de réunion où je suis censée être à l'abri des médias.

Je veux parler à Edison. Je veux serrer Adisa dans mes bras. Au lieu de quoi, assise à une petite table dans une pièce éclairée par des néons fluorescents bourdonnants, je tente de démêler l'écheveau de mes pensées.

— Vous vous êtes déjà demandé ce que vous feriez si vous n'étiez pas avocate ?

Kennedy pose les yeux sur moi.

— Est-ce une façon de me dire que je fais un boulot merdique ?

— Non… J'étais juste en train de réfléchir… aux nouveaux départs.

Elle sort un chewing-gum de son papier d'emballage puis me donne le paquet.

— Ne riez pas : je voulais être pâtissière, avant, confesse-t-elle.

— C'est vrai ?

— J'ai même suivi des cours de cuisine. J'ai tenu trois semaines avant d'être vaincue par la pâte filo. Je n'ai pas la patience pour ça.

Un sourire danse sur mon visage.

— Tiens donc.

— Et vous ? demande Kennedy.

Je croise son regard.

— Je ne sais pas. J'avais cinq ans quand j'ai décidé que je serais infirmière. Je me sens trop vieille pour repartir de zéro et même si j'étais obligée de passer à autre chose je ne saurais pas vers quoi me diriger.

— C'est le problème quand on a une *vocation*, fait remarquer Kennedy. On ne travaille pas simplement pour payer le loyer.

Une vocation. Est-ce cela qui m'a poussée à retirer la couverture de Davis Bauer quand il a arrêté de respirer ?

— Kennedy, il y a quelque chose que…

Mais elle ne me laisse pas terminer.

— Vous pourriez reprendre vos études. Vous orienter vers la médecine, travailler avec des généralistes, suggère-t-elle. Ou même ouvrir votre propre cabinet infirmier.

Aucune de nous ne formule à voix haute la vérité coincée dans cette petite pièce : “coupable de crime” ne sonne pas très bien sur un CV.

Son regard se radoucit lorsqu'elle voit mon expression.

— Tout va bien se passer, Ruth. On a un superplan.

— Et si ça ne marche pas ? dis-je à mi-voix. Si ce superplan tombe à l'eau ?

La mâchoire de Kennedy se contracte.

— Dans ce cas, je ferai tout ce qui est en mon pouvoir pour vous obtenir la plus petite peine possible.

— Je serais quand même obligée d'aller en prison ?

— L'État a retenu plusieurs charges contre vous. Mais s'ils s'aperçoivent qu'ils n'ont pas de preuves suffisantes pour étayer leurs accusations, ils peuvent décider à n'importe quel moment de laisser tomber le chef d'accusation le plus grave pour se concentrer sur un chef d'accusation de moindre importance. En d'autres termes, s'ils ne parviennent pas à apporter la preuve du meurtre mais qu'ils pensent pouvoir prouver l'homicide involontaire par négligence, Odette préférera sûrement jouer la carte de la sécurité.

Kennedy cherche mon regard.

— Pour un meurtre, la peine minimum est de vingt-cinq ans. Mais pour un homicide involontaire ? Disons moins d'un an. Si vous voulez mon avis, ils vont avoir un mal fou à prouver l'intention délibérée. Odette a intérêt à y aller avec des pincettes quand elle interrogera Turk Bauer parce que, sinon, les jurés vont le détester.

— Vous voulez dire : autant que je le déteste ?

Le regard de Kennedy se durcit.

— Ruth, je ne veux plus jamais vous entendre prononcer ces mots à voix haute, c'est compris ?

Dans un éclair de lucidité, je me rends compte que Kennedy n'est pas la seule à anticiper le cours des choses pour mieux le diriger. Odette fait pareil. Elle *veut* que les jurés détestent Turk Bauer. Elle les veut offusqués, indignés, moralement révulsés.

Car c'est de cette manière qu'elle réussira à prouver l'intention délibérée.

J'ai toujours eu beaucoup d'admiration pour le Dr Atkins mais, après l'avoir entendue énumérer ses titres et ses expériences professionnelles, je suis encore plus impressionnée. Elle est l'une de ces rares personnes dont on n'imagine pas le parcours exceptionnel, émaillé de prix et de distinctions, parce qu'elle est suffisamment modeste pour ne pas en faire état. Elle est aussi le premier témoin qui me regarde dans les yeux en me souriant avant de reporter son attention sur la procureure.

— Ruth avait déjà procédé à l'examen du nourrisson, explique le Dr Atkins. Elle s'inquiétait au sujet de la présence probable d'un souffle au cœur.

— S'agit-il d'un problème grave ? demande Odette.

— Non. De nombreux bébés naissent avec une persistance du canal artériel. Un minuscule orifice dans le cœur qui se referme généralement tout seul au cours des douze premiers mois. Par mesure de précaution, j'avais cependant programmé une consultation en cardiologie pédiatrique avant d'autoriser la sortie du patient.

Selon Kennedy, Odette, persuadée que ce souffle au cœur est la pathologie évoquée par mon avocate dans son discours de présentation, va s'efforcer de minimiser sa gravité devant le jury.

— Docteur Atkins, étiez-vous de service le samedi trois octobre, jour du décès de Davis Bauer ?

— Oui. Je me suis occupée de la circoncision du patient à neuf heures du matin.

— Pouvez-vous nous décrire cette procédure ?

— Bien sûr. C'est une intervention très simple qui consiste à retirer le prépuce du pénis. Je suis arrivée un peu en retard parce que j'avais dû recevoir un autre patient en urgence.

— Y avait-il d'autres personnes présentes dans la nursery ?

— Oui, deux infirmières : Corinne et Ruth. J'ai demandé à Ruth si le patient était prêt et elle m'a répondu qu'elle ne s'occupait plus de lui. Corinne a confirmé que le bébé était prêt pour l'intervention et tout s'est passé sans problème.

— Ruth vous a-t-elle dit quelque chose au sujet de la circoncision ?

Le Dr Atkins hésite.

— Elle m'a dit que je devrais en profiter pour stériliser le bébé.

Dans la salle, derrière moi, une voix murmure : "Salope."

— Comment avez-vous réagi ?

— Je n'ai rien dit. J'avais du travail.

— Comment s'est déroulée l'intervention ?

La pédiatre hausse les épaules.

— Il a pleuré, comme tous les nourrissons. Nous l'avons enveloppé dans une couverture et il s'est assoupi.

Elle lève les yeux.

— Quand je suis partie, il dormait… eh bien, comme un bébé.

— Le témoin est à vous, déclare Odette.

— Docteur, vous travaillez dans cet hôpital depuis huit ans, n'est-ce pas ? demande Kennedy.

— Oui, répond le Dr Atkins en laissant échapper un petit rire. Waouh. Le temps file à toute vitesse.

— Au cours de ces huit années, avez-vous eu l'occasion de travailler avec Ruth ?

— Fréquemment et toujours avec grand plaisir, déclare le médecin. C'est une infirmière exceptionnelle qui remue ciel et terre pour assurer le bien-être de ses patients.

— Lorsque Ruth a fait la remarque au sujet de la stérilisation du bébé, comment avez-vous perçu ce commentaire ?

— Comme une plaisanterie, répond le Dr Atkins. Je savais qu'elle ne le pensait pas. Ruth n'est jamais méchante avec les patients.

— Êtes-vous restée à l'hôpital après la circoncision de Davis Bauer ?

— Oui, mais j'étais dans un autre service ; aux consultations pédiatriques.

— Avez-vous été avertie de ce qui se passait dans la nursery ?

— Oui. Marie avait déclenché l'alerte d'urgence. Quand je suis arrivée, Ruth était en train de faire les compressions thoraciques.

— Les gestes de Ruth étaient-ils conformes au protocole établi dans le cadre d'une telle procédure ?

— D'après ce que j'ai pu voir, oui.

— A-t-elle montré de l'agressivité ou de l'hostilité à l'égard du bébé ?

— Non.

— J'aimerais revenir un peu en arrière, déclare Kennedy. Avez-vous prescrit des tests de dépistage pour Davis Bauer après sa naissance ?

— Oui, les tests de dépistage standard réalisés par l'État du Connecticut.

— À qui sont adressés les prélèvements sanguins ?

— Ils sont envoyés à Rocky Hill, au laboratoire agréé par l'État. Les analyses sont effectuées là-bas, nous ne le faisons pas à l'hôpital.

— Comment les prélèvements sont-ils transportés au laboratoire ?

— Par coursier.

— Quel jour avez-vous réalisé ce test de dépistage ?

— Vendredi 3 octobre, à quatorze heures trente.

— Le laboratoire agréé par l'État du Connecticut vous a-t-il envoyé les résultats de ce test de dépistage ?

Le Dr Atkins fronce les sourcils.

— Je ne me souviens pas les avoir vus. Mais ça ne servait plus à rien, de toute manière.

— À quoi sert ce test ?

La pédiatre énumère une liste de maladies rares. Certaines sont dues à des mutations génétiques, d'autres au déficit d'une enzyme ou d'une protéine dans l'organisme. D'autres encore à l'incapacité de décomposer une enzyme ou une protéine.

— La plupart d'entre vous n'a jamais entendu parler de ces maladies parce que la grande majorité des bébés n'en sont pas porteurs, explique le Dr Atkins. Quant à ceux qui en souffrent, eh bien… il faut savoir que certaines de ces pathologies se soignent très bien si elles sont détectées rapidement. Grâce à des régimes alimentaires spécifiques, à des traitements hormonaux ou médicamenteux, il est très souvent possible de prévenir des déficiences intellectuelles et des retards de croissance importants, à condition de commencer les traitements sur-le-champ.

— Certaines de ces maladies peuvent-elles être fatales ?

— Quelques-unes, oui, si elles ne sont pas prises en charge.

— Vous n'aviez pas eu connaissance des résultats de ces tests lorsque Davis Bauer a cessé de respirer, n'est-ce pas ?

— Non. Le laboratoire d'État est fermé le week-end. Les résultats des tests effectués le vendredi ne nous parviennent généralement pas avant mardi.

— Si je vous suis bien, il faut attendre les résultats deux fois plus longtemps quand le bébé a eu la malchance de naître en fin de semaine, fait observer Kennedy.

— Oui, malheureusement.

Je vois les jurés s'agiter, prendre des notes, écouter avec attention. Derrière moi, Edison bouge sur sa chaise. Kennedy a peut-être raison : peut-être n'ont-ils besoin que de ça – de science.

— Savez-vous ce qu'est le déficit en MCAD ? reprend Kennedy.

— Oui, c'est un trouble de l'oxydation des acides gras. En d'autres termes, un enfant atteint de cette maladie aura des difficultés à décomposer les graisses, ce qui conduira à un taux de glycémie dangereusement bas. Mais il est tout à fait possible de prendre en charge cette maladie lorsqu'elle est détectée rapidement – par la mise en place d'un régime alimentaire rigoureux, des prises de nourriture fréquentes.

— Imaginons qu'elle ne soit pas détectée. Que se passe-t-il dans ce cas-là ?

— Eh bien, les enfants atteints d'un déficit en MCAD ont un risque élevé de succomber au premier épisode clinique d'hypoglycémie – lorsque le taux de sucre tombe à pic.

— Quels sont les signes d'un tel épisode ?

— Quand il ne dort pas, le bébé est apathique, irritable. Il ne tète pas correctement.

— Supposons qu'un bébé souffrant d'un déficit en MCAD non diagnostiqué, et donc non traité, s'apprête à subir une circoncision. Certains éléments liés à cette intervention sont-ils susceptibles d'aggraver la pathologie ?

La pédiatre acquiesce d'un signe de tête.

— Généralement, le bébé ne doit plus rien avaler après six heures du matin, en vue de l'intervention chirurgicale. Mais, dans le cas d'un bébé atteint d'un déficit en MCAD, cette période de jeûne ferait chuter son taux de sucre, entraînant potentiellement une crise d'hypoglycémie. Pour éviter ça, on lui administrerait dix pour cent de dextrose avant et après l'intervention.

— Vous avez réalisé un prélèvement sanguin sur Davis Bauer durant la procédure de réanimation, n'est-ce pas ?

— Oui.

— Pouvez-vous indiquer au jury le taux de glycémie du bébé à ce moment précis ? demande Kennedy.

— Vingt.

— À quel taux considère-t-on qu'un bébé est en hypoglycémie ?

— À quarante.

— Par conséquent, le taux de glycémie de Davis Bauer était dangereusement bas ?

— Oui.

— Aurait-ce été suffisant pour provoquer un arrêt respiratoire chez un enfant souffrant d'un déficit en MCAD non diagnostiqué et donc non traité ?

— Je ne peux l'affirmer avec certitude. Mais c'est possible, oui.

Kennedy soulève un dossier.

— J'aimerais enregistrer cela en tant que pièce à conviction numéro quarante-deux, déclare-t-elle. Ce sont les résultats des tests de dépistage néonataux de Davis Bauer, réclamés par la défense.

Odette bondit de sa chaise.

— Votre Honneur, qu'est-ce que c'est que ce tour de passe-passe ? La défense n'a pas communiqué ces informations à l'accusation…

— Parce que j'ai reçu ces résultats il y a quelques jours seulement, réplique Kennedy. Alors que, tout à fait *bizarrement*, ils n'ont jamais fait partie des pièces portées au dossier par l'accusation et sont restés invisibles pendant *plusieurs mois*. Ce que je pourrais qualifier d'obstruction à la justice…

— Approchez.

Le juge convoque les deux avocats. La machine à bruit est mise en route de sorte que personne ne puisse entendre ce qui se dit. Les mains s'agitent, un flot de sang envahit le visage de Kennedy, mais lorsque la discussion prend fin le rapport d'analyses est remis au greffier qui l'enregistre comme pièce à conviction.

— Docteur Atkins, reprend Kennedy quelques minutes plus tard, pouvez-vous nous dire ce que vous êtes en train de lire ?

— Ce sont des résultats de prélèvements néonataux, répond la pédiatre en feuilletant le document.

Elle se fige soudain.

— Oh, mon Dieu.

— Y a-t-il un élément important dans ces résultats d'analyses, docteur Atkins ? Des analyses qui n'ont pas été effectuées tout de suite parce que le laboratoire agréé par l'État était fermé tout le week-end… Et des résultats que vous n'avez reçus qu'*après* le décès de Davis Bauer ?

La pédiatre lève les yeux du document.

— Oui. Un déficit en MCAD a été détecté chez Davis Bauer.

Kennedy est survoltée lorsque la première journée d'audience touche à sa fin. Elle parle vite, comme si elle avait bu quatre grands cafés d'affilée, et elle donne l'impression d'avoir gagné le procès alors même que l'accusation vient à peine de commencer et que nous n'avons pas encore exposé notre ligne de défense. Elle me conseille de boire un grand verre de vin pour fêter une journée d'audience exceptionnelle mais, pour être franche, j'ai plutôt envie de rentrer chez moi et d'aller me coucher.

Ma tête pleine d'images de Davis Bauer me fait mal et je revois aussi l'expression du Dr Atkins lorsqu'elle a lu les résultats des tests. Certes, Kennedy m'en avait fait part avant-hier soir mais ce moment en salle d'audience m'a encore plus bouleversée. Voir quelqu'un de l'hôpital – une personne que j'apprécie et en qui j'ai toute confiance – en train de penser : *Si seulement...* Disons que ça a remis certaines choses en perspective.

Oui, c'est un procès contre moi.

Oui, on me reproche une faute que je n'ai pas commise.

Mais, au bout du compte, il y a toujours un bébé mort. Il y a toujours une maman qui n'aura pas la chance de voir grandir son enfant. Je serai peut-être acquittée ; je deviendrai peut-être une étoile dans le firmament militant de Wallace Mercy ; je pourrai porter plainte au civil et obtenir des dommages et intérêts qui calmeront mes angoisses concernant les frais universitaires d'Edison – et malgré tout, je sais d'ores et déjà que personne n'aura réellement *gagné* ce procès.

Car on ne peut effacer la perte aussi colossale que tragique d'une vie humaine à peine entamée.

Voici les pensées qui m'agitent tandis que les couloirs du tribunal se vident. Nous allons enfin pouvoir rentrer à la maison sans attirer l'attention, Edison et moi. Il m'attend assis sur un banc, à proximité de la salle d'audience.

— Ta tante est passée où ?

Il hausse les épaules.

— Elle a dit qu'elle voulait rentrer chez elle avant que la neige se mette vraiment à tomber.

Je jette un coup d'œil par la fenêtre. Des flocons valsent derrière les vitres. J'étais tellement absorbée dans mes réflexions que je n'ai même pas vu qu'une tempête de neige se préparait.

— Je vais aux toilettes et j'arrive, dis-je à Edison avant de m'éloigner dans le couloir désert.

Arrivée aux toilettes, je m'enferme, fais mes petites affaires, tire la chasse d'eau et sors pour me laver les mains.

Odette Lawton se tient devant les lavabos. Nos regards se croisent dans le miroir tandis qu'elle rebouche son tube de rouge à lèvres.

— Cette première journée a été bonne pour votre avocate, lance-t-elle.

Je ne sais pas quoi dire, alors je laisse le filet d'eau tiède couler sur mes poignets.

— Mais à votre place je ne me réjouirais pas trop vite. Vous avez peut-être réussi à convaincre Kennedy McQuarrie que vous êtes une Clara Barton* mais, pour ma part, je sais parfaitement ce qu'il y avait dans votre tête après que ce raciste vous a remis à votre place. Et ce n'étaient pas des pensées bienveillantes.

C'en est trop. Je sens quelque chose bouillonner en moi, un geyser, une révélation. Je ferme le robinet, sèche mes mains et me tourne vers elle.

— Vous savez, j'ai passé ma vie à faire tout bien comme il faut. J'ai cravaché dur à l'Université, j'ai fait de jolis sourires, j'ai respecté les règles du jeu pour arriver là où je suis. Et je sais que vous avez fait la même chose. C'est pour ça que j'ai vraiment beaucoup de mal à comprendre pourquoi une Africaine-Américaine intelligente et compétente serait prête à tout pour dégommer une autre Africaine-Américaine intelligente et compétente.

Une lueur vacille dans les yeux d'Odette, comme une flamme balayée par un souffle. Mais elle cède vite la place à une expression implacable.

— Mes origines ethniques n'ont absolument rien à voir là-dedans, affirme-t-elle. Je fais mon boulot, c'est tout.

Je jette la serviette en papier dans la poubelle, pose ma main sur la poignée de la porte.

* Clara Barton (1821-1912) est une enseignante et une infirmière américaine, fondatrice de la Croix-Rouge aux États-Unis.

— Vous en avez de la chance; au moins, personne ne vous a interdit de le faire.

Ce soir-là, je suis assise à la table de la cuisine, plongée dans mes pensées, lorsque Edison m'apporte une tasse de thé.

— Pourquoi t'es-tu donné cette peine, mon chéri ? dis-je en le gratifiant d'un sourire.

— Je me suis dit que ça te ferait du bien, répond Edison. Tu as l'air fatigué.

— Je le suis. Je suis même lessivée.

Nous savons tous les deux que je ne fais pas allusion aux premiers jours d'audience. Edison s'assoit à côté de moi et je serre sa main dans la mienne.

— C'est épuisant, n'est-ce pas ? De s'efforcer en permanence de faire mieux que ce qu'ils attendent de toi ?

Il hoche la tête et je sais qu'il comprend ce que je veux dire.

— Ce n'est pas du tout comme à la télé, un procès. C'est plus long, conclus-je au moment où il déclare : "C'est ennuyeux."

On rigole en chœur.

— J'ai discuté un peu avec Howard pendant une des pauses, reprend-il. Ça a l'air plutôt cool, son boulot. Et celui de Kennedy, aussi. Tu vois ce que je veux dire, l'idée que tout le monde a le droit d'être défendu par un bon avocat, même quand on n'a pas les moyens de s'en payer un.

Il me considère avec attention, une question gravée sur les traits de son visage.

— Tu crois que je ferais un bon avocat, maman ?

— Eh bien, tu es plus intelligent que moi et Dieu sait que tu maîtrises bien l'art de la persuasion, dis-je d'un ton taquin. Mais tu sais, Edison, tu excelleras dans tout ce que tu choisiras de faire.

— C'est drôle, tu sais. J'ai vraiment très envie de faire ce qu'ils font : travailler pour les gens qui n'ont pas les moyens de s'offrir un avocat privé. Pourtant, j'ai l'impression d'avoir été préparé toute ma vie pour bosser de l'autre côté – celui de l'accusation.

— Qu'est-ce que tu veux dire par là ?

Il hausse les épaules.

— L'État doit se charger d'apporter la preuve. Un peu comme nous, tous les jours, répond mon fils.

La neige tombe vite et dru cette nuit-là. Les chasse-neige sont débordés et le monde devient entièrement blanc. J'enfile mes bottes d'hiver avec la jupe que j'ai portée toute la semaine – j'ai juste changé de chemisier – et enfouis mes chaussures de ville dans un sac en plastique Stop & Shop. La radio annonce une multitude de fermetures d'écoles, notre bus tombe en panne et nous nous dépêchons d'en attraper un sur une autre ligne, avec deux correspondances. Résultat des courses : nous arrivons au tribunal avec cinq minutes de retard. J'ai prévenu Kennedy par texto et je sais que nous n'aurons pas le temps d'entrer incognito par la porte arrière. Nous la retrouvons sur les marches du tribunal où des micros m'assaillent aussitôt, tandis que des voix me traitent de meurtrière. Le bras d'Edison s'enroule autour de mes épaules et je me blottis contre son torse comme derrière une barrière de protection.

— Avec un peu chance, le juge Thunder aura eu du mal à déneiger l'allée de sa maison, marmonne Kennedy.

— Je n'y peux rien si les bus ne…

— Je m'en fiche. Mieux vaut éviter de tendre le bâton pour se faire battre, avec la Cour.

On se presse en direction de la salle d'audience où Odette est déjà assise à la table de l'accusation, l'air visiblement satisfaite, comme si elle était arrivée à six heures du matin. À croire qu'elle dort ici… Le juge Thunder fait son apparition, plié en deux, et tout le monde se lève.

— Je me suis fait rentrer dedans par un imbécile en venant travailler. Par conséquent, mon dos est officiellement hors service, annonce-t-il. Toutes mes excuses pour le retard.

— Comment vous sentez-vous, Votre Honneur ? demande Kennedy. Avez-vous besoin d'un médecin ?

— Madame McQuarrie, bien que votre témoignage de sympathie m'aille droit au cœur, je sais pertinemment que vous préféreriez mille fois me savoir cloué sur un lit d'hôpital, incapable de venir travailler. Et, si possible, privé de médicaments antidouleur. Madame Lawton, faites entrer votre témoin avant que je ne renonce à cet acte de bravoure judiciaire pour aller prendre un Vicodin.

Le premier témoin du jour est l'inspecteur qui m'a interrogée après mon arrestation.

— Inspecteur MacDougall, commence Odette dès qu'il a terminé de décliner son identité, où travaillez-vous ?

— Dans la commune d'East End, Connecticut.

— Comment avez-vous eu connaissance de l'affaire qui nous intéresse aujourd'hui ?

Il s'appuie contre le dossier de sa chaise. On dirait qu'il déborde, qu'il remplit entièrement le box des témoins.

— J'ai reçu un appel de M. Bauer et je lui ai demandé de passer au commissariat pour pouvoir enregistrer sa plainte. Il était effondré. Il avait l'impression que l'infirmière qui était censée s'occuper de son fils s'était intentionnellement abstenue de lui porter secours, ce qui avait entraîné la mort du bébé. Par la suite, j'ai interrogé le personnel médical impliqué dans l'affaire et j'ai eu plusieurs rendez-vous avec le médecin légiste… Ainsi qu'avec vous, madame.

— Avez-vous interrogé l'accusée ?

— Oui. Après avoir obtenu un mandat d'arrestation, nous nous sommes rendus au domicile de Mme Jefferson, nous avons frappé à sa porte – suffisamment fort – mais personne n'est venu nous ouvrir.

En entendant ça, je suis à deux doigts de bondir de ma chaise. Howard et Kennedy me retiennent en posant tous deux une main sur mes épaules. Il était trois heures du matin. Ils n'ont pas frappé, ils ont donné des coups de poing dans ma porte jusqu'à faire sauter l'encadrement. Ils ont pointé leurs armes sur moi.

Je me penche vers Kennedy, les narines frémissantes.

— C'est faux, dis-je à mi-voix. Il *ment* à la barre.

— Chut, fait-elle.

— Que s'est-il passé ensuite ? demande la procureure.

— Personne n'a répondu.

Les doigts de Kennedy se resserrent sur mon épaule.

— Nous avons cru qu'elle essayait de s'enfuir par la porte arrière. J'ai donc donné l'ordre à mes hommes d'utiliser le bélier pour entrer dans la maison.

— Avez-vous réussi à entrer dans la maison et avez-vous arrêté Mme Jefferson ?

— Oui, répond l'inspecteur, mais nous avons préalablement été confrontés à un individu noir de stature imposante…

— *Non*, dis-je dans un souffle, ce qui me vaut un léger coup de pied d'Howard, sous la table.

— … que nous avons identifié plus tard comme étant le fils de Mme Jefferson. Afin d'assurer la sécurité de nos agents, nous avons ensuite procédé à une fouille rapide de la chambre à coucher pendant que nous menottions Mme Jefferson.

Ils ont renversé mes meubles. Cassé ma vaisselle. Ils ont arraché mes vêtements de leurs cintres et plaqué mon fils au sol.

— Je l'ai informée de ses droits, poursuit MacDougall, puis je lui ai lu les charges retenues contre elle.

— Comment a-t-elle réagi ?

L'inspecteur grimace.

— Elle s'est montrée peu coopérative.

— Que s'est-il passé ensuite ?

— Nous l'avons conduite au commissariat d'East End. Nous avons relevé ses empreintes digitales, nous l'avons prise en photo et placée en cellule de garde à vue. Puis l'inspectrice Leong, ma collègue, et moi-même l'avons escortée dans une salle de réunion où nous lui avons redit qu'elle avait le droit de se faire assister par un avocat, de garder le silence et, au cas où elle accepterait de parler, qu'elle pouvait décider de se taire à tout moment. Nous lui avons précisé que ses réponses pourraient être utilisées au tribunal. Je lui ai demandé si tout était bien clair. Elle a répondu par l'affirmative puis a paraphé chaque section du document.

— L'accusée a-t-elle demandé à être assistée d'un avocat ?

— Pas tout de suite. Elle désirait livrer sa version de l'histoire. Elle a maintenu qu'elle n'avait pas touché le nourrisson jusqu'à ce que le code d'alerte soit lancé. Elle a également reconnu que M. Bauer et elle ne… Comment a-t-elle formulé ça, déjà ? Qu'ils n'étaient pas *sur la même longueur d'onde*.

— Que s'est-il passé après ça ?

— Eh ben, on a essayé de lui faire comprendre qu'on était prêts à l'aider. On lui a dit que, si c'était bel et bien un accident, il fallait qu'elle nous le dise, comme ça le juge se montrerait compréhensif ; nous, on s'occuperait de mettre de l'ordre là-dedans et elle pourrait continuer à élever son fils. Mais elle s'est refermée comme une huître et a déclaré qu'elle ne voulait plus parler.

Il hausse les épaules avant d'ajouter :

— C'est que ça devait pas être un accident, au final.

— Objection ! lance Kennedy.

Grimaçant de douleur, le juge Thunder tente de pivoter vers le greffier.

— Objection accordée. Supprimez ce commentaire des notes d'audience.

Mais il continue de flotter dans la salle, semblable au halo d'un néon qu'on vient de débrancher.

En sentant la pression se relâcher sur mon épaule, je m'aperçois que Kennedy s'est levée et fait face à l'inspecteur.

— Vous aviez un mandat ?

— Oui.

— Avez-vous appelé Ruth Jefferson pour la prévenir de votre venue ? Lui avez-vous demandé de se présenter spontanément au commissariat ? L'avez-vous convoquée ?

— Nous ne procédons pas de cette manière avec les mandats d'arrestation pour meurtre, répond MacDougall.

— À quelle heure votre mandat a-t-il été émis ?

— Aux alentours de dix-sept heures.

— À quelle heure vous êtes-vous présentés au domicile de Ruth ?

— Je dirais : vers trois heures du matin.

Kennedy regarde les jurés d'un air de dire : *Incroyable, non ?*

— Comment justifiez-vous ce retard ?

— C'était parfaitement voulu. C'est une des méthodes de base de l'intervention policière : se présenter au moment où les gens s'y attendent le moins. Comme ça, le suspect est pris au dépourvu et les choses avancent plus rapidement.

— Donc, quand vous avez frappé à la porte de Ruth et qu'elle n'est pas venue vous ouvrir tout de suite avec une tasse de café, une part de gâteau et un grand sourire, peut-on penser que c'était juste parce qu'elle dormait à poings fermés, compte tenu de l'heure – je le rappelle : trois heures du matin ?

— Je ne peux pas me prononcer sur les habitudes de sommeil de l'accusée.

— La fouille légère que vous avez effectuée… N'avez-vous pas en réalité vidé les tiroirs et les armoires, renversé les meubles – autrement dit, retourné de fond en comble le domicile de Mme Jefferson –, alors qu'elle était menottée, et donc dans l'incapacité de s'emparer d'une arme quelconque ?

— On ne peut jamais savoir de quelle manière un suspect peut réussir à se procurer une arme, madame.

— Est-il vrai également que vous avez plaqué son fils au sol et que vous lui avez tiré les bras dans le dos pour le neutraliser ?

— C'est la procédure standard visant à assurer la sécurité des agents de police. Nous ne savions pas qu'il s'agissait du fils de Mme Jefferson. Tout ce qu'on a vu, nous, c'est un jeune Noir baraqué, visiblement contrarié et furieux.

— Vraiment ? fait Kennedy. Vous êtes sûr qu'il ne portait pas de sweat à capuche, en plus du reste ?

Le juge Thunder demande au greffier d'effacer cette dernière remarque, et lorsque Kennedy regagne sa place, elle a l'air aussi surprise que moi par son coup d'éclat. “Désolée, murmure-t-elle. Ça m'a échappé.” Mais le juge, apparemment très en rogne, convoque les deux avocates. La machine à faire du bruit se met en route. Je n'entends donc pas ce qu'il dit mais, à en juger par la couleur de son visage et par son expression furibonde lorsqu'il s'adresse à mon avocate, je devine qu'il ne l'a pas appelée pour lui tresser des lauriers.

— Voilà pourquoi on n'évoque pas la question raciale en salle d'audience, marmonne Kennedy, un peu pâlichonne, après avoir rejoint la table de la défense.

Sur ce, le juge Thunder décide d'ajourner l'audience jusqu'au lendemain. Son dos le fait trop souffrir.

Nous mettons plus de temps à rentrer à la maison à cause de la neige et quand, finalement, Edison et moi nous engageons dans notre rue, nous sommes mouillés et éreintés. Un homme essaie de dégager sa voiture sans pelle, seulement avec ses mains gantées. Deux garçons du quartier sont en pleine bataille de neige ; un missile percute le dos d'Edison.

Une voiture est garée devant chez nous, une berline noire avec chauffeur, ce qui ne court pas les rues dans le coin, en tout cas pas dès qu'on s'éloigne un peu du campus de Yale. Lorsque j'approche, la portière arrière s'ouvre et une femme sort. Elle porte une doudoune, des bottes fourrées et disparaît presque sous plusieurs couches de laine, bonnet et écharpe confondus. Il me faut un petit moment avant de reconnaître Christina.

— Qu'est-ce que tu fais là ?

Je lui pose la question car je suis sincèrement étonnée : depuis le temps que j'habite à East End, Christina n'est jamais venue me voir et je ne l'ai jamais invitée.

Non pas que j'aie honte de ma maison. J'aime l'endroit où je vis et j'aime la façon dont je vis. Simplement, j'aurais eu du mal à supporter sa manière de s'extasier exagérément sur tout : "Comme c'est mignon, cet endroit ; comme c'est chaleureux : c'est tout toi !"

— J'ai assisté aux audiences, répond Christina.

Là, je tombe des nues. J'ai pourtant balayé l'assistance du regard mais je ne l'ai pas remarquée et, pourtant, Christina n'est pas du genre à passer inaperçue.

Elle baisse la fermeture Éclair de sa doudoune, révélant un jean baggy et une chemise en flanelle miteuse, aux antipodes des vêtements de marque qu'elle porte d'habitude.

— J'ai mis ma tenue de camouflage, dit-elle avec un sourire timide.

Jetant un regard par-dessus mon épaule, elle pousse un cri de surprise.

— Edison ! C'est incroyable, la dernière fois que je t'ai vu, tu étais plus petit que ta mère !

Edison pointe le menton en avant en guise de salutation un peu gênée.

— Rentre vite à l'intérieur, d'accord ? dis-je à mon fils et, dès qu'il a disparu, je plante mon regard dans celui de Christina : Je ne comprends pas. Si des journalistes apprenaient que tu es venue ici…

— Eh ben je leur dirais d'aller se faire voir, coupe-t-elle d'un ton ferme. Au diable, le Congrès ! J'ai prévenu Harry que je venais et j'ai précisé que ce n'était pas négociable. Si quelqu'un m'interroge, je lui dirai la vérité, à savoir qu'on se connaît depuis toujours, toi et moi.

— Mais Christina, qu'est-ce que tu fais là ? demandé-je de nouveau.

Elle aurait pu m'appeler ou m'envoyer un texto. Elle aurait pu se contenter d'assister aux audiences pour me soutenir moralement. Mais au lieu de ça, elle a attendu devant chez moi pendant je ne sais combien de temps.

— Je suis ton *amie*, dit-elle d'un ton posé. Crois-le ou non, Ruth, c'est ce que font les amis.

Nos regards se croisent et je vois des larmes briller dans ses yeux.

— Ce que j'ai entendu aujourd'hui… Tout ce qui t'est arrivé – la police qui force ta porte. Les menottes. La manière dont ils se sont jetés sur Edison. Je n'aurais jamais imaginé…

Elle se tait un instant puis, rassemblant les tiges de ses pensées, m'offre le bouquet le plus triste et le plus sincère :

— Je ne savais pas.

— C'est normal, dis-je sans peine et sans colère, énonçant un simple constat. Tu n'as jamais été confrontée à ça et tu ne le seras jamais.

Christina s'essuie les yeux, étalant son mascara.

— Je ne sais pas si je t'ai déjà raconté cette histoire. C'est au sujet de ta mère. Ça s'est passé il y a très longtemps, à l'époque où j'étais à étudiante à l'Université. Je rentrais en voiture de Vassar pour venir fêter Thanksgiving à la maison et il y avait un auto-stoppeur au bord de la route, sur le Taconic Parkway. C'était un Noir avec une jambe estropiée ; il marchait avec des béquilles. Alors je me suis arrêtée et je l'ai emmené jusqu'à la gare Penn Station parce qu'il devait prendre le train pour rendre visite à sa famille qui habitait à Washington.

Elle resserre les pans de sa doudoune autour d'elle.

— Quand je suis arrivée à la maison, Lou est venue m'aider à défaire ma valise et je lui ai raconté ce que j'avais fait. Je croyais qu'elle serait fière de moi parce que j'avais joué au bon Samaritain et tout ça. Mais au lieu de ça, elle est entrée dans une colère folle, Ruth ! Je t'assure, je ne l'avais jamais vue dans cet état. Elle m'a prise par les bras et m'a secouée ; elle n'arrivait même plus à parler, au début. “Ne refais jamais, jamais une chose pareille”, voilà ce qu'elle m'a dit quand elle a retrouvé l'usage de la parole. Et j'étais tellement stupéfaite que j'ai promis de lui obéir.

Christina me dévisage.

— Assise dans la salle de tribunal aujourd'hui, j'ai écouté cet inspecteur raconter comment il avait enfoncé ta porte en pleine nuit, comment il t'avait passé les menottes et neutralisé Edison, et pendant tout ce temps j'entendais la voix de Lou dans ma tête, après lui avoir raconté l'histoire de l'auto-stoppeur noir. Je savais que ta maman avait réagi comme ça parce qu'elle avait peur, et pendant toutes ces années j'ai cru qu'elle avait essayé de me protéger. Alors que maintenant je sais que c'était *lui* qu'elle voulait protéger.

Et moi, depuis toutes ces années, je crois que Christina me considère comme quelqu'un qu'elle tolère parce que je fais partie de son passé, une espèce de laissée-pour-compte qu'elle doit aider. Quand nous étions enfants, j'avais l'impression que nous étions sur un même pied d'égalité. Mais en grandissant, alors que nous prenions peu à peu conscience de nos différences au lieu de nous attacher à nos ressemblances, j'ai senti un fossé se creuser entre nous. Je lui reprochais secrètement d'émettre des jugements sur moi et sur ma vie sans prendre la peine de me poser des questions directement. Dans l'histoire de sa vie, elle était la diva et je jouais un rôle secondaire. Mais j'omettais volontairement de voir que j'étais celle qui lui avait attribué le rôle principal. Je reprochais à Christina d'avoir érigé un mur invisible entre nous sans vouloir admettre que j'avais moi-même posé quelques briques.

— J'ai laissé l'argent sous ton paillasson, dis-je d'une voix étranglée.

— Je sais. J'aurais dû te le coller dans la main avec de la superglu.

Trente centimètres et un monde tout en contrastes nous séparent, Christina et moi. Mais je sais à quel point il est difficile de gratter le vernis qui protège nos vies pour jeter un coup d'œil à la vraie réalité. C'est comme si on se réveillait dans une pièce et qu'on découvrait que tous les meubles ont été changés de place pendant la nuit. On finira par retrouver notre chemin mais on avancera plus lentement et on se fera peut-être quelques bleus en route.

Je tends le bras, serre la main de Christina dans la mienne.

— Viens te mettre au chaud, d'accord ?

La journée du lendemain est glaciale et lumineuse. Les souvenirs de la tempête de neige de la veille ont été effacés des routes et le froid aura sans doute dissuadé les curieux de se rassembler sur les marches du tribunal. Même le juge Thunder a l'air plus calme, comme ramolli par les antalgiques qu'il prend sûrement pour soulager son mal de dos ou simplement réjoui par la fin imminente des audiences des témoins cités par l'accusation. La première personne appelée à la barre aujourd'hui est le Dr Bill Binnie, le médecin légiste qui a étudié sous la houlette d'Henry Lee, véritable star de la médecine légale. Il est plus jeune que ce que j'avais imaginé et répond en agitant ses mains délicates, semblables à deux oiseaux parfaitement dressés, perchés sur ses genoux. Beau comme un acteur de cinéma, il tient en haleine tous les jurés de sexe féminin, même lorsqu'il débite l'ennuyeuse litanie de ses prouesses universitaires et professionnelles.

— Quand vous a-t-on parlé pour la première fois de Davis Bauer, docteur ? demande la procureure.

— Mon cabinet a reçu un message téléphonique de Corinne McAvoy, une infirmière de l'hôpital Mercy-West Haven.

— Avez-vous pris le dossier en charge ?

— Oui. Nous avons procédé à une autopsie après avoir récupéré le corps du nourrisson.

— Pouvez-vous décrire à la Cour en quoi cela consiste ?

— Bien sûr, répond le médecin en se tournant vers le jury. Je réalise un examen externe puis un examen interne. L'examen externe permet de détecter l'éventuelle présence d'hématomes ou d'autres marques visibles à l'œil nu. Je mesure le corps, le périmètre crânien, et je prends des photos. Je réalise également des prélèvements sanguins et biliaires. En ce qui concerne l'examen interne, je pratique une incision en Y de la cage thoracique, j'écarte la peau puis je procède à l'examen des poumons, du cœur, du foie et des autres organes afin de vérifier l'existence éventuelle de ruptures ou d'anomalies graves. Nous pesons et mesurons les organes. Nous prélevons des tissus puis nous envoyons tous les échantillons au laboratoire de toxicologie et nous attendons les résultats afin de déterminer les causes du décès de manière cohérente et factuelle.

— Quels constats notoires avez-vous faits pendant l'autopsie ?

— Le foie était un peu gros. Il y avait une légère cardiomégalie et une persistance du canal artériel de grade un, minime. En dehors de ça, nous n'avons noté aucune autre anomalie congénitale – pas d'insuffisance valvulaire ou artérielle.

— Qu'est-ce que cela signifie ?

— Le cœur était un peu gros et il y avait un petit trou à l'intérieur mais les vaisseaux étaient à leur place, explique le médecin. Il n'y avait aucune anomalie septale.

— Ces constats vous ont-ils permis de déterminer la cause du décès ?

— Pas vraiment, non. Ils étaient tous justifiés. Selon le dossier médical du patient, la mère avait souffert de diabète gestationnel au cours de sa grossesse.

— De quoi s'agit-il ?

— C'est une pathologie générant un taux de glycémie anormalement élevé chez la femme enceinte. Malheureusement, ce taux de sucre trop important affecte aussi le nourrisson.

— De quelle manière ?

— Les mères atteintes de diabète gestationnel accouchent souvent de bébés plus gros que la moyenne. Le foie, le cœur et les glandes surrénales de ces nourrissons peuvent être hypertrophiés. Ils sont souvent en hypoglycémie juste après la naissance à cause d'une quantité trop élevée d'insuline dans le sang. Là encore, d'après le dossier médical qui m'a été transmis, les analyses de sang effectuées sur l'enfant en postnatal indiquaient un taux de glycémie bas, tout comme le prélèvement fémoral réalisé pendant la procédure de réanimation. Tous les constats établis au cours de l'autopsie ainsi que le taux de glycémie faible confirment que la mère du nourrisson souffrait de diabète gestationnel.

— Qu'en est-il de ce trou dans le cœur du bébé ? Ça paraît grave…

— C'est moins grave que ce qu'on pourrait croire. Dans la plupart des cas, le canal artériel se ferme spontanément, explique le Dr Binnie en promenant son regard sur le jury.

La jurée numéro douze, l'enseignante, commence à s'éventer avec la main.

— Avez-vous réussi à déterminer la manière dont est mort le bébé ?

— En réalité, c'est beaucoup plus compliqué que ce qu'il n'y paraît. Nous autres, fondus de médecine, faisons une distinction entre la manière dont une personne trouve la mort et le changement concret qui s'est opéré dans son corps pour provoquer la fin de la vie. Prenons par exemple un coup de fusil et une personne morte. La blessure par balle sera la cause du décès. Mais le mécanisme conduisant à la mort, c'est-à-dire l'événement physique et concret qui aura mis un terme à la vie de l'individu, sera l'exsanguination – autrement dit, la perte d'une quantité de sang entraînant la mort.

Détachant son regard d'Odette, il reporte son attention sur le jury.

— Ensuite, il y a les circonstances de la mort – comment en est-on arrivé là ? La blessure par balle résulte-t-elle d'un accident ? d'un suicide ? d'une attaque délibérée ? Ce sont également des critères à prendre en compte, comme vous pouvez le voir, quand on se retrouve dans un tribunal comme celui-ci.

La procureure sélectionne une nouvelle pièce à conviction.

— Ce que vous allez voir, prévient-elle, risque d'être extrêmement dérangeant.

Elle place sur un chevalet une photo du corps de Davis Bauer.

Mon souffle se bloque dans ma gorge. Ces doigts minuscules, la courbure des jambes. Son petit pénis, encore ensanglanté à la suite de la circoncision. Sans les hématomes et la teinte bleutée de sa peau, on pourrait croire qu'il dort.

J'ai pris ce corps à la morgue. Je l'ai tenu dans mes bras. Je l'ai bercé doucement pour qu'il monte jusqu'au Ciel.

— Docteur, reprend Odette, pouvez-vous nous dire…

Avant qu'elle ne termine sa phrase, un bruit éclate dans la salle. Nous nous retournons comme un seul homme. Brittany Bauer s'est levée, le regard hagard. Son mari se tient face à elle, les mains posées sur ses épaules. Je ne saurais dire s'il essaie de la calmer ou s'il l'aide à rester debout.

— Lâche-moi ! hurle-t-elle. C'est mon *fils* !

Le juge Thunder abat son marteau.

— Silence, je vous prie, ordonne-t-il avant d'ajouter d'un ton plus amène : Madame, s'il vous plaît, veuillez vous rasseoir…

Mais Brittany pointe sur moi un doigt tremblant. Une décharge électrique parcourt mes os, comme si elle venait de me donner un coup de Taser.

— C'est toi qui as tué mon bébé, salope, gémit-elle en remontant l'allée d'un pas chancelant.

Elle se dirige vers moi tandis que je me lève, comme sous l'emprise de sa haine.

— Je vais te faire payer pour ça, même si c'est la dernière chose que je fais sur cette Terre.

Kennedy interpelle le juge qui abat de nouveau son marteau en demandant à l'huissier d'intervenir. Le père de Brittany Bauer tente à son tour de la raisonner, sans succès. Une onde de stupéfaction glisse sur l'assistance, bruissant déjà de commentaires, tandis qu'elle est escortée vers la sortie. Son mari se tient immobile, manifestement tiraillé entre l'envie d'aller la consoler et celle d'écouter la suite du témoignage. Au bout d'un moment, il pivote sur ses talons et s'élance vers la double porte.

Lorsque le juge réclame le silence, nous nous retournons tous vers lui, les yeux rivés sur l'agrandissement du bébé mort. L'une des jurées fond en larmes, deux autres essaient de la consoler mais le juge Thunder décide d'interrompre l'audience.

Assise à côté de moi, Kennedy exhale un soupir.

— Oh, merde, murmure-t-elle.

Un quart d'heure plus tard, tout le monde a regagné sa place à l'exception de Brittany et Turk Bauer. Pourtant, leur absence est encore plus visible, comme si le vide qu'ils avaient laissé derrière eux nous rappelait en permanence pourquoi la séance a été interrompue. Odette poursuit son interrogatoire du médecin légiste à l'aide d'une série de photos montrant le cadavre de l'enfant, pris sous tous les angles. Elle lui demande d'expliquer chaque résultat d'analyse en précisant ce qui était normal et ce qui ne l'était pas.

— Avez-vous été capable d'identifier la cause du décès de Davis Bauer ?

Le Dr Binnie hoche la tête.

— Pour Davis Bauer, l'hypoglycémie est la cause du décès : l'enfant a souffert d'une crise d'hypoglycémie ayant entraîné un arrêt respiratoire puis cardiaque. En d'autres termes, le taux de sucre trop faible a provoqué une crise d'hypoglycémie, raison pour laquelle le bébé a arrêté de respirer, raison pour laquelle son cœur s'est arrêté de battre. Le mécanisme conduisant au décès est l'asphyxie. Et les circonstances restent indéterminées.

— Indéterminées ? Cela signifie-t-il que les gestes de l'accusée n'ont rien à voir avec la mort du bébé ? demande Odette.

— Au contraire. Cela signifie qu'il nous a été impossible d'établir clairement s'il s'agissait d'une mort violente ou d'une mort naturelle.

— Quelles recherches avez-vous conduites pour en arriver à ces conclusions ?

— J'ai lu les dossiers médicaux, bien sûr, et j'ai pris connaissance du rapport de police qui m'a également fourni des éléments d'information.

— Tels que ?

— M. Bauer a déclaré que Ruth Jefferson martelait la poitrine de son fils avec des gestes agressifs. L'hématome que nous avons observé au niveau du sternum pourrait confirmer cette allégation.

— Y a-t-il un autre élément dans le rapport de police qui vous a poussé à rédiger le rapport d'autopsie comme vous l'avez fait ?

— Selon plusieurs sources, il semblerait que l'accusée n'ait tenté aucune procédure de réanimation jusqu'à l'arrivée d'une autre soignante dans la pièce.

— Pourquoi était-ce important dans le cadre des résultats de l'autopsie ?

— Cela relève des circonstances du décès, répond le Dr Binnie. J'ignore combien de temps le nourrisson est resté en détresse respiratoire. Si ce problème avait été appréhendé plus tôt, il est possible que l'arrêt cardiaque n'ait jamais eu lieu.

Il se tourne vers le jury.

— Si l'accusée avait réagi à temps, nous ne serions peut-être pas là aujourd'hui, conclut-il.

— Le témoin est à vous ! lance Odette.

Kennedy se lève.

— Docteur, quelque chose dans le rapport de police vous a-t-il donné à penser que ce nourrisson a été victime d'un acte suspect ou d'un geste délibérément traumatisant ?

— J'ai déjà mentionné l'hématome au niveau du sternum…

— Oui, c'est exact. Mais n'est-il pas envisageable que cet hématome soit dû aux gestes nécessairement énergiques effectués dans le cadre d'une procédure de réanimation cardio-pulmonaire ?

— Si, reconnaît le médecin.

— Est-il possible d'envisager l'existence d'autres scénarios – ne relevant pas du tout d'actes délictueux – ayant entraîné la mort de ce bébé ?

— C'est possible, en effet.

— Docteur, voulez-vous bien jeter un coup d'œil à la pièce numéro quarante-deux ? enchaîne Kennedy en produisant les résultats des tests de dépistage néonataux.

Le Dr Binnie feuillette le dossier.

— Pouvez-vous dire au jury ce que vous voyez ?

Il lève les yeux.

— Ce sont les résultats des tests de dépistage de Davis Bauer.

— Aviez-vous eu connaissance de ces informations avant de procéder à l'autopsie ?

— Non.

— Vous travaillez pour le laboratoire d'État où ces analyses ont été réalisées, n'est-ce pas ?

— Oui.

— Pouvez-vous nous expliquer le paragraphe surligné, page un ?

— C'est le test visant à détecter une anomalie de l'oxydation des acides gras qu'on appelle le déficit en MCAD. Les résultats sont anormaux.

— Ce qui veut dire ?

— Le laboratoire les aurait adressés à la Maternité de l'hôpital et le médecin en aurait été aussitôt averti.

— Les nourrissons atteints d'un déficit en MCAD présentent-ils des symptômes dès la naissance ?

— Non, répond le médecin légiste. C'est une des raisons pour lesquelles l'État du Connecticut se charge du dépistage.

— Docteur Binnie, vous saviez que la mère du bébé souffrait de diabète gestationnel et que le taux de glycémie de l'enfant était bas, n'est-ce pas ?

— Oui.

— Vous nous avez expliqué tout à l'heure que le diabète était la cause de l'hypoglycémie chez le bébé, n'est-ce pas ?

— Oui, c'était en effet ma conclusion au moment de l'autopsie.

— Se peut-il également que l'hypoglycémie ait été causée par le déficit en MCAD ?

Il hoche la tête.

— Oui.

— Est-il possible que l'apathie, l'état léthargique et le manque d'appétit d'un nouveau-né aient pour cause un déficit en MCAD ? insiste Kennedy.

— Oui.

— Et un cœur plus gros que la normale – est-ce potentiellement un effet secondaire non seulement du diabète gestationnel maternel… mais aussi de cette maladie métabolique spécifique ?

— Oui.

— Docteur Binnie, le dossier médical et les rapports qui vous ont été fournis par l'hôpital vous ont-ils permis de conclure que Davis Bauer était atteint d'un déficit en MCAD ?

— Non.

— Si ces résultats vous étaient parvenus en temps et en heure, les auriez-vous utilisés pour déterminer la cause et les circonstances de la mort dans votre rapport d'autopsie ?

— Bien sûr.

— Qu'arriverait-il à un nourrisson atteint de cette maladie qui n'aurait pas été diagnostiquée ?

— D'un point de vue clinique, ils sont souvent asymptomatiques jusqu'à ce qu'un événement déclenche une décompensation métabolique.

— Quel genre d'événement ?

— Une maladie. Une infection.

Il s'éclaircit la gorge avant d'ajouter :

— Une période de jeûne.

— Une période de jeûne ? répète Kennedy. Comme celle qu'on impose à un bébé avant une circoncision ?

— Oui.

— Qu'arrive-t-il à un bébé atteint d'un déficit en MCAD non diagnostiqué qui subit l'une de ces crises aiguës ?

— On peut observer des convulsions, des vomissements, une léthargie, une hypoglycémie… un coma, énumère le médecin. Dans vingt pour cent des cas, le bébé décèdera.

Kennedy marche en direction du box des jurés puis pivote sur ses talons pour faire face, comme eux, au témoin.

— Docteur, si Davis Bauer était atteint d'un déficit en MCAD dont personne n'était au courant à l'hôpital, si le protocole médical prévoyait de le faire jeûner trois heures avant sa circoncision, comme tout enfant non porteur de cette pathologie, et si un épisode métabolique aigu survenait dans ce petit corps… n'est-il pas permis de penser que Davis Bauer serait mort même si Ruth Jefferson avait entrepris toutes les procédures médicales possibles et imaginables ?

Le médecin légiste pose sur moi ses yeux gris radoucis par la sympathie.

— Si, admet-il.

Oh, mon Dieu. Oh, mon Dieu. L'énergie qui circule dans la salle a changé de nature. L'assistance est plongée dans un tel silence que j'entends le froissement des vêtements, le murmure des possibles. Turk et Britanny Bauer ne sont toujours pas là et, en leur absence, l'espoir fleurit.

“Et bim !”, souffle Howard à côté de moi.

— Pas d'autre question, Votre Honneur, déclare Kennedy avant de regagner la table de la défense.

Avant de s'asseoir, elle m'adresse un petit clin d'œil d'un air de dire : *Je vous avais prévenue, non ?*

Mon regain d'assurance ne fait pas long feu.

— J'aimerais reprendre l'interrogatoire, annonce Odette en se levant avant que le Dr Binnie ne puisse être remercié. Docteur, imaginons que les résultats faisant état de cette anomalie soient parvenus en temps et en heure à la Maternité. Qu'aurait-il pu se passer ?

— Lorsque des résultats d'analyses font apparaître une anomalie, un courrier est adressé aux parents en temps voulu, leur suggérant de prendre rendez-vous pour une consultation génétique, explique le médecin. Mais dans ce cas précis… les choses n'auraient pas traîné : n'importe quel spécialiste en néonatalogie aurait prescrit une prise en charge immédiate. Le bébé aurait été surveillé de près et de nouveaux tests auraient été réalisés afin de confirmer le diagnostic. Il nous arrive d'envoyer toute la famille dans un centre de référence des maladies métaboliques.

— Est-il vrai, docteur, que dans de nombreux cas d'enfants atteints d'un déficit en MCAD il faut attendre plusieurs semaines, voire plusieurs mois avant que le diagnostic soit établi ?

— Oui. Tout dépend de la rapidité avec laquelle les parents réagissent lorsqu'il faut procéder aux nouveaux tests pour obtenir une confirmation.

— Une *confirmation*, répète la procureure. Si je comprends bien, un résultat anormal dans les tests de dépistage néonataux n'a pas valeur de diagnostic définitif.

— Non.

— D'autres prélèvements ont-ils été réalisés sur Davis Bauer ?

— Non, répond le Dr Binnie. Il n'a pas vécu assez longtemps.

— Vous ne pouvez donc pas affirmer, au-delà de tout doute médical raisonnable, que Davis Bauer souffrait d'un déficit en MCAD ?

Le docteur hésite.

— Non.

— Et par conséquent vous ne pouvez pas affirmer, au-delà de tout doute médical raisonnable, que Davis Bauer est mort d'un trouble métabolique.

— Pas avec certitude.

— On peut donc penser que l'accusée et ses avocats essaient simplement de rassembler quelques miettes pour tenter de déplacer le problème ailleurs, de sorte que Ruth Jefferson n'ait plus l'air d'avoir nui intentionnellement à un nourrisson innocent, d'abord en ne tentant rien pour lui porter secours et ensuite en agissant avec une telle brusquerie que le petit corps du bébé est encore couvert d'ecchymoses ?

— Objection ! tonne Kennedy.

— Je retire ce que je viens de dire, déclare Odette.

Mais c'est trop tard : le mal est fait. Les derniers mots entendus par les jurés sont autant de balles transperçant en plein vol ma bulle d'optimisme.

Ce soir-là, Edison reste muet sur le chemin du retour. Il me dit qu'il a mal à la tête. Nous rentrons à la maison et à peine ai-je commencé à préparer le dîner qu'il ressort de sa chambre avec son blouson sur le dos. En traversant le salon, il m'annonce qu'il sort prendre l'air. Je ne cherche pas à le retenir. Comment le pourrais-je ? Que pourrais-je dire pour effacer tout ce qu'il a enduré, assis chaque jour derrière moi comme une ombre, à écouter quelqu'un s'efforçant de me dépeindre comme une personne qu'il n'a jamais imaginé que je puisse être ?

Je me retrouve seule face à mon assiette mais je n'ai pas très faim. Après avoir recouvert le plat d'une feuille de papier alu, je retourne m'asseoir à la table de la cuisine en attendant Edison. Je mangerai quand il rentrera.

Une heure passe. Puis deux. À minuit et des poussières, alors qu'il n'est toujours pas là et ne répond pas à mes SMS, je pose ma tête dans le creux de mes bras croisés.

Mes pensées glissent doucement vers la Suite Kangourou de l'hôpital. Une fresque représentant le marsupial orne l'un des murs de cette pièce au nom fantaisiste. C'est ici que nous installons les mamans qui ont perdu leur bébé.

Pour être franche, j'ai toujours détesté ce terme – *perdu.* Parce que ces mères savent pertinemment où se trouvent leur enfant. Et elles feraient et *donneraient* tout, y compris leur propre vie, pour aller les chercher.

Dans la Suite Kangourou, nous laissons les parents passer autant de temps qu'ils le souhaitent avec leur bébé mort. Je suis sûre que Turk et Brittany Bauer y sont restés avec Davis. C'est une chambre d'angle située à côté du bureau de l'infirmière en chef, à l'écart des salles de travail et d'accouchement, comme si le chagrin était une maladie contagieuse.

Cet isolement voulu évite aux parents en deuil de devoir longer les autres chambres occupées par des mamans et des bébés en bonne santé. Ils ne sont pas obligés de supporter les pleurs des nouveau-nés tout juste venus au monde alors que leur enfant vient de le quitter.

Dans la Suite Kangourou, nous accueillons les femmes enceintes qui savaient, grâce aux échographies de contrôle, que leur bébé ne survivrait pas. Ou des mères ayant subi une interruption de grossesse tardive à cause d'une grave anomalie. Ou encore des femmes ayant accouché normalement et qui, à leur profonde stupeur, ont vécu en l'espace de quelques heures le plus beau et le plus terrible moment de leur vie.

Quand je m'occupais d'une patiente qui venait de perdre son enfant, je faisais un moulage en plâtre de la main du bébé. Ou je coupais une mèche de cheveux. Je connaissais quelques photographes professionnels qui savaient comment prendre une photo du défunt et comment la retoucher de manière qu'il soit beau, qu'il ait l'air vivant et en pleine forme. Je confectionnais une boîte de souvenirs à l'intention des parents qui ne sortaient pas de l'hôpital les bras vides.

La dernière patiente dont je me suis occupée dans la Suite Kangourou s'appelait Jiao. Son mari était étudiant en master à Yale et elle était architecte. Elle avait souffert tout au long de sa grossesse d'un excès de liquide amniotique et venait toutes les semaines à l'hôpital soit pour une amniocentèse qui nous permettait de vérifier l'état de santé du bébé, soit pour une ponction du liquide. Pour vous donner une idée, j'ai extrait un soir quatre litres de liquide amniotique. Ce n'est évidemment ni normal ni anodin. J'ai demandé à la gynécologue ce qu'elle en pensait – était-il possible que le bébé n'ait pas d'œsophage? *In utero*, le bébé ingère le liquide amniotique, mais la quantité anormalement importante de celui-ci indiquait clairement que le bébé ne l'avalait pas. Les échographies ne montraient toutefois aucune anomalie et personne n'avait réussi à convaincre Jiao qu'un problème existait bel et bien.

Un jour, alors qu'elle venait pour une visite de contrôle, nous avons découvert que le bébé souffrait d'anasarque – un œdème sous-cutané généralisé. Nous l'avons gardée en observation pendant une semaine, jusqu'à ce que la gynécologue décide de déclencher l'accouchement. Le bébé n'a pas supporté et Jiao a finalement accouché par césarienne. Il souffrait d'hypoplasie pulmonaire – ses poumons ne fonctionnaient pas. Il est mort dans les bras de sa maman peu de temps après sa naissance, gonflé et boursouflé, comme un poupon en marshmallows.

Nous avons transféré Jiao dans la Suite Kangourou. Comme de nombreuses mères confrontées à la mort de leur bébé, elle bougeait avec des gestes d'automate, l'air amorphe. Mais contrairement aux autres mères, elle ne pleurait pas et refusait de voir son bébé. Comme si elle gardait à l'esprit l'image du petit garçon parfait qu'elle avait visualisé tout au long de sa grossesse et n'arrivait pas à y renoncer. Son mari a essayé de l'inciter à prendre son bébé ; sa mère a essayé de l'inciter à prendre son bébé ; sa gynécologue a essayé de l'inciter à prendre son bébé. Finalement, alors que cet état catatonique durait depuis plus de huit heures, j'ai enveloppé le nourrisson dans des couvertures chaudes, enfilé sur sa tête un petit bonnet puis je l'ai emmené dans la chambre de Jiao. "Jiao, voulez-vous m'aider à lui donner un bain ?", ai-je demandé.

Jiao n'a pas réagi. Je me suis tournée vers son mari, son pauvre mari, qui m'a adressé un signe de tête encourageant.

J'ai rempli une bassine d'eau tiède, préparé une pile de gants de toilette. Postée au pied du lit, j'ai découvert le bébé avec des gestes délicats. J'ai plongé un gant dans l'eau et je l'ai passé sur les jambes boudinées du bébé, le long de ses bras bleuis. J'ai nettoyé sa figure boursouflée, ses petits doigts raidis.

Puis j'ai tendu un gant humide à Jiao. Je l'ai pressé contre sa paume.

Je ne sais pas si c'est l'eau ou le bébé qui l'a sortie de son apathie. Toujours est-il que, avec ma main guidant la sienne, elle a lavé chaque repli, chaque courbe de son enfant. Elle l'a enveloppé dans la couverture, l'a tenu contre sa poitrine. Au bout d'un moment, avec un sanglot qui donnait l'impression qu'elle s'arrachait un membre, elle m'a rendu le corps de son enfant.

J'ai réussi à tenir le coup en me dirigeant vers la porte avec le bébé. Et là, alors qu'elle s'effondrait dans les bras de son mari, j'ai craqué. Complètement. J'ai pleuré pour ce bébé tout le long du chemin jusqu'à la morgue et, en arrivant là-bas, j'ai eu autant de mal que sa mère à m'en séparer.

Toujours assise à la table de la cuisine, j'entends la clé tourner dans la serrure. Edison se glisse à l'intérieur. Ses yeux mettent quelques instants à s'habituer à l'obscurité ; il marche à pas de loup parce qu'il me croit endormie. D'une voix claire, je dis son prénom.

— Pourquoi tu ne dors pas ? demande-t-il.

— Pourquoi tu n'es pas rentré plus tôt ?

Je distingue nettement sa silhouette, une ombre parmi les ombres.

— J'avais besoin de marcher. Seul.

— Pendant six heures ?

— Oui. Pendant six heures, répond Edison avec une pointe de défi dans la voix. T'as qu'à m'implanter une puce GPS si tu me fais pas confiance.

— Je te fais confiance, à toi, dis-je prudemment. C'est le reste du monde qui m'inspire moins.

Je me lève et nous nous retrouvons face à face, séparés par quelques centimètres. Toutes les mères se font du souci mais, par la force des choses, on s'en fait un peu plus que les autres, nous, les mères noires.

— Le simple fait de marcher peut être dangereux. Juste *exister* peut être dangereux si tu te trouves au mauvais endroit au mauvais moment.

— Je suis pas débile, marmonne Edison.

— Je sais ça mieux que personne. Et c'est justement le problème. Tu es suffisamment intelligent pour trouver des excuses à des gens qui n'en ont en réalité aucune. Tu laisses le bénéfice du doute alors que les autres ne le feront pas pour toi. C'est tout ce qui fait que tu es toi ; c'est ce qui te rend exceptionnel. Mais il va falloir que tu commences à te montrer plus vigilant. Parce que je ne serai peut-être bientôt plus là pour…

Ma phrase s'enlise, ma voix se brise.

— Je vais peut-être devoir te quitter.

Je vois sa pomme d'Adam effectuer un rapide aller-retour et je sais que cette pensée l'a tourmenté toute la soirée. Je l'imagine en train d'errer dans les rues de New Haven, s'efforçant de prendre de la distance par rapport au fait que le procès touche à sa fin. Et quand ce sera terminé, tout sera différent.

— Maman, dit-il d'une voix ténue. Qu'est-ce que je suis censé faire ?

Pendant quelques instants, j'essaie de trouver un moyen de résumer toute une vie de leçons apprises dans ma réponse. Puis je pose sur lui un regard brillant.

— T'épanouir, dis-je.

Edison s'écarte de moi brusquement. La porte de sa chambre claque et, bientôt, la musique étouffe tous les autres sons que j'essaie, en vain, de discerner.

Je crois que je viens de comprendre pourquoi cette pièce s'appelle la Suite Kangourou à l'hôpital. C'est parce que, même quand on n'a plus d'enfant, on continue de le porter toute sa vie.

C'est toujours triste quand un parent est arraché à son enfant mais la douleur emmagasinée dans la suite est incommensurable. À l'enterrement de maman, j'ai enfoui dans la poche de mon manteau en laine une poignée de terre froide que j'ai ramassée dans le trou creusé pour son cercueil. Il m'arrive parfois de mettre ce manteau dans la maison, juste comme ça. Je fais couler la terre entre mes doigts, la serre au creux de mon poing.

Je me demande ce qu'Edison gardera de moi.

TURK

Je pose mes mains de chaque côté du visage de Brit et j'appuie mon front contre le sien.

— Respire, je lui dis. Pense à Vienne.

On n'est jamais allés à Vienne, ni elle ni moi, mais Brit a trouvé une vieille photo dans une brocante, un jour, et elle l'a accrochée au mur de notre chambre. On y voit l'hôtel de ville, splendide, et la place qui s'étend devant est remplie de piétons et de mères tenant leurs enfants par la main – tous blancs. On s'est toujours dit qu'on essaierait d'économiser un peu d'argent pour partir en vacances là-bas, et pendant les séances de préparation à l'accouchement on avait décidé que Vienne serait un des mots que j'utiliserais pour l'aider à se concentrer quand les choses se corseraient.

Je suis conscient de murmurer le mot que j'ai prononcé pour essayer de la calmer quand elle mettait au monde Davis… Sauf que, maintenant, je l'utilise pour empêcher Brit de visualiser l'image de notre fils mort.

Tout à coup, la porte s'ouvre et la procureure entre dans la salle de délibération.

— C'était très bien. Le jury adore voir une mère perdre le contrôle sous l'effet du chagrin. Mais les menaces en plein tribunal ? Ce n'est pas forcément une bonne idée.

Brit se raidit. D'un geste brusque, elle me repousse et va se planter sous le nez de la procureure.

— Je joue pas la comédie, lance-t-elle d'une voix dangereusement basse. Et c'est pas à vous de me dire ce qui est bien ou mal, connasse.

Je l'attrape par le bras.

— Bébé, pourquoi tu ne vas pas te passer un peu d'eau sur la figure ? Je m'occupe de régler ça.

Brit ne cille même pas. Elle reste immobile, comme un mur de brique face à Odette Lawton – le chien dominant toisant un autre cador de la meute jusqu'à ce qu'il ait la bonne idée de s'incliner. Et puis soudain, elle fait volte-face et claque la porte derrière elle.

Je sais que c'est déjà une chance pour nous d'avoir le droit d'assister aux audiences alors qu'on fait déjà partie des témoins. Il y a eu une réunion et tout le toutim là-dessus, avant le début du procès. Cette saleté d'avocate de la défense a cru qu'elle allait pouvoir se débarrasser de nous en demandant à ce que tous les témoins soient tenus à l'écart, mais le juge a dit qu'on avait le droit d'être là parce qu'on était les parents de Davis. Je comprends bien que la procureure n'ait pas envie qu'on lui fasse regretter sa décision.

— Monsieur Bauer, il faut que nous parlions, tous les deux.

Je croise les bras sur mon torse.

— Pourquoi est-ce que vous vous contentez pas de faire votre boulot : gagner le procès, un point c'est tout ?

— C'est un peu difficile quand votre femme se comporte comme une délinquante agressive au lieu de rester dans son rôle de mère éplorée.

Elle se tait, plante son regard dans le mien.

— Je ne peux pas l'appeler à la barre des témoins.

— Quoi ? Mais on s'est entraînés et tout…

— Oui, mais je ne fais pas confiance à Brittany, lâche-t-elle platement. Votre femme est un électron libre. Et on ne met pas d'électron libre dans le box des témoins.

— Les jurés ont le droit d'entendre la mère de Davis.

— Pas si je ne peux pas être sûre qu'elle ne se mettra pas à hurler des injures racistes à l'accusée.

Elle me dévisage froidement.

— Monsieur Bauer, votre femme et vous pouvez bien nous détester, moi et toutes les personnes qui me ressemblent. Tout à fait franchement, je n'en ai rien à faire. Mais il se trouve que je suis votre meilleur atout – et le seul – si vous voulez obtenir justice pour votre fils. Par conséquent, non seulement je vous dirai ce qui est ou n'est pas une bonne idée, mais c'est également moi qui dicterai toutes les règles du jeu. Et, pour commencer, votre femme ne viendra pas témoigner.

— Le juge et les jurés vont trouver ça louche si elle ne vient pas à la barre.

— Le juge et les jurés croiront qu'elle est anéantie par le chagrin. Et vous serez un témoin solide. Vous réussirez à faire entendre votre voix.

Est-ce que ça veut dire que j'aimais moins Davis – puisque contrairement à Brit j'arrive tout de même à me contrôler malgré mon chagrin ?

— Hier, vous avez entendu la défense avancer l'hypothèse que votre fils souffrait d'une maladie métabolique non diagnostiquée, n'est-ce pas ?

C'était quand la pédiatre était à la barre. J'ai pas tout compris à cause du charabia médical mais j'ai pigé l'essentiel, je crois.

— Ouais, ouais. Je vois le truc. C'était une manœuvre de dernière minute.

— Pas tout à fait, répond la procureure. Pendant votre absence, le médecin légiste a vérifié les résultats d'analyses. Le dépistage du déficit en MCAD est revenu positif pour Davis. J'ai fait de mon mieux pour discréditer le témoignage aux yeux du jury mais il faut se rendre à l'évidence :

la défense a semé une graine qui a déjà pris racine. Dans l'esprit des jurés, votre bébé était porteur d'une maladie potentiellement mortelle et les résultats d'analyses sont arrivés trop tard. Et si rien de tout cela ne s'était produit, il serait peut-être encore en vie.

Je sens mes genoux lâcher et je m'assieds lourdement sur la table. Mon bébé était malade et on n'en a rien su ? Comment c'est possible qu'un hôpital passe à côté d'un truc comme ça ?

C'est tellement… injuste. Tellement insensé.

La procureure me touche le bras et je tressaille, c'est plus fort que moi.

— Ne faites surtout pas ça. Ne vous perdez pas dans vos pensées. Je vous dis ça pour que vous ne soyez pas surpris pendant le contre-interrogatoire. Kennedy McQuarrie a déniché un diagnostic qui demandait à être vérifié, rien de plus. Il n'a jamais été confirmé. Davis n'a reçu aucun traitement. Elle aurait tout aussi bien pu avancer que votre fils allait développer une maladie cardiaque à l'âge adulte parce que c'était indiqué dans ses prédispositions génétiques. Alors que ça ne veut pas dire que ça serait arrivé pour de bon.

Je pense à mon grand-père, foudroyé par une crise cardiaque.

— Je vous raconte tout ça, continue Odette Lawton, parce que, quand nous allons retourner là-dedans, je vais vous appeler à la barre. Et vous allez répondre à mes questions exactement comme pendant nos séances de préparation, dans mon bureau. Il faut juste que vous gardiez à l'esprit qu'il n'y a pas de place pour les *peut-être* dans ce procès. Il n'y a pas de ça aurait pu se passer comme ça. Parce que c'est déjà arrivé. Votre fils est mort.

J'approuve d'un signe de tête. Il y a un cadavre. Et quelqu'un doit payer.

Jurez-vous de dire la vérité ?

Ma main se crispe sur la reliure en cuir de la Bible. Je ne la lis plus beaucoup, ces temps-ci. Mais jurer dessus me rappelle Big Ike, à l'époque où j'étais en prison. Et Twinkie.

Pour être franc, je pense beaucoup à lui. Je suppose qu'il a dû sortir, depuis le temps. Peut-être qu'il est en train de manger les raviolis en boîte du Chef Boyardee qui le faisaient tant saliver. Qu'est-ce qui se passerait si je le croisais dans la rue ? Ou dans un Starbucks ? Est-ce qu'on se saluerait en se donnant une tape virile dans le dos ? Ou est-ce qu'on ferait semblant de ne pas se connaître ? Il savait ce que j'étais, au-dehors, tout comme je savais ce qu'il était. Mais en taule, les choses sont différentes et ce qu'on m'avait appris à croire ne tenait pas la route. Si nos chemins se recroisaient aujourd'hui, est-ce qu'il serait encore Twinkie pour moi ? Ou juste un nègre parmi d'autres ?

Brit est de retour dans la salle, accrochée à Francis. Quand elle a émergé des toilettes, le visage encore humide, le nez et les joues rosis, je lui ai raconté que j'avais recadré la procureure en lui balançant que personne ne disait à ma femme comment elle devait vivre son deuil. Et comme je ne supportais pas l'idée qu'elle s'effondre encore, j'avais fait savoir à Odette Lawton qu'il était hors de question qu'elle l'oblige à venir témoigner à la barre. J'ai dit à Brit que je l'aimais et que ça me faisait trop mal de la voir souffrir.

Elle m'a cru.

Jurez-vous de dire la vérité ?

— Monsieur Bauer, commence la procureure, était-ce votre premier enfant avec votre épouse, Brittany ?

La sueur perle dans mon dos. Je sens les yeux des jurés fixés sur la croix gammée tatouée sur mon crâne. Même ceux qui font semblant de ne pas la voir coulent des regards en douce. J'enroule mes doigts autour du cadre de chaise. Le contact ferme du bois me fait du bien. Comme une arme.

— Oui. Nous étions très impatients.

— Saviez-vous que ça allait être un garçon ?

— Non. On voulait que ça soit une surprise.

— Y a-t-il eu des complications pendant la grossesse ?

— Ma femme avait du diabète gestationnel. Le docteur nous a dit que ce n'était pas grave tant qu'elle faisait attention à ce qu'elle mangeait. Alors c'est ce qu'elle a fait. Elle voulait comme moi que notre enfant soit en bonne santé.

— Passons à l'accouchement, monsieur Bauer. Tout s'est-il déroulé normalement ?

— Sans problème, oui. Mais, là encore, c'est pas franchement moi qui faisais le boulot.

Dans le jury, les femmes sourient, exactement comme l'avait prédit la procureure – le tout étant de ressembler à n'importe quel autre père.

— Et où avez-vous eu votre bébé, votre femme et vous ?

— À l'hôpital Mercy-West Haven.

— Avez-vous pu tenir votre fils Davis dans vos bras après sa naissance, monsieur Bauer ?

— Oui.

Quand on a répété cette partie-là dans le bureau de la procureure, comme des acteurs en train d'apprendre leurs répliques, elle m'a dit que ça serait vraiment bien que je craque. Je lui ai répondu que je pouvais pas chialer sur commande mais là, alors que je repense au moment où Davis est né, j'ai la gorge serrée. C'est dingue, non, d'aimer une fille au point d'être capable de créer avec elle un autre être humain. Un peu comme frotter deux bouts de bois jusqu'à ce qu'une étincelle jaillisse : on voit apparaître quelque chose de vivant et d'intense qui n'existait pas une minute plus tôt. Je me souviens des pieds de Davis pédalant contre moi. Sa tête dans le creux de ma main. Ces yeux sombres qui me scrutaient d'un air perplexe.

— Je n'ai jamais rien ressenti de pareil de toute ma vie.

C'est pas le texte qu'on avait préparé mais je m'en fous.

— Je croyais que c'était du baratin, quand les gens racontent qu'ils ont aimé leur bébé dès qu'ils l'ont vu. Mais c'est la vérité. J'avais l'impression de voir tout mon avenir là, sur son visage.

— Connaissiez-vous certains membres de l'équipe médicale avant de choisir cet hôpital ?

— Non. Le gynéco de Brit travaillait là-bas, alors c'était dans la logique des choses.

— Avez-vous eu une bonne expérience dans cet hôpital, monsieur Bauer ?

— Non, je réponds d'un ton ferme. Absolument pas.

— Avez-vous eu ce sentiment dès le moment où votre femme a été admise dans le service de maternité ?

— Non. Au début, tout allait bien. Elle a été conduite en salle de travail puis en salle d'accouchement.

La procureure marche vers le box des jurés.

— À quel moment les choses ont-elles changé ?

— Quand une autre infirmière a remplacé celle qui s'était occupée de nous parce qu'elle avait terminé son service. Et elle était noire.

La procureure s'éclaircit la gorge.

— Pourquoi est-ce un problème, monsieur Bauer ?

Je lève machinalement le bras et passe la main sur mon crâne tatoué.

— Parce que je crois en la supériorité de la race blanche.

Plusieurs jurés me regardent attentivement, d'un air curieux. Quelques-uns secouent la tête. D'autres baissent les yeux sur leurs genoux.

— Vous êtes donc un suprémaciste blanc, déclare la procureure. Vous croyez que les Noirs, les personnes comme moi, devraient être traités comme des êtres inférieurs.

— Je ne suis pas anti-Noirs. Je suis pro-Blancs.

— Vous êtes conscient que de nombreuses personnes dans le monde – et dans cette salle d'audience – trouvent vos croyances offensantes.

— Peut-être, mais les hôpitaux sont tenus de soigner tous les patients, même ceux avec des idées qui leur déplaisent. Quand il y a une fusillade dans une école et que le responsable de la tuerie est transporté à l'hôpital parce qu'il a été blessé pendant l'arrestation, les docteurs feront tout pour lui sauver la vie, même s'il a flingué une douzaine de personnes. Je sais que notre mode de vie, à ma femme et à moi, ne correspond pas à celui des autres. Mais ce qu'il y a de bien, dans ce pays, c'est qu'on a tous le droit de croire ce qu'on veut.

— Qu'avez-vous fait lorsque vous avez découvert qu'une infirmière noire allait s'occuper de votre bébé ?

— J'ai fait une réclamation. J'ai demandé qu'elle ne touche pas à mon fils.

— L'infirmière africaine-américaine dont vous parlez est-elle présente aujourd'hui ?

— Oui.

Je montre du doigt Ruth Jefferson. J'ai l'impression qu'elle recule au fond de sa chaise – en tout cas, ça me plaît de le croire.

— À qui avez-vous adressé cette demande ? continue la procureure.

— À l'infirmière en chef. Marie Malone.

— Que s'est-il passé après votre conversation ?

— J'en sais rien mais ils lui ont retiré le dossier de Davis.

— L'accusée s'est-elle de nouveau occupée de votre fils après ça ?

Je hoche la tête.

— Davis devait se faire circoncire. C'était censé être une opération de routine. Ils l'ont emmené à la nursery et devaient le ramener tout de suite après. Mais brusquement, ça a viré au cauchemar. On a entendu des gens crier, appeler de l'aide, des chariots passaient dans le couloir en faisant un boucan d'enfer puis on a vu que tout le monde courait vers la nursery. Mon fils était là-bas et j'ai… En fait, je crois que Brit et moi, on *savait.* On s'est approchés de la nursery et on a vu plein de monde autour de Davis et cette femme, là, qui avait encore ses mains sur mon bébé.

J'avale ma salive.

— Elle lui faisait mal. Elle martelait son torse tellement fort que j'ai cru qu'elle allait le casser en deux.

— Objection ! crie l'autre avocate.

Le juge pince ses lèvres.

— Objection retenue.

— Quelle a été votre réaction, monsieur Bauer ?

— Je pouvais pas parler. Brit et moi, on était sous le choc. Ils nous avaient dit que c'était une intervention de rien du tout. On était censés rentrer chez nous l'après-midi. C'était comme si mon cerveau n'arrivait pas à assimiler ce qui se passait sous mes yeux.

— Que s'est-il passé ensuite ?

Je me rends compte que les jurés sont assis au bord de leurs chaises. Tous les visages sont tournés vers moi.

— Les docteurs et les infirmières… Tout le monde bougeait tellement vite que je ne savais pas à qui appartenaient les mains que je voyais. Ensuite, la pédiatre est arrivée. Le Dr Atkins. Elle s'est occupée un peu de mon fils et puis elle… Elle a dit qu'il n'y avait plus rien à faire.

Les mots se déploient en trois dimensions, comme un film que je suis obligé de regarder. La pédiatre qui jette un coup d'œil à l'horloge. Les autres qui s'écartent tous avec les mains en l'air, comme si quelqu'un les braquait avec une arme. Mon fils, trop immobile.

Un sanglot s'échappe de mes lèvres. J'agrippe les montants de la chaise. Si je lâche, mes poings prendront le dessus. Je trouverai quelqu'un à punir. Je lève les yeux et, pendant une fraction de seconde, je leur laisse voir la profondeur du vide qui m'habite.

— Elle a dit que mon fils était mort.

Odette Lawton marche vers moi avec une boîte de Kleenex qu'elle pose sur la rambarde, entre nous, mais je ne prends pas de mouchoir. En fait, je suis soulagé que Brit n'ait pas à subir ça. Je ne veux pas l'obliger à revivre ce moment.

— Qu'avez-vous fait, ensuite ?

— Je ne pouvais pas les laisser baisser les bras.

Les mots sont comme des tessons de verre sur ma langue.

— S'ils ne pouvaient pas le sauver, j'y arriverais, moi. Alors je suis allé récupérer dans la poubelle l'espèce de sac qu'ils avaient utilisé pour aider Davis à respirer. J'ai essayé de voir comment il fallait l'attacher. J'allais certainement pas abandonner mon propre fils.

J'entends du bruit, une plainte suraiguë que je reconnais tout de suite : Brit poussait les mêmes gémissements quand elle passait ses journées au lit, secouant les murs de la maison avec la force de son chagrin. Assise dans la salle d'audience, elle est recroquevillée sur elle-même à la manière d'un point d'interrogation, comme si son corps tout entier demandait pourquoi ça nous est arrivé, à nous.

— Monsieur Bauer, dit la procureure d'une voix douce pour attirer mon attention. Certaines personnes dans cette salle vous traiteront certainement de suprémaciste blanc et diront que c'est vous qui avez déclenché tout ça en exigeant qu'on interdise à une infirmière africaine-américaine de s'occuper de votre fils. Il se pourrait même que ces personnes vous tiennent responsable de votre malheur. Qu'aimeriez-vous leur répondre ?

J'inspire profondément avant de prendre la parole.

— Tout ce que je voulais, c'était offrir à mon bébé la plus belle vie possible. Est-ce que cela fait de moi un suprémaciste blanc? Ou simplement un père?

Pendant la pause, Odette me donne quelques conseils pour la suite, dans la salle de délibération. "Son boulot à *elle* consiste à utiliser toutes les armes dont elle dispose pour faire en sorte que les jurés vous détestent. Alors d'accord, il faut un peu de ça pour mettre en lumière les motivations de l'infirmière. Mais un peu seulement. Votre boulot à vous consiste à faire tout votre possible pour leur montrer ce qui vous rapproche, et surtout pas ce qui vous sépare. On doit absolument rester concentré sur l'amour que vous portiez à votre fils. N'allez pas tout fiche en l'air en vous focalisant sur la personne que vous détestez."

Elle nous laisse seuls pendant quelques minutes, Brit et moi, avant qu'on nous fasse de nouveau entrer dans la salle d'audience.

— Elle, gronde Brit dès que la porte s'est refermée, c'est *elle* que je déteste.

Je me tourne vers ma femme.

— Tu crois qu'elle a raison? Tu crois qu'on est responsables de ce qui nous est arrivé?

Je n'arrête pas de penser à ce qu'a dit Odette Lawton tout à l'heure, juste avant la pause: est-ce que les choses se seraient passées autrement si je ne m'en étais pas pris à cette infirmière noire? Est-ce qu'elle aurait essayé de sauver Davis dès l'instant où elle s'est aperçue qu'il ne respirait plus? Est-ce qu'elle l'aurait traité comme n'importe quel autre patient dans un état critique, au lieu de vouloir lui faire mal comme je lui avais fait mal à elle?

Mon fils aurait cinq mois, aujourd'hui. Est-ce qu'il tiendrait assis tout seul? Est-ce qu'il sourirait en me voyant?

Je crois en Dieu. Je crois en un Dieu qui sait reconnaître le travail que nous accomplissons pour Lui sur cette terre. Mais pour quelle raison punirait-Il Ses guerriers ?

Brit se lève. Une expression de dégoût déforme ses traits.

— T'es devenu une vraie lopette, ma parole.

Pendant les dernières semaines de la grossesse de Brit, nos voisins – un couple de métèques du Guatemala qui avaient probablement sauté par-dessus une clôture de fil barbelé pour passer dans notre pays – ont pris un chiot chez eux. C'était une de ces petites bestioles pleines de poils, un cador qui ressemblait à une boule de coton avec des dents et qui passait son temps à aboyer. Frida (c'était son nom) se baladait toujours dans notre jardin ; elle semait ses merdes sur notre pelouse et, quand elle n'était pas occupée à ça, elle poussait des glapissements. Chaque fois que Brit allait s'allonger pour faire une sieste, cette espèce de balai serpillière débile se mettait à japper. Ça réveillait Brit qui pétait un câble. Je pétais un câble à mon tour : je fonçais chez eux d'un pas furibard, je tapais à leur porte et je les menaçais de faire disparaître leur foutu clébard s'ils ne lui collaient pas une muselière pour lui clouer le bec.

En rentrant du boulot un jour, j'ai trouvé mes bronzés de voisins dans leur jardin : lui était en train de creuser un trou au pied d'une azalée pendant que sa bonne femme chialait, une boîte à chaussures dans les mains. Brit m'attendait au salon, assise sur le canapé.

— Je crois bien que leur chien est mort.

— Je vois ça.

Elle a tendu le bras derrière elle et soulevé une bouteille d'antigel.

— Tu savais que c'était sucré, ce truc ? Papa m'avait dit de le tenir hors de portée de notre chiot, quand j'étais petite.

Je l'ai fixée sans mot dire pendant quelques secondes.

— T'as empoisonné Frida ?

Brit a soutenu mon regard avec un tel aplomb que, l'espace d'un instant, j'ai eu l'impression d'avoir Francis en face de moi.

— Je n'arrivais pas dormir, m'a-t-elle lancé. C'était soit notre bébé, soit ce putain de clébard.

Kennedy McQuarrie est le genre à boire des cafés *latte* à la citrouille épicée. Je parie qu'elle a voté pour Obama, qu'elle appelle le numéro gratuit pour filer du fric aux chiens abandonnés après chaque message télévisé et qu'elle croit dur comme fer que le monde serait un endroit hyper-sympa si seulement les gens voulaient bien tous s'entendre. Elle représente tout à fait la nana de gauche dégoulinante de bons sentiments que je déteste.

Je garde bien ça en tête tandis qu'elle s'avance vers moi.

— Vous avez entendu le Dr Atkins témoigner à la barre que votre fils souffrait d'un déficit en MCAD, n'est-ce pas ?

— Je l'ai entendue dire que les premiers tests étaient revenus positifs, c'est tout.

C'est la procureure qui m'a dit de répondre ça.

— Monsieur Bauer, êtes-vous conscient qu'un bébé atteint d'un déficit en MCAD non diagnostiqué et dont le taux de glycémie chute brusquement peut faire un arrêt respiratoire ?

— Oui.

— Et êtes-vous conscient qu'un bébé en arrêt respiratoire peut faire un arrêt cardiaque ?

— Oui.

— Et que ce même bébé risque donc de mourir ?

Je hoche la tête.

— Ouais.

— Comprenez-vous aussi, monsieur Bauer, que l'intervention d'une infirmière qui tenterait tout pour sauver la vie de ce bébé ne ferait aucune différence dans les circonstances que je viens d'évoquer ? Êtes-vous conscient qu'il se pourrait malgré tout que le bébé meure ?

— Il se pourrait, oui.

— Comprenez-vous que dans ce cas de figure précis, à supposer que votre fils était à la place de ce bébé, même mère Teresa n'aurait pas réussi à le sauver ?

Je croise les bras.

— Mais ce n'était pas mon fils.

Elle incline la tête sur le côté.

— Vous avez entendu le témoignage médical du Dr Atkins, corroboré par le Dr Binnie. Votre bébé souffrait effectivement d'un déficit en MCAD, n'est-ce pas la vérité ?

— Je sais pas, je réponds en pointant le menton vers Ruth Jefferson. Elle l'a tué avant que le premier test puisse être confirmé.

— Vous croyez vraiment, sincèrement à ce que vous dites ? demande l'avocate. Alors que la preuve scientifique se trouve sous vos yeux ?

— Oui, je le crois, je fais d'une voix enrouée.

Une étincelle jaillit dans ses yeux.

— Vous le croyez ou vous êtes *obligé* d'y croire ?

— Quoi ?

— Vous croyez en Dieu, n'est-ce pas, monsieur Bauer ?

— Oui.

— Et vous croyez que rien n'arrive par hasard ?

— Oui.

— Monsieur Bauer, utilisez-vous l'identifiant @WhiteMight pour vous connecter à Twitter ?

— Ouais.

Je réponds d'un ton mécanique mais je n'ai aucune idée de ce que ça vient faire dans les questions qu'elle me pose.

J'ai l'impression d'être secoué par des rafales provenant chaque fois de directions différentes.

Elle sort comme preuve une feuille imprimée.

— Avez-vous publié cette phrase sur votre compte Twitter au mois de juillet, l'an dernier ?

Je hoche la tête.

— Pouvez-vous la lire à voix haute ?

— On mérite tous ce qui nous arrive.

— Si je suis votre logique, votre fils méritait ce qui lui est arrivé, n'est-ce pas ?

Mes mains s'enroulent autour de la rambarde du box des témoins.

— Qu'est-ce que vous avez dit ?

Ma voix est assourdie par la rage.

— J'ai dit que votre fils a sans doute eu ce qu'il méritait.

— Mon fils était innocent. C'était un guerrier aryen.

Elle fait semblant de ne pas m'entendre.

— Tout bien considéré, je crois qu'on peut dire que vous méritez aussi ce qui vous est arrivé…

— Fermez-la.

— C'est la raison pour laquelle vous accusez une femme innocente d'être responsable d'une mort qui est en réalité totalement et intégralement arbitraire, n'est-ce pas ? Parce que si vous acceptiez de croire à ce qui s'est réellement passé, à savoir que votre fils souffrait d'une maladie génétique…

Je me lève, hors de moi.

— Fermez-la…

La procureure se met à hurler mais cette pute d'avocate hurle plus fort qu'elle.

— Vous refusez d'accepter que la mort de votre fils n'a aucun sens, qu'elle n'est rien d'autre qu'un méchant coup du sort. Vous vous sentez obligé de jeter la pierre à Ruth Jefferson parce que, si vous ne le faites pas, alors c'est *vous* qui êtes responsable : c'est vous et votre femme qui avez engendré un enfant atteint d'une anomalie génétique. N'est-ce pas la vérité, monsieur Bauer ?

Du coin de l'œil, j'aperçois Odette Lawton qui se dirige vers le juge. Mais je suis déjà débout, penché par-dessus la rambarde du box des témoins. Le monstre qui dormait en moi s'est réveillé brusquement et il crache du feu.

— Espèce de salope, je beugle en essayant d'attraper Kennedy McQuarrie par le cou.

J'ai presque enjambé la rambarde quand ce connard d'huissier, cette espèce de faux flic de mes deux, me chope par-derrière.

— T'es qu'une sale traîtresse à la race !

J'entends de loin le coup de marteau donné par le juge qui ordonne le retrait du témoin. Je sens qu'on me traîne vers la sortie, les semelles de mes pompes raclent le sol. J'entends Brit crier mon prénom puis Francis lancer son cri de ralliement et le tonnerre d'applaudissements des abonnés à Lonewolf.org.

Je me souviens plus de grand-chose, après ça, sauf que j'ai cligné des yeux et brusquement j'étais plus dans la salle d'audience. J'étais dans une cellule quelque part, avec des murs en parpaings autour de moi, une couchette et des WC.

J'ai l'impression d'attendre une éternité mais il ne se passe qu'une demi-heure avant qu'Odette Lawton me rejoigne. J'ai très envie d'éclater de rire quand le gardien ouvre la porte de la cellule et que je la vois se pointer devant moi. Mon sauveur est une femme noire. Allez comprendre.

— Ce que vous avez fait est totalement stupide, lance-t-elle. J'ai eu très souvent envie d'étrangler un avocat de la défense mais je ne suis jamais passée à l'acte.

Je la foudroie des yeux.

— Je l'ai même pas touchée.

— Le jury s'en moque. Monsieur Bauer, je dois vous dire que votre coup d'éclat en salle d'audience a balayé tous les avantages dont disposait éventuellement l'État dans cette affaire. Il n'y a rien d'autre que je puisse faire.

— Qu'est-ce que ça veut dire ?

Elle me regarde dans les yeux.

— L'accusation a terminé.

Mais moi je n'ai pas fini. Et je n'abandonnerai jamais.

KENNEDY

Si je pouvais entrer en faisant des roues dans le bureau du juge Thunder, je n'hésiterais pas un instant.

J'ai laissé Howard et Ruth m'attendre dans une des salles de délibération. Il y a de grandes chances que j'obtienne de l'accusation l'abandon de toutes les charges pesant sur Ruth. J'ai présenté ma demande d'acquittement et je devine, dès l'instant où je pénètre dans le bureau du juge, qu'Odette sait déjà qu'elle est grillée. Alors j'attaque directement.

— Monsieur le juge, nous savons que ce bébé est mort, c'est un fait tragique, mais aucune preuve n'a été apportée démontrant le comportement intentionnel, imprudent ou irresponsable de Ruth Jefferson. Attendu que l'accusation de meurtre présentée par l'État n'a pas été étayée, je demande à ce qu'elle soit retirée.

Le juge se tourne vers Odette.

— Madame la procureure ? Où est la preuve de la préméditation ? de l'intention de nuire ?

Odette hésite, tergiverse, cherche ses mots.

— Je considère qu'un commentaire formulé en public relatif à la stérilisation d'un bébé est un indicateur assez probant.

— Votre Honneur, il s'agissait de la réaction amère d'une femme victime de discrimination, protesté-je. Cette remarque a pris une tournure tristement déplacée à la lumière des événements qui se sont déroulés ultérieurement. Mais cela ne démontre toujours pas l'intention de tuer.

— Je suis d'accord avec Mme McQuarrie, déclare le juge Thunder. Que cette remarque soit empreinte de médisance et de rancune, oui. Qu'elle dénote une réelle intention de nuire, non – pas au sens légal du terme. Si les avocats devaient répondre pénalement des attaques verbales vindicatives qu'ils formulent à l'encontre des juges après chaque procès perdu, vous seriez tous condamnés pour meurtre. Le chef d'accusation numéro un est abandonné et votre demande d'acquittement concernant l'accusation de meurtre est acceptée, madame McQuarrie.

En remontant le couloir en direction de la salle de délibération, pressée d'annoncer l'excellente nouvelle à ma cliente, je jette un coup d'œil par-dessus mon épaule pour m'assurer que la voie est libre et claque mes talons l'un contre l'autre. Mince, ce n'est pas tous les jours que le vent tourne en faveur de la défense dans un procès pour meurtre ; et c'est encore plus rare qu'un tel revirement se produise quand c'est la *première fois* que vous plaidez une affaire de meurtre. Je me plais à imaginer que Harry me convoquera bientôt dans son bureau pour me dire, avec ses manières bourrues, que je l'ai étonné. Je le vois déjà me confier dorénavant un certain nombre d'affaires importantes et accorder une promotion à Howard qui reprendra mes dossiers en cours.

Rayonnante, j'entre dans la salle de délibération. Howard et Ruth tournent vers moi leurs visages pleins d'espoir.

— Il a laissé tomber l'accusation pour meurtre, fais-je, tout sourire.

— *Yeeees!* s'exclame Howard en battant l'air avec son poing fermé.

La réaction de Ruth est plus circonspecte.

— Je sais que c'est une bonne nouvelle… Mais bonne à quel point ?

— *Excellente*, dis-je sans hésiter. Sur le plan légal, l'homicide involontaire est une tout autre affaire. Le pire scénario, à savoir une condamnation, prévoit une peine d'emprisonnement minimale et, pour être franche, la preuve médicale que nous avons apportée est tellement solide que je tomberais des nues si le jury ne prononce pas l'acquittement.

Ruth jette ses bras autour de mon cou.

— Merci.

— Vous imaginez un peu ? Il est fort possible que tout soit bouclé avant le week-end. Je me présenterai demain en salle d'audience pour annoncer que la défense en a également terminé avec l'audition des témoins et si le jury prend une décision aussi vite que ce que je crois…

— Attendez, coupe Ruth. Comment ça ?

Je recule d'un pas.

— On a semé un doute raisonnable. Ça suffit pour remporter le procès.

— Mais je n'ai pas témoigné, proteste Ruth.

— Je ne pense pas que cela soit nécessaire. Les choses s'annoncent vraiment très bien pour nous, à l'heure qu'il est. Si la dernière image présente à l'esprit des jurés est l'accès de rage de Turk Bauer qui cherche à m'agresser, vous pouvez être sûre d'avoir tout leur soutien.

Ruth se tient très, très droite.

— Vous aviez promis.

— J'avais promis de faire tout mon possible pour obtenir l'acquittement et j'ai tenu ma promesse.

Elle secoue la tête.

— Vous aviez promis que je pourrais livrer ma version des faits.

— Mais ce qui est encore plus fort, fais-je observer, c'est que vous n'avez même plus besoin de venir à la barre. Le jury prononce son verdict et hop vous retrouvez votre travail. Vous pourrez même faire comme si tout ça n'était jamais arrivé.

Ruth parle d'une voix douce mais ferme.

— Vous croyez vraiment que je vais pouvoir faire comme si tout ça n'était jamais arrivé ? Alors que ça me poursuit tous les jours, partout où je mets les pieds ? Vous croyez sincèrement que je vais retrouver mon boulot ? Vous croyez que je ne resterai pas toujours, dans l'esprit des gens, l'infirmière noire qui a semé la zizanie ?

Je la regarde d'un air incrédule.

— Ruth, je suis sûre à quatre-vingt-dix-neuf pour cent que ce jury va vous déclarer non coupable. Que voulez-vous de plus ?

Elle penche la tête sur le côté.

— Vous me posez encore la question ?

Je sais très bien de quoi elle parle.

Elle parle de tout ce dont j'ai moi-même refusé de parler devant la Cour, à savoir de ce qu'on éprouve quand on sait qu'on est pris pour cible à cause de la couleur de sa peau. De ce que ça implique de travailler dur, de faire en sorte d'être un employé irréprochable et de constater que rien de tout cela n'a d'importance quand on est victime de discrimination.

J'avais dit que je la laisserais raconter au jury les événements tels qu'elle les a vécus, elle, c'est vrai. Mais quel est l'intérêt, sachant que nous leur avons déjà fourni un crochet auquel suspendre leur disculpation ?

— Pensez à Edison, Ruth.

— Mais c'est justement à mon fils que je pense ! s'écrie Ruth d'un ton impatient. Je pense à l'image qu'il gardera de sa mère qui n'aura même pas cherché à s'expliquer.

Elle me fixe en plissant les yeux.

— Je sais comment fonctionne la justice, Kennedy. Je sais que la charge de la preuve incombe à l'État. Je sais aussi que vous êtes obligée de me citer comme témoin si je vous le demande. La question est donc : allez-vous faire votre boulot ? Ou ne serez-vous qu'une personne blanche parmi tant d'autres à m'avoir menti ?

Je me tourne vers Howard qui suit nos échanges comme s'il assistait à la finale simple dames de l'US Open.

— Howard, fais-je d'un ton neutre, peux-tu sortir quelques instants, s'il te plaît ? J'aimerais m'entretenir en tête à tête avec notre cliente.

Howard relève le menton et quitte la pièce. À peine la porte est-elle refermée que je passe à l'attaque.

— Qu'est-ce qui vous prend, bon sang ? Ce n'est pas le moment de s'accrocher à ses principes, vraiment. Faites-moi confiance, Ruth. Si vous venez à la barre pour soulever la question raciale, vous risquez d'égratigner le capital sympathie dont vous bénéficiez en ce moment auprès du jury. Vous allez aborder des questions qui vont les aliéner et les mettre mal à l'aise. Sans compter que votre colère et votre rancœur perceront forcément dans vos propos et anéantiront toute la compassion qu'ils ressentent pour vous. J'ai déjà dit tout ce que le jury a besoin d'entendre, vraiment.

— Sauf la vérité, objecte Ruth.

— De quoi voulez-vous parler ?

— J'ai essayé de réanimer le bébé. Je vous ai dit que je ne l'avais pas touché tant que j'étais seule. C'est ce que j'ai raconté à tout le monde. Mais c'est faux.

Je sens mon estomac chavirer.

— Pourquoi ne me l'avez-vous pas dit plus tôt ?

— Au début, j'ai menti parce que j'avais peur de perdre mon travail si je disais la vérité. Ensuite, j'ai continué à mentir parce que je ne savais pas si je pouvais vous faire confiance. Ensuite, j'ai essayé plusieurs fois de vous dire la vérité mais je n'y arrivais pas parce que j'avais honte et puis le temps passait et ça devenait de plus en plus difficile.

Elle fait une pause, aspire une grande bouffée d'air.

— Voila ce que j'aurais dû vous dire, le jour où nous nous sommes rencontrées : je n'avais pas le droit de toucher le bébé ; c'était écrit dans son dossier médical. Mais quand j'ai vu sa peau bleuir, j'ai déroulé la couverture qui l'enveloppait. Je l'ai retourné. J'ai tapoté ses pieds et je l'ai couché sur le côté : bref, j'ai fait tout ce qu'on est censé faire quand on essaie de provoquer une réaction chez un nourrisson. Quand j'ai entendu des bruits de pas, je l'ai vite remmailloté. Je ne voulais surtout pas que quelqu'un me voie faire ce qu'on m'avait interdit de faire.

J'attends un moment avant de demander :

— À quoi bon réécrire l'histoire, Ruth ? Les jurés croiront peut-être que vous avez tout essayé pour sauver ce bébé. Mais il se peut aussi qu'ils pensent que vous avez commis une erreur, fait quelque chose qu'il ne fallait pas et qui a causé sa mort.

— Je veux qu'ils sachent que j'ai fait mon travail, réplique Ruth. Vous n'avez pas arrêté de me dire que tout cela n'avait rien à voir avec ma couleur de peau – qu'il ne s'agissait que de mes compétences professionnelles. Eh bien, en plus du reste, je veux qu'ils sachent que je suis une bonne infirmière. J'ai essayé de sauver ce bébé.

— Parce que vous imaginez qu'en vous présentant à la barre vous serez capable de raconter votre histoire en gardant le contrôle de tout… Mais ce n'est pas comme ça que ça se passe, Ruth. Odette se fera un plaisir de vous hacher menu. Pour elle, votre témoignage voudra dire que vous êtes une menteuse et elle fera tout pour le souligner.

Ruth soutient mon regard sans ciller.

— Je préfère qu'ils me prennent pour une menteuse plutôt que pour une meurtrière.

— Si vous livrez devant la Cour une version différente de celle que nous avons soutenue jusqu'à présent, vous perdrez votre crédibilité. Et je perdrai la mienne. Je sais ce qui est le mieux pour vous. Ce n'est pas pour rien qu'on nous appelle des avocats *conseils*, Ruth : c'est dans votre intérêt de m'écouter, je vous assure.

— J'en ai assez d'obéir à des ordres. La dernière fois que je l'ai fait, je me suis fichue dans ce pétrin, déclare Ruth en croisant les bras. Vous m'appelez à la barre demain, ajoute-t-elle d'une voix monocorde. Ou j'irai dire au juge que vous refusez de me laisser témoigner.

À cet instant, je sais que je vais perdre le procès.

Avec Ruth, nous avions pris l'habitude de nous réunir chez moi pour préparer les audiences et, un soir, nous nous étions installées dans la cuisine tandis que Violet, excitée comme une puce, courait partout dans la maison en culotte et en maillot de corps, jouant à être une licorne. Ses cris perçants ponctuaient nos discussions mais soudain l'euphorie a cédé la place à la douleur. Quelques instants plus tard, ma fille s'est mise à pleurer et nous nous sommes précipitées ensemble dans le salon où elle gisait par terre, saignant abondamment au niveau de la tempe.

J'ai senti mes genoux se dérober mais avant que j'aie le temps de réagir Ruth l'avait prise dans ses bras et tamponnait délicatement la blessure avec un pan de son chemisier. "Doucement, ça va aller, a-t-elle murmuré d'un ton apaisant. Qu'est-ce qui s'est passé ?"

— J'ai glissé, a répondu Vivi entre deux hoquets tandis que son sang imprégnait l'étoffe du vêtement.

— Je vois que tu t'es fait une petite coupure, a déclaré Ruth, toujours aussi posée. Je vais soigner ça, d'accord ?

Prenant aussitôt les choses en main, elle m'a donné une série de consignes claires et efficaces, m'envoyant chercher un gant de toilette humide, une pommade antibiotique et un pansement dans la trousse de secours. Elle a gardé Violet dans ses bras pendant tout ce temps et n'a jamais cessé de lui parler. Même lorsqu'elle a suggéré qu'il serait plus sage d'aller à Yale-New Haven pour voir si des points de suture étaient nécessaires, Ruth a gardé son calme et son air rassurant alors que je continuais à paniquer en me posant mille et une questions – est-ce que Violet aurait une cicatrice ? Est-ce que les services de protection de l'enfance me reprocheraient de ne pas avoir mieux surveillé ma fille ou de l'avoir laissée courir en chaussettes sur un parquet glissant ? Lorsqu'il a fallu faire deux points de suture à Violet, ce n'est pas à moi mais à Ruth que ma fille s'est accrochée, Ruth qui lui avait promis que, si nous chantions très fort, elle ne sentirait rien du tout. Alors nous nous sommes mises à chanter toutes les trois *Libérée Délivrée* à tue-tête, et Violet n'a pas versé une seule larme. Plus tard dans la soirée, alors qu'elle dormait paisiblement dans son lit, le front orné d'un nouveau pansement, j'ai remercié Ruth.

— Vous êtes une bonne infirmière, lui ai-je dit.

— Je sais, m'a-t-elle répondu.

Voilà tout ce qu'elle souhaite : que les gens sachent qu'elle a été traitée injustement à cause de sa couleur de peau et que sa réputation de soignante reste intacte, même si cela signifie qu'elle sera ternie par un verdict de culpabilité.

— Tu bois toute seule ? lance Micah lorsqu'il me trouve assise dans la cuisine sombre en compagnie d'une bouteille de syrah. C'est le premier signe, tu sais.

Je lève mon verre et j'avale une grande gorgée de vin.

— De quoi donc ?

— De la vie d'adulte, sûrement. Rude journée au boulot ?

— Ça a commencé comme dans un rêve. C'était même carrément fabuleux. Et puis ça a rapidement viré au cauchemar.

Micah s'assied à côté de moi en desserrant le nœud de sa cravate.

— Tu veux en parler ? Ou dois-je plutôt aller chercher ma propre bouteille ?

Je pousse le syrah vers lui.

— J'ai cru que l'acquittement était dans le sac, dis-je dans un soupir. Mais Ruth s'est interposée et a décidé de tout gâcher.

Tandis qu'il se sert un verre de vin, je lui raconte tout. Le discours haineux de Turk Bauer, ce que j'ai lu dans ses yeux quand il a voulu se jeter sur moi ; la montée d'adrénaline jubilatoire quand ma demande d'acquittement a été acceptée par le juge, la confession de Ruth qui a bel et bien essayé de réanimer le bébé et enfin l'évidence vertigineuse : je n'ai pas d'autre choix que de l'appeler à la barre des témoins puisqu'elle l'exige. Même si cela enterre définitivement mes chances de gagner mon premier procès de meurtre.

— Qu'est-ce que je suis censée faire, demain ? Quelles que soient les questions que je vais lui poser, elle va s'incriminer elle-même. Et je ne parle même pas de ce que va lui faire subir la procureure pendant le contre-interrogatoire.

Je tressaille en songeant à Odette qui ignore encore l'existence du cadeau qu'on s'apprête à lui servir sur un plateau.

— Je n'arrive pas à croire que j'étais à deux doigts, dis-je à mi-voix. Je n'arrive pas à croire qu'elle va tout gâcher.

Micah se racle la gorge.

— Pensée radicale numéro un : tu devrais d'abord te retirer de cette équation.

Comme j'ai assez picolé pour que les contours de sa silhouette soient légèrement flous, j'en conclus que j'ai sûrement mal entendu.

— Pardon ?

— Ce n'est pas *toi* qui étais à deux doigts. C'est *Ruth*.

Je laisse échapper un grognement.

— Ne jouons pas sur les mots. Soit on gagne toutes les deux, soit on perd toutes les deux.

— L'enjeu est tout de même bien plus important pour elle, insiste Micah avec douceur. Elle joue sa réputation. Sa carrière. Sa vie. C'est le premier procès qui compte vraiment pour toi, Kennedy. Mais c'est le seul qui comptera jamais pour Ruth.

J'enfonce une main dans mes cheveux.

— Et c'est quoi, la pensée radicale numéro deux ?

— Et si, pour Ruth, l'objectif n'était pas de gagner le procès ? suggère Micah. Si tout ce qui lui importe n'est pas tant ce qu'elle va dire… mais plutôt le fait qu'elle va enfin avoir l'occasion de s'exprimer ?

Cela vaut-il la peine de pouvoir dire ce qu'on a sur le cœur si c'est pour se retrouver derrière les barreaux ? Si ça se termine par un verdict de culpabilité et une condamnation ? Ce raisonnement va à l'encontre de tout ce que j'ai appris, de tout ce en quoi j'ai toujours cru.

Mais je ne suis pas à la place de l'accusée.

Je masse mes tempes du bout des doigts. Les paroles de Micah tournoient dans ma tête.

Il soulève son verre et le vide dans le mien.

— Tu en as plus besoin que moi, dit-il en m'embrassant sur le front. Ne veille pas trop tard.

Vendredi matin, en me dépêchant d'aller rejoindre Ruth sur le parking, je passe à côté du monument commémoratif érigé sur un bout de pelouse, près de la mairie. Il rend hommage à Sengbe Pieh, l'un des esclaves impliqués dans la mutinerie de l'*Amistad*. En 1839, un navire transporte un groupe d'Africains, arrachés à leur terre natale pour servir d'esclaves aux Antilles. Les Africains se révoltent, tuent le capitaine et le cuisinier et forcent les autres membres de l'équipage à faire demi-tour pour regagner l'Afrique. Mais les marins trompent les Africains en mettant le cap sur le Nord où le navire accoste, accueilli par les autorités américaines. Les Africains sont alors emprisonnés dans un entrepôt de New Haven dans l'attente de leur procès.

Les Africains se sont révoltés parce qu'un cuisinier mulâtre avait entendu dire que l'équipage blanc avait l'intention de tuer les Noirs pour les manger eux-mêmes – les membres de l'équipage blanc prenaient alors les Noirs pour des cannibales.

Aucun des deux camps n'avait raison.

Lorsque j'arrive sur le parking, Ruth évite de croiser mon regard. Elle se dirige d'un pas pressé vers le tribunal, escortée d'Edison, mais je la retiens par le bras.

— Vous êtes toujours décidée à témoigner ?

— Vous pensiez qu'une bonne nuit de sommeil allait me faire changer d'avis ? réplique-t-elle.

— Je l'espérais, en tout cas. Je vous en supplie, Ruth.

— Maman ? intervient Edison en nous dévisageant à tour de rôle d'un air perplexe.

Je hausse les sourcils comme pour dire : *Songez un peu à ce que vous vous apprêtez à lui faire.*

Mais elle glisse son bras sous celui de son fils.

— Allons-y, lance-t-elle en poursuivant son chemin.

La foule a grossi devant le tribunal. À présent que les médias ont annoncé que l'accusation en avait terminé avec l'audition de ses témoins, l'odeur du sang devient plus entêtante. Du coin de l'œil, j'aperçois Wallace Mercy et ses disciples, toujours fidèles au poste. J'aurais peut-être dû demander à Wallace d'intervenir auprès de Ruth ; peut-être aurait-il réussi à la convaincre de courber la tête, d'accepter sans broncher le jugement qu'aurait rendu la justice en sa faveur. Cela dit, connaissant Wallace, il n'aurait probablement pas raté l'occasion de faire entendre sa voix. Il aurait même proposé à Ruth de l'aider à préparer son passage dans le box des témoins…

Howard fait les cent pas devant la salle d'audience.

— Alors ? demande-t-il d'un ton fébrile. On arrête là ? Ou bien…

— C'est ça, fais-je d'un ton bref. Ou bien.

— Juste au cas où vous me poseriez la question, les Bauer sont de retour. Ils sont déjà dans la salle.

— Merci, Howard, dis-je, ironique. Je me sens beaucoup mieux maintenant.

Je glisse encore quelques mots à l'adresse de Ruth, juste avant qu'on nous demande de nous lever à l'arrivée du juge.

— Je ne vous donnerai qu'un seul conseil : Soyez aussi calme et aussi posée que possible. Dès l'instant où vous hausserez le ton, l'accusation ne fera qu'une bouchée de vous. Et vous répondrez aux questions d'Odette de la même manière que vous aurez répondu aux miennes.

Elle me regarde enfin. Nos yeux se croisent fugacement mais j'ai tout de même le temps de déceler cette lueur si particulière : la peur. Percevant la faille, j'ouvre la bouche, prête à la supplier une dernière fois, mais les paroles de Micah me reviennent à l'esprit.

— Bonne chance, dis-je simplement.

Je me lève et j'appelle Ruth Jefferson à la barre.

Elle paraît bizarrement plus petite, dans le box. Ses cheveux sont rassemblés en chignon bas, comme d'habitude. Ai-je remarqué à quel point cette coiffure lui donnait un air austère ? Ses mains sont jointes étroitement sur ses genoux. Je sais qu'elle essaie de les empêcher de trembler, mais les jurés, eux, l'ignorent. À leurs yeux, elle a juste l'air d'une femme sévère, un brin revêche. Elle répète le serment à mi-voix, sans trahir la moindre émotion. Là encore, je sais qu'elle est mal à l'aise parce que tout le monde la regarde.

Mais la timidité passe parfois pour de la suffisance et ce genre de malentendu peut être fatal.

J'entame l'interrogatoire.

— Ruth, quel âge avez-vous ?

— Quarante-quatre ans.

— Dans quelle ville êtes-vous née ?

— À New York, dans le quartier de Harlem.

— Avez-vous suivi votre scolarité là-bas ?

— Pendant deux ans seulement. Une bourse m'a ensuite permis de m'inscrire à Dalton.

— Avez-vous suivi un cursus universitaire ?

— Oui, j'ai effectué mon premier cycle à l'université de SUNY Plattsburgh puis je suis entrée à l'école d'infirmières de Yale.

— Pouvez-vous nous dire combien de temps a duré cette formation ?

— Trois ans.

— Les infirmiers fraîchement diplômés doivent-ils prêter serment ?

Elle hoche la tête.

— Oui. On appelle ça le serment de Florence Nightingale.

Je prends un document enregistré comme preuve, le lui présente.

— Est-ce le serment dont vous parlez ?

— Oui.

— Voulez-vous le lire à voix haute ?

— "Je m'engage solennellement, devant Dieu et en présence de cette assemblée, à remplir fidèlement les devoirs de ma profession ; à coopérer loyalement avec les autres membres de l'équipe soignante et à exécuter de mon mieux les ordres donnés par le médecin ou l'infirmière…

Là, sa voix se crispe légèrement :

— … qui encadrera mon travail.

Ruth inspire profondément avant de poursuivre :

— Je m'abstiendrai de toute pratique délictueuse ou malfaisante et n'administrerai sciemment aucun remède dangereux ni ne contribuerai à entacher la pratique de la profession. Je ne révélerai aucune information confidentielle qui me sera livrée dans l'exercice de ma profession. Enfin, je m'engage solennellement à faire tout ce qui est en mon pouvoir pour élever le niveau et le prestige de ma profession. Je me dévouerai au bien-être des personnes confiées à ma garde et consacrerai ma vie à satisfaire les idéaux exigeants du métier d'infirmière."

Elle relève les yeux, me regarde.

— Ce serment est-il important pour vous, en tant qu'infirmière ?

— Nous le prenons très sérieusement, déclare Ruth. C'est un peu l'équivalent du serment d'Hippocrate pour les médecins.

— Combien de temps avez-vous travaillé à l'hôpital Mercy-West Haven ?

— Un peu plus de vingt ans. Toute ma carrière.

— Quelles sont vos responsabilités ?

— Je suis infirmière en obstétrique. J'aide les femmes à accoucher, je travaille au bloc opératoire pendant les césariennes, je m'occupe des mamans puis des nourrissons, après l'accouchement.

— Combien d'heures travailliez-vous par semaine ?

— Quarante heures et plus, répond Ruth. On nous demande souvent de faire des heures supplémentaires.

— Êtes-vous mariée, Ruth ?

— Je suis veuve. Mon mari était soldat. Il est mort en Afghanistan il y a dix ans.

— Avez-vous des enfants ?

— Oui, j'ai un fils. Il s'appelle Edison et il a dix-sept ans.

Ses yeux brillent tandis qu'elle cherche Edison dans la salle.

— Vous souvenez-vous être venue travailler le matin du 2 octobre 2015 ?

— Oui. J'ai pris mon service à sept heures et je suis partie douze heures plus tard.

— Vous a-t-on demandé de vous occuper de Davis Bauer ?

— Oui. Sa mère avait accouché un peu plus tôt, le matin même. Je devais pratiquer les soins post-partum usuels sur Brittany Bauer et procéder à l'examen clinique du nouveau-né.

Elle décrit les différentes étapes de l'examen puis précise qu'elle l'a réalisé dans la chambre d'hôpital.

— Donc, Brittany Bauer était présente ?

— Oui, répond Ruth. Et son mari aussi.

— Avez-vous relevé des anomalies notoires au cours de cet examen ?

— J'ai signalé la présence d'un souffle au cœur dans le dossier médical. Il n'y avait pas de quoi s'alarmer – c'est une anomalie très fréquente chez les nourrissons. Il est toutefois indispensable d'en faire part au pédiatre et c'est la raison pour laquelle j'ai pris soin de le noter.

— Connaissiez-vous M. et Mme Bauer avant la naissance de leur fils ?

— Non. J'ai fait leur connaissance en entrant dans la chambre. Je les ai félicités au sujet de leur beau bébé puis je leur ai expliqué que j'allais réaliser un examen de routine.

— Combien de temps êtes-vous restée avec eux dans la chambre ?

— Dix à quinze minutes.

— Avez-vous discuté avec eux à cette occasion ?

— J'ai évoqué le souffle au cœur tout en leur assurant qu'il n'y avait pas lieu de s'inquiéter. Et je leur ai dit que le taux de glycémie avait déjà remonté depuis la naissance. Après avoir procédé à la toilette du bébé, j'ai suggéré de le mettre au sein.

— Quelle a été leur réaction ?

— M. Bauer m'a ordonné de m'éloigner de sa femme. Puis il m'a dit qu'il souhaitait parler à ma supérieure.

— Qu'avez-vous ressenti à ce moment-là, Ruth ?

— J'étais stupéfaite. Je ne savais pas ce que j'avais bien pu faire pour les contrarier.

— Que s'est-il passé ensuite ?

— Marie Malone, ma supérieure hiérarchique, a mis un mot dans le dossier du bébé stipulant qu'aucun soignant africain-américain n'était autorisé à s'occuper de lui. Je l'ai interrogée à ce sujet et elle m'a répondu qu'elle avait pris cette mesure à la suite d'une requête formulée par les parents du bébé. Elle m'a confié d'autres patients.

— Quand avez-vous revu le bébé après cet épisode ?

— Le samedi matin. J'étais dans la nursery lorsque Corinne – l'infirmière chargée de s'occuper du bébé à ma place – l'a amené pour une circoncision.

— Quelles étaient vos missions, ce matin-là ?

Elle fronce les sourcils.

— J'avais deux… non, trois patientes. La nuit avait été très agitée ; j'étais revenue travailler pour remplacer une collègue infirmière tombée malade. Je me trouvais dans la nursery parce que j'avais besoin de draps propres et j'en ai profité pour avaler une barre de céréales parce que je n'avais pas eu le temps de manger pendant mon service.

— Que s'est-il passé après la circoncision ?

— Je n'ai pas assisté à l'intervention mais j'ai pensé qu'il n'y avait pas eu de problème. Un moment plus tard, Corinne m'a attrapée pour me demander de surveiller Davis Bauer parce qu'une autre de ses patientes devait être transportée au bloc pour subir une césarienne en urgence et, selon le protocole, les bébés qui viennent d'être circoncis ne doivent pas rester sans surveillance.

— Vous avez accepté ?

— Je n'avais pas vraiment le choix. Il n'y avait personne d'autre pour s'en charger. Et je savais que Corinne ou Marie, l'infirmière en chef, reviendrait rapidement pour me relayer.

— Lorsque vous avez vu le bébé, comment était-il ?

— Magnifique, répond Ruth. Il était emmailloté et dormait paisiblement. Mais quand j'ai de nouveau baissé les yeux sur lui un petit moment plus tard, son teint était devenu cendreux. Il émettait de petits grognements. J'ai tout de suite vu qu'il avait du mal à respirer.

Je marche vers le box des témoins, pose ma main sur la rambarde.

— Qu'avez-vous fait à ce moment précis, Ruth ?

Elle avale une grande bouffée d'air.

— J'ai écarté la couverture qui l'enveloppait. J'ai commencé à le toucher, à lui tapoter les pieds pour tenter d'obtenir une réaction.

L'étonnement se lit sur les visages des jurés. De son côté, Odette se recule dans sa chaise, bras croisés sur la poitrine, tandis qu'un sourire étire ses lèvres.

— Pourquoi avez-vous fait ça ? Sachant que votre supérieure hiérarchique vous avait interdit de toucher à ce bébé ?

— Parce qu'il le fallait, confesse Ruth.

À ces mots, je vois qu'elle se libère, comme un papillon sort de sa chrysalide. Sa voix devient plus légère, les rides qui encadrent sa bouche s'adoucissent.

— Toute infirmière digne de ce nom aurait fait la même chose, ajoute-t-elle.

— Et ensuite ?

— Ensuite, il aurait fallu lancer le code d'alerte, appeler d'urgence l'équipe de réanimation. Mais j'ai entendu des pas. J'ai compris que quelqu'un arrivait et je ne savais pas quoi faire. Je me suis dit que je risquais d'avoir des problèmes si on me voyait en train de toucher au bébé alors qu'on me l'avait interdit. Donc je l'ai remmailloté et je me suis écartée du berceau. Marie est entrée dans la nursery.

Ruth baisse les yeux sur ses genoux.

— Elle m'a demandé ce que je faisais.

— Que lui avez-vous répondu, Ruth ?

Lorsqu'elle lève la tête, la honte noie son regard.

— Je lui ai dit que je ne faisais rien du tout.

— Vous avez menti ?

— Oui.

— Plus d'une fois, semble-t-il : lorsque la police vous a interrogée, vous avez affirmé que vous n'aviez pas essayé de réanimer le bébé. Pourquoi ?

— J'avais peur de perdre mon emploi.

Elle se tourne vers le jury pour plaider sa cause.

— Chaque fibre de mon être me hurlait de porter secours à ce bébé… Mais je savais aussi que je serais réprimandée si je désobéissais aux ordres de ma supérieure. Et si je perdais mon travail, qui subviendrait aux besoins de mon fils ?

— En résumé, vous aviez donc le choix entre commettre une faute professionnelle et contrevenir aux ordres de votre hiérarchie, c'est ça ?

Elle acquiesce d'un signe de tête.

— J'étais perdante, de toute manière.

— Que s'est-il passé ensuite ?

— Le code d'alerte a été déclenché. On m'a demandé de faire des compressions thoraciques. J'ai fait de mon mieux, comme tous les autres membres de l'équipe, mais au final ça n'aura pas suffi.

Elle regarde devant elle.

— Quand l'heure du décès a été annoncée et que M. Bauer est allé récupérer le sac Ambu dans la poubelle pour tenter de réanimer lui-même son fils, j'étais à deux doigts de m'effondrer.

Telles deux flèches cherchant leur cible, ses yeux se posent sur Turk Bauer, parmi l'assistance.

— Je me disais : est-ce que je suis passée à côté de quelque chose ? Est-ce que j'aurais pu faire différemment ?

Elle hésite avant d'ajouter :

— Et ensuite, j'ai pensé : est-ce qu'on m'aurait autorisée à faire autre chose ?

— Deux semaines plus tard, vous avez reçu un courrier. Pouvez-vous nous dire de quoi il s'agissait ?

— C'était une lettre du ministère de la Santé m'informant que je n'avais plus le droit d'exercer mon métier d'infirmière.

— Qu'est-ce qui vous a traversé l'esprit à la lecture de ce courrier ?

— J'ai compris qu'on me tenait responsable du décès de Davis Bauer. Partant de là, on m'interdisait de travailler, c'était dans la logique des choses.

— Avez-vous retrouvé un emploi depuis ?

— J'ai perçu des prestations sociales pendant un court laps de temps, explique Ruth. Puis j'ai trouvé du travail chez McDonald's.

— Ruth, de quelle manière votre vie a-t-elle changé à la suite de cet incident ?

De nouveau, elle inspire profondément.

— Je n'ai plus un sou de côté ; nous vivons au jour le jour. Je m'inquiète pour l'avenir de mon fils. Je ne peux plus utiliser ma voiture parce que je n'ai pas les moyens de faire renouveler la carte grise.

Je pivote sur mes talons mais Ruth continue de parler.

— C'est drôle, poursuit-elle d'une voix douce. On croit être un membre respecté au sein d'une communauté – l'hôpital où l'on travaille, la ville où l'on habite. J'avais un travail formidable. Mes collègues étaient aussi des amies. Je vivais dans une maison dont j'étais fière. Mais c'était juste une illusion d'optique. Je n'ai jamais fait partie d'aucune de ces communautés. On me tolérait mais je n'étais pas la bienvenue. J'étais, et je serai toujours, différente des autres.

Elle lève les yeux.

— Et à cause de la couleur de ma peau, je suis celle à qui l'on jette la pierre.

Oh, Seigneur. Mes pensées s'emballent. *Nom de Dieu de nom de Dieu, Ruth, taisez-vous. Ne vous aventurez surtout pas par là.*

— Je n'ai rien à ajouter, dis-je dans l'espoir de limiter les dégâts.

Parce que Ruth n'est plus un témoin. C'est une bombe à retardement.

Lorsque je regagne la table de la défense, Howard me dévisage, bouche bée. Il pousse un bout de papier dans ma direction : "QUE SE PASSE-T-IL ???"

Je griffonne ma réponse au bas de la page : "Ceci est l'exemple type de ce qu'un témoin ne doit JAMAIS faire."

Odette se dirige d'un pas assuré vers le box des témoins.

— Vous aviez reçu l'ordre de ne pas toucher à ce bébé, n'est-ce pas ?

— Oui, répond Ruth.

— Et jusqu'à aujourd'hui, vous aviez affirmé ne pas avoir touché à ce bébé avant que l'infirmière en chef ne vous le demande expressément, c'est ça ?

— Oui.

— Aujourd'hui, pourtant, vous venez de témoigner lors de l'interrogatoire principal que vous aviez en réalité touché le bébé en voyant qu'il était en détresse respiratoire ?

Ruth hoche la tête.

— C'est la vérité.

— Où est la vérité, justement ? insiste Odette d'un ton pressant. Avez-vous oui ou non touché Davis Bauer lorsqu'il a cessé de respirer ?

— Oui, je l'ai touché.

— Alors permettez-moi de tirer les choses au clair une fois pour toutes. Avez-vous menti à votre supérieure hiérarchique ?

— Oui.

— Avez-vous menti à votre collègue Corinne ?

— Oui.

— Et vous avez également menti à l'équipe de Mercy-New Haven chargée de la gestion des risques, n'est-ce pas ?

Elle hoche de nouveau la tête.

— Oui.

— Vous avez menti à la police ?

— Oui.

— Vous saviez pourtant que les enquêteurs avaient pour mission et obligation morale de découvrir comment ce bébé était mort ?

— Bien sûr, mais…

— Si vous teniez tant à conserver votre travail, interrompt Odette, c'est que vous saviez au fond de vous que votre comportement était suspect. N'est-ce pas la vérité ?

— Eh bien…

— Si vous avez menti à *tous* ces gens, pourquoi le jury devrait-il apporter du crédit à ce que vous dites aujourd'hui ?

Ruth se tourne vers les hommes et les femmes entassés dans le box.

— Parce que je leur dis la vérité.

— Bien sûr, dit Odette. Mais ce n'est pas votre unique confession secrète, n'est-ce pas ?

Où veut-elle en venir, bon sang ?

— Au moment où le bébé est mort, lorsque la pédiatre a annoncé l'heure du décès, tout au fond de vous, vous vous en fichiez totalement, n'est-ce pas, Ruth ?

— C'est faux ! proteste-t-elle en se redressant sur sa chaise. On avait fait tout ce qui était en notre pouvoir, comme pour n'importe quel autre patient…

— Ah, sauf que ce n'était pas n'importe quel patient. C'était le bébé d'un suprémaciste blanc. Le bébé d'un homme qui avait balayé d'un geste vos années d'expérience et vos compétences d'infirmière chevronnée…

— Vous vous trompez.

— … un homme qui avait remis en question votre capacité à faire correctement votre travail simplement à cause de votre couleur de peau. Vous éprouviez de l'animosité pour Turk Bauer et vous en éprouviez aussi pour son bébé, n'est-ce pas ?

Postée à trente centimètres de Ruth, Odette lui crie à la figure et Ruth ferme les yeux à chaque rafale de mots, comme si elle affrontait un ouragan.

— Non, murmure-t-elle. Je n'ai jamais éprouvé rien de tel.

— Pourtant, vous avez entendu votre collègue Corinne dire que vous étiez furieuse quand vous avez appris qu'on vous retirait le dossier de Davis Bauer, n'est-ce pas ?

— Oui.

— Vous avez travaillé plus de vingt ans à Mercy-West Haven ?

— Oui.

— Vous avez dit devant la Cour que vous étiez une infirmière expérimentée et compétente qui aimait son travail, c'est bien ça ?

— Oui, répond Ruth.

— Pourtant, l'hôpital n'a pas hésité un instant à honorer la requête d'un patient, sans aucun égard pour l'un de ses employés, vous retirant délibérément les fonctions que vous aviez remplies efficacement pendant toutes ces années ?

— Apparemment.

— Ça a dû vous mettre en rogne, non ?

— J'étais contrariée, admet Ruth.

Tenez bon, Ruth. Je ne peux pas m'empêcher de l'encourager silencieusement.

— Contrariée ? Vous avez dit, je cite : "Ce bébé n'est rien pour moi."

— C'est sorti comme ça, dans le feu de l'action…

Une étincelle brille dans le regard d'Odette.

— Dans le feu de l'action ! Est-ce aussi ce qui s'est passé lorsque vous avez dit au Dr Atkins qu'elle devrait profiter de la circoncision pour stériliser le bébé ?

— C'était une plaisanterie. Je n'aurais pas dû dire ça. C'était une erreur.

— Quelles autres erreurs avez-vous commises ? lance Odette. Était-ce une erreur de cesser de vous occuper du bébé alors qu'il avait du mal à respirer, tout ça parce que vous aviez peur des retentissements que cela pourrait avoir sur *vous* ?

— On m'avait donné l'ordre de ne pas le toucher.

— Vous avez donc décidé en toute conscience de rester plantée sans rien faire devant ce pauvre petit bébé qui devenait bleu sous vos yeux, parce qu'une seule question vous taraudait : *Et si je perds mon travail ?*

— Non…

— Ou peut-être avez-vous pensé : *Cet enfant ne mérite pas que je l'aide. Ses parents ne veulent pas que je le touche parce que je suis noire… Eh bien, qu'*à cela ne tienne : leurs désirs sont des ordres.

— C'est faux…

— Je vois. Vous pensiez plutôt : *Je déteste ses parents racistes*, c'est ça ?

— Non !

Ruth se prend la tête dans les mains, comme pour étouffer la voix d'Odette.

— Oh, alors c'était peut-être : *Je déteste ce bébé parce que je déteste ses parents racistes ?*

— Non ! explose Ruth et sa voix retentit tellement fort que les murs de la salle d'audience semblent trembler. Je me suis dit qu'il valait peut-être mieux que ce bébé meure plutôt que d'être élevé par *lui*.

Elle pointe le doigt sur Turk Bauer tandis qu'un voile de silence retombe sur le jury, sur l'assistance et oui, sur moi. Ruth plaque une main sur sa bouche. *Trop tard, bordel de merde.* Voilà ce que je pense.

— O-objection ! bredouille Howard. Nous demandons la suppression de cette remarque !

Au même instant, Edison sort de la salle en courant.

Dès que la séance est levée, j'attrape Ruth par le poignet et je l'entraîne dans la salle de délibération. Howard comprend aussitôt qu'il vaut mieux nous laisser seules. Une fois la porte refermée, je donne libre cours à ma colère.

— Félicitations, Ruth. Vous avez fait *exactement* ce que vous ne deviez pas faire.

Elle me tourne le dos, se dirige vers la fenêtre.

— Ça y est, vous avez dit ce que vous aviez à dire ? poursuis-je. Vous êtes contente d'avoir pu témoigner à la barre ? Tout ce que les jurés vont garder à l'esprit, maintenant, c'est l'image d'une femme noire furibarde. Une femme tellement aigrie et rancunière que je ne serais pas surprise que le juge regrette d'avoir écarté le chef d'accusation pour meurtre. Vous venez de donner aux douze jurés toutes les raisons de croire que vous étiez suffisamment en colère pour laisser le bébé mourir sous vos yeux.

Ruth pivote lentement vers moi. Le soleil de l'après-midi forme un halo autour d'elle, la nimbant d'une lumière surnaturelle.

— Je n'étais pas en colère. Je *suis* en colère. Je suis en colère depuis des années. Mais je ne le montre pas, c'est tout. Ce que vous ne pouvez pas comprendre, c'est que trois cent soixante-cinq jours par an je dois faire attention à ne pas être *trop noire*, tant dans l'apparence que dans les mots. Alors je joue un rôle. Je mets un masque, comme une couche de plâtre. C'est fatigant. C'est épuisant, même. Mais je le fais. Parce que je n'ai pas de quoi régler la caution pour ma libération. Je le fais parce que j'ai un fils. Parce que, sinon, je perdrais mon boulot. Ma maison. Je me perdrais moi-même. Alors je vais bosser, je souris, je hoche la tête, je paie mes factures, je ferme ma bouche et je fais semblant d'être heureuse parce que c'est ce que vous voulez, vous tous… Ou plutôt non : je le fais parce que vous avez *besoin* de me voir comme ça. Et la triste vérité, le comble de la honte, c'est que pendant toutes ces années de ma pauvre vie j'ai accepté de jouer le jeu parce que j'y croyais moi-même. Je pensais qu'en faisant toutes ces choses je pourrais devenir l'une des vôtres.

Elle avance vers moi.

— Regardez-vous, reprend-elle d'un ton railleur. Vous êtes tellement fière d'être avocate commise d'office, de défendre des gens de couleur qui ont besoin d'aide. Mais avez-vous déjà songé que notre malheur découlait directement de votre prospérité ? Peut-être que la maison qu'ont achetée vos parents était sur le marché parce que les vendeurs n'avaient pas envie que ma mère à moi s'installe dans le quartier. Peut-être que les bons résultats scolaires qui vous ont ouvert les portes de la fac de droit étaient aussi liés au fait que votre mère n'était pas obligée de trimer dix-huit heures par jour, qu'elle était là pour vous lire une histoire tous les soirs ou pour s'assurer que vous faisiez correctement vos devoirs. Combien de fois vous arrive-t-il de penser que vous avez beaucoup de chance de posséder une maison à vous parce que vous avez pu vous constituer un patrimoine sur plusieurs générations, contrairement aux familles de couleur pour qui c'était impossible ? Lorsque vous prenez la parole au travail, appréciez-vous le fait que personne n'imagine aussitôt que vous parlez au nom de tous ceux qui ont la même couleur de peau que vous ? Est-ce difficile pour vous de trouver une carte d'anniversaire pour votre petite fille avec la photo d'un enfant de la même couleur de peau qu'elle ? Avez-vous déjà vu des représentations de Jésus noir ?

Elle s'interrompt, reprend son souffle, les joues en feu.

— Les préjugés raciaux marchent dans les deux sens, vous savez. Il y a des gens qui en souffrent et il y a ceux qui en profitent. Qui vous a demandé de jouer à Robin des Bois ? Qui a décrété que j'avais besoin d'être sauvée ? Et voilà que maintenant vous montez sur vos grands chevaux et vous êtes là à me reprocher d'avoir sabordé le procès sur lequel vous avez tellement bossé. Vous vous autocongratulez parce que vous défendez une pauvre Noire qui galère comme moi… mais à la base vous faites aussi partie de tous les éléments qui m'ont fichue au tapis.

Quelques centimètres nous séparent. Je sens la chaleur de sa peau ; je distingue mon reflet dans ses pupilles lorsqu'elle ouvre de nouveau la bouche.

— Vous m'aviez dit que vous vous sentiez capable de me représenter, Kennedy. Mais en fait, non, vous n'y arrivez pas. Vous ne me connaissez pas. Vous n'avez même pas pris la peine d'essayer.

Son regard se soude au mien.

— Vous êtes virée, lance-t-elle avant de quitter la pièce.

Pendant quelques minutes, je reste seule dans la salle de délibération, en proie à un bataillon d'émotions. Le mot "procès" est souvent synonyme d'épreuve et je comprends mieux pourquoi, brusquement. Je ne me suis encore jamais sentie aussi furieuse, aussi humiliée et honteuse. Cela fait des années que je travaille pour le système judiciaire ; je suis déjà tombée sur des clients qui me haïssaient mais aucun ne m'avait congédiée… jusqu'à ce jour.

Voici ce que Ruth ressent.

OK, je comprends : de nombreux Blancs lui ont causé du tort. Mais ça ne l'autorise pas à me mettre dans le même panier qu'eux d'un simple revers de main. Elle n'a pas le droit de généraliser comme ça.

Voici ce que Ruth ressent.

Comment ose-t-elle me reprocher d'être incapable de la représenter sous prétexte que je ne suis pas noire ? Comment ose-t-elle prétendre que je n'ai pas essayé de mieux la connaître ? Comment ose-t-elle parler à ma place ? Comment ose-t-elle me dire ce que je pense ?

Voici ce que Ruth ressent.

Je me dirige vers la porte en grognant. Le juge nous attend dans son bureau.

Dès que j'ouvre, la silhouette d'Howard se découpe dans l'embrasure. Nom de Dieu, je l'avais oublié, celui-ci…

— Elle vous a virée ? demande-t-il avant de confesser d'un air penaud : j'ai un peu écouté aux portes.

Je remonte le couloir à grandes enjambées.

— Elle ne peut pas me virer. Le juge ne la laissera pas faire ça à un stade aussi avancé du procès.

Ruth peut toujours déposer une plainte pour "assistance inefficace de l'avocat de la défense", mais si quelqu'un s'est montré inefficace dans ce cas précis, c'est bien la cliente. Elle a bousillé elle-même son acquittement.

— Alors qu'est-ce qui va se passer ?

Je m'arrête net et me tourne vers Howard.

— Pour être franche, je n'en sais strictement rien. Tu as des idées ?

Lorsqu'un procès touche à sa fin, l'avocat de la défense présente généralement une demande d'acquittement. Mais cette fois, lorsque je formule ma requête devant le juge Thunder et Odette, le regard du premier me fait clairement comprendre que j'ai un sacré culot d'évoquer la question, après ce qui s'est passé en salle d'audience.

— Aucune preuve n'a pu établir que le décès de Davis Bauer résulte des actions de Ruth. Ou de ses inactions, ajouté-je fébrilement parce je ne sais moi-même plus trop ce que je dois croire.

— Votre Honneur, intervient Odette, il est évident qu'il s'agit là d'une dernière tentative désespérée de la part de la défense, compte tenu de ce que nous venons tous d'entendre durant ce témoignage. Par conséquent, j'aimerais humblement prier la cour de revenir sur sa décision concernant le rejet de l'accusation pour meurtre. Il apparaît clairement que Ruth Jefferson vient de nous apporter la preuve d'une intention de nuire délibérée.

Mon sang se glace. Je savais qu'Odette riposterait mais je n'avais pas anticipé ce coup-là.

— Votre Honneur, votre décision doit être maintenue. Vous avez déjà rejeté le premier chef d'accusation. Le principe de la double incrimination s'applique ; Ruth ne peut être condamnée deux fois pour le même crime.

— Sur ce point précis, Mme McQuarrie a raison, concède le juge à contrecœur. Vous avez déjà pris votre part du gâteau, madame Lawton, et j'ai pour ma part rejeté l'accusation pour meurtre. Toutefois, je me réserverai le droit de statuer sur la nouvelle demande d'acquittement formulée par la défense.

Il nous dévisage à tour de rôle.

— Les plaidoiries débuteront lundi matin, mesdames les avocates. Essayons de ne pas livrer un spectacle encore plus nul que ce que nous avons proposé jusqu'à présent, d'accord ?

Après avoir dit à Howard de prendre le reste de la journée, je rentre directement chez moi. Ma tête est encombrée, mon esprit se sent trop à l'étroit dans mon crâne, comme quand je couve un rhume. Une odeur de vanille flotte dans la maison. J'entre dans la cuisine. Ma mère a revêtu un tablier Wonder Woman et Violet est assise à genoux sur un tabouret, une main plongée dans un bol de pâte à cookies.

— Maman ! s'écrie-t-elle en levant ses petits poings collants. On te prépare une surprise, alors fais semblant de ne rien voir.

Quelque chose dans sa phrase me reste en travers de la gorge. *Fais semblant de ne rien voir.*

La vérité sort de la bouche des enfants.

Ma mère me jette un regard et fronce les sourcils par-dessus la tête de Violet.

— Ça va ? articule-t-elle en silence.

En guise de réponse, je m'assieds à côté de Violet, plonge mes doigts dans la pâte à cookies et me mets à manger.

Micah et moi sommes tous les deux droitiers mais notre fille est gauchère. On la voit même sucer son pouce gauche *in utero* sur une échographie que nous avons gardée.

— Et si c'était aussi simple que ça ? fais-je dans un murmure.

— Quoi donc ?

Je lève les yeux sur ma mère.

— Tu crois que le monde est conçu pour les droitiers ?

— Euh, j'avoue que je n'y ai jamais pensé.

— Parce que tu es droitière, justement. Mais réfléchis un instant. Les ouvre-boîtes, les ciseaux, même les pupitres qui s'ouvrent sur le côté, à l'Université… Tout a été conçu pour les droitiers.

Levant la main dans laquelle elle tient sa cuillère, Violet l'examine en fronçant les sourcils.

— Va vite te débarbouiller pour pouvoir goûter à la première fournée de cookies, d'accord, mon poussin ? suggère ma mère.

Elle se laisse glisser du tabouret en gardant les mains levées comme Micah quand il s'apprête à entrer au bloc opératoire.

— Tu veux que ta fille fasse des cauchemars ou quoi ? Franchement, Kennedy ! D'où te vient cette drôle d'idée ? Ça a un rapport avec le procès ou quoi ?

— J'ai lu quelque part que les gauchers mouraient jeunes parce qu'ils étaient plus exposés aux accidents. Et quand tu étais petite, les bonnes sœurs giflaient les enfants qui écrivaient de la main gauche, non ?

Ma mère pose une main sur sa hanche.

— Dis-toi qu'il y a toujours des côtés positifs. Pour commencer, les gauchers ont la réputation d'être plus créatifs. Michel-Ange, Léonard de Vinci et Bach étaient tous gauchers, non ? Et puis, au Moyen âge, c'était une chance d'être gaucher parce que la plupart des hommes se battaient en tenant leur épée de la main droite et leur bouclier de la main gauche, ce qui veut dire que tu pouvais riposter sournoisement…

Armée d'une spatule, elle tend le bras et me touche à la poitrine, du côté droit.

— … Comme ça.

Je ris.

— Comment tu sais tout ça ?

— Je lis des romans à l'eau de rose, ma chérie. Ne t'inquiète pas pour Violet. Si elle le souhaite vraiment, elle pourra toujours devenir ambidextre. Prends ton père, par exemple. Il était aussi habile de ses deux mains : pour écrire, donner des coups de marteau et même pour atteindre la deuxième base… Et je ne parle pas de baseball, ajoute-t-elle avec un sourire malicieux.

— Beurk. N'en dis pas plus, je t'en prie.

Mon cerveau continue cependant de turbiner. Je me représente le monde comme un puzzle géant... Que se passerait-t-il si on avait une forme qui ne rentrait pas dedans ? Et si le seul moyen de survivre consistait à s'automutiler, à arrondir ses contours, poncer ses angles, se transformer en profondeur afin de pouvoir s'emboîter dans les autres pièces ?

Comment cela se fait-il que nous n'ayons pas été capables de changer le puzzle en lui-même ?

— Maman ? Est-ce que tu peux surveiller Vivi encore quelques heures ?

Je me rappelle avoir lu un roman qui racontait que les premiers autochtones de l'Alaska ayant rencontré des missionnaires blancs les ont d'abord pris pour des fantômes. Et pourquoi en eût-il été autrement ? Semblables à des fantômes, les Blancs franchissent sans effort les barrières et les frontières. Semblables à des fantômes, nous pouvons aller là où nous voulons.

Je décide qu'il est temps pour moi de palper les murs qui m'entourent.

Pour commencer, je laisse ma voiture dans l'allée et marche un bon kilomètre jusqu'à l'arrêt de bus. Frigorifiée, je rentre dans une parapharmacie CVS pour me réchauffer un peu. Je m'arrête dans un rayon que je n'ai encore jamais visité, m'empare d'un emballage en carton violet. Défrisant Ultra-Glossy Dark and Lovely. Je regarde la jolie jeune femme sur la photo, lis le descriptif du produit : "Pour cheveux de type ondulé. Cheveux lisses, brillants et disciplinés." Je parcours les instructions, découvre les différentes étapes nécessaires pour obtenir une chevelure qui ressemble à la mienne après que j'ai utilisé le sèche-cheveux.

Je prends un autre flacon : une lotion capillaire hydratante Pink de Luster's. Puis soulève un gros pot noir de gel coiffant Ampro Pro Styl. Puis un bonnet de nuit en satin destiné à lutter contre les frisottis.

Tous ces produits ne me sont pas familiers. Je ne sais pas à quoi ils servent, pourquoi les Noirs en ont besoin ni comment on les utilise. Pourtant, je mettrais ma main à couper que Ruth pourrait citer au moins cinq marques de shampooings pour les Blancs, comme ça, sans réfléchir, à cause de leur omniprésence dans les pubs télé.

Je marche jusqu'au centre-ville où je m'assieds un moment sur un banc en attendant un autre bus. Un peu plus loin, deux sans-abris abordent les passants. Ils ciblent la plupart du temps les Blancs bien habillés, en costume de ville, ou les étudiants avec des écouteurs dans les oreilles, et en moyenne un sur six ou sept plonge la main dans sa poche pour en extraire quelques pièces de monnaie. Sur ces deux SDF qui font la manche, l'une récolte plus d'argent que l'autre. C'est une femme d'âge mûre, blanche. L'autre, un jeune Noir, essuie davantage de refus quand on ne l'évite pas carrément.

The Hill fait partie des quartiers de New Haven dont on parle le plus. Je me suis occupée de dizaines de clients résidant ici – impliqués la plupart du temps dans des trafics de drogue à proximité des logements sociaux de Church Street South. C'est aussi là qu'habite Adisa, la sœur de Ruth.

Je déambule dans les rues du quartier. Des gamins cavalent, se courent après. De petites grappes de filles parlent à toute vitesse en espagnol. Des hommes se tiennent au coin des rues, bras croisés, sentinelles silencieuses. Je suis le seul visage blanc dans les parages. Il commence déjà à faire nuit quand j'entre dans une supérette. Derrière le comptoir, la caissière ne me quitte pas des yeux tandis que j'arpente les allées. Je sens son regard brûlant comme un éclair fixé entre mes omoplates. “Je peux vous aider ?”, demande-t-elle finalement et je secoue la tête avant de sortir.

C’est troublant de ne voir personne qui me ressemble. Les gens que je croise évitent mon regard. Je suis l’étrangère au sein de leur communauté, l’intruse, celle qui n’est pas comme les autres. Et pourtant, simultanément, je suis devenue invisible.

En arrivant à Church Street South, je fais le tour des bâtiments. J’ai entendu dire que certains appartements avaient été condamnés car ils étaient envahis par la moisissure, d’autres parce qu’ils souffraient de malfaçons structurelles. Ça ressemble à une ville fantôme : les rideaux sont soigneusement tirés, les résidents terrés chez eux. Au pied d’une cage d’escalier, j’aperçois deux jeunes types en train d’échanger des billets. Une vieille dame essaie de hisser sa bouteille d’oxygène portable à l’étage, juste au-dessus d’eux. Je l’interpelle : “Excusez-moi ! Vous avez besoin d’aide ?”

Ils se retournent tous les trois et me fixent d’un air éberlué. Les types jettent un coup d’œil en l’air. L’un d’eux pose une main sur la ceinture de son jean d’où je crois voir émerger la crosse d’un revolver. J’ai les jambes en coton. Avant que j’aie le temps de m’éclipser, la vieille répond : *“No hablo inglés”* puis gravit les marches deux fois plus vite.

J’ai voulu vivre ce que vit Ruth l’espace d’un après-midi, mais je n’irai tout de même pas jusqu’à me mettre en danger. Et encore : même cette notion de danger est relative. J’ai un mari qui aime son métier et gagne bien sa vie, une maison entièrement payée, et je ne suis pas constamment obligée de me demander si ce que je dis ou ce que je fais risque de menacer ma capacité à faire bouillir la marmite ou régler mes factures. Pour moi, le danger signifie autre chose : il désigne tout ce qui pourrait me séparer de Violet et de Micah. Mais peu importe le visage qu’on prête à ses terreurs personnelles, elles continuent de vous faire faire des cauchemars. Elles vous collent une trouille bleue et sont capables de vous pousser à faire des choses que vous ne feriez pas en temps normal, tout ça parce que vous voulez vous protéger.

Pour moi, c'est courir dans la nuit avec la sensation de remonter un long couloir qui se resserre lentement autour de moi, jusqu'à ce que je sois enfin sûre de ne pas être suivie. Quelques pâtés de maison plus loin, je ralentis à un carrefour. Mon pouls a commencé à se calmer, la sueur refroidit sous mes aisselles. Un homme d'environ mon âge s'arrête à l'intersection et pousse à son tour le bouton du passage piéton. La peau sombre de ses joues est grêlée et les traces me font penser à une carte routière de sa vie. Il tient dans sa main un livre épais dont je ne vois pas le titre.

J'essaie une dernière fois.

— C'est bien ? fais-je en désignant le livre du menton. Je cherche quelque chose à bouquiner.

Après m'avoir jeté un bref coup d'œil, il détourne le regard sans répondre.

Je sens mes joues s'empourprer tandis que le feu passe au vert pour les piétons. Nous traversons la rue côte à côte en silence puis il s'éloigne pour bifurquer dans une autre avenue.

Voulait-il vraiment aller là-bas ou était-il simplement pressé de mettre de la distance entre nous ? Je ne le saurai jamais. Mes pieds me font mal, mon corps tout entier tremble de froid et je me sens totalement vaincue. Ce fut une expérience de courte durée, certes, mais j'aurai au moins essayé de comprendre ce que m'a dit Ruth. J'aurai essayé.

Moi.

Tandis que je me traîne jusqu'à l'hôpital où bosse Micah, je pense à ce pronom. Je songe aussi que, pendant plusieurs siècles, un homme noir se serait attiré de gros ennuis s'il avait adressé la parole à une Blanche. C'est encore le cas dans certains coins de ce pays et cette situation aboutit à un système de justice personnelle. Pour moi, la conséquence la plus dérangeante de cette conversation avortée aux feux tricolores, c'est la sensation d'avoir été snobée. Pour lui, en revanche, c'est tout autre chose. Ce sont deux siècles d'histoire.

Le bureau de Micah se trouve au deuxième étage du bâtiment. C'est incroyable, cette impression de me sentir de nouveau dans mon élément dès que je franchis les portes de l'hôpital. Je connais bien le système de santé ; je sais de quelle manière je vais être reçue ; je connais chaque rituel et chaque réponse. Je peux passer devant le bureau de l'accueil sans que personne ne me demande où je vais ni ce que je fais ici. Dans le service de Micah, je peux faire coucou aux membres de l'équipe soignante et me glisser dans son bureau.

C'est son jour au bloc opératoire, aujourd'hui. Assise dans sa chaise de bureau, je déboutonne mon manteau, retire mes chaussures. J'observe la maquette de l'œil humain, sous forme de puzzle en trois dimensions, posée sur sa table de travail, tandis que mes pensées tourbillonnent à la vitesse d'un cyclone. Chaque fois que je ferme les yeux, je revois la vieille dame de Church South Street refusant que je lui vienne en aide. J'entends la voix de Ruth m'annoncer que je suis virée.

Peut-être que je le mérite.

Peut-être que j'ai tort.

J'ai passé plusieurs mois à travailler sur le dossier de Ruth, obsédée par l'idée d'obtenir un acquittement, mais, pour être tout à fait franche, cet objectif était d'abord pour *moi*. Parce que c'était mon premier procès de meurtre.

J'ai passé des mois à répéter à Ruth qu'on n'abordait pas la question raciale dans le cadre d'une action pénale. Que si on se risquait à le faire, c'était fichu d'avance. Mais si on ne le fait pas, on s'expose à d'autres conséquences :

dans ce cas, on perpétue un système vicié au lieu d'essayer de le changer.

Voilà ce que Ruth a tenté de me dire mais je n'ai pas voulu l'écouter. Elle est suffisamment courageuse pour prendre le risque de perdre son travail, son gagne-pain, sa *liberté* dans le but de dire la vérité tandis que, de mon côté, je continue de mentir. Je lui ai dit que la question raciale n'était pas la bienvenue en salle d'audience alors qu'au fond de moi je sais qu'elle y plane déjà. Et que cela a toujours été. Et ce n'est pas parce que je ferme les yeux qu'elle n'y sera plus.

Au tribunal, les témoins jurent sur la Bible de dire la vérité, toute la vérité et rien que la vérité. Mais les mensonges par omission sont aussi condamnables que n'importe quel autre boniment. Et plaider le cas de Ruth Jefferson sans mentionner ouvertement que ce qui lui est arrivé est directement lié à la couleur de sa peau serait encore plus dommageable qu'une condamnation.

S'il y avait des avocats plus courageux que moi, nous aurions peut-être moins peur de débattre du racisme dans des endroits où cela compte vraiment.

S'il y avait des avocats plus courageux que moi, il n'y aurait peut-être pas d'autre Ruth quelque part dans la file d'attente, accusée à la suite d'un incident de nature raciste que personne ne veut reconnaître comme tel.

S'il y avait des avocats plus courageux que moi, réformer le système serait aussi important qu'obtenir l'acquittement pour un client.

Peut-être devrais-je être plus courageuse.

Ruth m'a reproché d'avoir voulu la sauver et elle n'a sans doute pas tort. Mais elle n'a pas besoin d'être sauvée. Elle n'a pas non plus besoin de mes conseils parce que, franchement, qui suis-je pour lui en prodiguer alors que je ne vis pas sa vie ? Elle a simplement besoin qu'on lui laisse une chance de s'exprimer. Elle a besoin d'être entendue.

Je ne sais pas combien de temps s'écoule avant que Micah ne fasse iruption dans son bureau. Il porte sa tenue de bloc opératoire, ce que j'ai toujours trouvé sexy, et une paire de Crocs, qui n'ont, eux, absolument rien de sexy. Son visage s'illumine lorsqu'il me voit.

— En voilà une bonne surprise…

— Je passais dans le quartier. Tu peux me ramener à la maison ?

— Où est ta voiture ?

Je secoue la tête.

— C'est une longue histoire.

Il rassemble quelques dossiers, jette un coup d'œil à sa pile de messages puis attrape sa veste.

— Tout va bien ? T'étais à des années-lumière d'ici quand j'ai ouvert la porte.

Je soulève la maquette de l'œil et la fais tourner dans mes mains.

— J'ai l'impression de m'être trouvée juste en dessous d'une fenêtre ouverte au moment où quelqu'un jetait un bébé dans le vide. Je rattrape le bébé, bien sûr – qui ne le ferait pas ? Mais tout de suite après, un autre bébé passe par la fenêtre, alors je donne le premier à quelqu'un d'autre pour réceptionner le deuxième. Et ainsi de suite. En un clin d'œil, tout un tas de gens se mobilisent pour se passer les bébés pendant que je continue à assurer en les rattrapant chaque fois qu'ils tombent, mais merde, à la fin, personne ne se pose la question de savoir qui jette tous ces gamins par la fenêtre.

— Hum, fait Micah en inclinant la tête de côté. De quel bébé parlons-nous, là ?

— Oublie le bébé, c'est une métaphore, répliqué-je d'un ton irrité. Moi, je fais mon boulot mais qu'est-ce que ça change tant que le système continuera à produire des situations qui feront que mon job est indispensable ? Est-ce qu'on ne devrait pas plutôt se concentrer sur le contexte dans sa globalité plutôt que de rattraper ce qui tombe par la fenêtre à un moment donné ?

Micah me fixe comme si j'avais perdu la boule. Au-dessus de son épaule, une affiche orne le mur : l'anatomie de l'œil humain. Il y a le nerf optique, l'humeur aqueuse, la conjonctive. Le corps ciliaire, la rétine, la choroïde.

— Tu gagnes ta vie en permettant aux gens de voir, dis-je dans un murmure.

— Bah… ouais, c'est ça.

Je plante mon regard dans le sien.

— C'est ce qu'il faut que je fasse, moi aussi.

RUTH

Edison n'est pas à la maison et ma voiture a disparu.

Je l'attends, lui envoie des textos, l'appelle, prie pour qu'il rentre vite… Mais rien ne se passe. Je l'imagine en train d'errer dans la rue, la tête pleine de mes éclats de voix. Il se demande sûrement s'il la porte aussi en lui, cette rage sourde. Si c'est la nature ou l'éducation qui l'emporte au final… S'il est doublement maudit.

Oui, j'ai haï ce père raciste parce qu'il m'avait humiliée. Oui, j'en ai voulu à l'hôpital et à l'équipe qui ont pris son parti. Est-ce que ma rancœur a déteint sur la manière dont j'ai pris soin de ce patient ? Je ne saurais le dire pour le moment, je n'y ai pas vraiment réfléchi. Non, je ne saurais dire si je n'ai pas regardé ce bébé innocent en songeant au monstre qu'il deviendrait en grandissant.

Est-ce que ça fait de moi la méchante de l'histoire ? Ou est-ce que ça fait de moi un être humain, ni plus ni moins ?

Et Kennedy. Ce que j'ai dit ne sortait pas de mon cerveau mais de mon cœur. Je ne regrette aucune syllabe. Chaque fois que je repense à ce que j'ai éprouvé en sortant de la salle après notre entrevue – car, pour une fois, c'est moi qui ai eu le *privilège* de claquer la porte –, j'éprouve une sensation de vertige, un peu comme si je planais.

En entendant des pas dehors, je me rue sur la porte et l'ouvre à toute volée mais ce n'est pas mon fils : c'est juste ma sœur. Adisa se tient sur le perron, les bras croisés sur sa poitrine.

— J'étais sûre de te trouver chez toi, dit-elle en me poussant pour entrer dans le salon. Ça m'aurait étonné que t'aies envie de traîner tes guêtres au tribunal après ça.

Elle se met à l'aise, laissant sa veste sur le dossier d'une chaise avant de s'affaler sur le canapé, les pieds posés sur la table basse.

— Tu as vu Edison ? Il est avec Tabari ?

Elle secoue la tête.

— Tabari surveille la marmaille à la maison.

— Je suis inquiète, Adisa.

— Au sujet d'Edison ?

— Entre autres.

Adisa tapote la place à côté d'elle. Je vais m'asseoir et elle me prend la main, la serre dans la sienne.

— Edison est un garçon intelligent. Il s'en sortira.

J'avale ma salive.

— Est-ce que tu... tu voudras bien t'occuper de lui ? Tu veilleras à ce qu'il ne laisse pas tout tomber, d'accord ?

— Si t'es en train de rédiger ton testament, n'oublie pas que j'ai toujours adoré tes bottes en cuir noir, plaisante Adisa en secouant la tête. C'est bon, Ruth, détends-toi.

— Comment je pourrais me détendre alors que je n'arrête pas de penser que mon fils risque de foutre son avenir en l'air et que ce sera de ma faute ?

Elle cherche mon regard.

— Dans ce cas, c'est à toi de faire en sorte que tu seras là pour le surveiller.

Mais nous savons bien toutes les deux que cela n'est plus de mon ressort. Avant que je comprenne ce qui se passe, je me retrouve pliée en deux comme si je venais de recevoir un coup de poing dans le ventre, le souffle coupé par une vérité aussi brutale que terrifiante : j'ai perdu le contrôle de ma vie. Et c'est ma faute, c'est ma foutue faute.

Je n'ai pas respecté les règles du jeu. Je n'ai pas voulu écouter les conseils de Kennedy. J'ai fait entendre ma voix et je vais en payer le prix fort.

Adisa m'enlace et presse mon visage contre son épaule. À ce moment-là seulement, je me rends compte que je suis en train de pleurer.

— J'ai peur, dis-je dans un soupir.

— Je sais. Mais je serai là pour toi, promet Adisa. Je te préparerai un gâteau et je glisserai une lime à ongles dedans avant de te l'apporter.

Un rire tremblant s'échappe de mes lèvres.

— Désolée, mais ça je n'y crois pas.

— T'as raison, concède Adisa après un court moment de réflexion. Je suis nulle en pâtisserie.

Soudain, elle se lève pour aller fouiller dans la poche de sa veste.

— Je me suis dit que ça te ferait plaisir d'avoir ça.

Je reconnais tout de suite l'odeur de ce qu'elle veut me donner – un soupçon de parfum mélangé à une puissante fragrance de lessive. Adisa jette sur mes genoux l'écharpe porte-bonheur de ma mère qui se déroule comme les pétales d'une rose.

— C'est toi qui l'avais prise ? Je l'ai cherchée partout.

— Ouais, parce que je savais que tu allais vouloir la garder pour toi ou bien la mettre dans le cercueil de maman. Là où elle est, elle n'a plus besoin de rien pour avoir de la chance mais moi si, nom de Dieu.

Elle hausse les épaules en ajoutant :

— Et toi aussi.

Elle se rassoit à côté de moi. Cette semaine, ses ongles sont jaune d'or. Les miens sont rongés jusqu'au sang. Elle prend l'écharpe et l'enroule autour de mon cou en nouant les deux extrémités comme je le faisais pour Edison. Puis elle pose ses mains sur mes épaules. "Voilà", murmure-t-elle, comme si je m'apprêtais à sortir en pleine tempête.

Il est minuit passé lorsque Edison rentre enfin. Il est agité, la confusion se lit dans ses yeux et ses habits sont trempés de sueur.

— Où étais-tu encore ?

— Je suis allé courir.

Mais qui part courir avec un sac à dos ?

— Il faut qu'on parle, tous les deux…

— Je n'ai rien à te dire, coupe-t-il avant de s'enfermer dans sa chambre en claquant la porte.

Je sais qu'il doit être dégoûté par ce qu'il a vu en moi aujourd'hui : ma colère, mes aveux – car oui, j'ai menti. Je marche jusqu'à sa porte, pose mes mains à plat sur le battant, serre le poing pour m'apprêter à frapper, pour initier de force cette conversation, mais je n'y arrive pas. J'ai l'impression d'avoir été vidée de toute mon énergie.

Je ne déplie pas mon lit mais m'endors comme une masse sur le canapé. Je rêve encore de l'enterrement de maman. Cette fois, elle est assise à côté de moi à l'église et nous sommes les deux seules personnes présentes. Il y a un cercueil sur l'autel. *C'est quand même dommage, tu ne trouves pas ?* dit maman.

Je me tourne vers elle puis contemple le cercueil. Je ne peux pas voir ce qu'il y a à l'intérieur. Alors je me lève avec peine et, quand j'essaie de soulever les pieds, je m'aperçois qu'ils sont chevillés au plancher de l'église. Transperçant les lames de bois, des lianes se sont enroulées autour de mes chevilles. J'essaie de bouger mais je suis piégée.

Au prix d'un effort surhumain, je me hisse sur la pointe des pieds et parviens à jeter un coup d'œil par-dessus le rebord du cercueil en bois pour voir le défunt.

À partir du cou jusqu'aux pieds, ce n'est plus qu'un squelette, un fatras d'os nettoyés de leur chair.

Au-dessus, je reconnais mon visage.

Je me réveille en sursaut, le cœur battant à coups redoublés, pour vite me rendre compte que les martèlements proviennent d'ailleurs. J'ai déjà vécu ça, pensé-je en me tournant vers la porte qui tremble sous la violence des coups. Bondissant sur mes pieds, je pose la main sur la poignée, mais, au même instant, le battant s'ouvre brusquement, manquant me renverser au passage. Les policiers me bousculent sans ménagement pour envahir ma maison. Ils ouvrent les tiroirs, renversent les chaises.

— Edison Jefferson ? crie l'un deux tandis que mon fils émerge de sa chambre, l'air endormi, les cheveux en bataille.

Il est aussitôt neutralisé, menotté et traîné en direction de la porte.

— Vous êtes en état d'arrestation pour délit aggravé à caractère haineux, déclare l'officier de police.

Quoi ? Je proteste, c'est plus fort que moi.

— Edison ! Attendez ! C'est sûrement une erreur !

Un autre flic sort de la chambre d'Edison, brandissant d'une main le sac à dos ouvert de mon fils, de l'autre une bombe de peinture rouge.

— Bingo, lance-t-il.

Edison essaie de se tourner vers moi.

— Je suis désolé, maman, mais il *fallait* que je le fasse, murmure-t-il avant d'être tiré dehors d'un coup sec.

— Vous avez le droit de garder le silence…

Ce sont les dernières paroles que j'entends. L'instant d'après, la police a disparu de chez moi aussi vite qu'elle y est entrée.

Le silence brutal me paralyse, compresse mes tempes, serre ma gorge. Je suffoque, je vole en éclats. Mes mains tremblantes réussissent à attraper le téléphone portable posé sur la table basse. Il est en charge. D'un geste brusque, j'arrache le cordon et je cherche le numéro dans mes contacts. Même si on est en pleine nuit.

— J'ai besoin de votre aide.

La voix de Kennedy est forte et assurée, comme si elle attendait mon coup de fil.

— Que se passe-t-il ? demande-t-elle.

KENNEDY

Il est deux heures du matin à peine passées quand mon portable sonne. En voyant le nom de Ruth clignoter sur l'écran, je suis tout de suite réveillée. À côté de moi, Micah se redresse, sur le qui-vive comme tous les docteurs, mais je le regarde en secouant la tête. *C'est pour moi.*

Un quart d'heure plus tard, je me gare devant le commissariat de police d'East End.

J'entre dans le bâtiment et je me dirige d'un pas assuré vers le sergent de garde.

— Vous avez arrêté un gamin, un certain Edison Jefferson, dis-je sans préambule. Je peux savoir ce qu'on lui reproche ?

— Qui êtes-vous ?

— L'avocate de la famille.

Virée depuis quelques heures, ajouté-je en silence. L'officier de police plisse les yeux.

— Le gosse n'a pas parlé d'un avocat.

— Il a dix-sept ans. Il doit avoir tellement la trouille qu'il ne se souvient peut-être même plus de son prénom… Essayons de ne pas rendre les choses plus difficiles qu'elles ne le sont déjà, d'accord ?

— Les caméras de surveillance l'ont surpris en train de taguer les murs de l'hôpital.

Alors là, je tombe des nues.

— Vous êtes sûrs que c'est lui ? C'est le premier de sa classe, au lycée. Il va bientôt rentrer à l'Université.

— Les vigiles l'ont formellement identifié. Et on l'a vu repartir au volant d'une voiture immatriculée au nom de Ruth Jefferson, avec une carte grise périmée. On a suivi sa progression jusqu'à son domicile.

Et merde.

— Il a peint des croix gammées et écrit "Crève Négresse".

— Quoi ? fais-je, abasourdie.

C'est donc plus grave qu'un acte de vandalisme. C'est un crime à caractère haineux. Mais ça n'a surtout aucun sens. J'ouvre mon sac à main, compte combien il me reste d'argent liquide.

— OK, écoutez-moi : est-ce qu'il vous serait possible d'organiser une comparution immédiate, à titre exceptionnel ? Je paierai les honoraires du magistrat qui fera le déplacement. J'aimerais vraiment que le gosse sorte d'ici le plus vite possible, vous comprenez ?

On me conduit jusqu'à la cellule de garde à vue où je trouve Edison assis par terre, dos au mur, les genoux remontés sous le menton. Des traces de larmes zèbrent ses joues. Dès qu'il me voit, il se lève et marche jusqu'aux barreaux. Je ne lui laisse pas le temps de parler.

— Qu'est-ce qui t'a pris, bon sang ?

Il s'essuie le nez sur sa manche.

— Je voulais aider maman.

— Parce que tu crois que ça l'aide de te savoir au trou, franchement ?

— Je voulais causer des ennuis à Turk Bauer. Parce que, sans lui, rien de tout ça ne serait arrivé. Et depuis ce qui s'est passé au tribunal tout à l'heure, tout le monde en veut à maman, alors que c'est à lui que les gens devraient s'en prendre…

Il lève sur moi ses yeux rougis.

— C'est elle, la victime, dans cette affaire. Comment ça se fait que personne ne le voie ?

— Je vais t'aider, Edison. Mais nos discussions doivent rester confidentielles, ce qui veut dire que tu ne dois même pas en parler à ta mère.

Tout en prononçant ces mots, je me dis que Ruth découvrira bien assez tôt le pot aux roses – sans doute en lisant la une du foutu journal dans quelques heures. C'est du petit lait, je vois ça d'ici : LE FILS DE L'INFIRMIÈRE ACCUSÉE DE MEURTRE ARRÊTÉ POUR DÉLIT À CARACTÈRE HAINEUX.

— Et pour l'amour de Dieu, Edison, ne dis pas un mot devant le magistrat.

Un quart d'heure plus tard, ce dernier arrive devant la cellule. Mises en place à titre exceptionnel, ce genre de comparutions immédiates ressemble à un tour de magie. Toutes les règles ou presque peuvent être contournées, à condition d'aligner les billets. Nous sommes quatre en tout : Edison, moi, un officier tenant le rôle de procureur et le magistrat dont je viens de louer les services. L'acte d'accusation ainsi que les droits d'Edison sont lus à haute voix.

— Alors, que se passe-t-il ici ? demande le magistrat.

— Votre Honneur, réponds-je précipitamment, nous sommes en présence d'un incident isolé lié à des circonstances très exceptionnelles. Edison est un étudiant brillant doublé d'un sportif de haut niveau qui n'a jamais eu de problèmes avec la loi avant aujourd'hui. Sa mère est accusée d'homicide involontaire, son procès se tient depuis plusieurs jours et c'est un garçon en plein désarroi qui se tient devant vous. En proie à des émotions d'une intensité extrême, il a cru – à tort – pouvoir aider sa mère en commettant ce geste.

Le magistrat dévisage Edison.

— Est-ce la vérité, jeune homme ?

Edison me coule un regard de biais, hésitant à répondre. Je hoche discrètement la tête.

— Oui, monsieur, murmure-t-il.

— Edison Jefferson, reprend le magistrat, vous êtes accusé d'avoir commis un acte haineux à caractère raciste. Cela est un délit et votre mise en accusation sera lue dès lundi au tribunal. Vous ne serez pas tenu de répondre aux questions et vous avez le droit de vous faire assister par un avocat. Si vous n'en avez pas les moyens financiers, un avocat sera commis d'office. Je vois que Mme McQuarrie s'occupe déjà de votre cas, le dossier sera donc directement transmis au bureau de la défense publique, devant la cour supérieure. Vous n'avez pas le droit de quitter l'État du Connecticut et je suis dans l'obligation de vous avertir que, si vous faites l'objet d'une arrestation pour un autre délit pendant que cette affaire est en cours, vous serez immédiatement incarcéré.

Il fixe Edison avec attention.

— Je compte sur vous pour vous tenir tranquille, mon garçon.

En une heure, l'affaire est réglée. Nous sommes tous les deux parfaitement réveillés lorsque nous montons dans ma voiture pour que je le raccompagne chez lui. La lueur du rétroviseur intérieur capte mon regard chaque fois que je jette un coup d'œil en direction d'Edison. Assis sur le siège passager, il a ramassé un jouet de Violet, une petite fée ornée d'ailes roses qui paraît incroyablement minuscule dans ses grandes mains.

— Merde, Edison, qu'est-ce qui t'a pris ? Les types comme Turk Bauer sont de vraies ordures. Pourquoi tu t'es abaissé à son niveau ?

— Je peux vous poser la même question, réplique-t-il en se tournant vers moi. Vous faites comme si leurs activités n'avaient aucune importance. J'ai assisté à toutes les audiences ; on en a à peine parlé.

— De quoi donc ?

— Du racisme.

Je retiens mon souffle.

— La question n'a peut-être pas été débattue ouvertement pendant le procès mais Turk Bauer s'est donné en spectacle tout seul, tu ne crois pas ? Il nous a livré une illustration du propos assez exceptionnelle, non ?

Il me regarde en arquant un sourcil.

— Parce que vous croyez vraiment que Turk Bauer est le seul raciste dans cette salle d'audience ?

Je trouve une place devant la maison de Ruth. Un halo de lumière douce et dorée brille à l'intérieur. La porte d'entrée s'ouvre et Ruth apparaît sur le seuil, resserrant autour d'elle les pans de son cardigan.

— Merci Seigneur, murmure-t-elle en enlaçant son fils. Que s'est-il passé ?

Edison me lance un bref coup d'œil.

— Elle m'a dit qu'il ne fallait pas que je t'en parle.

Ruth émet un rire amer.

— Oui, c'est sa spécialité.

— J'ai tagué une croix gammée sur la façade de l'hôpital. Et… un autre truc.

Ruth repousse son fils et le dévisage fixement, les mains posées sur ses épaules, attendant la suite.

— J'ai écrit "Crève Négresse", avoue Edison d'une petite voix.

Elle lui donne une gifle. L'adolescent vacille en se tenant la joue.

— Pourquoi est-ce que tu as fait ça, espèce de crétin ?

— Je me suis dit que Turk Bauer serait tout de suite soupçonné. Je voulais que les gens arrêtent de dire des choses horribles sur toi.

Ruth ferme les yeux, cherchant visiblement à calmer ses nerfs.

— Et maintenant, comment ça se passe ? demande-t-elle.

— La mise en accusation a lieu lundi. Les journalistes seront sûrement au rendez-vous.

— Qu'est-ce que je dois faire ? demande Ruth.

— Vous, rien du tout. Je m'en occupe.

Pendant quelques instants, elle se livre à un combat intérieur, hésitant à accepter le cadeau que je lui fais.

— D'accord, dit-elle finalement.

Je remarque que, pendant tout ce temps, elle n'a jamais arrêté de toucher son fils. Même après l'avoir corrigé, elle garde une main sur son épaule, sur son bras, dans son dos. Lorsque je m'éloigne au volant de ma voiture, ils sont encore sur le perron, unis dans leurs regrets.

Il est quatre heures du matin quand j'arrive chez moi. Ce serait idiot de retourner me coucher, sans compter que je suis sur les nerfs. Alors je fais un peu de ménage puis je prépare de la pâte à pancakes pour le petit déjeuner de Micah et Violet.

Chaque fois que je plaide une affaire, le désordre envahit ma maison, c'est inévitable. Mais pour Ruth, ça y est, c'est terminé. Je me dirige sur la pointe des pieds vers la pièce que j'utilise comme bureau et commence à ranger dans leurs boîtes les pièces communiquées par l'État. J'empile les dossiers, les chemises en carton et les notes que j'ai prises sur les preuves. J'essaie de recouvrer un semblant de calme.

En me cognant au bureau, je renverse un tas de feuilles qui s'éparpillent sur le sol. Je me baisse pour les ramasser, parcourant du regard la déposition de Brittany Bauer qui, bien entendu, n'a jamais été utilisée, et les photocopies des résultats envoyés par le laboratoire d'état, signalant la présence d'une anomalie métabolique chez Davis Bauer. La liste des pathologies dépistées est longue et dense. La plupart des lignes sont assorties du mot *normal*, sauf, bien sûr, celle mentionnant le déficit en MCAD.

Je jette un coup d'œil au reste de la liste que je n'ai jamais vraiment pris le temps de lire, trop occupée à ronger l'os que j'avais déterré. À part ce trouble, Davis Bauer était, semble-t-il, un bébé normal, les autres résultats n'indiquent rien de suspect.

D'un geste machinal, je retourne la feuille et m'aperçois que le verso est également imprimé.

Là, au milieu d'un océan de valeurs standard, le mot *anormal* apparaît de nouveau. Ce résultat se trouve beaucoup plus loin dans la liste – cela veut-il dire qu'il est moins important, moins dangereux peut-être ? Je recherche le même résultat dans les tests de laboratoire inclus au dossier des pièces à conviction, véritable fatras de noms de protéines imprononçables et de graphiques anarchiques de spectrophotométrie que je suis incapable de déchiffrer.

Je m'attarde quelques instants sur une feuille qui ressemble à une teinture batik délavée. "Électrophorèse", dit la légende. "Hémoglobinopathie." Et au bas de la page, les résultats : "HbAS / hétérozygote."

Je m'assieds devant mon ordinateur, tape tout ça sur Google. Si Davis Bauer était atteint d'une autre maladie, il est encore temps pour moi de le signaler. Je peux toujours réclamer un autre procès, motivé par la découverte de nouvelles preuves.

Je peux tout recommencer avec un autre jury.

"Porteurs de la maladie généralement sains", lis-je sur l'écran tandis que mon optimisme retombe comme un soufflé. Je peux dire adieu à une nouvelle cause de décès potentielle…

"La famille doit être testée / informée.

Les hémoglobines sont citées dans l'ordre hémoglobinique existant (F>A>S). FA = normal. FAS = porteur, trait drépanocytaire. FSA = bêta thalasso-drépanocytose."

À cet instant, je me souviens d'une remarque qu'Ivan avait faite.

Je m'assieds par terre, j'attrape la pile de retranscriptions des dépositions et je me plonge dans leur lecture.

Lorsque j'ai terminé, et bien qu'il ne soit que quatre heures et demie du matin, je saisis mon téléphone, fouille dans le journal des appels entrants et finis par retrouver le bon numéro.

— Kennedy McQuarrie à l'appareil, dis-je en entendant la voix pâteuse et encore pleine de rêves de Wallace Mercy. J'ai besoin de vous voir.

Lundi matin, une foule dense se presse sur les marches du palais de justice. Caméras et journalistes de toute la région ont déferlé en masse, attirés par l'histoire de ce gamin noir qui a tagué une insulte raciste dirigée contre les siens alors que sa mère infirmière est actuellement jugée pour le meurtre du bébé d'un suprémaciste blanc. J'ai préparé un petit numéro à l'attention d'Howard pour faire patienter la cour au cas où ma demande de report d'audience serait rejetée, mais, une fois de plus, le juge Thunder me surprend en acceptant de repousser le début des plaidoiries à dix heures, ce qui me laisse le temps d'aller représenter Edison avant de revenir auprès de Ruth – même si c'est pour me faire officiellement congédier quelques minutes plus tard.

Les caméras nous poursuivent dans le couloir. J'ai glissé mon bras sur les épaules de Ruth pour la protéger tant bien que mal et ordonné à Howard de veiller sur Edison. La lecture de la mise en accusation dure moins de cinq minutes. Edison est libéré sur la promesse d'un engagement personnel et une date de réunion préalable au procès est fixée. Une fois cette première affaire réglée, nous sommes obligés de nous replonger dans la foule de journalistes pour atteindre l'autre aile du bâtiment.

Je n'ai jamais été aussi heureuse de pénétrer dans la salle d'audience du juge Thunder où aucun journaliste n'a droit de cité.

Ensemble, nous nous dirigeons vers la table de la défense tandis qu'Edison se glisse discrètement dans la rangée derrière nous. Je viens tout juste de gagner ma place lorsque je croise le regard de Ruth.

— Qu'est-ce que vous faites ? demande-t-elle en fronçant les sourcils.

Je cligne des yeux.

— Pardon ?

— Ce n'est pas parce que vous vous êtes occupée d'Edison que ça change quelque chose, lâche-t-elle froidement.

Avant que j'aie le temps de réagir, le juge entre dans la salle. Il me jette un regard – que je sois en pleine conversation avec ma cliente et que cet échange soit plutôt ombrageux ne lui échappe probablement pas – puis il se tourne vers Odette, installée de l'autre côté.

— Les deux parties sont-elles prêtes ?

— Votre Honneur ? intervient Ruth. J'aimerais congédier mon avocate.

Si le juge Thunder croyait que plus rien ne pourrait le surprendre dans ce procès, il se trompait et son expression trahit un étonnement sincère.

— Madame Jefferson, pourquoi diable voudriez-vous faire une chose pareille alors que la défense a déclaré la fin des audiences ? Il ne manque plus que les plaidoiries.

La mâchoire de Ruth se contracte.

— Il s'agit d'un désaccord privé, Votre Honneur.

— Je vous recommande fortement de reconsidérer votre décision, madame Jefferson. Mme McQuarrie connaît l'affaire sur le bout des doigts et, contre toute attente, elle a préparé son dossier avec beaucoup de soin. Il est évident qu'elle a à cœur de défendre au mieux vos intérêts. Mon travail consiste à veiller sur le bon déroulement de ce procès et à faire en sorte qu'aucun retard ne vienne de nouveau le perturber. Les jurés ont entendu tous les témoins et examiné toutes les preuves apportées au dossier. Nous n'avons pas le temps d'attendre que vous trouviez un autre avocat et vous n'êtes pas compétente pour vous représenter toute seule.

Le juge se tourne de nouveau vers moi.

— Aussi incroyable que cela puisse paraître, madame McQuarrie, je vous accorde un nouveau sursis de trente minutes afin que votre cliente et vous puissiez faire la paix.

Je demande à Howard de rester auprès d'Edison pour éviter que les médias ne lui tombent dessus. À cause de tous ces journalistes agglutinés dans les couloirs, nous ne pouvons pas nous réfugier dans la salle de délibération que nous utilisons d'habitude. Nous sortons par une porte dérobée puis j'entraîne Ruth aux toilettes. "Désolée", dis-je à la femme qui nous suivait avant de verrouiller la porte derrière nous. Prenant appui contre les lavabos, Ruth croise les bras sur sa poitrine.

— Vous croyez que rien n'a changé, j'en suis consciente, et c'est sans doute le cas pour vous, dis-je sans perdre de temps. Mais, de mon côté, il y a eu un *vrai* changement. J'ai entendu votre message, Ruth. Je ne la mérite peut-être pas, mais je vous supplie malgré tout de m'accorder une dernière chance.

— Pourquoi accepterais-je ? demande Ruth d'un air de défi.

— Parce que je vous ai dit un jour que la couleur ne m'importait pas, que je ne la voyais pas… alors qu'aujourd'hui je ne vois qu'elle.

Elle fait quelques pas vers la porte.

— Je n'ai pas besoin de votre pitié.

— Vous avez raison, fais-je en hochant la tête. Ce que vous voulez, c'est l'équité.

Ruth s'immobilise mais ne se retourne pas.

— Vous voulez dire l'égalité, corrige-t-elle.

— Non, je parle bien d'équité. L'égalité consiste à traiter tout le monde de la même manière. Alors que l'équité implique de savoir tenir compte des différences de chacun afin que tout le monde ait une chance de réussir.

Je fixe son dos.

— La première option *semble* juste. La deuxième l'*est* réellement. L'égalité, c'est distribuer le même sujet d'examen à deux élèves. Mais si l'un est aveugle alors que l'autre n'a pas de problème de vue, ça ne sert à rien. Il s'agit alors de donner un sujet en braille et un autre imprimé, contenant tous les deux les mêmes questions. Depuis le début du procès, j'ai présenté aux jurés la version imprimée du sujet parce que je ne m'étais pas rendu compte qu'ils étaient aveugles. Que j'étais moi-même aveugle. Je vous en prie, Ruth. Je crois que vous allez aimer ce que je vais dire.

Ruth pivote lentement sur elle-même.

— Une dernière chance, dit-elle simplement.

Quand je me lève de ma chaise, je ne suis pas seule.

Certes, une salle d'audience pleine à craquer attend ma plaidoirie mais je suis également entourée de toutes ces histoires qui ont fait la une des médias mais ont été largement ignorées dans l'enceinte des tribunaux. Les histoires de Tamir Rice, de Michael Brown, de Trayvon Martin. D'Eric Garner, de Walter Scott et de Freddie Gray. De Sandra Bland et de John Crawford III. Les histoires de ces femmes soldats africaines-américaines qui réclament le droit de porter leurs cheveux naturels et de ces enfants scolarisés dans le district de Seattle qui se sont entendu dire par la Cour suprême que la sélection des élèves visant à assurer la diversité ethnique était inconstitutionnelle. De ces minorités du Sud, laissées sans protection fédérale pendant que les états de la région promulguaient des lois limitant les conditions d'exercice de leur droit de vote. Je suis entourée des millions d'Africains-Américains qui ont été victimes de discrimination dans leur recherche d'emploi et de logement. Et du jeune sans-abri noir de Chapel Street dont le gobelet sera toujours moins rempli que celui de la SDF blanche.

Je me tourne vers le jury.

— Mesdames et messieurs, imaginez que je décide aujourd'hui de libérer séance tenante tous ceux d'entre vous qui sont nés un lundi, un mardi ou un mercredi. Imaginez que ces mêmes personnes se voient attribuer les plus grandes maisons, les places de stationnement les plus convoitées du centre-ville. Qu'elles aient le droit de se présenter aux entretiens d'embauche avant les personnes nées les autres jours de la semaine, qu'elles soient reçues en premier chez le docteur, même si elles sont arrivées après les autres patients. Bien entendu, ceux d'entre vous qui ont vu le jour un jeudi, un vendredi, un samedi ou un dimanche s'efforceront de rattraper leur retard… Mais comme ils seront toujours à la traîne, les médias souligneront constamment leur incompétence. Et s'ils ont le malheur de se plaindre, on leur reproche aussitôt de jouer la "carte du jour de naissance".

Je marque une pause, hausse les épaules.

— Ça paraît idiot, n'est-ce pas ? Et si, en plus de tous ces dispositifs arbitraires qui freineraient les chances de réussite de certains d'entre vous, tout le monde rabâchait sans cesse que le principe d'égalité est plutôt bien respecté, en fin de compte ?

Je marche vers le box des jurés.

— Au début du procès, je vous ai dit que cette affaire concernait Ruth Jefferson et le choix impossible auquel elle avait dû faire face : remplir sa mission d'infirmière ou désobéir aux ordres de sa hiérarchie. Je vous ai dit que nous montrerions que Davis Bauer souffrait d'une maladie non diagnostiquée qui avait entraîné sa mort. Et c'est la vérité, mesdames et messieurs. Mais cette affaire met en lumière des éléments plus importants encore que ceux que j'ai bien voulu vous présenter. De toutes les personnes ayant interagi avec Davis Bauer durant sa courte existence entre les murs de l'hôpital Mercy-West Haven, seule l'une d'entre elles est assise dans ce tribunal, à la table de la défense : Ruth Jefferson. Seule une personne est accusée d'avoir commis un crime : Ruth Jefferson. Pendant les audiences, j'ai soigneusement évité une question pourtant cruciale : *pourquoi ?* Ruth est noire, poursuis-je d'un ton neutre. Et cela a fortement contrarié Turk Bauer, ce suprémaciste blanc qui ne supporte ni les Noirs, ni les Asiatiques, ni les homosexuels – ni tous ceux qui ne lui ressemblent pas. Par voie de conséquence, il est à l'origine d'un enchaînement d'événements qui ont désigné Ruth comme bouc émissaire à la suite de la mort tragique de son fils. Dans les juridictions criminelles de notre système judiciaire, cependant, il est fortement déconseillé de soulever la question raciale. Nous sommes censés faire comme si cela n'était que la cerise sur le gâteau de la condamnation retenue contre l'accusé, en aucun cas sa raison d'être. Nous sommes censés être les gardiens légaux d'une société postraciale. Mais voyez-vous, l'origine du mot *ignorance* me semble plus importante que le vocable en lui-même. Il vient en effet du verbe *ignorer* au sens "ne pas tenir compte de" et personnellement je crois que continuer à ignorer la vérité n'apportera rien de bon.

Je plante mon regard dans celui de la jurée numéro douze, l'enseignante, avant de continuer :

— Complétez la phrase suivante : "Je suis… ?"

Petite pause.

— Vous diriez peut-être : "timide". Ou "blonde". "Sociable". Ou "angoissé, intelligente, irlandais". Mais la majorité d'entre vous ne compléteraient pas spontanément la phrase par "blanc" ou "blanche". Pour quelle raison ? Parce que c'est un fait établi qui nous paraît normal. C'est une identité que nous prenons pour un dû. Ceux d'entre nous qui ont eu la chance d'être nés blancs ne sont même pas conscients de leur bonne fortune. Il faut dire que c'est tellement plus confortable d'ignorer un tas de choses. Vous n'avez sans doute éprouvé aucune gratitude particulière en prenant une douche ce matin ni en vous glissant dans votre lit hier soir. En avalant votre petit déjeuner ou en enfilant des sous-vêtements propres. Parce que c'est tellement facile de considérer tous ces privilèges invisibles comme des acquis. Bien sûr, il est aussi plus commode de voir la partie émergée du racisme, c'est-à-dire tous les actes discriminatoires dont sont victimes les personnes de couleur. On les repère aisément quand un homme noir est accidentellement abattu par la police ou quand une jeune fille mate de peau est harcelée par ses camarades de classe parce qu'elle porte le hijab. La partie immergée du racisme est en revanche plus compliquée à discerner… Et à accepter. Ce sont toutes ces petites choses du quotidien dont nous bénéficions, nous, les Blancs, précisément en raison de notre couleur de peau. Nous pouvons aller voir un film au cinéma avec la quasi certitude que la plupart des personnages principaux nous ressembleront. Nous pouvons arriver en retard à une réunion de travail sans risquer une mauvaise plaisanterie liée à notre race. Je peux émettre une objection dans le bureau du juge Thunder sans qu'on me reproche de jouer la carte du racisme.

Je me tais quelques instants.

— Et le soir, en rentrant du travail, la grande majorité d'entre nous ne pousse pas la porte en s'écriant : "Hourra ! Aucun vigile ne m'a arrêté pour me fouiller aujourd'hui !" Quand nous allions à l'Université, nous ne partions pas en cours chaque matin en songeant : "J'étudie dans l'école de mon choix parce que le système éducatif a réellement été conçu en ma faveur." Nous ne pensons pas à toutes ces choses parce que nous n'y sommes pas obligés.

Je vois bien que les jurés commencent à se sentir mal à l'aise. Ils s'agitent sur leurs chaises et, du coin de l'œil, j'aperçois le juge Thunder qui m'observe fixement, même si le contenu de ma plaidoirie finale n'appartient qu'à moi. Théoriquement, je pourrais même lire à voix haute *Les Grandes Espérances* de Dickens si ça me chantait.

— Je sais ce que vous pensez en ce moment : *Je ne suis pas raciste, moi.* C'est clair, nous avons eu un exemple vivant de ce qu'est le *vrai* racisme, incarné ici par Turk Bauer. Je doute que vous soyez nombreux, mesdames et messieurs les jurés, à croire, comme Turk, que vos enfants sont des guerriers de la race et que les Noirs sont des êtres tellement inférieurs qu'ils ne devraient même pas avoir le droit de toucher un bébé blanc. Pourtant, même si nous décidions d'envoyer tous les néonazis de cette planète sur Mars, le racisme existerait encore. Parce qu'en réalité le racisme ne se résume pas à la haine. Nous avons tous des préjugés, même si nous n'en sommes pas conscients. Ce qu'il faut savoir, c'est que le racisme est également lié à l'identité des personnes qui détiennent le pouvoir… Et qui y ont accès. Voyez-vous, lorsque j'ai commencé à travailler sur cette affaire, je ne me considérais pas comme quelqu'un de raciste. À présent, je sais que je le suis. Pas parce que je hais les personnes qui ne sont pas de la même race que moi, non, mais parce que – intentionnellement ou inconsciemment – j'ai profité de la couleur de ma peau, de la même manière que Ruth Jefferson a subi un grave revers à cause de la sienne.

Je ne vois pas le visage d'Odette, penchée au-dessus de la table de l'accusation. Est-elle en train de se frotter les mains, ravie de me voir fabriquer mon propre cercueil avec des mots et des formules ? Ou bien est-elle simplement sidérée par mon culot – il faut dire que ce n'est pas tous les jours qu'un avocat de la défense ose froisser le jury à un stade aussi avancé de la procédure.

— Il existe une différence entre le racisme passif et le racisme actif. C'est un peu comme quand on emprunte le tapis roulant dans un aéroport. Si on continue à marcher, on arrive plus vite à l'autre bout que celui qui reste immobile. Mais, au final, on se retrouvera au même endroit. Le racisme actif, c'est arborer une croix gammée sur son crâne rasé. C'est dire à une cadre de l'équipe soignante qu'une infirmière africaine-américaine n'a pas le droit d'approcher votre bébé. C'est rigoler à une blague sur les Noirs. Mais qu'entend-on par "racisme passif" ? C'est par exemple remarquer qu'il n'y a qu'une seule personne de couleur dans le bureau où l'on travaille et ne pas s'en étonner auprès de son patron. C'est lire le programme de CM1 de son enfant, constater que le seul pan de l'histoire noire abordé en cours concerne l'esclavage, et ne pas aller demander des explications à ce sujet. C'est défendre une femme dont la condamnation résulte directement de sa couleur de peau… et s'obstiner à contourner la question, comme si cela n'était pas important. Je parie que vous vous sentez mal à l'aise à l'instant où je vous parle. Moi aussi, vous savez. Ce n'est pas facile d'évoquer ce sujet sans blesser les gens ou se sentir soi-même insulté. C'est la raison pour laquelle les avocats comme moi ne sont pas censés dire ce genre de choses aux jurés comme vous. Mais si, tout au fond de vous, vous vous êtes demandé de quoi traitait réellement ce procès, vous savez qu'il ne s'agit pas seulement de savoir si Ruth est responsable ou non de la mort d'un de ses patients. Le cœur de l'affaire ne se trouve pas là. Le vrai problème, c'est un système mis en place depuis près de quatre cents ans, un système qui permet à des personnes comme Turk Bauer de formuler une requête raciste en tant que patient et d'obtenir gain de cause. Un système conçu pour veiller à ce que les personnes comme Ruth restent à la place qu'on leur a désignée.

Je promène un regard pénétrant sur les jurés.

— Si vous n'avez pas envie de penser à ça, personne ne vous y oblige – et vous pourrez malgré tout acquitter Ruth. Je vous ai présenté suffisamment de preuves médicales mettant en évidence de nombreux doutes concernant les causes du décès de ce bébé. Le médecin légiste en personne a déclaré devant vous que si les résultats des tests de dépistage réalisés sur le nourrisson avaient été envoyés plus tôt à l'hôpital, Davis Bauer serait peut-être encore en vie aujourd'hui. Certes, vous avez également entendu Ruth exprimer sa colère à la barre… Mais lorsqu'on attend depuis quarante-quatre ans de pouvoir prendre la parole, les mots ne sortent pas toujours comme on aimerait qu'ils sortent. Ruth Jefferson désirait simplement *exercer son métier*. C'est-à-dire prendre soin de ce bébé comme on le lui avait appris.

Finalement, je fais face à Ruth. Elle retient son souffle et j'ai l'impression de sentir la bouffée d'air se bloquer dans mes propres poumons.

— Imaginez que les gens nés un lundi, un mardi ou un mercredi puissent emprunter de l'argent sans être obligés de produire mille et une garanties de solvabilité. Imaginez qu'ils puissent faire leurs courses sans craindre d'être suivis à la trace par des agents de sécurité.

J'observe une pause.

— Imaginez que les tests de dépistage effectués sur leurs bébés soient adressés au pédiatre en temps et en heure, permettant de mettre en place un traitement médical qui les sauvera. Ce type de discrimination arbitraire ne semble soudain pas si idiot que ça, n'est-ce pas ? dis-je en guise de conclusion.

RUTH

Après tout cela.

Après m'avoir répété pendant plusieurs mois que la question raciale n'avait pas sa place dans un tribunal, Kennedy McQuarrie a fait entrer l'éléphant que tout le monde feint habituellement de ne pas voir et l'a promené sous les yeux du juge. Elle l'a poussé dans le box des jurés, tant et si bien que ces hommes et ces femmes ont été obligés de sentir sa présence dérangeante.

Je fixe les jurés, tous perdus dans leurs pensées, enfermés dans un silence interdit. Kennedy revient s'asseoir près de moi et, pendant quelques instants, je ne peux que la regarder. Je déglutis péniblement tandis que j'essaie de mettre des mots sur les émotions qui m'habitent. Ce que Kennedy vient de dire à tous ces inconnus, c'est l'histoire de ma vie, les contours à l'intérieur desquels j'existe. Mais j'aurais pu le hurler sur tous les toits que ça n'aurait rien changé. Pour que les jurés l'entendent et l'entendent *vraiment*, il fallait que cela soit dit par une des leurs.

Elle se tourne vers moi avant que j'aie le temps d'ouvrir la bouche.

— Merci, murmure-t-elle, comme si c'était moi qui lui avais rendu service.

À bien y réfléchir, c'est peut-être le cas.

En entendant le juge se racler la gorge, nous levons toutes les deux les yeux vers lui et nous heurtons à son regard furibond. Odette Lawton s'est levée. Elle se tient à la place que Kennedy a abandonnée quelques instants plus tôt. Lorsqu'elle prend la parole, je caresse l'écharpe porte-bonheur de ma mère nouée autour de mon cou.

— Pour être franche, j'admire Mme McQuarrie et son vibrant appel à la justice sociale. Mais ce n'est pas la question qui nous préoccupe aujourd'hui. Si nous sommes réunis ici, c'est parce que l'accusée, Ruth Jefferson, a trahi le code éthique de sa profession et n'a pas eu la bonne réaction face à une urgence médicale impliquant un nourrisson.

La procureure s'avance vers le jury.

— Ce que Mme McQuarrie a dit… c'est la vérité. Tout le monde a des préjugés et certaines personnes prennent des décisions qui nous paraissent totalement aberrantes. Quand j'étais au lycée, je travaillais à mi-temps dans un restaurant McDonald's.

Alors là, je tombe des nues. J'ai beau essayer d'imaginer Odette en train de surveiller un bain de friture, je n'y arrive pas.

— J'étais la seule gamine noire de l'équipe. Quand j'étais à la caisse, il m'arrivait de voir entrer des clients qui, dès qu'ils m'apercevaient, changeaient de file pour être servis par quelqu'un d'autre. Que ressentais-je dans ces moments-là ?

Elle hausse les épaules.

— Ça m'affectait, bien sûr. Mais est-ce que je crachais dans leurs frites ? Non. Est-ce que je jetais leur steak par terre avant de le fourrer dans un pain à hamburger ? Non plus. Je faisais mon travail. J'accomplissais les tâches qu'on me confiait. Maintenant, si vous voulez bien, revenons à Ruth Jefferson. Elle aussi a vu, pour ainsi dire, un client changer de file, mais a-t-elle continué de faire ce qu'elle était censée faire dans le cadre de son travail ? Non. Elle n'a pas voulu considérer l'ordre qu'on lui avait donné de ne plus s'occuper de Davis Bauer comme une simple demande de la part d'un patient mais l'a transformé en acte raciste. Elle n'a pas honoré son serment d'infirmière qui lui dictait pourtant de venir en aide à ses patients – *en toutes circonstances*. Elle a agi en ignorant totalement le bien-être et la sécurité du nourrisson parce qu'elle était en colère et elle s'est servie de ce pauvre enfant comme d'un exutoire à sa colère. C'est vrai, mesdames et messieurs les jurés, la décision prise par Marie Malone de retirer à Ruth le dossier de Davis Bauer était un acte raciste mais ce n'est pas le procès de Marie, ici, c'est celui de Ruth qui doit répondre de ses actions. C'est elle qui a rompu le serment qu'elle a prononcé le jour où elle est devenue infirmière. Je sais aussi que M. Bauer et ses opinions ont dérangé un grand nombre d'entre vous parce que ce sont des positions extrémistes. Dans ce pays, cependant, M. Bauer a le droit d'exprimer ce genre de point de vue, même si cela choque certaines personnes. Cela dit, si la haine manifestée par Turk Bauer vous a offusqués, vous devez admettre que Ruth était elle aussi animée par la haine. Vous l'avez entendue vous dire clairement que c'était sans doute mieux pour ce bébé de mourir plutôt que de devenir plus tard comme son père. Ce fut peut-être le seul moment où elle s'est montrée sincère avec nous. Alors qu'on ne peut pas reprocher à Turk de ne pas assumer ses opinions, aussi condamnables soient-elles. Ruth, nous le savons désormais, est une menteuse. De son propre aveu, elle est intervenue et a touché le bébé alors qu'elle se trouvait seule avec lui dans la nursery, bien qu'elle ait affirmé le contraire à sa hiérarchie, au service de gestion du risque de l'hôpital ainsi qu'aux enquêteurs de police. Ruth Jefferson a bel et bien commencé à réanimer ce bébé… Et pourquoi a-t-elle arrêté ? Parce qu'elle a eu peur de perdre son travail. Elle a privilégié ses propres intérêts au détriment de ceux du patient et c'est exactement ce qu'un professionnel de santé ne doit jamais faire.

La procureure marque une pause.

— Ruth Jefferson et son avocate peuvent bien faire tout un pataquès au sujet de ces résultats d'analyses envoyés trop tard par le laboratoire ou dresser un tableau peu réjouissant des relations interraciales dans ce pays, ou que sais-je encore, reprend-elle finalement. Ce qu'elles ont avancé ne changera rien aux faits tels qu'ils ont été établis. Et cela ne ramènera certainement pas ce bébé à la vie.

Après que le juge a donné ses instructions aux membres du jury, ces derniers sont escortés vers la sortie. Puis le juge Thunder quitte à son tour la salle d'audience et Howard se lève d'un bond.

— Je n'ai jamais rien vu de pareil ! s'exclame-t-il.

— Ouais et tu ne le verras probablement plus jamais de ta vie, marmonne Kennedy.

— Je veux dire : j'avais l'impression de regarder Tom Cruise et Jack Nicholson dans *Des hommes d'honneur* : "Je veux savoir la vérité. Vous n'êtes pas capable de la supporter !" C'était comme…

— Comme me tirer une balle dans le pied, complète Kennedy. Délibérément.

Je pose une main sur son bras.

— Je suis consciente que ce que vous avez dit dans cette pièce vous a coûté.

Kennedy m'enveloppe d'un regard empreint de gravité.

— Ruth, ça risque de *vous* coûter plus cher encore.

Elle m'a donné quelques explications sur ce qui va se passer à présent. Comme l'accusation de meurtre avait été écartée avant que je témoigne à la barre, le jury ne doit se prononcer que sur l'accusation d'homicide involontaire. Et bien que nos preuves médicales aient certainement créé ce qu'on appelle un doute raisonnable, un accès de colère est comme une marque au fer rouge laissée par un tisonnier dans l'esprit des jurés. Même s'ils ne peuvent plus retenir la charge de meurtre avec préméditation à ce stade du procès, ils peuvent toujours décider que je ne me suis pas occupée du bébé comme j'aurais dû le faire. Et vu les circonstances, je ne sais même plus si cela aurait été possible…

Je me remémore la nuit que j'ai passée en prison. Je l'imagine qui se transforme en plusieurs nuits. En semaines. En mois. Je pense à Liza Lott ; si j'avais une conversation avec elle aujourd'hui, ce ne serait plus du tout la même que celle que nous avons eue à l'époque. Je commencerais par lui dire que je ne suis plus naïve. J'ai été forgée dans un creuset, comme l'acier. Et le miracle, avec l'acier, c'est qu'on peut le marteler pour l'aplatir au maximum sans pour autant qu'il casse. Je cherche le regard de Kennedy.

— Ça valait le coup de l'entendre, en tout cas.

Un léger sourire étire ses lèvres.

— Ça valait le coup de le dire.

Tout à coup, Odette se matérialise devant nous. Je panique un peu. Kennedy a ajouté que la procureure pouvait encore choisir une autre option, à savoir écarter *tous* les chefs d'accusation et repartir de zéro avec un grand jury en utilisant mon témoignage à la barre pour prouver l'intention de nuire dans le feu de l'action et requalifier le crime en meurtre.

— J'abandonne les poursuites contre Edison Jefferson, déclare Odette d'un ton bref. J'ai pensé que vous aimeriez être au courant.

Je reste bouche bée. Je m'attendais à presque tout venant de sa part, mais pas un instant je n'avais pensé à ça.

Elle me fait face et, pour la première fois depuis le début du procès, plonge son regard dans le mien. Si l'on excepte notre brève entrevue dans les toilettes du tribunal, elle ne m'a jamais regardée dans les yeux au cours de ces longues heures passées à la table de la défense, préférant fixer un point derrière moi ou juste au-dessus de ma tête. Aux dires de Kennedy, c'est tout à fait normal : c'est ainsi que les procureurs rappellent aux accusés qu'ils ne sont pas des êtres humains.

Et leur méthode fonctionne à merveille.

— J'ai une fille de quinze ans, ajoute Odette en guise d'explication. Jolie plaidoirie, maître, ajoute-t-elle à l'adresse de Kennedy avant de s'éloigner.

— Et maintenant ? demandé-je.

Kennedy prend une longue inspiration.

— Maintenant... On attend.

Mais d'abord, nous devons affronter la cohue des journalistes. Howard et Kennedy échafaudent un plan pour m'aider à sortir du tribunal en évitant tout contact avec les médias.

— Si on n'arrive pas à les esquiver complètement, explique Kennedy, la bonne réponse est : "Pas de commentaire." Nous attendons la décision du jury. Point barre.

J'acquiesce d'un signe de tête.

— Je crois que vous ne mesurez pas bien l'importance de tout ça, Ruth. Ce sont des requins avides de sang qui vous attendent derrière cette porte. Ils vont vous titiller et vous pousser dans vos retranchements jusqu'à ce que vous craquiez devant les caméras. Alors pendant les cinq prochaines minutes, jusqu'à ce qu'on soit sortis du bâtiment, en fait, vous êtes aveugle, muette et sourde. C'est clair ?

— Oui, réponds-je.

Mon cœur bat comme un tambour lorsque nous poussons la double porte de la salle d'audience. Aussitôt, les flashes crépitent et des micros jaillissent sous mon nez. Howard ouvre la voie, écartant les journalistes trop pressants, tandis que Kennedy m'entraîne dans l'arène : j'aperçois des reporters acrobates qui tentent de se hisser au-dessus de leurs collègues pour obtenir une déclaration ; des clowns qui font leur numéro de cirque – les Bauer en pleine interview avec une chaîne d'information conservatrice – et moi qui m'efforce de me frayer un chemin au milieu de toute cette agitation, sans trébucher.

Wallace Mercy s'avance à notre rencontre. Il forme avec ses disciples une sorte de barricade humaine, bras dessus bras dessous, ce qui veut dire que nous ne pourrons pas l'éviter. Wallace se tient au centre de la chaîne en compagnie d'une femme ; tandis que je les observe, ils font un pas en avant pour conduire le reste de la troupe. La femme porte un tailleur en lainage rose. Ses cheveux coupés court sont teints en rouge vif. Elle se tient droite comme un *i*, le bras fermement glissé dans celui de Wallace.

Je me tourne vers Kennedy, l'interroge du regard : *Que faisons-nous ?*

Mais ma question n'appelle pas de réponse : contre toute attente, Wallace et la femme qui l'accompagne ne se dirigent pas vers nous. Ils bifurquent vers l'autre bout du couloir, là où Turk Bauer continue de s'entretenir avec un journaliste, sa femme et son beau-père à ses côtés.

— Brittany, dit la femme, les yeux soudain remplis de larmes. Oh, mon Dieu. Tu es magnifique.

Elle tend la main vers Brittany tandis que les caméras filment la scène. Mais nous ne sommes plus dans la salle d'audience du juge Thunder : Britanny Bauer peut dire ou faire ce que bon lui semble. Comme dans une scène tournée au ralenti, je regarde la main de cette femme s'approcher de Brittany et je sais avant même que cela ne se produise que celle-ci va la repousser.

— Laissez-moi tranquille, merde à la fin.

Wallace Mercy s'interpose.

— Je crois que vous aimeriez faire la connaissance de cette personne, madame Bauer.

— C'est déjà fait, Wallace, murmure la femme. Nous avons fait connaissance il y a vingt-six ans, lorsque je l'ai mise au monde. Brit, ma chérie, tu te souviens de moi, n'est-ce pas?

Le visage de Brittany Bauer s'empourpre violemment – de honte, de colère, ou des deux à la fois.

— *Menteuse.* Espèce de sale menteuse! explose-t-elle en s'élançant sur la femme qui se laisse tomber sans opposer de résistance.

Autour de nous, les gens se bousculent pour retenir Brittany et évacuer la femme gisant à terre. Des cris fusent: "Aidez-la!" Et: "Vous filmez, j'espère?"

Puis j'entends quelqu'un ordonner: "Arrête!" La voix est profonde, puissante, péremptoire. Et comme par magie, Brit recule d'un pas.

Pivotant sur ses talons, elle décoche à son père une œillade féroce.

— Tu comptes laisser cette négresse raconter ce genre de conneries sur moi? Sur nous?

Mais le père ne regarde déjà plus sa fille. Livide, il dévisage la femme qui a regagné sa place auprès de Wallace Mercy et son escadrille, pressant le mouchoir du révérend contre sa lèvre en sang.

— Bonjour, Adele, dit-il.

— Ça, je ne l'avais vraiment pas vu venir, fais-je à voix basse en jetant un coup d'œil à Kennedy.

À cet instant, je me rends compte qu'elle, oui.

TURK

Les caméras tournent quand tout part en vrille. Une seconde plus tôt, Brit et Francis m'écoutent parler à un animateur radio bien connu pour ses opinions de droite ; je suis en train de lui dire qu'on vient tout juste de commencer à se battre quand ma déclaration devient très concrète. Une femme noire s'approche de Brit, lui touche le bras. Naturellement, Brit s'écarte, et là, la bonne femme lui lance un gros bobard à la figure : Brittany Bauer, la princesse du Mouvement du White Power, serait en réalité à moitié noire.

Je me tourne vers Francis et je le regarde comme je le fais… ben oui, depuis des années. Il m'a appris tout ce que je sais sur la haine ; j'irais me battre pour lui ; d'ailleurs, ça m'est déjà arrivé. Je recule d'un pas et j'attends que Francis dégaine sa fameuse rhétorique, qu'il piétine verbalement cette garce, qu'il la traite de sale opportuniste en quête d'un quart d'heure de gloire. Mais il n'en fait rien.

Au lieu de ça, je l'entends prononcer le prénom de la mère de Brittany.

Je ne sais pas grand-chose sur Adele parce que Brit ne connaît presque rien d'elle non plus. Juste son prénom et aussi qu'elle a trompé Francis avec un Black. Il a eu tellement la haine qu'il lui a posé un ultimatum : soit elle lui laissait Brit, qui était encore bébé, et disparaissait de leurs vies pour toujours, soit elle mourait dans son sommeil.

Sagement, elle a choisi la première option et Brit n'a jamais eu besoin d'en savoir plus sur son compte.

Mais maintenant, j'observe les longs cheveux noirs de Brit.

On voit ce qu'on nous dit de voir.

Elle lève les yeux sur son père, elle aussi.

— Papa ?

Brusquement, j'arrive plus à respirer. Je ne sais pas qui est ma femme. Je ne sais pas qui *je* suis. Pendant toutes ces années, j'aurais préféré poignarder un Noir plutôt que de m'asseoir à la même table que lui pour prendre un café, et pendant toutes ces années j'ai vécu avec une Noire.

J'ai fait un bébé avec une Noire.

Ce qui veut dire que mon propre fils avait aussi du sang noir dans ses veines.

Un bourdonnement emplit mes oreilles, j'ai l'impression d'être en chute libre, tombé d'un avion. Le sol se rapproche à toute vitesse.

Britanny se relève, tourne sur elle-même, le visage déformé par une grimace qui me brise le cœur.

— Chérie, chuchote Francis, mais du fond de sa gorge Brit laisse échapper une plainte rauque.

— Non, dit-elle. Non.

Et elle se met à courir.

Brit est petite et rapide. Elle sait se servir des zones d'ombre pour se déplacer sans être vue. Normal, non, pour une fille qui, comme moi, a appris auprès du meilleur.

Francis essaie de demander de l'aide aux membres de Lonewolf.org venus témoigner leur solidarité au tribunal mais il y a un mur entre nous, maintenant. Certains ont déjà disparu. Ça m'étonnerait pas qu'ils se désabonnent du site, sauf si Francis trouve les bons arguments pour les convaincre de rester.

Je suis même pas sûr d'en avoir quelque chose à foutre, d'ailleurs.

Tout ce que je veux, c'est retrouver ma femme.

On saute dans la voiture et on cherche partout. Notre réseau, invisible mais vaste, n'est plus disponible. On est tout seuls sur ce coup-là, complètement isolés.

Prends garde à ce que tu souhaites, comme qui dirait.

Assis au volant, j'explore les quartiers les plus reculés de la ville. Quelques minutes se passent et je jette un coup d'œil à Francis.

— Ça vous brancherait pas de me dire la vérité ?

— C'était il y a des années de ça, répond-il à voix basse. Avant que j'adhère au Mouvement. J'ai rencontré Adele dans un restaurant. Elle m'a servi une part de tarte. Elle a écrit son nom et son numéro de téléphone sur l'addition. Je l'ai appelée.

Il hausse les épaules.

— Trois mois plus tard, elle était enceinte.

J'ai un haut-le-cœur en m'imaginant en train de coucher avec l'une d'entre elles. Mais après tout, c'est ce que j'ai fait, non ?

— Dieu m'est témoin, Turk, je l'aimais. Je me fichais bien qu'on passe la nuit à danser ou qu'on reste à la maison devant la télé… J'étais arrivé à un point où je ne me sentais pas entier si elle n'était pas auprès de moi. Puis on a eu Brit et j'ai commencé à avoir la trouille. C'était trop parfait, tu comprends ? Quand c'est trop parfait, ça veut forcément dire que quelque chose va déraper.

Il se frotte le front.

— Elle allait à la messe tous les dimanches, dans l'église qu'elle fréquentait depuis qu'elle était gosse. Une église de Noirs, avec les chants, les alléluias et tout le merdier. C'était trop, pour moi. Alors j'allais à la pêche en l'attendant ; je lui disais que c'était mon sanctuaire personnel. Jusqu'au jour où le chef de chœur a commencé à s'intéresser à elle. Il trouvait qu'elle avait une voix d'ange. Ils se sont mis à passer beaucoup de temps ensemble… Ils répétaient à toutes les heures du jour et de la nuit.

Francis secoue la tête.

— Alors j'ai pété un câble. Je l'ai accusée de me tromper avec le gusse. Peut-être que c'était vrai, peut-être pas. Je l'ai mise plus bas que terre, j'ai même été violent… J'ai eu tort de réagir comme ça, je sais. Mais c'était plus fort que moi : elle était en train de me briser le cœur et il fallait bien que je fasse quelque chose de tout ce chagrin. C'est pas à toi que je vais l'apprendre, pas vrai ?

Je hoche la tête.

— Elle est allée se réfugier chez l'autre gars et il l'a recueillie, tu penses. Nom de Dieu, Turk, c'est moi qui l'ai poussée dans ses bras. Peu de temps après, elle m'a annoncé qu'elle me quittait et je lui ai dit que, si c'était ce qu'elle voulait, elle partirait les mains vides. Il était hors de question qu'elle me vole ma fille. Je lui ai dit que, si elle faisait ça, elle signait son arrêt de mort.

Il me lance un regard lugubre.

— Je ne l'ai plus jamais revue.

— Et vous n'avez jamais rien dit à Brit ?

Il secoue la tête.

— Qu'est-ce que tu voulais que je lui dise ? Que j'avais menacé de tuer sa mère ? Non. J'ai commencé à traîner dans les bars. J'emmenais Brit et je la laissais dormir dans son siège auto pendant que j'allais me bourrer la gueule. C'est dans un de ces rades que j'ai rencontré Tom Metzger.

J'ai du mal à imaginer le leader de l'Armée de l'Alliance Blanche en train de siffler des bières mais on a vu des choses plus bizarres.

— Il était avec quelques-uns de ses gars. Quand il m'a vu monter dans ma voiture et qu'il a découvert Brit, il m'a interdit de prendre le volant. C'est lui qui nous a raccompagnés à la maison. Il m'a dit qu'il fallait que je me ressaisisse pour ma gamine. J'étais complètement torché, ce soir-là. Je lui ai raconté qu'Adele m'avait quitté pour un nègre. Je crois bien avoir oublié de lui dire qu'elle était noire, elle aussi. Toujours est-il que Tom m'a filé quelque chose à lire. Une brochure.

Francis retrousse ses lèvres.

— Ça a commencé comme ça. C'était tellement plus facile de les haïr plutôt que de me haïr moi-même.

Mes phares balaient une voie de chemin de fer, un spot où l'escadron de Francis avait l'habitude de se réunir à l'époque où les gars étaient encore actifs.

— Et maintenant, c'est elle que je vais perdre. Elle sait comment disparaître sans laisser de traces derrière elle. C'est moi qui lui ai appris.

J'entends dans sa voix qu'il se débat avec sa peine et sa stupeur, et très franchement je n'ai pas de temps à perdre avec ses états d'âme. J'ai des choses plus importantes à faire, comme par exemple retrouver ma femme.

Et il me reste encore une piste.

On est obligés d'entrer dans le cimetière par effraction ; il fait nuit, maintenant, et les grilles sont fermées à clé. J'escalade la clôture et je fais sauter le cadenas avec le marteau que j'ai récupéré à l'arrière du pick-up pour que Francis puisse entrer aussi. On laisse nos yeux s'habituer à l'obscurité parce qu'on sait que Brit prendra sûrement la tangente si elle repère le faisceau lumineux d'une lampe torche.

Au début, je ne la vois pas du tout. Tout est sombre et elle porte une robe bleu marine. Mais en approchant de la tombe de Davis, j'entends un bruit. Pendant quelques instants, les nuages masquant la lune s'écartent et la pierre tombale luit dans la pénombre. J'aperçois aussi l'éclat du métal.

— Ne t'approche pas de moi, lance Brit.

Je lève les mains en l'air comme pour brandir un drapeau blanc. Puis, très lentement, je fais un pas en avant. J'entends la lame filer une fois. C'est le canif qu'elle garde toujours dans son sac à main. Je me souviens du jour où elle l'a acheté, à un rassemblement du White Power. Elle avait soupesé plusieurs modèles avec des manches en onyx, en nacre. Saisissant celui en strass, elle avait pressé la lame contre ma gorge d'un air faussement menaçant. "Lequel me ressemble le plus ?", elle m'avait demandé en riant.

— Salut, bébé, je lui fais d'une voix douce. Il est l'heure de rentrer à la maison.

— Je peux pas. Je suis trop mal.

— Ça va aller.

Je m'accroupis et j'avance furtivement, comme si je tentais d'approcher un chien sauvage. J'attrape sa main mais ma paume glisse dans la sienne.

Je baisse les yeux. Mes doigts sont couverts de sang.

— Nom de Dieu !

Au moment où ce cri sort de ma bouche, Francis se pointe derrière moi en braquant la lampe de son iPhone sur Brit. Il lâche un juron. Brit est assise, adossée à la pierre tombale de Davis. Une lueur de panique brille dans ses yeux écarquillés et légèrement vitreux. Son bras droit est tailladé à sept ou huit endroits et les coupures ont l'air profondes.

— J'arrive pas à le trouver, gémit-elle. J'essaie de le faire sortir, pourtant.

— Qu'est-ce que tu veux faire sortir, mon cœur ? je demande en tendant de nouveau la main vers le couteau.

Mais elle l'éloigne de moi.

— Son sang à elle.

Et là, sous mes yeux, elle brandit la lame et se tranche le poignet.

Le couteau glisse de sa main et, tandis que ses yeux se retournent dans leurs orbites, je la soulève dans mes bras et me mets à courir vers le pick-up.

Il faut un certain temps avant que l'état de Brit redevienne stable, et c'est une formule optimiste. On est à Yale-New Haven, un autre hôpital que celui où elle a accouché de Davis. Les estafilades ont été suturées, son poignet est bandé ; son corps maculé de sang a été nettoyé. Elle a été admise dans le service psychiatrique et, je dois l'avouer, je suis soulagé. Je ne peux pas démêler seul les nœuds qui encombrent son esprit.

Je peux déjà à peine démêler les miens, alors…

Je dis à Francis de rentrer à la maison, de se reposer un peu. Moi, je vais passer la nuit ici, dans la salle réservée aux accompagnants, juste pour être là si jamais Brit se réveille et me réclame. Mais, pour le moment, elle dort profondément, shootée aux tranquillisants.

C'est flippant, un hôpital après minuit. Fantomatique. Les lumières sont tamisées, les bruits angoissants – le grincement des chaussures d'une infirmière, le gémissement d'un patient, le bip et le soupir d'un tensiomètre. J'achète un bonnet en laine dans la boutique de cadeaux, un de ces machins spécialement tricotés pour les patients sous chimio mais je m'en fous. Il cache mon tatouage et c'est tout ce que je veux pour le moment : me fondre dans le décor.

Je vais m'asseoir à la cafétéria avec une tasse de café dans les mains et je commence à démêler l'écheveau de mes pensées. Il y a tellement de choses qu'on peut haïr. Tellement de personnes qu'on peut tabasser, de nuits qu'on peut passer à picoler comme un trou, tellement d'occasions où l'on peut jeter la pierre aux autres plutôt que de s'en prendre à soi-même. Et puis après ?

J'ai mal à la tête à force de ressasser les trois vérités incompatibles qui s'y bousculent : *1. Les Noirs sont des êtres inférieurs. 2. Brit est à moitié noire. 3. J'aime Brit de tout mon cœur.*

Est-ce que les numéros un et deux ne devraient pas rendre impossible le numéro trois ? Ou est-ce que Brit est l'exception qui confirme la règle ? Et Adele en était une aussi, alors ?

Je repense à Twinkie, à ces délires qu'on se tapait tous les deux derrière les barreaux, quand on rêvait de ce qu'on avait envie de manger.

Combien faut-il d'exceptions avant de commencer à se rendre compte que les vérités qu'on nous a assénées ne sont peut-être pas si vraies que ça, en réalité ?

Après avoir terminé mon café, je déambule dans les couloirs de l'hôpital. Je feuillette un journal abandonné dans le hall d'accueil. Je regarde les lumières d'une ambulance clignoter derrière les vitres des Urgences.

Je tombe par hasard sur les soins intensifs du service de néonatalogie. Il faut me croire, je n'ai aucune envie de me balader dans une maternité ; ces cicatrices sont encore bien trop sensibles pour moi, même si ce n'est pas le même hôpital. Pourtant, je me retrouve devant la baie vitrée à côté d'un autre type. "C'est la mienne", il me fait en pointant son doigt sur un bébé incroyablement minuscule enveloppé dans une couverture rose. "Elle s'appelle Cora."

Je panique un peu. Quel genre de psychopathe traîne dans une maternité s'il n'a pas de bébé à lui ? Alors je lui montre un gosse dans une couverture bleue. La lumière se reflète sur les vitres de sa couveuse, mais même d'où je me trouve, je vois sa peau foncée. "Davis", je dis simplement.

Mon fils était aussi blanc que moi, en tout cas à l'extérieur. Il ne ressemblait pas à ce nouveau-né. Mais même s'il avait été comme lui, je sais maintenant que je l'aurais aimé tout autant. La vérité, c'est que, si ce bébé était Davis, je me foutrais complètement que sa peau soit plus sombre que la mienne.

Qu'il soit vivant – voilà tout ce qui compterait.

J'enfonce mes mains tremblantes dans les poches de mon blouson et je pense à Francis et à Brit. Peut-être qu'il est possible de haïr quelqu'un autant qu'on l'a aimé. Comme la doublure d'une poche qu'on aurait retournée.

En toute logique, l'inverse doit être vrai aussi.

KENNEDY

Pendant le temps qu'il faut aux jurés pour délibérer avant de rendre leur verdict, j'assiste à plus de quarante mises en accusation dont trente-huit concernent des hommes noirs. Micah réalise six interventions chirurgicales. Violet va à une fête d'anniversaire. Je lis un article publié en première page du journal : une marche a été organisée à Yale par les étudiants de couleur qui veulent – entre autres choses – rebaptiser une résidence universitaire portant actuellement le nom de John C. Calhoun, vice-président des États-Unis, sécessionniste et partisan de l'esclavage.

Deux jours durant, Ruth et moi faisons le pied de grue dans les couloirs du tribunal. Edison retourne au lycée avec un regain d'enthousiasme – c'est fou ce qu'un petit accrochage avec la loi peut faire à un gamin qui aurait comme une envie de flirter avec la délinquance. Avec ma bénédiction et ma présence à son côté, Ruth a également accepté de participer en duplex à l'émission télévisée de Wallace Mercy. Après avoir salué son courage, il lui a remis un chèque destiné à compenser les pertes financières dues à la perte de son emploi pendant plusieurs mois – des dons provenant de personnes habitant aussi bien à East End qu'à Johannesburg. Après l'émission, nous avons lu les mots qui accompagnaient certaines contributions :

JE PENSE À VOUS ET À VOTRE FILS.

CE N'EST PAS BEAUCOUP MAIS JE VEUX QUE VOUS SACHIEZ QUE VOUS N'ÊTES PAS SEULE. MERCI D'AVOIR EU LE COURAGE DE RÉSISTER À MA PLACE.

Nous avons eu des nouvelles de Brittany Bauer qui, selon les termes de l'accusation, souffrirait d'un état de stress alors que Ruth l'a déclarée folle, tout simplement. Personne n'a entendu parler de Turk Bauer et de Francis Mitchum.

— Comment avez-vous su ? m'a demandé Ruth tout de suite après la débâcle du tribunal, lorsque Wallace s'est arrangé pour qu'Adele Adams "croisât" par hasard le chemin de Francis et de sa fille.

— J'ai suivi mon intuition. En étudiant les résultats des tests de dépistage, je suis tombée sur une autre anomalie qu'aucun d'entre nous n'avait remarquée, tant nous étions concentrés sur le déficit en MCAD. Ça s'appelle l'anémie drépanocytaire. Je me suis souvenue des explications du néonatalogiste qui m'avait dit que cette maladie affectait plus souvent la communauté africaine-américaine. Brit avait signalé dans sa déposition qu'elle n'avait jamais connu sa mère. Tout ça m'a mis la puce à l'oreille.

— C'était pas gagné d'avance, tout de même.

— C'est vrai et c'est pour ça que j'ai approfondi mes recherches. Un Africain-Américain sur douze est porteur du trait drépanocytaire. Ce chiffre tombe à un sur dix mille parmi la population blanche. Tout à coup, ça ne paraissait plus si loufoque que ça. J'ai donc appelé Wallace. C'est lui qui a orchestré la suite. Il a retrouvé le nom de la mère sur le certificat de naissance de Brit et il est parti à sa recherche.

Ruth m'a longuement regardée.

— Mais ça n'avait rien à voir avec l'affaire…

— Non, vous avez raison. Disons que c'était un cadeau que je tenais à vous offrir. Je me suis dit qu'il n'y avait pas mieux pour souligner davantage encore l'hypocrisie de tout ça.

Maintenant que le deuxième jour de délibérations tire à sa fin et que nous n'avons toujours pas de nouvelles du jury, nous commençons franchement à tourner en rond.

— Qu'est-ce que tu fais ? demandé-je à Howard qui est venu monter la garde avec nous et que je vois taper fébrilement sur l'écran de son téléphone. T'as un rancard ou quoi ?

— Je fais des recherches sur les écarts de peines prononcées pour possession de crack et pour possession de cocaïne, répond-il très sérieusement. Jusqu'en 2010, un individu arrêté en possession de cinquante grammes de crack ou plus destinés à la revente était condamné à une peine minimale de dix ans de prison. Pour écoper d'une peine équivalente avec de la cocaïne, il fallait en détenir cinq mille grammes. Encore aujourd'hui, le ratio des écarts entre les peines prononcées est de dix-huit pour un.

Je secoue la tête.

— Pourquoi ça t'intéresse de savoir tout ça ?

— Parce que je songe à faire appel, répond-il avec entrain. Cela constituerait clairement un précédent en matière de condamnations quand on sait que quatre-vingt-quatre pour cent des personnes condamnées pour trafic de crack sont noires et que les dealers de drogue noirs ont vingt pour cent de chances en plus de se retrouver en prison, comparé aux dealers de drogue blancs.

— Howard, dis-je en me massant les tempes. Éteins-moi ce foutu téléphone.

— C'est pas bon signe, pas vrai ? intervient Ruth.

Elle se frotte les bras alors que le radiateur turbine à fond et qu'il règne dans la pièce une chaleur étouffante.

— S'ils avaient voté l'acquittement, j'imagine que ça aurait été plus rapide que ça.

— Pas de nouvelles, bonnes nouvelles.

Dans ce cas précis, c'est un mensonge.

À la fin de la journée, le juge convoque les jurés en salle d'audience.

— Êtes-vous en mesure de rendre votre verdict ?

La présidente du jury se lève.

— Non, Votre Honneur. Nous sommes partagés.

Je sais d'avance que le juge va décider de prolonger la durée des délibérations après avoir livré aux jurés un petit discours d'encouragement. Il se tourne vers eux, impérial, et leur insuffle une nouvelle dose de motivation :

— Vous n'êtes pas sans savoir que l'État a investi beaucoup d'argent pour organiser ce procès et personne ne connaît mieux les faits que vous. Parlez-vous, écoutez-vous mutuellement, échangez vos opinions. Je ne peux que vous encourager à vous mettre d'accord sur un verdict afin que nous ne soyons pas obligés de tout recommencer depuis le début.

Le jury repart et je me tourne vers Ruth.

— Vous devriez rentrer chez vous.

Elle consulte sa montre.

— J'ai encore un peu de temps.

On décide d'aller boire un café en ville et on arpente les rues, serrées l'une contre l'autre pour se protéger du froid, échappant au vent mordant pour entrer dans une petite boutique de torréfaction bourdonnante de conversations.

— Quand j'ai compris que je ne serais jamais chef pâtissière, j'ai eu très envie d'ouvrir un café, dis-je d'un ton songeur. Je voulais l'appeler "Grains de Folie Douce".

C'est à notre tour de commander. Je demande à Ruth comment elle prend son café. "Noir", répond-elle et tout à coup on éclate de rire – on rit tellement que la serveuse nous regarde d'un drôle d'air, comme si nous étions folles ou que nous parlions une langue qu'elle ne comprend pas.

Ce qui, me semble-t-il, n'est pas très éloigné de la vérité.

Le lendemain matin, le juge Thunder nous convoque dans son bureau, Odette et moi.

— J'ai reçu un mot de la présidente. Ils n'arrivent toujours pas à se mettre d'accord. Onze voix contre une. Je suis sincèrement désolé, mesdames, conclut-il en secouant la tête.

Nous quittons son bureau et je retrouve Howard qui fait les cent pas dans le couloir.

— Alors ?

— Le juge va ordonner un nouveau procès. Le jury est bloqué, onze voix contre une.

— Qui est le récalcitrant ?

Howard sait qu'il s'agit d'une question purement rhétorique car je ne détiens pas l'information. Soudain, nous nous immobilisons tous les deux et nous faisons face avant de lancer à l'unisson :

— La numéro douze !

— On parie dix dollars ? ajoute Howard.

— Ça marche.

— Je savais qu'on aurait dû s'en débarrasser en la récusant sans motif.

— Je te rappelle que tu n'as pas encore gagné ton pari, fais-je observer, mais au fond de moi je crois bien qu'il a raison.

L'enseignante, incapable d'admettre qu'elle portait en elle un reliquat de racisme implicite, a dû être terriblement choquée par ma plaidoirie finale.

Ruth m'attend dans la salle de réunion ; elle lève sur moi un regard plein d'espoir.

— Ils n'arrivent toujours pas à se mettre d'accord, dis-je.

— Alors que va-t-il se passer ?

— Ça dépend. L'affaire peut donner lieu à un nouveau procès qui se tiendra plus tard avec un autre jury. Ou bien Odette décide d'abandonner les charges retenues contre vous.

— Vous croyez qu'elle… ?

— J'ai appris il y a fort longtemps à ne jamais essayer de me mettre dans la tête d'un procureur. Il ne nous reste plus qu'à attendre.

Un moment plus tard, les jurés entrent en file indienne dans la salle d'audience. Ils ont tous des mines épuisées.

— Madame la présidente, commence le juge, j'ai cru comprendre que le jury n'avait pas réussi à rendre un verdict. Est-ce exact ?

La présidente se lève.

— Oui, Votre Honneur.

— Pensez-vous qu'un délai supplémentaire vous permettrait de régler enfin l'affaire opposant l'État à Mme Jefferson ?

— Malheureusement, Votre Honneur, certains d'entre nous ne parviendront pas à régler leurs différends.

— Merci pour votre collaboration, déclare le juge Thunder. Je prononce la dissolution de ce jury.

Les hommes et les femmes quittent la pièce. Des murmures étouffés parcourent l'assistance tandis que les personnes présentes essaient de comprendre ce que cela veut dire. De mon côté, je me livre à un rapide calcul des probabilités : Odette ira-t-elle jusqu'à convoquer un grand jury pour une affaire d'homicide involontaire ?

— Il y a une dernière chose qui peut être faite dans le cadre de ce procès, poursuit le juge Thunder. Je suis prêt à reconsidérer la nouvelle demande d'acquittement déposée par la défense.

Howard me lance un regard par-dessus la tête de Ruth. *Quoi ?*

Merde alors. Le juge Thunder va utiliser l'issue de secours que je lui ai indiquée presque machinalement. Je retiens mon souffle.

— J'ai étudié les textes de loi ainsi que la jurisprudence et examiné très attentivement les preuves apportées à ce dossier. En l'occurrence, le lien de cause à effet entre les actions ou l'inaction de l'accusée et le décès de l'enfant n'a pu être démontré de façon concrète et irréfutable.

Il se tourne vers Ruth.

— Je suis sincèrement désolé que vous ayez eu à subir tout cela sur votre lieu de travail, madame.

Il abat son marteau en bois avant de conclure :

— J'accepte la requête de la défense.

Dans ce moment rempli d'humilité, j'apprends non seulement que je suis incapable de penser comme un procureur, mais que je suis aussi totalement à côté de la plaque quand il s'agit de percer à jour les mécanismes intellectuels d'un juge. Je pivote sur ma chaise tandis qu'un rire éberlué remonte jusqu'à mes lèvres. Ruth me dévisage en fronçant les sourcils.

— Je ne comprends pas.

Le juge n'a pas annulé le procès pour en organiser un autre plus tard. Non. Il a tout bonnement prononcé l'acquittement.

— Ruth, dis-je avec un sourire radieux. Vous êtes libre.

RUTH

La liberté ressemble à la corolle délicate d'une jonquille après le plus interminable des hivers. C'est le son de votre voix que plus personne ne cherche à étouffer. C'est avoir le plaisir de dire oui et, plus important encore, le droit de dire non. Au cœur de la liberté bat l'espoir : le pouls de tous les possibles.

Je suis la même femme qu'il y a cinq minutes. Je suis assise sur la même chaise. Mes mains sont posées à plat sur la même table éraflée. Mes avocats sont toujours à côté de moi. Au-dessus de ma tête, le néon diffuse la même lumière blafarde en émettant le même vrombissement. Rien n'a changé et tout est pourtant différent.

Je sors de la salle d'audience comme dans un brouillard. Une forêt de micros s'étend devant moi. Kennedy s'adresse aux journalistes : bien que sa cliente se réjouisse du verdict prononcé, nous ne ferons aucune déclaration jusqu'à la conférence de presse prévue le lendemain.

Car, dans l'immédiat, sa cliente doit rejoindre son fils qui l'attend à la maison.

Quelques retardataires traînent encore autour de nous, espérant grappiller un petit mot, mais eux aussi finissent par s'éloigner. À l'autre bout du couloir, un professeur arrêté pour détention d'images pédopornographiques attend la lecture de sa mise en accusation.

La Terre continue de tourner et voici une nouvelle victime, un nouveau tortionnaire.

J'envoie un SMS à Edison qui me rappelle presque aussitôt, après avoir demandé l'autorisation de sortir de classe quelques instants. J'entends le soulagement teinter ses paroles. J'appelle Adisa à son travail et je dois écarter le téléphone de mon oreille lorsqu'elle pousse un hurlement de joie. Je suis interrompue par un texto de Christina : une ligne entière de smileys suivis d'un émoticône hamburger, d'un verre de vin et d'un point d'interrogation.

Je tape rapidement : "Un autre jour ?"

— Ruth, murmure Kennedy en me voyant avec mon téléphone à la main, le regard perdu dans le vide. Ça va ?

— Je ne sais pas, dis-je en toute franchise. Est-ce que c'est vraiment terminé ?

Howard sourit.

— C'est vraiment, complètement et définitivement terminé.

— Merci, murmuré-je alors en le serrant dans mes bras.

Puis je me tourne vers Kennedy.

— Quant à vous…

Je secoue la tête.

— Je ne sais même pas quoi vous dire.

— Prenez le temps d'y réfléchir, réplique Kennedy en m'enlaçant. Vous me direz ça la semaine prochaine, quand nous déjeunerons ensemble.

Je m'écarte, rencontre son regard.

— Avec grand plaisir.

Je sens quelque chose bouger entre nous. Le pouvoir, très certainement… Et nous sommes au même niveau, toutes les deux.

Je m'aperçois soudain que j'ai laissé l'écharpe porte-bonheur de ma mère dans la salle d'audience, sous le coup de la stupeur après l'annonce du verdict.

— J'ai oublié quelque chose. Je vous retrouve en bas.

Un huissier se tient devant la double porte.

— Madame ?

— Je suis désolée… J'avais une écharpe… Est-ce que je peux… ?

— Bien sûr, dit-il en me faisant signe d'entrer.

Il n'y a plus personne dans la salle d'audience. Je remonte l'allée, longe la barre des témoins, marche jusqu'à ma chaise. L'écharpe de ma mère gît en boule sous le bureau. Je la ramasse, la fais glisser entre mes mains.

Puis je promène mon regard sur la salle déserte. Un jour, peut-être, Edison plaidera une affaire ici même, au lieu d'être assis comme moi à côté de l'avocat de la défense. Peut-être même se trouvera-t-il à la place du juge.

Je ferme les yeux afin de pouvoir graver ce moment dans ma mémoire. Je savoure le silence.

J'ai l'impression qu'il s'est écoulé une éternité depuis ce jour où l'on m'a escortée dans une autre salle, au fond du même couloir, pour la lecture de ma mise en accusation. Menottée, en chemise de nuit, réduite au silence. Une éternité depuis qu'on m'a dit ce que je n'avais pas le droit de faire.

— Oui, dis-je à voix basse parce que ce mot est le contraire de la contrainte.

Parce qu'il brise les chaînes. Parce que je *peux* le dire.

Je serre les poings, bascule la tête en arrière et laisse le mot s'échapper de ma gorge. *Oui.*

Oui.

Oui.

PHASE TROIS

Post-partum

SIX ANS PLUS TARD

Les gens doivent apprendre à haïr, et s'ils peuvent apprendre à haïr, on peut leur enseigner aussi à aimer.

NELSON MANDELA,
Un long chemin vers la liberté

TURK

Dans la salle d'examen du cabinet médical, je sors un gant en latex du distributeur, souffle dedans et fais un nœud au niveau du poignet. Puis j'attrape un stylo pour dessiner deux yeux et un bec.

— Papa, dit ma fille. Tu as fait une poule.

— Une poule ? Je ne vois vraiment pas ce qui te fait croire que c'est une poule. Parce que clairement, c'est un coq.

Elle fronce les sourcils.

— C'est quoi, la différence ?

Je l'ai bien cherchée, celle-là, non ? Mais je n'ai aucune intention d'expliquer les choux et les roses à ma fille de trois ans en attendant que quelqu'un vienne soigner son mal de gorge. Deborah pourra toujours s'en charger en rentrant du travail, tout à l'heure.

Deborah, ma femme, est agent de change. J'ai pris son nom de famille quand nous nous sommes mariés, dans l'espoir de repartir sur de nouvelles bases en devenant quelqu'un d'autre, un homme meilleur. C'est elle qui bosse de neuf heures à dix-sept heures pendant que je m'occupe de Carys en me débrouillant pour caser mes conférences entre ses séances de jeu avec d'autres enfants et ses journées à la maternelle. Je travaille pour la branche locale de la Ligue antidiffamation. Je vais dans des lycées, des prisons, des temples et des églises pour parler de la haine.

Je raconte à mes auditeurs comment, dans ma vie d'avant, je tabassais les gens parce que je souffrais profondément et c'était soit je leur faisais mal à eux, soit je me faisais mal à moi. Je leur explique que ça me donnait l'impression d'avoir un but dans la vie. Je leur parle des festivals auxquels j'assistais où des groupes de musique vantaient les mérites de la suprématie blanche et où des enfants s'amusaient avec des jeux et des jouets racistes. Je leur raconte mon passage en prison, ma fonction de webmaster pour un site véhiculant la haine raciale. Je leur parle de ma première femme. Je leur dis que la haine la consumait tout entière, mais ce qui s'est passé en vérité est beaucoup plus banal : une boîte de médicaments, avalée avec une bouteille de vodka. Incapable de voir le monde tel qu'il est en réalité, elle aura finalement trouvé un moyen de garder à tout jamais les yeux fermés.

Je leur dis qu'il n'y a rien de plus égoïste que de vouloir changer quelqu'un parce qu'il ou elle ne pense pas comme nous. Ce n'est pas parce que quelque chose est différent qu'on ne doit pas le respecter.

Je leur explique aussi ceci : d'un point de physiologique, la partie du cerveau qui nous pousse à jeter la pierre sur des personnes que nous ne connaissons pas vraiment est la même que celle qui nous permet d'éprouver de la compassion pour de parfaits inconnus. C'est vrai, les nazis ont choisi les Juifs comme boucs émissaires et décidé de les exterminer tous. Au même moment, pourtant, le même petit morceau de tissu cérébral incitait d'autres personnes à envoyer de l'argent, des vivres et des secours aux populations persécutées, même si elles habitaient à l'autre bout du monde.

Au cours de mon exposé, je décris le long chemin vers la rupture. Tout a commencé par une visite nocturne : un groupe d'individus sans visages, dissimulés par des capuches et missionnés par d'autres groupuscules plus influents ont enfoncé la porte de notre maison et nous ont passés à tabac. Francis a été poussé dans l'escalier ; je m'en suis sorti avec trois côtes cassées. On va dire que c'était notre pot d'adieu. Le lendemain, j'ai fermé le site Lonewolf.org. J'avais commencé à remplir les papiers pour déposer une demande de divorce quand Brit a mis fin à ses jours.

Il m'arrive encore maintenant de commettre des erreurs. J'éprouve parfois le besoin de frapper et de cogner mais aujourd'hui je me défoule sur une patinoire avec mon club de hockey sur glace. Je suis sans doute plus méfiant que ce que je devrais être quand je suis avec des Noirs. Mais je suis encore plus vigilant avec les Blancs qui conduisent des pick-up avec des drapeaux confédérés accrochés aux vitres arrière. Parce que j'ai été comme eux et je sais ce dont ils sont capables.

La plupart des groupes que je rencontre pendant mes conférences ont du mal à croire que j'aie pu changer aussi radicalement. C'est souvent à ce moment-là que je leur parle de ma femme. Deborah connaît tout de moi, de mon passé. Elle a réussi à me pardonner. Et puisqu'elle m'a pardonné, il n'y a pas de raison que je n'essaie pas de me pardonner moi-même, pas vrai ?

Je fais pénitence. Trois à quatre fois par semaine, je revis mes erreurs face à un auditoire. Je sens qu'ils me détestent. Et je sais que je le mérite.

— Papa, gémit Carys, j'ai mal à la gorge.

— Je sais, mon cœur.

Je la prends sur mes genoux au moment où la porte s'ouvre.

L'infirmière vient vérifier le formulaire d'admission de Carys dans ce centre médical sans rendez-vous.

— Bonjour, dit-elle. Je m'appelle Ruth Walker.

Elle lève les yeux en souriant.

— Walker, je répète tandis qu'elle me serre la main.

— Oui, comme dans "Cabinet médical Walker". Je suis la propriétaire du centre… Mais je travaille aussi ici.

Un sourire étire de nouveau ses lèvres.

— Ne vous inquiétez pas : mes compétences d'infirmière dépassent de loin mes connaissances en gestion comptable.

Elle ne me reconnaît pas. En tout cas, je ne pense pas. À sa décharge, c'est le nom de Deborah qui figure sur la fiche d'admission. Et puis j'ai beaucoup changé physiquement. Je me suis fait retirer tous mes tatouages sauf un. Mes cheveux ont poussé et ma coupe est du genre classique. J'ai perdu à peu près quinze kilos de muscles et je me suis pas mal asséché depuis que je me suis mis au footing. Et puis peut-être que ce que je porte en moi maintenant projette aussi à l'extérieur une lumière complètement différente.

Elle se tourne vers Carys.

— Alors comme ça, ça ne va pas très fort ? Est-ce que tu veux bien que je regarde ?

Elle laisse Carys sur mes genoux pendant qu'elle passe délicatement ses mains sur les ganglions enflés de ma fille. Elle prend ensuite sa température puis lui fait ouvrir grand la bouche en improvisant un concours de chant que Carys, bien sûr, remporte haut la main. Je promène mon regard sur la pièce, remarquant des choses que je n'avais pas vues jusqu'à présent. Le diplôme accroché au mur portant le nom calligraphié de Ruth Jefferson. La photo encadrée d'un beau gamin noir en robe et chapeau de diplômé sur le campus de Yale.

Elle retire ses gants dans un claquement sec. Reportant mon attention sur elle, je remarque une bague ornée d'un petit diamant et une alliance à sa main gauche.

— Je suis sûre à quatre-vingt-dix-neuf pour cent que c'est une angine, dit-elle. Carys est-elle allergique à certains médicaments ?

Je secoue la tête, incapable d'articuler la moindre parole.

— Je vais faire un prélèvement de gorge pour réaliser un test rapide de recherche de streptocoques et, selon les résultats, nous envisagerons un traitement antibiotique, explique-t-elle.

Elle tire doucement sur la tresse de Carys.

— Tu vas vite très guérir, ma jolie, promet-elle à ma fille.

Après s'être excusée, elle se dirige vers la porte pour aller chercher le matériel nécessaire.

— Ruth ! j'appelle au moment où elle pose une main sur la poignée de la porte.

Elle se retourne. L'espace d'un instant, ses yeux se rétrécissent très légèrement et je m'interroge. Je m'interroge. Mais elle ne me demande pas si nous nous sommes déjà rencontrés ; elle ne fait aucune allusion à notre passé commun. Elle attend juste que je dise ce que j'ai besoin de dire, là, tout de suite.

— Merci.

Elle hoche la tête puis quitte la pièce. Carys s'agite sur mes genoux.

— Ça fait encore mal, papa.

— L'infirmière va te soigner.

Satisfaite de ma réponse, Carys montre les phalanges de ma main gauche, le seul tatouage que j'ai conservé.

— C'est mon nom, c'est vrai ?

— On peut dire ça, oui. Ton prénom veut dire la même chose, dans une langue qu'on appelle le gallois.

Elle commence tout juste à déchiffrer les lettres de l'alphabet. Alors elle pointe son doigt sur chaque phalange et lit : "A.M.O.U.R".

— Bravo, dis-je fièrement.

On attend que Ruth revienne nous voir. Je tiens la main de ma fille, ou peut-être que c'est elle qui tient la mienne, comme si on était à un carrefour et que c'était mon boulot de la faire traverser de l'autre côté de la route.

POSTFACE DE L'AUTEUR

Cela faisait quatre ans que mes romans étaient publiés lorsque j'ai eu envie d'en écrire un sur le racisme aux États-Unis. À l'époque, j'avais été marquée par un fait divers, à New York : un policier en civil noir avait été abattu par des collègues blancs qui lui avaient tiré dans le dos à plusieurs reprises, alors même qu'il portait ce que les flics appellent "la couleur du jour", un bracelet permettant aux policiers en uniforme de repérer facilement leurs collègues en civil pour les besoins d'une enquête. J'ai commencé à écrire, mais j'ai vite calé puis abandonné. Disons que je n'arrivais pas à trouver le bon angle d'attaque. Je ne savais pas ce que c'était de grandir dans la peau d'un Noir dans ce pays et je peinais à créer un personnage de fiction qui paraisse authentique.

Faisons un bond dans le temps, vingt ans plus tard. Une fois de plus, je mourais d'envie d'écrire sur le racisme. Lorsque les auteurs blancs abordent ce thème dans leurs romans, ils le traitent généralement d'un point de vue historique – j'en étais consciente et cela me gênait. Et, là encore, qu'est-ce qui m'autorisait à écrire sur une expérience que je n'avais pas vécue ? Cela dit, si je n'avais écrit que sur ce que je connaissais, ma carrière aurait été aussi courte qu'ennuyeuse. Je suis blanche et j'ai grandi dans une famille privilégiée. Pendant des années, je m'étais documentée en profondeur sur les thèmes que j'abordais dans mes romans, conduisant de longs entretiens en tête à tête afin d'exprimer au mieux la voix de tous ces gens que je n'étais pas : des hommes, des adolescents, des personnes suicidaires, des femmes battues, des victimes de viol. Mon moteur était souvent l'indignation ; j'étais également poussée par le désir de braquer le projecteur sur ces histoires particulières et d'éveiller les consciences de ceux qui n'avaient jamais vécu rien de tel. Dans ce cas, me direz-vous, pourquoi l'idée de me glisser dans la peau d'une personne de couleur me posait-elle un problème ?

Parce que la question raciale est différente. Le racisme est différent. C'est un sujet épineux, difficile à aborder, et c'est la raison pour laquelle nous l'évitons la plupart du temps.

Et puis je suis tombée sur un article relatant l'histoire d'une infirmière africaine-américaine habitant à Flint, dans le Michigan. Elle travaillait à la Maternité d'un hôpital depuis vingt ans lorsque, un jour, le papa d'un bébé a demandé à voir la cadre du service et exigé que l'infirmière, ainsi que toutes celles et tous ceux qui lui ressemblaient, ne touche pas à son enfant. Il s'est avéré que le père était un suprémaciste blanc. L'infirmière en chef a noté la demande dans le dossier mais un groupe de soignants africains-américains a porté plainte pour discrimination et remporté le procès. Mais l'idée avait germé dans mon esprit et j'ai commencé à tisser les fils d'une histoire.

J'ai tout de suite su que je voulais écrire un roman à trois voix : celle d'une infirmière noire, celle d'un père skinhead et celle d'une avocate de la défense publique – une femme blanche qui, comme moi et comme nombre de mes lectrices, est pétrie de bonnes intentions, persuadée de ne pas porter la moindre once de racisme en elle. Et, tout à coup, j'ai su que j'irais cette fois jusqu'au bout du roman. Car, contrairement à ma première tentative avortée, mon objectif n'était pas de raconter le quotidien des personnes de couleur pour que celles-ci s'y retrouvent, non. Je voulais écrire cette histoire à l'attention de ma propre communauté – les Blancs – qui, si elle sait très bien montrer du doigt un skinhead néonazi en le traitant de raciste, éprouve davantage de difficultés à discerner les pensées racistes qu'elle porte en elle.

Pour dire la vérité, j'aurais très bien pu me décrire telle que j'étais il n'y a pas si longtemps que ça. Mes lecteurs me disent souvent qu'ils apprennent un tas de choses en lisant mes romans ; eh bien, sachez que j'apprends moi aussi énormément en écrivant. Cette fois, cependant, c'est moi que j'ai appris à mieux connaître. J'ai exploré mon passé, mon éducation, mes idées préconçues, et découvert que je n'étais pas aussi irréprochable ni progressiste que je le croyais.

La plupart d'entre nous pensent que le mot *racisme* est synonyme de *préjugés*. Mais le racisme ne se réduit pas aux actes discriminatoires liés à la couleur de peau. Le racisme implique également les personnes qui détiennent le pouvoir institutionnel. De la même manière qu'il génère des entraves freinant la réussite sociale des personnes de couleur, il offre en contrepartie aux Blancs des avantages leur permettant d'évoluer plus facilement sur l'échiquier social. Discerner ces avantages n'est pas chose aisée, reconnaître leur existence l'est encore moins. Et c'était précisément la raison pour laquelle il *fallait* que j'écrive ce livre. Lorsque l'on parle de justice sociale, le rôle du Blanc antiraciste n'est ni celui du sauveur ni celui du réparateur. La véritable mission de cet "allié" consiste à sensibiliser d'autres Blancs et à leur faire comprendre que tous les avantages dont ils ont bénéficié au cours de leur existence découlent directement du fait qu'une autre personne a été privée de ces privilèges.

J'ai commencé mes recherches en parlant avec des femmes de couleur. Je savais que les bombarder de questions n'était pas la meilleure méthode mais j'espérais surtout les inviter à prendre part à un processus global et elles m'ont fait un cadeau en retour : en acceptant de me confier leurs expériences personnelles, elles m'ont aidé à comprendre ce que c'était vraiment d'être noir. Je leur en serai éternellement reconnaissante – pas seulement pour avoir toléré mon ignorance mais aussi pour avoir spontanément proposé de me servir de guides. J'ai également eu le plaisir de m'entretenir avec Beverly Daniel Tatum, ancienne présidente du célèbre Spelman College et professeur émérite spécialisée dans les relations interraciales. J'ai lu les ouvrages du Dr Tatum, de Debby Irving, de Michelle Alexander et de David Shipler. Je me suis inscrite à un atelier consacré à la justice sociale, intitulé *Undoing Racism* (Défaire le Racisme). Tous les soirs, j'en sortais en pleurant car c'est là que j'ai commencé à décoller le vernis séparant la femme que je croyais être de celle que j'étais réellement.

Un peu plus tard, j'ai fait la connaissance de deux skinheads repentis. J'avais besoin de me familiariser avec la sémantique de la haine pour construire mon personnage de suprémaciste blanc. C'est ma fille Sammy qui a m'a dégoté Tim Zaal : cet ancien skinhead avait communiqué par Skype avec les élèves de sa classe, au lycée. Quelques années plus tôt, Tim avait passé à tabac un homosexuel qu'il avait laissé pour mort. Après avoir quitté le mouvement, il a commencé à travailler au Simon Wiesenthal Center où il intervenait sur la question des crimes haineux. Et c'est par hasard qu'il a découvert un jour que l'homme qu'il avait failli tuer travaillait aussi au centre. Vint le temps des excuses et du pardon. Aujourd'hui, ces hommes sont deux amis qui évoquent ensemble leur expérience unique toutes les semaines, au cours de débats publics. Tim est également l'heureux époux d'une femme de confession juive. Frankie Meeink, l'autre ancien skinhead, travaille auprès de la Ligue antidiffamation. Lui qui recrutait les nouveaux membres de plusieurs escadrons néonazis à Philadelphie dirige à présent l'association *Harmony Through Hockey* (L'Harmonie par le Hockey) dont l'objectif est de promouvoir la mixité ethnique auprès des enfants.

Ces deux hommes m'ont appris que les groupuscules satellites du White Power, le Pouvoir Blanc, croient en la nécessaire séparation des races et se prennent pour des soldats engagés dans une guerre sainte raciale. Ils m'ont expliqué comment les recruteurs de ces groupuscules ciblaient les gamins harcelés à l'école, marginalisés ou maltraités par leur famille. Ils distribuent des tracts anti-Blancs dans des quartiers où la population est majoritairement blanche, guettent la réaction des passants et abordent ceux qui se plaignent que les Blancs sont menacés de toutes parts en leur disant, en substance : "Vous n'êtes pas seuls." L'objectif étant de transformer la colère de la nouvelle recrue en racisme. La violence devient alors un exutoire, un blanc-seing. Ils m'ont également appris qu'aujourd'hui la majorité des gangs de skinheads ne sèment plus la terreur en bandes mais sont plutôt constitués d'individus qui s'activent dans l'ombre. De nos jours, les suprémacistes blancs ne se distinguent plus par leur tenue vestimentaire. Ils s'habillent comme tout le monde et se fondent dans le décor, distillant un tout autre genre de terreur.

Lorsqu'il a fallu trouver un titre à ce roman, je me suis heurtée à de nouvelles difficultés. Celles et ceux d'entre vous qui me suivent depuis longtemps savent que *Small Great Things** n'était pas le premier titre retenu. *Small Great Things* est une allusion à une citation fréquemment attribuée au révérend Martin Luther King, Jr. : "Si vous ne pouvez pas faire de grandes choses, faites de petites choses de

* Titre original du roman.

manière grandiose*." Mais, en tant que femme blanche, avais-je le droit de paraphraser cette belle formule ? De nombreux Africains-Américains n'apprécient pas que les Blancs citent les paroles de Martin Luther King, Jr. pour témoigner de leur vécu, et ils ont raison. D'un autre côté, Ruth et Kennedy sont amenées au fil de l'intrigue à accomplir de petites choses ayant sur les autres des conséquences importantes et durables. Sans compter que, dans l'esprit de nombreux Blancs s'engageant tout juste sur le chemin de la prise de conscience de la question raciale, les paroles du Dr King constituent souvent la première étape du voyage. Son éloquence pour parler d'un sujet sur lequel nous avons souvent beaucoup de mal à mettre des mots est à la fois source d'inspiration et d'humilité. En outre, et bien que les prises de conscience individuelles ne pourront jamais, à elles seules, éradiquer complètement le racisme – les systèmes et les institutions doivent également être secoués –, je reste persuadée que c'est à travers les petites choses du quotidien que le racisme est à la fois perpétué et partiellement démantelé. Pour toutes ces raisons – et parce que j'espère que cela incitera les lecteurs à s'intéresser au Dr King –, j'ai finalement choisi ce titre.

Ce roman occupera toujours une place spéciale pour moi, d'une part parce qu'il a déclenché un vaste changement dans la manière dont je me perçois en tant qu'être humain, d'autre part parce qu'il m'a ouvert les yeux sur la distance qu'il me reste à parcourir dans la manière d'appréhender les relations interraciales. Aux États-Unis, nous croyons volontiers que la raison de notre réussite réside dans notre travail acharné ou notre intelligence. Admettre que le racisme a joué un rôle dans notre ascension sociale revient

* "If I cannot do great things, I can do small things in a great way" en VO.

à admettre que le rêve américain n'est pas si accessible que ça, en tout cas pas pour tous. Peggy McIntosh, professeure en justice sociale, a dressé la liste de certains de ces avantages : l'accès à l'emploi et au logement, par exemple. Se présenter dans un salon de coiffure et trouver quelqu'un qui accepte de vous couper les cheveux sans rendez-vous. Acheter des poupées, des jouets et des livres pour enfants mettant en scène des gens qui vous ressemblent physiquement. Décrocher une promotion sans que personne ne suspecte que vous la devez à votre couleur de peau. Demander à parler à un responsable et être dirigé vers une personne de la même couleur que vous.

Pendant cette phase de recherches, j'ai demandé à plusieurs mères blanches s'il leur arrivait d'évoquer la question du racisme avec leurs enfants. De temps en temps, m'ont répondu quelques-unes ; d'autres ont reconnu ne jamais en parler. Lorsque j'ai posé la même question à plusieurs mères noires, elles m'ont répondu à l'unanimité : "Oui, tous les jours."

J'en ai conclu que l'ignorance était également un privilège.

Mais qu'ai-je appris qui puisse faire bouger les choses ? Pour commencer, quand on est blanc comme je le suis, on ne peut pas se débarrasser de ses privilèges mais on peut au moins les utiliser à bon escient. Ne dites pas : "Pour moi, la couleur de peau, ce n'est pas important !" comme si c'était quelque chose de positif. Au lieu de ça, reconnaissez que les différences qui existent entre les êtres humains rendent plus difficile la progression de certains et tracez des chemins équitables vers la réussite pour tous ceux qui tiennent compte de ces différences. Soyez curieux, apprenez, documentez-vous. Si vous estimez que la voix d'une personne est étouffée, invitez votre entourage à l'écouter. Si l'un de vos amis fait une blague raciste, réagissez au lieu de laisser couler. Les deux anciens skinheads que j'ai rencontrés ont été capables de changer radicalement leur manière de penser… Ce qui veut dire que les gens ordinaires peuvent le faire aussi.

Je sais déjà que ce roman suscitera des réactions négatives. Des personnes de couleur me reprocheront sans doute d'avoir choisi un sujet qui ne m'appartient pas. Des Blancs me reprocheront de les accuser de racisme. Croyez-moi, je n'ai pas écrit ce livre parce que je trouvais ça facile ou distrayant. Je l'ai écrit parce que j'en éprouvais le besoin et parce que les choses qui nous mettent mal à l'aise sont aussi celles qui nous apprennent ce que nous devrions tous savoir. Roxana Robinson a dit, un jour : "Les écrivains sont comme des clés d'accordage : ils réagissent quand quelque chose les frappe… Avec un peu de chance, nous émettons une note pure et puissante, une note qui ne nous appartient pas mais qui passe par nous." Aux Noirs qui liront *Mille petits riens*, j'aimerais dire que j'espère avoir été suffisamment attentive aux membres de votre communauté qui m'ont ouvert leur cœur afin que je puisse retransmettre vos expériences de vie le plus fidèlement possible. Et aux Blancs qui liront *Mille petits riens*, n'oubliez pas que nous sommes tous un chantier en cours. Personnellement, je ne détiens aucune réponse et je progresse tous les jours.

Face au feu qui fait rage, deux solutions s'offrent à nous : soit on tourne le dos, soit on décide de se battre. Oui, c'est vrai, traiter la question du racisme n'est pas chose aisée, et oui, nous trébuchons sur les mots – mais nous qui sommes blancs avons le devoir d'initier le débat au sein de notre communauté. Ce n'est que comme ça que nous sensibiliserons un nombre croissant de personnes et que les langues se délieront.

Mars 2016

REMERCIEMENTS

Sans une foule de personnes et de sources d'informations, ce livre n'aurait jamais vu le jour.

Merci à Peggy McIntosh de m'avoir soufflé le concept du sac à dos invisible. Le Dr Beverly Daniel Tatum a littéralement bravé une tempête de neige à Atlanta pour venir à notre rendez-vous. Elle fait partie de mes héroïnes et j'espère qu'elle ne m'en voudra pas d'avoir emprunté l'explication qu'elle a donnée à son fils au sujet de sa couleur de peau, à savoir que c'est quelque chose *en plus*, certainement pas en moins. Je tiens également à remercier Debby Irving, professeure spécialisée dans l'enseignement de la justice sociale, qui s'est tenue à ma disposition quasiment jour et nuit pour valider mes propos et qui a si gentiment accepté que je lui vole ses métaphores et ses formules pertinentes, concernant notamment le concept de partie émergée et de partie cachée des privilèges accordés aux Blancs (brillamment décrit par Verna Myers) ainsi que cette remarque sur le mot "ignorance" renvoyant au verbe "ignorer" au sens de "ne pas tenir compte de quelque chose". Merci aussi à Malcolm Gladwell qui, au cours de sa séance de Questions-Réponses diffusée le 8 décembre 2009 sur la chaîne C-SPAN, a cité un exemple tiré de son ouvrage *Outliers* dans lequel il met en lumière l'importance de la date de naissance des jeunes joueurs de hockey canadiens dans leur future réussite sportive et leur sélection dans les meilleures équipes – ce constat, et l'idée qui en découle, m'ont été très utiles pour écrire la plaidoirie finale de Kennedy. Merci également au People's Institute for Survival and Beyond qui organise l'atelier *Undoing Racism* (Défaire le Racisme) financé par le Haymarket People's Fund de Boston ; ce sont eux qui m'ont aidée à ouvrir les yeux sur mes propres privilèges. Et c'est aussi à eux que je dois la métaphore utilisée par Kennedy au sujet des bébés jetés par la fenêtre.

Je suis reconnaissante au Pr Abigail Baird pour ses recherches conduites sur les préjugés (merci aussi de m'avoir présenté la formidable Sienna Brown). Merci à Betty Martin, la femme que je contacterai toujours en premier s'il me prenait l'envie de tuer un autre bébé de fiction. Merci à Jennifer Twitchell de la Ligue antidiffamation, Sindy Ravell, Hope Morris, Rebecca Thompson, Karen Bradley et Ruth Goshen. Merci à Bill Binnie de m'avoir prêté son nom ; je le remercie aussi d'avoir fait une donation à l'association *Families in Transition* qui s'occupe de trouver des logements sûrs et abordables et dispense un accompagnement global aux personnes sans abri ou sur le point de le devenir dans le sud du New Hampshire. Pour tous les tuyaux du McDonald's : Natalie Hall, Rachel Daling, Rachel Patrick, Autumn Cooper, Kayla Ayling, Billie Short, Jessica Hollis, M. M., Naomi Dawson, Joy Klink, Kimberly Wright, Emily Bradt, Sukana Al-Hassani.

Merci aux nombreux docteurs et infirmières qui ont bien voulu partager leurs expériences, leur jargon et leurs anecdotes les plus marquantes : Maureen Littlefield, Shauna Pearse, Elizabeth Joseph, Mindy Dube, Cecelia Brelsford, Meaghan Smith, le Dr Joan Barthold, Irit Librot et le Dr Dan Kelly.

Merci à mon équipe de juristes hors pair qui m'a assuré qu'il ne fallait jamais au grand jamais évoquer la question raciale dans un tribunal… J'espère avoir réussi à vous faire changer d'avis. Lise Gescheidt, Maureen McBrien-Benjamin et Janet Gilligan ; vous êtes beaucoup trop drôles pour être considérées comme de simples collègues de travail. Jennifer Sargent, tous mes remerciements d'être venue lire *in extremis* les scènes du tribunal afin de contrôler leur exactitude.

Merci à Jane Picoult et Laura Gross d'avoir été choquées, touchées et bouleversées à tous les bons endroits lorsqu'elles ont lu les premières épreuves du manuscrit. Auriol Bishop a trouvé le titre et je l'en remercie. Merci aussi à la meilleure équipe d'éditeurs de la planète : Gina Centrello, Kara Welsh, Kim Hovey, Debbie Aroff, Sanyu Dillon, Rachel Kind, Denise Cronin, Scott Shannon, Matthew Schwartz, Anne Speyer, Porscha Burke, Theresa Zoro, Paolo Pepe, Catherine (Je-gère-secrètement-la-vie-de-Jodi) Mikula, Christine Mykityshyn, Kaley Baron. Un merci tout particulier à l'incomparable éditrice Jennifer Hershey qui ne m'a pas lâchée d'une semelle, de sorte que chaque mot de ce roman a été soigneusement choisi, soupesé et validé. Je suis également redevable à la "chef du personnel" Susan Corcoran, cheftaine des cheerleaders – superroutarde non *Scandal*euse, qui s'est rendue tellement indispensable que je me demande comment j'ai pu survivre si longtemps sans elle.

À Frank Meeink et Tim Zaal – votre courage et votre compassion sont d'autant plus inspirants quand on connaît votre passé et le chemin que vous avez parcouru. Merci à vous d'avoir guidé mes pas dans le monde de la haine et de montrer à tant d'autres personnes le chemin de la sortie.

À Evelyn Carrington, ma sœur de cœur, et à Shaina – et Sienna Brown – : faire votre connaissance aura été l'une des grandes joies liées à l'écriture de ce livre. Merci pour votre franchise, votre bravoure et vos grands cœurs. À Nic Stone – qui aurait pu croire que j'allais me faire une amie pour la vie alors que j'étais bloquée à Atlanta ? Je n'aurais pas pu écrire ce livre si tu n'avais pas été là pour me tenir la main et me répéter sans cesse de ne pas douter de moi-même. Tous ces échanges fébriles de textos nocturnes ont abouti à cette version finale. Merci de m'avoir donné de l'assurance, d'avoir corrigé mes erreurs de femme blanche et d'avoir cru que je pouvais et devais écrire ce roman. J'ai hâte que *le tien* soit publié et envahisse les rayonnages des librairies.

À Kyle et Kevin Ferreira van Leer – je veux être comme vous deux quand je serai grande : des exemples de justice sociale. Merci de m'avoir aidée à ouvrir les yeux sur le concept de racisme rampant et de privilèges ignorés. À Sammy : merci d'être rentrée de l'école en disant : "Tu sais, je crois que je connais quelqu'un à qui tu devrais parler pour ton bouquin." À Jake : merci pour le tuyau du parking derrière le tribunal du comté de New Haven et merci d'avoir éclairé ma lanterne sur les décisions de la Cour suprême ; je sais qu'un jour tu seras le genre d'avocat qui changera le monde. Et à Tim, merci de me servir mon café dans le mug siglé Harvard – le fameux mug du "privilège blanc". Je t'aime pour ça, et pour tout le reste.

J. P.

BIBLIOGRAPHIE

Les livres et les articles suivants ont été utilisés comme source d'informations et/ou d'inspiration :

Alexander, Michelle. *The New Jim Crow: Mass Incarceration in the Age of Colorblindness*. New Press, 2010. *La couleur de la justice : Incarcération de masse et nouvelle ségrégation raciale aux États-Unis*, éditions Syllepse, 2017, pour la traduction française.

Coates, Ta-Nehesi. *Between the World and Me.* Spiegel & Grau, 2015. *Une colère noire : Lettre à mon fils*, éditions Autrement, 2016, pour la traduction française.

Colby, Tanner. *Some of My Best Friends Are Black: The Strange Story of Integration in America.* Viking, 2012.

Harris-Perry, Melissa V. *Sister Citizen: Shame, Stereotypes, and Black Women in America.* Yale University Press, 2011.

Hurwin, Davida Wills. *Freaks and Revelations.* Little, Brown, 2009.

Irving, Debby. *Waking up White: And Finding Myself in the Story of Race.* Elephant Room, 2014.

McIntosh, Peggy. "White Privilege: Unpacking the Invisible Knapsack," *Independent School* 49, nº 2 (hiver 1990) : 31. Extrait de "White Privilege and Male Privilege: A Personal Account of Coming to See Correspondences Through

Work in Women's Studies" (Working Paper 189, Wellesley Center for the Study of Women, 1988).
Meeink, Frank, Jody, M. Roy. *Autobiography of a Recovering Skinhead.* Hawthorne Books, 2009.
Phillips, Tom. "Forty-two Incredibly Weird Facts You'll Want to Tell All Your Friends," http://www.buzzfeed.com/tomphillips/42-incredibly-weird-facts-youll-want-to-tell-people-down-the#.kuYgj5yGd.
Shipler, David K. *A Country of Strangers: Blacks and Whites in America.* Vintage Books, 1998.
Tatum, Beverly Daniel. *Assimilation Blues: Black Families in White Communities: Who Succeeds and Why?* Basic Books, 2000.
Tatum, Beverly Daniel. *Can We Talk About Race? And Other Conversations in an Era of School Resegregation.* Beacon Press, 2008.
Tatum, Beverly Daniel. *Why Are All the Black Kids Sitting Together in the Cafeteria? And Other Conversations About Race.* Basic Books, 1997.
Tochluk, Shelly. *Witnessing Whiteness: The Need to Talk About Race and How to Do It.* Rowman & Littlefield Education, 2010.

La citation de Ray Bradbury (page 459) provient de "Comme on se retrouve", nouvelle parue dans *L'Homme illustré* aux Éditions Denoël, traduction C. Andronikof.

La citation de Nelson Mandela (page 643) est extraite de l'ouvrage paru aux éditions Fayard en 1995 et traduit de l'anglais par Jean Guiloineau.

TABLE

OUVRAGE RÉALISÉ
PAR L'ATELIER GRAPHIQUE ACTES SUD
REPRODUIT ET ACHEVÉ D'IMPRIMER
EN JUILLET 2019
PAR NORMANDIE ROTO IMPRESSION S.A.S.
À LONRAI
POUR LE COMPTE DES ÉDITIONS
ACTES SUD
LE MÉJAN
PLACE NINA-BERBEROVA
13200 ARLES

DÉPÔT LÉGAL
1re ÉDITION : SEPTEMBRE 2019
N° impr. : 1902204
(Imprimé en France)